外教社新编外国文学史丛书

刘海平 王守仁 主编

新编美国文学史 第二卷

Literary History of the United States *Volume 2*

（1860——1914）

◎ 朱刚 主撰

上海外语教育出版社
外教社 SHANGHAI FOREIGN LANGUAGE EDUCATION PRESS

图书在版编目（CIP）数据

新编美国文学史．第二卷/ 朱刚主撰．
—上海：上海外语教育出版社，2018（2022重印）
（外教社新编外国文学史丛书）
ISBN 978-7-5446-5185-1

Ⅰ.①新… Ⅱ.①朱… Ⅲ.①文学史—美国
Ⅳ.①I712.09

中国版本图书馆CIP数据核字（2018）第029533号

出版发行：上海外语教育出版社
（上海外国语大学内） 邮编：200083
电　　话：021-65425300（总机）
电子邮箱：bookinfo@sflep.com.cn
网　　址：http://www.sflep.com
责任编辑：梁晓莉

印　　刷：苏州市古得堡数码印刷有限公司
开　　本：710×1000 1/16 印张 31.5 字数 582千字
版　　次：2019 年 3月第 1版 2022 年 3月第 2次印刷

书　　号：ISBN 978-7-5446-5185-1 / I
定　　价：88.00 元

《汤姆叔叔的小屋》出版后销量极大，在当时的广告宣传画上可见一斑。

这幅肖像画据说最接近迪金森本人的容貌。

美国资本主义大工业迅猛发展，迫使原住民离乡背井，这幅图画展示的就是“镀金时代”的一幅完全不同的景象。

亨利·詹姆斯（左）和威廉·詹姆斯（右）（摄于1900年）

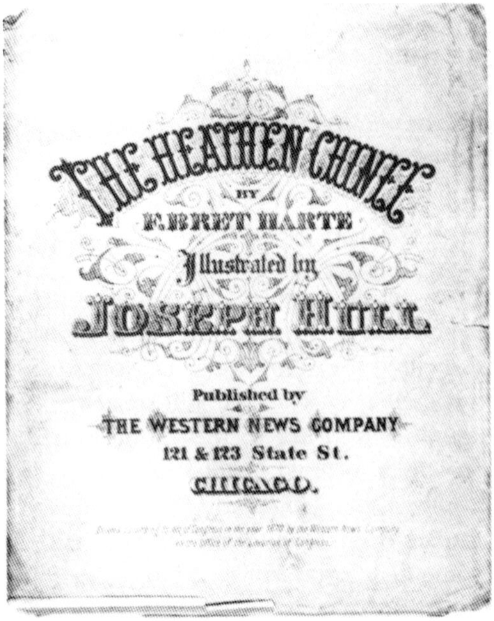

哈特的《异教徒中国佬》的封面

美国的三位主要幽默家：纳斯彼（左）、马克·吐温（中）、比林斯（右）

1884年版《哈克贝里·费恩历险记》的插图，由美国当时著名画家塞缪尔·肯布尔所画。

威廉姆·D. 豪威尔斯（摄于约1910年）

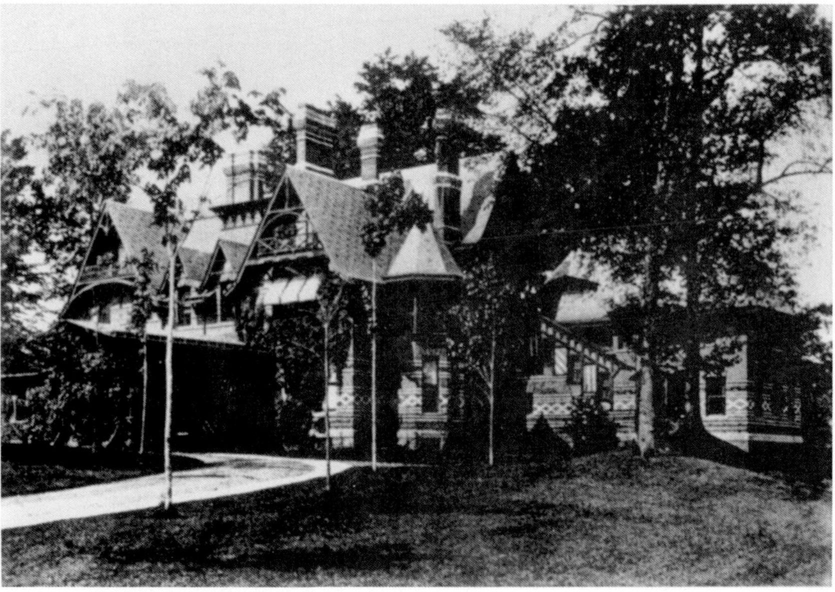

马克·吐温在哈特伏德的住所

1893年的哥伦比亚世博会：左面是制造业和艺术馆，正面远景是农业馆，拱门上的群雕表现的是哥伦布当年进入该市的情景。

1899年的纽约市海斯特大街：移民的天下。

德莱塞1923年在自己的工作室

伊迪斯·华顿(摄于1905年)

杰克·伦敦写作《深渊中的人们》时就以这身份深入伦敦东部的贫民窟。

MODERNISTS AND MUCKRAKERS

《我的生活和工作》（1900）一书卷首刊登的布克·华盛顿像

杜波依斯（前座者）（摄于 1906 年）

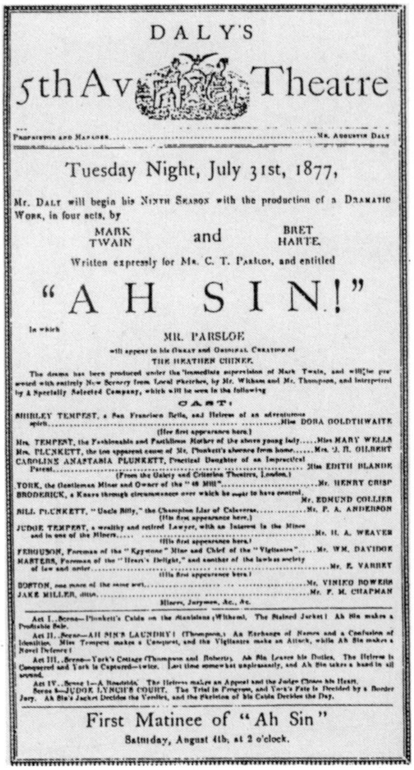

DALY'S

5th Av Theatre

PROPRIETOR AND MANAGER..................MR. AUGUSTIN DALY

Tuesday Night, July 31st, 1877,

MR. DALY will begin his NINTH SEASON with the production of a DRAMATIC WORK, in four acts, by

MARK TWAIN and BRET HARTE.

Written expressly for MR. C. T. PARSLOE, and entitled

"AH SIN!"

In which

MR. PARSLOE

will appear in his GREAT and ORIGINAL CREATION of

THE HEATHEN CHINEE.

The drama has been produced under the immediate supervision of Mark Twain, and will be presented with entirely New Scenery from Local Sketches, by Mr. Witham and Mr. Thompson, and interpreted by A Specially Selected Company, which will be seen in the following

CAST:

SHIRLEY TEMPEST, a San Francisco Belle, and Heiress of an adventurous spirit..................Miss DORA GOLDTHWAITE

(Her first appearance here.)

Mrs. TEMPEST, the Fashionable and Faithless Mother of the above young lady.....Miss MARY WELLS

Mrs. PLUNKETT, the too apparent cause of Mr. Plunkett's absence from home......Mrs. J. H. GILBERT

CAROLINE ANASTASIA PLUNKETT, Practical Daughter of an Impractical Parent..................Miss EDITH BLANDE

(From the Gaiety and Criterion Theatres, London.)

YORK, the Gentleman Miner and Owner of the "49 Mill"..................Mr. HENRY CRISP

BRODERICK, a Knave through circumstances over which he ought to have control.

Mr. EDMUND COLLIER

BILL PLUNKETT, "Uncle Billy," the Champion Liar of Calaveras..................Mr. P. A. ANDERSON

(His first appearance here.)

JUDGE TEMPEST, a wealthy and retired Lawyer, with an Interest in the Mines and in one of the Miners..................Mr. H. A. WEAVER

(His first appearance here.)

FERGUSON, Foreman of the "Keystone" Mine and Chief of the "Vigilantes".....Mr. WM. DAVIDGE

MASTERS, Foreman of the "Heart's Delight," and another of the lawless society of law and order..................Mr. E. VARREY

(His first appearance here.)

BOSTON, one more of the same sort..................Mr. VINING BOWERS

JAKE MILLER, ditto..................Mr. F. M. CHAPMAN

Miners, Jurymen, &c., &c.

Act I..Scene—Plunkett's Cabin on the Stanislaus (Witham). The Stained Jacket! Ah Sin makes a Profitable Sale.

Act II..Scene—AH SIN'S LAUNDRY! (Thompson.) An Exchange of Names and a Confusion of Identities. Miss Tempest makes a Conquest, and the Vigilantes make an Attack, while Ah Sin makes a Novel Defence!

Act III..Scene—York's Cottage (Thompson and Roberts). Ah Sin Leaves his Duties. The Heiress is Conquered and York is Captured—twice. Last time somewhat unpleasantly, and Ah Sin takes a hand in all around.

Act IV..Scene 1—A Roadside. The Heiress makes an Appeal and the Judge Closes his Heart.

Scene 2—JUDGE LYNCH'S COURT. The Trial in Progress, and York's Fate is Decided by a Border Jury. Ah Sin's Jacket Decides the Verdict, and the Skeleton of his Cabin Decides the Day.

First Matinee of "Ah Sin"

Saturday, August 4th, at 2 o'clock.

两张关于《阿辛》的插图：

这是幽默剧《阿辛》上演时的海报，从一个侧面反映出19世纪下半叶美国主流社会对旅美华人的态度。

总 序

《新编美国文学史》是国家社会科学基金资助的“九五”规划重点项目，1996 年立项。根据项目设计，我们对美国文学从早期到 20 世纪末的历史进行了一次新的全面审视，于 2000 年至 2002 年间先后完成全书四卷的编写，并由上海外语教育出版社正式出版发行。现在，上海外语教育出版社计划将此书改版重排，并列入该社新的更大出版项目“外教社新编外国文学史丛书”。这也正好给了我们编者一个机会，对出版近 20 年的《新编美国文学史》做些少量但是必要的补充、[①]修改和格式上的统一。

一

文学史是关于文学发生、发展和嬗变的历史叙事，它以文学创作实践为基础。但一个国家的文学史不只是单纯的文学叙事，还是一种国家叙事：一方面勾勒这个国家文学发展和演变的轨迹，总结其文学成就与经验，另一方面也描绘这个国家的整体文学形象。

美国独立战争后不久，著名辞典编纂家、爱国者韦伯斯特(Noah Webster)提出美国在文学上也应寻求独立。[②] 1829 年奈普(Samuel L. Knapp)发表了第一部美国文学史《美国文学讲稿集》，在书中他批评美国学者重复外国人关于根本不存在美国文学的说法，提出美国应该编写自己的文学史。[③] 但事实上，当时绝大多数文人对自己国家的文学创作信心不足。人们普遍认为，美国花了七年才取得政治自主，要在文学上赢得相应地位，至少得有几百年时间的积累。尽管 1888 年至 1890 年间出版了十一卷大型丛书《美国文库》[④]，但它仍然反映了这种自信不足的心理。文库中收集的作品似乎印证了美国文学只是“英国文学的一个分支”的说法，因为入选的几乎全是那些深受英国文学传统

---

① 例如一些作家、作品、流派或理论有了新的评价和解读等。

② 韦伯斯特称：“美国必须像在政治上获得独立一样，在文学上也要谋求自主，它的艺术必须像它的武器一样，也要闻名于世。”转引自 Richard Ruland and Malcolm Bradbury, *From Puritanism to Postmodernism: A History of American Literature* (London & New York: Routledge, 1991), p. 3.

③ William Trent, et al., eds., Preface, *The Cambridge History of American Literature* (New York: Cambridge University Press, 1917), p. iii.

④ E. C. Stedman and E. M. Hutchinson, eds., *Library of American Literature* (New York: C. L. Webster, 1888—1890).

影响的新英格兰地区的作家,如欧文、库柏、朗费罗、洛厄尔等,而其他那些带有强烈本土风格的作家,不是被拒之门外,便是给予极少篇幅,轻描淡写,略带而过。

由特伦特(William Trent)等四人主编、1917 年出版的《剑桥美国文学史》(共四卷,1921 年出齐)是历史上第一部由多人合作编写的美国文学史。它篇幅之大足见美国文学已经达到相当规模与水平。尽管书中收入了更多的作家,但该书的序言却仍把要求美国文学独立的主张称之为"国民骄傲的诱惑"。它强调英美两地的文学虽远隔大洋,却"同出一源","使用同样的语言,信奉同样的宗教",都是在"斯宾塞、莎士比亚、弥尔顿"等文学大师熏陶下创作出来的作品。①

然而,与此同时,美国文学自主意识得到进一步增强。批评家布鲁克斯(Van Wyck Brooks)②在 1918 年严肃指出,美国文学的历史在一般人们头脑中只是"没有生命、缺乏价值的过去"。他呼吁人们去"发现",甚至"创造"一个"有意义的美国文学传统"。③ 在之后整个 20 世纪二三十年代,不少美国批评家和文学史家沿着这个思路,自觉地重新研究、评价自己的文学历史。从 1920 年开始,美国和加拿大语言和文学界最高学术团体"现代语言协会"才承认"确有美国文学这回事"。④ 1928 年又出版了福斯特(Norman Foerster)主编的具有重要意义的论文集《重新解释美国文学》,书中提出滋生早期美国文学的文化既不源起于殖民地本土,也不属于欧洲,而是一个相当发达的文化经"移植"到北美新土壤后产生的一个新的文化。该书还强调西部拓疆运动在美国文学发展中的重要作用。这些论述都在理论上为创建独立的美国文学史铺平了道路。⑤

在这被重新构建的美国文学传统中,原先的一流作家大多被降为二三流作家,原来因为"美国味"太重而未被足够重视的作家如麦尔维尔、爱默生、惠特曼、坡、霍桑、梭罗等则被升格成了挑梁大家。第二次世界大战结束后由斯皮勒(Robert E. Spiller)主编出版的二卷本《美利坚合众国文学史》(1948),不

---

① Trent, et al., eds., Preface, *The Cambridge History of American Literature*, p. vii. 柏科维奇(Sacvan Bercovitch)在 1994 年新编的 *The Cambridge History of American Literature* 中称这部老文学史"向人们介绍了英国文学的一个新的分支"。("Introduction")

② 早在 1915 年布鲁克斯在 *America's Coming of Age* 一书中已经批评了美国文学创作中的"绅士派传统",并呼吁寻找一个可为新文学提供"可以使用的传统"。见 Robert Spiller, *Milestones in American Literary History* (Westport: Greenwood Press, 1977), p. 42。

③ Van Wyck Brooks, *Letters and Leadership* (New York: B. W. Hucbsch, 1918), p. 64.

④ Spiller, ed. *Milestones in American Literary History*, p. 15.

⑤ Norman Foerster, ed. *The Reinterpretation of American Literature: Some Contributions Toward the Understanding of Its Historical Development* (New York: Harcourt. 1928). 转引自 Milestones in American Literary History, pp. 15 - 16。

但“权威性地”叙述了美国文学的发展脉络，确定了经典作家的名单和书目，而且真正把美国文学“建成了一门新的学术研究领域”[①]。

此后曾有多种美国文学史问世，其中包括埃利奥特（Emory Elliott）主编的《哥伦比亚美国文学史》（1988，中文版 1994）[②]，彼得·康（Peter Conn）的《插图版美国文学史》（1989）[③]等等。当然，迄今为止美国文学修史工程规模最大的当推哈佛大学柏柯维奇（Sacvan Bercovitch）教授主持编写的新版《剑桥美国文学史》，皇皇巨著，共八卷，于 20 世纪末出齐。[④] 20 世纪美国文学史的多产反映了美国文学创作的繁荣，也是美国作为一个独立、成熟的国家文化心态的自我表现。

二

20 世纪随着美国文学史编写的兴盛，有关文学史理论的研究也不断深入。涉足文学史论的既有文学史家，也有文学批评家。斯皮勒曾经指出：“每一代人至少应当编写一部美国文学史，因为，每一代人都理应用自己的观点去阐释过去。”[⑤]这是因为任何一部文学史，都必然体现一种文学史观。

文学史，顾名思义，是要在文学与历史这两个相当不同的领域中周旋。文学中的大部分作品依靠文字虚构生活，开展想象，较少受时间和空间的制约；历史则需凭据史料，在具体的时间和空间范围内或间歇中穿针引线。写文学史应该在文学与历史之间更强调哪一方，对此一向都有争议。这也正是美国文学史论发展演变的一个焦点问题。

1917 年的第一部《剑桥美国文学史》强调文学作品对生活的写照，“序言”称这部文学史“与其说完全是一部纯文学的历史，还不如说是对文学作品所反映的美国人民生活的一种概述”。[⑥] 四五十年代美国“新批评”鼎盛时期，韦勒克（René Wellek）和沃伦（Austin Warren）曾在他们合著的《文学原理》（1949）一书中辟专章论述文学史理论与方法。他们从形式主义批评立场出

---

① Sacvan Bercovitch, ed. Introduction, *Cambridge History of American Literature*, Vol. 1 (New York: Cambridge University Press, 1994), p. 1.

② Emory Elliott, ed. *Columbia Literary History of the United States* (New York: Columbia University Press, 1988)；《哥伦比亚美国文学史》朱通伯等译，四川辞书出版社，1994 年。

③ Peter Conn, *Literature in America: An Illustrated History* (New York: Cambridge University Press, 1989).

④ 这部八卷本新版《剑桥美国文学史》已在 2005—2010 年间全部译成中文，由中央编译出版社出版发行。

⑤ Robert Spiller, Preface, *Literary History of the United States* (New York: Macmillan, 1948), p. 7.

⑥ Trent, Preface, *The Cambridge History of American Literature*, p. iii.

发,突出文学史与历史的本质区别,认为文学是一种艺术,文学史必须是关于这种艺术的历史,并把"强调文学作为艺术的历史"[①]视为医治过分扩大文学史内涵的一帖"必要的解药"。[②] 1952 年,韦勒克又在现代语言协会发表《现代语言与文学研究的目的、方法与材料》的报告中指出,"对于文学史我们只能两者取一:要么把它看作是历史的一个分支,尤其看作是文化历史,把文学作品当作是历史文献和历史见证;要么把文学史看作是艺术史,把文学作品当作艺术丰碑来开展研究。"但他同时认为这两者并不一定互相排斥,一个好的文学史家必定是一个好的文学评论家。[③]

《美利坚合众国文学史》主编斯皮勒在 1963 年发表的现代语言协会新的《现代语言与文学的研究目的和方法》报告则反对这种折中立场。[④] 他认为,文学史是个独立的学术领域,文学史必须明显具有文学性,"文学史研究的是文学,因此它只能用文学的而不是其他的语言来写作"。[⑤]

然而,从 20 世纪 60 年代中后期起,欧美文学批评理论发生了深刻而又激烈的变化。结构主义、读者反应批评、新精神分析、解构主义、女性主义、新历史主义、后殖民主义、文化批评等理论从不同的新视角审视文学,在文学批评的观念和方法上引起一场革命,也给文学史论的发展带来理论上的不断突破,使人们对文学史实的客观性、典律的权威性、文学传统的构建、弱势文学的地位、跨学科研究等问题不断有新的认识。后现代主义和文化批评理论的发展对文学史的编写和研究影响不小。

原先认为文学史应该是文学与历史的有机结合,既有对文学作品艺术性的赏析,又有对作品之外种种关系剖析的文学史观在美国似乎已经过时,在文学与历史之间,文学史的编写越来越偏向历史,美国的文学史家们大多已不愿在作品的文学艺术性上多花费时间,而是把研究重心转向了文化历史的研究。现代语言协会 1981 年发表的权威性的《现代语言与文学研究入门》报告中,更把"文学史"这个传统提法改成了"历史研究"(Historical Scholarship)。该报告认为改动学名是为了表明当代史学家们从事的领域要比斯皮勒为"文学史"所标明的领域宽广得多,与其他历史研究对象的界限应该加以模糊。[⑥] 在这里,文学显然被挤到了后座。但 1992 年发表经过大大扩充了的《现代语言与

---

① René Wellek and Austin Warren, *Literary Theory* (New York: Penguine, 1949), p. 268.

② 同上,p. 269。

③ René Wellek, *Literary History*. 见 *PMLA* 67, October, 1952, p. 20。

④ Lawrence Lipking, "A Trout in the Milk," *The Uses of Literary History*, ed. Marshall Brown (Durham: Duke University Press, 1995), p. 23.

⑤ Spiller, "Literary History," *The Aims and Methods of Scholarship in Modern Languages and Literatures*, ed. James Thorpe (New York: MLA, 1963), p. 45.

⑥ Barbara Kiefer Lewalski, "Historical Scholarship," *Introduction to Scholarship in Modern Languages and Literatures*, ed. Joseph Gibaldi (New York: MLA, 1981), p. 53.

文学研究入门》报告[1],还认为1981年的报告只是改了文学史的名称,实际上仍然过于突出文学,而新的历史研究应该把以往被贬为背景材料的社会与文化资料都作为自己的直接研究对象,因为在福柯之后,"一切都是文本,都是平等的"。[2] 文学史显然已被重新定义。现在"文学史"的含义似乎只指由在语言文学系工作的学者所写的历史。人们更为关心的是文化而不是"艺术",对于许多美国文学史家来说,"文学艺术"只有作为文化的例证存在才有意义。

在后现代主义理论的影响下,多人合作的文学史中原先强调观点一致、线性发展的传统文学史写作模式受到了严重的挑战。针对以斯皮勒主编的《美利坚合众国文学史》为代表的传统编写原则,埃利奥特在《哥伦比亚美国文学史》"前言"中写道:"历史学家不是真理的昭示者,而是故事的讲述者。"[3]这部文学史揭示"美国的文学历史不是一个故事,而是很多个不同的故事"。[4] 他又说:"在两次世界大战结束之际,许多学者对美国的民族属性有着统一的看法,而这种统一性在今天已不复存在。由于这个缘故,我们尽可能地把那些使当今学术界变得生机勃勃的各种各样的观点都呈献在读者面前。"[5]

柏克维奇等在新版《剑桥美国文学史》中,对包括《哥伦比亚美国文学史》在内的以往所有美国文学史的编写模式提出了挑战。该书扩大或重新界定了文学史的疆域。该书"序言"认为它的"权威"并不来自统一而在于区别,它存在于"各个不同但却相关的知识群体的作用之中",在于这部书集结了各个研究领域的专家权威在不同但又相关的问题上发表各自的看法。因此,这部历史"不是一部美国文学的历史而是多部美国文学历史的组合"。它的明显特点"既是各种相对观点的共存,更是各种文本和超文本用互相修正但并不对抗的方式发生关联"。[6] "序言"还认为美国文学的多样性、复杂性要求采用一种"多重声音描述的策略","角度的多样性与所利用的文学和历史材料的巨大丰富性相对应"。[7] 该文学史第二卷的一位撰稿人埃拉克(Jonathan Arac)完稿后发表了题为《什么是文学史》的论文。他认为《哥伦比亚美国文学史》尽管说是"后现代",但它仍然采用了跟第一部《剑桥美国文学史》和《美利坚合众国文学史》一样的传统写作模式:每章20页,每个章节都以某个题材或作家名作为标

---

① Annabel Patterson, "Historical Scholarship," *Introduction to Scholarship in Modern Langauges and Literatures*, ed. Joseph Gibaldi, 2nd edition (New York: MLA, 1992), p. 183, 186.

② Marshall Brown, ed. *The Uses of Literary History* (Durham: Duke University Press, 1995), p. 3.

③ Elliott, ed. General Introduction, *Columbia Literary History of the United States*, p. 17.

④ 同上,p. 21。

⑤ 同上,pp. 11-12。

⑥ Bercovitch, ed. Introduction, *The Cambridge History of American Literature* Vol. 1, p. 23.

⑦ 同上,p. 5。

题。新版《剑桥美国文学史》则有意打破这种模式。埃拉克撰写的那个章节长达172页,并用“叙事形式”一词作为他这一章的标题。[①]

三

参加编写我们这部《新编美国文学史》的同仁们自然十分关注美国学者的这场论争。但我们感到,无法也没有必要去完全遵循美国文学史界这些新理论来展开我们对美国文学历史的叙述。我们用中文编写《新编美国文学史》,有着我们自己不同的读者对象,有着我们自己的国情和自己的文学史论背景。另外,我们在申请项目时就明确了自己的编写宗旨和目的:《新编美国文学史》力求“完整表现美国文学的历史全貌,深入研究不同时期主要的流派、作家与作品,总结美国文学走向世界,成为一种独立的、具有强大生命力的民族文学的成功经验”。[②] 鉴于我国一般读者对美国文学阅读不多,《新编美国文学史》需要对重要文学作品作一定的介绍。《新编美国文学史》坚持史论结合的原则,强调在深入研究的基础上,对文学现象进行实事求是的评析,提出自己的观点和看法。

与此同时,我们也十分重视吸收美国同行在长期论争中所取得的并适合我们需要的认识和做法,例如对撰写文学史是构建文学传统,经典作家的名单和书目常随时代而变化,妇女文学、少数族裔文学等弱势文学的地位,文学理论的变化发展带来的变化,一部由多人合作编写的多卷本文学史,很难也无须用一种理论或观点统一全书,应允许不同编者在一定程度上保持不同观点等等,以丰富我们自己编写的美国文学史。

在世界主要国家的文学中,美国文学无疑最年轻。在19世纪20年代前,大多数欧洲文人,也包括一些美国的文史学者,都认为“根本没有‘美国文学’这回事”。美国文学迟至20世纪20年代才在美国本土被当作一门独立学科,大学才开始招收该方向的研究生,组建专业学会并筹办专业刊物,也才有了被较广泛认可的作家和称得上经典的作品,研究成果数量逐步上升。

有趣的是,如此年轻的美国文学,却在20世纪30年代和70年代,多次引起有着数千年文学和文化传统的中国文学、文化与教育界人士的高度关注。其原因一定不少,但有一点也许尤为突出,即美国文学的“现代性”品质。哈佛大学伯克维奇教授在2005年为他主编的《剑桥美国文学史》的中文译本,专门

---

① Jonathan Arac, “What Is the History of Literature,” *The Uses of Literary History*, ed. Marshall Brown (Durham: Duke University Press, 1995), p. 26.

② 引自国家社科“九五”规划重点项目“新编美国文学史”项目申请书。

写了致中国读者的序。在序言中，他对美国文学的属性和内涵做了相当明确和重要的界定。他说"美国文学也许是世界上最年轻的文学传统"，但美国文学是"现代世界所诞生的第一个国家"的文学。"尽管早在欧洲人来此定居数千年前，美洲印第安人或称美洲本土居民就生活于此，但他们只有口头而无书面的文学。""我们现在理解的美国文学传统，是指用英文写成的作品。这个文学传统开始于 16 世纪末 17 世纪初，那些给美洲带来原始资本主义生活方式的英国殖民者所写的叙事文、布道文、日记和诗歌。[①] 它繁荣于 19 世纪环大西洋工业资本主义取得胜利的时期，并且继续以一个企业自由、市场开放的西方强国的文学存在于我们的时代。"他还说，"就它表述现代性的种种状态而言，美国文学是世界上历史最悠久、内容最复杂的现代民族文学。"美国文学"是关于个人主义与事业进取心、扩张与探索的文学，是关于种族冲突与帝国征服、大规模移民与种族关系紧张的文学，是关于资产阶级家庭生活和个人自由与社会限制不断斗争的文学，是从探求自然和'自然人'的关系转向探讨异化、歧视、城市化、地区冲突及种族暴力等问题的文学。它们受到民主美学理想的鼓舞，是跟欧洲旧世界所谓'精英主义'相对的'普通人'和'普通事'的美学。"[②]

"现代性"，有时也称作"现代化"，是人类社会近代史上的一件大事。所有国家或民族都或早或迟，或多或少，主动或被动进入人类社会的现代化进程。我国清朝政府在两次鸦片战争中失败，被迫在 19 世纪 60 年代起推行"中学为体，西学为用"、"师夷之长技以制夷"的洋务运动。结果被实施"明治维新"、建立新政治体制、推行工业化和全民教育的邻国日本，以甲午战争和《马关条约》抢走了我国领土并拿走巨额赔款，终结了我国第一次现代化进程。

1927 年至 1937 年间，民国政府大规模推动经济、文化和教育的现代化。知识界和民众对国家和民族的现代化抱有强烈愿望。上海出现了不少名称带有"现代"字样的刊物。1932 年 5 月，上海现代书局创刊发行了《现代》文学月刊。1934 年 10 月第五卷第六期《现代》杂志，隆重推出了有数百页之厚的"现代美国文学专号"，作为系统介绍西方国家现代文学系列中的第一期[③]。此专号集合了我国翻译、文学研究界 20 余位专家名人，相当全面地翻译、评介了美国现代小说、戏剧、诗歌、文艺理论与文学思潮。专号编者在《导言》中目光敏锐地指出，"现在的美国是在供给着到 20 世纪还可能发展出一个独立的民族

① 印第安口头文学是否美国文学源起，学界看法不一，本书也不强求观点一致。

② 《剑桥美国文学史》中文版第七卷《序》。中央编译出版社 2005.1。本序中此出处中文引文译自英文原稿。

③ 书局计划在美国专号之后出版法国、苏联、英国的文学专号，后因倒闭没能出版其他国家的文学专号。

文学来的例子”,正在“独立创造中的中国新文学”不但能从中获得“新鼓励”,而且应该学习美国现代文学的“创造”和“自由”的精神。[①] 据统计,20 世纪 30 年代中国翻译介绍的美国文学作品每年有二三十部,40 年代的中后期每年达四五十部之多。[②]

1949 年 10 月 1 日,中华人民共和国正式成立。新中国在经历了一些探索中的失误后,进入了具有划时代意义的新时期。1978 年 3 月 18 日,来自全国各地 6000 名代表出席在北京人民大会堂举行的史无前例的全国科学大会,邓小平在大会上作报告,阐明了党和国家倡导科学、尊重人才、发展教育的国策。1978 年 12 月中共中央召开了具有重大历史意义的十一届三中全会,决定实行对内改革、对外开放,工作重心从阶级斗争转向经济建设。国家正式步入了社会主义现代化建设的新时期。这些新政策大大调动了我国广大知识分子的积极性,文化、教育、出版等各界人士欢欣鼓舞。

1978 年底,中国社会科学院在广州召开外国文学规划会议。山东大学校长吴富恒教授在美国文学小组讨论会上提出成立全国美国文学研究会的动议,立即得到南京大学陈嘉、北京大学杨周翰、复旦大学杨岂深、中山大学戴镏龄、社科院外文所董衡巽和袁可嘉等著名教授学者的积极响应。经充分酝酿、积极筹备,全国美国文学研究会于 1979 年 8 月 22 日至 9 月 2 日在山东烟台举行成立大会暨学术研讨会。全国美国文学研究会(简称“美文会”),英文名称“China Association for the Study of American Literature”,首字母缩略 CASAL,是我国第一个正式成立的外国文学研究会,属国家一级学会。[③] 研究会当时决定建设两个美国文学研究资料中心,分别设在山东大学“现代美国文学研究室”和南京大学“欧美文化研究室”内。山大研究室还出版会刊《美国文学研究》,由北大、南大、复旦、山大轮流组稿编辑,由山东文艺出版社以“丛刊”形式公开发行。这是当时全国唯一反映美国文学研究及动态的刊物,内容新、信息量大,很受欢迎。

随着国家改革开放和现代化建设国策的深入发展,刊登美国文学艺术翻译作品与研究文章的刊物相继问世。1978 年《外国文艺》创刊,1979 年《译林》杂志面世,1980 年《当代外国文学》和《外国文学》创刊,1981 年《国外文学》面世,《外国文学评论》也在 1987 年创办。这些外国文学作品与评论以及理论研究的期刊在短短数年间同时涌现,美国文学是它们刊登的主要内容。大学开始重视学术研究,纷纷恢复或创办大学学报,不少还成立了大学出版社。所有

① 《导言》,《现代》第五卷第六期 1934 年 10 月。

② 王建开,《五四以来我国英美文学作品译介史》,上海外语教育出版社,2003 年。

③ 我国有两个研究外国文学的一级学会,另一是驻会中国社科院外文所的“中国外国文学学会”,下属有除美国文学外的其他国别文学学会。

这些都大大拓展了我国美国文学研究者的成果发表和出版的途径，有力促进了美国文学研究在中国的发展。

全国美国文学研究会的专业职责是“团结并组织美国文学工作者，开展美国文学作品、理论以及历史的研究工作和翻译工作”（章程第一章）。在推动我国的美国文学与文化研究中，美文会做出了不懈努力，并取得了一定成绩。1995 年时任美文会常务副会长刘海平、秘书长王守仁代表拟定的课题组其他成员一起申报了国家社科基金“九五”规划重点项目“新编美国文学史”，于 1996 年获批准立项。课题组其他成员包括张子清，张冲，朱刚，杨金才，赵文书，何宁等。因此《新编美国文学史》是美文会驻所单位的一个集体成果。

四

《新编美国文学史》全书四卷，在时间上分别涵盖美国文学发展的四个阶段，即起始至 1860 年，1860 年至 1914 年，1914 年至 1945 年，1945 年至 20 世纪末。这样分期，是基于两方面的考虑。一是参照具有划时代意义的美国和世界重大历史事件如南北战争、第一次世界大战、第二次世界大战，将其作为确定分界线的重要依据；二是美国文学自身大体也相应地经历了四个发展阶段，每个阶段具有鲜明特征：美国文学的起始与形成；美国现实主义与自然主义文学的繁荣；美国现代文学的诞生与发展；美国文学的多元格局。当然，我们这样分期主要为了便于编写，并不意味着对美国文学进行泾渭分明的历史分割。事实上，文学创作大多并不与重大历史事件直接有关或以此为界，作家的创作生涯常常是跨越时期的，多数文学流派在新的历史阶段也会继续绵延。

自改革开放以来，我国在美国文学史的编写和研究方面成绩斐然，取得不少具体成果。由中国社会科学院外国文学研究所董衡巽等五位专家合著的《美国文学简史》（1978，1986，2003）是填补空白之作。该书汇聚了我国前辈学者数十年积累的认识和学术成果，代表了一个时期我国对美国文学研究的水平。与此同时，《美国现代小说家论》（董衡巽等，1987）、《美国当代小说家论》（钱满素等，1987）、《美国小说史纲》（毛信德，1988）等专著的出版体现出我国学者对美国文学史研究的广泛兴趣。

进入 90 年代后，我国学者继续关注美国文学史，新作迭出，如《现代美国小说史》（王长荣，1992）、《当代美国戏剧》（汪义群，1992）、《美国戏剧史》（郭继德，1993）、《20 世纪美国诗歌史》（张子清，1995）、《美国文学史》（上册）（常耀信，1998）、《20 世纪美国文学史》（杨仁敬，1999）等。这些学者在美国文学史领域进行的重要探索为我们写好《新编美国文学史》提供了宝贵经验。

《新编美国文学史》一个重要特征无疑是一个"新"字,这首先体现在材料新。随着改革开放的深入和对外交流的扩大,我们对美国文学资料掌握情况有了显著改善。生活在网络世界,获取信息之方便迅捷,是过去任何时代无可比拟的。为高质量完成本课题,南京大学外语学院为四位分卷主编提供机会去美国访学一年或更长时间,收集第一手资料,与美国文学史家与学者开展面对面交流。① 因此《新编美国文学史》相当一大部分的编写是在美国完成的,使过去撰写美国文学史使用资料不足而产生的问题得到较好的解决。从第一卷的印第安传统文学到第四卷的20世纪90年代文学,各章节采用的材料力求丰富、新颖。

"新"还体现在编写的视角新。作为由中国学者撰写的新编美国文学史,我们力求从中国人视角对美国文学做出较为深刻的评述。因此,中美两国文学的互动、交流与影响是本书的一个重要关注。美国学者撰写的文学史很少会描述美国文学在中国的接受过程,对于中国哲学及文化思想对美国作家的影响有时也会语焉不详。《新编美国文学史》对此给予足够的重视。爱默生与儒家学说的关系,惠特曼对中国文学的影响,庞德对中国古典诗词的模仿和翻译,艾略特诗歌在中国的传播和对中国诗人的影响,道家思想在奥尼尔戏剧创作中的反映以及他的戏剧对中国话剧的影响,诺贝尔文学奖得主赛珍珠与中国文化的关系和对重塑中国人在西方的形象的贡献等等,在我们这部文学史中都有较为详细的记载和论述。中美文化的撞击和融会构成华裔文学的重要主题,对华裔文学诞生、发展、演变的历史过程进行专门研究也是本书的一个特色。

美国历来重视文学批评,又是"新批评"等一大批现当代批评理论的故乡。早在19世纪三四十年代,坡、库柏与爱默生就开始了文学批评实践,他们的诗歌小说理论奠定了美国文学批评的基础。20世纪被称为批评的世纪,特别是进入60年代以来,文学批评理论高度繁荣。文学批评现已作为一门新的学科领域被学术界普遍接受,并成为一种独立自觉的文学体裁,进入大学文学课程。展现美国文学批评发展史,对主要批评流派作较为系统的介绍与评析,是《新编美国文学史》的又一项重要内容。

国家社会科学基金于1996年5月正式批准《新编美国文学史》立项。董衡巽先生自始至终关心和支持该课题研究,并就如何完成项目提出了宝贵的指导性意见。《新编美国文学史》同时还得到了美国柏克维奇教授和埃利奥特教授的指导。本书顾问、剑桥大学出版社《插图版美国文学史》的作者宾夕法

---

① 项目组成员或是哈佛燕京学者、富布莱特学者,或在美短期任教开展研究和学术交流。

尼亚大学彼得·康教授为本书提供了许多珍贵的照片和插图，我们谨在此一并表示衷心的谢意。

《新编美国文学史》的局限和不足之处在所难免，敬请读者批评指正。

刘海平 王守仁
2018年3月12日修订

目 录

Table of Contents

概　论

南北战争至第一次世界大战期间的美国文学（1860—1914）

南北战争到第一次世界大战是美国历史上变化最大的时期。这个时期美国不仅从一个相对封闭落后的农业国家变成了世界上首屈一指的资本主义工业大国，而且美国的国家身份也受到前所未有的关注，并且基本上得到了确立，美国文学在其中起到的作用不容忽视。

1893 年 5 月，密西根河畔的芝加哥市耸立起一座占地一千英亩的新市区，其古典式的白色建筑和环绕其间的清澈流水交相辉映，到了夜晚，整座城市的轮廓在成千上万盏电灯的烘托下显得格外壮观。这就是美国主办的“世界哥伦比亚博览会”(或称“哥伦比亚世界博览会”)，以纪念哥伦布发现美洲大陆四百周年。这是当时世界最大的博览会，耗费巨资经过两年半时间建成，通过它，美利坚合众国在新世纪来临的前夕向世界展示它的经济科技实力；除大量国外游客外，半年内占人口三分之一的近 3 000 万美国人参观了这个博览会。

内战后由于海外移民大量涌入，美国人口在 50 年之内翻了三番，农业产值也翻了三番，工业产值则翻了十一番。1850 年加州成为美国的第 31 个州，到了 1912 年美国已经有 48 个州。内战开始时美国的城市人口只占全国人口的六分之一，世纪之交时已经达到三分之一。纽约市的人口在 50 年间从 50 万人猛增到 350 万，芝加哥这个在 19 世纪 30 年代只有 350 人的小村庄在 90 年代人口已经超过 100 万，成为美国第二大城市。其他城市如底特律、哥伦布、明尼苏达、圣保罗、洛杉矶等的规模也成倍增长。

内战后不久的 1869 年，美国第一条横贯美洲大陆的铁路建成通车，极大地促进了国家经济的发展。到了 1885 年，类似的铁路大动脉已经建成四条，19 世纪 90 年代美国铁路通车里程占世界的一半，其价值占国内财富的六分之一。1865 年的 3.5 万英里铁路，到 1900 年已经达到 20 万英里。大规模的铁路建设使得昔日荒凉的西部得到了开发。南北战争前铁路促进了得克萨斯、密苏里河上游、加利福尼亚和俄勒冈等中西部地区的建设，战后经济开发的触角进一步伸进达科他地区、堪萨斯西部和内布拉斯加等边远地区。到了世纪之交，传统意义上的西部边疆已经不复存在了。

如果说早期的边疆开发培养了美国人的开拓进取精神，孕育出美国特有的民主精神，随着边疆的消失和垄断资本主义的加剧，美国出现历史上前所未有的政治腐败和道德水平下降。19 世纪 70 年代开始的垄断行为，到世纪末使绝大部分的国家财富被各种形式的巨头们所控制：1890 年 1%的美国家庭拥有全国25%的财富,1893年中等家庭的年收入是700美元,财富集中于4万个百万富翁手中。这段时期美国社会腐败丛生,金钱交易、官商勾结、欺诈贿赂、坑蒙拐骗达到不择手段的地步。

城市的过度膨胀和经济的无序发展,造成巨大的社会问题。距芝加哥世博会一英里之外就是大片的贫民窟,再不远就是辛克莱在《屠场》里揭露的那个占地400平方英里臭气熏天的芝加哥肉类联合加工厂。这时的"镀金时代"的确成了"弱肉强食的时代",美国社会变成了一个适者生存的"原始森林"(jungles)。城市里嘈杂肮脏,失业率高,工厂主为了利润不顾工人的死活,疾病贫困和暴力犯罪充斥着这些城市。由于农作物要依赖铁路的运输,农民们只好任铁路巨头的宰割,受土地投机商的欺压。失去土地的农民大批进城,加剧了城市的赤贫化进程。就在芝加哥世博会开幕的五天后,美国的股票狂泄,整个国家进入了为期四年罕见的经济萧条期。

19世纪80年代,一些经济学家们成立了"美国经济学协会",主张政府对工业进行必要的干预。但是这个时期美国政府奉行的是不干涉主义,完全依赖资本主义市场这个"看不见的手"进行自我调控。问题尖锐之后美国政府陆续建立"州际贸易委员会",通过反托拉斯法案,成立"贸易劳工部",来保护公众的利益。文人学者们对资本主义的这种发展也忧心忡忡。当亨利·亚当斯把世博会展示的发电机比作"历史的新篇章"时,豪威尔斯已经在担心金钱和科技会导致国家偏离共和的理想。

这种担心并不是没有根据的。芝加哥这座城市是黑人重建的,但世博会开幕式上却显示不出900万美国黑人的踪迹,各个会务组里也没有黑人负责。芝加哥是无偿占用印第安人的领地建立的,但是印第安人也同样没有自己的代表出现。世博会倒是破天荒地承认了妇女的存在:它的妇女馆展出了美国妇女在艺术和工业等方面取得的成就;同年,科罗拉多州首先给予妇女选举权,尽管第十九条宪法修正案1920年才获得正式通过。但是这里的妇女指的只是中产阶级白人妇女,而且是经过了半个世纪的抗争之后才得到这样的权利的。世纪之交还是美国帝国野心开始膨胀的年代。世博会举办那年,美国糖商在海军陆战队和炮舰的支持下颠覆了夏威夷政府,并在五年后美西战争中予以兼并。40年代提出的"命定说"(manifest destiny)成了世纪末新的扩张理论,有些美国人甚至以这个名义主张兼并整个北美大陆。他们干涉1895年的古巴革命,赢得了1898年的美西战争,镇压菲律宾的反美起义。面对国内的批评,同时也为了对付欧洲的渗透,美国国务卿用"门户开放"政策反对欧洲列强肢解中国,作出反帝的姿态。诗人穆迪(William Moody)为此写出诗歌《猎物》(The Quarry),把美国比喻成弱者的守护神,这首诗被称为"超过一切帝国主义文学之和"。

19 世纪的美国文学受到两股势力的影响：欧洲传统与本国的西部边疆风格。欧文、朗费罗、洛厄尔、霍桑都和欧洲文化有脉承，惠特曼、豪威尔斯、詹姆斯、德莱塞也吸收了欧陆思潮。但是西部边疆精神对东部的新英格兰传统提出了挑战。马克·吐温对温文尔雅的欧陆绅士传统讥讽有加，对边疆人对专制的疾恶如仇情有独钟。哈特和加兰也为我们展现出一幅生气勃勃的西部风情图画。美国评论家对“边疆”(frontier)的理解是“最快最有效的美国化的分界线”，因为“边疆特征成为最典型的美国特征”：粗犷豪爽，冒险精神，讲究实际，喜爱创造，精力充沛，充满活力，雄心勃勃，个人主义，酷爱自由。西部开发推动了美国民族性格的形成，而被马克·吐温、哈特、加兰等颂扬的西部精神正是东部绅士传统所或缺的品质。他们最杰出的作品不论背景设在哪里，人物来自何方，主题关注的是什么，都带有浓厚的西部风格，带给美国读者一股清新的气息。

生活在西部的人们面对的是严酷的大自然，但他们并不缺少浪漫情趣。在艰苦的劳作之余，或者被恶劣的气候封堵在篝火旁的时候，人们喜爱用讲故事(yarn-spinning)的方式来打发时光，这些西部的故事(tall tales)与传说形成了边疆口头文学传统。西部故事想象丰富，充满戏剧性，经过讲述者的精心构造，使神话、调侃和现实有机地融合在一起，成为西部生活不可或缺的一部分，也为全国其他地方的读者展示了一个全新的天地。从这个意义上说，马克·吐温和哈特起步于“跳蛙”和《咆哮营的幸运儿》就不足为奇了。西部故事的特征就是幽默，并由此产生出一批优秀的幽默家(literary comedians)。托马斯·班斯·索普(Thomas Bangs Thorpe, 1815—1878)长期生活在远西地区，他写的《阿肯色的大熊》(*The Big Bear of Arkansas*)是战前西南部流传最广的传说。亨利·惠勒·肖(Henry Wheeler Shaw, 1818—1885)17 岁到西部打工，50 年代后期已经成为小有名气的职业幽默家(funnyman)。大卫·克罗克特(David Crockett, 1786—1836)生长于西部边疆的田纳西州，他讲述的幽默故事也为各地的报纸所青睐。威廉·泰潘·汤普生(William Tappan Thompson, 1812—1882)以“琼斯上校来信”为形式发表的作品在 40 年代畅销，与当时西南部流行的口头幽默故事十分相似。乔治·华盛顿·哈里斯(George Washington Harris, 1814—1869)在田纳西生活了 40 年，他创造的喜剧人物萨特·拉文古德(Sut Lovingood)在 50 年代家喻户晓。这些西部的幽默故事把西部的社会文化、生活方式和思维特点表现得淋漓酣畅，对西部性格乃至美国人性格的形成产生过很大影响。西部幽默的叙事手法无疑为马克·吐温和哈特的创作提供了借鉴，也促进了 19 世纪下半叶地方色彩文学的发展。

南北战争结束后，美国的资本主义经济获得了高速发展，很快使文学的创作和生产成为大工业的一部分。60 年代末全美大城市的印刷所被铁路连接成一张巨大的出版网,形成了全国发行市场。蒸汽驱动的印刷机和装订机使得出版成本降低,时间缩短。1860 年出现了廉价小说(dime novel),25 美分一本的这种小说可以发行到百万册。由于教育开始普及,人们的阅读水平不断提高,对文学文化读物的需求日益提高,文化市场也不断扩大。年轻读者及工薪阶层读者喜爱边疆牛仔的冒险故事和城市侦探故事。50 年代已经出现全国性的畅销书,如女作家奥古斯塔·简·埃文斯(Augusta Jane Evans)的小说《圣埃尔墨》(*St. Elmo*)在 1866 年曾创下百万读者的记录。

这段时期美国的文学创作出现少有的繁荣局面,新的主题,新的文学表现形式,新的作家和读者群层出不穷。作品的主题不再只局限于新英格兰或旧南方的道德伦理说教,主人公也不仅仅只是温文尔雅的年轻绅士或淑女,背景也越来越多地跳出中产阶级家庭或伦敦和巴黎。严肃文学找到了推广自己的途径。世纪中叶创刊的《哈柏氏月刊》《大西洋月刊》等全国性文学刊物利用名作家增强了影响,扩大了销路,利用广告降低了成本。随着经济中心的转移,文学中心从 80 年代开始逐渐从波士顿转到纽约市,作家的创作源泉也逐渐移到芝加哥和中西部。美国本土文学的迅速发展促使美国文学界与欧洲文学产生更加频繁的交流,欧洲的主要文学家如托尔斯泰、易卜生、契诃夫、哈代、左拉等成为豪威尔斯、詹姆斯等美国批评家笔下的常客。

现实主义小说家里豪威尔斯的影响最大,在 60 年作家生涯中写出近百部著作,几乎部部挣钱,说明他的市场意识很强,也说明消费文化在世纪末已经初露端倪,正如他自己一篇文章的标题那样,他是"作为商人的文学家"(The Man of Letters as a Man of Business)。他生活在现实主义和自然主义的时代,对小说的形式和内容都作了新的尝试,有时还十分大胆,但他基本上遵循的还是新英格兰的绅士传统,不愿意走得太远,因此在世纪之交时已经有一种明显的落伍感。詹姆斯是另一位多产作家。很多人认为他在 70 年代中期之后移居英国,割断了和美国本土的联系,因而失去了美国读者,也停止了自己一部分最重要的文学想象。但是评论家们也意识到,用镜子式的反映论来评论詹姆斯可能过于简单化,他的作品里所蕴含的美国生活和美国精神也许比表面所流露的更加深刻。豪威尔斯尽管并不完全赞同詹姆斯的创作手法和做法,但在晚年撰文为他辩护;二战之后詹姆斯的名声在美国渐起,电影电视也纷纷改编起他的小说,这表明美国人对他的认可,在他的作品里看到了自己。

和 19 世纪下半叶的小说创作一样,这个时期产生出令美国人骄傲的大诗人惠特曼和迪金森。但是美国诗坛占主导地位的仍然是内战前继承新英格兰文学传统的一代诗人如洛厄尔、惠蒂尔和霍姆斯;90 年代初他们相继去世,而惠特曼和迪金森还没有产生多大的影响,所以这段时期的美国诗坛比较沉闷。

桑塔亚纳1911年把新英格兰文学传统称为“绅士传统”时，指的是它依赖于超验主义，醉心于道德规劝，和美国社会的现实距离越来越大。但这种保守的诗风依然是美国正统文化的代表，这些诗人们的画像仍然悬挂在学校的教室里。惠特曼曾经挑战过这些“教室诗人”，但和者寥寥无几，人们还是觉得他过于粗俗直率，缺少精致典雅或者凝重崇高。

19世纪很长一段时间里美国文学艺术都由英国或者欧洲文化主导。作家们确想在形式和内容上有所突破，但一直没有创作出成功的、有美国特色的作品，或发展出与之相关的批评理论。威廉·布赖恩特(William Cullen Bryant)在19世纪初提倡真正“美国”的诗歌理论和诗歌创作实践。十几年后，爱默生在《美国学者》中进一步加以倡导，认为新世界的诗人必须有新的思想，摈弃旧世界的辞藻艺术。但是只有到了惠特曼的时代这种理想才开始得到实质性的实现。

惠特曼不喜欢英国韵律诗的传统，认为这种诗歌约束太大，不利于表达他对新世界的感受，所以采取所谓的“散文体”诗歌。但是评论家们意识到，散文体诗歌是一种古老的艺术形式，英国诗人一直在不停地使用它。如18世纪诗人克里斯托弗·斯马特(Christopher Smart, 1722—1771)和惠特曼的前代诗人威廉·布莱克(William Blake, 1757—1827)就写过这种诗。惠特曼19岁时英国诗人马丁·法屈哈·塔珀(Martin Farquhar Tupper)出版散文诗集《格言哲学》(*Proverbial Philosophy*)，写得平平，但在美国引起轰动，售出百万册；惠特曼的同胞埃德加·爱伦·坡(Edgar Ellen Poe, 1809—1849)1848年也发表过散文长诗《尤莱卡》(*Eureka, a Prose Poem*)。因此，就诗歌形式而言，《草叶集》也许并不算那么新，尽管在诗歌内容上，尤其是诗歌形式和内容的结合上惠特曼还算是独树一帜。

迪金森90年代之前仅发表过数首诗歌，但她一生创作的一千多首诗作却有一种独特的魅力，使她和克莱恩、惠特曼一起，被称为世纪初美国现代主义诗歌的前驱，尽管他们的声音在当时十分微弱。对迪金森影响最大的是她信奉加尔文教的父亲和爱默生。但是她并不相信父亲的清教思想，也不愿意像惠特曼那样展示宏大的场面或者揭示什么终极真理。她喜爱记录下自己瞬间的思考，并擅长把这种思考以独到的方式予以表述。为了这个目的，她和惠特曼一样，并不在意传统的诗歌形式，不愿受其束缚。

和惠特曼、迪金森相呼应的，也许是当时的西部诗歌。与拓疆时代的小说一样，西部诗歌展现了一幅蓬勃向上的精神风貌。尽管东部的诗歌仍然占据着主导地位，并且最终代表了美国诗歌的发展方向，但这种发展无疑受到西部诗歌的巨大影响。和马克·吐温、哈特、伦敦的小说一样，惠特曼、惠蒂尔、穆迪的诗里带有强烈的西部风情，并且使之成为这个时期美国诗歌的重要特征。

从某种意义上,和“腐朽”的东部相比,民主的西部更能体现这个时期美国的精神风貌,当然这里的西部已经不再是一个地域概念,而是指美国社会发展的一个阶段。

作为艺术形式的戏剧表演一直存在于美洲大陆。清教徒们到来后,虽然反对纯粹为了娱乐目的的戏剧演出,但对于戏剧这个艺术形式并不反对,宗教剧便一度十分流行。19 世纪上半叶的美国舞台十分活跃,多种戏剧形式同时并存。它们虽然在形式和内容上还以模仿欧洲尤其是英国戏剧为主,但以美国生活为主题,以美国社会为背景的短剧越来越多。以浪漫传统为主的情节剧在美国南北战争前后十分流行,为废奴运动做了很好的宣传。内战后的戏剧舞台并没有明显的改变,而且美国舞台对来自欧陆的现实主义和自然主义戏剧并没有小说那般敏感。但随着欧洲文艺思潮在戏剧界逐渐盛行,以及现实主义、自然主义小说对剧本创作的影响,美国舞台上开始出现一批反映社会问题的优秀剧目,并由此逐步导致 20 世纪初期具有美国本土特征的戏剧开始出现。尽管美国戏剧的繁荣一直要等到 20 世纪初期才真正开始,但 19 世纪的戏剧,尤其是 19 世纪后期的戏剧,给 20 世纪初美国舞台的复兴做了充分的铺垫。

这个时期美国文学受到欧洲文学思潮的影响,产生出具有美国特色的文学现实主义和文学自然主义。美国现实主义的大本营是美国文学的中心波士顿,代表就是当时的文学泰斗豪威尔斯。由于美国自身的文化和文学传统,美国的现实主义和欧洲现实主义相比或许表现得更加多元。例如美国的现实主义里包括西部文学和地方色彩文学,它们和深受欧洲影响的美国现实主义主流有明显的不同。即使同被归为现实主义代表的豪威尔斯和詹姆斯在很多文学主张上也并不一致。或许由于美国现实主义的绅士传统,它的生命比欧洲现实主义更短;面对世纪之交的严酷社会现实,它不得不让位于更直面现实的文学自然主义。与现实主义相比,美国的自然主义文学倒是和欧洲自然主义更加接近。但是德莱塞对“说真话”这个创作原则的坚持,诺里斯展示的表面成功、实际平庸的主人公形象,都和现实主义有着十分密切的关系。而克莱恩的人物面对“无动于衷”的大自然,陷入既无法选择又不得不选择的困境,不时出现怀疑和惆怅的心情,体验着某种毫无意义的生活,这些又和现代主义甚至后现代主义有了某些内在联系。

19 世纪下半叶的现实主义集中批判了资本主义工业发展所造成的拜金现象。惠特曼颂扬物质文明,但同时又指出仅仅靠财富不足以使一个民族伟大。马克·吐温无情地讽刺了“镀金时代”的暴富心理,尽管他本人也难以摆脱物质世界的诱惑。这种批评和讥讽在世纪之交的揭露黑幕运动中达到了顶峰,也是在这种氛围里现实主义和自然主义找到了汇合点,形成一股强大的社会批判浪潮。当然这种社会批判并不是要变革资本主义自由市场经济本身,而是提倡社会改良,以公正公平、诚实良心和基督教的博爱谦让精神对渴望一夜暴富的拜金心态加以均衡。由于文学的介入,美国读者对世纪初的社会腐败给予了很大关注;当十几年后更大的经济危机来临时,文学的这种批判才显得更加急迫和深刻。

19世纪后半叶是美国女性文学开始崭露头角的时代。50年代废奴运动触及了与之相关的妇女权益和少数裔地位问题,美国的妇女解放运动也正式开始于这个时期。种族冲突的不断加剧和国家分裂的危险日益迫近,使得妇女问题退居到次要的地位;尽管她们知道南北战争毕竟是男性的战争,但是女性活动家们把肤色问题看成性别问题的延续,把废除奴隶制当作争取女性解放的第一步。女权主义者清楚地认识到,实际上女性和黑人的社会地位并没有实质的区别,种族歧视和性别压迫之间有千丝万缕的联系。肤色和性别的深入比较和研究直到20世纪后半叶才真正展开。

在南北战争的带动下,美国的妇女解放运动一经开始便势不可挡地不断发展。内战结束之后,少数黑人女性进入为她们开设的教育机构接受教育,包括战后设立的黑人大学。同时,越来越多的白人妇女成为职业女性,世纪末时在教育、医药、社会工作等领域女性的比例不断增加。大批中下阶层女性进入工商业谋职,她们在经济上获得了前所未有的独立性,社会和家庭地位也得到一定的提高。虽然如此,和种族歧视一样,性别歧视依然十分普遍。妇女们仍然承担了绝大部分的家务劳动,从事的大多是繁重的体力劳动,获得的报酬却比男性要少。在家庭里,女性仍然处在男性的控制之下,在婚姻、财产、子女抚养权上处于弱势。政治生活中则表现在妇女长期被剥夺了投票权,国家机构里很难听到女性的声音。

19世纪的美国社会中存在着数量众多的女性作家以及庞大的女性读者群。但是这些作家写作的目的大多只是为了娱乐,作品属于以感伤、浪漫、刺激为主的通俗文学,为19世纪男性主流文学所淹没。但是19世纪下半叶美国文坛上出现了一批新的女性作家。她们具有强烈的女性意识,对女性的经历有深刻的体验,对女性在社会上和家庭里的遭遇进行了深刻大胆的反思。她们和20世纪末的同性恋文化一样,不甘心把自己关在密室里,继续默默地忍受男性社会的压制。正像女剧作家汉密尔顿那样,她的第一部剧本《道普生的戴安娜》(*Diana of Dobson's*)1908年上演时舞台监督要她署一个男性化的名字"C. Hamilton",促使她断然拒绝掩饰自己的性别身份。她们终于走了出来,大胆地向世人披露自己的感受和体验,利用她们娴熟的写作技巧,写出了一批今天读来仍然属于惊世骇俗的作品。女性作家因此受到传统社会的压制甚至公开的猛烈指责,凯特·肖邦在《觉醒》受到批评之后便基本辍笔。但是她们中的大多数不再甘于沉默,执着地让社会聆听她们的声音,尽管这个声音十分微弱。

耗资80亿美元、死亡60万人的南北战争,不仅使国家满目疮痍,而且在美国人的心理上留下了深刻的创伤,成为文学反映的一个最主要的内容。19世纪中叶有关黑人的文学主要是废奴文学,黑人作家以奴隶叙事、诗歌、小说等文学形式揭露奴隶制的残忍,号召黑人支持联邦军队。黑人作家的作品的确起到十分重要的作用,因为南部400万奴隶中的许多人对奴隶制还存在幻想,而北方的战事一开始进行得也不顺利,需要舆论的支持。最著名的废奴文学当数斯托夫人的《汤姆叔叔的小屋》,其宣扬的基督教精神对"阅读同一本圣经"的南北双方都产生了巨大的影响。

满怀喜悦的黑人战后经历了一次次的失望,变得越来越忍无可忍。在填补权力空白的"投机的北方人"和没有经验的黑人主持下,南部黑人的境况并不比奴隶制时期有多少改善。1877年国会强制实行的重建计划失败后,贫困的黑人被国家甩给私人慈善机构或者黑人本人,昔日的种族主义分子纷纷卷土重来,歧视性的法律法规纷纷出笼或者重新得到恢复。美国的政治家和媒体感到,国家的和睦在19世纪末美西战争时已经得到了充分的体现:南北方的战士并肩作战,接受担负要职的前南方军将领的统一指挥。但是对黑人来说,当1896年美国最高法院作出偏向"平等但分开"的裁决时,他们感到被彻底背叛了。

这个时期,黑人作家和社会活动家发表了大量著作,就黑人的出路和如何解决黑人问题展开激烈的争论。有关黑人的文学作品则从各种角度描写黑人身份,反映黑人文化传统。不论这些作家的肤色和政治态度如何,他们都为建立黑人文学本身的身份做出了贡献。

和女性以及黑人一样,华裔在19世纪的美国社会也属于遭歧视受压迫的社会群体。华人大规模进入美国是在19世纪中叶,即中国刚刚遭受鸦片战争的失败、美国正要开始西部开发的时机。由于华人坚持自己的文化,特别是由于19世纪下半叶美国社会的畸形发展,贫困化加剧,华人成为替罪羊,受到白人社会一个接一个反华排华浪潮的冲击。这个时期,美国文学里不时出现对华人的再现,其攻击和丑化程度有时达到无以复加的程度。作为弱势群体的华人对此只能默默忍受,因为再现本身就是权力的象征,失去权力的族裔不可能有自己的声音,只好任凭他人进行扭曲和误传。华人自己也有一些作品问世,但基本上都在唐人街流行,对美国主流社会根本没有任何影响,而且流传下来的不多,基本上也不属于文学创作。唯一例外的是有华裔血统的伊顿。她因为外表酷似白人而得以在白人社会生存下来,但和切斯纳特以及他笔下的混血儿人物不同,伊顿从来不掩饰自己的华裔血统,也从来不做任何"伪装"

(passing)来博得白人社会的认可,并且创作了大量有关华人社会和华人群体的小说。

19世纪下半叶是美国文学建立自己文学身份的时代,在小说诗歌和文学批评理论方面逐渐形成了美国文学的特征。尽管这种特征在当时尚不明显,还没有被批评界认清楚,但20世纪中期批评家们终于在马克·吐温、惠特曼、迪金森等代表性作家的身上找到了足以代表美国文学的美国性,20世纪初的文学批评也开始从欧洲传统中逐渐摸索和建立美国的批评传统,这种传统在世纪初的新批评身上得到了体现。

第一章

小说创作现高潮

陳高知者的苦心

19世纪下半叶是美国小说获得大发展的时期。这个时期的美国小说家上承华盛顿·欧文(Washington Irving, 1783—1859)、库柏、坡的浪漫传统,爱默生、梭罗的超验主义,以及霍桑、麦尔维尔文艺复兴的遗风,下接20世纪初的现代主义小说,可以说是一个承上启下的关键时期。这个时期的美国小说伴随了现实主义、自然主义、地方色彩等文学思潮的兴起,涌现出前所未有的一大批小说家。除了白人作家之外,女性、少数裔、黑人小说家也开始崭露头角。经历过南北战争的美国,资本主义经济迅速发展,国力得到极大加强,民族意识和民族身份感也大大增强,经过了西部大开发之后,急于向世界展示一个崭新的美利坚合众国的帝国形象。也正是在这个时期,以马克·吐温为代表的美国小说家用小说的形式树立了美国的文化形象,和惠特曼、迪金森一起奠定了美国文学的根基,使美国文学第一次具有了和欧洲文学传统不同的文学身份。当然,欧洲小说传统在美国小说家的作品里仍然清晰可见。尽管18世纪末以英国小说家华尔浦尔(Horace Walpole, 1717—1797)和拉德克利夫夫人(Ann Radcliffe, 1764—1823)为代表的哥特小说传统受到美国批评家的嘲弄,霍桑和麦尔维尔的"罗曼司"显然从中获益匪浅。以笛福和斯摩莱特(Tobias Smollett, 1721—1771)为代表的流浪传奇小说也直接影响到马克·吐温、哈克和克莱恩小说里的主人公。

南北战争之后美国小说转向现实主义,强调可信性和真实性,取代了以前的罗曼司传统。这个时期美国地域扩张,不断发现新的资源,不断作出新的发明,不断涌现新的工业,美国小说也达到最有活力的时期。此时美国小说的数量剧增,反映蓬勃发展的社会生活的方方面面。以豪威尔斯为龙头的美国现实主义其实是五花八门。马克·吐温代表了西部边疆现实主义的高峰,恰到好处地融合了地方色彩小说和民间传说幽默,反映的现实最朴实原始。相反,詹姆斯的心理现实主义往往使读者进入主人公的大脑来观察他的思维。豪威尔斯采用的则是英国式的现实主义,并且和狄更斯一样,这种现实主义已经不时显露出自然主义的痕迹。克莱恩、诺里斯和德莱塞的自然主义反映了原始资本主义过渡到垄断资本主义给社会造成的触目惊心的后果,他们在评判的力度、描写的深度上都远远胜于几乎同时代的现实主义小说家。

第一节

西部文学的巅峰：马克·吐温、哈特、加兰

半个多世纪以来，马克·吐温(Mark Twain)一直被尊为“美国文学之父”，海明威那句著名的断言早已成为文学史家常常引用的经典。[①] 但是，要说清楚为什么会如此却并不容易。马克·吐温 1835 年 11 月 30 日生于密苏里州佛罗里达镇的一个小村庄(故居现辟为马克·吐温诞生纪念馆)，父亲约翰·马歇尔·克莱门斯做过商人，当过律师，做投机买卖不成，1839 年移居密苏里州密西西比河畔的汉尼拔(希尔街 206 号的房屋现辟为马克·吐温童年纪念馆)。但是佛罗里达给马克·吐温留下了深刻的印象，他每年夏天都要回到叔父约翰·夸尔斯在那里的农庄。从那里马克·吐温接受了当地的方言，接触了黑奴们讲述的故事，熟悉了那里的池塘、森林和乡村小学，称其为“孩童的乐园”。汉尼拔位于美国中部，一英里宽的密西西比河从它旁边流过，河的两边是广袤的平原、茂密的森林和宽阔的田野。马克·吐温 62 岁时曾回忆道：“我清晰地记得寂静的星空，神秘的森林，土地的气味，野花的微香，沾着雨水的叶子闪闪发光……林子深处隐隐传来啄木鸟的敲击声……这一切我都能回忆起来，历历在目，栩栩如生。在我的眼前，草原那么宁静安详，天空悬挂着一只巨大的苍鹰，一动也不动。”这并不是老年人的怀旧心态，而是伴随了马克·吐温一生的精神寄托。“我常常沉湎于儿时的生活，因为那种生活对我有一种独特的魅力，并不是我对其他阶段的生活不了解”。

住在汉尼拔，马克·吐温可以每天看到密西西比河上来来往往的汽船，运载着矿物和各式各样的乘客，有黑奴、庄园主、黑人歌手，也有赌徒、贩子、江湖骗子。十来年之后他做了水手，才真正开始接触这些人，而这种接触为他的文学创作提供了丰富的素材。马克·吐温的父亲开杂货店兼做律师，1847 年父亲死后，他不得不利用放学放假的时间在店铺、铁匠铺等地方打工养家，13 岁时就完全辍学在印刷所当学徒。哥哥欧莱恩创办一家汉尼拔地方报纸，马克·吐温协助，从 1851 年起撰写多篇随笔、幽默诗歌和报道，1852 年 5 月终于得以在全国性幽默杂志波士顿的《旅行袋周刊》发表作品。因此，可以说印刷

---

① “一切当代的美国文学都来自马克·吐温的一本书，即《哈克贝里·费恩》……它是所有书中最好的书。它是所有美国作品的源头。它之前没有作品可以和它相比，它之后也还没有作品能和它媲美”(Ernest Hemingway, *Green Hills of Africa*, New York: Scribner's, 1935, p. 22)。

车间是马克·吐温的中学，报纸杂志就是他的大学；而“孩童时代这么的短促，也就使他更加珍惜它”。

1853年马克·吐温17岁时离开汉尼拔外出谋生，此后周游世界成了他的一大爱好。在做排字工人维持生计时，他喜爱浏览印刷行业的图书馆。1856年马克·吐温为《克欧库克每日邮报》撰写幽默的旅游见闻，署名“汤姆斯·杰弗逊·斯诺蒂格拉斯”(Thomas Jefferson Snodgrass)，但只写了五篇就停止了，因为第二年在旅途中他结识了汽船舵手毕克斯比，说服他收下自己做徒弟，这是马克·吐温人生中迈出的重要一步。经过两年的学习，1859年马克·吐温成为正式舵手。舵手在当时是个让人羡慕的行当，月收入有250美元，但是马克·吐温喜爱这个工作有特殊的理由。他自己说：“在那些日子里，舵手是世界上最独立最不被负担所羁绊的人。”更重要的是，汽船是观察社会的窗口，舵手可以接触社会上形形色色的人：“我在小说或者传记里找到一个描写出色的人物时，通常都对他产生浓厚的个人兴趣，因为我曾经结识过他——在河上见过他。”马克·吐温对河流和汽船情有独钟，这种浪漫的看法直到弟弟亨利1858年在一次汽船爆炸中严重烧伤之后才有所改变。

1861年美国内战爆发，密西西比河上的南北运输停止。马克·吐温的好友中双方的同情者都有，他本人也持中立立场，只参加过南方军几个星期；哥哥欧莱恩被任命为内华达领地的政府秘书后，他便随哥哥去了远西。在那里马克·吐温做过木材和煤矿股票生意，不成功后便转而写起文章来，为弗吉尼亚市的报纸做记者，1863年2月起曾使用笔名“马克·吐温”①写一些精悍的幽默文章，这类文章在当时很时兴。在内华达和加利福尼亚的报界生涯使他步入幽默作家的行列。最后马克·吐温落脚在加利福尼亚，入盟旧金山《晨声》报(*Morning Call*)和文学期刊《加利福尼亚人》(*The Californian*)，1865年11月18日在纽约杂志《星期六》(*Saturday Press*)刊出短篇小说，题为《吉姆·斯迈利和他的跳蛙》(*Jim Smiley and His Jumping Frog*)，并且再次使用早先的笔名“马克·吐温”，引起轰动，各地报纸争相转载，使马克·吐温闻名全国。

1866年“太平洋汽船公司”开辟旧金山—檀香山航线，马克·吐温以《萨克拉门托联合报》(*Sacramento Union*)记者的身份参加旅行。1867年6月18日随“贵格会城”号轮船去欧洲和中东游览，同时为旧金山加利福尼亚最大的报

---

① 2英寻或12英尺是汽船安全航行的水位。也有人对克莱门斯的这个笔名做过更复杂的解释。它隐含“双重作者声音”的意思：“因此，‘马克·吐温’这个名字警示读者不要只听一个声音，阐释时不要只局限于一层意义”(Emory Elliott, Introduction to *Adventures of Huchleberry Finn*, Oxford & New York: Oxford University Press, 1999, p. ix)。意识到这一点很重要：实际上马克·吐温的方方面面都透露出一种“双重性”。

纸《阿尔塔加利福尼亚》(*Alta California*)和纽约《论坛》(*Tribune*)等报刊写报道,至11月19日的五个月里发回的来信和文章大受欢迎。这些游记性质的作品被"美国出版公司"看中,要他结集出版,结果就是《傻子国外旅行记》(*The Innocents Abroad; or, The New Pilgrim's Progress*, 1869)。主人公是一个美国游客,讲述旅途中在欧陆和中东的所见所闻。虽然所到之处都是有名的博物馆或者圣地,但叙述者抛开崇拜心态,直抒己见,而且不乏幽默和调侃。此书一年内发行近七万册,哈特在书评中说:"克莱门斯先生的见闻里句句都值得一读。"[①]这部游记和两年前发表的《卡拉维拉斯县驰名的跳蛙》奠定了马克·吐温通俗幽默作家的地位。

1867年12月马克·吐温认识了纽约富商的女儿奥莉维娅·兰登,1870年2月2日两人结婚,奥莉维娅有文学天赋,马克·吐温很佩服她的鉴赏力,两人一直感情笃深。婚后1871年两人移居康涅狄格的哈特弗德,在那里一住就是20年。这20年是马克·吐温文学创作的黄金时代。他广交当时有影响的英美作家,和他经常往来的有斯托夫人、豪威尔斯、哈特等。此时马克·吐温已经是名声显赫的幽默家,新英格兰的文化氛围熏陶着他,波士顿和纽约市的文学刊物盼着他赐稿。1873年马克·吐温的第一部小说《镀金时代》出版,和查尔斯·杜德列·沃纳(Charles Dudley Warner)合写。接下来的作品有:《艰苦岁月》、《汤姆·索耶历险记》、《国外的旅行者》(*A Tramp Abroad*, 1880)、《王子与贫儿》、《密西西比河上》、《哈克贝里·费恩历险记》及《亚瑟王朝廷上的康涅狄格州美国人》,销路都很好。

功成名就的马克·吐温本可以靠稿费过舒适的生活,但是他生性爱探险,可能也受到父亲的一些遗传(老克莱门斯开发边疆,喜好财富,热衷投机),中年开始把自己的财产用于投资出版业和科技发明。他筹资成立过一家颇具规模的征订出版公司,出版自己及其他作者的书。他本人在布法罗、哈特弗德和纽约常常挥金如土。如他在哈特弗德的住宅是一座豪宅,经常举办豪华宴会。这也许说明马克·吐温不仅具有"双重"声音,而且具有"双重"性格:他既自认是来自中西部的白人穷小子,对社会底层充满同情,又一直梦想上流社会的奢华和特权。

80年代后期马克·吐温的投资曾一度赢利,但到1893年他58岁时,主要投资均告失败:出版社亏损,十几年中投入近20万美元的排字机成了一堆废铁,面临着破产的窘境。由于1893年经济萧条,马克·吐温的出版公司最终于1894年4月18日倒闭。迫于债权人的追讨,他卖掉了哈特弗德的房子,这

---

① Sharon K. Hall, ed. *Twentieth-Century Literary Criticism*. Vol. 6. (Detroit: Gale Research Company, 1982), p. 452.

房子是他文学成就和家庭幸福的象征(夫人奥莉维娅患心脏病,于1894年6月5日去世)。从80年代中期以后,他的写作也因此受到很大拖累。但是马克·吐温决定接受这个挑战。1894年至1896年他周游世界,在各地做讲座和进行创作,足迹踏遍亚、欧、非、大洋洲。此时马克·吐温迎来又一个创作高潮:《汤姆·索耶在国外》(*Tom Sawyer Abroad*, 1894)、《傻瓜威尔逊》(*Pudd'nhead Wilson*, 1894)、《贞德传》及《赤道旅行记》(*Following the Equator*, 1897)相继面世。稿费和各地的讲演使马克·吐温收入颇丰,1898年时他已经基本上还清了债务。但是家庭的不幸却永远无法弥补:除了爱妻的过世之外,他最宠爱的长女苏希患脑膜炎,在马克·吐温一家浪迹海外时叫着父亲的名字于1896年8月18日在美国去世,马克·吐温因此而深感自责,徘徊欧洲数年不愿意回到美国。十来年之后,幼女吉恩也先他而去。

在晚年的许多作品里,马克·吐温的讥讽嘲弄对象转到帝国主义和殖民主义的侵略掠夺行为,如《赤道旅行记》谴责了美国的帝国主义政策。他回国时盛况空前,记者们日夜守候这位美国的象征,他的照片登在各大报的头版,但他却趁此机会对美国的外交政策大大挖苦了一番。此后他还写有《写给坐在黑暗中的人》(*To the Person Sitting in Darkness*, 1901),讽刺西方帝国主义在南亚、中国、菲律宾的谎言,及《战争祈祷文》(*The War Prayer*, 1905),批评大国沙文主义。

马克·吐温在生命的最后几年口授自传,撰写短文,继续感叹人的自私本性,其作品带有明显的宿命论色彩,怀疑主义也愈加明显。评论家们对他前后期思想为何会有如此大的变化看法不一,在一定程度上把他类比为李尔王,在享尽荣华之后产生出幻想破灭感(尽管他的个人生活很快便恢复了平静)。其实熟悉马克·吐温的人都知道他具有"少有的多面性格":奥莉维娅不仅喜欢他的温柔谦让,而且也喜欢他对她和孩子们开毫不留情的玩笑;朋友们也发现他既会不择手段搞恶作剧,也有时表现得极其悲观。马克·吐温的密友豪威尔斯说他的性格是一种精致的平衡:"我觉得克莱门斯的主要乃至最终性格是精致。不大了解他的人看到他脾气暴躁,别人吓得目瞪口呆,他自己却高兴得手舞足蹈……但是这根本就不是马克·吐温。他还是个非常严肃,非常有人情味,非常真诚的人。不了解这一点就不可能理解他。"其次,纵观马克·吐温的整个创作,他最厌恶的就是以强凌弱,最痛恨的就是骄狂自大,这种思想并没有多大的改变。此外,尽管马克·吐温晚年遭受经济挫折和家庭悲剧,但资本主义发展给美国社会造成的越来越严重的危害,以及美国在海外的殖民扩张,无疑也给一贯"温和"的他以很大刺激。1910年4月21日马克·吐温因心脏病在康涅狄格州的莱丁去世,他最后的几部作品于死后出版,包括《神秘的陌生人》(*The Mysterious Stranger*, 1916)和《马克·吐温自传》。他身后留下大量未发表的手稿,现存加州大学伯克利分校图书馆。马克·吐温晚年的作品被遗忘了几十年,被重新发现后获很高评价,但当代评论家一般认为这些评价有些言过其实。

《卡拉维拉斯县驰名的跳蛙》(*The Celebrated Jumping Frog of Calaveras County*, 1867)是马克·吐温出版的第一部书。1864 年 12 月 4 日马克·吐温到朋友吉姆·吉利斯处看他,天气好就挖矿,下雨天就和吉姆及矿工们聚集到天使营矿区破旧的酒店里,围坐在火炉旁讲故事,马克·吐温则把这些故事记在笔记本上。一天下午,做过伊利诺斯领航员的本·库恩讲了个跳蛙的故事,在当地矿区颇为流传。后来马克·吐温把故事讲给朋友、当时最知名的幽默家查尔斯·法拉·布朗(Charles Farrar Browne, 1834—1867,笔名 Artemus Ward)听,查尔斯很喜爱,让马克·吐温写出来放入他正在编写的幽默集《阿蒂姆斯·沃德游记》(*Artemus Ward's Travels*)中,但后来没有赶得上,就在 1865 年 11 月 18 日由纽约《星期六报》刊出。《吉姆·斯迈利和他的跳蛙》讲述的是赌博的故事: 吉姆·斯迈利夸口,说他的蛙可以击败任何挑战者,但是一个看上去木呆的陌生人却趁人不备喂了吉姆跳蛙一肚子铅弹,结果吉姆遭到惨败。

1867 年初马克·吐温欲将《吉姆·斯迈利和他的跳蛙》等 27 个短篇小说结集出版,但遭到多个出版商拒绝,最后由友人查尔斯·韦伯在 5 月出版。但由于马克·吐温当时在中西部巡回讲演,无暇顾及出版事宜,事后发现印刷错误很多,且编辑还自作主张做了很多修改,令他非常恼火;在马克·吐温的书里此书的销路最差,读者最少,难堪之中马克·吐温买下此书的铅版予以销毁。但是,也有评论家认为"这也许是马克·吐温唯一一本应当写得更长一些的作品"。"《跳蛙》不仅是马克·吐温王朝的起点,也是他最粗俗最躁动的书,对出版商和图书市场让步最小(也许他那时还没有学会怎样做让步)。这本书的作者与粗胳膊大拳头的人为伍,并且从中获得丰厚的艺术回报。……我承认《哈克》比它更好,但是这本书更精美,好比孩子比成年人更精美一样"。[①] 同时,这本书第一次比较完整地反映出马克·吐温的表现手法: 夸张的人物塑造,浓郁的西部背景,真实的边疆方言,强烈的地方色彩。此外,马克·吐温式的幽默模式也得到充分的显露。马克·吐温曾说:"故事的讲述者认为自己说的是毋庸置疑的事实……他认为其中没什么可笑的,听众们也是这种看法,他们自始至终都没有笑容,我从来没有参加过如此严肃的聚会。"但在这种一本

① Roy Blount Jr., Introduction to *The Celebrated Jumping Frog of Calaveras County and Other Sketches* (New York & Oxford: Oxford University Press, 1996), p. xxxv.

正经的背后，却时时显露出讥讽和幽默，如两只跳蛙的名字就取自当时两个声名不佳的政治家，而且类似“聪明反被聪明误”式的人物也不断出现在他此后的作品里。此书出版31年后，出版商乔治·卡尔敦还对马克·吐温说：“我当初拒绝出版这本书，因此我是19世纪最大的傻瓜。”

描写欧亚之旅的《傻子国外旅行记》成功之后，出版商频频劝马克·吐温写一部与此相对应的美国游记。马克·吐温遂答应继续写自己早年在美国远西的经历，定在1871年1月交稿。但当时他结婚不久，其间岳父病逝，妻子因身心交瘁而病倒，早产的第一个孩子也需要照顾，加上还要应付其他稿约，而且马克·吐温对写出的内容不甚满意，所以直到11月《艰苦岁月》(*Roughing It*)方定稿，次年在美国和英国出版，大获成功，三个月售出四万册，以后也一直畅销。马克·吐温一生写过五部游记，《国外的旅行者》和《赤道旅行记》属下乘之作，《密西西比河上》后半部明显较差，而《傻子国外旅行记》和《艰苦岁月》则最佳。《艰苦岁月》主要讲述了马克·吐温从1861年动身去内华达领地到1867年回到东海岸期间的经历。全书共79章，三篇附录，夹叙夹议，对少数民族风情、历史名胜、自然风貌、时事政治的描写幽默生动，对各色人物(西部逃犯，摩门教徒等)的塑造栩栩如生，展示出一幅美国西部的风景图。从风格上说，马克·吐温继承西部传说的传统，加入自己独特的幽默和讥讽，整个作品就是一部新的西部传说集。其次，《艰苦岁月》是自传和小说的结合，“经过润色的自传”(touched-up autobiography)，成为此后被称为“非虚构小说”(nonfiction novel)或“新新闻体”(new journalism)的先驱。由于叙述者多以天真无知的面目出现，增加了作品的戏剧性和趣味性，因此“从一开始占主导地位的就是小说家，而不是堆砌数据的报道者”。此外，《艰苦岁月》发展了“成长小说”的传统，展示了主人公在西部天空下，从天真无知的青年成长为饱经风霜的记者的心路历程。也有评论家注意到，小说有的部分(如描写夏威夷群岛的第62章至第77章)显得过于匆忙，加入的三篇附录也给人累赘之感。

吐温的《镀金时代》(*The Gilded Age: A Tale of Today*)1873年出版，和《哈特弗德报》(*Hartford Courant*)主编查尔斯·杜德列·沃纳合写。他们在哈特弗德时是邻居，2月的一天晚上两家同餐，两家的主妇在谈论当时的感伤小说，两位作家对这种小说严词批评，两位主妇便问道：既然如此，你们俩就合写一部更好的小说吧，由此引出两人的合作。小说确实也处处反映出对感伤小说的讽刺(如对养女寻父，突发的灾难，挽救病重的女主人公，有情人终成眷属等情节模式的戏仿)。尽管马克·吐温此前还没有写过小说，沃纳也只擅长散文，但两人合作默契，仅三个月便完成全书。这是马克·吐温和他人合作的唯一一部小说，全书63章，其中他撰写33章，另有3章和沃纳合写(部分章节据说两人同时撰写，择优选用)。小说出版后引起轰动，马克·吐温宣称头两个月的销量为全美之冠,他本人也一举成为有名的讽刺家。《镀金时代》描写的是致富梦的破灭。霍金斯听从朋友塞勒斯上校的劝告,带领全家从田纳西来到密苏里寻找新的发展机会,但十年中却屡遭不幸,几乎陷入绝望的境地。塞勒斯也是一贫如洗,却依然做着暴富的美梦。他竭力怂恿参议员狄尔华绥,试图操纵议会进行土地投机;狄尔华绥满口仁义道德,实际上也在投机欺诈,不择手段贿赂投票,最终落得两手空空。实际上这也是内战之后格兰特执政时期社会现实的真实写照:政治腐败黑暗,法律成为巧取豪夺的工具,人人做着投机致富的美梦(如劳拉投机于议会),导致社会问题丛生,杰弗逊、富兰克林、潘恩所建立起来的民主理想和道德精神几乎荡然无存,1873 年美国发生经济动荡,正是由《镀金时代》所揭露的种种罪恶所引发的。小说的许多情节都有历史事实为依托,如狄尔华绥的原型是堪萨斯议员坡莫饶伊的选票丑闻,土地投机也确有其事,甚至劳拉枪杀情夫也基于当时轰动一时的真实事件。从这个意义上说,马克·吐温不仅"给一个时代赋予了称谓",而且入木三分地指出:"闪光"所遮掩的其实是种种丑陋不堪的社会现实。

《镀金时代》表明马克·吐温的一大转折:此前他在美国西海岸和巴弗罗写的报道涉及的只是具体的腐败现象,而《镀金时代》则揭露更加深刻的社会原因。评论界认为这部小说的社会讽刺入木三分,而艺术成就却略显不足。也有人认为马克·吐温代表的只是中产阶级开明的价值观,没有涉及普通人民的疾苦,小说并没有触动资本主义制度本身。小说中有的部分写得很好,如人物刻画、投机活动、政治腐败,但是有些地方则过于夸张,文字上也过于铺张。

如果说《镀金时代》是马克·吐温与人合作的第一部小说,他独立完成的第一部小说就是《汤姆·索耶历险记》(*The Adventure of Tom Sawyer*, 1876)。他于 1873 年 1 月动笔,不久因和沃纳合写《镀金时代》而停笔,1874 年上半年继续写作,次年完成后,又做了数百处修改,送豪威尔斯评阅,受到豪威尔斯的赞赏。1876 年 6 月 9 日《汤姆·索耶历险记》在英国出版,但当时美国政府正与印第安人发生流血冲突,接着又是百年建国庆典,所以出版后全国没有什么反应。由于出版后近 10 万册盗版书从加拿大流入美国,导致同年 12 月美国版发行后销路不好,直到《哈克历险记》出版之后才热销起来。

《汤姆·索耶历险记》是马克·吐温小说里自传性最强的作品。故事发生在密苏里州的圣彼得堡,依据的就是汉尼拔;而故事中的墓地、岩洞、密西西比河都是作者童年所熟悉的场景。马克·吐温晚年说,汤姆是他本人和另外两个小伙伴的缩影,波莉姨妈就是他母亲的影子,哈克也是汉尼拔那个衣衫褴褛的汤姆。小说也和马克·吐温此前的文学创作有关联。1868 年他曾以日记的形式记述一个叫比利·罗杰斯的男孩钟情于一个金发碧眼的八岁女孩的故事,此外他还写有《一个坏孩子不受惩罚的故事》(The Story of the Bad Little

Boy Who Didn't Come to Grief)和《一个好孩子没有成功的故事》(The Story of the Good Little Boy Who Did Not Prosper)。汤姆·索耶是个典型的"坏孩子"。他和小流氓哈克为伍,追逐女孩,不思功课,撒谎逃学,喜欢冒险。但他同时又仗义执言,关键时刻能挺身而出。最可贵的是,他虽然梦想发财,却把人间的友谊看得高于一切。人们通常认为,马克·吐温在晚年对社会的看法比较悲观,而早期作品《汤姆·索耶历险记》表现的却是人性善良的一面,如哈克义无反顾地帮助吉姆,宁愿为此而"下地狱"。其实更确切地说,早期的马克·吐温相信的是"人之初性本善":成年人表现出的大都是虚荣伪善,欺诈损人,追名逐利,尽管这一切大多是通过涉世不深的汤姆反映出来的,这和马克·吐温晚年的思想有相通之处。

《汤姆·索耶历险记》的写作虽然断断续续,但却是马克·吐温结构最好的一部小说。整个故事围绕四个对立面展开:汤姆与成人社会(挑战传统情感小说的奖惩标准);汤姆与蓓蒂(讲述幽默的爱情故事);汤姆与哈克(展示方言魅力的对话);汤姆和乔(套用惊险故事模式);而汤姆则处于所有这些故事的中心,成为贯穿故事的主线。后人对《汤姆·索耶历险记》贬多于褒,主要理由是"有趣但是肤浅"。豪威尔斯称赞它是优秀的儿童读物,马克·吐温妻子奥莉维娅也这么认为,但是马克·吐温并不赞同。他在"前言"中说:"这本书根本不是写给孩子看的。只有成年人才看得懂它,它也是专门为成年人写的"。也许争论的双方都能从作品中找出自己观点的佐证,但毋庸置疑的是,《汤姆·索耶历险记》至今出过数百版,被翻译成几十种语言,是"为数不多的令老少都喜欢的书"。

在《汤姆·索耶历险记》的姊妹篇《哈克贝里·费恩历险记》发表的前一年,马克·吐温出版了《密西西比河上》(*Life on the Mississippi*, 1883)。19世纪60年代中期马克·吐温就有心写一部关于密西西比河的作品,1872年他去中西部时,有感俄亥俄河上汽船锐减,更加怀念过去的时光。据说1874年他和朋友约瑟夫·忒契尔在林中散步,触景生情,想起"从驾驶舱里往外望所感受到的骄傲和自豪"。忒契尔随口说:"好一个投稿的新题目!"马克·吐温写信给《大西洋月刊》主编豪威尔斯,豪威尔斯督促他写出来连载,遂于1875年1月至6月以《密西西比河上的往事》(*Old Times on the Mississippi*)为题连载七期。马克·吐温有心把这些文章结集出版,但加拿大的盗版已经出现,遂放弃;1882年重游密西西比河后,终于将旧日的连载扩充成书。虽然一般把《密西西比河上》算作马克·吐温的五部游记之一,但如此归类却并不科学。此书前三章写密西西比河的历史和地理特征,属于标准的游记体。但第4章至第17章是《大西洋月刊》的七期连载,描写的是马克·吐温1858年初至1859年初做舵手的生涯,以及如何从天真烂漫逐渐变得老练成熟的过程。但是这又不是严格意义上的自传,因为"我"比当时的马克·吐温更加年轻。书的后半部更有一些纯粹的虚构(如31章、52章)。这么做的好处是可以使马克·吐温不必受非小说形式的约束,使作品更加活泼吸引人。因此,从结构上说,《密西西比河上》有些杂乱,形式上也不完整,缺少中心。但是有关密西西比河的大段描写却是马克·吐温最大的贡献,使读者随着他经历了一场历史的变迁,类似的回忆直到25年后才在他的《自传》里得以重现。豪威尔斯曾说这是马克·吐温最好的一部作品,因为出版之后马克·吐温又进行了修改。修改开始于1908年5月,但未及完成他便去世了。

《汤姆·索耶历险记》完成后,豪威尔斯建议马克·吐温继续写汤姆的成年生活,马克·吐温则在回信中说:"故事我已经写完,不想再写下去了;我相信再写下去就完了,除非写成自传——像吉尔·布拉斯那样。或许我犯了个错误,没有用第一人称去写。"这里马克·吐温实际上已经表明了自己下一步的打算:《吉尔·布拉斯历险记》(*The Adventures of Gil Blas*)是18世纪初法国作家勒萨日(Le Sage, 1668—1747)的优秀现实主义小说,以第一人称的方式讲述一个西班牙少年揭露宗教的虚伪及藐视传统社会法则。马克·吐温甚至曾打算将书命名为《哈克·费恩自传》,以便借哈克之口揭露社会弊端。《汤姆·索耶历险记》完成后不久马克·吐温即动手写作,但直到1882年密西西比河之行结束之后方写完。

《哈克贝里·费恩历险记》(*The Adventure of Huckleberry Finn*, 1884)一出版便遭到非议。用现代术语讲,马克·吐温笔下的哈克是个"问题男孩":按照当时的社会道德规范,他不仅出身卑微,没有受过教育,因而行为不轨,而且这个醉鬼的儿子说话时使用的是方言和俚语,根本没有语法修辞可言,形式上和内容上都一无是处。而70年代末廉价杂志开始泛滥,为了争夺读者,这些报刊充斥着暴力犯罪描写,导致孩子效仿,产生很坏的社会效果。[①] 因此《纽约世界报》1885年3—4月连篇累牍刊登文章,骂哈克是"下流委琐,偷偷摸摸,满口谎言的南方乡下野孩子",指责小说"让品行端正的父母、监护人变得滑稽可笑"。同一时期纽约市官员也要求教育部门(包括图书馆)杜绝"邪恶"文字,包括"教唆"孩子违抗父母权威的文字。在这种背景下,麻省自由公共图书馆担心得罪中产阶级家长,于1885年3月中旬决定不准《哈克贝里·费恩历险记》在馆内流通,理由是这本书"通篇粗俗猥亵,贫民区的人读读还可以,不适合有教养受尊敬的读者"。此事在全国引发争论,许多报纸认为图书馆的反应过分。《旧金山记事报》认为,图书馆的禁书令荒诞,因为这本书不是儿童读物,儿童十有八九看不出其中的幽默。费城一家报纸写

---

① 如1884年3月10日《纽约论坛》登载一条消息:三个男孩抢劫父母,然后携款逃往西部。

道:“我们对那些没有读过哈克的中产阶级感到怀疑,我们羡慕那些书架上有这本书的年轻人。”这些评论很有道理。虽然马克·吐温受到美国通俗文化中“坏孩子”题材作品的影响,虽然《哈克贝里·费恩历险记》描写的是儿童,但是它并不等于儿童读物,目的也不是道德教化。和诸如《格列夫游记》等小说一样,《哈克贝里·费恩历险记》是一部严肃的社会小说,尽管它也是“各个年龄段的人都喜欢”的作品。幽默的马克·吐温对图书馆的禁令表示“感谢”,因为它使这本书的影响大增,销量也翻了一倍。

传统文化对马克·吐温的诋毁还和当时马克·吐温的文化地位有关。虽然马克·吐温当时已经全国闻名,但是这个名声是“幽默家”,而在当时的文化体制下,幽默家就是滑稽讽刺家,类似于马戏团的小丑,其职能就是取笑逗乐,文化地位远不如“严肃作家”高。正因为如此,马克·吐温最宠爱的长女苏希对“马克·吐温”这个笔名恨之入骨,她实在不愿意亲爱的父亲是这种形象。但是,马克·吐温却不是那种浮浅的“娱乐家”。他对社会问题有深入的了解,从一开始就期望能够凭借文学创作积极干预生活。《哈克贝里·费恩历险记》发表时内战已经结束多年,马克·吐温似乎没有必要“攻击一个已经死亡的制度”。但是吐温是个现实的社会观察家,不会闭着眼睛说美国社会一切都好,因为这个国家正在强迫刚获得自由的前奴隶重新受到奴役。马克·吐温知道战前套着枷锁的黑奴和战后解放了的黑奴面临着同样的问题,19 世纪 70 年代和 40 年代一样,黑人得不到选举权,仍然被追捕、关押、转让。小说的后 16 章写于 80 年代初期,此时美国政府的重建努力失败,三 K 党活跃,《哈克贝里·费恩历险记》出版的同年私刑在美国上升 50%。马克·吐温反对种族歧视,尽管他没有公开谴责过它——实际上他反对任何形式的以强凌弱,仗势欺人,对弱势群体寄予极大的同情,不论受害对象大到族裔、肤色、性别还是小到奴仆和流浪儿。在这里,奴隶制象征一切形式的奴役和不平等,对此他敢于挺身而出,但是“干预”的方式却是他特有的幽默和讥讽。即使如此,他的“越界”还是遭到传统势力的非议。比起面对面的对抗(如马克·吐温的同代人乔治·凯布尔对奴隶制的口诛笔伐),马克·吐温的反抗显得不那么直接而且温和得多,但是他的影响却更加深入人心,效果也更加持久。[①] 现在的人们很可能不

---

① 吐温是追求效果最大化的高手。如南方奴隶主基督和仁爱不离口,对待奴隶时则全然不顾;为了表现这种“虚伪”,吐温让奴隶主华珍小姐带领顽皮的哈克进入祈祷室,告诉他虔诚祈祷就会“心想事成”。单纯的哈克信以为真,一遍遍祈祷,希望得到钟爱的鱼钩,困惑中跑去问华珍,华珍嘲笑他的天真,并告诉哈克祈祷可以使自己舍己助人,精神得到提升。哈克最终明白自己上当,祈祷和现实并不一致。吐温把世人皆知的奴隶主的“虚伪”,放到哈克这个不谙世事的傻小子身上,让他信以为真一再碰壁,经过冥思苦想后才若有所悟。这个经过“陌生化”手法处理的“大道理”被吐温表现得妙趣横生,讲得十分透彻,令人难忘。(Peter Messent, *The Cambridge Introduction to Mark Twain*. Cambridge: Cambridge University Press, 2007, p. 32)

知道凯布尔,但是哈克却成为"永久"的象征。① 哈克是个白人男孩,但是小说中他的身份却与黑人更加接近,这种肤色、种族、声音、身份的"混杂"或者"越界"在一定意义上消解了种族主义黑白分明的二元对立,因此"哈克也许比我们想象的更具有颠覆性"。

马克·吐温在《自传》里说哈克是根据汉尼拔的一个白人弃儿汤姆及其兄本斯(他曾帮助黑奴逃跑)而塑造的。但是也有评论家认为他得益最大的是黑人传统,因为他笔下的孩子们是以黑孩子作为原型的。据说马克·吐温儿时有很多黑孩子朋友,他们使他掌握了黑人方言的韵律和节奏。他在《自传》里提到,儿时他很敬佩佛罗里达叔父庄园的黑奴丹尔大叔,尤其喜欢他讲的故事:"开始讲鬼魂故事'金胳膊'的时候,一股喜悦冲上心头流遍我的全身,同时也产生一种遗憾的感觉,因为这往往是晚上最后的一个故事。"② 60 年代和 70 年代,马克·吐温对当时著名的黑人演讲家们(如道格拉斯)言简意赅的叙事技巧印象极深,且后来在自己讲演时总是以他们为榜样。马克·吐温家曾经雇佣过一个叫玛莉的黑人女佣,爱讲战后家人团聚的故事,这些故事"不经过任何中介从没有受过文学训练的嘴巴里吐出,成为文学性极强的作品,让人不可思议",25 年后马克·吐温还记得清清楚楚。马克·吐温 1874 年在《纽约时报》上发表"喜爱交际的吉米"一文,记述儿时的一个黑人小伙伴,对他的语言尤其感兴趣,多次用他作为小说的叙述者。当代著名黑人作家艾利森(Ralph Ellison, 1914—1994)在 1970 年说:"黑人和马克·吐温共同创造了一种语言并把它提高到文学层次",成为"美国声音"的一部分,"他使我们(后来的美国黑人)中的许多人得以发现我们自己的声音"。正因为如此,有人认为"美国文学里我们当作地方语言的声音——就是马克·吐温在《哈克历险记》抓住国人想象力的声音,以及海明威、福克纳以及 20 世纪众多其他作家的声音——在很大程度上是'黑人'的声音"。③

方言的使用是马克·吐温语言风格的一大特点,但使用方言并不是他的创造:在他之前斯托夫人、库柏、司各特、理查森等作家都曾经让"下层"人物使用具有地方色彩的语言。马克·吐温的创新在于,他第一次如此大范围地使用方言,使之贯穿在《哈克贝里·费恩历险记》的始终。此外,方言被用来突显马克·吐温式的幽默:"低级至漫无边际的插科打诨,高雅到人物性格、情感、行为的描述。"马克·吐温的幽默有别于英国的插科打诨和法国的诙谐机

---

① 晚年的马克·吐温倒是表现得更加直接、更加激进,不过其作品的文学价值也明显下降,尽管他晚年对帝国主义、殖民主义的尖锐批评自有其独特的价值。

② Mark Twain, *Autobiography*. ed. Charles Neider (New York: Harper & Row, Perennial Library, 1966), p. 73.

③ Susan K. Harris, ed. *Twain, Mark. Adventures of Huckleberry Finn* (Boston & New York: Houghton Mifflin Company, 2000), pp. 50 - 60.

智，其特点就是“以严肃的口吻讲述幽默故事，讲述者尽量让人相信他从来没有感觉到故事里有什么好笑的东西”（马克·吐温语）。也就是说，马克·吐温的独创性在于：“作者戴上了一副面具，除了间接的讽刺之外，不再表现超出哈克所能拥有的想法和感情之外的任何东西。他把自己从舞台上移开，把自己限制在一个不属于自己的词汇中，在这个范围里说自己想要说的话。”正是由于马克·吐温让哈克成为小说的主导，讥讽和幽默都来自“哈克的语言”，所以方言在这里起到前所未有的作用。当然事物都有两面性，过分依赖方言和口语或许会产生一定的副作用：“方言体极大地限制了马克·吐温和他的继承者处理抽象概念的能力，滋长了反理智。对西欧文学传统的否定在一定意义上解放了作家，也同时切断了他（马克·吐温）和传统积累的联系，让他从头开始，白白浪费时间。”①这种批评是否站得住脚值得商榷，但至少对我们认识马克·吐温的语言风格提供了另一个视角。

马克·吐温去世时已经国际知名，但是批评界仍然不把他当作文学家，而是“走红的讲故事者”或者“讲坛艺术家”。美国国内新英格兰风度的中产阶级也不喜欢哈克，当时这些新兴的大款们正急于向欧洲展示美国人的“风范”，哈克只能是“粗俗”的下层社会小流氓。现代主义兴起之后，马克·吐温更被瞧不起。新批评主导的评论界崇尚结构匀称，缜密有序，形式严谨，知识广博，推崇的是乔伊斯、艾略特那样的作家，霍桑和詹姆斯尚能沾点边，马克·吐温和麦尔维尔则根本没有资格。二战后随着美国经济实力和政治影响的增强，开始寻找“美国精神”和“民族品格”，50 年代马克·吐温才被美国文学界尊为旗手之一，开展大规模的研究。当代美国小说家福克纳说，马克·吐温是舍伍德·安德森之父，而后者又是“我这一代美国作家和后继者将承袭的美国文学传统之父”。艾略特也说，马克·吐温在《哈克贝里·费恩历险记》中“发现了一种新的写作方法，不仅适合他本人，而且适合其他人，是一切文学里少见的作家之一。因此，我甚至要把他和德莱顿和斯威夫特相提并论，这些少见的作家更新了自己的语言，‘纯洁了本民族的方言’”。② 在当代，马克·吐温受到来自另一方面的批评：哈克被认为在小说中使用歧视黑人的语言，因此触怒当代的有色人读者。这种批评看上去混淆了小说和现实的区别，忽视了马克·吐温时代和今日社会之间 100 多年的时间间隔，但是在种族、肤色、身份问题变得十分敏感的今天，对这种批评谁也不敢忽视，因为只要美国黑人对自己的文化地位感到不安全或者不舒服，这种批评就会持续下去。无论如何，马克·吐温和《哈克贝里·费恩历险记》已经毫无疑问地成为美国文学的经典，“每一

---

① Harris, pp. 341 - 344.
② Harris, p. 344.

代人似乎都能从这本书里挑到一个新的毛病,但是每一代人都在继续读着它”。

虽然《哈克贝里·费恩历险记》被公认为马克·吐温最重要的作品,他本人一开始却并不十分满意。写作期间他给豪威尔斯写信说:“对已经脱稿的部分我只能说勉强地中意,全部写好之后我也许会把手稿束之高阁或者烧了它。”直到马克·吐温去世的前两年,他还认为它次于《贞德传》和《王子与贫儿》。该小说结构上的缺陷较为明显:开头部分读上去轻松幽默,颇似《汤姆·索耶历险记》;但小说的主要部分却十分严肃,结尾则又回到开头时的轻松明快。有人认为这和写作过程有关:《哈克贝里·费恩历险记》写作历时八年,写写停停,在此过程中马克·吐温自己对小说的主题风格一直举棋不定。

《哈克贝里·费恩历险记》1884年12月19日在英国和加拿大出版,因为插图的缘故,美国版次年2月才出。但是第一版中的错误很多,而世人此后阅读的也是这个错误百出的版本,直到1985年《哈克贝里·费恩历险记》出版百年纪念时校订版才发行。1990年的一件大事是重新发现了《哈克贝里·费恩历险记》的手稿前五分之二。后五分之三一开始就在布法罗青年图书馆协会的戈拉克手中,1887年马克·吐温将前面的五分之二也寄给他,其中有四个部分没有出现在已经出版的《哈克贝里·费恩历险记》中,马克·吐温这么做的原因不明。但戈拉克没有把两部分手稿合并,1897年突然病逝,其家人由于不知情而将前面部分放入一个柜子而埋没百年。1996年兰德姆出版社出“全版”《哈克贝里·费恩历险记》,但此版目前争论很多,只供研究使用,流通的依然是旧日的普及版。

和《汤姆·索耶历险记》相反,《王子与贫儿》(*The Prince and the Pauper*, 1882)一出版便博得新英格兰上流阶层的青睐。故事发生于16世纪的伦敦。街头乞丐汤姆·坎逊和威尔士王子爱德华·都铎生于同日,汤姆很想试试做王子的滋味,爱德华满足了他的心愿,但两人还没有来得及换回服装,爱德华便被卫士赶出王宫。由于身份错位,两人的行为举止引起人们的不解;汤姆不敢说出真相,爱德华则被人嘲笑。此后汤姆渐渐学会皇家风范,爱德华则被迫沦为小偷。在新国王爱德华六世登基大典上,衣衫褴褛的真爱德华出现,汤姆说出了真相。最后好人受到奖赏,恶人受到惩罚。马克·吐温1864年给家人写信描述他在内华达的生活时说:“加利福尼亚的那句老话在这里应验了:‘我们生活得像贫儿,好像王子那样施舍’”,显示他年轻时就熟悉这个题材。《王子与贫儿》构思于19世纪70年代,原想用当政的威尔士王子作故事的主角,后吐温感到不妥,1876年夏天决定使用爱德华六世,并开始查阅16世纪英国历史,阅读莎士比亚的《亨利四世》和司各特的历史小说,1877年动手写作,1880年9月完成初稿,经豪威尔斯看过后,1881年2月定稿交出版商,同年

12月1日在伦敦出版，11天后在美国出版。虽然此书颇受中产阶级读者的青睐，普通读者却并不喜爱，出版后销路平平。这部小说属于“规矩小说”(novel of manners)，涉及的是“人类规范的行为是什么”这个老话题。马克·吐温的新意在于，外部行为固然是一种力量，可以决定一个人在社会中的地位，内心思想却是决定一个人的主要因素。礼节中重要的是其中的道德原则，而不是跟随礼节而来的特权。窃贼的儿子汤姆有很强的道德感，照样可以做王子。爱德华王子虽然有好的本性，但为讲究表面的宫廷礼节所障，只有走出宫廷才能恢复人性。[①] 马克·吐温在这里表面上讽刺的是英国封建社会的种种道德习俗，实际上影射的却是美国的社会现实。19世纪新兴资产阶级暴发户以金钱作为社会地位的象征，封建贵族则用礼节来加以对抗，引起暴发户们对各种封建礼节趋之若鹜。但是他们忽视了内心道德感的培养：马克·吐温在“在监狱”一章里细致地描写了监狱里的冷酷和不公以及监狱外的宗教迫害，折射出对美国现实的思考。类似的思考在《亚瑟王朝廷上的康涅狄格州美国人》和《贞德传》中也有表露。

《王子与贫儿》是被改编最多的马克·吐温作品之一。小说出版后不久，马克·吐温妻子便将它改编成话剧，全家上演，他们的两个女儿分别扮演王子和贫儿，马克·吐温本人扮演贵族后裔迈尔斯·亨顿。此后几十年里该小说被许多国家改编成电影，其中包括英国、苏联、中国、印度、爱尔兰，1990年迪斯尼公司还把它改编成动画片。

《亚瑟王朝廷上的康涅狄格州美国人》(*A Connecticut Yankee in King Arthur's Court*, 1889)和《王子与贫儿》属于同一题材。美国人汉克·摩根1879年被人击昏，醒来后发现自己身处中世纪的英国。后来汉克做亚瑟王的首相，引进现代文明和科学管理，办学办厂，最后击败来犯的两万五千骑士，成功地在英国实行社会改革。这里，马克·吐温又一次讽刺了封建社会的社会机制，批判中世纪的迷信无知，进而对一切形式的特权和奴役以及反民主势力进行了抨击。这部小说也是吐温式文学性的一次显示：和英国式的文学“进行较量”，重新界定美国人的“文学性”，揭示其后蕴藏的“美国式的权力和征服风格”：汉克用美国建国时期的理论家托马斯·潘恩(Thomas Paine, 1737—1809)的口吻慷慨陈词，抨击六世纪英国的贵族统治，通过封建的亚瑟王朝的烘托，凸显美国民主制度的“优越”，只是到头来“民主”和“科技”却比愚昧与落后更加冷酷无情，一并成了吐温冷嘲热讽的对象。[②] 吐温让默林对汉克施法，

---

① Justin Kaplan, Introduction to *The Prince and the Pauper* (New York & Oxford: Oxford University Press, 1996), pp. xxxi-xli.

② 约珥·菲斯特：《自我批评的美国文学：马克·吐温对美国化的分析》，《外国语文研究》2011年第一卷，pp. 127-129。

用药让他沉睡12个世纪,借此强烈地显示现实的反差,这种"穿越"手法在文学中十分常见[1],至少爱德华·贝拉米同年发表的小说《回首》(*Looking Backward: 2000–1887*)让其主人公从1887年一觉睡到2000年,通过113年的时间差,显示资本主义原始积累时期和"成熟"的社会主义社会的巨大差异(见本书第四章第四节)。华盛顿·欧文在70年前发表的短篇小说《瑞普·凡·温克尔》(Rip Van Winkle)也让主人公温克尔中了魔法在山中一觉睡了20年,在近似荒唐中展示独立战争前后美国社会和民众心理的变化。小说讥讽封建制度固然有商业因素(出版商欲以反贵族来取悦美国的读者),马克·吐温本人对当时保守反动的英国政府也没有好感。值得指出的是,这部小说表明马克·吐温世界观的明显转变:从早期的轻松调侃(《傻子国外旅行记》)到中期的严肃凝重(《王子与贫儿》),到此后的悲观失望(《密西西比河上》和《哈克贝里·费恩历险记》)。有人认为,《亚瑟王》的发表标志着马克·吐温幻想的彻底破灭,此时他也正为自己经营的出版公司和投资的排版机而焦头烂额。当代批评家大都认为这部小说瑜不掩瑕,以《美国人》为例:他开始时只略通些技术,后来却是历史政治经济无所不晓,造成人物塑造前后不一致。这部小说是马克·吐温"触电"最多的作品之一。由它改编的音乐剧于1927年至1928年间在百老汇演出400多场,1929年在伦敦演出45场;由它改编的电影、电视剧迄今已有10多个版本。

七年后马克·吐温又写了一部相似题材的作品:《贞德传》(*Personal Collections of Joan of Arc by the Sieur Louis de Conte*, 1896)。故事发生在英法百年战争时期。1340年英国在海上大胜法国,法国积蓄力量欲反击时,黑死病于1348年席卷法国,夺去全国三分之一人口的性命。1356年法王约翰二世战败被俘,1360年法国同意割地赔款,赎回约翰二世。四年后新国王查理五世昏庸无能,查理六世体弱多病,精神崩溃。此时法国发生内乱,奥尔良和勃艮第两大公争斗,1407年勃艮第大公暗杀了奥尔良大公,法国也一分为二,法国国王名存实亡。英国趁机于1415年大败法军,勃艮第和英军联手攻击奥尔良人。法王查理七世也是无能之辈,但是据说依靠一个农村姑娘贞德的帮助竟然成功地夺回了奥尔良,1435年与勃艮第讲和,1453年终于赶走了英国人,百年战争结束。

马克·吐温声称对贞德做过12年的研究,但实际上《贞德传》基本上复述史书的记载,只不过加入了人物对话和细节描述。史书上的贞德在童年就表现出异乎寻常的智慧和勇气,被村里人称为"勇士"。1428年战火烧到她的家

[1] 吐温使用的手法后来被什克洛夫斯基称为"陌生化",赋予石头以"石头的质地",成功地恢复了读者对生活的感知(Lee T. Lemon & Marion J. Reis eds. *Russian Formalist Criticism, Four Essays*. Lincoln: University of Nebraska Press, 1965, p.12)。

乡，她一直沉默寡言，终于有一天告诉大家，三年来一直有一个声音回响在她耳边，说她注定要引导法国军队使国家获得自由。在这个“声音”的指引下，贞德排除种种偏见，冲破种种阻碍，最终夺回奥尔良，大败英军，被尊为“法国的拯救者”。但法王求和心切，与勃艮第签下停战协议，不准贞德继续作战。后来贞德被勃艮第大公俘获，法王不予赎回，遂被勃艮第人交给英国人，最后因“异端邪说”被逐出教会，在火刑柱上烧死，时年19岁。后来教廷展开调查，于1456年为贞德平反，1920年册封她为圣人（1909年即马克·吐温去世的前一年贞德被教会“行宣福礼”）。

尽管当代史学家对史书的记载表示怀疑，甚至对历史上是否存在贞德尚在争论，但是这个传奇性的人物早已受到文学家的青睐。如莎士比亚在《亨利六世》里把贞德描写成一个女巫师，伏尔泰把她描绘成迷信和轻信的代表，席勒的《奥尔良的姑娘》(1801)则成为反抗拿破仑的象征，萧伯纳的《圣女贞德》(1923)变成反抗权威的新教徒。马克·吐温童年在汉尼拔偶然读过描述贞德被俘的书，对她极其钦佩，对她的敌人非常痛恨。1868年他在讲演中赞扬了贞德，极力美化她。[①] 此书的写作开始于1892年8月1日，当时马克·吐温在意大利的佛罗伦萨；完成于1895年2月8日的巴黎。《哈柏氏月刊》1895年3月开始连载，1896年5月小说出版，10年之后的1904年12月马克·吐温仍然在《哈柏氏月刊》上撰文赞美贞德。令许多评论家感到困惑的是，《贞德传》在很多方面都不大符合马克·吐温的创作风格，如这个故事发生在远离美国的大洋彼岸，人物情节完全脱离实际，几乎没有可信性，文体温文尔雅。此外，马克·吐温素来讨厌奉承，不仅常常贬低宗教热情，而且讥讽“爱国主义”，认为这些都是奴性的表现。但这一切偏偏发生在《贞德传》里。马克·吐温一直认为这部最后的长篇小说是他最好的作品，他在去世前不久说：“我的所有作品里我最喜欢贞德”，“它是最好的，我对此深信不疑”。马克·吐温的授权传记作者潘恩(Albert Bigelow Paine)也附和道：“从各方面说，贞德都是马克·吐温最佳文学表现……它沉浸在浪漫氛围里，却又是现实主义的典范；不是那种干巴巴惨兮兮丑陋的现实主义，而是崇高超脱神圣的现实主义。”[②]

但是评论界却一直对它保持低调。豪威尔斯在《哈柏周刊》上撰文，虽然承认“本世纪头号幽默作家的这本奇怪的书……具有一种催人向上的力量”，但“我希望（马克·吐温）坦率地拒绝这么做……他一开始胡编乱造中世纪的故事，我就感到难受”。一般评论家也认为，相对于马克·吐温其他的中世纪

① 在《贞德传》里，16岁的贞德被描绘成“体态优雅端庄，美丽超群，怎么拿语言来形容都不为过”。但后来马克·吐温承认这个描写基于自己的爱女苏希和母亲简。

② Justin Kaplan, Introduction to *Personal Recollections of Joan of Arc* (New York & Oxford: Oxford University Press, 1996), pp. xxxii – xxxiii.

题材作品,《贞德传》在情节构造上不及《王子与贫儿》,在喜剧效果上不及《亚瑟王朝廷上的康涅狄格州美国人》,现实意义上不及死后出版的《第四十四号,神秘的陌生人》。① 马克·吐温本人也意识到别人可能会有疑虑,所以做了特别的安排。如马克·吐温此前一直被尊为"幽默家",即向读者提供欢快轻松的故事及富有哲理的警句。为了避免"没人会严肃地对待我的签名",小说连载时没有署作者名,出版时题页上也没有出现署名,尽管如此,有些倾慕《贞德传》"崇高魅力"的读者知道其作者是马克·吐温时仍然感到失望,认为他"超出了自己的范围"。实际上《贞德传》的内在文学价值倒不如它的自传价值,即对晚年吐温的一种反映。晚年的马克·吐温正为经济问题所困。《贞德传》对贞德的叙述开始于1492年,而400年后马克·吐温在1892年哥伦布年时说:"发现美洲太好了,不过要是错过它就更好了",可见这多少反映出远在异国他乡的马克·吐温的心情。更重要的是,马克·吐温一直把自己等同于故事的叙述者(Sieur Louis de Conte),其名字的缩写和他原名的缩写完全一样,表现出马克·吐温想超越"幽默的命运",对社会体制的压迫性和人的虚妄自私作出严肃的思考和批判。

马克·吐温晚年心态的最直接流露就是中篇小说《败坏了哈德莱堡的人》。哈德莱堡以"整个地区最诚实清白的小镇"而享誉四方。一天一个陌生人在爱德华·理查兹家丢下价值四万美元的黄金,以答谢给他出主意使他致富的恩人。后来全城竟冒出许多人自称就是那个"恩人",而且他们都是城里的知名人士,结果一个个成了被嘲弄的对象。

这个故事写于1898年的维也纳,1899年12月在《新哈柏氏月刊》发表,1900年收入《败坏了哈德莱堡的人及其他故事》(*The Man that Corrupted Hadleyburg and Other Stories and Essays*),是马克·吐温最好的中短篇之一,为各种选集采用。在这里,马克·吐温揭露的是19世纪美国人的最大疾患——拜金主义。在金钱面前,任何寡廉鲜耻都可以不顾,人人都变成了"由一个唯一的动力所驱动的机器所大规模生产出来的标准物品",正如小说结尾描写的400多位哈德莱堡居民那样几乎一模一样,没有个人特征。值得注意的是,这部小说针对的也是维也纳的社会现实。1896年马克·吐温爱女苏希去世后,全家从英国经瑞士来到维也纳。维也纳以浓郁的文化氛围闻名欧陆,围绕在马克·吐温周围的是音乐家、戏剧家、讽刺家,以及贵族、外交家和记者。有一次马克·吐温发表演讲,弗洛伊德也到场聆听。但是维也纳也有阴暗的一面——反犹(1898年时维也纳市长是臭名昭著的卡尔·吕格尔)。马

---

① Justin Kaplan, Introduction to *Personal Recollections of Joan of Arc* (New York & Oxford: Oxford University Press, 1996), pp. xxxii – xxxiii.

克·吐温的朋友中有犹太人,他女儿也嫁给俄国犹太裔指挥家奥希普,所以维也纳报纸骂他同情犹太人,甚至说马克·吐温就是犹太人。1898年前后法、比、德、奥、俄媒体正就犹太裔法国军官德赖法斯叛国一事闹得沸沸扬扬,[①]马克·吐温在维也纳挺身而出为他辩护,指责人们不讲原则,人云亦云。[②] 在这种氛围下写的这部小说不一定影射德赖法斯事件,"但是一个社会越来越深地陷入种族异常状态,人们之间相互感染,这种想法无异于把欧洲看作群体谎言蔓延之地"。[③] 其实小说影射的已经不止美国和欧洲,而是整个人类:人人都好像生活在哈德莱堡,自以为诚实纯洁,实际上内心都有阴暗的一面。正如霍桑在《红字》(*The Scarlet Letter*, 1850)里揭示的那样,"罪恶"隐藏在每个人的心里。

马克·吐温写作时间最长的是他的《自传》(*Autobiography*, 1924)。其实马克·吐温的"自传"已经散见在各个作品里:《镀金时代》描写他的童年,《汤姆·索耶历险记》是他的少年,《密西西比河上》是他的青年,《艰苦岁月》反映他在西部的日子,《赤道旅行记》讲他晚年的环球旅行,等等。但是从1870年开始,他有意识地记下大量自己的生活片断,大多不发表。19世纪90年代应几个出版社要求为自己的作品集写简短自传,遂萌发撰写念头。此时动手撰写自传和早年不同,不是为了寻找创作灵感,而是借助旧日的农庄、田野、童趣和安全感来"抚慰自己受伤的心灵"。开始马克·吐温自己动手与秘书笔录相结合,传记作家潘恩也住到他家帮助整理;后来索性完全口授,随兴之所至,所以常常杂乱无章。他原打算死后发表,但应《北美评论》之约连载"我的自传节选"(Chapters from My Autobiography)约10万字,去世后给潘恩留下50万字。1924年潘恩在哈柏出版社出版两卷本《马克·吐温自传》。由于潘恩版自传遗漏很多,此后又有多个补充版问世,但至今仍然有三分之一的手稿因太乱无法整理而未编入。不过评论家们还是相信最早《北美评论》上刊登的自传,因为那是马克·吐温亲手所写,亲眼见到发表,所以最可信。

马克·吐温最懂得从生于斯长于斯的家乡的沃土中汲取养分。他的最好的小说里始终透露出密苏里、汉尼拔的乡土气息和密西西比河沿岸的风土人情。但是,马克·吐温的小说绝不只是原封不动地记录儿时的生活,而是表达对这片土地的怀念,对这种生活的记忆。这种乡土细节和怀旧情怀属于典型

---

① 德赖法斯(Alfred Dreyfus)是犹太裔法国军官,1894年10月15日以德国间谍罪被逮捕,判终身监禁。后来发现证据不足且另有嫌疑犯,但法国情报部门仍然试图遮掩自己的过失。左拉曾撰文《我谴责》予以痛斥。

② 马克·吐温曾对美国人对华人的偏见作出过类似的批评,见本书第七章第二节。

③ Cynthia Ozick, Introduction to *The Man that Corrupted Hadleyburg and Other Stories and Essays* (New York & Oxford: Oxford University Press, 1996), p. xxxv.

的乡土文学,但是马克·吐温的乡土文学中夹杂了大量自己生活的体验。马克·吐温对生活情有独钟:做排字工人使他接触了写作,做汽船舵手使他接触了生活,做新闻记者使他了解了社会,周游世界丰富了他的思想。如果说乡土文学的特点是局域性的话,马克·吐温则使特定地域的生活具有了人类共有的体验。马克·吐温透露出的生活散发着独特的气息,既清新又隽永,永远充满活力,因为他的生活基础是幽默。

马克·吐温成长于西部边疆,从小受到战前新英格兰幽默传统和西南幽默家的熏陶,成名于战后幽默家和乡土文学大行其道之时。但是马克·吐温出于其中又超乎其上。他继承了朗斯特瑞特和海瑞斯的幽默传统,汲取了西部口头传说和黑人民间故事的叙事技巧:"把那些相互抵触稀奇古怪的东西拼凑在一起,看上去漫不经心毫无目的,几乎天真地觉得这些东西就是稀奇古怪。这就是美国艺术的基础。"[①]马克·吐温的幽默让人捧腹,也让人意识到自己的愚蠢。正因为如此,在所有的幽默家里只有马克·吐温脱颖而出,成为有别于19世纪温文尔雅的美国文学传统的代表。但是马克·吐温不是、也不想成为职业幽默家,因为插科打诨和滑稽逗乐有时和口头传说的叙事风格不大融洽。更重要的是,对马克·吐温来说幽默只是手段而不是目的,滑稽可笑"从来就不是他(马克·吐温)的最高成就"。他的最终关怀是社会现实,是生活在这个现实里的普通人。

马克·吐温是一个有个性有思想的作家,有自己的一套世界观和哲学观。他怀念旧日的美好时光,怀疑宗教和传统道德观念,渴望政治和社会改革,甚至表现出浓厚的悲观色彩,这些表现在1865年至1900年的美国十分普遍。但是马克·吐温最厌恶说教,他对现实社会的关怀是通过幽默和讥讽来表现的。因此,他对世界文学的贡献不在于思想的力量,而在于他的人物遇到的问题"人类都会遇到",他所描写的"可以使不同年龄的读者都接受"。当然这种手法有时会让马克·吐温付出一定的代价。"幽默"和"严肃"是两个相对立的概念,[②]为了使它们有机地结合在一起,马克·吐温使用了"讥讽"作为中介。但是不论技艺如何高超,要使三者始终结合得完美无缺实在不容易,因此马克·吐温作品里不时出现的某些不和谐也就在所难免(如评论家常说的《哈克贝里·费恩历险记》里严肃的叙事基调和不时出现的戏仿和调侃相互削弱的问题)。

---

① Roy Blount, Jr. "Introduction" to *The Celebrated Jumping Frog of Calaveras County and Other Sketches* (New York & Oxford: Oxford UP, 1996), p. 280.

② 对马克·吐温来说,幽默产生于现实细节的不和谐。用俄国形式主义的话说,就是把现实中的不和谐推到"前台"(foreground)进行"奇异化"。但是如何对由幽默而产生的不和谐进行严肃处理,马克·吐温似乎还没有找到更好的办法。

据说马克·吐温不喜欢诗歌，或许因为诗歌过于浪漫，和现实的联系不如小说、传记那么直接。但是马克·吐温本人却具有诗人气质，他的风格也反映出这一点，表现在他对语言的精心使用上。他比其他美国小说家更善于使用美国语言。他用词讲究准确，注意创新性地使用词语，尤其善于利用语言刻画栩栩如生的人物形象。马克·吐温语言的特点是句法结构简洁明了，人物对话丰富多彩，细节描写细腻真实，尤其注意语言的幽默效果。他认为风格的关键是词汇，因此为了树立自己的风格他一直用心地用美国方言逐渐取代统治美国文坛的英国习语。据专家统计，马克·吐温作品里使用的美国方言词汇有 5 000 多个，有 4 000 多个词汇是他首先应用于书面语言（如 games、piloting、mining 等）。除了改造之外，马克·吐温十分注意创造新的用法，用各种构词手段组成新的表达方法。在句子层面上，他善于使用平行、不完整句式等手法，作品中很少连续出现相似的句子结构（除非是有意安排）。他的句子十分口语化，所以他的描写十分自然逼真，绝少雕琢的痕迹。这种表现方法尤其适用于人物对话，尽管用在叙事上有断断续续的感觉。马克·吐温和常人一样注重词汇、句法，但他也注重韵律和节奏，辅以介词、冠词、前后缀，甚至对话进行调节。马克·吐温的部分作品接近幻想（大部分是晚年的作品），早年也喜爱夸张，表示过不愿意受实际生活的束缚。即使如此，由于以上的原因，这些作品也具有强烈的现实感。

多年来马克·吐温传记作家们一直把他描写成一个和蔼可亲、平易近人的幽默滑稽形象，“一个嘴巴里含着香烟、口袋里装着大把警句的圣诞老人”。但是实际中的克莱门斯非常复杂：他常常言不由衷，对经济利益过于计较，急于讨好读者（听众），在乎轰动效应，有时对自己的作品没有信心，缺乏判断能力（如《哈克贝里·费恩历险记》甚至差点未完成，一些未出版的作品也是如此）。但是人们仍然赞同豪威尔斯对马克·吐温的评价：“独一无二，无可比拟，我们文学的林肯。”

除马克·吐温之外，另一位描写美国西部风情的高手是弗朗西斯·布莱特·哈特（Francis Bret Harte, 1836—1902）；作为地方色彩文学的重要代表，他被称为“撰写淘金热史诗的作家”。哈特的原名是“Francis Brett Hart”，1836 年 8 月 25 日生于纽约州的奥尔伯尼，父亲亨利在奥尔伯尼女子学校做小学教员。哈特幼年受教育很少，但是酷爱读书，《圣经》《一千零一夜》《格列夫游记》是他喜爱的作品，塞万提斯、狄更斯、坡是他钟爱的作家，11 岁时他曾模仿拜伦发表一首诗歌《秋思》。哈特家生活拮据，入不敷出，所以他 13 岁便开始做工，16 岁独立生活。一家曾居无定所，直到哈特 9 岁父亲去世后方在纽约落脚。后来母亲改嫁，1853 年移居加州旧金山，1854 年哈特去看望她，此后几年便游荡在加利福尼亚的人口稠密地区，在煤矿做过工，当过投递员，教过书。

哈特从小立志文学创作。经过一段时间的工作尝试之后，和马克·吐温一样，他选择了报业，先学习排字，最后如愿以偿地从印刷车间走到编辑室。在1857年12月31日的日记中他写道："只有在文学里我才能寻找到声誉和财富，除此之外我别无他法。"1860年冬，23岁的哈特在阿卡塔受雇于《北部加利福尼亚报》(*Northern California*)做印刷所学徒，一次恰逢主编出差旧金山，便让哈特暂代主编。当年2月一伙武装白人袭击附近的印第安部落，杀害60余人，其中大部分是妇女和儿童。哈特义愤填膺，三天后在自己的报纸上用最大号铅字登出"滥杀印第安人——妇女儿童惨遭毒手"，因此触犯有关人员，一个月后不得不离职。此后哈特来到旧金山为当地的主要文学刊物《金色时代》(*Golden Era*)等一批报刊撰写过诗歌和短文，开始使用笔名"Bret Harte"。这期间他写了几十篇小说、故事和诗歌，这些早期作品真实性差，但是人物塑造和叙述却独树一帜，颇受读者的钟爱，到1868年他已经是旧金山小有名气的青年作家了。1868年《大陆月刊》(*The Overland Monthly*)创刊，请哈特做主编。哈特在此刊第二期上发表了他写的4 000字短篇小说《咆哮营的幸运儿》，大获成功，哈特崇拜的小说家狄更斯写信给他大加赞赏，东部的各种刊物也纷纷约稿，《大西洋月刊》主编立刻来信讨要"和《咆哮营》相似的稿子"，此后哈特的其他作品便频频在英美报刊亮相。由于哈特的成功，《大陆月刊》成为西部最富影响的文学刊物。

1871年《大西洋月刊》和哈特签约，以1万美元的天价买断哈特一年的作品(12部)。此时刚建立的加利福尼亚大学邀请他任当代文学教授，但哈特仍然义无反顾地辞别加利福尼亚，"像国王赴加冕仪式那样"启程赶往纽约。东部文学界对哈特推崇备至，称他为文学界的"新天才"，与朗费罗、洛厄尔、霍姆斯、豪威尔斯齐名，1871年哈佛大学的毕业典礼邀请他朗读诗作。

但是这种一时的风光带给哈特的却是终身的遗憾：加利福尼亚的17年是哈特艰苦奋斗的17年，也是他文学创作最辉煌的17年，离开了这片给予他养料和灵感的土地之后，哈特很快便显出江郎才尽，再也创作不出能和早期小说媲美的作品了。在东部的日子是"灾难性的"：哈特失去了创作激情，只为稿费而不求质量，写出的作品浮浅无聊，沦为追随美国梦的通俗之作。评论家说他装出文学大家的样子，因名噪一时而洋洋自得，为了满足自己奢侈的喜好，"一本本地发表粗制滥造的作品"。很快哈特的声誉受到影响，债台高筑，向妻子抱怨"身无分文"。1877年得到赴德国小镇克莱菲尔德任商务参赞的职位，哈特立刻离别妻子和四个孩子匆匆上任，自此再也没有返回美国。三年后哈特调到英国格拉斯哥任参赞，1885年被解聘后一直留在英国。他曾寄希望于英国的读者，仍然梦想重振名声，而且也写出一些佳作[①]，但哈特的时代已经一去不复返了。他住在伦敦，生活俭朴，默默无闻，为了生存超负荷地工作，每天必须写出 1 000 字，大部分收入寄给美国家人，但他晚年生活渐渐平稳，最后因患喉癌于 1902 年 5 月 5 日病逝于伦敦。哈特死后，其作品被编成 20 卷的哈特作品集，但是一直少有人问津，读者和批评家认为描写加利福尼亚地域的文学不具有普遍意义，而且这些作品矫揉造作，没有真实情感。20 世纪中叶的美国高中文学课本里只收录一部哈特的小说，以说明地方现实主义。1990 年出版的《希斯美国文学选集》根本就不提他。但是，哈特毕竟是美国第一位有影响的地方作家，像他那样取得惊人成就（尽管短暂）的美国作家并不多见，他还是国际上第一位因描写美国西部而知名的美国小说家，其笔下的加利福尼亚淘金时代今天读来仍然生动鲜明，他所塑造的各色人物已经成为"那个特定时空里的原型"，[②]他 1870 年前后发表的《咆哮营的幸运儿》、《扑克滩的流浪者》、《密格尔斯》、《田纳西的伙伴》等赢得过大量读者，获得爱默生、洛厄尔、朗费罗、豪威尔斯等人的赞扬。

哈特最为人称道的作品就是《咆哮营的幸运儿》（*The Luck of Roaring Camp*, 1868）。在探矿工人居住的营子里，那位唯一的女性（通常意义上的"放荡妓女"）在临死前挣扎着生出了一个孩子，此后矿工们（通常意义上的"乌合之众"）便以各种方式向失去母亲的拉克献上自己的爱，而且拉克的出现也逐渐影响改变着污浊粗鲁的矿工们。最典型的就是肯塔克，婴儿出生时抓住了他的手指，使他非常激动，时时不忘，在洪水到来时，他明知无望，仍然拼死救助孩子，最后两人同时死去。哈特的另一部成名作《扑克滩的流浪者》（*The Outcasts of Poker Flat*）讲述的是另一个令人心动的故事，揭示了一个相似的主题。几个为扑克滩村所不齿的赌徒和妓女，被驱赶途中遇到逃婚的汤姆和潘妮，在比利突然偷走他们的坐骑使五人被大雪围困之时，妓女"希普顿妈妈"拿出自己仅有的食物以救潘妮，赌徒"欧克斯特先生"将自己的雪地鞋送给汤姆要他逃命，最后希普顿饿死，欧克斯特在绝望中自尽，而当扑克滩的救援人员赶到时，潘妮和"公爵夫人"相互拥抱着，身上盖着厚厚的雪，"从两人安详的脸上，几乎看不出谁是曾犯下过劣迹的女人"。实际上，哈特的主要成名作

---

① 有评论家认为，客观地说，哈特的成名作如《咆哮营的幸运儿及其他短篇》（*The Luck of Roaring Camp, and Other Sketches*, 1870）只是靠新鲜取胜，靠轰动效应，倒是晚年的作品更加成熟，情感化更少，幽默味更浓，如《原告斯达博特上校》（*Colonel Starbottle for the Plaintiff*）和《拉波的绅士》（*A Gentleman of La Porte*），尽管这些小说鲜为人知，参见 Robert N. Linscott, ed. *The Best Short Stories of Bret Harte*, New York: The Modern Library, 1947, p. x; Wilhelmina Harper and Aimée M. Peters, eds. *The Best of Bret Harte*, Cambridge: The Riverside Press, 1947, pp. ix - x。

② Robert N. Linscott, ed. *The Best Short Stories of Bret Harte*, (New York: The Modern Library, 1947), pp. ix - x.

在叙事方式和故事主题上都是这样一个模式：主人公们都是为传统社会道德所不齿的“渣滓”，[①]但是哈特却告诉读者，这些人身上含有某些优秀的品质，这些优秀品质往往被常人所遗忘或者忽视，却能够在特殊的环境下展现出来，使他们显得平凡而伟大，正如《扑克滩的流浪者》结尾时的描述：“她们身上有各种人类的污点，有各种人间痛苦的痕迹，但是却为来自上天的洁白无瑕所覆盖。”[②]

评论家们认为，哈特确是以地域色彩、乡土人物以及令人诧异的结尾而著称，但是这些只是他作品的表面，其核心则是他独特的生活观。他相信人具有善良的天性，误入歧途者终会获救，在他的小说里这种获救的表现形式就是某种英雄主义行为，爱的流露，或者奉献精神。“犯罪不要紧，只要获拯救”，而且从某种意义上说，犯罪是获救的必要前提。这种精神使哈特的人物超越了乡土的局限或者地域的狭隘，带有一般人所具有的高尚情操，甚至达到某种准英雄的程度。这些人物以各种方式走出不那么光彩的过去，通过走西部来重新做人。这些人物很少用自己的原名，只是“切诺基萨尔”“肯塔基”“田纳西的伙伴”或者“公爵夫人”，但是留给读者的却是自我牺牲、博爱这种人类公认的高尚品德。

当然哈特的这种人物处理在当时常常并不为人理解，《咆哮营的幸运儿》的一个女性审稿人就曾称之为“下流粗鄙，亵渎宗教”，力劝编辑弃之不用。但是哈特对此有独到的看法。首先，这些人物都是现实的真实反映：“我的故事都是真实的，现象如此，人物也如此。我不愿意说我的许多人物都像所描绘的那样真实存在着，但是我相信，他们之中没有一个不是来自实实在在的人，有些甚至是多个真人塑造而成的。”马克·吐温也认为：“布莱特·哈特先是无意识地吸收加利福尼亚和加利福尼亚人，然后再把他们活生生地放入自己的故事里。”其次，哈特这么做也是为了艺术的需要。他在《咆哮营的幸运儿》“前言”中说：“我可以把我的恶棍人物写得恶贯满盈……我可以使他们无法作出善举，因此就可以避免因动机和品质的好坏混杂而引起道德上的混乱。但是我还是要对创造这些人物负责任……我不怕这么做。”他以这种在当时看来非常规的道德标准处理小说人物，为此后小说的人物发展作出很大贡献。

但是哈特的弱点也恰恰源于此。他最拿手寓言式的“严肃”作品，旨在向读者传达某种道理，让他们弃恶扬善。在 1882 年出版的第一部《选集》(*Collected Works*)中他承认自己受寓言故事形式的影响，说他“并不想自称为虔诚的信徒或者说教者，只认为自己是名艺术家，一心一意地遵循那位创造出

---

① 正如扑克滩的“流浪者”一样，“outcasts”同样寓指为主流社会所不容的人。

② 这种理解也表现在哈特对华人和中华文化的再现上，而且可能更加复杂。见本书第七章第二节。

‘忏悔的罪人’和‘乐善好施者’这些寓言的伟大诗人定下的规矩”。可悲的是，这种寓言体裁从19世纪末以后一直受到文学界的批评，哈特往往首当其冲。在寓言体的影响下，哈特的作品显露出明显的煽情(sentimentality)倾向，表现在：以幻想和浪漫取代日常生活里的矛盾与不和谐，行为矫揉造作，用词虚假浮夸，在短篇小说里追求戏剧化结尾使人产生雷同感。在英美新批评主导批评界的50年间，渲染情绪被认为是“情感的失败”。[①]

加兰也是地方色彩作家的重要代表。1887年他回南达科他探望父母，沿途所见使他对自己青少年时代的生活环境之低劣感到震惊，深深感到西部农庄远非诗情画意里的田园，边疆生活离人们的梦想相距甚远。回到波士顿后写出成名作《大路条条》，对中西部农村的苦难现实予以无情的抨击，揭示出经济改革的紧迫性，这部小说成为加兰的代表作。当时的文学大家豪威尔斯为加兰的这部小说集欢呼雀跃，称之为现实主义文学的杰作。

哈姆林·加兰(Hamlin Garland)1860年9月14日生于威斯康星西部农场一个叫新萨勒姆的村庄。为了生计，全家迁往明尼苏达和衣阿华的一个草原农场，1876年落户在衣阿华的奥萨基，加兰入当地的教会学校学习，1881年毕业后又随全家移往南达科他。童年的加兰喜爱西部广袤的草原和清澈的蓝天，但是越来越讨厌边疆农村单调乏味的生活。加兰喜欢读书，在母亲的影响下想做个教师，仰慕文化发达的东部，但直到24岁时方下决心告别落后的农村。在波士顿，加兰刻苦自学，奔波在剧场、作家、演员、艺术家之间，格外耐得贫寒，三年里几乎天天泡在波士顿公共图书馆，阅读莎士比亚、霍桑、惠特曼的作品和欧洲的新小说，尤其是现实主义小说，达尔文、斯宾塞的进化论，亨利·乔治的经济理论。不久他兼职当教师，做讲座，写文艺书评。他虽然身无分文，写出的作品又不受报刊重视，但却为新思想所鼓舞，感到文艺革命迫在眉睫，充满跃跃欲试的热情。

遗憾的是，《大路条条》之后加兰的作品再也没有超过这部小说。1892年他出版几部政治小说，如《杰桑·爱德华兹：一个普通人》，但这几部小说都不成功。19世纪90年代初世界博览会在芝加哥举办，加兰也幻想一场文艺复兴会在芝加哥兴起，在《分崩离析的偶像》中充满激情地表露了自己的文艺主张，提出了著名的“写真主义”。1895年发表的《罗丝》(*Rose of Dutcher's Coolly*)可以说是加兰最好的一部小说。此后10年间他又写有16部小说，对小说结构的驾驭愈加得心应手，但大多为了取悦读者，内容上多为西部传奇故

---

① 布鲁克斯和沃伦认为《田纳西的伙伴》和《扑克滩的流浪者》“对事件产生过分的情感反应”(Cleanth Brooks and Robert Penn Warren, *Understanding Fiction*, New York: Appleton-Century-Crofts, 1943, p. 608)。这大概也是波特(欧·亨利)后来受到冷遇的一个主要原因。

事,质量平平,人物塑造薄弱,刊登在通俗杂志上,文学创作上似乎进入“死胡同”。

如果说此前加兰为了艺术性地再现“中部边地”而牺牲商业成功的话,这时他正好相反。加兰自己也觉得这么做似乎不妥,曾不无讥讽地自嘲道:“已经快50岁的人了,还在写爱情故事,这不仅毫无用处,而且滑稽可笑。”①因此1911年后加兰专注于自传,完成了四卷本家史。《中部边地之子》记述加兰1865年至1893年间的生活,《中部边地之女》(*A Daughter of the Middle Border*, 1921)描写1894年至1914年间他的家庭生活。这是加兰写得最好的两部传记,后两部《中部边地的开路人》(*Trail-Makers of the Middle Border*, 1926)和《中部边地的归来人》(*Back-Trailers from the Middle Border*, 1928)则没有这么出色。

《大路条条》(*Main-Travelled Roads — Six Mississippi Valley Stories*, 1891)是对19世纪80年代“最彻底最诚实的写照”。19世纪最后30年对美国西部农场主来说情况越来越糟。农产品价格越来越低,通货紧缩,美元升值300%,偿还抵押贷款越来越难,越来越多的农场主财产落入债权人手中,使他们债务缠身,怨声载道。1887年北卡罗来纳州一家农业刊物评论道:铁路从来没有这么繁荣,可是农业却一蹶不振;银行从来没有这么赚钱,可农业垮了;工资从来没有高得这么诱人,可农民完了。政治家们认为这是西部边疆农业过度发展,造成供过于求所致,而农场主们则认为,这一切是过高的赋税,中间商的盘剥,美元的升值,铁路公司和政府职能部门的腐败所导致。加兰回乡省亲路经的地方,有些县90%的农民土地落入债权人之手。② 严酷的社会现实使加兰把文学创作的重点从豪威尔斯倡导的“生活中的微笑一面”转到揭示农场主年复一年“痛苦、乏味、孤独”的生活。

1887年加兰从波士顿到南达科他探望阔别六年的双亲。尽管他在农场长大,但越往西部走景象越荒凉,使他第一次深切地感受到农民生活的困苦,感到从未有过的压抑和难过。见到母亲生活在困苦之中,他的压抑感变成满腔的愤懑,促使他写出了《大路条条》。这部短篇小说集收录了六个短篇小说。《来到库利》(Up the Coolly)说的是在剧团工作的麦克兰决定返回西部看望母亲和兄弟格兰特,发现他们住在贫瘠的小农庄里,而且这个农庄也抵押了出去,不再是他们的财产。母亲很热情,但格兰特却责怪麦克兰没有及时帮一把。麦克兰承认自己不对,表示要赎回农庄。兄弟虽然重新和好,但小说结尾时格兰特却拒绝接受麦克兰的帮助。这个故事采用加兰大部分故事的结构,

---

① Hamlin Garland, *A Son of the Middle Border*, ed. Joseph B. McCullough (Penguin Books, 1995), p. viii.

② Joseph B. McCullough, *Hamlin Garland* (Boston: Twayne Publishers, 1978), pp. 51 - 52.

即主人公都会遇到各种困难和挫败，但最终大都能渡过难关。这些故事都采用比较的手法，来最大限度地表现主人公脑海中的家乡和实际家乡之间的巨大反差。如《退伍还乡》(The Return of the Private)里的内战老兵史密斯，在返乡的路上想象着离家时家乡的欣欣向荣，但见到的却是满目疮痍：土地荒芜，农民饥寒交迫。或许仍然受到豪威尔斯的影响，加兰的失望感、愤懑感有一定的限度，因为小说毕竟在结尾时都显示出希望，如史密斯显然相信通过苦干可以使农庄恢复旧日的繁荣。但加兰笔下的不少农民已经灰心丧气，变得完全逆来顺受，使作品带有悲怆凄凉的气氛。加兰对西部农村苦难现实的描写也动摇了美国人对西部边疆田园美景的浪漫幻想。《狮爪之下》(Under the Lion's Paw)是加兰短篇小说的佳作。故事里一个佃农像奴隶一样苦干了三年，投入 1 500 美元改进一个每况愈下的农场，原打算花 2 500 美元买下它，但在即将成功之时农场主却告诉他价格已经升到了 5 500 美元。此时佃农已经债务缠身，精疲力竭，因没有签下文字合同，三年的辛苦劳作分文未获。说到这部小说的社会意义时，豪威尔斯赞扬加兰"有足够的勇气留给读者一个未加遮掩粉饰的事实，这在盎格鲁—撒克逊作家里极为罕见"。他在《哈柏氏月刊》评论道："如果有人还不知道如何解释西部农场主的反抗……我劝他读一读《大路条条》，读过后他就会明白了。"为了生动地展现平民党所反抗的社会现实，加兰在故事里放入了"风暴"和"污泥浊水"。豪威尔斯敏锐地看出这种现实主义表现手法的颠覆性："这些故事里充满了日常生活中的痛苦，燃烧的尘土和被践踏的泥污，过这种生活的人无望痛苦地创造着财富，这些财富使游手好闲的人穷奢极欲，使生产者贫困潦倒。"①

同期发表的另一部小说《杰森·爱德华兹：一个普通人》(*Jason Edwards: Average Man*)也是这种生活的真实写照。小说原在《舞台》杂志1890年7月号以剧本《车轮下》(*Under the Wheel*)的形式发表。加兰在《前言》中表明了作家的政治观点："首先要表现美国生活一个阶段的图景，其次要表现一个问题，因为仔细观察都会发现，任何生活阶段都会展现自己的缺陷、不公和苦难，让有思想的人陷入沉思。"小说主人公爱德华兹不堪忍受波士顿房租飞涨、工资削减的现实，携妻女迁往西部农场寻求自由土地。但那里的土地并不自由，而是掌握在债权人和投机商的手里，廉价到每公顷 10 美元。最终一场冰雹毁掉了爱德华兹的庄稼，使他身无分文，瘫痪在床，女儿爱丽斯只得嫁给沃尔特，他本人也只得跟随女儿女婿重回波士顿。这部小说揭示了美国梦和美国社会现实之间的巨大反差，而且社会对这种反差熟视无睹，正如小说里记者沃尔特所说："人们想出了一千种产生财富的方法，却没有想出一种

① McCullough, p. 56.

方法来恰当地分配财富”,因此“空气里充满了对现存秩序的反抗”。小说里爱丽斯和债权人的一段对话充分表达了加兰的感受:

“那么把土地拿走吧!”爱丽斯绝望地叫道。“我们只是佃农,不要欺骗我们什么土地拥有权。”

“可我们不想要土地,”法官解释道。“我们想要的就是利息。我们收回的土地太多,不知道怎么处理才好。”

他说得很清楚。姑娘抬起头,脸上浮现出气愤的苦笑——

“我明白了!让我们觉得可以拥有土地比付我们工钱更便宜。你们是对的——你们的制度完美无缺——也冷酷无情。它对我们及像我们一样的人意味着死亡!”她说,她终于明白了整个的事实真相。

加兰深爱自己的母亲,对母亲一生的遭遇感到难过,因此他时常在中西部小说里反映妇女生活的单调乏味和孤独苦闷,引起当代女性主义批评家的注意。《罗丝》中的主人公罗丝和《大路条条》中的女性人物有所不同。她虽然生长在威斯康星农村,由鳏居的父亲拉扯大,但精神并没有被严酷的环境所压倒,不愿意屈从于单调的农村生活或做个贤妻良母。她去麦迪逊州立大学读书,然后去芝加哥实现当作家的梦想。她是个新女性的典型,有理想有追求,不屈不挠,不达目的誓不罢休。

《中部边地之子》(*A Son of the Middle Border*, 1917)是加兰后期的代表作,也是他最好的自传作品。加兰第一次返乡时在芝加哥遇见小说家约瑟夫·柯克兰德,后者要他把返乡的感受写出来;1889 年加兰第二次返乡时坚定了写作的信心。19 世纪 80 年代加兰就开始此书的写作,直至 1912 年基本完成,但被多家著名杂志拒绝。在豪威尔斯的鼓励下,加兰对它做过多次修改,1914 年终于在《科利尔》连载六章,1917 年麦克米伦出版全书。作品出版后获得好评,使他 1918 年进入“美国艺术科学院”,1922 年获普利策自传奖。加兰的名声再起,有些出乎他本人的意料。豪威尔斯阅读了手稿的初始几页后说:“我认为你写出了世界上最真实最伟大的一部小说,除非前 24 页欺骗了我。”书中的“中部边地”指明尼苏达、威斯康星、内布拉斯加、达科他等地区,但传记显然具有更大的意义。后来豪威尔斯在《纽约时报书评》发表长篇评论,认为这是对一代人的纪念,对整个美国经验的纪念。它使你意识到,这是一首史诗,“其情调和气势迄今还没有出现过”。

《中部边地之子》忠实地记录了一个典型的美国家庭的生活经历,成为世纪交替时期美国的象征。传记的前半部描写加兰一家在西部边疆的艰苦生活,具有地域文学的鲜明特征。后半部是加兰本人的成长史,写他如何通过奋斗成为一个专业作家。加兰对养育自己的父母和土地怀有深厚的感情，自诩为“中部边地之子”。伴随着这种感情的是作家的责任感，加兰要告诉美国人，边疆拓垦充满了冒险和艰辛，西部人为此付出了巨大的代价。这一切是通过感人的艺术形象和作者的深刻反思来加以表述的。如加兰的叔父大卫拉一手漂亮的小提琴，是儿时加兰眼中的英雄，却被终年的劳作和为了生计不停地奔波耗去了一生。这是当时千千万万美国人的缩影，成为西进路上的纪念碑。加兰曾指出，这部作品既是自传又是小说，讲述的不仅是客观事实，还有个人的感受，因此具有“内在知识性”。但这部传记也因此带有加兰传记的通常缺陷：有时过于情绪化，事实不确切，而且叉枝旁叶过多。

加兰对19世纪美国文学的贡献还在于他独特的现实主义文学主张。他在90年代激烈抨击“衰败的浪漫主义”，成为豪威尔斯最坚定的战友。但是和文学创作一样，加兰在文学理论上也表现得比较情绪化；他甚至抛弃了当时正流行的“现实主义”这个称谓，创造了一个“写真主义”(veritism)，主张真正的艺术家应当是真实的表现者(truth stater)。加兰没有具体阐述“写真主义”和“现实主义”的真正区别。他在1891年8月的一次演讲中(克莱恩就坐在台下)谈过与此相关的一些思想：“保持文学艺术成功的秘诀就在于首先要有一个真诚有力充满感情的艺术观，然后要有把这种艺术观传达给他人的能力。”加兰相信，印象式艺术来自艺术家本人的品质和气质；和豪威尔斯的现实主义相比，显然加兰在这里更加强调作家的主观感受，当然这种感受必须经过观察到的事实来予以校正。除此之外，加兰还强调作家的写作技法，这也是写真主义的核心，集中体现在《分崩离析的偶像》一书中。

《分崩离析的偶像》(*Crumbling Idols: Twelve Essays on Art Dealing Chiefly with Literature, Painting and the Drama*, 1894)是加兰数年中发表的文章讲演的汇集，表明加兰接受并发展豪威尔斯的现实主义思想，展现19世纪90年代美国文坛特有的对易卜生、印象主义和地域色彩的追求。“如果有什么‘宣言’来维护地方色彩作家们的一般主张，这本书即是”。

首先加兰支持并努力实践豪威尔斯倡导的现实主义。他要把美国西部农业社会的真实状况表现出来，要使边疆的农民生活成为美国文学的严肃主题。但和其他作家不同的是，他竭力想展示一幅现实的真实画面：“我从篱笆劳作的一面观察生活，而不是从城市下来的小说家乘坐的马车上观察生活。我在烈日下捆扎谷物，无暇顾及阳光照在金色麦粒上发出的闪光。那场面的确很美，但它的下面却是痛苦和悲惨。我要把那里表面和下面的一切都放入我的图画里。金色的奶油和阳光并不是农场生活的一切。”①结果读者看到的是战

---

① Joseph B. McCullough. *Hamlin Garland* (Boston: Twayne Publishers, 1978), p. 115.

后美国农场孤独可怕的图景,和美国人对农场的浪漫看法(清新纯净,自由自在,完美无缺)大相径庭。

但是加兰显然想超越一般的现实主义,因为他觉得现实主义"太软弱",主张要更加接近现实,"从一个崭新的角度来表现农村生活",这个角度就是写真主义。通过作家的所见所闻,尤其是通过作家的亲身感受,加兰"不仅希望让读者领略西部农场的严酷现实,而且要触动整个国家内心深处的情感"。正因为如此,柯克兰德称他为"美国小说中的第一位真正的农民"。[①] 但是加兰认为,写真主义的暴露和批判必须建立在对生活正确的理解之上,让读者感受到希望所在,"通过描述现实中的丑陋和战争,来加速美好和平时代的尽早到来"。因此加兰不大喜欢自然主义,认为单纯描写生活中的原始冲动不足取,而应当主要反映具体境况下生活的"伟大光辉"。他说自己的作品"不会触及犯罪和形形色色的异常表现,也不会描写病人。我相信它要触及的,是诚实的男性对诚实的女性的健康爱情,是崇高的劳动,人与人之间的同志之情,——平常的人物类型,形形色色却又总是特征明显"。[②] 这里,加兰又回到了豪威尔斯倡导的现实主义创作手法。

加兰的作品在其写真主义发挥最好的时候,能给读者产生巨大的震动,加上如果加兰恰到好处地使用这种手法,确实能收到意想不到的效果,如一位评论家所说:"加兰的叙事艺术很高,建筑在仔细复杂的安排,逐渐过渡到问题的解决。这种安排总是直接服务于主题。加兰充分利用自己对中西部生活的详细知识,但决不做这种知识的奴隶。……他不是仅仅关注道德问题的宣传品作家,而是把思想和最可信的现实主义细节相结合,这些细节十分丰富,具有很强的生命力和重要性。"[③]因此,《分崩离析的偶像》发表后,加兰和豪威尔斯一起成为美国文学新潮流的代言人。

加兰写了50年小说。他的作品是"历史瞬间的产物",毫无顾忌地触及生活中的现实,使人产生同情和震动。尽管这种震动的效果不长久,仍然对中西部文学做出了贡献,足以使加兰在美国文学史上占有一席之地。加兰有理想有抱负,但他缺乏豪威尔斯的那种坚定,不时为经济和社会压力所左右,故被称为"蜡像作家"。正因为如此,批评界认为真正的加兰还是尊重传统、尊重雅士文化的,他的愤怒只是他个人对时代的感情宣泄。当时著名评论家门肯曾批评加兰的作品说教味太重,忽视审美形式,导致作品近似于文献,显得刻板

---

① McCullough, pp. 114 - 116.

② James Nagel, *Critical Essays on Hamlin Garland* (Boston: G. K. Hall Co., 1982), p. 201.

③ McCullough, pp. 113 - 115.

平淡。“他对美的内在神圣，对美本身的理解，都超不过一个警察”。[1] 当代批评家基本上仍持这种看法，关注的对象更多地集中在加兰对女性境况的关注以及对美国白人不公正对待原住民的批评。

第二节 现实主义小说的代表：豪威尔斯、詹姆斯、波特

1884 年加兰抵达美国东部时，发现豪威尔斯已经成为美国文坛的领军人物：“所有波士顿文人分成三派，一派喜欢豪威尔斯并读他的作品，一派读他的作品但不喜欢他，一派干脆就不喜欢他。”豪威尔斯把自己的这种领袖地位一直保持到他 1920 年去世。这段时期，他决定着美国文学的方向，被尊为美国现实主义文学的旗手。他 30 年来每月在《哈柏氏月刊》上主持批评，提出了一系列有关现实主义的看法。他也是一位多产的作家，著有 35 部长篇小说，31 部剧本，10 部游记，9 部短篇小说集，9 部批评文集，5 部自传和 4 部诗集。哈佛、耶鲁、哥伦比亚、牛津等知名学府纷纷授予他荣誉学位，1909 年他担任美国文学艺术学会第一任主席，去世时被冠以美国文学的“长辈”，[2]因此如果说“没有哪一个人在他之前或之后能做到这一点”一点也不夸张。

威廉·迪安·豪威尔斯（William Dean Howells，1837—1920）1837 年 3 月 1 日生于俄亥俄州的马丁斯费雷，在家里的八个孩子中排行老二。豪威尔斯的家庭家境清贫，但文化氛围浓厚，颇受邻居们的尊敬。他的父亲做过印刷工和编辑，宗教观和政治观都比较激进，曾是坚定的废奴主义者，他的独立见解对孩子们产生了很大影响。豪威尔斯从小在家里帮父亲排字，没受过多少正式教育，但是他有强烈的求知欲，尤其钟爱语言，自学了法、德、西、拉丁等外国语。文学对少年豪威尔斯有巨大的吸引力，他读过大量欧美经典作家，包括海涅、莎士比亚、狄更斯、欧文和萨克雷。15 岁时他发表了第一首诗，16 岁发表第一篇小说，1860 年已经在《大西洋月刊》发表五首诗歌，出版了第一部诗集《两个朋友的诗歌》（*Poems of Two Friends*）。1856 年，19 岁的豪威尔斯到州府哥伦布市担任《俄亥俄州报》记者和编辑。见过著名幽默家沃德，聆听过爱默生的讲座和林肯的讲演，并越来越感到中西部社会思想认知上的狭隘，无法

① James Nagel, *Critical Essays on Hamlin Garland* (Boston: G. K. Hall Co., 1982), p. 145.

② “Dean”既是豪威尔斯姓名的一部分，又含“带头人”“泰斗”之意。

实现他的文学抱负。正如詹姆斯离开令他感到压抑的新英格兰和纽约前往欧洲一样,豪威尔斯1860年来到渴望已久的文化中心波士顿。在那里,他见到洛厄尔,由洛厄尔举荐结识了霍桑,此后又会见了爱默生、梭罗、朗费罗,去纽约见到了惠特曼。在和这些文学巨头们的一次晚餐上,霍姆斯指着这位青年对洛厄尔说:"这就是我们的接班人了。"霍桑和他交谈后,也向爱默生推荐道:"我觉得这位年轻人有前途。"①

豪威尔斯很想在《大西洋月刊》谋个职位,但当时没有机会。1860年他为正在竞选的林肯撰写了竞选传记,林肯当选后委任他担任威尼斯领事一职,内战爆发七个月后去意大利上任。此时的豪威尔斯对政治不感兴趣,多年后曾为自己没有积极投身内战而自责。威尼斯的五年与其说是完成政府使命,不如说是陶冶文学情操。豪威尔斯原本对诗歌感兴趣,接触欧陆文学之后,决定从事小说创作。他的意大利经历反映在游记《威尼斯生活》(*Venetian Life*,1866)中,这部游记也奠定了他的文学声誉。1865年回国后,豪威尔斯在纽约的《民族》杂志短暂任职,次年到波士顿任《大西洋月刊》助理编辑,实际上在负责这个著名的文学刊物。1871年他正式接任刊物的主编,直至1881年离任。此时豪威尔斯已经功成名就,1888年辞去编辑工作专职创作。豪威尔斯离开波士顿来到纽约,为《哈柏氏月刊》撰稿。纽约这个资本主义大都市极大地扩展了他的视野,他在信中说:"我一直试图抓住这个地方展现的更广阔的生活。它非常有意思,这地方既高贵又自由,充满各种异国情调,却又以浓厚的美国特征为底蕴。"

豪威尔斯对美国文学的最大贡献莫过于他所做的三件工作,即文学创作、文学批评以及扶持文学新人。

豪威尔斯作品中影响最大的是他的长篇小说,而在他30余部长篇小说中,最成功的三部是《一个现代的例证》《塞拉斯·拉帕姆的发迹》和《新财富的危机》;前两部的背景设在波士顿,第三部发生在纽约。

《一个现代的例证》(*A Modern Instance*, 1882)是豪威尔斯的第一部重要小说,也被认为是他艺术性最强的作品。奥地利剧作家格里尔帕斯(Franz Grillparzer, 1791—1872)曾根据古希腊美狄亚传说写成悲剧《金羊毛》(*The Golden Fleece*, 1821),豪威尔斯自己说受到鼓舞后写出了这部当代"印第安纳离婚案"。小说描写青年巴特莱·哈伯德的婚姻悲剧。他因误会而与未婚妻玛西娅分手,并闪电般地和玛卡利斯特结婚,婚后哈伯德任《事件》报记者,两

① Michael Davitt Bell, *The Problem of American Realism, Studies in the Cultural History of A Literary Idea* (Chicago & London: The University of Chicago Press, 1993), p. 17.

人生活曾一度很幸福。玛卡利斯特生下女儿后，哈伯德经常整夜不归，在外酗酒。后来由于擅自发表朋友金尼的故事被老板解雇，加上赌博输钱，债务缠身，性格中的道德缺陷暴露无遗。一晚玛卡利斯特在街头遇见哈伯德从前的同事汉娜，怀疑哈伯德和汉娜有染，两人争吵后分居。后来玛卡利斯特对轻信汉娜的酒后谗言感到后悔，但哈伯德已经离家出走，登报要和她离婚，最后在西部被杀。

1881 年 3 月 1 日豪威尔斯正式辞去《大西洋月刊》的工作，之前半个月把这部小说的手稿送《世纪》杂志连载。这部小说属于豪威尔斯早期现实主义作品，其特点就是十分注重心理描写，真实地记录人物的感知和判断过程。据说连载不到一半，马克·吐温就说哈伯德这个酒鬼就是作者自己，豪威尔斯连忙否认，说其实是基于自己的亲身感受，因此“我们身上都有哈伯德”。[①] 对这时的豪威尔斯来说，人物的真实可信要大于情节的真实可信，因为相对于情节，人物更容易和读者沟通，对读者更加熟悉，更有说服力，因此作品的道德训诫主要是通过人物加以传递。但既然人物必须真实可信，则这个人物就必须展示复杂的性格、有限的视野，以及种种道德缺陷。要这么做，就很难避免自然主义的倾向。实际上自然主义痕迹在豪威尔斯的人物塑造里流露得十分明显。哈伯德和汉娜的酗酒就和遗传有关，玛卡利斯特的婚姻悲剧也源于自己的性欲冲动，而这又和她生长的家庭环境有关联——她父亲是无神论者，母亲也不正常，所以她从小就缺乏信仰和道德的约束。此时的豪威尔斯对自然主义文学并不十分倾心，他笔下的人物只是他对内战后美国城市化、非宗教化所引起的个人心理崩溃、家庭解体、社会无序的一种反映。这个时期豪威尔斯本人也经历了一场个人危机：心爱的大女儿正卧病在床，妻子也积劳成疾，他本人因病卧床七周。小说出版后批评家群起而攻之，指责他不该如此真实地描写离婚。有意思的是，后人常常忘记了这段历史，批评豪威尔斯在道德上过于拘谨小心，不敢大胆披露生活现实，殊不知如此描写婚姻的小说，直到 20 世纪才开始出现，因此豪威尔斯也许并不像批评家们想象的那样传统与拘谨。

《塞拉斯·拉帕姆的发迹》(*The Rise of Silas Lapham*, 1885)是豪威尔斯最知名的一部作品，批评界一般把它看作豪威尔斯的代表作。拉帕姆利用父亲在自家农场发现的一种矿物质制漆，逐渐发达，在波士顿兴建豪宅。他的前生意伙伴罗杰斯向他借款做生意，后来拉帕姆遇到资金困难，去西部查看罗杰斯借贷时做抵押的几家工厂，才发现这些财产受铁路公司的控制。无奈中他决定卖掉尚未完工的新房，哪知新房被一场意外的大火吞噬，而保险刚刚过期。此时英国人有意购买罗杰斯的抵押财产，尽管出售这些财产完全合法，罗

① *A Modern Instance*, Intro. Edwin H. Cady (Penguin Books, 1984), p. xviii.

杰斯也竭力怂恿他这么做,但拉帕姆出于道德考虑不愿意欺骗对方。最终拉帕姆因无法筹款而破产,但他为自己的诚实和信誉而感到问心无愧。

20世纪批评家一般认为,豪威尔斯多产但作品出色的很少,且作品多囿于琐事描写和道德规劝,属于"小圈子现实主义",对社会与生活的看法比较陈腐,很难与20世纪的思想联系在一起。其实这是对豪威尔斯的误解。他一生坚持三个观点:1. 相信人际间的相互信任和相互依赖,个人道德可以影响社会的发展;2. 以理性消除毁灭性的激情;3. 通过艺术揭示人性中文明理性的一面,压制无知原始的一面。拉帕姆的"发迹"史说明的正是这一点。开始时从贫困中发迹的拉帕姆自鸣得意,豪华的新房是他财富的象征。但暴富后的他却在腐败风气的影响下逐渐没落。新房的建设因资金缺乏而放慢,直至最后被毁,象征了拉帕姆事业的失败。但事业的破产却催生了拉帕姆道德的复生,最后反而因此在人格上"发迹"。小说结尾时拉帕姆的谈话和小说开始时判若两人:此时拉帕姆更加谦卑,诚实,真诚,而不再夸夸其谈。

这部小说写于内战结束后20年,反映了当时的社会矛盾:在农业社会向工业社会的转型期,爱默生式的自然精神法则和勤劳有节制的道德标准依然存在,但正让位于市场机制和无节制地追求个人利益。市场逐渐取代自然,欲望逐渐压制道德。[①] 这种矛盾冲突在拉帕姆身上得到了集中体现,并且豪威尔斯最终让道德力量占了上风。

《塞拉斯·拉帕姆的发迹》当然不是第一部描写美国商人和工业化的小说,而且20年后德莱塞在这方面做得更加出色,但是它却第一次成功地展现了"旧道德观所无法处理的道德困境",所以被称为美国第一部描写商人的重要小说,法国评论家泰纳也称之为"美国人所写的最好的小说,最像巴尔扎克"。小说集中反映了豪威尔斯对商业规范和社会道德的看法,反映了他对社会现实的关切。1884年8月10日豪威尔斯从自己新居的图书室写信给马克·吐温:"我周围数英里都是空房子。这世界上分配实在是不公。这些漂亮惬意的房子空着,而成千上万的贫民却挤在这座城市肮脏的贫民窟里,一大家子挤在一间房子里。真不知道人们对社会现状怎么这么有耐心。"写这封信时他正在写作《塞拉斯·拉帕姆的发迹》,里面的一个人物布罗姆菲尔德对这种社会现实感到愤愤不平,说真想"用炸药把这一排排门窗紧闭、漂亮却毫无人气的房子炸上天。如果我是穷人,带着个虚弱的孩子挤在北区的阁楼或者地窖里,我就会闯进这些房子,躺到大钢琴上"。小说在《世纪》杂志登出时,由于劳资关系紧张,所以"炸药"等刺激性词语被删掉。

---

① E. Donald Pease, ed. *New Essays on* The Rise of Silas Lapham (Cambridge: Cambridge University Press, 1991), pp. 15-16.

小说发表的前一年恰逢美国总统大选，共和党候选人布莱恩1876年大选就因腐败问题而未获提名，此时又传说他接受铁路公司大笔贿赂。但和道德沦丧的纽约州长克利夫兰（据说生有私生子）相比，豪威尔斯还是选择了前者。而小说中的拉帕姆则比他们都强：他既不愿欺骗投资者，又资助他人的妻儿，在当时世风日下的社会里，拉帕姆倒表现得出淤泥而不染。

美国资本主义原始积累时期的无序发展给社会带来许多问题，令豪威尔斯受到很大震动。他在1888年10月写给詹姆斯的信中说自己"（过去）盲目地满足于'文明'50年，相信它最终能把一切摆平，现在我却害怕了，觉得它最终会把一切搞糟，除非它重新使自己基于真正的平等之上"。豪威尔斯知道，回到前工业社会是徒劳无益的，他所欣赏的，是家族式工业和旧日美国梦里带有的价值观，即中产阶级的勤劳、节俭、诚实、坚韧、正直。小说完成一年后，豪威尔斯读了托尔斯泰的作品，说："有些事情我以前只是本能地认识到，现在上升为理性了。"托尔斯泰的基督教社会主义和豪威尔斯的思想确实有惊人的吻合，拉帕姆和《安娜·卡列尼娜》中的列文也的确有很多的相似之处。①

1911年豪威尔斯得知《塞拉斯·拉帕姆的发迹》被康奈尔大学选为文学课读本（此前已被耶鲁大学和哥伦比亚大学选中）时曾说："它是典型的美国小说，而且今后也会如此，尽管已经时过境迁。"此话也许并不为过，因为拉帕姆所经历的内心斗争就是世代美国清教徒所经历的内心斗争，即物质成功和道德力量之间的斗争：

> 他（拉帕姆）妻子听到他走来走去；她一整夜都没有合眼，听着他不停地走动。第一缕曙光映在窗子上时，《圣经》的话回响在她的耳边："这人和他自己搏斗着一直到天亮……他说，放了我吧，天亮了。他也说，我不会放了你，除非你赐福于我。"

除了《塞拉斯·拉帕姆的发迹》外，豪威尔斯还写有其他一系列"经济小说"，如《安妮·基尔博恩》（*Annie Kilburn*，1889）、《仁慈的品质》（*The Quality of Mercy*，1892）、《冒险的世界》（*The World of Chance*，1893）等。这些小说大胆触及美国社会的各种问题，表明豪威尔斯对社会问题的日益关注和不安。这些小说中最出色的一部就是《新财富的危机》（*A Hazard of New Fortunes*，1890）。

故事发生于19世纪80年代的纽约市。巴兹尔·马奇做了18年的保险

---

① John W. Crowley ed., *The Rise of Silas Lapham*, (Oxford & New York: Oxford University Press, 1996), pp. viii – xxiv.

业,因平庸而遭排挤,经朋友弗克森介绍到新创刊的文学期刊《双周刊》做主编,圆了他多年的心愿。刊物资助商德莱弗斯是天然气巨头,他不满儿子康拉德做牧师,资助刊物想让儿子做刊物的出版商。德莱弗斯一家是工业新贵,但出身低下,很想挤入社交界。大女儿克里斯廷爱上刊物艺术指导彼顿,但彼顿并不爱她,却爱好施乐助的玛格丽特。康拉德还是不愿从商,想做牧师为穷人服务,因此德莱弗斯和他的矛盾愈加尖锐,此时纽约市电车司机罢工,康拉德同情罢工者,上街试图平息工人和警察的冲突,却被流弹击中而死。德莱弗斯感到对不起死去的儿子,决定聘用曾被他解雇的残疾人、社会主义者亨利·林道,并愿意终生照料他,但林道也因遭到殴打而死去。德莱弗斯一家去欧洲,临行前把杂志以极其优惠的价格卖给了马奇和弗克森。

这部小说写于1888年10月至1889年9月。评论家一般认为,这部小说自传性很强,主人公马奇做编辑的经历很像豪威尔斯本人的经历;另外马奇夫妇还是其他几部小说中的人物,如豪威尔斯的首部小说《蜜月旅行》(*Their Wedding Journey*, 1872)和《银婚之旅》(*Their Silver Wedding Journey*, 1899),而这些小说也带有很强的自传性。但是更加重要的是,这部小说反映出豪威尔斯思想上所经历的重大变化。在此之前,豪威尔斯关心的主要是中产阶级的道德和行为(如《塞拉斯·拉帕姆的发迹》),认为最能表现美国社会的是它的"微笑的一面",揭露丑陋起不到教育改造的作用。但1886年芝加哥农贸市场骚乱之后,他开始关注起阶级冲突。在小说里他把背景从波士顿转到了纽约市,或许旨在突破中产阶级局限,在更广阔的社会空间来展示不同阶级、种族背景的人群。1887年11月4日他在纽约《论坛报》发文,公开同情无政府主义者;11日四名无政府主义者被绞死,豪威尔斯称之为"文明的谋杀",声称终有一天要"为无政府主义者申冤"。撰写这部小说时,正值芝加哥激进主义者被杀一周年,纽约《太阳报》11月12日刊登《怀念无政府主义者》,报道波士顿的纪念集会,其中记载"作家威廉·豪威尔斯来信对无政府主义运动表示同情"。第二天豪威尔斯的出版商要他公开否认同情,豪威尔斯为此写一长信,承认自己确有"社会主义"倾向,但否认袒护暴力,申明自己反对的是"一切形式的混乱",指的显然是当时美国社会所突显的种种问题。1888年春豪威尔斯读到贝拉米的《回首》,深有感触。1889年冬天纽约电车司机罢工,这时豪威尔斯刚开始撰写《新财富的危机》,小说的最后几章基本上基于当时的事态发展和媒体报道。1899年纽约记者德雷克将小说改编成剧本,豪威尔斯坚持不让删除书中林道这个反抗人物。他曾不无欣赏地谈起过"彻底改变我们的政策,基于不劳无获,劳者有其食的基本原则重组社会结构"。这个观点正是小说里的社会主义者林道的思想:

劳者就要有获有食，不劳者就要挨饿。但没有人会挨饿，因为他可以找国家，国家要给他工作，给他食物。一切道路工厂矿山土地属于人民，由人民管理，造福于人民。没有富人和穷人之分，没有战争，谁敢进攻团结得像兄弟一般的人民？

《新财富的危机》出版后受到欢迎，第一年即售出两万册，是豪威尔斯其他小说的三倍。洛厄尔对这部小说十分赞赏，加兰在《新英格兰杂志》上称它是"了不起的著作，既是艺术作品又是深刻的批判"。马克·吐温认为小说是"对纽约市和纽约人最准确最真实的描写"，"我最喜欢的是，它既是艺术精品，宣讲了大道理，看上去又不像在维护谁或夸夸其谈"。詹姆斯很少和马克·吐温意见一致，这次也赞同道，豪威尔斯"比其他人更能接近真理几分"。当时美国知识界的泰斗威廉·詹姆斯说，这部小说把他内心最深处的感情表达了出来。① 新批评时代不喜欢所谓的"外部研究"，所以对这部小说评价不高。进入20世纪80年代之后豪威尔斯所反映的一些问题重新引起评论界的关注，这部小说也获得新的评价，如小说里为《双周刊》做封面设计的阿尔玛被认为是美国文学史上较早出现的职业女性形象。

除了"经济小说"系列外，豪威尔斯还擅长表现不同文化间的冲突，如他的第二部小说《偶然结识》(*A Chance Acquaintance*, 1873)描写的就是天真的纽约姑娘基蒂和波士顿势利文人迈尔斯所代表的西部价值和东部城市文明间的冲突。豪威尔斯心胸开阔，喜爱欧洲文学，对语言敏感，曾旅欧多年，因此把文化冲突这个主题植根于异域的土壤上。《阿茹斯图克夫人号》(*The Lady of Aroostook*, 1879)里的女主角莉迪亚乘船自麻省去威尼斯，在船上结识了波士顿人詹姆斯，两人的爱情故事和莉迪亚在意大利社交界的经历成为小说的主线。另一部小说《必然的结局》(*A Foregone Conclusion*, 1875)则描写17岁的美国姑娘弗洛瑞达和意大利牧师登恩等人的爱情故事。这些小说开美国文学中欧美文化冲突小说的先河，受到詹姆斯的称赞。

豪威尔斯的"国际小说"系列里，《印第安夏天》(*Indian Summer*, 1885)是具有代表性的一部。故事发生在内战后不久的威尼斯。人到中年的希奥多·科尔维勒曾做过编辑，从过政，均感无聊，来到意大利佛罗伦萨寻找20年前的自我，遇到当年女友、现寡居的鲍恩夫人。鲍恩夫人的朋友、20岁的美国姑娘伊莫金爱上了他，一番周折后两人准备结婚。一次外出游玩时，马车意外倾覆，科尔维勒为制服惊马身受重伤，但脱离危险后科尔维勒从伊莫金母

① W. D. Howells, *A Harzard of New Fortunes*, Intro. Everett Carter (Bloomington & London: Indiana University Press, 1976), pp. xi-xxviii.

亲口中意外地得知伊莫金并不爱自己。后来他和一直对自己有好感的鲍恩夫人产生真正的感情,最终两人举行了婚礼。

《印第安夏天》虽然没有《新财富的危机》等经济系列小说著名,揭示的主题也没有这些小说深刻,但中心人物的刻画精雕细凿,通过他们的个人生活"最精致地展现道德责任感",其艺术成就优于豪威尔斯的许多其他作品。这部小说完成于1884年3月,但因写于其后的《塞拉斯·拉帕姆的发迹》在《世纪》杂志上连载,所以完成后16个月未出版,也给了豪威尔斯充足的时间进行修改。该小说于1885年7月至1886年2月在《大西洋月刊》连载,此后几乎未经再改便出书,被认为是他国际题材小说的顶峰。

内战后许多美国人出国,一些现实主义作家便开始描写这一类故事,如马克·吐温的《傻子国外旅行记》和詹姆斯的小说。1866年至1867年间豪威尔斯和詹姆斯曾在麻省剑桥共论文学,《印第安夏天》发表前詹姆斯已经写出了《黛西·密勒》、《美国人》和《淑女画像》,因此豪威尔斯肯定受到詹姆斯的影响。但他的国际题材小说也和詹姆斯的小说有明显的不同。首先,豪威尔斯对意大利的景物描写十分动人,但他对美国景色的描写则更加细致,更显得栩栩如生,詹姆斯则出于对欧洲的崇拜而很少如此细致入微地描写美国。其次,詹姆斯笔下的美国人多在境外寻找自己的归属,而豪威尔斯的美国人则多是在度假。詹姆斯对美国人的粗俗念念不忘,而豪威尔斯虽然描写欧洲人的精致,但首先关注的还是现实。① 另外,豪威尔斯笔下的人物也会面临险境,但却没有詹姆斯人物那样的灾难性后果。他对欧美间的文化冲突不感兴趣,描写的多是境外美国人之间的感情纠葛。如《印第安夏天》描写的就是处于中年危机(印第安夏天)的科尔维勒和处于早春妙龄的伊莫金之间的感情纠葛。和马克·吐温的幽默不同,豪威尔斯展示的是使人物陷入困难的社会境况,以及他们如何找出"道德上令人满意的解决办法"。

《印第安夏天》的一个主题是对失去的青春的追忆和无奈,这也是美国文学的典型主题:"美国文学比其他国家的文学更喜欢青春,歌颂它,神话它,崇拜它,爱戴它,回忆它,再现它——或者哀叹这种想象中的青春的可望而不可及。"豪威尔斯在1883年12月的一封信中说,自己构思出一个新故事,"它让我激动不已……主要是探索人到中年时的感受,和早年的感受做一番比较"。中年的科尔维勒既感到不再年轻,又不愿意被划归到"老年",因此出国寻找刺激,但一直为失落感所困扰,是个美国的奥勃洛摩夫形象。马克·吐温在给豪威尔斯的信中写道:"我觉得里面没有一行废话,也没有一点应当修改的地方……这是个美丽的故事,让人从头笑到尾,心里却又在

① *Indian Summer*, intro. John Updike (Vintage Books, 1990), pp. viii - xvii.

哭泣，感到又老又孤独。”①

除了长篇小说之外，豪威尔斯主要面对的是杂志，因此创作了很多短篇小说。如果说他的长篇小说宣扬的是“毫不妥协的文学道德”，让人产生可敬却不可亲甚至乏味的感觉，他的短篇小说则别有一番风味。评论家把他的短篇小说分为三个阶段：1. 模仿前人，如《不是爱情故事》(Not a Love Story, 1859)和《梦》(A Dream, 1861)，作品比较浮浅；2. 早期现实主义和后期心理现实主义，如《托奈利的婚姻》(Tonelli's Marriage, 1868)，在主题和技法上已经和成熟的长篇小说十分接近；3. 1900 年之后的作品，心理主义色彩浓厚。其中的第二个阶段最能代表豪威尔斯的短篇小说成就。如《事故》(Incident, 1872)说的是一个年轻人和一个姑娘在漫长无聊的旅途中注意到小站上一个围着围裙手托油漆桶的男子，两人便猜测起这位男子漂亮的居所，温柔贤惠的妻子，和谐美满的家庭，但火车刚刚启动，这位油漆工便被火车轧死了。小说似乎在说明，人们相互隔膜，但内心又渴望了解他人；同时它也反映了豪威尔斯对生活的思考：短暂多变，无法把握。这也是豪威尔斯长篇小说的特征。但总的说来当代人对这些短篇小说并不看好：“豪威尔斯的短篇小说不会对文学有什么重要贡献。没有什么短篇被收入选读本，仔细阅读他的短篇集，不会发现多少有价值的故事。”②

除了长、短篇小说外，豪威尔斯还写过 30 余部剧本，包括喜剧、歌剧、无韵对话剧、独幕剧、闹剧、客厅喜剧、情节剧。他曾说过：“戏剧是独特的文学形式，实际上是极好的形式”；和小说一样，“戏剧的首要目的是展示生活或者再现生活”。这些戏剧一露面，“一两周内各地都要上演”，“80 年代后期和‘黄金 90 年代’的大学生圣诞节回家后，不是成为豪威尔斯闹剧的观众，就是做他的演员”。但是和短篇小说相比，这些剧的文学价值更小，现在几乎无人提及。评论家把原因归之于豪威尔斯写作剧本的目的纯粹是为了挣钱。在当时，一部通俗剧常常比一部小说或小说集的稿费高得多。哈特就说过，写一部成功的剧本是他“从文学创作无止境的煎熬里得到一些解脱的唯一希望”；马克·吐温也从改编《镀金时代》中得到巨额经济回报。这也可以说明为什么信奉现实主义的豪威尔斯会写出传奇剧，情感剧，甚至闹剧。③

豪威尔斯的另一个卓越贡献就是他的文学批评理论，尤其是他的现实主义理论。豪威尔斯的现实主义是以“浪漫主义”的对立面而出现的。他十分痛

---

① *Indian Summer*, intro. N. Tanner (Oxford & New York: Oxford University Press, 1988), pp. viii – xii.

② Ruth Bardon, ed., *Selected Short Stories of William Dean Howells* (Athens: Ohio University Press, 1997), pp. xix – xxi.

③ George Arms, etc. eds., *Staging Howells, Plays and Correspondence with Lawrence Barrett* (Albuquerque: University of New Mexico Press, 1994), pp. xiv – xvii.

恨60年代的言情小说,认为这种小说充满了浪漫迷信:“男主人公一定得赢得女主人公的欢心,做些勇敢高尚的举动,救她于危难。”他不无讥讽地说:“可我关注了一下周围,发现我认识的快乐太太们的痴心夫君并没有‘赢取’欢心之举,不过是造访几次,送些花,聚会上和她们跳跳舞,然后鼓起勇气求婚罢了。”他曾经对“罗曼司”(romance)和“浪漫主义”(Romanticism)做了区分。双方虽然都依托于浪漫想象,但有着本质的区别:罗曼司指在幻境中寻求现实感,而浪漫主义则在现实中寻求幻境效果,因此霍桑要优于狄更斯①。对豪威尔斯来说,任何脱离现实的行为都不可容忍,因为它逃避或者扭曲道德责任,因此他曾经认为绞死四个无政府主义者的美国政府具有“浪漫主义小说家的想象天才”。在1887年的一次访谈里,他把英国浪漫主义称为时代的“逆流”,主张回到“简单自然的小说,描写人们普遍感觉到的实实在在的希望和恐惧”。②

其实豪威尔斯的现实主义思想早在1872年出版的第一部小说《蜜月旅行》就已经从小说人物的口中得到了表现:“啊!可怜的真实生活,我喜欢你。在你傻乎乎毫无表情的面孔上我找到了欢娱,不知能不能和别人一起来分享?”这部小说艺术上虽然尚没有成熟,但豪威尔斯表现的却是实实在在的美国生活,浪漫夸张的成分极少,难怪德莱塞说它“没有一点感情渲染,而是从头吵到尾,就像现实生活一样。知道吗,这确实既美又真实”。

早期的豪威尔斯之所以青睐现实主义,是因为他认为小说的主要目的是教诲而不是娱乐,更不是为艺术而艺术。他从本土文学中汲取了养料:霍桑的罗曼司、斯托夫人、惠特曼、地域文学、幽默传说。他认为现实主义作品就应当直面人生,抓住它“历尽艰辛、饱受风霜却又勇敢仁慈的脸上流露出的迷人风采”,而不是浪漫传统中的矫揉造作和虚张声势。在写作上,他主张作者要尽量避免直接介入,而是通过既普通又复杂的人物间的互动,采用现实的手法来表现寻常的美国生活体验。1886年他开辟了“主编札记”(Editor's Study)专栏,其结晶就是《批评和小说》(*Criticism and Fiction*, 1891)。

批评家们把这个时期称为豪威尔斯现实主义第一阶段,遵循的基本上是他在《批评和小说》中阐明的原则:

> 如果现实主义违背了自己的原则,仅仅累积干巴巴的事实,铺陈生活而不是反映生活,现实主义就会消亡。真正的现实主义者本能地知道这些,也是他为什么如此小心地对待每一个事实,义不容辞地去表达其意义,尽管会冒过分道德化的危险。

---

① 豪威尔斯认为,狄更斯之前的英国文坛是穷奢极欲的浪漫主义,所以狄更斯不能完全反映他那个时代的要求。这种看法自然激起英国批评界的强烈反应。

② Ulrich Halfmann, ed. *Interviews with William Dean Howells* (Arlington: The University of Texas at Arlington, 1973), p. 288.

但在《批评和小说》发表的时候，豪威尔斯的现实主义观已经发生了变化，现实的内容从普通人的普通生活转到城市贫民区触目惊心的事实，批评家把这种写实的突破称为他的现实主义第二阶段；用新批评家布鲁克斯的话说，就是他的现实主义变成了批判现实主义，他本人由民主派变成了社会主义者。1893 年克莱恩的《街头女郎梅季》发表时豪威尔斯没有介入对它的争端，而是对这部小说采取了宽容的态度，甚至暗中予以帮助，因此冒犯了洛厄尔等文人雅士。他在 1899 年所做的《小说写作和小说阅读》讲演中清楚地表明了自己的看法："我说的美就是真，两者相互包容。艺术中的假才是丑的，假就是不道德。真也许不体面，但不会邪恶，不会使人腐败堕落。我说这些是为当代小说诚实地处理最粗俗的材料而辩护，它们和在此之前华丽俗气的小说不同。"

尽管这个时期的豪威尔斯强调说真话说实话，甚至不惜为此而赞扬哈代，但以哈代为代表的自然主义却并不符合豪威尔斯的创作原则。从一定意义上，两个时期的豪威尔斯现实主义并没有明显的差别。后期的豪威尔斯只是更加强调，小说必须反映社会"重大"问题，文学要有倾向性，要揭露批判社会的不公："我们时代最好的作品表明，道德上错误审美上也不会正确。"就他的现实主义而言，他的同时代人批评他态度过于"宽容"，对所谓的粗俗、平庸、丑闻开方便之门；而后来人（尤其是 20 世纪的批评家）则批评他不够开放，拘泥于表现"美国生活中微笑的部分"，觉得后者更能代表美国社会。也许，豪威尔斯更看重的是社会"现实"，认为文学作品应该表现和反映这个现实，而不是作为现实主义或自然主义批评方法中应该选取的那类"现实"。这个看法也影响到他对艺术性的理解。他在 1900 年曾批评有些作家"为了说教而牺牲艺术"（"sacrifice the song for the sermon"），同时也批评左拉自以为"忠实"地记录生活，实际上也是在创作和虚构。尽管如此，豪威尔斯始终认为文学的第一要素是表达思想，认为生活要远远高于艺术，在《我的马克·吐温》(1900)中他曾称赞道："在我认识的所有文学家中，他（吐温）最没有文学气也最不像文人。"①

在艺术手法上，他仍然主张"（小说）应当以原样来描述男人和女人，被我们都熟悉的那种动机和激情所驱使，不要涂抹娃娃脸或用弹簧和导线让他们动作"。实际上豪威尔斯这时最欣赏的不是哈代，而是托尔斯泰。他在 1887 年的访谈中说："俄国小说家领世界之潮流，我肯定地说，托尔斯泰在世界小说中的地位犹如莎士比亚在世界戏剧中的地位。"他把托尔斯泰倡导的基督教义放到了小说人物身上（《新财富的危机》中的康拉德和玛格丽特），在小说形式上也趋向托尔斯泰模式。他在 1886 年时还说"喜欢较少的人物好

---

① Michael Davitt Bell. *The Problem of American Realism, Studies in the Cultural History of A Literary Idea* (Chicago & London: The University of Chicago Press, 1993), pp. 18 – 20.

把他们一一交代清楚”,但不久就转向托尔斯泰式的全景式展示:“最好的美国小说生动具体,人物却分散孤立,场景人物稀少……我们的佳作很少触及‘社会’。”

豪威尔斯做过当时美国两大文学期刊的编辑,又是知名文学评论家,从评论霍桑的《玉石雕像》(*The Marble Faun*, 1860)到评论弗罗斯特的头两部诗集(1915),他几乎结识半个世纪以来美国文学中的每一位重要作家。更加值得赞叹的是,几十年来他扶持过许多不知名的年轻作家,成为他们的良师益友。1869年他率先在《大西洋月刊》上对马克·吐温的《傻子国外旅行记》做出正面评论,马克·吐温曾因此到办公室当面致谢,两人成为终身朋友。除了马克·吐温、詹姆斯这样很快出名的人物外,他还竭力向世人推荐一直默默无闻的迪金森,重新燃起读者对麦尔维尔的兴趣。他虽然不满意《嘉丽妹妹》中对性关系的描写,但德莱塞却一直对他赞扬有加。除了关心年轻作家加兰、克莱恩外,他还十分关心边缘作家的成长。被他扶持过的有:女作家裘威特、弗里曼、墨弗雷,黑人作家契斯纳特、邓巴,少数裔作家凯恩,以及纽约的犹太裔作家。他最早意识到地域文学的重要性,他所主持的《大西洋月刊》向伊格尔斯顿的中西部作品、哈特的西部故事以及马克·吐温的西南故事敞开大门。他去世时被尊称为美国文学的“dean”,既指他当时至高无上的文学地位,又含后来者对这位文学先辈的敬仰。

但毋庸讳言,豪威尔斯毕竟是属于19世纪的人物。进入20世纪,社会现实和文学现实都发生了巨大的变化,豪威尔斯所代表的“绅士现实主义”失去了生存的土壤;把中产阶级的微笑生活等同于美国社会的主流生活,以波士顿绅士风范束缚激情和婚姻,满足于堆砌新英格兰平常无聊的社会枝节,这些突然之间显得陈旧可笑。豪威尔斯本人已经意识到这一点,在他1915年写给詹姆斯的信里称自己是“死去的偶像,所有的塑像已被推倒,惨淡的月光映照着长在上面的荒草”。20世纪初,自然主义者批评他有意回避性与犯罪这些重大社会问题,左翼批评家指责他忽视劳资矛盾,美化资本家,最著名的批评来自辛克莱·刘易斯1930年诺贝尔颁奖会上的讲话:“论绅士风度和甜美诚实,没有人比得上豪威尔斯先生,但他就像一个虔诚的老妇人,最大的乐趣就是在牧师家里喝上一杯茶。”30年代左翼文学兴起,豪威尔斯因为曾经揭示生活中的邪恶,支持无政府主义者,鼓吹托尔斯泰式的社会改良,所以颇获青睐,名声有所回升。但人们一般赞同新批评家布鲁克斯的说法,即豪威尔斯每天平均写作1 500字,太多了。70年代后批评界比较关注豪威尔斯笔下的女性人物、男女关系、婚姻观、族裔等问题。如他十分支持妇女解放运动,认为评价一个作家时不应该以性别作为依据。他反对所谓的“民族小说”,因为这样可能会导致一个简单化的“民族性格”。他举例说，如果我们能像中国人那样了解他们的生活和品性，我们就会发现中华民族是由无数的境况和类型构成的。1900年美国文学中仍然充斥着大量对中华文化的偏见，而豪威尔斯的话至少表明他对族裔的认识比其他人更加清醒和客观。

詹姆斯是与豪威尔斯齐名的美国作家。他继承和借鉴了不少其他作家的创作方法，显出海纳百川的气度，同时也具有驳杂的特点。他尝试过不同文学体裁的创作，作品题材多样，绝非“国际题材”和“天真面对邪恶”两个词所能概括。他的表现手法也多变化，传统的、现代的都用了。他较早的作品对别人借鉴较多；1896年以后，随着《波英顿的珍藏品》等作品的发表，越来越多地从事小说形式的试验——意大利学者塞纪澳·佩罗萨断言，《圣泉》等作品属于典型的“实验小说”。[①] 进入20世纪，詹姆斯把自己别具一格的文章风格发展得分外显豁，真正达到了“老去诗篇浑漫与”的境界，开启了现代主义小说创作之先声。

亨利·詹姆斯(Henry James)1843年4月15日出生在纽约市的华盛顿广场。1916年2月28日在英国去世。去世的前一年，为表示对美国不参战的不满，加入英国国籍。他的哥哥、著名心理学家和哲学家威廉·詹姆斯比他大一岁。他们的父母亲分别是阿尔巴尼的亨利·詹姆斯和纽约的玛丽·罗伯逊·沃尔什，祖父是爱尔兰移民，独立战争以后不久到美国，靠自己的劳动成为百万富翁。老亨利·詹姆斯继承了大笔家产，成为社会名流，家中时有知名文人造访。[②] 这样好的家庭条件，使詹姆斯兄弟得以增广见识。他们那位信奉“斯韦登博格学说”的父亲还认为，传统教育方式不利于个性的发展，应当让子女得到世界性教育。因而詹姆斯兄弟相继就读于阿尔巴尼、纽约、伦敦、巴黎、日内瓦、布洛涅和波恩。1862年至1863年，詹姆斯返美，在哈佛大学法学院学习。英国小说家瓦尔特·阿伦认为，正是这样无根漂泊的生活促使詹姆斯成了生活的旁观者。

1843年至1845年，詹姆斯的父亲带着还是婴幼儿的詹姆斯兄弟、妻妹以及奴仆去英格兰和法国居住。在温莎时，父亲经历了第一次神经崩溃：有一天，吃过饭后，他突然感受到“完全失去理智并且十分卑贱的恐惧。没有明显的原因使我这样。思绪慌乱，只感到屋里蹲着一个看不见的形体，给予人很坏的影响”。詹姆斯兄弟后来也体验了类似的精神危机，因此可能有遗传。对詹姆斯而言，邪恶是具体可感的，并非抽象的存在。詹姆斯的作品对此多有

---

① Cf. Sergio Perosa, *The Experimental Novel of Henry James* (Charlottesville: University of Virginia Press, 1978).

② Cf. Leon Edel, “Chronology,” *Literary Criticism: Essays on Literature, American Writers, English Writers*, Henry James (The Library of America, 1984), p. 1415.

表现。

詹姆斯年轻时大概弄伤了腰,这使他免于参加南北战争。但这次受伤对詹姆斯影响很大。他从此疑神疑鬼,以为失去了性功能,并且终身未娶。由于詹姆斯喜欢结交也拥有不少朋友,所以一些人怀疑他有同性恋倾向。而他的作品却对性的问题涉及很少,或者说"省略了许多"。今天的研究者从"性别研究"角度出发,探讨那个时代错综复杂的性别关系,的确作出了许多有趣、有意义的结论。

詹姆斯的创作可大致分为三段。①

1870年至1883年为第一个时期(1870年以前只创作了几个短篇),主要作品有《看护》(*Watch and Ward*, 1871)、《罗德里克·赫德森》(*Roderick Hudson*, 1875)、《狂热的朝圣者和其他故事》(*A Passionate Pilgrim and Other Tales*, 1875)、《美国人》(*The American*, 1877)、《戴西·米勒》(*Daisy Miller*, 1878)、《国际插曲》(*An International Episode*, 1878)、《欧洲人》(*The Europeans*, 1878)、《信心》(*Confidence*, 1878)、《华盛顿广场》(*Washington Square*, 1880)、《淑女画像》、《伦敦之围》(*The Siege of London*, 1883)、《地点的描写》(*Portraits of Places*, 1883)。这一时期的作品大多是"国际题材小说"。

1884年至1896年为第二个时期,主要作品有短篇小说集《三城记》(*Tales of Three Cities*, 1884)、《波士顿人》(*The Bostonians*, 1885—1886)、《卡萨马西玛王妃》(*The Princess Casamassima*, 1885—1886)、《反射器》(*The Reverberator*, 1888)、《阿斯本文稿》、《路易莎·佩兰特》(*Louisa Pallant*, 1888)、《现代警报》(*The Modern Warning*, 1888)、《学生》(*The Pupil*, 1889)、《悲剧缪斯》(*The Tragic Muse*, 1889—1890)、短篇小说集《伦敦生活》(*A London Life*, 1889)和《大师的教诲》(*The Lesson of the Master*, 1892)、《货真价实的东西和别的故事》(*The Real Thing and Other Tales*, 1893)、小说集《结局》(*Terminations*, 1895)、《尴尬》(*Embarrassments*, 1896)。这一时期的突出特点是短篇较多,剧本也不少。剧本《盖伊·多米维尔》(*Guy Domville*)在圣詹姆斯剧院演出,彻底失败,让詹姆斯从此对于写剧本心灰意懒。但是戏剧实践为詹姆斯的小说创作提供了戏剧手法,提供了安排场景和对话的技巧。

1897年至1916年为第三个时期,重要作品有《波英顿的珍藏品》(*The Spoils of Poynton*, 1897)、《梅西所知道的》(*What Maisie Knew*, 1897)、《螺

① Cf. Leon Edel, "Chronology," *Literary Criticism: Essays on Literature, American Writers, English Writers*, Henry James (The Library of America, 1984), pp. 1415 - 1429; Marshall Walker, *The Literature of the United States of America* (Macmillan Education, 1988), pp. 97 - 105.

丝在拧紧》、《尴尬时代》(*The Awkward Age*, 1899),短篇小说集《软边》(*The Soft Side*, 1900)、《圣泉》(*The Sacred Fount*, 1901)、《鸽翼》、《奉使记》,短篇集《更好的一类》(*The Better Sort*, 1903)、《威廉·卫特模·斯托里和他的朋友》(*William Wetmore Story and His Friends*, 1903)、《金碗》(*The Golden Bowl*, 1904)、《美国景象》(*The American Scene*, 1907)、《呐喊》(*Outcry*, 1910)。

詹姆斯的作品很多,不乏精品;但哪些可以归入上品,值得商榷。詹姆斯关心自己作品的接受情况,利用24卷纽约版小说推出力作,企图让世人承认。他自己选出的,正是精华部分。另外,那些经过历史淘汰并得到大家认可与喜爱的,往往也是艺术中的精品。詹姆斯小说中的上品,未必是那些写得极为晦涩的、实验性质的长篇大著,却很可能是一些入选频率非常高的短篇,以及几部写得明快而且健康的长篇(《淑女画像》《鸽翼》等)。许多选入《最佳小说选》之类集子的,是詹姆斯最好的作品,比如《智慧树》(*The Tree of Knowledge*)、《货真价实的东西》(*The Real Thing*)、《地毯上的图案》(*The Figure in the Carpet*)、《学生》、《阿斯本文稿》、《德莫伏夫人》(*Madame de Mauves*)、《芭巴蕊娜女士》(*Lady Barbarina*)、《伦敦之围》、《国际插曲》、《一束书札》(*A Bundle of Letters*)、《大师的教诲》、《贝尔特拉费敖的作者》(*The Author of Beltraffio*)、《折断的翅膀》(*Broken Wings*)、《赝品》(*Paste*)、《戴西·米勒》、《布鲁克仕密斯》(*Brooksmith*)。总之,就詹姆斯的小说而言,短篇略胜长篇,有一些长篇可以看作是对短篇的未必成功的扩展;评论界关注的,却是长篇多于短篇。

詹姆斯的小说卷帙浩繁,要求学者从不同方面入手做研究。需要强调的是,运用新的理论诠释这样的经典作家,既必要,也迫切。我们当然有责任根据作品实际特点以及它产生时的历史语境客观地对其作出评价;然而有节制地运用新理论,可以使我们在面对作品时更为敏感,对过去忽略了的文学现象有新的认识。《哥伦比亚文学史》的执笔者之一鲁思·伯纳德·耶泽尔显然意识到了这一点。在分析詹姆斯的《波士顿人》被长期忽视的原因时,他说,《波士顿人》问世后,读书界几乎毫无反应,主要原因是作者严格遵循冷漠超然的叙事手法,"拒绝满足读者的情感期待"。[①] 这就从读者接受的角度,作出了一个新的评价,推动了对《波士顿人》的进一步研究。通过这样的研究,或可从詹姆斯被忽视和遗忘的小说里发掘出新的东西。

詹姆斯的创作,上承欧美现实主义、自然主义和超验主义,下启欧美现代

① Emory Elliott, et al. eds., *Columbia Literary History of the United States* (New York: Columbia University Press, 1988), p. 679.

主义，具有转型时期作家所有的复杂性。过去的文学史多把他归入现实主义作家。近来学术界发现詹姆斯的作品具有驳杂多样的特点，不是现实主义这一标签可以苑囿的。国外一些新修的美国文学史则已采纳学术界最新研究成果。彼得·康的《插图本美国文学史》和埃默里·埃利奥特主编的《哥伦比亚美国文学史》都把詹姆斯放到现实主义和现代主义两个部分分别讨论。《哥伦比亚美国文学史》的撰稿人昆丁·安德森态度明确："美国的第一批现代主义作家，像19世纪中叶的文学前辈一样，大多被迫去塑造从商业世界分离的身份。毫不足怪，研究这一时期文学的学者通常所称的第一位现代主义作家就是亨利·詹姆斯。他把爱默生和老亨利·詹姆斯时代的文学与现代主义连接起来，在这方面起到最重要的作用……小说家亨利·詹姆斯不仅是第一个可以被我们归入现代主义的美国作家，他还充分发扬了由爱默生、梭罗、惠特曼和梅尔维尔开创的传统……詹姆斯对庞德、斯泰因、艾略特等其他现代主义作家影响甚巨……"①

深刻体现詹姆斯现代性的，在于其作品的驳杂性、对话性。由于詹姆斯本人具有在世界各地生活的经验，他的作品自然会去表现新旧大陆和新旧社会秩序的冲突。在人们津津乐道的所谓"国际题材小说"中(很多涉及婚嫁问题)，天真烂漫的美国青年受到旧大陆的腐蚀、欺骗；不同价值观念和取向往往直接交锋。在作品里，只要稍稍留意，就可以听到各色人物的话语和声音：作者的，叙事人的，各阶层人物的(贵族居多，但我们实在不必要求詹姆斯表现下层人民生活，并以他是否做到这一点来评判他的小说)。正如巴赫金所说，长篇小说的话语应该容纳众多声音，表现不同意识形态的冲突，体现深刻的对话性。"梅尼普体"的重要特点就在于，它包容了处于矛盾交锋状态下的不同小说文体，因而具有反讽和狂欢的倾向。詹姆斯小说的杂，就体现在题材、风格多变，风格变化的大小和程度反映出作家认识、表现社会人生的深度和广度。我们看到，詹姆斯笔下既有内战前后的美国青年，又有旅欧的美国人，有"为艺术而艺术"的艺术家，英国的爵爷，意大利的风情，市井百姓的生活，婚姻骗局，同性恋(《波士顿人》)，欧洲革命(《卡萨马西玛王妃》)，鬼故事(《螺丝在拧紧》)，没落贵族……要说詹姆斯的作品表现的生活太少，的确不够公正。要知道，他是大力提倡现实主义创作方法的。而且，他的作品至少具有简·奥斯丁作品那样的真实性。用当代文化研究的术语"习性"(habitus)说，詹姆斯反映的是特定文化阶层的特定文化世界，以及由此形成的特定的文化观。②

---

① Emory Elliott, et al. eds., *Columbia Literary History of the United States* (New York: Columbia University Press, 1988), pp. 702, 704, 708.

② Elaine Baldwin, et al. eds., *Introducing Cultural Studies* (London & New York: Prentice Hall Europe, 1999), pp. 39-41, 355-356.

詹姆斯的小说在内容和结构上的张力，也体现了他的现代性。他笔下许多人物的神经质状态，反映出现代人的焦灼感。作品的悬念式结构也常常增强了紧张感。《螺丝在拧紧》很可能让现代读者体验到这样的感受——“恐惧与战栗”。按照接受美学家伊瑟尔的说法，文本和读者会产生相互影响。现代读者可以对经典作品作出诠释甚至“过度诠释”；但文本却可以利用内容、手法和风格制约、支持或反对读者作出某些反应。詹姆斯的小说经常动用内容、语言和技巧的力量对读者的阅读提出很高要求；詹姆斯著名的圆周句和悬念式结构颇能拉动读者的神经，令其感受到焦虑——对詹姆斯冗长句式的厌倦是一类特殊的焦虑感。假如我们把读者的神经或者文学作品比作桥梁，那么作家设计自己的作品时也应考虑“预应力”问题，既需计算作品可以承受的阅读压力、可以经受的地震和风暴，也需要衡量读者的神经能经受多大的拉扯而不至断裂。有理由认为，詹姆斯在创作时思考过这些因素——纽约版小说序言可以作证。他不惮触犯众怒，执着地以弯来绕去的文体考验读者的承受力，也证明了这一点。

詹姆斯欲言又止的言说风格那样有名，以至于弗吉尼亚·伍尔夫也在给密友维奥莱特·狄金森的信中，以揶揄的口气记载了詹姆斯生活里的趣事。[①] 詹姆斯的哥哥对他说：“看在老天的份上，把你想说的直接说出来！”[②]

詹姆斯讲究风格和技巧，是否受到“颓加荡派”的影响？这是一个值得深入研究的问题。从他所处的时代和环境来看，我们有理由认为他受过以佩特和王尔德为代表的世纪末唯美思想的感染和影响。熟悉詹姆斯作品的人知道，他的作品有许多对雕像或其他艺术品的描绘（如《鸽翼》、《淑女画像》、《阿斯本文稿》），让人联想起王尔德的《道连·格雷的肖像》。詹姆斯还有不少小说，表现了献身艺术的知识分子的生活。实际上，在 19 世纪末 20 世纪初，绘画、雕塑等姊妹艺术也经历了从传统到现代的过渡。詹姆斯经常利用绘画和雕塑来阐明他的小说观，说明他也从这些艺术门类汲取了营养。研究詹姆斯的学者则已经很好地探讨了詹姆斯的小说创作与印象主义绘画手法的联系。

詹姆斯文体独特。域外专门探讨詹姆斯小说文体的专著和博士论文甚夥。詹姆斯的许多作品，具有独特幽雅的文体，很好地刻画和表现了欧洲上层社会人物及其日常生活，读后能给人美的享受。

詹姆斯小说比较突出的文体特点是句子极为冗长，喜用圆周句，结构繁

---

① Virginia Woolf, “Letter to Violet Dickinson,” Sunday [25 August 1907], *The Letters of Virginia Woolf*. Vol. I: 1888 - 1912, Virginia Woolf (New York & London: Harcourt Brace Jovanovich, 1975), p. 306.

② Peter Conn, *Literature in America: An Illustrated History* (Cambridge University Press, 1989), pp. 302 - 303.

复,欲说还休,用语典奥。这样的文体形式曾遭致众多的非议,也得到不少赞美。客观地说,詹姆斯的小说形式和他所要表现的内容,以及作者本人的生活态度和审美取向,是基本一致的。利奇和肖特在《小说的文体》一书中,凭借着文体学家的细致和敏锐分析了詹姆斯短篇《学生》的第一、二段。他们认为,詹姆斯的小说语言基本符合英语的语法规范(常规),没有太多的"偏离"。但是,"和劳伦斯所用的简单而朴实的词汇形成对照,詹姆斯似乎更愿意使用非常正式的、从拉丁语派生出来的词汇,如 procrastinated, reflected, remuneration, observation, confession, 等等"。"詹姆斯的句法是古怪的,同时也是有意义的,需要联系到作者对心理现实主义的关注进行评估。作者试图通过不懈的努力,捕捉到'丰富、复杂的心理时刻及其伴随条件'……詹姆斯不能摆脱语言的直线性,所以退而求其次,首先把我们的注意力吸引到彭伯顿的困境上来(在《学生》的开头,应聘家庭教师的彭伯顿急于知道报酬的多少,但老是找不到机会)。他详细述说了彭伯顿的犹豫和不自在。当我们读完这两段时,已能感受到这一尴尬处境中同时并存的复杂情况和反讽意味。所以故事的进展不是从前往后,而是根据震撼了主人公意识的境况的远近来展开"。"詹姆斯的句法不如康拉德的复杂。在《学生》这两段里,从句和独立句的比率为三比一……詹姆斯对不定式从句的使用尤其引人注目……由于不定式从句所指的,往往不是事实,所以詹姆斯更多地用来编制心绪之网的,不是已知的事实,而是可能性和假设"。[①] 利奇和肖特的分析的确非常精彩,令人信服。他们在此处对詹姆斯文体的分析和概括同样适用于他的其他作品。

《淑女画像》(*The Portrait of a Lady*, 1881)是詹姆斯较早的一个长篇,文笔流畅优美,经受过詹姆斯冗长文体考验的读者,可能会对这部小说加倍地喜爱。该小说受到印象主义绘画的影响,描写新旧大陆的风物,充满了诗情画意,可谓"诗中有画,画中有诗"。批评家理查·蔡斯认为,在美国文学史上,这是第一部充分运用了长篇小说形式的力作。詹姆斯以霍桑等罗曼司作者的方法写小说,所以是"诗人小说家"。"詹姆斯以这样的方式把罗曼司的成分引入长篇小说,因此他既能分享女主角的浪漫视角,又可以凭借客观的视角脱身"。[②] 小说充满了优美的隐喻。女主角伊莎贝尔·阿切尔小姐充满幻想。为了得到自由而高雅的生活,她先后拒绝了美国青年企业家卡斯佩·古德伍德、英国贵族沃伯顿勋爵等人的求婚。她的表哥拉尔夫也深爱着她,并在去世前说服父亲,把一笔遗产留给她,使她有经济条件去追寻自己的幸福。然而这笔

---

① Geoffrey N. Leech and Michael H. Short, *Style in Fiction* (London & New York: Longman, 1983), pp. 99 – 104.

② Richard Chase, *The American Novel and Its Tradition* (New York: Gordian Press, 1957), p. 119.

钱使伊莎贝尔更快地成为老谋深算的欧洲男人的猎物。吉尔伯特·奥斯蒙德看上去过得自由而优雅，对她有很强的吸引力。奥斯蒙德的秘密情人梅尔夫人则一手策划，让伊莎贝尔嫁给他。天真无邪的美国姑娘成了老练世故的欧洲人的牺牲品。然而固执的伊莎贝尔即使在得知他们阴谋的情况下，还是毅然拒绝古德伍德的爱情，回到奥斯蒙德身边。优美和天真都不能掩盖世俗的人际关系，以及起决定作用的经济关系。

《阿斯本文稿》(*Aspern Papers*，1888)中，一位美国学者在研究一位虚构的大诗人阿斯本。这位美国人和另一位学者得知诗人的情妇尚在世，并且很可能掌握着阿斯本写给她的火热的情书。这位老太太活了150岁，大家都以为她早已去世，可她和自己的一位一直未嫁人的老侄女住在威尼斯一座破旧的大房子里。为了得到这份文稿，故事的讲述人甚至愿意和她的老侄女结婚。后者知道自己得到的并非爱情后，将文稿烧毁。这个故事和《地毯上的图案》有点相似，作为叙事人苦心追求的目标，文稿是虚幻的；我们只看到它对故事中主要人物如何重要。小说充满象征性暗示。破旧倾颓的大房子和艺术品——文稿形成对照。老太太将尘世的生活标准降低到最低限度，将自己所有的幸福寄托在文稿上。这完全是唯美派的写法——对比一下王尔德的《道连·格雷的画像》就很清楚。那位企图得到文稿的学者在自己的想象里对阿斯本的文稿做了充满激情的想象和建构。围绕文稿，书中主要人物的举止都有一点儿神经质。老太太那样珍惜它，学者那样觊觎它，而侄女却那样地满不在乎。

《螺丝在拧紧》(*The Turn of the Screw*，1898)是一篇有名的鬼故事。一些批评家把它归入幻想文学、恐怖文学或哥特式小说。实际上它还是一部心理剧，讲述主人公意识经受考验的过程。家庭女教师受雇去一个庄园照顾小孩子迈尔斯和弗罗拉。这位女教师在她任职期间，感到她的前任和庄园男仆的鬼魂时常在庄园显现。她试图用理性说服自己，所看到的不过是幻象；同时她又想从迈尔斯、弗罗拉和女管家格罗斯太太那里证实自己看到的并非幻影。实际上她不自觉地要强迫人家接受她的思想。所以一些研究者认为，女教师代表理性，企图控制其他人物的思想；迈尔斯、弗罗拉和女管家格罗斯太太则与鬼魂结为某种联盟，代表着颠覆理性的、野性的力量。对这个故事的诠释大致分为两派。一派以主张弗洛伊德学说的爱德蒙·威尔逊为代表，认为家庭女教师是一个老处女，她在性压抑状态之下看到了一些幻景。另一派不赞成威尔逊的观点。例如韦恩·布斯指出，应当根据作品本身来作判断。小说文本并没有提供充足的证据，说明女教师看到的不是超自然现象的真实显现。实际上，像别的伟大小说一样，《螺丝在拧紧》本身有许多“空白”，供不同的读者根据不同的人生经验去填补。

在詹姆斯的后期小说里，也许《鸽翼》(*The Wings of the Dove*，1902)是

最好的一部。伍尔夫素来不喜欢詹姆斯的作品,却也对这部长篇青睐有加。她一口气读完了这本书,并且因此大病一场。女主人公米丽的确非常让人同情。她是美国一个大家族唯一的幸存者,腰缠万贯,却也不久于人世。另一女主角凯特·克罗猗和自己的情人墨顿·登歇穷困潦倒,无法结婚。当墨顿作为记者去美国采访时,和米丽又产生了感情。后来米丽与苏珊——一位上了年纪的美国妇女去欧洲旅行,结识了克罗猗,因为苏珊的一个熟人正好是克罗猗的亲戚。穷困而美丽的克罗猗为了达到与墨顿结合的目的,竟然怂恿墨顿去追求同样美丽的米丽,以便在她去世后得到她的财产。米丽得知他们的阴谋后在意大利凄凉去世。但她原谅了克罗猗以及自己爱着的墨顿,并把全部财产给了墨顿。墨顿终于良心发现,在米丽去世后拒绝与克罗猗结婚。这部小说已经拍成电影,但很多观众感到不满,理由之一是扮演墨顿的演员缺少魅力,难以说明他为何能得到两位绝色佳人的爱情。还有一个原因恐怕在于《鸽翼》在很大程度上表现的是男女主人公的心灵冲突,属于"心理剧",许多属于心理叙述的内容不便用电影去表现,因为电影更注重展现而非讲述。书中的男女主人公过于沉醉于自我的内心世界,以至于故事并没有太多的发展。米丽的心理活动过多,像多愁善感的林黛玉(她在意大利孤独地去世的场景也和林黛玉魂归离恨天时的情景颇有些相似)。克罗猗也有点儿像工于心计的薛宝钗。《鸽翼》与詹姆斯别的许多长篇小说一样,结构比较简单,反映的社会生活比短篇小说还要少;上半部写得好,有结构和叙事的张力,但由于作品很长,下半部也许会给人"为赋新词强说愁"的感觉,对读者的吸引力减弱。

《奉使记》(*The Ambassadors*, 1903)的故事情节相当简单。兰贝特·斯特雷瑟奉纽塞姆夫人之命,去巴黎游说她的儿子查德回美国。除非兰贝特不辱使命,否则不能成为纽塞姆夫人的丈夫。兰贝特到了欧洲,完全被"旧世界"打动。他发现自己一生恪守的新英格兰价值观过于呆板。自己已垂垂老矣,却未尽情享受过。他还发现,查德与他的情妇维奥莱夫人的交往并不像纽塞姆夫人描述的那样有伤风化。因此,他非但不劝查德回国,反而叫他尽情享受。《奉使记》主要通过兰贝特·斯特雷瑟的视角讲述故事。由于视角较单一,对于现实的反映不够深广,作品少了一些张力,可读性也不如《鸽翼》,但"限制视角"运用得很好。这部作品也是詹姆斯最满意的。

詹姆斯是处于欧美现实主义、现代主义创作转捩时期的重要小说家和理论家,被誉为美国现代小说和小说理论的奠基人。他的小说评论像他的小说一样,深刻反映了他对现实主义小说创作方法的继承、批判和改造,反映了他对现代主义小说创作方法和题材的开拓与探索。

除了众多的文学评论之外,詹姆斯还为自己的纽约版小说撰写了精美的序言。他的文学论文和小说序言已由列昂·埃代尔编为厚厚的两大本论文集。它们虽有些零散，却有一个相当明确的理论架构，将其与《文心雕龙》“体大思精”的体系相比，也并不逊色。或许正是由于这个缘故，才有那么多学者热衷于探讨詹姆斯的理论体系：珀西·卢伯克撰写了《小说的技艺》，将詹姆斯推举为现代小说理论的开创者；R. P. 布拉克墨编选了詹姆斯纽约版小说序言集《小说的艺术》，并撰写长篇导论，勾勒詹姆斯小说理论的轮廓；詹姆斯·E. 米勒编选了《小说理论》，从文学想象、文艺心理、文体技巧、叙事方法、读者反应等方面入手，整理了詹姆斯散见于各处的言论。

这里将分别讨论他的文学论文和纽约版序言。

詹姆斯的文学论文包括他对英国、美国、法国和欧洲其他一些国家主要的作家及其作品所做的评述。也包括几篇专门探讨小说理论的专题论文，即《小说的艺术》、《科学的评论》、《小说的未来》、《法国文学现状》、《新小说》。对英、美、法、欧作家的评论多为长篇大论，涉及小说理论的地方甚多，简直可以当作英、美、法、欧小说的发展史来读。也可以把这些论文看作文学史/思想史著作，视野之开阔，见解之深刻独到，可以和黄宗羲的《明儒学案》比肩。下面一席话较好地反映了詹姆斯在从事文学史研究时所具有的历史眼光和判断力，也反映了他在整理文学文化遗产时的态度和方法：

一个人长期的工作已经完结，他的声音渐渐的岑寂，这时，那些对他须仰视才见的人将发现，他的形象奇怪地变得简单了，概念化了。死神的手所及之处，皱褶不复存在，作者的形象变得典型而普遍。记忆所保存的形象经过压缩，得以加强。偶然事件被忘却，过去的阴影微不足道。具有代表性的，只是人们所珍爱和敬重的一些东西，而不是模糊不清的诸多可能性。简而言之，我们从混乱的生活里得到一个剪影，我们将它的轮廓储藏在记忆里。一个批评家发表意见时，他的目力所及，便也只有这一显豁的轮廓。当批评家得到了明确的印象，他会说一些毫不含糊的话。注意到以上情况，我发现自己在这个问题上（按：指的是对美国诗人詹姆斯·罗素·洛厄尔作出评价）没有多少话可说。作出应有的判断并非不可能，但我发现批评家的这个任务是冷冰冰的。作家的生活有更多的神秘性，概念化了的形象原本是很有个性的……因此，我不能够以冷漠的口吻讨论洛厄尔，将他归入一个派别。[①]

詹姆斯追求的境界，是还历史以本来面目，展现其丰富性。谈到历史上著名作

① Henry James, *Literary Criticism: Essays on Literature*, *American Writers*, *English Writers* (The Library of America, 1984), p. 516. 以下本论文集的引言不另加注。

家,他采取"人物品藻"的方式,抓住作者性格气质,结合作者所处的社会环境,来揭示创作心理,有直探幽微之妙。这样的议论,不依傍他人,自成一家之言,并不让人觉得唐突。比如他评论福楼拜,说他属于"覃思之人",写小说写得极为辛苦,这会让我们想到"含笔而腐毫"的司马相如,"辍翰而惊梦"的扬雄,"疾感于苦思"的桓谭,"气竭于思虑"的王充,"研京以十年"的张衡,"练都以一纪"的左思:他们虽有鸿篇巨制,却写得太苦太慢(《文心雕龙·神思》)。说到巴尔扎克这样的"骏发之士",詹姆斯则赞他写得飞快,都没有工夫停下来思考,真是"应诏而成赋"的枚皋,"援牍如口诵"的子建,"举笔似宿构"的仲宣,"据案而制书"的阮禹:下笔快,产量高,但由于写作时思考、斟酌不够,作品可能显得粗糙。艺术家在创作时,有的才思敏捷,当机立断;有的瞻前顾后,左思右想。这只是因为"人之秉才,迟速异分"。但是,任何一个天才,都需要认真地向生活和书本学习,所谓"难易虽殊,并资博练"。像福楼拜这样的作家,虽然天分并不很高,但他勤奋写作,也取得了非凡的成就;而巴尔扎克仗着自己天资颖异,无节制地写作,反而把文章写滥了。下面以福楼拜、巴尔扎克、屠格涅夫和霍桑为例,谈谈詹姆斯对小说史上重要作家的批评,尤其是詹姆斯对他们性格的两面性(duality, Janus-faced nature)的论述值得注意。

詹姆斯认为,"福楼拜生来便是小说家,长大、生活、死去的时候,也是小说家,无论呼吸、感觉、思考、说话还是行动,都符合这个职业的特点;可是他产量很少,并且耗去他全部的精力……文学对他意味着一切……这成为他的负担……他在这个职业里感受到的只有艰辛……他的作品里完全没有天才的流露。我们感到遗憾,这位可怜的人没有选择对他而言相对容易的职业。"①又论福楼拜思想的两重性:"他的智力分成两部分,一部分是对真实的感受,一部分是浪漫感受……法盖先生这个小说中人物最好地说明了福楼拜思想的两重性,他描述自己身上的浪漫成分和现实成分如何交融转换。"包法利夫人正是作者的替身,他们都想插上浪漫的想象的翅膀,从庸俗的现实生活里飞翔出去。"当他(福楼拜)写到包法利夫人如何耽于幻想并深受其害,他知道自己在写什么。而他始料未及的是,包法利夫人成为活脱脱一个福楼拜。他个人的习惯,他对周围生活感到的厌倦……都在这里得到了表现"。詹姆斯还在论文里追忆自己初读《包法利夫人》的感受,从而探讨了文学经典的形成问题。他认为福楼拜是小说家中的小说家,关注文学技巧和文章风格,非常值得行文散漫拖沓的英国小说家学习。这些都是很有见地的。

至于巴尔扎克(Honoré de Balzac, 1799—1850),詹姆斯认为他写得太多,

---

① Henry James, *Literary Criticism: French Writers, Other European Writers, The Prefaces to the New York Edition* (The Library of America, 1984), p. 315. 以下本论文集的引言不另加注。

"尽管他的小说序言提到无数的小说写作计划，并且这些计划中的小说并未问世，可是巴尔扎克其实并没有什么值得遗憾的。他写得够多了……也许他写小说的套路是一成不变的，但他在创作方面确实没有偷懒"。詹姆斯进一步分析巴尔扎克身上"有两个作家，自发型的和沉思型的……作为沉思着的观察者，他追求极大的完整性，还具有一种普遍性哲学"。詹姆斯赞扬巴尔扎克"作为人间喜剧的展示者"，能够广泛地收集创作素材，"正确估量了自己的责任"，写到了社会生活的方方面面。同时，他也抱怨巴尔扎克的作品写得太多太滥。"充满道德、政治、伦理和美学的格言，他的叙事文本在玄学和科学议论的重压下发出呻吟"。对于这位公认的现实主义代表作家的创作，詹姆斯作了认真的思考。这为他日后吸收和改造现实主义的创作方法，进行小说文体实验打下了基础。即使用今天的眼光去看，詹姆斯对现实主义的态度也是有可取性的。他对一些重要的现实主义作家如巴尔扎克的评价也比较客观和中肯，值得我们参考和借鉴。首先他肯定了现实主义的创作方法，认为作家就应该如实地反映现实生活："巴尔扎克身上最好的东西……是他的创作方法。这是他无与伦比的优点。他对现实生活的爱是巨大的，无所不包，无所不欲，无所不取；这一点导致他的作品有很多谬误和瑕疵……但也构成他作品特殊力量的基础。对于他的想象力而言，现实才具有发言权，这一点是其他作家望尘莫及的。他从我们习见的事物中发掘现实，眼力老到，令人叹服。因此他是当之无愧的伟大小说家"。但是詹姆斯还认为小说反映的是现实生活全部的丰富性和复杂性，内心的真实应当是小说创作应该反映的一个方面，甚至是更为重要的一个方面；同时，小说家还应该注意叙事技巧，结构安排和题材选择，注意对作品进行剪裁，剔除芜杂的部分，从而形成小说叙述结构上应有的张力。这就为心理现实主义，甚至现代主义的创作方法作了理论准备，与伍尔夫的论文《现代小说》(Modern Fiction, 1925)遥相呼应。他批评巴尔扎克："他的身上充满了矛盾。他是最腐朽的小说家，也是最朴实的，最机械的，最学究气的，具有最完整的波希米亚气质和自然的冲动。他是最好的小说家，也是最粗糙的。用一种方式去看，他的小说是沉思性的，不成形状，负荷过重；他的文笔不优雅，暴躁而且野蛮。用另一种方式去看，他讲述的故事却在色彩、结构和可读性方面比别的作家都强……他既是一个非常糟糕的作家，又无可置疑地是一个非常伟大的作家。"

论到屠格涅夫，詹姆斯说他"体格魁伟，元气沛张，屠格涅夫热爱打猎，或者更热爱从打猎中得到的灵感。猎人的形象与他温和的天性有些不符，而他的柔和常常伴随了肢体和肌肉的灵巧运动。要不是天性温柔，他本来可以成为猎人的楷模。准确地说，他是一位悠闲的强悍男子：躯体肥硕，铁塔一般，声调单纯，脸上带着儿童一般天真的微笑。更具有矛盾性的是，他的作品既有细腻的想象,又有紧压的力度"。詹姆斯认为屠格涅夫在写作时注意主题和风格、内容和形式的统一,对年轻一代的作家必将产生好的影响,堪称小说家中的典范。而托尔斯泰这样的作家反而会误导青年——作为俄国社会生活的一面镜子,他像天然湖泊一样深广,他要表现的是生活的全部内容,但是他恰恰忽视了使用适当的小说形式,这种忽视反过来也影响了他对生活的表现。珀西卢伯克在《小说的技艺》里对詹姆斯的小说理论进行总结,也复述了以上的观点,并用很大的篇幅批判托尔斯泰的写作方法。

詹姆斯论霍桑的长文曾以单行本形式出版,又多次再版,是评论霍桑的力作,至今仍有相当的影响力和参考价值。詹姆斯联系霍桑的生活经历分析了他的性格。一方面他害羞,另一方面他渴望对生活有所认识;在他身上体现了隐逸倾向和探寻倾向的矛盾斗争。"夏天漫长的日子里,他带着枪在大树林里游荡;他的传记作者引用另一位知情者的话说,在月光如水的冬夜,他会独自一人在塞巴各湖上溜冰,一直溜到子夜,他的周围是冰山投下的阴影"。詹姆斯还分析了霍桑的创作与超验主义者们在布鲁克农场所做实验的关系,对于认识这一时期的美国文学史,有比较大的参考价值。詹姆斯认为霍桑在心灵的探寻方面走得很远,是一个喜欢离群索居的人物,所以他在《红字》等作品里对齐灵渥斯、丁梅斯代尔等人心灵做的拷问也特别出色,开拓了人的心理世界幽暗的大陆。詹姆斯还指出,霍桑曾努力走出个人单调痛苦的单身汉生活,去接触各色人物,这使他有可能在创作时放弃作者/叙述者单声部的讲述,而追求人物意识的多声共鸣效果。从这个意义上讲,詹姆斯发掘了霍桑的现代性,为自己的小说创作找到了"精神之父"。詹姆斯称赞霍桑的短篇小说富于魅力,让人"得以窥见一片广袤的土地,窥见人的心灵和良心的整个秘密";霍桑小说的题材不限于生活的表面现象,不限于偶然的和传统的事件,"霍桑的过人之处,在于他关注幽微的心理……他熟悉这片神秘而复杂的领域,所以他的作品具有原创性"。他的作品之所以受欢迎,也正是由于他用历历如绘的文学表现,"让人们看到了内在的可能性,帮助人们在心灵的风景区观赏到各种各样的日出和月下小景"。当然,霍桑在探索心灵时,有点迷恋寓言式叙事,这样写出的小说就像班扬(John Bunyan, 1628—1688)的《天路历程》(*Pilgrim's Progress*, 1678—1684)一样,有过多的道德宗教气味;而且,探索幽微的心理世界也容易把作品写得抑郁,但是霍桑本人的性格和他的作品都不是阴郁而邪恶的。詹姆斯的这个见解相当精辟。由这个角度去看詹姆斯本人小说里涉及的邪恶主题,将得到一些洞见。詹姆斯把霍桑给写活了——他分析文学掌故的方法有点接近鲁迅先生,后者在《魏晋风度及文章与药及酒之关系》中分析魏晋士大夫喜服"五石散",也用了类似的分析法。

作为思想(文学)史家,詹姆斯还比较了美国和欧洲一些国家的国民性格,比较了美国和其他民族的文化差异，探讨了美国和欧洲其他国家的文学（文化）关系，观点基本上是辩证的。他认为法国人是体系的热爱者，这一点众所周知，无须深论。他认为英国人厌恶理论，同时补充说，英国也有马修·阿诺德这样具备现代批评意识和眼光的文人，提倡不带功利性的、冷静客观的批评。他关于阿诺德的话讲得很好，值得多引用一点。“批评与实用的东西了无干涉；它的功能只是为了获得当前最好的思想——看到事物本来的样子……批评是可以不带功利性的”。而且对阿诺德来说，拥有细腻的感受能力和敏锐的思辨能力并不矛盾：

阿诺德先生关于批评的感受和观察，相对独立于他所作的判断，我们对此很感兴趣。不管阿诺德先生是否具备别的素质，作为优秀批评家的这两个素质他是有的——科学和逻辑的素质。我们很难决定，理解和感受，对于文学批评家来说，哪一个更为重要。可以确定的是，除非批评家感觉敏锐，否则他的成就不会很高；也许同样可以确定的是，一旦他开始“运用”天然情感，他会变得软弱无力。或许最好的批评家能够排开情感的因素，而依赖理性获得成功；要是他实际上具有细腻的感受能力，他的文章将是精巧的，其力度也不会因此而减少。批评阿诺德的人认为他所做的议论十分情绪化……先来看看情绪在他的作品中所起的作用。情绪使他的作品具有最大的魅力，最高的价值。别的许多批评家具有更强的分析能力，但至少在英国，很少有人具备更细腻的感受能力。

对于美国文化，詹姆斯的感情比较复杂。他写过许多国际题材的小说，大多表现欧洲人的优雅和文明，以及美国人的天真无知。面对古老的欧洲文明，美国文明显得底气不足。在评论霍桑时，詹姆斯写道：“只有在土壤深厚的地方，艺术之花方能盛开。有了漫长的历史，才可能有一点点文学。”作家的诞生需要复杂的社会机器来促成。当时的美国文明有着更重要的发展主题，没有工夫去培植花朵；而且那时的美国没有什么了不起的东西可供人们欣赏（除了树林和河流），生活里没有令人惊叹的东西，整个国家都在追求物质上的富足。但是詹姆斯还是为美国文学里出现的新现象感到鼓舞。他正确地认识到，《红字》的出版是美国文学里最为重要的事件，而且霍桑的创作体现出美国文学的希望及发展方向——追求地方色彩：

霍桑代表了美国人的天才能力……如果他的同胞想要论证，美国作家如何丰富了英语的表现力，他们会毫不犹豫地把霍桑用作例子……他的单纯帮了他的忙，使他显得更为完整和一致。要说他具有民族性会显得牵强，但是尽管他的作品缺少现实主义的描写,他的作品具有强烈而生动的地方性。他诞生于新英格兰的土地上——在坚硬的花岗岩的罅缝里发芽,开花。对于喜欢分析的美国读者而言,他作品的好处有一半在于它的新英格兰风味。

但是,由于历史条件限制,詹姆斯还不能认识到坡、麦尔维尔和马克·吐温等伟大作家的艺术成就。在长达3 000页的两大本《文学批评文集》里,他只用了一句话提到麦尔维尔和马克·吐温:“在马克·吐温生活的时代,如果缺少幽默,可以用崇高来弥补,记住这一点没有害处”,“读麦尔维尔,就像在树林子里感受小阳春,只觉得温柔而适意”。提到坡的次数较多。詹姆斯承认坡写了一些怪异、精巧、耐读的小说,也赞成坡的主张——以科学的原则进行文学评论。詹姆斯还注意到,坡在为美国作家作素描的时候,能够将他们放到其所处的时代和环境里去,从而作出有趣而令人吃惊的解读。坡曾批评霍桑,说他作品里寓言过多,对此詹姆斯也深表赞同。但是,詹姆斯毕竟看不清坡天才卓越的文学成就。即使在他赞扬坡的话里,也忘不了贬低坡的成就:“坡写的评论……富于乡土气,具有开启心智的作用。坡所做的判断是矫饰的,不怀好意的,粗俗的……但在愚蠢而充满学究气的段落里,也不时可以见到非常精辟的话。”詹姆斯还认为,坡的《阿瑟·戈登·皮姆》没有内在价值,没有历史或故事,认为作者只是在试图表现恐怖。甚至波德莱尔将坡的小说译成法文,也招致詹姆斯的非议,认为两人本来臭味相投:“波德莱尔译介了……我们自己的埃德加·坡。他仔仔细细,一字不差地翻译了坡的散文体作品,包括一些一钱不值的文字……他对坡表现出那份热情,反映出他本人思想的原始状态。波德莱尔认为坡是一位思想深刻的哲学家,其金玉良言为他的国人所忽略,实在是一件丑闻。但是,在这两个招摇撞骗的家伙中,坡要伟大得多,也更有天才……波德莱尔在创作上属于这一类天才——他在口袋里掏了半天才摸出一枚硬币”(FOP, 154—156)。

通过文学论文,詹姆斯表达了对艺术前辈的敬意,表达了追随缪斯的决心,表达了自己的一些美学原则。由于他十分认真地阅读了别的作家作品,由于他在阅读时注意寻求超越文学前辈的方法,所以他的评论文章很有价值,富于启发性,能揭示文学创作的规律和秘诀,也显示了詹姆斯对于文学所持的批判和想象的态度。他对同时或较早的作家所做的敏锐而独到的品评,主要是他本人思想的反映。他选择一大批英、法现实主义作家进行评论,说明他偏爱现实主义创作原则和方法。而他处处流露出来的对心理现实的兴趣,又使他超越了现实主义的创作方法。他对巴尔扎克、特洛罗普、乔治·桑、萨克雷、乔治·爱略特、豪威尔斯等现实主义名家的批判式解读,更显示了他从现实主义向现代主义的转向。对现实主义作家及其创作方法持同情态度,强调小说叙事的道德教育价值，这些都使他的作品不至于完全脱离现实生活，一味表现怪诞甚至邪恶的内容。他在这方面的态度正是他的小说和理论中特别可取的地方。

在评价、阅读其他作家作品的过程中，他学习和消化了伟大作家的创作手法。虽然他选来评介的作家并不都是最好的，而他对许多一流作家的看法也未免有些片面，但这些论文很好地反映了詹姆斯本人的文学趣味，说明他掌握了科学的评论方法。他已经具有现代意义上的职业作家和批评家的成熟的眼光，他的文学批评也是成熟的现代批评。他的论战姿态是积极健康的。詹姆斯曾说，霍桑把自己关在小阁楼里写作，是现代意义上的职业作家，其实他自己又何尝不是这样的人物。他热情地评介了阿诺德、圣・伯夫、丹纳，称赞他们确立了现代批评意识；他说福楼拜关注小说文体，达到"语不惊人死不休"的地步，还刻意做非个人化的叙述。这些也是詹姆斯本人为之努力的。

由文学批评论文可以看出，詹姆斯的确可以作为现实主义向现代主义过渡时期的代表性人物，虽然由于历史局限，他对一些作家的评价不太公正，贬低和忽视了福楼拜、哈代、狄更斯、波德莱尔等伟大作家及其创新意识。

詹姆斯还写过几篇探讨小说理论的专题论文，即《小说的艺术》《科学的评论》《小说的未来》《法国文学现状》和《新小说》。其中又以《小说的艺术》最为重要。这几篇论文同样反映出詹姆斯的文艺思想和创作方法向现代主义的过渡。

詹姆斯 1884 年发表文学论文《小说的艺术》(The Art of the Novel)，就一些重要的理论问题与瓦尔特・贝桑特商榷，后者在皇家学院发表了同一题目的演讲。这篇论文比较集中地体现了詹姆斯对小说的一些看法。

詹姆斯肯定了贝桑特的许多观点。贝桑特认为，可以把小说创作的规律总结出来，传授给希望从事创作的人，就像是传授关于和声、透视和比例的规律；还认为小说家必须根据实际生活经验从事创作；作品中的人物应当像现实生活中的人一样真实；作家应该把自己对生活的观察随时记录下来；对于技巧和风格，无论如何重视也不过分；故事情节最为重要；英国小说应当有清醒的道德目的。詹姆斯也提出了自己的一些看法。他认为，小说具有现实性和艺术性。对于小说而言，重要的是要能吸引读者。必须赋予小说家最大的创作自由，应当鼓励文学技巧上的实验。此外，作家的创作意识以及读者反应的问题也值得关注。

他说："小说存在的唯一理由，便是它的确试图表现生活。"在今天看来，这个观点似乎毫无新意，可是在当时的英国文艺界，它却无异于振聋发聩的呐喊。那时候，尽管"小说邪恶"这一看法已没有市场，其影响力却在英国继续存在。人们习惯于把小说视作虚构故事,期待作家否认自己的作品反映了现实生活,承认自己只是和读者开了个玩笑;作家还需要为自己捏造了故事而道歉。像这样给小说创作戴上镣铐,小说的发展自然受到限制。实际上,作为叙事艺术,小说从它诞生那一天起,便具有世俗性、现实性和民间性。

詹姆斯同意贝桑特的观点,认为小说和音乐、诗歌、绘画、建筑等别的艺术门类一样,属于"艺术"(fine arts)。可能当时的读者群体对这一提法还感到有些陌生和难于接受,所以詹姆斯非常看重和强调这一点。詹姆斯的论文还对作家的创作心理和读者反应的问题作了系统、到位的阐述。他认为,对于文学艺术作品,最原始、最严峻的考验,莫过于读者是否"喜爱"这一作品。"这个古老的检验尺度是很好的……即使在最为成熟的批评里也应当有它的一席之地"。

他主张,首先要给予作家最大的创作自由。作品是由作者一个人写出来的。写作,对他来说是最为个性化的事情。我们只能根据作家的创作来评价他。作家之所以能感到创作时有优势、享受、煎熬和责任,全在于他的创作可以不受限制。对作家可能进行的文体实验,对他的能力、发现和成绩都不要限制。"作家在写作时唯一的义务,便是使自己的作品生动有趣……这是个一般性的责任,也是我能想到的唯一的责任。小说家尽可以用尽手段吸引读者。至于用什么手段,还是不要干涉他为好"。小说家可以用的手段,就像作家的性格一样,可以各不相同,所谓人心之不同,各如其面:"才有庸儁,气有刚柔,学有浅深,习有雅郑,并情性所铄,陶染所凝,是以笔区云谲,文苑波诡者矣……各师成心,其异如面"(《文心雕龙·体性》)。只要所用的手段揭示了作家与众不同的创作心理,便是成功的手法。"对于小说的最宽泛的定义是,小说即是作家个人对于生活的直接的印象。小说的价值也取决于这印象是否强烈。不过,要是没有感受和说话的自由,就谈不上什么强度,也谈不上什么价值"。詹姆斯承认,创作过程是复杂而神秘的,有意从事创作的人应当自己去体会创作的艰辛。作家的创作方法是他的秘密,即使他愿意,也无法把自己的方法传授给别人,"虽在父兄,不能以移子弟"(曹丕《典论·论文》)。要作家讲自己的创作方法,他会感到茫然。尽管写作也像绘画一样,有它的方法和规律,但其中的窍门还是以自己体会为妙。写作的方法和规律并非不可以讲论,但写作的过程无疑更为复杂微妙,更难于言说。

詹姆斯还对作家的创作过程做了精妙的描述。他认为,作家应该根据经验进行创作。作家的经验可以无限地多,他的创作意识可以无限地丰富,他的思维也可以特别地活跃。在作家"意识的房间里张起了一张硕大的蜘蛛网,有着最细的丝线,捕捉到空中飞动游走的思绪和微小物体……空气里的震动会让蜘蛛(作家)得到提示。在天才作家的想象力最为活跃的时候,他能够抓住生活里最细小的暗示并敷衍为文”。詹姆斯举例说，一个有天分的英国女作家曾在巴黎经过一群年轻的新教信徒的房间，从敞开的门户里，她看到他们刚用过晚餐。这给了女作家一个印象，并激发了她的想象力。她知道青春意味着什么，也知道关于新教的一些情况，现在又有机会在巴黎目睹青年们的晚餐，于是她把这些思想转换为具体而真实的形象。詹姆斯承认，这需要特别的能力，从已知猜出未知，追索事物所给的暗示，由经验的模式而判断整个事态；作家对生活、经验的感受是如此无远弗届，以至于最细微的暗示，也会给他（她）启示，构成他（她）的人生经验。由詹姆斯此处的分析可以看出，他已经摆脱了现实主义狭隘的反映论，开始认为，“如果经验由印象构成，那么印象本身便是经验，正如它们也正是我们呼吸到的空气——难道我们能看到空气？难道我们能否认它的存在？”换言之，所谓现实主义，就是作家能够如实地传达自己体验到的现实，因为现实的存在，必然要经过个体的感知才有意义。所以，对人物视角的描写，对人物面对社会和人生时的心理的描写，都不只是正当的，而且还是应该的。

对于作家、作品和读者三者的关系，詹姆斯也有一些精彩的看法：我们不能要求作家在创作时追寻某一叙事线索，采用某一叙事语气，使用某一叙事形式，因为这些都可能会限制作家的创作自由，反而将我们最感兴趣的地方遮蔽。对于叙事形式的赏鉴应当发生在作品完成之后。那时候作家已经做出了自己的选择，也指明了自己所用的标准。于是我们可以追踪叙事线索，可以比较叙述语气，于是我们得到最有魅力的阅读快感。

概而言之，詹姆斯的这篇论文表现出对小说创作艺术的关注，认为小说之道可以道（法国人所谓 *discutable*）。

《科学的评论》也比较重要。詹姆斯在这篇论文里充分肯定了批评家的地位，令人耳目一新：“对艺术家而言，批评家是真正的助手，为艺术家高举火炬。作为艺术的诠释者，批评家是艺术家的兄弟……他忠于职守，采取下跪姿势，保持艺术上的警觉……他具有献身精神，为艺术甘做试金石……他全身心地感受艺术品，充满激情又不失理智……他必须无限好奇，无限耐心……他可以为成功的艺术品加上画龙点睛的一笔。”

《小说的未来》《法国文学现状》《新小说》等几篇论文分析了与詹姆斯同时代作家的创作，对小说的发展也作了一些展望。他所分析的作家既有左拉、高尔斯华绥、本内特等现实主义作家，又有劳伦斯、康拉德等具有现代主义创作倾向的作家。在那一个世纪转折的时期，社会（文学）思潮是至为复杂的。詹姆斯在这方面所做的深入的观察和思考，应该极有价值。

詹姆斯在 1900 年代编选了 24 卷纽约版《亨利·詹姆斯小说故事选》，并为其中的每一篇(部)撰写了序言,这便是有名的纽约版小说序言。这些序言追溯了每一部小说从孕育到完成的过程,成为詹姆斯的"审美回忆",本身便是一个个有趣的故事——这一点在《金碗》等作品的序言里表现得非常明显。序言也对小说的写法作了严肃的探讨,因而对一般的小说创作也有指导意义。美国学者皮尔森指出,詹姆斯写这些序言有两个主要目的:一是要"教育"一般的读者。詹姆斯大概深知"知音其难哉! 音实难知,知实难逢,逢其知音,千载其一乎!"(《文心雕龙·知音》)他在序言里把小说创作的过程和诀窍透露给一般读者,让他们成为有经验、有见识的读者。读者在阅读时体会到创作的艰辛和乐趣,也就参与了作品的创作生产过程。文学作品必须在市场上找到它的消费者,所以,当读者尚不具备鉴赏和消费能力的时候,就需要培养他们的趣味,甚至鼓励他们超前消费(对当时的许多读者来说,詹姆斯的小说恐怕也是奢侈品,阅读时要付出较多代价)。读者可以将"文本的快感"带进小说阅读,形成作者、文本和读者的互动关系——皮尔森甚至认为詹姆斯的序言试图对读者实行殖民,出现作者、读者争夺话语权的情况。詹姆斯写序言的另一个目的是建立作者的叙事权威。从菲尔丁开始,作者(叙述者)已经喜欢在小说里穿插一些关于小说虚构性和创作方法的议论。詹姆斯发展和改造了这一传统,使序言独立于小说正文,并与小说正文形成互文关系。①

正如米勒等人所指出,詹姆斯实际上已经用序言和别的论文构筑了自己的小说理论体系。这个体系包括作家创作论、作品文体论、叙事技巧论、读者反应论。这里重点讨论詹姆斯的创作论。

詹姆斯对小说(或小说理论)的基本看法体现在他对小说创作过程所做的描述。按照他的思路,首先是作家接受其所处时代、文化的影响,"仰观于天,俯察于地",得到不同印象,形成作家意识。而作家又可以将他的意识分派给作品中的人物。这样,作家通过心灵的窗户观察社会人生,有感于心,发为文章。

詹姆斯认为,作家得到的关于人和事的印象可以是很少的,没有必要十分具体;但是,这些印象对于作家必须是深刻强烈的,足以激发想象力。詹姆斯说,那是"一粒橡子如何长成参天橡树"的过程。又说,他之所以写出《梅西所知道的》,是因为一个朋友向他讲述了一个父母离异的小女孩如何受到亲生父母的嫌弃,像皮球一样给踢来踢去的故事。有了这一极简略的素材,有了这一粒橡子,他就设想以小姑娘的眼睛观看她周围成年人的罪恶勾当。创作《鸽

① 参见 John H. Pearson, *The Prefaces of Henry James: Framing the Modern Reader* (The Pennsylvania State University Press, 1997), pp. 1 - 12; David McWhirter, ed. *Henry James's New York Edition: The Construction of Authorship* (Stanford: Stanford University Press, 1995), pp. 1 - 19.

翼》时，詹姆斯的脑海里出现了他的一位阿姨的形象；构思《淑女画像》时，他的面前也浮现出一个年轻单纯美国姑娘的模样；《奉使记》的写作也有类似的情形：一个朋友谈到生活里的一件琐事，即某一个年长的先生如何教诲年轻人，作者当即意识到可以将此衍生为一个故事。作为一个有心人，詹姆斯观察社会人生十分细致，睁大眼睛，竖起耳朵，随时收集素材。

把素材变成艺术品的过程，相当复杂。詹姆斯也对其作了描述。《文心雕龙·神思篇》有一段类似的话讲到艺术构思，可以对詹姆斯的观点做一些映衬："寂然凝虑，思接千载；悄焉动容，视通万里；吟咏之间，吐纳珠玉之声；眉睫之前，卷舒风云之色；其思理之致乎？故思理为妙，神与物游。神居胸臆，而志气统其关键；物沿耳目，而辞令管其枢机。枢机方通，则物无隐貌；关键将塞，则神有遁心。"作家虚构小说人物，借助他们的眼睛观看周围世界。各种各样的印象因而聚集于"意识的房间"。这样，作家就通过各种艺术表现形式，通过对场景、时序、人物、视点、结构、语言和文体的安排，创造出多姿多彩的艺术世界、艺术形象。作品完成了，又经过读者的阅读、消费，便丰满和完整了。

不难看出，詹姆斯理论体系中最有价值的部分，也正是他对于创作心理、人物意识、叙事视点这几个相关问题的阐述。

对创作心理和艺术想象，刘勰也曾有过很好的描绘："夫神思方运，万途竞萌，规矩虚位，刻镂无形。登山则情满于山，观海则意溢于海，我才之多少，将与风云而并驱矣。方其搦翰，气倍辞前，暨乎篇成，半折心始。何者？意翻空而易奇，言徵实而难巧也。"当作家寂然凝虑，开始构思的时候，有很多物象竞相萌现于他眼前，作家感情充沛，握着笔，感觉非常好，认为自己的才能，将与风云而并驱；可是等文章写好，常常会发现和自己最初的设想有很大差距；这是因为人在构思的时候，自然可以天马行空地乱想，但拿起笔来写作，就是比较实在的工作，不容易取巧。詹姆斯也说，当他的故事隐约出现的时候，为了发展故事，为了达到最好的表达效果，需要掐断故事和实际的说话人之间的联系。这个说话人以什么面貌出现，将是非常随意和偶然的；他能起的作用，是在作家的广阔的视野里投上最离奇、最不确定的影像，就像一个小孩子用他的神灯在一张白纸上面投上匪夷所思的画面，就像是在耍皮影戏。因此，故事的记述人和皮影戏的操纵者享有最大的乐趣和特权，他们玩的游戏最紧张、最刺激；由于故事（游戏）还没有固定的形态，他们能看到尚不可见的、神秘的物象渐渐显现。但是，一旦故事题材已经选定，一旦作家已经"在生活的花园里采撷到素材"，作家就面临艺术加工的难题。拿起笔来写作，可不像看皮影戏那样优哉游哉，不会像女士们在商场里购物那样轻松。艺术表达的过程，就是从原材料里"压挤出价值"的过程，这个过程，会像一个会计师的工作一样烦琐而枯燥。当然会计师也有乐趣，但他的乐趣不在于随心所欲地将材料复杂化，而在于想方设法简化材料。播下的种子太多,庄稼就会过于密集,这是显而易见的。

艺术加工的过程,也就是运用多种文学表现手段,以求达到最佳艺术效果的过程。詹姆斯在长期的艺术实践中,发现和使用了不少新的小说技巧,其中最为人称道的是"叙事视角"和"多视角叙事"。

詹姆斯是由作家(人物)意识问题而合乎逻辑地推衍出"叙事视角"问题的。《〈淑女画像〉序言》里的一段话明确谈到叙事视点。虽然这段话已受到普遍重视,还是值得引述:

> 要而言之,小说大厦的窗户不只一扇,而是一百万扇——其数目难以估算;这些窗户都可以容纳个人的视野和个人的意志。这些不同形状、不同大小的孔穴,一起悬挂在人类生活的场景上面,使我们猜想,从这些孔穴里看到的景象会基本相同。毕竟,它们只是镶嵌在墙壁上的一些没有生命的孔穴,互不连接,高高在上……但是,它们具有这样的特点,在每一扇窗户后面都站着一个人,有一双眼睛,或至少有单筒望远镜,作为独特的瞭望工具,确保使用它的人看到与众不同的景象。这个人和他的邻居观看的是同一个场景,但一个人看到的多一些,另一个人看到的少一些,一个人看到的是黑色,而另一个人看到的却是白色,一个人看到大的东西,另一个人看到小的东西,一个人看到的东西是粗糙的,另一个人看到的东西是精致的。诸如此类,依次类推;幸好没有什么东西是这双眼睛看不到的,幸好观察的范围没有被限定。人类生活的场景展现在眼前,成为"可供选择的题材";用于观看的孔穴,不管它是大的,有阳台的,狭长的还是低矮的,都成为"文学形式";当然,若没有观看者站在后面——换言之,若没有艺术家的意识存在,那么,不管是一扇窗户还是所有窗户,都毫无意义。

有一些问题,詹姆斯在序言里着墨不多,但在他本人作品里有较集中的反映,也是对于他的小说和理论的现代性的最好说明,这些问题有:读者接受的问题,性的问题,话语权力的问题,历史叙述的问题等。

和豪威尔斯及詹姆斯相比,威廉·锡德尼·波特(William Sydney Porter, 1862—1910)(笔名欧·亨利,O. Henry)尽管是美国文坛上又一位显赫一时的人物,甚至被尊为"美国最伟大的短篇小说家",却至今仍未踏入经典作家的行列。但是波特的作品销售量达数千万册,影响力经久不衰;他所创造的小说风格,尽管今天看来结构上不免有程式化之嫌,内容上也因近似传说而有失真实,但在相当时期内曾主导过美国短篇小说创作的时尚。

波特生于北卡罗来纳州的格林斯堡，三岁丧母，随父搬到祖母处，早年在姑妈丽娜任教的学校上学，在丽娜的影响、教导下，阅读了大量古希腊罗马及英国文学名著，荷马、乔叟、莎士比亚、《天方夜谭》等使他日后的创作受益匪浅。毕业后他到叔父克拉克开的药店做司药。由于健康的原因，1882 年他到得克萨斯，住在朋友家的农场，饱览西部边疆的风土人情，尝试着画漫画，写作幽默故事。后来波特对频繁的户外奔波感到厌倦，遂到奥斯丁任职于土地办公室。1887 年他和埃斯苔丝结婚，此时已经开始写作短篇小说。1891 年他去奥斯丁"第一国家银行"做出纳，1894 年他创办幽默周刊《滚石》(*The Rolling Stone*)，但并不成功，经营一年后关闭，同年底因管理的账户被发现亏空而失去银行工作。1895 年转入休斯敦《邮报》做该报的记者和专栏作家，偶尔也登些幽默画。

1896 年波特被控贪污银行资金，在休斯敦被捕，假释期间在朋友的帮助下逃往洪都拉斯暂避，次年因妻子病危而义无反顾地回到奥斯丁。出于人道考虑，当局并没有立刻追究，但是在埃斯苔丝病逝之后，波特被判五年徒刑，1898 年入狱，囚禁在俄亥俄州哥伦比亚联邦监狱。关于波特为什么要贪污，甚至到底有没有贪污，至今仍然尚存疑问，波特生前也一直回避谈论此事。不过当局对他的处罚较轻，且入狱后由于波特表现较好刑期被减至三年零三个月。服刑期间波特在监狱医院药房工作，所以有时间和条件继续从事短篇小说创作，以多个笔名投稿，主要目的是为了挣钱供养女儿玛格丽特。小说基本上取材于波特本人在美国西南部及中美洲的冒险经历，每每一发表就引起轰动，十分畅销，为广大读者所喜爱。出狱前波特就已拥有一大群读者。

1900 年波特出狱，1902 年来到纽约，此后一直居住在那里。从 1903 年 12 月到 1906 年 1 月的两年里，他以笔名"欧·亨利"为《纽约世界报》和许多通俗杂志撰写短篇小说，平均每星期写一篇。除了一部小说《白菜与国王》(*Cabbages and Kings*, 1904)和几首诗歌外，作品都是短篇小说，10 年间创作了近 300 部，其中他在生命的最后六年创作的 140 余部短篇小说以纽约市为背景，奠定了他的文学声誉。《四百万》(*The Four Million*, 1906)和《修剪过的灯》(*The Trimmed Lamp*, 1907)描写纽约千千万万普通人的普通生活，以及发生在这些普通生活中的一个个动人心扉的故事。《西部之心》(*Heart of the West*, 1907)则再现得克萨斯原野里发生的一幕幕故事。紧接着是《城市之声》(*The Voice of the City*, 1908)、《温雅的贪污者》(*The Gentle Grafter*, 1908)、《命运之路》(*Roads of Destination*, 1909)、《选择》(*Options*, 1909)、《仅是公事》(*Strictly Business*, 1910)。

尽管此时波特在文学创作上达到了巅峰，个人生活却走到了尽头。1907 年的第二次婚姻并没有给他带来他所期待的幸福，同时波特在经济上日渐拮据,健康状况也每况愈下,又染上酗酒,最后死于肝硬化。

波特身体虚弱,恶习缠身,噩运不断,他的短篇小说展示的却大都是人间的温暖友情,充满乐观向上的基调。有的评论家甚至把这种"波特基调"称为"彻底的美国精神":他笔下的人物往往生活在窘迫与无奈之中,却能用波特式的幽默直面严酷的社会和人生,用关爱、忠诚、奉献来展示生活中崇高的一面。

波特对生活在社会底层的小人物寄予极大的同情①。在他看来,从来没有"小人物","即使有人真的长得矮小,也只是外表如此而已"。他的故事以纽约市和美国中西部为背景,反映的却是广阔的美国社会,尤其是美国作家着墨不多的城市中下阶层(职员,市民,自由职业者,学生),赋予凡人凡事以一种异乎寻常的美。人物类型刻画是波特写作风格的一个主要特点。他笔下的人物并不像马克·吐温或者詹姆斯小说人物那样个性鲜明,栩栩如生,呼之欲出,却能够对不同年龄、性别、职业、出身、受教育程度的某一类人群作出极好的概括——他笔下的年轻女店员不仅是当时这一社会阶层的缩影,而且也是纽约市的一个折射。

波特风格的另一个显著特征是情节构造。他的短篇小说结构紧凑,节奏明快,前后呼应,一气呵成,情节发展离奇曲折,丝丝入扣,极能抓住读者。波特式情节结构的最常见表现形式是所谓的"交叉表现"(cross pattern),如"交叉目的"(cross-purposes)就是两个人物同时解决同一问题,甚至是为了帮助对方,但由于互不了解对方的做法,到头来却发现相互帮了倒忙。最能表现波特情节构造特点的就是所谓的"波特式转折"(the O. Henry twist)。波特尤其善于在平凡之中发现惊奇,在平淡之中生出惊喜。这种惊奇和惊喜往往早已蕴含在故事的发展中,却被波特处理得不露痕迹,在结尾时方突然显露,令读者恍然大悟,拍案叫绝:"虽然波特肯定不是使用这种手法的第一人——莫泊桑就特别青睐这种手法——可是他把这种表现手法发扬光大,使这种手法必然地和他的名字联系在一起。"②

波特还是驾驭语言的高手。他在中美洲故事里,大量穿插西班牙短语和短句,赋予这些故事以浓郁的异域风情和独特的幽默情调。在描写美国中西部的故事里,他也大量使用方言,用以表现当地的风土人情和民俗传统。据说他能够十分准确地使用至少五种不同的外国语言和五种原住民方言。"尽管欧·亨利对方言缺乏科学研究,他却凭借对景观和声音的敏锐观察,得以真实

---

① 波特一直把自己当作普通人。他的笔名"欧·亨利"有多种解释,但"亨利"是常见的美国人名字,而"O"则据波特说是"最容易书写的字母"。

② Karen Charmaine Blansfield, *Cheap Rooms and Restless Hearts: A Study of Formula in the Urban Tales of William Sydney Porter* (Bowling Green: Bowling Green State University Popular Press, 1988), pp. 30 - 31.

地再现这些方言，而且他的再现与经科学确认的地道方言相比毫不逊色”。波特最突出的一个艺术特色就是幽默，他的幽默常常来自对词语的创造性使用：双关语、杜撰新词、俚语、机敏表达、有意误用，或者奇异的词语组合。最重要的是，波特的幽默完全是波特独特的创造：“欧·亨利的幽默是他自己的，是他的特有品质，而不仅仅只是马克·吐温、斯道克顿或者他们的前辈留下的影子。”此外，波特在故事里大量使用文学隐喻，目的常常也是用以获取幽默效果。这些隐喻大多来自莎士比亚，而出自希腊罗马经典和阿拉伯神话的隐喻就至少有450处之多。

在波特数百篇短篇小说中，《麦琪的礼物》(The Gift of the Magi，又译《圣贤的礼物》)是迄今各种“欧·亨利短篇小说集”几乎必选的作品，有人称之为“或许是文学里最佳的通俗故事”。究其原因，一是波特本人对这篇小说情有独钟，二是评论家认为这部小说里的“双重惊奇”技法最能体现波特短篇小说的特点，三是该小说煽情效果居所有波特浪漫故事之首，尤其是对理想爱情的描写，令人百读不厌。《麦琪的礼物》的写作也颇具喜剧色彩：该文将刊载于波特为之撰稿的通俗杂志《周末世界》的圣诞专刊上，杂志打算将这篇小说置于突出位置并配以彩色插图。当时的套色印刷要求插图必须在文字稿排版前做好，波特和杂志编辑就交稿日期争来争去，规定的日期一次次被推延，最后插图画家史密斯不得不登门催要。波特坦然相告：不但一个字没写，而且构思也没有结果。史密斯说插图必须马上动手，要波特立刻确定故事主题。波特向窗外凝视片刻，缓缓说道“就画一个陈设简单的房间，类似西区的那种寄宿房，房间里只有一两把椅子，一个橱子，一张床，一只箱子。一个男人和一个姑娘并排坐在床上谈论圣诞节。男人手上拿着个表链，边摆弄边思考；姑娘的特征是披肩长发。这就是我现在所能想到的，但故事还有待完成”。这个难产的故事结果成了波特的传世之作。

黛拉和吉姆是一对感情笃深的年轻夫妇，虽然生活越来越窘迫，但两人越发深爱着对方：吉姆每天按时回家，黛拉总是在门口以拥抱相迎。圣诞前夜，黛拉千方百计节省下1美元87美分，但这点钱却根本无法给她深爱的吉姆买一件配得上他的圣诞礼物。正当黛拉暗自伤心潸然泪下时，突然有了一个主意。她对着镜子看了良久，决定以自己唯一的“珍贵”拥有物——长发来实现自己的夙愿。在片刻的伤心之后，她毫不犹豫地来到街上的理发店，将长发卖了20美元。随后她花了两个小时，为吉姆精心挑选了一件圣诞礼物。

吉姆也有一件珍贵的东西：金表。这是件来自父亲和祖父的传代之物，非常值得夸耀，只是由于表带的陈旧使得吉姆不愿意过多地展示它。黛拉为吉姆购买的圣诞礼物正是“设计简洁，质量上乘”的铂金表链，好让吉姆从此可以“每天看上金表一百遍”。黛拉匆匆梳理了自己的短发，尽量修饰了一番，希望自己“逃学顽童”的形象不会惹得吉姆生气,同时手里拿着金表链焦急地企盼着丈夫的返回。

吉姆准时回家,但是见到黛拉的模样却怔住了,好一会才缓过劲来。听了黛拉的解释后,他把黛拉紧紧地拥抱在怀里,并从大衣口袋里掏出一个盒子,黛拉打开后见是一对玳瑁做成、镶有珠宝的梳子,这梳子她在商店橱窗前钦慕已久,做梦也想真的拥有它,以梳理自己的秀发。吉姆卖了自己的金表为爱妻的秀发购买了梳子,而黛拉同时却卖掉了自己的长发为吉姆买了表链。

黛拉和吉姆是典型的欧·亨利小说人物:贫穷无助,却勤奋刻苦,挣扎着力图摆脱困境,而且最终得以超越困苦品尝到欢乐。他们虽然无意中使对方的礼物失去作用,却通过自己的行为向对方以及向读者展示出舍己奉献这个最珍贵的礼物:欧·亨利戏剧性地展现出普通生活中最基本的价值,这是世界上“一切智慧的结晶”。

但是,《麦琪的礼物》所包含的远远不止一个动人心扉的爱情故事。吉姆和黛拉这对小夫妻在艰难之中互为对方舍身奉献的精神无疑是人类最美好的情操,但是如果据此认为它仅仅是一个“感情故事”,宣扬的只是“爱情至上”,则不免失之肤浅。[①]《麦琪的礼物》创作、发表于20世纪初,而处于世纪之交的美国社会正发生着一场广泛的社会变革,经历着一场深刻的社会危机,主要表现在两个方面:消费文化的蓬勃发展及由此产生的伦理道德问题。消费文化正从19世纪末的潜移默化变得轰轰烈烈,对美国人的观念、心态、行为形成了巨大的影响,[②]而由此造成的社会问题也变得愈加尖锐。

《麦琪的礼物》讲述的是一个送礼的故事,属于精神范畴的爱情主题在波特笔下是围绕“送礼”这个非常物质化的方式来展开的。西方比较文化学者认为,东方文化是所谓的“高语境”文化,讲究群体间的“外部接触”与情感交流,所以看重“礼”尚往来,而西方的“低语境”文化则注重词语内容的约束力,并不靠送礼这种外在表现形式传递信息。[③] 这种看法值得商榷,不仅因为其中包含明显的文化优劣论,而且一旦对文化进行概全,落实到具体情况时往往并不正确:世纪之交时礼品馈赠本身在美国发生了质的变化。长期以来,礼品在西方属于私人物品,流通范围基本上只限于关系密切的亲朋好友之间,其作用仅

---

① Cf. Karen Charmaine Blansfield, *Cheap Rooms & Restless Hearts: A Study of Formula in the Urban Tales of William Sydney Porter* (Ohio: Bowling Green University Popular Press, 1988), pp. 108 - 109.

② 耶鲁大学历史学家阿格纽认为,美国消费文化始于19世纪80年代,此后至20世纪30年代发展成都市商业文化,30年代后则演变为大众消费文化(参见 John Brewer and Roy Porter, eds., *Consumption and the World of Goods*, London: Routledge, 1993, p. 33)。而世纪交替时期则是这种发展的关键时期,不仅明显地表现在经济从匮乏到消费的转移,而且人们的思想观念也在发生转变。

③ Michael Harris Bond, *Beyond the Chinese Face, Insights from Psychology* (Hong Kong: Oxford University Press, 1991), p. 49.

仅是加强小团体中的感情纽带。但是随着19世纪末美国资本主义的发展和消费文化的兴起，礼品很快成了商品，走进了百货公司，并且具备了商品的一般属性：礼品自身的商业价值首次超越了情感价值，流通领域逐渐扩大，并且具备了资本主义商业社会一般商品所具有的意识形态性，即使人产生虚幻的自由、解放感："商品的兴奋性就是选择的兴奋性，就是从单一乏味中解脱出来，品尝由生活的多汁多味带来的振奋。"①

礼品观念的商业化使节日馈赠具有了新的意义，最明显地表现在购买行为本身被赋予了政治色彩。由于当时美国社会贫富不均、阶级差异明显，对商品的占有便在很大程度上成了社会地位的反映。为了遮掩现实中的阶级差异，消费行为被涂上了乌托邦色彩，产生出"商品面前人人平等"的假象，似乎通过购物实践可以重新建立自己的身份，通过消费行为可以缩小实际生活中存在于权力、地位、收入等方面的不平等。在这种资本主义消费意识形态的影响下，个人通过消费行为建立起来的身份似乎比通过实际生产关系而建立的身份更加重要。② 从这一点出发，可以更好地理解黛拉在和小商贩为了一分两分钱讨价还价时会为这种"过度节俭"的行为而羞愧得"面红耳赤"，更好地理解黛拉时时出现的强烈的"消费"冲动。

在所有消费行为中，女性的圣诞购物在19世纪末首次具有非同寻常的意义。首先，女性在圣诞消费中的角色有了根本性的转变，表现在以往男女平均分担的圣诞准备工作在当时几乎完全落到了主妇的身上，庆祝活动从传统的夫妻分工各司其职变为"女性的专职活动"。③ 传统的为妻品德"懂节俭会操持"虽然仍然受到推崇，但是"有身份会消费"也正变得同样重要，而能够踏入装饰华丽的百货公司，挑选价格不菲的消费品，本身就是女主人身份的表现。因此，消费活动已经成为女性的一项主要的社会活动。此外，女性的消费心理也发生了变化：消费行为中理性成分所占的比重越来越小。女性消费时与其说凭理智购物，不如说凭感觉享受，因为她购买的对象除了消费品之外，还包括消费品给她带来的虚荣和消费行为带来的兴奋。而且，由于商品的麻醉作

---

① William R. Leach, "Transformations in a Culture of Consumption: Women and Department Stores, 1980—1925,". *Journal of American History*, Vol. 71 (Sept. 1984), pp. 326 - 327。从当代文化研究的角度看，这种"解脱感"、"自由感"其实只表明商业文化对个人的进一步控制。见 Julie Rivkin and Michael Ryan, *Literary Theory: An Anthology* (Oxford: Blackwell Publishers Inc.), pp. 1101 - 1103.

② "相对于人们无力控制的、范围大得多的生产制度而言，通过消费而建立的身份更加有力，更易于为个人控制"。(Daniel Miller, ed. *Acknowledging Consumption: A Review of New Studies*, London: Routledge, 1995, p. 42)由此可以认为，"我消费故我在"的后现代资本主义消费意识形态在波特的时代已具雏形。

③ Cf. William B. Waits, *The Modern Christmas in America* (New York: New York University Press, 1993), pp. 81, 119.

用,能给人以暂时的精神解脱,所以生活窘迫的女性购物欲往往更加强烈。最后,商品的性质发生了变化。19 世纪 90 年代流水线生产的女性用品开始充斥消费市场,这些商品(如人造皮毛、人造珠宝、大众化妆品)价格低廉,“任何经济背景的女性都可以消费得起”,极大地满足了女性(尤其是低收入阶层女性)的虚荣心。这些也许可以更好地解释波特在小说中对黛拉消费行为的描写:为了吉姆的表链她“跑遍了全城”,“两个小时张着玫瑰色的翅膀一晃而过”;表链那“淡淡的贵金属似乎闪着光芒,映射出她兴奋急切的心情”,因为她知道“仅凭它(表链)的材料就足以显示它的质量”。她在解开吉姆送给她的礼品盒时“发出一声兴奋的惊叫,接着,天哪!马上变成了女性神经质的眼泪和大哭,必得男主人赶紧全力去抚慰”,因为吉姆为她购买的这把梳子是她“早就在百老汇的橱窗里相中的”,从心里“十足地渴望得到它”。

由此可见,《麦琪的礼物》充满浓厚的消费文化色彩,从一个侧面反映出世纪之交美国的社会现实。接下来的问题是:波特为什么要在这个历史时刻创作这部小说?这里,首先应当提及的是揭露黑幕运动。[①] 在这场运动中,文学和媒体的重要区别是,文学不仅批判揭露,而且还致力于重建,表现得最明显的就是乌托邦文学,旨在重振社会风气,重塑社会纲常。评论界一直有人认为,波特有意把自己的小说涂抹上一层浓重的浪漫色彩,使小说的内容明显地游离于现实之外;加上波特本人对当时日益尖锐的政治问题一直有意回避,所以似乎“从商业角度去评价他的小说无异于强加给他种种社会、经济、政治、哲学偏见,这些偏见他基本上从没有表露过”。[②] 但是,波特的小说直接取材于现实,波特本人和社会有着紧密的接触,不可能对如此尖锐的社会矛盾视而不见。因此,在浓浓的浪漫色彩下,总会透出波特对现实的思考。

这里波特和揭露黑幕者的相似之处是,双方都在充分利用通俗媒体这个消费文化的产物。由于印刷技术的提高和广告业的发展,通俗报刊价格便宜、送达及时。在揭露黑幕的 10 年中,介入揭露的通俗杂志月发行量达 500 万份,平均每四户美国家庭就有一户订阅这种杂志,对美国人的观念形成前所未有的巨大影响。为通俗杂志撰稿对波特来说当然是一种谋生手段,浪漫故事对一般读者也具有相当的吸引力,但是波特知道这也是对公众潜移默化地施加道德影响的机会。作为通俗传奇故事的写作高手,波特自然知道爱情中的舍身奉献这个永恒主题的魅力所在。在《麦琪的礼物》中,他通过许多貌似平常的细节,向广大读者展示自己对垄断资本主义和消费文化下的道德准则、人

---

① 有关揭露黑幕运动,参阅第四章第四节。

② Cf. Eugene Current-Garcia, *O. Henry* (*William Sydney Porter*) (New York: Twayne Publishers, Inc., 1965), p. 64; C. Alphonso Smith, ed. *Selected Stories from O. Henry* (New York: Doubleday, Doran & Company, 1922), p. 149.

际关系、生命价值等问题作出的思考。

在女性圣诞采购中，替丈夫购买圣诞礼物占有举足轻重的地位，因为在西方传统中，夫妻圣诞互送礼品是对对方最重要的情感表露方式。丈夫送给妻子的圣诞礼物多是小巧的纺织品，通常价格便宜(一般在 4 美元以下)，但外表必须典雅美观，因为当时丈夫对妻子品性的要求就是“典雅优美”。妻子送给丈夫的礼物可以由自己亲手制作，表明对丈夫的关心体贴，但如果能为丈夫购买礼物，特别是购买略为贵重一些的礼物，则更能表明妻子对丈夫的情意。但是在波特的时代，夫妻圣诞互送礼品却时常引发夫妻矛盾：当时美国妇女大都是家庭主妇，经济来源靠丈夫，圣诞节礼物(包括妻子给丈夫的礼物)都由丈夫出钱购买，这往往使妻子感到难堪。在消费意识形态的引导下，有些妻子不惜打工挣钱，而这又有失丈夫的脸面，造成家庭不和，社会舆论也不支持。[①] 从这个意义上说，黛拉的送礼行为便具有了新的意义：不论是千方百计省下的 1 美元 87 美分，还是最后卖发所得的 20 美元，都是黛拉自己的劳动所得；她所购买的礼物(表链)即使一般的中产阶级主妇也不一定支付得起；最重要的是，黛拉的购物不是出于满足个人的虚荣，而完全是无私的奉献。

黛拉和吉姆互送的礼品本身也值得一提。世纪之交时，妻子送的礼物一般限于装饰性物品，最常见的礼物之一就是表链，因为手表是男性品德的象征(守时、精确等)，也是中产阶级男性事业成功的标志。吉姆当然谈不上有什么事业，更不属于中产阶级，他的金表也只是先辈留下的物品，但黛拉仍然希望他能够在公司同事们面前常常显露一下自己的这份“财产”。这里表面上说明的是商品崇拜，后面蕴含的却是真挚深厚的爱情。和妻子相反，丈夫送的圣诞礼物多属廉价实用型，如家务工具或厨房用具。这个时期反映在美国广告中的妇女形象也是慈母型非性感女性，年龄在 35 岁至 50 岁之间，身边有孩童陪伴。但是吉姆送给黛拉的礼物却很耐人寻味。首先，他送的这把梳子价格显然过于昂贵，已经超越了即使是中产阶级丈夫对妻子的节日馈赠范围。其次，镶有珠宝的梳子虽然更贴近年轻女性的身份，但和当时“慈母型”女性形象并不符合，而剪去长发之后的黛拉不得不把自己打扮成一副顽童形象也显然有违时尚。这一切也可以看作波特的有意安排：这对小夫妻所表露的既不是 19 世纪后期大工业生产文化所标榜的“品德”(character)，即无私奉献，个人牺牲，勤奋工作，做人楷模，也不是 20 世纪初垄断资本主义消费文化所倡导的

① Cf. William B. Waits, p. 84。这种家庭冲突的突出表现也许就是当时令很多店家头痛的所谓“太太偷窃”事件。尽管中产阶级主妇在商店行窃的动机多种多样，但心理学家认为这不乏是她们在下意识地抗议自己在消费文化中的地位低下(Elaine. S. Abelson, *When Ladies Go A-Thieving: Middle Class Shoplifters in the Victorian Department Store*, New York: Oxford University Press, 1989, pp. 165 - 171)。

"个性"(personality),即追求享受、虚荣和个人成功。实际上吉姆和黛拉是两者的结合,也许正因为他们既渴望享受消费又坚持传统的家庭美德,才使《麦琪的礼物》受到美国读者的喜爱。

黛拉和吉姆的送礼行为与一般的夫妻圣诞互赠的最大不同,在于这对小夫妻在送礼的同时承受了巨大的付出:黛拉剪掉了受人羡慕的长发,吉姆则卖掉了值得夸耀的金表。两件物品本身尽管有一定的使用价值,但从消费文化的角度看其消费价值要远远超出有限的交换价值。黛拉的长发是当时女性引以为自豪的性特征,是有闲阶级女性不惜金钱加以精心呵护的对象;吉姆的金表则是男性的重要标志,象征男性的稳重、智慧和自信。在 20 世纪初性心理身份已经进入消费市场成了重要的商品之时,黛拉和吉姆为对方奉献的就不只是属于自己的两件孤立的商品,而是当时极受重视的"心理自我"。[①] 从这个意义上说,两人的礼物就更值得赞叹。

世纪之交时,美国社会的家庭理想正被消费文化重新定义。在此之前,家庭主妇的购物行为只不过是"家务活动里一件不起眼的小事",其重要性决不能和妇女常做的诸如上教堂、做公益事业等相提并论。但世纪之交时情况已经不同,购物已经发展成为女性"几乎是必须耗费全部时间的一项世俗和公众的事业"。在拜金浪潮的引导下,中产阶级妇女对购物行为过分倚重,使之变成了一种"冒险活动",不少主妇为了满足消费的欲望,往往不惜以夫妻关系甚至家庭为代价。在《麦琪的礼物》中,黛拉的一举一动也处处受到消费文化的影响,不同的是,黛拉和吉姆通过物质消费表现出来的依然是那份真情那份挚爱,从一个侧面反映了有些评论家所称的资本主义消费文化的一个特点:以消费促家庭和睦,以购物促夫妻关系。或许这也是波特本人在"出售"这部小说的同时对读者作出的规劝。[②]

《麦琪的礼物》当然和波特的亲身经历有关,[③]但在物欲横流、腐败丛生、道德风气不振的年代,波特以一种特殊的乌托邦方式,对商业文化下家庭伦理价值观念进行了思考。和黑幕揭露者相比,波特的思考或许显得过于遥远而且

---

① 有学者指出,美国人对心理(尤其是性心理)身份的意识及关注始于 20 世纪头 10 年(即波特写作《麦琪的礼物》之时)。Cf. Joel Pfister and Nancy Schnog, eds., *Inventing the Psychological: Toward a Cultural History of Emotional Life in America*, (New Haven & London: Yale University Press, 1997), pp. 167 - 175.

② 德莱塞在此时写出小说《嘉莉妹妹》(1900),同样显示出受到消费文化的影响,但对于如何处理"生产意识形态"和"消费意识形态"的矛盾,维持新旧两种道德准则的平衡,在传统与突破之间寻找平衡,德莱赛则显得比较尴尬,相比之下,倒是波特在《麦琪的礼物》中对这个问题的处理更加高明。见本章第三节"德莱赛"部分。

③ 波特的第一个妻子埃斯苔丝外貌很像黛拉,而且和波特感情笃深。波特为避刑事追究漂泊南美时,埃斯苔丝的健康状况已经很差,虽然娘家愿意资助,但她仍然坚持由自己挣钱供养女儿,同时在一所商业学校读书,圣诞前夕绣了条绣花手帕,卖得 25 美元,为波特买了圣诞礼物,并冒着 41 度的高烧包扎礼盒。波特得知后,明知回国将面临审判,仍匆匆赶回见了妻子最后一面。

苍白无力;但毋庸置疑,他在这个特定的历史时刻作出的思考,将为我们了解美国社会发展的深层机制提供不可多得的材料。[①]

波特死后,生前尚未发表的作品陆续出版,而他的文学声誉也继续攀升,1919 年开始每年出版"欧·亨利纪念获奖小说集",至 1920 年其短篇小说在美国售出 500 万册,声望也达到巅峰:"他已经成为评论家和文学界心照不宣的圣徒,其作品成为评判其他短篇小说的标准,其他人一般也只能望其项背。"评论家们认为波特"具备莫泊桑的技巧,幽默上则远远超过莫泊桑",此后波特便被称为"扬基莫泊桑"。当时的美国短篇小说四大家是坡、霍桑、哈特和波特,其中又数波特最佳。文学史上波特排在康拉德、华顿、威尔斯之上,与巴尔扎克、哈代、马克·吐温、詹姆斯、托尔斯泰、吉卜林齐名。

20 世纪 30 年代起波特的文学声誉急转直下。最常见的批评指责他"取悦半文盲和粗俗的读者,粗制滥造三流小说,供他们在地铁、餐馆里花上 15 分钟去读"。波特的风格也受到激烈批评。波特式的结尾虽然红极一时,但时尚过后,这种创作手法便成了批评家的靶子。虽然批评家们承认波特短篇小说展示了"新闻式的机敏",但是他们认为这些故事主要依靠情节的机巧来吸引读者,过于依赖偶然性和巧合,远远不足以称为文学名著。"一而再再而三地使用突兀的结尾让人感到厌倦。如果谁耐着性子读完所有的 284 部短篇小说或者其中的大部分,他就会觉得欧·亨利能给他的最大惊奇就是一个顺乎自然、不出所料的结尾"。[②] 小说创作范式的转变或许是波特失宠的主要原因。这个时期受现代主义影响的"新小说"受到青睐,称道欧美文坛的是伍尔夫、海明威、福克纳等一大批尝试新的写作技巧的小说家。短篇小说也更讲究含蓄、象征、精细,而波特式的夸张、千篇一律,尤其是道德说教被认为过于浮浅,缺乏文学性:"尽管(波特)能力出众,技法鲜明,他的最终地位不会太高,即使在短篇小说上也如此。他没有严肃地看待文学,而成了吹毛求疵与通俗杂志的牺牲品。他的作品纯粹是供人娱乐,没有深刻的思想,只对读者产生片刻的效果,除此之外别无艺术可言。为了这一点,他宁愿牺牲一切,甚至包括真实……他最好的作品也就算是偶尔窥探了生活一眼,虽然勇敢却短暂,浮浅,轻率;而最差的作品只能算一堆花样不同且被扩展了的廉价玩笑。"[③]

---

① 《麦琪的礼物》收录在 1906 年出版的小说集《四百万》中。书的扉页上对书名做了解释:常人看到的只是纽约 400 个达官贵人,而作者关注的却是构成这个资本主义大都市的 400 万市民。书中配有一张纽约街景图:熙熙攘攘的人群和纵横交错的电车轨道,典型地再现了 20 世纪初美国资本主义经济的发展状况,使波特所谓的"对人类所关注的给予更大的关怀"超越了照片说明文的"400 万行进中的纽约人"而具有了更加普遍的意义。

② Harold Bloom, *O. Henry* (Philadelphia: Chelsea House Publishers, 1999), pp. 16 - 17.

③ Eugene Current-Garcia, *O. Henry* (*William Sydney Porter*) (New York: Twayne Publishers, Inc., 1965), p. 135.

对波特的这种评价显然有失公允,基本上完全抹杀了波特的文学贡献,而且批评方法上也过于简单化。20世纪60年代以后,评论家们逐渐客观冷静地重新审视波特,并且意识到批评方法上的缺陷,即对波特的指责集中在他的"意图"而不是他的成就,其结果便是"过去50年的欧·亨利批评摇摆于两个极端之间":要么一味吹捧,要么走到另一个极端,轻易地把他一笔抹杀。批评界的这种转变也是迫不得已:尽管按现在的标准衡量波特的小说有这样那样的缺陷,但是毋庸置疑的事实是,各种版本的欧·亨利小说集仍然在年复一年地出版,普通读者仍然对波特的小说爱不释手,随着20世纪中叶大众传媒的普及,波特的小说被改编成多种艺术形式,如电影、电视剧,在美国上演的广播剧和舞台剧就有百余部,改编的电影版本就更多。在这种情况下如果依然对波特短篇小说的魅力视而不见,批评界确实也难以向观众作出交代。

第三节
世纪末的自然主义小说:诺里斯、克莱恩、伦敦、德莱塞

诺里斯开美国自然主义文学创作的先河,同时也是美国自然主义最重要的理论家。他认为自然主义就是"重视自然的力量",自然主义作品就是要使叙事"具有史诗般的力量"。他推崇左拉,竭力主张好的小说应当是"目的明确的小说"。他生前写过一些有关小说理论的文章,集中阐释了自己的主张。《小说家的责任》(The Responsibilities of the Novelists, 1903)首先认为小说反映的是"真实"。强调"说真话"和"研究人性"的重要性。其次,小说面对的不是文学界的小圈子,而是广大的"人民","小说家可以触及最广大的读者群"。小说家的责任就是描写在自然环境影响之下的寓言式的人物,"使人民听到的不是谎言,而是真理"。因此他断言"今天是小说当令的时代",因为小说最具有普遍意义。

本杰明·弗兰克·诺里斯(Benjamin Frank Norris, 原名 Benjamin Franklin Norris, 1870—1902)1870年3月5日生于芝加哥,和克莱恩同时代。诺里斯生前不愿谈身世,没写过回忆录,和妻子的通信也没有留下。他的母亲曾保存有他的笔记本、日记、信件等,但不幸毁于1906年旧金山大地震,少部分幸存的也被大意的亲属丢失,所以有关他的身世后人了解得并不多。其弟查尔斯30年代和诺里斯传记作家弗兰克林·沃尔克通信时证实,诺里斯在童

年过着富足的生活，有仆人和马车，其父在芝加哥开珠宝公司，在旧金山做房地产生意，1884 年全家迁居旧金山。诺里斯从小富于想象力，喜爱编故事，母亲希望他做名艺术家，而父亲则要他从商，但父母都着意培养小诺里斯的审美情趣，注意他的智力发展。诺里斯原想当画家，1887 年去巴黎著名的朱利恩画室学画，但却在 1889 年从绘画转到浪漫主义文学，对法国作家傅华萨（Jean Froissart，1333—1400）和英国作家斯蒂文森（Robert Louis Stevenson，1850—1894）感兴趣。据查尔斯回忆，诺里斯当时对中世纪传奇着迷，曾为做插图画而尝试写了一部历史小说，撰写的文章《古代甲胄》刊登于 1889 年《旧金山记事报》。1890 年后的四年，诺里斯到加利福尼亚大学柏克莱分校学习，着迷吉卜林（Rudyard Kipling，1865—1936）和左拉，把注意力从欧洲中世纪转到了身边的世界。二年级时他写的短篇小说陆续发表在《淘金者》周刊和《大陆月刊》，四年级时写作《麦克提格》，毕业时已经完成大半。1894 年至 1895 年诺里斯在哈佛读书，学习文学创作和法国文学。1895 年他回到旧金山，10 月以《旧金山记事报》记者身份赴南非，在约翰内斯堡卷入波尔战争，被波尔人俘虏，限期离境，这时染上非洲热病，差点送命。此后两年他任《波浪》周刊编辑。1897 年夏他到老同学处写完《麦克提格》最后三章。小说《"莱蒂夫人号"上的莫兰》在《波浪》杂志连载，1898 年 9 月在纽约出单行本。同年春诺里斯去古巴报道墨美战争，次年春《麦克提格》出版，6 个月后诺里斯基于自己在旧金山的爱情经历写出的《布利克斯》（*Blix*）出版，同年 3 月完成小说《一个男人的女人》（*A Man's Woman*，1900）。此时诺里斯已经奠定了自己的文学声誉，接下来的几年中他根据自己在西部采访时了解到的铁路托拉斯与农场主之间的矛盾，创作出最为后人称道的《小麦三部曲》（*The Epic of the Trilogy of the Wheat*），其中最出色的是三部曲的第一部《章鱼：一个加利福尼亚的故事》，讲的是加州的小麦生产，第二部《深渊：一个芝加哥的故事》，讲的是芝加哥的小麦分配，第三部《豺狼：一个欧洲的故事》（*The Wolf: A Story of Europe*），原定描写大托拉斯对依赖美国小麦维生的欧洲消费者进行的投机欺诈，但因阑尾炎引起的腹膜炎在旧金山突然去世而未及动笔。诺里斯一生创作六部小说（《凡陀弗与兽性》于死后出版），300 余篇散文和短篇小说，以及书评、诗歌、访谈录。

诺里斯在美国文学史上的地位在很大程度上取决于他的自然主义创作，被称为"完完全全实践左拉文学方法"的第一位美国作家。在柏克莱学习四年，诺里斯没有获得学位，但对左拉的小说和进化论产生浓厚的兴趣，喜欢生物系教授约瑟夫·拉·康特的进化论课，并且决定使用欧洲时髦的决定论哲学改变美国的小说创作。他在 1896 年写给《波浪》杂志的信中说："自然主义者对寻常人不感兴趣，所谓寻常是指他们的兴趣、生活、事情普普通通。自然主义小说的人物身上必须发生可怕的事情,这些事情必须将普通事情拉扯开,从宁静平淡的日常生活里强行分离开,投入到巨大可怕的痛苦之中,这种痛苦的场景通过爆发出来的激情、鲜血和突然的死亡表现出来。"[①]这意味着小说"需要男人,粗壮野蛮、热血沸腾的男人,女人也如此,充满活力地展示自己的存在"。它表明,诺里斯已经抛弃了豪威尔斯有序拘谨的现实主义,抛弃了以效法欧洲传统为主的新英格兰文化,主张描写为生存而挣扎奋斗的小人物。从时间上说,诺里斯比伦敦早几年就开始创作"热血沸腾"的主人公,但这种想法比较激进,尚不能为东部的主流文学刊物所接受,只能在旧金山发表,起初并没有引起评论界的注意。

对诺里斯来说,自然主义就是达尔文生物决定论和马克思经济决定论之和,使用遗传、本能、社会文化影响、环境作用等来解释人的行为乃至社会的发展。除此之外,他和左拉都具有史诗般的想象力,喜爱强烈的反差、夸张的情景和轰动效应。《麦克提格》和左拉的《小酒店》(*L'Assommoir*)一样,都属于"堕落小说"。它们关心的是个人的命运,小说主人公从下层一路奋斗进入小资产阶级,取得超出父辈的成就,但由于"善良的结构后面有一条遗传性的邪恶暗流",结局同样可怕。遗传的影响在小说女主人公特莉娜身上尤其明显:她的祖先是瑞士日耳曼人,16 世纪就从事雕刻业,因此她天生便会雕刻诺亚方舟上的动物,"把这项民族工业的技能传了下来,让它以这种奇怪的被扭曲的方式重现"。瑞士人的内在品质也在她身上表露无遗:"节俭在她身上表现得最明显。农民的血脉仍然在她的血管里流动,山区民族的那种灵巧和吝啬是她的本能——毫不犹豫地节省,不考虑后果——为节省而节省,不明原因地聚敛财物"。诺里斯用形象的描写生动地展示了这种让人不寒而栗的吝啬:"一天晚上,她……在床单间铺开所有的金币,然后脱衣上床,一整夜就睡在金币上,用整个肌肤去接触那一块块光滑扁平的金属,使她有一种奇怪的陶醉般的快感。"[②]和左拉一样,诺里斯最常用的手法就是"达尔文似的双重存在",即表面上传统、温顺,骨子里暗含兽性。如特莉娜去麦克提格的诊所看牙,屋里只有他们两个人,麦克提格看着麻醉后失去知觉的特莉娜:

突然,他身上的兽性萌动、苏醒了,那种邪恶的本能冲了上来,喊叫着,嚷嚷着。这是一个危机——一种突然之间产生的危机,他对此全然没有料到。

---

① Donald Pizer, ed. *McTeague, An Authoritative Text, Backgrounds and Sources, Criticism* (New York: W. W. Norton Company, 1977), p. 337.

② Donald Pizer ed. *McTeague, An Authoritative Text, Backgrounds and Sources, Criticism* (New York: W. W. Norton Company, 1977), p. 338; Joseph R. McElrath, Jr. *Frank Norris Revisited* (New York: Twayne Publishers, 1992), p. 36.

> 出于一种非理性的抵御本能，麦克提格不知道为什么盲目地反抗它。他的身上又出现第二个自我，比兽性的麦克提格更好的麦克提格，双方都很强，充满他本人所具备的巨大原始力量。双方在争斗，在这个廉价简陋的“牙科诊所”里一场可怕的争斗开始了。这是场古老的战斗，和世界一样古老——这个野兽突然跃起，张开嘴唇，露出獠牙，穷凶极恶，势不可挡。同时奋起的另一个人，那个更好的人不知为什么叫道：“下去，下去”，他抓住那个野兽，拼命扼住它，想把它压下去。

这里，诺里斯和左拉一样，把“麦克提格这个原始野蛮的家伙，违反自然地置于文明的环境中”，再使用科学的观察，耐心地记录下由此而产生的生物学、社会学意义上的可怕现象。①

诺里斯的第一部小说是《“莱蒂夫人号”上的莫兰》(*Moran of the Lady Letty*)，这时的诺里斯尚没有完全从中世纪的浪漫传奇摆脱出来，因此小说具有较浓厚的传奇色彩。小说主人公罗斯·维尔伯在海盗船上遇到凶悍的莫兰，但维尔伯很快适应了险恶的环境，显示出过人的力量和毅力，最终征服了莫兰。值得注意的是，诺里斯在这里不仅使主人公“从浪漫主义英雄变成了自然人”，而且他着意刻画险恶的外部环境和强悍的年轻女主角对男性主人公的影响，已经明显地露出自然主义的端倪。这个主题在诺里斯此后的小说中不时出现。如《布利克斯》中的特拉维斯·贝司麦跟随记者坎蒂·瑞弗斯冒险并爱上他，在坎蒂的影响下他戒掉了恶习，成功地在纽约一家报馆找到工作，坎蒂也进入纽约的医学院学习。《一个男人的女人》中的护士劳埃德·希莱特也是强悍的年轻女性形象，和莫兰一样，她也最终臣服于探险家沃德·贝内特的男性威严，支持他去北极探险。这里的女性人物都不满社会习俗，大胆追求自己的理想，但最后都使自己的追求融入男性的事业，当代女性主义批评家对此很感兴趣。②

《凡陀弗与兽性》(*Vandover and the Brute*)的初稿完成于哈佛大学，是诺里斯的早期作品，估计写在《麦克提格》之前，因为两书在情节和主题方面相似之处颇多，因不合出版商胃口，一直没有交付出版。诺里斯去世后手稿一直存

---

① Donald Pizer, ed. *McTeague, An Authoritative Text, Backgrounds and Sources, Criticism* (New York: W. W. Norton Company, 1977), p. 338.

② 诺里斯小说中的女性人物一直是女性主义批评家关注的对象。传统女性主义批评家认为，诺里斯笔下的女性是“行动男性的自我牺牲型的助手”，他的早期作品里只有反母亲形象，如吝啬的特莉娜和干涸的死亡谷；中期作品里“充满粗悍气的雄健”压制着“理想主义的温柔传奇”。但也有评论家认为自《章鱼》之后诺里斯的女性形象已经发生变化：小麦是母亲的代表，而死亡谷则象征愤怒的母亲。Cf. Lon West, *Deconstructing Frank Norris' Fiction; the Male-Female Dialectic* (New York: Peter Lang, 1998), p. 120.

放于旧金山的一个仓库内,1906年大地震仓库被烧毁,但存放手稿的木箱竟出人意料地被抢救出来,多年后被鉴定为原稿,由弟弟查尔斯校订,1914年出版。小说主人公凡陀弗的父亲是旧金山贫民窟的拥有者,但凡陀弗没有受到良好的教育,懒惰成性,一事无成。一天他诱奸了伊达·韦德,伊达因此自杀,凡陀弗的父亲听说后感到震惊,突然死亡。凡陀弗不通理财,赌博输掉了部分遗产,其他的则落入骗子查理·杰瑞之手。诺里斯着意刻画凡陀弗的动物本能,将他的堕落一方面归之于生理原因("兽性"),一方面归之于他无法适应环境的突然变化(伊达、她的朋友多利·海特和凡陀弗的父亲也因此而丧命),而骗子查理反而生活得十分滋润。

《麦克提格》(*McTeague: A Story of San Francisco*, 1899)也是完成于哈佛大学的早期作品。麦克提格生于矿区小城,与父亲同做矿工,父亲死后母亲望子成龙,让他跟着游医学徒,虽然他对牙医一知半解,但在圣地亚哥开了家诊所,只要有啤酒便也知足。麦克提格钟情于特莉娜,她因彩票中奖而得5 000元,但宁愿把钱存入银行吃利息,也不愿意和麦克提格体面地结婚。婚后她辛辛苦苦雕刻小动物挣钱,并且这种节俭很快发展到吝啬。由于好友马尔库斯·舒勒的告密,麦克提格被市政府以资格问题禁止行医。麦克提格失业后特莉娜更加吝啬,他则开始酗酒,酒后殴打特莉娜,最后偷走她的部分积蓄。当麦克提格再次回来索钱时,遭到特莉娜的拒绝,最终被麦克提格打死。麦克提格携款出逃,遇见一路追来的马尔库斯,搏斗中将后者杀死,但马尔库斯死前用手铐将两人铐在一起,麦克提格只得在灼热的死亡谷等死。

《麦克提格》揭示了"诺里斯对追求物质成功的批评,把它看成是镀金时代的主要缺陷",因此这部小说是用自然主义手法写出的"美国第一部关于美国梦的悲剧"。小说的中心象征是钱,人人都为金钱发疯:仆人玛莉亚张口闭口都是祖上的金盘,偷麦克提格补牙材料里的金子;特莉娜从数金币中获得极大的快感,马尔库斯嫉妒特莉娜的彩票,并且死于和麦克提格争夺特莉娜的钱财。诺里斯还着意表现人性的脆弱以及城市环境对人性的扭曲。麦克提格本来过着自足的生活,但在酗酒、特莉娜的贪婪及马尔库斯的嫉妒影响下,他身上原来受到压制的兽性释放出来。当特莉娜拒绝他要钱的请求时,"这位牙医平常行动缓慢,但是现在酒精唤醒了他身上猴子般的灵巧。他浑浊的小眼睛盯着她,挥拳打在她脸的中央,像松开的弹簧那样突然"。在沙漠里逃亡时,他昏睡中梦见有人追上来:

> 麦克提格吼叫了一声,掀开毯子跳了起来。周围一个人影也没有。沙漠里空空荡荡,在午后灼人的骄阳下颤动着闪烁着。
>
> 但靴刺又一次刺进了他的身体,催促他往前走。不能休息,不能回头,不

能停下来。赶快，赶快，赶快走。他身上的兽性尚未浮出，现在觉醒了，警觉了，拉着他往前走。这兽性感到敌人逼近，嗅出了追踪者，吵闹着争斗着，不容他抗拒。

在和马尔库斯搏斗时，他“像一只受了伤的野兽或大象，嚎叫着立起身……已经不像人类，而是森林里传出的回响”。麦克提格被禁止行医后，因无法适应新的环境而逐渐堕落，这种反高潮也表现在小说的其他人物身上：飞来的财富使特莉娜显露出本性中的缺陷——贪婪和吝啬，而嫉妒也使马尔库斯变得越来越邪恶。

和左拉一样，诺里斯的《麦克提格》忠于细节的真实。1893年10月10日、14日的《旧金山检查者报》刊登一起凶杀案：一个叫派特·科林斯的人回家向做幼儿园看门人的妻子要钱，遭拒绝后刺了她几刀，逃之夭夭，造成妻子死亡。这个人面目狰狞，酗酒殴妻，狡猾自私，是“自然造就的一只野兽”。诺里斯在写《麦克提格》时，曾专门研究过牙医手册，到金矿去体验生活，到死亡谷实地考察地形地貌。正因为如此，诺里斯对环境的描写细致有力，“眼睛重于大脑”。德莱塞20世纪20年代末在为《麦克提格》写的“前言”中指出：世纪之交的美国人仍然相信超验完善，所以不喜欢诺里斯所描写的无知、庸俗、野蛮。但“确实，不论是美国、法国、德国、俄国、斯堪的纳维亚，还是英国的小说，我一直还没有读过比诺里斯的这部书在处理社会环境上更加正确，在艺术上、社会层面上更加有意义、更加有价值的作品”。但也有批评家认为诺里斯对主题的处理过于简单，缺少艺术性。

《章鱼：一个加利福尼亚的故事》(*The Octopus: A Story of California*, 1901)被认为是诺里斯的代表作。诺里斯在给朋友的信中写道：“我下星期一动身去加州，很有可能要到秋天再回来。它始于我和公司的一场谈话，我们都相信伟大的美国小说会出自西部——加州……它得是一部既长又严肃而且可能还很可怕的小说……其中会有机会展示史诗般的宏伟场景，我打算彻底研究它——从每一个角度，社会的、农业的、政治的。”他在加利福尼亚呆了四个月收集资料，然后回到纽约，写出写作大纲，把自己看成“一个研究者，一层层地展示一个多少是‘客观’的‘案例’，以显示社会真理”。小说写了一年，1901年春天出版，诺里斯宣布此书是“小麦史诗三部曲的第一部”。小说讲的是：太平洋西南铁路公司曾将贫瘠的荒地租给铁路附近的农场主，但在农场主投资耕作使荒地成为沃土后，铁路公司这个“章鱼”和它的代理商贝尔曼却绞尽脑汁要把它夺走。普瑞斯莱是来自东部的诗人，来到台力克农庄做客并创作史诗《西部之歌》。他同情农场主，原先的浪漫幻想被现实所取代，转而写作《辛勤劳动者》。铁路主席舍古利姆势力大，情急中大家推举办事诚实谨慎又有社会影响的马格纳斯·台力克出面贿赂政客,使其子莱曼当选为“铁路专员委员会”委员,但莱曼出卖了农场主。在双方的交火中农场主方面数人死亡,普瑞斯特去见舍古利姆,后者表现出一副同情,反而用经济决定论开导普瑞斯特。最后,贝尔曼在巡查出口小麦时,进入船舱,被突然卸入的小麦吞噬。

和《麦克提格》一样,《章鱼》也取材于现实。南太平洋铁路公司和农场主的冲突历史上确有其事(即 1880 年 5 月 11 日的密瑟尔·斯劳事件),加州奥克莱恩一火车也曾冲进无人照看的羊群,麦工掉进麦车窒息而死的事情也发生过。但是通过这些细节的真实,诺里斯成功地反映了历史的真实,这是他的主要成就。和荷马史诗以及经典西部小说一样,《章鱼》的史诗性表现得淋漓尽致。整个故事发生在西部开发的最后阶段,以农业和养殖业为主的西部自由正像小说开篇时无辜的羊群那样,因横穿西部的高速火车而丧失殆尽。《章鱼》写作时正值美国平民党的鼎盛时期,这些中西南部的农场主和社会改革家主张铁路国有化,发放低息农业贷款等,以农业抗拒垄断资本主义,留恋过去农业经济的时代。诺里斯显然受到他们的影响,他的台力克这个老派绅士就是正直的化身。诺里斯把小麦种植园主和铁路托拉斯看作自然力量的象征,小麦代表善,是原始力量,是周而复始无法抗拒的生命滋润剂;铁路则代表恶,是生命的敌人;通过两者的争斗来展示这一历史时刻各种社会力量间的博弈。

诺里斯笔下的铁路资本是财阀和政府勾结的产物。铁路机车象征冷漠的独眼巨兽,由腐败贪婪所驱动,伸出无数条触手,扼住农场主的喉咙。但是诺里斯和普瑞斯莱一样,并没有完全站在农场主的一边,因为从自然主义角度看,小麦和铁路一样,也是巨大的自然力量,人们都受到它们的控制。农场主种地也是在盘剥土地,农民杀野兔和火车轧羊群没有本质的区别。从这个意义上说,故事结尾时贝尔曼“淹死”在麦堆里既是恶有恶报的象征,也是自然这个主宰的自我彰显:

> 斜槽下面的麦堆上什么动静都没有,没有一丝生命,只有麦子在流动。接着,有那么一刹那,麦堆表面动了一下,一只肉鼓鼓的手,手指很短,青筋绽起,从麦堆里伸出来,抓了抓,就软绵绵地垂下不动了。一眨眼工夫这手就给淹没了。“斯万希尔达号”的船舱里什么动静也没有,只有一股股浪涛,从那座忽消忽涨的圆锥形小山上倾泻下来,越涌越远……不急不慢,持续不断,势不可挡。

杰克·伦敦对《章鱼》的历史视角给予了很高的评价:“在这里,你简直想要指责诺里斯那种过分的写实主义……(但是)只有像他那样,用画笔蘸着阳光,才能绘出如此巨大的画幅来。”豪威尔斯也认为这是部“伟大的著作,质朴、深沉、庞大,作为美国的一页悲惨史的记录,具有绝对的权威性”。马克·吐温写信称赞和鼓励诺里斯。但是也有评论家觉得诺里斯过于追求自然主义的描写，价值判断不清，使《章鱼》看上去显得杂乱无章。

大自然的力量在《小麦三部曲》的第二部《深渊：一个芝加哥的故事》（*The Pit: A Story of Chicago*，1903）里又一次得到了展现。和麦克提格一样，柯蒂斯·杰德温也出身低微，半工半读，但精明能干，靠房地产发家，转而成为小麦交易所的常客，依据对小麦价格的神机妙算炒作小麦股票，大发其财。好友克莱斯勒夫人因丈夫投机而几乎倾家荡产，劝杰德温罢手，但他醉心于投机，不断成功，被称为“黑马多头”，到了可以左右世界小麦市场的地步。但此时杰德温却患上奇怪的头痛，还有压抑、孤独。克莱斯勒在投机中破产自杀，却不知道自己的对手恰是好友杰德温。杰德温知情后深感震惊和内疚，但此时他自己也面临困境：为了维持小麦的价格，杰德温不得不买入几百万蒲式耳的小麦，而且已经失去了冷静，但恰逢小麦大丰收，最后因无力再购而破产。在妻子劳拉的精心呵护下，杰德温从大病中恢复，两人去西部重新开始生活，并且第一次品尝到幸福的滋味。

诺里斯在写作《深渊》的过程中，曾发表短篇小说《小麦交易》，描写堪萨斯州小农场主在和芝加哥交易所里大户的火并中破产，最终沦落街头。查尔斯称，《深渊》带有一定的自传性质，基于诺里斯一家的中产阶级生活。但在这种生活的描写里反映出诺里斯本人对社会问题敏锐的观察。他痛感旧日人与人之间的温暖与和谐关系已逐渐消失，被非人的城市化、商业化所取代。他竭力表明，在芝加哥这个小麦赌徒的圣地，金钱并不是万能的，暴发户在剥夺他人幸福的同时也剥夺了自己的幸福。诺里斯在这里又一次采用左拉的手法，借交易所展示宏大的戏剧性场面，借经济和生物力量的象征——小麦来反衬人的渺小和无奈。杰德温第一次去交易所大楼时就体会到“深渊”的力量：

> 杰德温尽管缺乏想象力，却很长时间以来注意到交易所大楼里某种巨大的、躁动不安的力量，它把大街小巷的潮流都紧紧地抓在自己的手心，不停地捞进抛出。那里有一个巨大的漩涡，一个旋转轰鸣的水的深渊，吸进这座城市的生命之潮，犹如吸进某个巨大无比的下水道的入口，吸入某个硕大的污水管道的胃里，然后再把它们吐出来，喷出来的目的就是为了在退潮时把它们再重新吸纳进去。

人们自鸣得意地以为自己能够操纵这个深渊之时，也就是他们陷入灭顶之灾之际：

> 所有这些成百万蒲式耳的小麦现在都不见了。这小麦要了克莱斯勒的命，吞

噬了杰德温的财产,吞噬了除已经不起作用的理性之外的一切。小麦像股巨大的洪水,从她身边拉走了她的丈夫,把他淹没在深渊吼叫着的漩涡中。这小麦从东到西,沿着自己既定的方向浩浩荡荡,势不可挡,像一股汹涌澎湃的潮流。它过去了,留下的是死亡和毁灭……

这里"小麦"、"深渊"、"毁灭"、"繁荣"等都用大写,以拟人的手法突显与人相对应的大自然。但和左拉略有不同的是,诺里斯并没有过分强调人的束手无策。小说以悲剧结尾,却又暗含希望,因为杰德温夫妇重新获得了爱情,将以新的人生信念开始新的生活。

《深渊》于1902年中杀青,在有影响的《星期六晚邮报》周刊连载,后来出版单行本,比较畅销。但批评界认为它的成就不如《章鱼》,因为诺里斯过于依赖自然主义手法,而使小说在结构上显得杂乱。杰德温和劳拉的浪漫史,罗拉的爱情纠葛,两人的婚后生活等浪漫细节有些喧宾夺主,冲淡了作品的主题。

诺里斯对小说的理解和他的小说创作一样,带有浪漫主义色彩和决定论思想。他对自然主义的理解集中表现在刊登于12月18日《波士顿晚刊》的短文《呼唤浪漫主义小说》(A Plea for Romantic Fiction, 1901)中。诺里斯对浪漫主义有独特的理解。它不仅仅只是"斗篷刀剑,月光金发",只凭借欺人的技法做一时的逗乐,而是"从肌肤外面的服饰包装一直深入到鲜红的蹦跳着的心脏"。他所定义的浪漫主义"就是承认正常生活的各种变体的那一类小说"。也就是说,诺里斯的浪漫主义直接来源于客观现实,但又不停留在庸俗普通平凡的老生常谈,而是通过典型的刻画揭示生活的深层次内涵:"对有心成为小说家的人来说,最困难的……当数生活大于文学。业余作家会充满信心地这么说,会在公众面前这么说却在私下的实践里背道而驰。但是,如果不去研究生活,哪怕是粗糙庸俗的生活,哪怕再多的气质,再多的敏感,再多的教育,都对小说创作不起一点点作用。一个小时的体验胜于10年的学习。"[①]诺里斯追求"活"的人物,坚信生活大于艺术。他曾说,好的小说必须发掘重大题材,透视"所有的社会力量",弘扬"激励整个民族的主题"。

在美国文学史里,诺里斯的重要性在于把法国自然主义引入美国,并通过自己的创作实践形成了自己的自然主义文学理论。尽管有人批评他为"左拉的儿子",但诺里斯却有一套独特的见解。遗传、环境和偶然事件确实具有决定性的作用,但诺里斯并不"局限于这种古希腊罗马命运观的简单提升",而是

① Walter Blair, et al. eds., *The Literature of the United States, an Anthology and a History* (Chicago: Scctt Foresman and Company, 1947), p. 641.

进行了发展。如《深渊》里的劳拉就浪漫气十足，诺里斯以此来揭露“她所属的文化所许诺的东西的虚伪性”。此外，诺里斯还具有道德家、改革家的情操，环境决定论里带有选择的可能，悲观里透露出一丝希望。因此，要理解诺里斯就要“把这个流派（自然主义）放入人文大传统中，而不是只把它看成实证时代产生出的一种科学或者准科学的衍生物”。[①] 诺里斯的主要作品完成之后，自然主义文学在美国很快形成风气，但并不为主流社会和文学传统所乐意接受。他曾力荐德莱塞的《嘉丽妹妹》，但出版商以内容猥亵为由拒绝发行；克莱恩的处女作《街头女郎梅季》只能自费印行。时至今日，评论界仍然对诺里斯的文学成就持保留态度。有人对“究竟为什么这么多人花这么多时间来研究一个作家，而这个作家又看上去给予他们如此少的快慰”而感到困惑，有人赞扬诺里斯的文艺批评，对他的文学实践却不乏微词，认为它们的声誉是轰动效应的结果，但作为艺术，“不大可能激发起那些钟爱形式完美的评论家的热情”。[②]《诺顿美国文学选集》里诺里斯的分量很少，而《主要美国作家》(*Major Writers America*, 1962)、新批评家克莱恩斯·布鲁克斯和罗伯特·沃伦编写的《美国文学，制造者和制造》(*American Literature, The Makers and the Making*, 1974)以及《希斯美国文学选集》(*The Heath Anthology of American Literature*, 1990)，则根本没有收录诺里斯。但毋庸置疑，诺里斯的影响是深远的。福克纳对下层社会的细节展示，海明威的粗犷风格，都显现出诺里斯的存在。

和诺里斯相比，克莱恩在美国主流批评界的命运要好得多。作为小说家和诗人的斯蒂芬·克莱恩 24 岁时便在英美一举成名，29 岁去世，一生发表五部长篇小说，两部诗集，300 多篇短篇故事、报道和特写，因此被称为“美国文学中的查特顿”。[③]

斯蒂芬·克莱恩(Stephen Crane, 1871—1900)1871 年 11 月 1 日出生在新泽西州纽沃克。祖父是通过《独立宣言》的殖民议会主席，父亲乔纳森是基督教卫理公会牧师，母亲玛丽也出身卫理公会家庭。克莱恩夫妇生了 14 个孩子，存活七男两女，克莱恩是老小。克莱恩八岁那年父亲因心脏病去世，全家迁往阿斯伯里帕克。玛丽在当地颇为知名，任女基督教徒戒酒协会主席，经常外出演讲，在卫理公会刊物发表文章，也以此补贴家用。克莱恩就学于父亲曾

---

① Joseph R. McElrath, Jr. *Frank Norris Revisited* (New York: Twayne Publishers, 1992), p. 123.

② Don Graham, *The Fiction of Frank Norris: The Aesthetic Context* (Columbia & London: University of Missouri Press, 1978), pp. 1 - 3.

③ 托玛斯·查特顿(Thomas Chatterton, 1752—1770)是才华横溢的英国诗人，英国浪漫主义诗歌的先驱，可惜“英年早逝”(华兹华斯语)。

任院长的卫理公会学校潘宁顿学院,在军校学习两年,曾获上尉军衔,自称这段时间是他一生中最幸福的时光。哥哥创办过新闻社,克莱恩在暑期给哥哥帮忙时发表了他的第一篇特写《亨利·M. 斯坦利》(Henry M. Stanley)。克莱恩还在宾州的拉斐尔学院学习采矿工程,但一学期后即退学。1891年他进入锡拉丘兹大学学习一年,对大学课程不感兴趣,但英国文学课得"优",而且立志终生写作。在外人眼里,克莱恩是个不拘小节、放浪形骸的人。上军校时据说他就抽烟喝酒、赌博骂人,上锡拉丘兹时喜欢光顾下等娱乐场所,但同时也养成读书的习惯。

在锡拉丘兹学习期间,克莱恩对纽约曼哈顿的贫民区做了深入的了解,并在圣诞节前两天完成了自己的第一部长篇小说《街头女郎梅季》的初稿。同年他离校去纽约投身报业,但并不喜欢做职业记者,因为常常不得不写一些浮浅的报道。1892年《街头女郎梅季》修改定稿,但并不受出版商的青睐,靠曼哈顿的艺术家朋友和哥哥的资助,加上赌博后尚存的一部分父亲的遗产,自费印了1 100册,于1893年3月以笔名约翰斯顿·史密斯出版,但销路不好,因为当时读者需要的是能带来快感和逃避现实的作品。幸运的是,小说引起了名家的注意。1891年8月克莱恩曾听过加兰的演讲,于是就把这部小说寄给加兰,加兰又把小说转寄给豪威尔斯,两人都对它赞誉有加。豪威尔斯邀请克莱恩喝茶,经济窘迫的克莱恩临时借了套西服拜见了这位现实主义大师,并且为得到豪威尔斯的称赞("克莱门斯先生做不到的,克莱恩先生做到了")而十分高兴。但克莱恩的生活仍然没有太大的改善,饥一顿饱一顿,惟有以怀里揣着的爱默生格言聊以自慰:"如果你做了奇怪越轨的事情,打破了温文尔雅的一统情趣,祝贺你自己吧。"

同年克莱恩开始阅读有关美国内战的历史,3月底4月初动手写作《红色英勇勋章》。1894年他完成了小说《乔治的母亲》(*George's Mother*),第二年年底出版,但评论界的反应较差。此时克莱恩突然对诗歌产生兴趣,将创作的诗歌带给加兰请他评阅。5月《红色英勇勋章》的手稿交给麦克吕尔出版社,但到10月出版社仍然无法决定是否出版,克莱恩遂以90美元卖给刚成立的贝奇勒·约翰逊·贝奇勒报业集团和《费城报》等报纸,据说有数百份报刊同时登载经过缩略的连载版《红色英勇勋章》。1895年10月《红色英勇勋章》全书由埃波顿出版社出版,大获成功。

1895年克莱恩继续为报纸撰稿,虽然时间不长,却使他具备了丰富的经历,去过纽约、得克萨斯、墨西哥、希腊、古巴等地,遇见过年轻有为的女作家威拉·凯瑟。5月他的第一部诗集《黑骑者及其他诗篇》(*The Black Riders and Other Lines*)发表,再次受到加兰和豪威尔斯的称赞,但由于形式前卫,并不受读者的喜欢。1896年6月《街头女郎梅季》正式出版,12月发表《小军团及其他美国内战插曲》(*The Little Regiment and Other Episodes of the American Civil War*)。12 月 31 日克莱恩搭乘汽船“海军准将号”赴古巴为贝奇勒报业报道古巴反抗西班牙的战斗。满载起义者军火的汽船途中遇到风暴,1897 年 1 月 2 日在佛罗里达近海沉没,克莱恩和其他三人(船长、厨师、加油工)乘坐一艘救生艇在海上漂流 30 小时后上岸。《纽约报》发表《斯蒂芬·克莱恩讲述的故事》(Stephen Crane's Own Story),描写他的海上经历;6 月克莱恩在《斯克里布纳》杂志发表《海上扁舟》(The Open Boat),再现了四个人在茫茫大海里的求生过程,后来成为美国短篇小说的经典,1898 年 4 月《海上扁舟及其他冒险故事》(*The Open Boat and Other Tales of Adventure*)出版。

1898 年 3 月克莱恩作为《纽约日报》和《威斯敏斯特报》记者经伦敦和巴黎去希腊报道希土战争,与丈夫分居的科拉作为《纽约论坛报》记者与他同行。6 月两人回到伦敦,这期间克莱恩完成多部短篇小说,包括《蓝色旅馆》(*The Blue Hotel*)。美西战争爆发后,克莱恩曾想入伍,但第一次得知自己患有较严重的肺结核。入伍不成,他便又一次去古巴作军事报道,年底回纽约。1899 年克莱恩和科拉入住英国萨塞克斯东部的一座豪华古宅,邻居有英国著名小说家康拉德、威尔士(H. G. Wells)和旅居英国的美国作家詹姆斯。由于科拉的奢华,克莱恩常常感到经济上捉襟见肘,因此拼命写作挣钱。5 月第二部诗集《战争是仁慈的》(*War Is Kind*)及一些西部故事出版。1900 年 4 月他的肺病复发,5 月和科拉去德国巴登威勒黑森林的一座疗养院疗养,6 月 5 日在那里去世,葬在新泽西。去世之后出版的作品有:《世界著名战役》(*Great Battles of the World*,1901,和凯特·莱昂合作),《最后的话》(*Last Words*)(克莱恩生前未及发表的短篇小说,由科拉 1902 年整理出版),以及《欧拉蒂》(*The O'Ruddy*)(完成前 25 章,由罗伯特·巴尔续写,1903 年出版)。

《街头女郎梅季》(*Maggie: A Girl of the Streets*)是克莱恩的首部重要作品。故事发生在纽约贫民区。梅季家境贫困,父母酗酒,争吵不断,孩子们得不到父母的关爱。她的哥哥吉米也斗殴酗酒,滥交女人。梅季到衬衫厂做工,结识哥哥的好友、酒吧招待皮特,两人一见钟情。皮特带梅季领略纽约的夜生活,使梅季极受感染。不久梅季因和皮特同居而失去工作,皮特也很快厌倦梅季而遗弃了她。梅季回到家里母亲嫌她不孝,哥哥嫌她败坏名声,把她赶出家门。梅季走投无路再次去找皮特,皮特也像逃避瘟疫一样赶她走,逼得梅季沦落为街头妓女,连教会也嫌她肮脏,不但不同情反而责备她。一天夜里梅季独自一人游荡到码头,实在不堪忍受,投河自尽。

《街头女郎梅季》是美国第一部自然主义小说。在撰写之前,克莱恩曾经到纽约贫民窟进行过深入的了解,很多细节描写都取自于贫民窟的生活场景,而且使用了贫民窟的语言,逼真地反映了美国大城市最下层人们的生活场景。

正因为小说处处流露出自然主义痕迹,所以出版商不敢接受。这个时期由资本主义原始积累所导致的种种罪恶已经引起作家和记者的关注,豪威尔斯的《新财富的危机》,记者雅各布·瑞斯(Jacob Riis)的《另一半人是如何生活的》(*How the Other Half Lives*,1890),托马斯·德·威特(Thomas de Witt)的《城市生活的黑暗面》(*The Night Side of City Life*)等从道德角度反映畸形膨胀的工业文明所产生的恶果,克莱恩也发表过类似"揭露黑幕"的文章,但把这类暴露、批判和小说这种形式结合,"科学"地加以客观描述,这还是第一次,突破了当时主流社会对小说的理解,因此受到冷遇,即使10年后德莱塞出版《嘉丽妹妹》时这种情况仍然没有改变,由此可见克莱恩的前卫性。

《街头女郎梅季》曾被豪威尔斯和加兰称为"纯自然主义"作品。对克莱恩来说,他"主要的愿望就是简洁无误地写作","用最简单最准确的方式表达我自己"。法国文学自然主义对克莱恩的影响确实显而易见,如梅季的生理遗传(酗酒)就和她的"堕落"有关,而社会因素(生活环境、工厂、物质诱惑等)也起到决定性作用。克莱恩不仅读过达尔文,而且还用自己的记者实践亲身体验过达尔文的环境决定论。在纽约时他写过不少文章反映极端环境下城市的生活,如1894年发表过特写《对贫穷的实验》(Experiment in Misery)和《对富有的实验》(Experiment in Luxury),分别描写生活在廉价房子和百万豪宅的感受。受自然主义决定论的影响,克莱恩认为个人在自然力量面前无能为力,也不应当对自己的行为负责,因此,他在小说里采取了一种超然的态度,并没有对梅季作出道德评判。克莱恩的自然主义还包括了对浪漫理想主义的批评,尤其是它们(例如教会)对贫民窟的态度。贫民窟的居民为生存而挣扎,梅季渴望摆脱无望的生活环境,以为凭自己的苦干会有出头之日,同时幻想有位白马王子会把她解救出布瓦里大街。皮特实际上只是个街头无赖,但在她的眼里却成了孤身救美人的骑士。单纯天真的梅季和环境格格不入,因此堕落也就不可避免。相比之下,皮特和吉米则被比喻成街头野狗,在那个环境里如鱼得水。克莱恩并没有因梅季的堕落而责备任何人,甚至也没有责备教会,因为既然他们要生存,就只能如此。

《红色英勇勋章》(*The Red Badge of Courage*)是继《街头女郎梅季》之后克莱恩的又一部力作,现在一般把它作为他的代表作。小说的主人公亨利·弗莱明是美国内战时北方军的一名士兵,来自农场,一直梦想军队生活,企盼战斗。但当战斗突然打响时,眼见战友一个个受伤,却不见敌人的踪影,他吓得闭着眼睛乱开枪,最后弃阵逃跑。听说敌人溃败后,弗莱明对自己临阵脱逃的举动感到内疚,想归队,又怕被人讥笑。路遇溃败的士兵时,一名被战争吓得失去理智的士兵用枪托把他的头部击伤。后来弗莱明重新返回部队,谎称头部伤口是作战所致,因此受到赞扬。他一直没有透露真情,但从此英勇作战，其勇敢行为鼓舞了部队的其他战友。

《红色英勇勋章》对战场的描写十分逼真，令读者有身临其境之感，对枪林弹雨中士兵的心理反应，更是揭示得淋漓尽致。而克莱恩在内战结束之后六年才出生，虽然对军事情有独钟，但除了在预备役学校学习过之外，没有任何军事基础。他曾去南非报道过布尔战争，去古巴观察过那里的游击战，去欧洲报道过希土战争，但这些都在写作《红色英勇勋章》之后。克莱恩从来没有经历过前线惊心动魄的感受，因此他怎么写得出这部小说一直是后人评论的一个话题。小说出版后一个参加过内战的上校认为："任何参加过内战的士兵都会知道，战场和这部书里描写的不一样。"但是，《红色英勇勋章》对战争的真实记述得到许多亲临其境的内战退伍老战士的证实，打动他们的，就是克莱恩对普通士兵在战壕里感受到的恐惧和精神错乱的细致入微的描写，这也是这部小说的力量所在。一些老兵给克莱恩写信，坚持要他说出自己部队的番号，有人坚持曾经和他同在一支部队战斗过，克莱恩自己也说，英国的军人也认为只有军人才写得出《红色英勇勋章》。20 世纪 50 年代小说改拍成电影时，饰演弗莱明的是二战功勋老兵奥迪·摩费，他听说克莱恩从来没有上过战场后非常惊讶，说"他怎么知道战场上士兵最孤独?"小说出版不久，《纽约报》的一篇书评写道："克莱恩对战场的描写如此逼真，几乎让人喘不过气来。读者面对的，就是爱国主义已经烟消云散，只剩下十来个士兵在那里古怪盲目地开着枪。这是对战争的一种新的视角……尽管读者称作者为天才要十分谨慎，但我们也得承认，《红色英勇勋章》中的力量和创意恐怕确实要超出'天才'的范围。"克莱恩的确有异乎寻常的想象才能，对战场的细节和弗莱明的心理描写，大都完全依靠克莱恩的直觉和感悟力。但是这一切并不都是克莱恩的凭空想象。他成名后在一次讲话中说："我不相信灵感。有的人相信作家只有靠热情和苦干才能达到自己预期的目的，我就是这样的人。"[①]这里"苦干"指的是研究历史：克莱恩为了撰写《红色英勇勋章》做过大量的前期准备。

尽管评论家们开始不愿意承认《红色英勇勋章》是部历史小说，但小说的几乎所有平装本封面上都印有内战插图。一般认为，《红色英勇勋章》的背景指的是弗吉尼亚北部的钱瑟勒斯维尔之战。那里林木茂密，道路复杂，北方军 13 万人由约瑟夫·胡克少将指挥，给养充足，训练有素，装备精良，士气高昂，但对地形地貌不熟。南方军 6 万人，装备和后勤支持都差，士气低且内部不和，但他们熟悉地形，而且由著名将领罗伯特·李指挥。小说的主要部分基于 1863 年 5 月 2 日和 3 日的战事。当时北方军经过艰苦奋战，已经抵御住南方

① Charles J. LaRocca, *The Red Badge of Courage, An Historically Annotated Edition* (New York: Purple Mountain Press, 1995), pp. vii – viii.

军的进攻,北方军的大批援军也已经到位,但由于胡克错误估计形势,不敢进攻,结果遭到惨败。这次战役是南方军最后的一场大胜利,也是李最辉煌的军事成就,而胡克也因此断送了自己的军事生涯。

克莱恩在小说出版之后谈到过自己的准备工作:"我首先要做的一件事,就是去察看我要描写的战场——在战斗实际发生的月份和日子。一遍遍地阅读和各种各样的了解会很花时间。此外,如果我不把原本的金皇冠戴到至少12位将军的头上,他们会怒气冲冲地说:'这该死的小傻瓜没去过那里。'"1897年克莱恩亲眼目睹了希土之战后,对康拉德说:"我当年对战争的描写写得正确!我现在看到的和我以前想象的一样。"[①]除了实地考察外,克莱恩还阅读了大量的有关资料。他曾经提到"世纪出版公司"出版的《内战的战斗和领袖们》一书,书中记录了高级指挥官们亲身经历的数百场战斗。但要具体到普通士兵的感受,克莱恩还得依赖其他资源。他童年时住在纽约州奥兰治县西部的杰维斯港小镇,内战时北方军124师F团便来自这个小镇,它的老兵们喜欢聚集在战争英烈碑下,克莱恩常常和他们长时间交谈。这些人喜欢骄傲地佩戴标明自己部队传统的红宝石勋章,内战时被称为"红色英勇勋章",克莱恩的小说标题即来源于此。小说中虚构的部队是纽约步兵304师,但细节上和124师十分相似。内战期间奥兰治县的报纸《辉格报》(*The Whig Press*)刊登最新的战况,本县士兵的表现,以及前线士兵的来信。有些来信的内容和《红色英勇勋章》的内容十分相似,可见克莱恩参考过这些材料。

但是,作为小说家克莱恩所做的并不是复述钱瑟勒斯维尔战役或124师的战史。这部被称为第一部现代战争小说的作品根本没有提到战争的名称和战斗发生的地点,故事里的士兵大都没有姓名(仅被称作高个子士兵,大嗓门士兵,衣衫褴褛的士兵等等)。克莱恩并不关心内战的政治含义,或者指挥的得失,描写的只是一个普通士兵,而且描写的事件大部分发生在弗莱明的脑海里。因此,"《红色英勇勋章》是第一部描写战争却又不清楚交代情节的小说"。小说出版后,有人要克莱恩写一些真实的而非虚构的战争故事,克莱恩说:"我在《红色勋章》里没有提到他们(指钱瑟勒斯维尔战役里的指挥官),因为重要的是我所描写的战斗应当成为一种类型,所以不能有真实名称。"[②]

《红色英勇勋章》被称为美国的第一部反战小说。刚出版时有人把它等同于托尔斯泰的《战争与和平》、巴尔扎克的《舒昂党的人们》(*Les Chouans*, 1829)、雨果(Victor Hugo, 1802—1885)的《悲惨世界》(*The Miserable*,

---

① Charles J. LaRocca, *The Red Badge of Courage, An Historically Annotated Edition* (New York: Purple Mountain Press, 1995), pp. vii - viii.

② Charles J. LaRocca, *The Red Badge of Courage, An Historically Annotated Edition* (New York: Purple Mountain Press, 1995), p. ix.

1862)或者左拉的《崩溃》(*The Debacle*, 1892)。[①] 但更确切地说,克莱恩不是仅仅描写战争,而是在质疑战争。世纪之交的战争多由帝国主义的殖民扩张所致,如美墨战争(美国的幌子是使美洲民主化)、美西战争(为美国争取更多的生存空间),还有英国介入的克里米亚战争和布尔战争等。由于反战情绪的日益高涨,作为一种小说样式,反战小说此时得到很大发展。如托尔斯泰在作品里强烈反对俄土战争,对克莱恩产生很大影响。第一次世界大战前后反战情绪更加高涨。马克·吐温的《战争祈祷文》(The War Prayer,1905 年 3 月 10 日写,1923 年才发表)讥讽"该诅咒的人类",揭露战争在冠冕堂皇的外衣之下的丑恶实质。20 世纪 60 年代和平主义达到顶峰,涌现出如《第 22 条军规》等一大批反战作品。每当这种时刻,人们就会想起克莱恩和他的《红色英勇勋章》:"内战后每一场战争结束时,人们总会再一次重新阐释克莱恩。"[②]

美国内战是新兴资产阶级和封建势力的决战,对美国社会的发展起到巨大的推动作用。但是对于普通美国人民来说,这是一场兄弟间的相互残杀,双方仅死亡的人数就达 60 万,很长一段时间整个国家都没有从战争的创伤中恢复过来。林肯的亲戚在南方军服役,克莱恩的一个哥哥参加过北方军,"几乎他少年时代认识的每一个男人都上过战场,杰维斯港的每一个家庭还在承受那场战争造成的死伤的后果"。内战结束之后,内战题材的文学作品很多,如托马斯·纳尔逊·佩奇和查尔斯·金的作品,但大都表现英雄主义、爱情故事,或者间谍故事,或多或少在美化内战。克莱恩则摆脱了对内战的浪漫幻想,采取了彻底的现实主义态度。在他看来,战场展现的只是恐怖,张扬的是人的动物本能,维持的是不公正的社会等级,在战争机器面前人失去了自己的尊严和价值,即使表面上的"英勇"行为也是为了保全性命。在他的笔下,战争并没有使人格升华,所谓战争带来的顿悟也是虚幻:弗莱明的"英勇"行为不时被其对立面所颠覆,即黑暗、胆小、优柔寡断,和传统战争作品里的高大全的英雄形象大相径庭。克莱恩的"英雄"弗莱明越走近战场,越无法控制自己的行为。军事行动盲目狂暴,指挥官们暴戾自私,人变成发疯的野兽相互杀戮,而那些带有"可怖威力"发出"了不起的轰鸣"的大炮"产生出故作严肃的闹剧或滑稽的游戏般的感觉",处处显示弗莱明所投身的那场战斗毫无理性与人性。克莱恩的这种手法影响了此后的一代人。海明威曾指出:《红色英勇勋章》展示了一个对饱受战争创伤的一代失去了意义的世界,甚至那个描写英勇的最崇高的词"勇气"也成了空虚。弗莱明从来没有公开质疑过美国内战,但

---

① Harold Bloom, *Stephen Crane's The Red Badge of Courage* (Philadelphia: Chelsea House Publishers, 1996), p. 27.

② Claudia Durst Johnson, *Understanding The Red Badge of Courage, A Student Casebook to Issues, Sources, and Historical Documents* (Westport: Greenwood Press, 1998), p. xi.

他在小说里已经流露出明显的反战倾向,这部小说也因"美化临阵脱逃"受到内战老兵的责难。1983 年 8 月 22 日杰维斯港县议会投票决定,把奥兰治广场的斯蒂芬·克莱恩纪念公园改名为奥兰治广场老战士公园,因为"斯蒂芬·克莱恩有辱光荣的老战士"。

但是从另一个角度看,克莱恩的确又在赞扬弗莱明的"英勇",但这个英勇不是弗莱明在战场上的英勇善战,而是他勇敢地面对自己:"克莱恩的主题是发现自我,那个无意识的自我。……像所有神话一样,主人公的不断进步表现在分离、顿悟、返回……年轻人亨利·弗莱明从自己熟悉的环境冒险地进入一个陌生的自然(即使不是超自然),遇到战争、死亡这些巨大的力量,通过一系列的仪式和启示他得到了改变,用更深沉的集体力量发现了新的自我,并且用自己的新发现赐福于自己的战友。"①男孩子的成长故事是英美文学传统的一个主题。狄更斯(Charles Dickens,1812—1870)的《远大前程》(*Great Expectations*,1860—1861)、《大卫·科波菲尔》(*David Copperfield*)、麦尔维尔的《雷德伯恩》,以及马克·吐温的《哈克贝里·费恩历险记》里的主人公怀有对现实的浪漫幻想去寻找世界和自我,经过一系列危险和考验之后,最终成熟起来。弗莱明也如此,经过战火的洗礼和内心的震荡,他对战争、自然、英勇、自我都有了新的看法。因此康拉德说,弗莱明是"一切未受过锻炼的人的象征"。但是与其他成长故事不同的是,弗莱明最终变得更加清醒了吗?至少克莱恩没有明确地说明这一点。

克莱恩对人物心理的揭示在《海上扁舟》达到顶峰。克莱恩的惯用手法就是把人物放在严酷的自然环境下,让人的求生欲望达到极限,在希望和绝望的争斗里展示他的生命哲学。从这个角度,苍茫大海上的一叶孤舟给克莱恩提供了最好的场所,使他得以把外部世界的自然力量和人物内心的神秘情感完美地加以结合。

人们常常把克莱恩划作自然主义作家。他的作品自然流露出强烈的自然主义风格,但也带有浓厚的 19 世纪中叶浪漫主义传统,这也是他和同时代其他自然主义作家的不同之处。如《红色英勇勋章》里描写弗莱明第一次见到尸体时的情景:

(他的)那双眼睛盯着这位年轻人,颜色像死鱼眼睛那样浑浊,嘴巴张着,红润的部分成了吓人的黄色。灰色的脸皮上爬着小蚂蚁,一只蚂蚁正驮着食物跌跌撞撞地爬行在上嘴唇上……他盯着那双毫无生气的眼睛,一动也不动。

---

① Claudia Durst Johnson, p. 5.

这里克莱恩从一个士兵的视角来透视战争的严酷，但同时突出个人的感受，带有强烈的印象主义色彩。这种手法注意使用色彩和阴影来创造触目惊心的现实，一般不再依赖于细节描写。这种风格和以豪威尔斯为代表的东部现实主义不同，倒和加兰的“真实主义”(强调精确地表达霎时感受)比较接近。[①] 但和克莱恩最接近的当数康拉德的印象主义美学，因为康拉德相信：“以真诚的心态毫不犹豫地无所畏惧地把攫取的生活片断放在眼前，……来展示它的搏动，它的色彩，它的形式；通过它的运动，它的形式，它的色彩，来展示它包含的真理”。但克莱恩同时突出情节描写这个自然主义手法，主要通过感官和行为来加以表达：“我知道人生来就有一双自己的眼睛，他对自己的所见不负责任——他只是对自己的诚实负责任。尽可能地接近这种个人的诚实是我最大的抱负。”[②]

克莱恩的这个特征也反映在他的诗歌创作中。他出版的两部诗集写法凝重，但挥洒自如，突破传统的音节和韵律，风格质朴简洁，诗行有的极短，意义高度浓缩，通过寓言式和印象式的意象揭示生活里的冲突，以观念和意象的新和怪震动读者，具有浓厚的玄学诗味，和丁尼生、朗费罗代表的诗歌传统截然不同。他用词讲究，形象丰富多彩，给人印象深刻，当代评论家认为他和迪金森同为美国现代诗歌的先驱。如《黑骑者及其他诗篇》的第 14 首就显示出对色彩的使用：

战争殷红色的冲突。
土地变成黑色和荒芜；
女人们哭泣；
儿童们跑着，四处流浪。
有一个人不理解这一切。
他问：“为什么会这样?”
一百万人争着回答他。
嘈嘈杂杂，七嘴八舌，
还是说不清为什么。

《战争是仁慈的》第 69 首则是印象主义和自然主义的结合：

---

① 克莱恩从客观转到主观，和当时的新闻报道风格发生的变化有关：记者以前多匿名客观陈述，现在则以主观讲述为主，个人风格大于事件本身(Lee Clark Michell, ed. *New Essays on The Red Badge of Courage*, Cambridge: Cambridge University Press, 1986, pp. 102 - 104)。

② Perry Miller, et al. eds., *Major Writers of America* (New York: Harcourt, Brace & World, Inc. 1962), p. 394.

别哭了,太太,因为战争是仁慈的。
你的爱人疯狂地举起双手
惊吓的战马独自朝前奔,
别哭了。
战争是仁慈的。
军队的战鼓嘶哑沉闷
小生灵们渴望战斗,
这些人生来就是去操练和战死
莫名的荣耀环绕在他们的头上
战神伟大,它的王国——
尸横遍野的战场。
孩子,不要哭,战争是仁慈的。
因为你的父亲滚在黄色的战壕里,
胸中怀着怒火,喘着气,咽了气,
别哭了。
战争是仁慈的。
迎风招展的耀眼军旗
带红色和金色饰纹的雄鹰,
这些人生来就是去操练和战死
告诉他们屠杀的美德
向他们解释杀人的好处
尸横遍野的战场。
母亲可怜的心像一粒纽扣
悬挂在儿子耀眼的裹尸布上,
别哭了。
战争是仁慈的。

世纪之交的美国作家中,克莱恩对形式的追求最为执着。除了诗歌外,他的小说在形式上也十分接近现代主义小说,如《红色英勇勋章》一反19世纪小说的俗套,并不遵循时间、地点、背景、人物关系、情节展开、高潮、结局这个顺序,主要靠一段段情节片断和一系列冲突、张力所构成,没有高潮和结尾,自始至终充满不定和混乱。这种手法影响了此后的许多人,包括诺里斯、德莱塞、海明威及梅勒。

当然,克莱恩的这种风格在当时并不一定受欢迎。德莱塞便认为《红色英勇勋章》缺乏典型性:“这确实是一幅战争的图景,但却是任何地方的战争,而不是这里的战争；这也是战争心理的有力表现，但与其说表现的是美国人，不如说是其他地方的人。”因此他倒是更加喜欢“正宗”的自然主义或者现实主义作品：“如果说《红色英勇勋章》关注的是一般的战争心理，诺里斯的作品关注的则是旧金山及那座城市的一些日常生活。总之，它属于美国本土，属于加州，属于旧金山。”[①]豪威尔斯喜欢《街头女郎梅季》，并称《红色英勇勋章》是克莱恩“最糟糕的作品”，因为前者的纪实现实主义更接近豪威尔斯本人的现实主义理论。但新批评家布鲁克斯指出，《红色英勇勋章》描绘的不是外部的战争，而是内心的斗争；其真实是心理真实，而非客观反映，所以“三年后的克莱恩已经跨越了一代人，把他（豪威尔斯）抛在了后面”。对布鲁克斯来说，克莱恩最大的优点就是彻底的反讽性。他借用克莱恩的话：“就我个人来讲，我最喜欢我的诗集……胜于《红色英勇勋章》。我想原因是前者的抱负更大。”[②]布鲁克斯对《战争是仁慈的》赞不绝口，认为它最能体现克莱恩的反讽风格。

当代女性主义则批评克莱恩笔下的女性人物多是心胸狭窄、外表美丽、头脑简单的道德家形象。也有评论家注意到，虽然克莱恩和海明威一样，创造的是“没有女性的世界”，但是其居于边缘的女性形象却具有颠覆性。他的男性人物总是孤独，脆弱，怀旧；而女性人物虽然代表的只是抽象的女性“原则”，却在男性意识发生危机时足以颠覆男性身份。如尽管弗莱明眼里的自然冷酷无情，但他仍然把它想象成“非常厌恶悲剧的女性”，弗莱明和其他士兵不停地想回到童年的自我，小说中常出现童谣和儿歌，表明渴望回到母亲的庇护之下。[③]

新批评家布鲁克斯曾经说，如果把马克·吐温比喻为美国文学的“祖父”，克莱恩就是美国文学的“父亲”，因为《街头女郎梅季》“是现代美国写作的开始”，把美国文学的重点从南方的黄金岁月转移到光怪陆离的工业化大城市。这个评价是否恰当可以争论，但克莱恩的贡献还不止于此：《红色英勇勋章》、《海上扁舟》以及数量不多的诗篇都在很多方面开美国文学的先河，从而奠定了作者在美国文学史上的地位。

杰克·伦敦是另一位把美国自然主义表现得淋漓尽致的作家，但他也因风格简陋而一直没有得到较高的评价。和同时代的其他美国作家相比，或许伦敦最受环境和时代的影响。他出生于标志着西部开发结束、全美人口普查开始的1890年之前14年，成长于美国历史分水岭的10年，死于美国参加第

① *Complete Works of Frank Norris*, Vol. viii (New York: Kennikat Press. Inc., 1967), pp. viii - ix.

② Cleanth Brooks, R. W. B. Lewis and Robert Penn Warren, *American Literature, The Makers and the Making* (New York: St. Martin's Press, 1974), p. 1401.

③ Mellors Anthony and Fiona Robertson, eds., *Stephen Crane The Red Badge of Courage and Other Stories* (Oxford & New York: Oxford University Press, 1998), p. xxii.

一次世界大战前不足一年，因此伦敦将美国文化发展的几个最重要的历史转折集中于一身。[1] 他脚跨两个世纪，身属两个阶级，既是描写开发西部边疆的最后一位，也是鼓吹社会正义的第一人。

伦敦(Jack London, 1876—1916)1876 年 1 月 12 日生于加利福尼亚的旧金山，生父可能是约翰·契尼，这位从事占星术的家伙听说同居的弗罗拉怀孕后便遗弃了她。伦敦出生后弗罗拉给他起名约翰·格雷费斯·契尼(John Griffith Chaney)，同年她嫁给约翰·伦敦，小约翰也改名杰克·伦敦。约翰是个破产农民，他们一家虽算不上贫困，但也经常生活拮据，伦敦幼年便以出卖体力为生，卖过报，当过装卸工。10 岁时一家迁往奥克兰，伦敦得以在奥克兰公共图书馆享受到读书的乐趣，他的儿时好友回忆说，伦敦平均每周读两本书，伦敦自己在自传性作品《约翰·巴雷孔》(*John Barleycorn*, 1913)中说"我什么都读，但主要是历史和探险，过去的游记和航海记。我早晨读，下午读，晚上读。在床上读，桌边读，上学放学读，课间其他孩子玩耍时我在读"。但因为家境贫寒，伦敦 14 岁便不得不辍学，进奥克兰罐头厂做童工，一天工作 14 个小时以上，15 岁在旧金山港口偷掠渔民的蚝床，每晚的收入相当于一个月的打工薪水。此后他当过水手，去过日本，回国后做过铲煤工，后来在各地流浪，为抗议失业参加了从西海岸向首都华盛顿的大进军。18 岁时他被当作"无业游民"关进监狱，审判时没有证人，没有陪审团，法官只花 15 秒听指控，然后甩出一句话："关押 30 天!"伦敦想争辩，被告知"闭嘴!"想要找律师，却遭到嘲笑，随后他被戴上手铐，剃去头发，穿上囚衣。这段经历给伦敦留下深刻的印象，《野性的呼唤》里布克被偷卖后的遭遇与此十分相似。

19 岁的伦敦回到故乡在奥克兰高中读书，成为学校辩论协会的积极分子，曾一度爱上梅布尔，她就是后来《马丁·伊登》的女主角罗丝的原型。在梅布尔的鼓励下，次年伦敦考进加利福尼亚大学，但一个学期后因经济原因而退学。1896 年克伦代克地区发现黄金，被称为最后的一块边疆，两年内 25 万美国人蜂拥而去，尽管只有 5 万人进入腹地，7 000 人真正淘到金子。1896 年伦敦动身去阿拉斯加，加入淘金者行列，结果得了坏血症，空手而回，从此他埋头写作。伦敦在 17 岁时曾获得过《旧金山呼唤》报举办的青年写作一等奖，就读高中时也在校刊上发表短篇小说和时文，但直到 1898 年他才决心做一个职业作家，并从此一发而不可收。在不到 20 年的创作生涯中，伦敦共写了 19 部长篇小说，150 多部短篇小说，三部剧本以及几千封信件。不论在作品的数量上，受欢迎程度上，国内外知名度上，还是作品思想的深度和广度上，伦敦都在美

---

① Jacqueline Tavernier-Courbin, *The Call of the Wild, A Naturalistic Romance* (New York: Twayne Publishers, 1994), p. 3.

国文学史上占有重要地位。

1900年至1902年伦敦发表成名作《狼的儿子》(The Son of the Wolf)等三部短篇，称为“北方故事集”，描写淘金者和猎人以顽强的意志和毅力在严酷的环境中与大自然作斗争。第一部长篇小说《雪的女儿》(*A Daughter of the Snows*, 1902)商业上不成功，评论界也不看好，但《野性的呼唤》却使他闻名全国，至今仍然是他“表现最充分的作品”。同年根据自己1902年夏在伦敦东部六个星期的实地观察，伦敦写成《深渊中的人们》(*The People of the Abyss*, 1903)，描写伦敦贫民窟和贫民收容所的景象，标志了他从传奇故事到写实的风格转变，这种风格便是后来所称的“新新闻体”。长篇小说《海狼》则多少透露出失落感和幻灭感，也许与伦敦和贝希婚姻的解体有关。《白牙》(*White Fang*, 1906)描写的是一只克服了野性的狼。1890年代伦敦便参加社会主义运动，1905年参加社会党，宣扬社会主义理想，同年当选“大学社会主义学会”首任主席，还两次以社会主义候选人竞选奥克兰市长，尽管均未成功。1905年至1910年间他创作出一批现实主义作品，如论文集《阶级的斗争》(1905)、《革命》(1908)，揭露资本主义社会的阶级矛盾，描写工人阶级的斗争，预言资本主义必将灭亡。《铁蹄》(*The Iron Heel*, 1907)则揭露法庭、教会、媒体等充当统治阶级的工具，主张工人阶级进行长期斗争推翻独裁政权。自传体小说《马丁·伊登》(*Martin Eden*, 1909)被许多人当作伦敦的代表作，描写主人公马丁·伊登克服重重障碍，获得了声誉、爱情、财富，但上流社会的势利最终使他理想破灭，精神极度空虚，以自杀告终。

短短几年，伦敦的文学声誉急剧上升，加上他阅历丰富，勤奋多产，使他很快成为“美国收入最为丰厚的作家”。但是伦敦却和马克·吐温一样，出身贫寒，抨击财富造成的罪恶，内心却又向往上流社会的奢侈和豪华。1910年伦敦把自己的“美丽庄园”扩展到1 000英亩，建豪宅“狼屋”，两年后毁于大火。丰厚的稿酬无法满足伦敦的开销，使得他不得不一直为金钱而写作，因此写出的作品良莠不齐：“他陷在自己那种虚构的传奇中，故作强大，兴奋过度，矫情造作，风格失控，真的是他自己的选择。”[①]《马丁·伊登》之后的七年里，伦敦继续创作出一批比较优秀的作品，如长篇小说《天大亮》(*Burning Daylight*, 1910)和《月谷》(*The Valley of the Moon*, 1913)，短篇小说集《上帝笑的时候及其他故事》(*When God Laughs and Other Stories*, 1911)、《骄傲之家及其他夏威夷故事》(*The House of Pride and Other Tales of Hawaii*, 1913)、《强者的力量》(*The Strength of the Strong*, 1914)等。由于经济上吃紧，家庭生

① John W. Rathbun & Harry H. Clark. *American Literary Criticism*, 1860 - 1905 Vol. 2, (US: Twayne Publishers, 1979), pp. 149 - 150.

活也不甚如意，伦敦的最后几年精神一直不振。酗酒损害着他的健康，1913 年起他的风湿病多次发作，1916 年 11 月 22 日在加州因"尿毒症"病逝，据说可能死于中风和心脏病。死后他生前未及发表的作品陆续出版，包括根据辛克莱·刘易斯提供的情节撰写的《暗杀有限局》(*The Assassination Bureau, Ltd.*, 1963)(获"埃德加奖")以及《杰克·伦敦书信集》(*Letters from Jack London*, 1965)。

尽管伦敦是一个很有思想的作家，但是最为读者青睐的作品却是他的动物小说，尤其是几部关于狗的故事，其中《野性的呼唤》(*The Call of the Wild*, 1903)被称为"世界上读得最多的美国小说"。布克是加利福尼亚法官米勒在农庄豢养的领头狗，集父母优点(魁梧的体魄与非凡的智慧)于一身，是自然选择的典范。趁法官外出开会，农工将它盗卖，被带到阿拉斯加金矿区作运输工具。在那里布克第一次感觉到自然法则的无处不在：狗像狼一样互相争斗，死亡者立刻被同类吃掉。它很快学会了生存，偷取主人的食物这个情节便是其象征："这次偷窃标志着布克已经适合在北方严酷的环境下生存了，标志着它的适应性，即调节适应外部环境的能力。"随后布克身体里狼祖先的野性和狡猾开始迅速显现：它肌肉渐渐增强，谋略渐渐增多，终于有一天咬死了凶残的头狗斯彼茨，自己坐上了它的位置。一天晚上，布克梦见自己的祖先，听见远处隐隐传来的狼嚎：

> 北极光冷冷地在头顶上照着，繁星有时在严寒的舞蹈中跳动，而大地在冰雪覆盖之下麻木了冻结了；这时候，赫斯基狗的这种歌曲也许就是对生命的挑战吧……它是一支古老的歌曲，跟这个种族一样的古老——是唱着悲哀歌曲的年轻世界里的一些最早的歌曲之一。它里面含着无数代的悲哀，布克被这种歌曲弄得心神不安。当他悲哀和呜咽的时候，那里面包含的生活的痛苦也就是古代他的野性未驯的祖先们的痛苦；对于寒冷和黑暗的恐惧和神秘感，也就是它们怀着的恐惧和神秘感。

主人们毁灭性地使用布克和它的同伴，在它将被打死之际，约翰·桑顿救了布克，后来布克也两次救过桑顿的性命。在桑顿去阿拉斯加远东地区淘金的日子里，布克和狼群结识，后来桑顿死于印第安人的袭击，布克为主人复了仇。失去桑顿后，布克加入了荒野的狼群，和人类的联系彻底断裂了，但它每年都要回到桑顿被射杀的河边，以长长的嚎叫来怀念自己的主人。

动物故事在伦敦的时代比较流行，如英国作家吉卜林的《丛林故事》系列(1894—1895)和加拿大作家欧内斯特·赛顿(Ernest Thompson Seton, 1860—1946)的《我所知道的野生动物》(*Wild Animals I Have Known*,

1898)。为什么动物故事会走红？当时的评论家认为这些故事是有力的“解放者”，它使读者“从商业功利世界”和“自我禁锢”里暂时得以解脱，让读者“获得爽快和新生，内心更加仁慈，理解力更加升华”。但是伦敦的狗系列故事则和它们很不相同。伦敦在此之前曾写过一个关于狗的短篇故事《巴特德》(Batard)，开始时曾想把《野性的呼唤》写成 4 000 字的一个姊妹篇，但两个月下来却一气呵成 27 000 字的中篇小说。麦克米伦公司总裁乔治·布莱特读了小说的稿子后写信给伦敦，说他喜欢这部小说，但担心“它太忠实于自然，品位太高，恐怕不会受喜爱情感化的读者大众的青睐”，但结果却正相反。麦克米伦公司以 2 000 美元买断小说的出版权，《星期六晚邮报》以 3 美分一个字买断连载权，但这笔交易却使伦敦吃了大亏，因为小说出版的当天 10 000 册即告罄，此后半个世纪在美国和世界各地各售出近 1 000 万册。尽管有少数读者不喜欢“野蛮得让人反感的画面”和“地地道道的残酷”，《野性的呼唤》还是一部极其成功的小说。首先，正如《格列佛游记》《哈克历险记》《白鲸》和《金银岛》那样，《野性的呼唤》易读易懂，集动物故事、探险故事、回归自然故事、心理故事、人性故事、寓言故事、爱情故事、神秘故事于一身，适合所有年龄层、具有不同审美情趣的读者。其次，小说远远超出一般的动物小说。作品完成后伦敦曾写信给乔治·布莱特，提醒读者“这是个动物故事，但在主题和处理上都和其他非常成功的动物故事不同”。为了和传统的动物故事相区别，伦敦特别强调《野性的呼唤》不是一个寓言，但后世的评论家却不这么认为：“这本书是个寓言，处理的是狗，但和人有关系。在讲述布克从驯服到野性的转变中，作者对同时代的人作出了评判。他的意思是，他们也受到文明之苦，在 20 世纪初这个观点颇有代表性。”其实，双方的观点并不矛盾：《野性的呼唤》的确蕴含了寓言，只是这个寓言要比传统动物故事包含的寓言深刻得多。此外，这部早期小说已经显示出伦敦非凡的艺术功力。“随着故事的深入，随着布克越来越接近自我和大自然，伦敦的散文越来越具有抒情性，达到了非常优美的境界。到了最后一章，小说已经成了散文诗，赞美生命和美，赞美完整的自我和使人超凡脱俗的激情”。[①]

如果说伦敦在《野性的呼唤》里描写了荒野和自然在内心的复苏过程，布克从文明到荒野的转变属于“逃逸文学”，他并没有忘记世人所面对的文明世界：“我的想法是，塑造一个有文化的、精致的超级文明男人或女人。虚伪的文明生活的种种精妙让他对生活的真实情况视而不见，然后把他或她置身于原始的海的环境，那里只有紧张和搏斗，生活以食物和栖身之处的形式直现在面前，使这位男人或者女人必须面对这种形势，并胜利地闯过来。当然，这个背

① Tavernier-Courbin, pp. 22, 26.

后的主题会藏在背后，隐藏在爱情主题之下。不愿思考的读者会得到爱情和冒险，深沉的读者则会得到所有的一切，再加上隐含更深的东西。”[①]这就是后来出版的《海狼》。《野性的呼唤》成功后，伦敦于1903年春开始写作《海狼》(*The Sea-Wolf*)，次年出版。

作家亨甫莱·凡·卫登乘坐的“玛蒂奈兹号”船在加州海岸失事沉没，被捕海豹船“魔鬼号”的水手救起，一下子处在一个完全陌生的世界。“魔鬼号”船长是被称为“海狼”的莱生，他生性暴戾，对水手冷酷无情，强迫卫登在船上做杂役。但莱生在虐待、贪婪、报复的同时还有另一个面孔：他刚强有力，拳头一握能把一个土豆捏成泥，同时自己的船舱里却有着丰富的藏书，熟读人文经典(达尔文、莎士比亚、弥尔顿)，有自己的一套哲学思想，有时谈吐高雅，有时满口脏话，性情变化无常。他是《失乐园》里的撒旦、拜伦式的英雄、尼采式的超人。后来船上发生内讧，火并中几名船员伤亡，莱生提拔卫登做了大副。在海上卫登救起一条遇难的邮船留下的舢板，幸存者里莫德·布鲁斯特是位女诗人，对卫登有好感。当卫登的兄弟做船长的“马其顿号”靠近“魔鬼号”时，掠夺了他们捕获的海豹。莱生想对莫德非礼，被卫登阻挡，后来两人乘小船逃走，在海上漂泊多日后在一个荒岛登陆。一天早晨，卫登发现“魔鬼号”搁浅在岸边，登船后发现只有莱生一人，其他人都随“马其顿号”弃他而去。莱生阻止卫登修理“魔鬼号”的桅杆，卫登和莫德只好把他关起来。最后“魔鬼号”被一艘美国船救起，卫登和莫德已经深深相爱，而莱生则在昏迷中死去。

海上冒险并不是伦敦的喜好，但他一直对航海情有独钟。14岁那年，伦敦买过一只小舟游弋在加州海岸；1893年他曾经登上“索菲亚·苏塞兰德号”帆船出海八个月，抵达过日本；他的个人藏书里有很多航海日志；在写《海狼》前刚刚用《野性的呼唤》的稿费买了艘帆船，在这艘“浪花号”上写了《海狼》。《海狼》发表两年后，他还建造“斯纳克号”远渡重洋到澳大利亚。但不论是西部边疆冒险还是海上冒险，《野性的呼唤》和《海狼》在很大程度上都是“成长小说”。如果说《野性的呼唤》描写的是布克的成长经历，《海狼》则是现代人的成长体验：从原始的下意识的生存本能，到掌握一系列生存技能，最后到达超验英雄主义。《海狼》的引人之处，或者说这部小说之所以至今仍然是“经典作品里的畅销书”，就在于展示了卫登从一个弱不禁风的上层社会“绅士”成长为具备阳刚之气的男子汉的历程。莱生的形象尤其引人注意。在一定意义上他代表了伦敦本人的一部分思想。伦敦在《海狼》写成后两年告诉朋友，“你还记得……那时候(1903年)我常有阴暗心情，萌发过阴暗哲学，后来我把它放入海狼莱生的嘴巴里”。但在小说里，莱生最大的意义与其说是他自身代表的信念，倒不

---

① Alex Kershaw. *Jack London, A Life* (New York: St. Martin's Press, 1997), p. 303.

如说作为卫登的“引导人”。真正的强者不是“超人”莱生，而是“完人”卫登；后者具有勇气、爱心、能力，不仅战胜了大自然，而且重新树立起“魔鬼号”的桅杆，取得了最终的完善。因此，伦敦所仰慕的“适者”不是自然界的蛮力，而是自然和文明的完美结合。《海狼》的原名是《精神的胜利》（*The Triumph of the Spirit*），把伦敦的价值标准表露得十分清楚。卫登为莱生的活力和思辨能力所吸引，并在莱生的指引下逐步培养了自己的男性气概，但最后却表明单凭这种男性气概在资本主义社会不可能成功。[①] 小说在结尾时的角色倒换说明的也是这一点：卫登成了男子汉，成了船长，而莱生倒成了思考者，被抛进了大海。当然《海狼》也有缺陷：它把奇异的情节、哲学争论、爱情故事、游记等不同的题材结合在一起，很难使它们在整部作品里显得天衣无缝。但如果说《野性的呼唤》是伦敦动物小说的典范，《海狼》则仍然“是他两条腿主人公小说中声誉最高的”。

伦敦受到社会主义思想的影响。社会主义思潮兴起于 19 世纪中叶的欧洲，世纪末传到美国。受到工业化和垄断资本主义发展的影响，美国社会城市人口激增，贫困化加剧，经济危机不断（如 1893 年的大危机）。1896 年伦敦在奥克兰参加社会主义劳动党，力图“反抗镀金时代所有的颓废，渴望重新找回这个民族失去的青春”。伦敦酷爱读书，他去世前自己的私人图书室藏书已达 15 000 册，大部分他都读过，做过详细笔记。这些藏书中有很多欧美文学名著，伦敦尤其喜爱美国和法国的现实主义和自然主义作家，他拥有巴尔扎克全集、莫泊桑和福楼拜的作品集，以及 20 多部左拉的小说。伦敦出身下层社会，对劳动者的疾苦有亲身感受，苦于没有一个满意的哲学，所以对当时流行的社会思潮很感兴趣，如马克思的《资本论》、斯宾塞（Herbert Spencer，1820—1903）的《社会学原理》（*The Principles of Sociology*，1876—1896）和《心理学原理》（*The Principles of Psychology*，1855）、尼采的著作等——他去西部时就带着达尔文的《物种起源》和弥尔顿的《失乐园》，尽管伦敦阅读的大部分可能是通俗版而不是原著，而且在使用时也给人东拼西凑之感。伦敦曾一度十分迷信当时流行的达尔文主义以及斯宾塞的社会达尔文主义，并借助于尼采哲学，推崇具有非凡智慧和体力、蔑视世俗道德的超人。莱生就是野性的象征。他的知识也许没有卫登多，但他求知欲强，知识面广，对人性理解透彻，且我行我素，不顾忌他人。他相信弱灭强生，亲眼看着厨子和两个海员淹死而无动于衷。但是伦敦并不是这些人文思想的简单的传声筒。他对这些思想家采

① Joan D. Hedrick, *Solitary Comrade, Jack London and His Work* (Chapel Hill: The University of North Carolina Press, 1982), p. 132.

取为我所用的原则，而不顾及由此可能会产生的矛盾。他喜爱强悍冷酷的动物，一是因为它们是生物、环境、遗传的产物，二是因为它们最适合表现适者生存的原则。但是伦敦身上的社会主义思想使他并不完全接受赤裸裸的达尔文主义。在狼系列小说(《野性的呼唤》《白牙》等)中，自然法则占主导地位，但在人类社会里，蛮力不应当成为主宰。卫登象征文明(个人尊严、同情心、道德价值)，莫德也是典型的"弱者"形象(象征女性、道德、家庭)，莱生几乎要把他们战胜。但伦敦使他患上脑瘤，成为瘫痪，又盲又聋又哑，卫登和莫德才是最终的"适者"。

出于对达尔文主义的兴趣，伦敦对尼采的超人情有独钟，借以批判社会的腐败和传统道德的虚伪。但他又相信"人不是一个自由体，作为道德选择能力的自由意志是个谬误，早已被科学所戳穿"。他认为自己和尼采及德·卡塞莱斯(De Casseres，伦敦认为他是美国的尼采)"属于相反的思想阵营"："尼采走到我的路上时，他是我的好伙伴；要我为了他转变方向，我不会那么做。我走我的路，把他甩在后面。"他曾经说："我写的书一再被误解。很早以前在我刚刚开始写作时，就批评了尼采和他的超人思想，这就是《海狼》。很多人读过《海狼》，但是没人发现这是本批判超人哲学的书。后来我又写了另一部小说(即使不算短篇作品)，又是批判超人思想，这就是《马丁·伊登》，也没有人发现这个批判。"①尽管伦敦对社会主义的理解十分片面，但是只有社会主义才是他接受最彻底的思想。他的社会主义信念最突出地表现在他的人文关怀和同情心，以及对社会不公的义愤。他在去世前曾说："长长的书架上摆放着我写的书，其中我最喜爱《深渊中的人们》。我的书中只有这本研究贫困人群经济惨状的书最让年轻的我动容落泪。"他在《阶级战争》的"前言"里说："资本主义首先并且永远必须知道，社会主义不是基于人间的平等，而是基于不平等"。② 当代评论家指出，伦敦的社会主义思想使他成为最早的环保主义者之一，因为《海狼》中最惊心动魄的描写不是莱生的狂暴变态，而是第 17 章以极其冷漠的笔触对海豹(包括怀孕的海豹)进行屠杀和肢解：

> 只是全不讲理的屠杀，都是为了那些女人们。人们不吃海豹肉，也不吃海豹油。经过一整天的捕杀，甲板上堆满了海豹的皮和尸体，脂肪和血腥把甲板搞得滑腻腻的，排水口老是流着血水，桅杆，绳索，栏杆上都染上血腥的颜色。人们像屠夫般没头没脑地工作，赤着膊，手和手臂上都是血，用割皮刀割，剥下这已经被杀死的美丽的海兽的皮。

---

① Carolyn Johnston, *Jack London—An American Radical?* (Westport: Greenwood Press, 1984), pp. 80-85.

② Earle Labor, ed. *The Portable Jack London* (Penguin Books, 1994), p. xiv.

海豹皮当时极受欧洲中产阶级妇女的青睐，价格昂贵，而19世纪末对孕期海豹的滥捕滥杀几乎使这个物种灭绝。[①] 正因为如此，对伦敦的看法必须尽可能地周全："如果浮浅地解释伦敦的单部作品，人们可能会得出结论，说他集种族主义、尼采哲学、法西斯主义、人文主义、动物保护（动物憎恨）、社会主义、精英主义、重精神（重物质）于一身。但是如果我们从他作品的整体去观察，就一定会得出结论：他尽可能客观地从所有方面探讨人间事实，不管这个事实是美丽还是丑陋。"[②]

伦敦1912年开始阅读弗洛伊德，1916年即他去世的那年发现荣格，觉得十分亲切，在荣格的《无意识心理学》上记下笔记300多处。伦敦对荣格感兴趣，因为荣格心理学表达了他用整部小说展示的思想，荣格的七个主要原型（面具，影子，阴性灵魂相，阳性灵魂相，老智者，地母，自我）都在伦敦人物身上有所体现，如"布克使力比多得到完满的完成，使'外倾'和'内倾'原则得到和谐，使'阴影'具有自由的区域，倾听它的个人和集体无意识，它的阴影和'面具'最终和谐地相结合，它满足了大部分的主要原型冲动，本身就代表了原型意象"。[③] 但不幸的是，神话原型批评的真正展开尚需要近半个世纪，而20世纪20年代之后的美国批评界受新批评主导，认为波特和伦敦这样的作家过于浮浅而不屑一顾，加上一战后以海明威为代表的一批新的作家迅速崛起，伦敦很快便黯然失色了。60年代美国学术界开始重新研究伦敦，1976年伦敦百年诞辰时出版了一批研究成果，1990年"杰克·伦敦学会"在得克萨斯的圣安东尼大学成立。批评界的努力不仅使人们回忆起"我们这个世纪没有哪个作家能像声誉顶峰时的伦敦那样受到这么多痴迷的公众的吹捧"，而且使人们相信，伦敦的那种突然涌入世纪之交美国文学的"优雅茶座里"的叙事风格"着实让人吃惊"："除了在美国维多利亚时代马克·吐温的矿区幽默也产生过相似的惊讶外，我们文学中还没有什么对温文尔雅的势力产生过如此的震动，它决定性地改变了美国小说的方向。"人们似乎突然发现，"杰克·伦敦其实是加利福尼亚的象征"："他深切地懂得加利福尼亚和西部精神，并且为这种精神代言"。伦敦的文学价值获得了肯定："使得杰克·伦敦有生命力的——即使在他去世已久的今天——就是他赖以生存的激情和活力，这些仍然是他最好的小说的精华。"伦敦的文学影响也突然有了传承："海明威的精悍有力的散文，就像他在法国、意大利、西班牙、古巴的放荡不羁一样，让人想起杰克·伦敦最好的东西。"但批评界的努力实在是一种讽刺：由于伦敦批评资产阶级的浅

---

① John Sutherland, ed. *Jack London*, *The Sea-Wolf* (Oxford & New York: Oxford University Press, 1992), p. xiii.

② Tavernier-Courbin, p. 9.

③ 同上。

薄,鼓吹社会主义,在艺术追求上强调思想性和艺术性的统一,令美国的学术界不喜欢他;而伦敦生前最讨厌的也是学术界,对他们的评价不屑一顾。他喜爱的是自己脚下的青草,是自己"美丽庄园"的那片土地(现辟为杰克·伦敦州立公园)。"他没有活着看到由整个社会的贪婪和无节制的城市膨胀而造成的恶果,这也许是件好事。他要是今天还活着,就可能充满激情地号召大家行动起来保护环境,回到阶级斗争这个基础。确实,他深恶痛绝的资本主义的极端做法仍然在大行其道。而且,这几年反而变得更糟。"

伦敦追随的社会思潮也对他产生一些负面影响,如他通过性别来反映阶级差异,招致当代女性主义的不满,而尼采和达尔文主义也使他接近沙文主义。他说过:"社会主义不是一个为所有人的幸福而设计的理想体制;它被创造出来让某些相似的族裔获得幸福,(使他们)获得更多的力量,好让他们生存下去继承这块土地,而那些更加次要、更加柔弱的种族将自我灭亡。""我不相信人间有博爱……我相信我的民族是世界的中坚。"[①]作为水手,伦敦接触过东方人;作为记者,他报道过俄日战争。由于他的大国沙文主义,在很多作品里他都对亚洲人,尤其是中国人进行过丑化。[②] 在有些作品里,虽然他也对华人的遭遇流露出某些同情,但这种同情总是居高临下的,使人想起《野性的呼唤》中莱生船长对手下的蔑视,短篇小说《中国狗》(The Chinago)便是一例。南太平洋岛屿塔希提是法国殖民地,岛上的英国种植园主从中国高价买进 500 名华工,一次华工斗殴,一个华工被杀,德国监工谢玛把在场的五个华工一起交给当局。尽管五人都是无辜者,但由于谢玛曾经鞭打过他们,法庭便以五人身上的伤痕作为斗殴的证据,判处伤痕最多的阿周死刑。但是大法官由于赴宴吃得过多,眼睛昏花,竟在阿周的名字上少写了最后一个字母"w",结果变成另外一个华工阿巧。阿巧不断地申辩,押解员在赶赴刑场的路上发现了错误,行刑的谢玛和警官在刑场上也发现了错误,但是他们都以"不就是中国狗吗"为理由,将错就错地执行了死刑。谢玛的理由是,由于 500 华工"陪斩",如果另择刑期,他就要浪费 1 500 个工时;警官则巴不得行刑赶紧结束好去找他的情妇。这里,中国人逆来顺受,麻木至极,印证了东方主义笔下的中国人形象。

杰克·伦敦是美国本土之外影响最大的美国作家之一,作品被翻译成近百种文字。列宁很喜欢他的作品,称赞过《铁蹄》。1924 年 1 月 21 日列宁去世前两天,曾要夫人克鲁普斯卡娅为他读书,她读的就是伦敦的《热爱生活》(*Love of Life*,1905)。克鲁普斯卡娅后来回忆道:"这是个非常好的故事。在

---

① Alex Kershaw, *Jack London, A Life* (New York: St. Martin's Press, 1997), pp. 301 - 303.

② 关于伦敦对华人的负面描写,参阅本书第七章第二节"有关华人的散文和戏剧"。

杳无人烟的冰天雪地里，一个快要饿死的人挣扎着向一条大河的码头挪动着。他已经精疲力竭，实在走不动，只能一点点往前滑，他的身旁一条狼也在滑着——也快饿死了。他们搏斗了，人赢了。衣衫褴褛、近乎疯狂的他终于到达了目的地。这故事让伊里奇很高兴。第二天，他让我再读一些杰克·伦敦的作品。可是伦敦的作品良莠不齐，这第二个故事恰好是差的——充满资产阶级道德……伊里奇笑着挥了挥手。这就是我最后一次给他读书。”①伦敦的作品20世纪20年代末在中国就有了译本。据说鲁迅在日本第一次读到《野性的呼唤》，认为非常适合中国人阅读。1929年上海翻译出版《铁蹄》等三部伦敦的小说，第二年重印，30年代商务出版社和中华书局翻译了《野性的呼唤》，40年代《马丁·伊登》《白牙》等也陆续翻译出版。

20世纪上半叶美国资本主义工商业和消费文化蓬勃发展，维多利亚时代的思想观念在美国社会受到空前挑战，由此也带来了美国小说的黄金时代。在这段时间里，群星璀璨，异彩纷呈，显现出空前繁荣的景观。西奥多·德莱塞既是20世纪美国文学中第一位杰出的作家，也是美国现代小说的先驱。在美国文学史上，他率先如实描写新的美国城市生活，可谓厥功至伟，在不同程度上影响了与他同时代的其他作家，其中甚至包括舍伍德·安德森这样的名作家。1930年路易斯在诺贝尔文学奖授奖仪式上致辞，认为德莱塞是荣膺该奖更好的人选。他说：“德莱塞常常得不到人们的赏识，有时还遭人忌恨，但跟任何别的美国作家相比，他总是独辟蹊径，勇往直前，在美国小说领域里，为从维多利亚时期和豪威尔斯式的胆怯与斯文风格转向忠实、大胆和生活的激情扫清了道路。没有他披荆斩棘般开拓的功绩，我怀疑我们中间有哪一位——除非他甘心情愿去坐牢——敢把生活、美和恐怖通通描绘出来。”林吉曼在90年代仍然认为德莱塞是“威廉·丁·豪威尔斯、马克·吐温和亨利·詹姆斯雄踞的温文尔雅时代和20年代反叛时代的过渡性人物。他是信使，必须从审查制度、偏见和势利的布雷区突围出来”②。林吉曼所讲的温文尔雅的时代指的是“由冷漠而造作的‘高雅传统’”。根据这个传统，“一部小说要想真正为人们所喜爱，就得把男人个个写得身材高大、英俊、富有、待人真诚，而且都是打高尔夫球的好手；乡镇邻里之间无不互相友善，日日如此；美国姑娘难免放荡一些，不过最终都会变成贤妻良母”。在这种作品里，“犯罪、卖淫、道德沦丧、疾病、疯狂、离异……不愉快的事情不会出现。作家们捏造出一个又一个美丽

---

① Kershaw, p. 102.

② Richard Lingeman, *Theodore Dreiser: An American Journey* (New York: John Wiley & Sons, Inc., 1993), p. xv.

的事物,给社会上令人不快的方方面面套上假面具"。[①] 德莱塞对后世的小说家也有明显的影响。如黑人作家理查·赖特历来敬佩德莱塞,其名作《土生子》明显受到《美国悲剧》的影响。其他现代美国作家如约翰·多斯·珀索斯、斯坦贝克、诺曼·梅勒,甚至威廉·福克纳和海明威都在不同的时期在写作技巧上或者材料选择上受到德莱塞的影响。[②]

因此,美国评论家认为,德莱塞忠于生活,大胆创新,突破了美国文坛上传统思想禁锢,解放了美国的小说,给美国文学带来了一场革命,并且把他跟福克纳、海明威并列为第一次世界大战后美国的三大小说家。《哥伦比亚美国文学史》主编埃利阿特认为德莱塞给文学开了一代新风,他的写作是为了"另一类读者群,另一类围绕消费文化而不是贵族文化的读者群"。[③] 林吉曼在《德莱塞:美国行程 1908—1945》一书中认为,德莱塞在《嘉莉妹妹》里满怀同情地刻画了嘉莉利用自己性的魅力改变自己的命运。在他看来,正是由于德莱塞真实地描写了芝加哥以及促动美国城市迅速腾飞的原始动力才赢得了当时众多年轻追随者和崇拜者。门肯在总结德莱塞的重要性时指出,"德莱塞之前和之后的美国文学的变化就如达尔文之前和之后生物学上的变化一样大"。梅勒在《美国遗产》上撰文说:"德莱塞比其他任何活着的美国作家都更能理解社会机器。"林吉曼指出:德莱塞雄踞 20 世纪上半叶美国文坛,《珍妮姑娘》《金融家》《巨人》等小说奠定了德莱塞作为描写美国个人主义和资本主义的著名小说家地位,而他的《美国悲剧》则刻画美国人追求成功、地位和个人幸福的民族经历,从而为后来的小说建立了范本。美国哈佛大学教授丹尼尔认为,德莱塞"是美国最后一位毫无窘迫或者俯就地直接为大众,也是直接对大众进行创作的一位大作家"。德莱塞将自己的精神和大众的精神系在了一起,"认真地思考他们的问题,容忍他们的粗俗举止,尊重他们不论是多么乏味和微不足道的抱负",因为"德莱塞想撰写出反映现实的真实的书"。[④] 卡尔·罗力生在评价《德莱塞:美国行程 1908—1945》时说,此传记记载了美国一位伟大的小说家,"他是一股强大的原动力,使美国文化在传达性行为、心理和政治原动力方面更全面更率直"。[⑤]

正因为德莱塞"发现了其他作家至今没有发现的东西",[⑥]他在美国文学史

---

① 董衡巽:《美国现代小说风格》,北京:中国社会科学出版社,1997,第 4—5 页。

② Emory Elliott, *Columbia Literary History of the United States* (New York: Columbia University Press, 1988), pp. 476, 545.

③ Richard Lingeman, "The Titan", *American Heritage*, Feb/Mar 93, Vol. 44, Issue 1, 72.

④ D. Aaron, "Brother Theodore,". *New Republic*, 11/12/90, Vol. 203, Issue 20, 34.

⑤ Carl Rollyson, "Theodore Dreiser: An American Journey 1908—1945," *Magill Book Reviews*, 1/1/1990, p. 45.

⑥ Philip Gerber, *Theodore Dreiser Revisited* (New York: Twayne Publishers, 1992), p. 127.

上的地位已经毋庸置疑。现在美国文学研究会下成立有德莱塞研究会，每年举行一次全国性的年会，而且拥有自己的刊物《德莱塞研究》，每年出版两期。

德莱塞(Theodore Dreiser，1871—1945)生于美国印第安纳州的特雷霍特镇，是家里13个孩子中的倒数第二个，父亲约翰是德国纺织工人，1846年逃兵役到了美国。老德莱塞开过纺织厂，但工厂在1870年被大火焚烧，他自己的腿也在救火时致残，从此一家生活困难，流离失所。由于老德莱塞是个虔诚的罗马天主教徒，狂热地关注灵魂的得救，所以无时无刻不在担心孩子们会失去美德，直至后来成了孩子们无法忍受的暴君。由于父亲的缘故德莱塞成年后不相信宗教。相比之下，他的母亲贤淑温柔、富有同情心。这些家庭背景极大地影响了德莱塞后来的小说创作。

德莱塞没有受过很好的教育，只是1888年在一个儿时的小学老师的赞助下才得以在印第安纳大学学习一年，学习期间他广泛阅读了古典名著和达尔文的进化论等著作。虽然这些阅读和学习使他受益匪浅，他却感到大学生活和实际社会相距太远，满足不了他理解人生的渴望。但是大学生活肯定了他之前的信念：生活的成功来自运气、金钱和漂亮衣服。离开印第安纳大学后，他回到芝加哥，干起"现实生活"里的各种行当：在餐馆洗碟子，在铁路工场铲煤，去五金工厂做工，给家具商店收账单，为房地产公司做推销，给洗衣店送货。之后，他陆续在芝加哥最小的报纸《环球报》、圣路易斯的《环球—民主报》和《共和报》任记者，在纽约《每月》杂志任主编。1899年，他开始创作他的第一部长篇小说《嘉莉妹妹》，并于次年完成。由于这部小说开始时受到冷遇，德莱塞被迫辍笔十年。在此期间，他继续担任各种杂志的编辑或者主编。《珍妮姑娘》于1911年出版。这两部小说的女主人公在家庭背景和心理上颇为相似，并且几乎都沿着一个模式从一个地方漂泊到另一个地方。

接着，他创作了著名的《欲望三部曲》(*The Trilogy of Desire*)。第一部是《金融家》，第二部是《巨人》(*The Titan*，1914)，第三部是《斯多葛》(*The Stoic*，1947)。这三部小说围绕主人公柯帕乌在芝加哥、纽约和伦敦三个地方的金融界里经历的激烈斗争而展开，时间跨度从南北战争结束到20世纪初。1915年，德莱塞的《"天才"》出版。这部小说描写了艺术家威特拉如何被金钱观念所左右，最终失去艺术天才的经历。德莱塞在连续几年中还相继发表了《自然和超自然戏剧集》(*Natural and Supernatural*，1916)；短篇小说集《自由及其他故事》(*Free and Other Stories*，1918)、《十二个人》(*Twelve Men*，1919)；剧本《陶工之手》(*The Hand of the Potter*，1918)；散文集《敲吧，鼓儿!》(1920)和自传《关于我自己的书》(*A Book About Myself*，1922)。

1925年出版的《美国悲剧》(*An American Tragedy*)为德莱塞赢得了国际声誉。这部小说以美国当时的一个真实事件为原型。主人公格里菲斯出生在美国堪萨斯市一个贫穷的牧师家庭,在酒店打工期间深受消费文化的影响,后来在伯父开的衬衣领子厂当工头时爱上了女工洛蓓塔并使她有了身孕。但这时工厂主女儿桑德拉也爱上了风度翩翩的格里菲斯。为了能和这个出生富贵的小姐结婚,出人头地,他将已经有身孕的女友洛蓓塔坠入湖中淹死。评论家们认为这部小说在风格及语言上比较粗糙,但他们承认小说具有的内在活力,称其为"世上写得最糟糕的伟大小说"。德莱塞还在 1927 年出版了短篇小说集《锁链》(*Chains*),次年出版了《德莱塞访苏印象记》。另外,他还写有短篇小说集《妇女群像》(*A Gallery of Women*, 1929),政论集《悲剧的美国》(*Tragic America*, 1931)和《美国是值得拯救的》(1941)。1944 年,德莱塞获得了美国文学艺术学会颁发的荣誉奖。1945 年他加入美国共产党,但不久退出。1945 年 12 月 28 日他心脏病发作在加利福尼亚逝世。《堡垒》(*The Bulwark*, 1946)和《斯多葛》分别在他死后出版。

德莱塞的思想在他一生中经历了许多变化。他早年深受机械论和达尔文适者生存进化论的影响,同时自己苦难的家庭生活向他表明,一种残酷的命运在主宰着人们,使弱者的生活毫无意义和目的;强者总是向前,弱者总是落在后面或者成为强者的奴隶。人只是毫无价值的走卒,随时都会遇到障碍,或者被它们消灭,或者侥幸碰上好运,得以实现自己的目的。他在印第安纳大学读了达尔文、斯宾塞和赫胥黎等人的著作,后者更加印证了他的这种早期的朦胧思想。这种思想使他和当时的社会传统道德格格不入,他所塑造的人物也基本上有颠覆社会传统道德的倾向,不论他们是有意的还是无意的。这些人物总是被一种难以控制的欲望所左右,而这种欲望又是无法得到满足的。对于这种欲望,批评家曾经把它看成是自然主义的特征,但今天的文化研究则把它看成当时消费文化的产物,例如,"嘉莉的注意力不是在道德上,而是被百老汇商店里琳琅满目的商品所吸引",[①]表现的是人物对新兴的消费文化的认同,对传统伦理道德的反叛。对于当时的社会,卡津有一段评论:"它已变得毫无生机、僵化、保守,整日希望固守传统,不思任何变革和创新。这里的空气凝固,不利于学术精神出现。"[②]像德莱塞这样敏感的作家对新思想采取拥护的态度,对落后的压抑人性的传统思想有摈弃的想法是可以理解的。德莱塞的思想在中年和晚年发生了巨大的变化。他开始转向东方神秘主义并参加宗教仪式和活动。这个时期他的改良思想比较明显,就连给他贴上自然主义决定论标签

---

① Emory Elliott, *Columbia Literary History of the United States* (New York: Columbia University Press, 1988), p. 543.

② Annette T. Rubinstein, *American Literature: Root and Flower, Significant Poets, Novelists and Dramatists* 1775—1955 (Beijing: Foreign Language Teaching and Research Press, 1988), p. 311.

的埃默里也不得不承认，“在他的晚年，他所倡导的哲学变成了温和的改革家的哲学了”。他后期的作品如《斯多葛》和《堡垒》就明显地表现了这种改良和神秘主义的思想。

可以认为，统领德莱塞第一部小说《嘉莉妹妹》（*Sister Carrie*，1900）的一个重要原则就是消费主题。德莱塞生活于19世纪末20世纪初的美国。这时资本主义已经向垄断阶段过渡，以生产为主的意识形态开始让位于消费意识形态。消费意识形态“强调花费和物质占有，它削弱了勤俭、节约、自控等传统道德标准”，群众性消费“导致了清教伦理让位于消费享乐主义。这种消费享乐主义崇尚生活中的享乐和满足”。[①] 嘉莉在前往芝加哥的火车上，脑子里充满了对物的梦想，而不是做苦工。推销员德鲁埃则像伊甸园里的蛇一样，扮演了勾引人的角色。他把芝加哥描绘成琳琅满目的大商场。他自己的外表装束就是一则很好的广告：钱包、闪闪发光的棕色皮鞋、时髦的西装，风度翩翩，使嘉莉朦胧地感觉到他就是财富世界的中心。他的绵绵絮语更加激发了嘉莉对物的欲望。嘉莉姐姐一家生活拮据，邀请嘉莉前来打工同住，交一份房租，以减轻一些他们的负担。德莱塞虽然对他们的处境表示同情，但并没有对这种“勤俭”的生活方式表示赞同。恰恰相反，他对于嘉莉离开他们出去租房与德鲁埃同居表现出某种赞同，因为嘉莉在与德鲁埃同居的那段时间里确实快快乐乐地生活过：她不必为工作担忧，住着舒适的房子，穿着时髦的服装。就像嘉莉自己所想象的那样，为了逃避姐姐汉生家和工厂里周而复始的单调生活，她惟有出卖身体以换取德鲁埃那两张软软的绿色的10美元钞票。赫斯特伍德更是这个时代的代表。他衣着考究时髦，生活奢侈，竭力满足自己的物质和生理的需求。他撇开相伴多年已经徐娘半老的妻子，而钟情于年轻貌美、听从自己支配的嘉莉。按传统道德标准，赫斯特伍德当然是一个道德沦丧、鲜廉寡耻的人物，但德莱塞对他的塑造紧紧围绕消费主题，而且不时透露出对消费文化的某种认同，由此可以窥见作者的价值取向。

当然德莱塞对消费文化的态度是矛盾的，表现在后来赫斯特伍德的命运逆转，最后沦为乞丐，绝望而自杀；而嘉莉虽然发迹，却再次陷入迷茫。这是因为，意识形态领域的变化需要一个过程，思想的转变同样需要一个相当长的时间。虽然作为作家的德莱塞有敏锐的预见性，但他毕竟是从“旧”的时代过来的，带有很深的旧时代的印记。他不可能完全放弃以生产意识形态为主的道德标准，去完全拥抱新的以消费为主的道德标准。同时，作家的写作还在不同程度上受当时整个社会氛围以及政治气候的约束和影响。作者要想以文

---

① Michael Spindler, *American Literature and Social Change—William Dean Howells to Arthur Miller* (Hong Kong: Macmillan Press Ltd., 1983), p. 108.

谋生，在写作时就必须考虑到特定阶层的读者和出版效益。从这样的角度理解德莱塞这部作品，就能够理解他的矛盾心态了：从人性和个人主义的角度讲，德莱塞同情和理解嘉莉等人的追求和理想，向往新的消费意识形态；但同时他也害怕这些越轨行为会破坏传统社会的稳定，所以又在不同程度上加以抑制。其实，《嘉莉妹妹》在美国受冷落并遭到批判足以说明德莱塞的顾虑了。[①]

对传统道德的蔑视和反叛在《珍妮姑娘》(*Jennie Gerhardt*, 1911)、《"天才"》和《美国悲剧》中也有很明显的表现。珍妮和嘉莉两个人物在性格上有许多不同。珍妮身上显现出了许多顺从社会和家庭以及传统美德的特征。她和嘉莉都有两个情人，但嘉莉是在对方许诺要给她提供更优越的生活的条件下才委身于他们的；而珍妮委身于议员是因为他将她的弟弟从监狱里救了出来，委身于凯恩是因为对方可以使她父母和孩子得以生存。很明显，珍妮是个具有责任感的女子，是文学中常见的那种传统角色。但两个男主人公布兰德议员和凯恩却不顾传统找了情妇，成了传统的反叛者。不过，凯恩这么做并非毫无顾忌。首先，他害怕社会舆论的谴责，听说珍妮有个女儿也感到犹豫，担心珍妮脚踏两只船。他认为如果和珍妮结婚，他将无法向社会解释她女儿威丝塔。所以，尽管他很爱珍妮，却无法下决心和她结合。他最终屈从于社会和父亲的压力放弃了珍妮，并因此得到了遗产，然而，在小说的结尾，付出的努力并没有使他发达起来。他在心灵深处是与这个社会格格不入的。凯恩显然也难以轻易摆脱宗教社会诸多因素的影响。德莱塞还将珍妮的父亲老杰哈德塑造成一个传统社会的牺牲品。作者暗示，如果老杰哈德与自然保持和谐，不受社会道德标准摆布的话，他也许还不至于那么命运多舛。总的来说，德莱塞在这部小说里还是在表现人物对旧的社会传统的反叛。不同于《嘉莉妹妹》的是，德莱塞开始将视线转向具有愈合力量的大自然，以此来和社会传统相抗衡。有趣的是，这部小说开始的名字就叫《越界者》。

《"天才"》(*The "Genius"*)实际上是德莱塞的自传性小说，1915年由莱恩出版公司出版。在这部小说中，德莱塞集中展现了人的抱负、失望和徘徊，贯穿这一切的是主人公对社会婚姻道德的怀疑和反叛，但作者并没有因此而谴责主人公。尤金·威特拉在婚前信誓旦旦，但婚后却频频触犯常规，在他身上始终反映出物质追求和精神享受的斗争。从很早起威特拉的内心就存有对物质的渴望，同时也伴随有对美的陶醉："他爱女人，爱她们身上的曲线美。他时而爱身材美，时而爱心灵美……他的理想对他来说仍然是模糊不清的。"自然

① 但相似的主题且几乎同时出版的小说，波特的《麦琪的礼物》却大受美国读者的欢迎，为什么会如此，值得探讨。见本章第二节"波特"部分。

和物质的冲突始终并存。“他身上同时存在着对物质的渴望，渴望得到漂亮衣服、汽车和美女，这种双重性正是美国培养出来的”。[①] 为了同时满足这两种要求，他分别将自己的心给予了两个姑娘：生性散漫、桀骜不驯的鲁比和思想保守、美国传统社会培养出来的标准女孩安吉拉。威特拉最终和安吉拉结了婚，想通过婚姻来协调自己向往的两种目的——安吉拉是他追寻正统的护照，是引导他走向美的通道。然而威特拉发现，尽管自己尽量满足安吉拉的生活要求，但这并没有减轻他心理上的压力，反而给他带来更大的折磨。于是他回到父母处调养身体，在此期间和一个 18 岁的女孩有了感情纠葛。我们发现，主人公在这部小说中对社会习俗和传统伦理的不满以及反叛，仍然和人物对美的本能追求相互关联。就像后来写的三部曲中的主人公柯帕乌一样，威特拉迷恋漂亮女人，追求时会不顾一切传统习俗的约束。但他也清楚地知道，社会容不得他的这种恣意妄为。这里作者仍然在描写消费文化对人潜移默化的影响，尽管消费对象更进了一步，从一般物质如房子、汽车、古董变成女性的美貌。

到了《美国悲剧》这部小说里，主人公受消费观念影响的痕迹更加暴露无遗。克莱德的父母是走街串巷的传教士，他们对克莱德所灌输的都是传统的基督教伦理和做人的道德。然而，克莱德内心深处永远摆脱不掉对物质享受的原始冲动和渴望。工作以后他的这种冲动更加强烈。他发现自己需要的东西很多，当他在工作的豪华旅馆里看到了奢侈和辉煌之后，便更加醉心于享受和挥霍。他开始向母亲隐瞒自己的收入，然后和同事一起出去追求感官刺激。他还恋上了一个叫豪坦丝的女孩，她对裘皮大衣的渴望使克莱德茅塞顿开，意识到漂亮的衣服可以使人走向幸运之路。当他母亲请求他救济被诱奸的姐姐时，他拒绝了，因为他需要钱来引诱豪坦丝。麦卡莱尔曾经说过，“如果正统的人士说《美国悲剧》具有颠覆性，那么他们算说对了”。[②] 德莱塞动摇了美国梦赖以存在的支柱，动摇了美国清教传统强调的道德基础，因为他以主人公的经历说明，在美国并不是所有的人通过努力奋斗、克己节俭都可以成功的。同时，小说同样表明了消费意识形态对人的影响。豪华奢侈的旅馆、上层阶级（如克莱德迷恋的桑德拉家庭）常去的乡间别墅、狩猎场、时髦的小汽车、舞会等等，在小说中到处可见。作者借克莱德之口说，“吉尔伯特·格里菲斯乘坐着自己宽大的汽车在兜风，贝拉、贝婷和桑德拉在舞池翩翩起舞，在月光下泛舟，打网球”。克莱德每当想起桑德拉穿着“骑马或者打网球或者跳舞或者驾车时的衣服时”，就情不自禁，不能自已。克莱德能吸引桑德拉，除了他是当地

① John J. McAleer, *Theodore Dreiser—An Introduction and Interpretation* (New York: Holt, Rinehart and Winston, Inc., 1968), p. 121.

② McAleer, p. 128.

望族富贾的侄子外,更主要的是他身上有一种她那个世界所少有的动物般的冲动。也就是说,桑德拉崇尚的是本能,享乐本能和消费本能。

德莱塞在1912年出版了《欲望三部曲》的第一部《金融家》。在这部小说里,他塑造了柯帕乌这个"巨人"形象。他蔑视法律和各种约束,因为他相信人吃人的哲学。他的人生座右铭是:满足自己。在他看来,道德标准并非像人们想象的那样稳定和明确,世界上不存在一成不变的"正确"或者"错误"。既然作用于我们的是化学和物理反应,"教条和畏惧就是子虚乌有"。德莱塞在《金融家》中所展现的就是柯帕乌对社会、家庭等的"越界"(transgression)。在表现手法上他也一反传统的风格,纳入了"粗俗"和"赤裸裸"的题材,对语言也不像传统作家那样精雕细凿。

柯帕乌对社会、家庭道德的"越界"表现了德莱塞对社会制度的不满和批判。但我们尚不能就依此认定他是个社会批评家,试图颠覆当时的资本主义意识形态。或许德莱塞无意识地产生了一些这方面的效果,但总的来说他这样做不是为了颠覆,而是为了调整资本主义意识形态的内部关系,为适应经济发展的资本主义新的意识形态摇旗呐喊,在巩固当时的政治社会制度。因此,《金融家》一方面表现了柯帕乌英雄般的巨人形象,引起读者的同情和羡慕,另一方面,又批判了柯帕乌式的人物的违法和不道德行为。例如,柯帕乌和市财政局长因为挪用公款而遭到囚禁,柯帕乌的情人艾琳不得不偷偷摸摸和柯帕乌幽会并时常感到愧疚。所以,德莱塞不是社会批评家或者留恋现存制度的保守派,而是对新的消费意识形态表现出复杂的态度。一方面,他对于代表新的消费意识形态的诸多越轨行为表示赞同;另一方面,他又害怕这些行为会破坏社会的稳定,对它们有所保留。纳吉尔曾经对德莱塞这种矛盾心态作了恰当的评价:"他把自己看成是个'他者',结果使他对美国中产阶级主流生活采取鄙视的态度,但他一生却崇拜'成功';他接受科学的机械论和自然法,以代替传统的个人洞察力和道德责任感,但同时对很多传统观念他又持肯定态度。"①

三部曲的第二部《巨人》对消费文化给予了更多的关注。《金融家》(*The Financier*, 1912)预示柯帕乌获得的是"公寓、四轮马车、珠宝和美物;整座城市都要被一个人的权力所激怒:一个伟大的国家也要因为一种不能控制的力量而义愤填膺;充满了无价珍宝的大厅;无与伦比的豪华宫殿;整个世界都惊叹地阅读着一个熟悉的名字"。当然,在整部小说里我们很少发现柯帕乌有抽烟饮酒的嗜好,但他却始终沉溺于对女人、豪宅和艺术品的追求之中。有些批

① James Nagel, ed. *American Fiction—Historical and Critical Essays* (Boston: Twayne Publishers, 1977), p. 54.

评家认为柯帕乌的性冲动可以给他的经济力量充电。这样的评论虽然有一定的道理，但却忽视了这样的事实：德莱塞以艺术的方法表现主人公对女人、宅邸和艺术品的追求旨在表现他对新兴的消费意识形态的赞同。在这种意义上，与其说《金融家》和《巨人》是对资本主义制度的颠覆，倒不如说是对其进行宣传，因为对舒适和享乐的追求会刺激经济进一步的发展。

三部曲的最后一部《斯多葛》和在此期间完成的《堡垒》表现了作者思想的转变：即使一个人非常强大，能够取得物质上的成功，他可能仍然得不到内心的安宁。因为现代社会让人们追求的目的足以将人变成破坏性力量，最终无法使人们实现完整的人生。柯帕乌对享乐和权力的追求，用弗罗姆的话说，并没有"体验到一个人的丰富性和无限性，因为他成为身上某种冲动的奴隶"。鲍德里亚也指出消费意识形态的欺骗性在于其"倡导的满足、富裕、享乐和'冲破节俭的旧樊篱'"。[①] 因此，德莱塞在《斯多葛》和《堡垒》中展示的是：人们应该追求一个超验的世界和永恒的生活，颂扬这个世界的造物主，把一切的美都归功于他。"索龙拒绝物质主义和宗教形式，而坚持在具有创造力的神的引导下享有自然的统一和谐"。[②] 值得指出的是，德莱塞对造物主概念的理解是与现实世界紧密联系在一起的。对上帝的爱最终与对人的爱，尤其是对穷人的爱联系在一起。德莱塞曾经说过，他住在舒适的市区时就会对穷人产生同情，他也忍受不了弱肉强食。他最喜欢《圣经》里的这句话：探望痛苦中的孤儿寡母，自己不为世事所污染。德莱塞将这一思想投射到柯帕乌的情人白莉尼斯身上。白莉尼斯领会了婆罗门的思想，深怀对穷人的爱，建立了柯帕乌在世时渴望建立的慈善医院。通过白莉尼斯，柯帕乌的生命得到了延续，被赋予了新的意义。

《斯多葛》和《堡垒》表明，德莱塞与当时占主导地位的意识形态有着一种有意无意的共谋关系。他在这两部小说里虚构的超验世界与当时占主导地位的意识形态重建秩序和规范是一致的，引导人们在不知不觉中认同现存的政治文化制度。《斯多葛》和《堡垒》作于德莱塞晚年，那时他对社会的态度已经发生了深刻变化。早年的激进思想已经荡然无存，满足于现存的意识形态。这有其深刻的历史背景。创作这两部小说时距创作《巨人》已达 30 年之久。德莱塞经历了两次世界大战和经济危机，加上他个人命运的变迁，使他意识到美国将要面临的危险。"（德莱塞）揭露某些状况是为了敦促美国采取措施以避免革命的发生"，虚构超验世界是让"人们不要把宇宙看成无神的、自我运转

---

① Jean Baudrillard, *Selected Writings*, ed. Mark Poster (Stanford: Stanford University Press, 1988), pp. 48 - 49.

② John J. McAleer, *Theodore Dreiser—An Introduction and Interpretation* (New York: Holt, Rinehart and Winston, Inc., 1968), p. 161.

的机械体，而把它看成由神创造的精神世界”。[①] 这也表明，德莱塞的目的主要还是抑制那些危害资本主义国家和意识形态安全的“越界”力量。

自1900年《嘉莉妹妹》出版以来，对德莱塞的评论就一直没有停止过。早期对他的评价可归纳为两大派。在肯定德莱塞的批评家中最突出而且最早的是门肯。他指出，德莱塞并不是诺里斯和左拉的追随者，他吸取了霍桑、欧文、赫伯特、斯潘塞等对他有用的思想，将“深刻的惊奇感引入文学”。另一派以斯图尔特·谢曼为代表。在《西奥多·德莱塞先生的自然主义》一文中，他指责德莱塞没有真实地描写美国社会，而是将人视为动物，“有意忽略小说家的崇高职责——理解和表现人物的发展”。在批评德莱塞的同时，谢曼连整个自然主义文学都一起否定了。在他看来，“现实主义小说表现人的行为，而自然主义小说则表现动物行为”。新人文主义者白璧德更是批评德莱塞赤裸裸地描写邪恶却不提供压制邪恶的力量，指责自然主义文学的“宿命思想要为当时弥漫的徒劳无益和挫败感负责任，这种氛围压得文学界抬不起头”。对此德莱塞反唇相讥地称白璧德为“吐司加香茶”类型之人，并不真的理解生活，却要我们“精雕细琢那些晶亮剔透的形容词，来表达端庄得体不那么粗俗的思想。天呐，真他妈见鬼！”[②]

20世纪上半叶对德莱塞的批评可谓汗牛充栋，连篇累牍，有十几本博士论文、几百篇文章和许多专著研究德莱塞生平和小说的方方面面。从方法上看，这些早期批评大多属于传统的历史传记性批评，主要依靠社会背景和作家生平来研究他的作品。应该承认，这些批评对于我们理解和认识德莱塞起到了重要作用，但是，它们存在着局限性：过分强调文学作品产生的历史背景，或多或少忽视了作品的独立性以及它与占主导地位的意识形态之间的复杂关系。60年代和70年代对德莱塞作品进行了所谓的“文本分析”，这种文本分析是对传统德莱塞研究的反拨，但所采用的细读法虽然弥补了传统批评的不足，却又走向了另一个极端：将文本视为脱离历史和社会的“精制的瓮”。从80年代开始，德莱塞批评中出现了一些新的视角，如心理分析、女性主义批评和后结构主义批评。[③] 运用这些新方法、新视角的批评家们从更深的层次上和更多内涵上解释德莱塞。例如，艾琳·盖牟的《自然主义的性力量》（1994）一书研究德莱塞小说通过角色扮演而创造的主体性。盖牟以福柯理论为依据，指出

---

① F. O. Matthiessen, *Theodore Dreiser* (New York: Dell Publishing Co., 1951), p. 221.

② Stephen C. Brennan & Stephen R. Yarbrough. *Irving Babbitt* (Boston: Twayne Publishers, 1987), pp. 88 - 89.

③ Cf. Irene Gammel, *Sexualizing Power in Naturalism: Theodore Drieiser and Frederick Philip Gove* (Calgary: University of Calgary Press, 1994).

在西方社会里，权力和性能力是互相缠绕、互相限制和互相支持的。这样的研究超出了一般意义上对小说中表现的性和权力的论述，而是把它们看作资本主义意识形态的组成部分。另一位当代批评家路易斯·赭那在《机械主义和神秘主义：科学对西奥多·德莱塞思想和作品的影响》(1993)一书中则探索了德莱塞自然主义和神秘倾向之间的张力。他将德莱塞的思想追溯到超验主义、贵格会思想和印度哲学。

除了德莱塞研究的新方法之外，大批挖掘德莱塞作品原稿和生平的研究在80年代和90年代也纷纷面世。克雷格·布兰登的《阿迪朗达克斯的谋杀案》(1986)研究的就是《美国悲剧》的真实蓝本——发生在阿迪朗达克斯的谋杀案。作为一名记者，布兰登对这个当时广为报道的案子很着迷。他花了五年时间翻阅几千页法庭记录和新闻报道，亲自采访了当时庭审的目击者以及目击者的亲属。因此，布兰登得以对案件主要当事人进行真实详细的刻画，包括布朗给吉勒特的情书，记载他们每天到湖边去的日记，以及详尽的逮捕和审判记录。布兰登这本著作的价值还在于，它肯定了德莱塞在小说里只是采用了该谋杀案的整体框架，而不是盲目地套用事实。T. D. 诺威契在1988年出版的《西奥多·德莱塞：新闻》和《西奥多·德莱塞的"走廊里听到的故事"》两书中为我们提供了德莱塞早期发表在报纸和杂志上的故事和报道。这些材料可以反映德莱塞的性格、生活和思想。这方面最有影响的还是托马斯·里格尔的《美国日记》(1982)和《德莱塞和门肯通信》(1987)。前者透露了德莱塞在《嘉莉妹妹》出版受挫后掉入深渊时的感受以及他由此得的抑郁症。理查德·林吉曼出版了《西奥多·德莱塞：1871—1907年彷徨于城市大门口》(1986)和《西奥多·德莱塞：美国的旅行，1908—1945》(1993)两本传记。林吉曼在第一本书里强调了德莱塞父亲约翰·保罗的身份问题，他从一个非英语国家漂洋来到美国的经历对德莱塞形成对美国社会的态度非常重要。这些传记构成了德莱塞研究的新高潮。

德莱塞对我国知识界和广大读者来说，早已不是陌生的名字。早在20世纪30年代初，新文学运动先驱瞿秋白就撰文介绍德莱塞，他在题名为《美国的真正悲剧》一文里，说德莱塞是个"天才，像太白金星似地放射着无穷的光彩"，并指出"德莱塞是描写美国生活的极伟大的作家"。几乎所有德莱塞的重要作品，特别是他的八部长篇小说和一些优秀短篇小说，都相继译成中文，受到广大读者的欢迎。德莱塞的作品，尤其是他的成名作《嘉莉妹妹》和代表作《美国悲剧》，早已列入我国大学文科必读书目。"欲望三部曲"《金融家》《巨人》和《斯多葛》也从70年代开始被译介到中国。国内学者对德莱塞的研究也已进行多年，主要把他归结为自然主义作家或者现实主义作家，他的作品的思想性主要体现在对资本主义制度的批判。

德莱塞的确有浓厚的自然主义倾向,《嘉莉妹妹》在美国小说史上堪称第一部"小说人物的行为完完全全由'自然'因素所决定"的小说。近来也有学者指出德莱塞思想的复杂性,研究其前后期作品之间的差异,比较德莱塞和囊括在现实主义和自然主义标签下的其他作家间的相同或者不同之处(即德莱塞的创作个性问题)。他们注意到,在长达50年的创作生涯里,德莱塞经历了不同的历史时期和不尽相同的资本主义意识形态,每一个时期他都会有新的体验和反思。这些社会、政治和文化的不同影响,使德莱塞的创作思想处于一种动态,也导致德莱塞文学创作中主题思想和创作方法的不断演变。例如,他在青年时期深受达尔文进化论和自然主义的一些影响,但是他在中年尤其是在晚年,则更加倾向于基督教主要教义以及印度教的某些思想。德莱塞本人也曾经明确否认自己是自然主义者,说他"压根儿没读过左拉的书"。德莱塞确实在作品中毫无遮拦地反映了大量让人触目惊心的社会现实,很有批判性,使主流社会感到不快:"有身份的出版商们由于害怕得罪读者,都实行家长式的自我限制。女主人公必须在道德上树立端庄得体的典范。而'性的问题'是禁区"。《嘉莉妹妹》1900年出版遭禁后,德莱塞一度停笔多年,直到1911年才出版了《珍妮姑娘》,出版之前德莱塞还担心它也会"不合时宜",出版后果然在某些地方遭到禁止。但是这并不说明德莱塞是资本主义社会的反叛者。实际上他在作品里对资本主义消费文化的描写在社会上产生了很大的影响,对人们思想的形成起到了潜移默化的作用。因此,德莱塞既是美国资本主义黑幕的揭发者和批判者,同时也与资本主义主流社会形成互为依赖的关系。他说,"我是个个人主义者,并将终身如此不变"。①

德莱塞的小说确实存在一些缺陷,如他主要小说的叙事几乎千篇一律,缺乏想象力,情节发展大多由细节堆砌而成,枯燥且缺乏幽默感。但是他的小说也有独特之处:他真实客观地反映现实,不做情节或者风格上的着意安排,使得小说叙事甚至比客观现实还要真实。"没有哪一位美国小说家如此仔细地编织故事,没有哪一位美国小说家如此令人信服地记录美国社会现实,也没有哪一位美国小说家对自己的论述对象如此充满同情心"。这也表明德莱塞和前辈甚至同时代美国短篇小说家(如坡、布莱特·哈特、波特)的不同:他从不靠故事情节取胜,也不刻意追求表现手法,因此他的小说具有更强的现实感。

① Richard Lingeman, "Dreiser Does Russia," *Nation*, 2/10/97, Vol. 264, Issue 5, p. 32.

第二章

诗歌发展的里程碑

如果说17、18世纪美洲大陆尚没有可以和英国相媲美的诗人，他们的诗歌充其量只能折射英国的诗歌风格，这种状况在19世纪开始发生变化。19世纪开始后的很长一段时间里美国文学仍然受到英国和欧洲文化的左右，诗歌也不例外。但是美国诗人和小说家一样，一直思考着如何在形式和内容上表现他们所面对的新世界。布赖恩特在世纪初提倡真正“美国”式的诗歌理论和实践，十几年后，爱默生在《美国学者》中进一步发挥了这种主张，在《论诗人》中指出了新世界诗人的特点和做法。他认为美国诗人必须摈弃旧世界的辞藻艺术，以超验的态度去表现能够代表美国的灵性和精神。爱默生以他特有的批判精神要求美国诗人做超验的“业余神学家”，抵制对英国传统亦步亦趋的“职业艺术家”——这种业余精神后来成为20世纪知识分子批判精神的先驱。[①]

爱默生的主张显然影响了惠特曼。惠特曼抛弃了传统的诗歌韵律，并不仅仅因为韵律诗带有浓厚的英国诗歌传统。他的革命性在于他用诗歌形式树立起一个美国和美国人的形象。他集中展示了一种新的诗歌风格，强调表现普通人的感情，用爱默生倡导的第一人称单数和“直陈式语调”来表现自己所生活的新世界。但是19世纪的美国诗坛和学校课堂追随的依然是绅士文学传统，教授的是“教室诗人”如布赖恩特、爱默生、惠蒂尔、霍姆斯、朗费罗和洛厄尔。人们觉得惠特曼太俗气，不入流，没有分量。另一位足以代表美国精神的诗人是迪金森。“她是美国诗人中成功地联系起19世纪抒情诗歌——坡、麦尔维尔、爱默生的传统——和由惠特曼所倡导的现代自由体诗歌的第一人”。[②] 迪金森同样受到爱默生超验主义的影响，同时追求坡式的瞬间美感，对语言符号的创造性使用和20世纪的现代主义诗风十分接近。但和惠特曼一样，迪金森在19世纪的美国诗坛也没能找到自己的位置。

---

① 当代美国后殖民批评家赛义德(Edward Said，1935—2003)对知识分子的一个要求就是坚持“业余性”(amateurism)，以对抗他所称的“专业倾向”(professionalism)。赛义德在这里谈论的是他所谓的公共知识分子所必须具备的独立性和批判性，即对功名无所求，对权势不巴结，对任何事情首先考虑说“不”，在精神上不停漂泊，永远不“完全达到”某个预设的终点(Edward Said, *Representations of the Intellectuals, the 1993 Reith Lectures*. New York: Pantheon Books, 1994. pp. 48 - 53)，在许多方面映衬出爱默生的超验理想。

② Tamara Johnson, ed. *Readings on Emily Dickinson* (San Diego: Greenhaven Press, 1997), p. 12.

和地方色彩小说一样,19 世纪下半叶出现了数量颇多的地方色彩诗歌,比较有代表性的就是西部诗歌。由西部开发所产生的西部精神曾被认为是蓬勃向上的美国民主精神的体现。哈特的诗歌曾经风靡一时,确也给美国诗坛带来一股清风。

朗费罗(Henry Wadsworth Longfellow, 1807—1882)的主要诗作创作于19 世纪上半叶①,进入 19 世纪下半叶之后他仍然继续作诗,而且仍然占据着美国诗坛的主导。《基督:一个神秘的故事》(*Christus: A Mystery*, 1872)深得朗费罗本人的喜爱,把它认作自己的代表作。此诗 1841 年开始构思,分三部分反映基督教初期、中期、近代的面貌和特征,同时把这三部分和基督教的信、望、爱三大品德形成对照。第一部分《神的悲剧》(The Divine Tragedy, 1872)讲述耶稣基督的生平,第二部分《金色的传说》(The Golden Legend, 1851)有关宗教传奇故事,第三部分《新英格兰悲剧》(The New England Tragedies, 1868)描写清教徒对贵格会教徒及对所谓"女巫"的迫害。但由于写作时间跨度大,三部分的完整性不够,而且尽管朗费罗对宗教主题十分认真严肃,却始终唤不起 19 世纪下半叶美国读者的阅读热情。

朗费罗晚年的重要诗歌还有《迁徙的鸟儿》(*Birds of Passage*),按鸟的五段飞行分为五部分,发表在 1858 年至 1878 年出版的五部诗集中。如第一部分发表在《迈尔斯·斯坦狄什的求婚》,由 24 首短诗组成,其中著名的有《逝去的童年》(My Lost Youth),被称为"毫无疑问是美国最成功的怀旧诗之一"。诗中朗费罗对老家波特兰的童年记忆栩栩如生:

黑色的码头和码头间的水域,
海浪自由自在地拍打;
嘴唇长满胡须的西班牙水手,
船儿的美丽和神秘,
还有大海的魅力。

每一诗节的末尾使用了地方民谣:"孩童的希冀就是风的希冀,/童年的思绪是长长的思绪",读来极富想象力。后来罗伯特·弗罗斯特据此给自己的第一部小说取名《一个孩童的希冀》(*A Boy's Will*)。朗费罗晚年写过不少十四行诗,仅 1872 年至 1876 年间就写了 31 首,虽然比不上莎士比亚、弥尔顿、华兹华斯(William Wordsworth, 1770—1850)最好的十四行诗,总体上

① 关于朗费罗的诗歌创作,参阅第一卷第六章第四节。

也具有很高的艺术价值,“展示了保证十四行诗创作成功所必需的感情的高尚和宁静”。

朗费罗对诗歌创作有自己的主张,尽管他没有做过系统的理论阐述。许多人把他当作欧洲诗风的继承者,殊不知朗费罗最反对亦步亦趋地盲目跟随,也因为如此他在美国诗坛上占有一席之地。他责备欧洲浪漫大师布朗宁和柯尔律治使用的语言还不够简洁,而对民谣情有独钟。当然朗费罗指的是《圣经》里使用的那种简洁语言,而不是粗俗或没有文化意蕴的语言。他的确崇尚想象力,批评过简·奥斯丁过于率直,沉溺于细枝末节,并因此受到当代批评家的批评。但朗费罗主张的是想象和现实的结合。在早期的一次演讲《文学家的生活》(Lives of Literary Men)里他提到理想型和实际型两类诗人:

> 第一类赋予理想场景和人物以真实和实际;——第二类则相反,把现实裹上理想,使寻常事物放射出诗歌的美妙。
>
> 属于第一类的诗人有拜伦、席勒、帕西沃;——属于第二类的有歌德、华兹华斯、布赖恩特。前者是激情派,——后者善于观察和思考。我不愿意拿他们做比较分出高低来,而是宁可博采众长。我们的感情会告诉我们到底选择哪一派;而我们的感情各不相同,因此我们的判断也就不同。有时我们精神上需要大胆冲动的阳光;——有时则需要宁静的沉思;——根据我们情感的不同两个流派的诗人各自为我们所需。①

朗费罗晚年文学声誉达到高峰,他的 75 岁生日受到举国庆祝,在英国他和华兹华斯、丁尼生齐名,去世后第三年(1884)他的塑像被放进伦敦威斯敏斯特教堂的诗人角,成为第一位获此殊荣的美国作家。进入 20 世纪后朗费罗逐渐受到冷遇。一是因为民族主义文学高涨后人们觉得朗费罗过于沿袭欧陆传统,缺乏惠特曼及迪金森那样的“美国特征”;②二是朗费罗崇尚的基督教人文精神被认为缺乏批评精神,很难激发后世读者的想象力,这种基督教精神甚至一度成为现当代文学质疑的对象;朗费罗的语言甜美流畅,颇具大众化,这自然和现代主义文本的要求背道而驰,被认为缺乏批评性和深刻性,流于浮浅。但毋庸置疑的是,朗费罗依然是 19 世纪涉猎面最广的诗人。他有深厚的诗歌历史和形式的功底,熟悉美国历史和民间传说,并且在欧洲诗歌和美国文学之间架起了桥

---

① Edward Wagenknecht, *Henry Wadsworth Longfellow*, *His Poetry and Prose* (New York: Ungar, 1986), pp. 22 - 24.

② 朗费罗不是不喜欢表现美国气质,但他看重的倒不是“民族性”,而是普遍性,这样反倒容易淹没美国特征。

梁;他心目中的读者不仅是“会思考的少数人”,[1]而且还包括“有感情的大多数”;他创作的诗作易读易懂,涵盖的文化面宽,具有很大的审美意义。

惠特曼(Walt Whitman, 1819—1892)[2]的《草叶集》战前已经出了两版,战后惠特曼继续增加、修改。如果说战前《草叶集》的作者依然是诗集首页的那副模样——工装裤,敞开的衬衣,头上随便地戴着顶帽子;如果说《草叶集》的前几版突出宣扬了一个自由自在、粗犷豪放、放荡不羁的“美国个人”,那么,在战后陆续推出的一个个版本里惠特曼逐渐从宣扬个人转到注重公众,这也许是《草叶集》前后版本的一个显著变化。以《自我之歌》为例。批评家们注意到,在后来的版本里诗人的注意力从描述转向雄辩,从表达自我转向打动读者,诗句的节奏感更强,更加突出词的声音效果,使得整首诗更加具有戏剧化,诗的主体性感官性更加突出。文字形式上也有相应的变化:第一版没有出现一处斜体,此后斜体越来越多;第一版只有一处插入语,此后达到 34 处之多。[3] 对此的一种解释是,《草叶集》刚刚出版时是美国文学国家民族意识最为强烈的时刻,急需一种能和这块幅员辽阔、资源丰富、潜力无限的北美大陆相映衬的文学,一种“像北美野牛吼叫着冲过平原,山摇地动”般的文学。内战后的美国社会已经和惠特曼早年的幻想有了差别。内战本身对美国人乐观的理想是一个沉重的打击,内战后的所谓“镀金时代”(尤其是 1869 年至 1877 年的格兰特时代)政治腐败,经济动荡,使得惠特曼怀疑美国已经丧失了早日的抱负,认为美国社会需要改革,同时他对美国人民也不满,认为他们过于懦弱,沉湎于物质追求,所以需要唤起民众的注意。这一点在 1871 年发表的《民主远景》(*Democratic Vistas*)显示得十分明显。诗人对美国现实十分失望,批评美国只注重发展物质文明,却没有清楚的文化精神风貌,仍然依赖旧传统老观念。他指出,艺术家既要抵制浑浑噩噩的芸芸大众,也要承担起教育民众的责任。他认为,外表的独立只是第一步,下一步应当是文化独立和思想独立,而要确立美国的文化身份则需要有一套理想,达到超验的精神境界。惠特曼并没有否定美国的政治制度和民众的觉悟,但认为构成美国群体的个人过于依赖旧传统和旧知识,盲目相信,缺乏个性和创造性。

惠特曼的诗论也经历了类似的变化,尽管这个变化并没有这么明显。美

---

① 说朗费罗心中有自己的读者,无异把他放到了百年之后的美国读者批评行列,如费希就提出“有知识的读者”(informed reader),后者拥有三种能力,即文本语言能力、语义能力以及文学能力,实际读者只要拥有这三种能力就能成为“有知识的读者”,来实现文本中蕴含的一切潜在意义(Cf. Stanley E. Fish. *Is There a Text in This Class?* Cambridge: Harvard University Press, 1982. pp. 45-46)。区别是,朗费罗并没有有意识地主张这一点。

② 关于惠特曼的诗歌创作,另见第一卷第六章第六、七节。

③ Donald D. Kummings, “Whitman's Voice in ‘Song of Myself’ from Private to Public,” *Walter Whitman Review*, Vol. 17, No. 1, March 1871, pp. 12-13.

国作家十分看重早期的英国文学，如乔叟、莎士比亚、弥尔顿、斯宾塞，不喜欢维多利亚时代的英国作家。尽管美国作家一再呼吁要建立美国自己的文学，许多美国诗人却并不认为美国适合诗歌创作。如洛厄尔说过“也许创造一部伟大的文学还轮不到我们”之类的话。为了名正言顺，美国诗人竭力要在英国文学传统里寻找名人作为自己的靠山。惠特曼虽然从开始就提倡创新，建立美国自己的诗歌传统，但他并不反对适当地学习外来文化，尤其是英国文学：“出于可以理解的专业和历史原因，批评家们常常把美国文学当作一个排他的领域。由于‘文学民族主义倾向’，使我们习惯于从作品里分离出我们认为的真正的美国特征来加以褒扬和讨论，而忽略诸如朗费罗这类作家的长处，也忽视了这么一个事实，即许多所谓惠特曼的‘本土’特色都来自他对外来影响的抵御。”也就是说，在抵制外来影响的同时，惠特曼潜移默化地吸收着其他国家，尤其是英国的文学成就和文化传统。他在读书笔记上写道：“天才善于从最没有价值的书里发现金粉。”他注重的是“骄傲”和“同情”并存，既不忘美国身份，和他国传统保持适当的距离，又善于学习他国的长处。济慈谈到诗人身份时说：“至于诗歌性格本身(我指的是我所固有的属性，使我有别于华兹华斯的那种精妙的东西，那是一种事物的本身，与众不同)……诗人是所有事物里最不具有诗性的东西，因为他没有身份；他不断地为了并且填充着其他的躯体。”惠特曼在页边注道：“伟大的诗人吸收他人的身份和体验，这些东西明确地既在又不在他身上；但他通过自己有力的挤压，通过自己主人公般的身份，过滤着它们。”他同意济慈的看法，诗人要同情他人，但最终仍要保持自己独特的自我，即诗人最终和最重要的东西：“如果你本身不具备艺术的各种技巧和方法，你就不可能在自己的作品里反映出它们。”

但是和同时代的大多数美国诗人相比，惠特曼对英国传统的反抗更加强烈，甚至于“单枪匹马向整个传统挑战”。惠特曼的民族主义意识相当强烈。他认为，英国诗歌产生于小岛上的封建贵族和君主制，因此诗歌带有傲慢和偏见，“怠倦和无聊”成了英国文学艺术的特征。他觉得英国人的诗歌矫揉造作，感情虚假，就是莎士比亚也不能幸免，因此这个传统不适合美国广袤的土地和民主制度。惠特曼常把自己(也就是他心目中的美国文学)表现为“神秘的开端”，未来的代表，竭力鼓动美国作家要独辟蹊径，无中生有。也正是在这个意义上，他不愿意把《草叶集》和欧洲文学传统相类比：“我并不想把《草叶集》感觉成鲜明的文学，也不想说明它是文学的一种。谁要是硬把我的诗歌当成文学作品或文学尝试，谁就会一无所获。”

惠特曼对美国的民族身份、国家身份和美国人的品质进行了不遗余力的宣扬，这是不争的事实。但细读之后不难发现惠特曼常常在这方面会走向极端，如下面这段话：

贵族生活或小说里,或欧洲、亚洲那样的社会政府里出现的是"绅士"人物,但真正高尚的美国品德要比他们更加隽永,更具有普适性。——它必须无限的自豪,独立,生来具有大方、温文尔雅的品性……它不会富有,而是贫穷——但你宁可去死也不接受低下的依赖。——节俭是它品质的一部分,因为节俭是独立的有力武器。

每一个美国青年都必须具备最伟大的统治者和主人所具备的那种完美高傲的品质——因为他就是伟大的统治者和主人——最伟大的。

要允许别人有最大的自由。

锻炼你们的肌肉,它就会韧如橡胶坚如钢铁——我愿意看到美国青年都是工人,意气风发。

比我高等的生物在哪里?……我不做马车,也不做马车上装载的货物,也不做拉马车的马匹,而要做控制马车的那双小手。

以上是28岁的惠特曼在自己的笔记里记录下的思考,类似的言论他不厌其烦地重复了几十年,用现代的眼光看,似有极端民族主义、大国沙文主义,甚至种族主义、殖民主义之嫌。正如分析海明威的男子汉气概一样,当代评论家也对惠特曼进行过心理分析。有人认为惠特曼竭力展示男性的雄健和浑厚,说明的恰恰是他对自己信心的不足。他的家庭饱受疾病和神经质的困扰(他的兄弟姐妹里有的有感情障碍,有的患梅毒,有的酗酒,有的智力迟钝),所以他一再赞美"优良的体质"。惠特曼对自己的性取向感到不自在,①意识到被主流社会边缘化,所以反复用夸耀式的语言讨论肉体和性,主张消除一切思想禁锢,争取彻底的解放。②

第一节
迪金森的诗歌创作与成就

生活在19世纪的惠特曼和艾米莉·迪金森(Emily Dickinson, 1830—

---

① 从当代同性恋批评的眼光看,惠特曼很可能是一位男同性恋或双性恋者,因为他在诗歌中表露得比较明显,尽管这一点有争议,即使属实也不应该有损于他的诗歌成就,而且19世纪末(惠特曼去世前)同性恋才开始被医学界视为"疾病"。(K. Lee Lerner, Brenda Wilmoth Lerner, & Adrienne Wilmoth Lerner eds. *Gender Issues and Sexuality Essential Primary Sources*. New York: Thomson Gale, 2006, pp. 19 - 22; Mondimore, Francis Mark. *A Natural History of Homosexuality*. Baltimore: The Johns Hopkins University Press, 1996, pp. 46 - 50)

② Cf. Kenneth M. Price, *Whitman and Tradition, The Poet in His Century* (New Haven & London: Yale University Press, 1990), pp. 2 - 28.

1886)是游荡在美国乃至世界现当代诗歌原野上声势赫赫的幽灵。可以这么说,任何美国当代诗人不管如何后现代,如何先锋,起步时没有一个不是在他(她)俩的抚育下长大的,其影响之大,如同中国诗人无不受李白和杜甫的荫庇。威廉斯说:"迄今为止在诗歌这个人迹罕至的精神领域里,他(她)俩代表了19世纪美国心灵拓荒最高的才智。"[①]美国一些著名的文学选集和诗歌选集的现代部分往往以这两位心灵拓荒的先锋开头。[②] 2001年来华参加美国文学研讨会[③]的美国诗人约翰逊(Judith Johnson)[④]在谈到这两位诗人时,俏皮地称他们为艾米莉·惠特曼。这一有见地的短语受到中美学者的赞赏,颇能说明这对同一时代天造地设而风格迥异的诗人的地位和作用。

惠特曼是大海长河滔滔,骄阳当空;迪金森则是小桥流水,月明星稀。众所周知,他,大气磅礴,更多关心的是宏观世界;而她,细致入微,更多注重的是微观世界。正如斯托弗(Donald Barlow Stauffer)所说:"惠特曼的诗歌是通过他持续的、为了包罗万象而向外冲刺的努力而取得的,而迪金森的诗歌是通过她迅疾的、零散的洞察而取得的。"[⑤]然而,她(他)俩有着一个鲜明的共同点:在诗歌艺术的追求上执着勇敢,在任何时候都不会趋时媚俗,宁可遭受占主流地位的保守诗人、诗评家、编辑、出版家乃至读者的误解、讽刺、嘲笑,甚至抨击,却毫不妥协地与传统的诗歌美学决裂,表现了一个创新者所具备的胆略和气魄。这也是世界上古今独领风骚的大诗人所必备的基本品质。有了这样的品质,她(他)俩的诗篇才"超越着时代,穿越着时空,昭示着一个跨越时代的精神向度"。[⑥]

这两位大诗人尽管都经过了不平坦的或者说坎坷的创作道路,但惠特曼生前最后得到诗界的承认,获得了一个伟大诗人应该获得的荣耀。而迪金森则没有他幸运,终身受到冷遇,生前只发表了少数几首诗,她的诗歌天才是逐

---

① Stanley T. Williams, "Experiments in Poetry: Sidney Lanier and Emily Dickinson," *Literary History of the United States*, eds., Robert E. Spiller, et al. (New York: The Macmillan Company, 1972), p. 907.

② Cf. Sculley Bradley, et. al. eds., *The American Tradition in Literature*, 4th ed. Vol. Ⅱ (New York: Grosset & Dunlap, 1974); George McMichael, et al., eds., *Anthology of American Literature*, 2nd ed. Vol. Ⅱ (New York: Macmillan Publishing Co. Inc., 1980); Richard Ellmann and Robert O'Clair, eds., *The Norton Anthology of Modern Poetry*, 2nd ed. Vol. Ⅱ (New York & London: W. W. Norton, 1988).

③ The PKU-SUNYA International Conference on Reading for the New Millennium: A Global Dialogue on American Literature and Culture in A Time of Change, Peking University, Beijing, Oct. 2001, pp. 24-27.

④ 纽约州立大学奥伯尼分校英文教授,出版有诗集《铀诗》(1968)、《不可能的大楼》(1973)、《城市责骂》(1977)和《死者如何认为》(1978)等。

⑤ Donald Barlow Stauffer, *A Short History of American Poetry* (New York: E. P. Dutton & Inc., 1974), p. 157.

⑥ 田原:《我的诗歌国际观》,载《文论报》,第二版,2001年6月15日。

渐被世人发现的,直到20世纪中叶以后才被完全确立为美国主要诗人。从追求一时盛名的世俗观点来看,这也许是她的不幸,但从长远的观点来看,她是幸运的。我们若从她生前到目前为止的整个评论界、学术界对她及其诗歌评介和研究的演变来看,她是何等的幸运:她似乎成了超越时空的诗圣,虽生在19世纪,但经过轰轰烈烈的20世纪,依然活在21世纪,从新英格兰走向全美国,从美国走向全世界。

21世纪的今天,要准确把握迪金森这位大诗人如此丰厚而又如此难懂的诗歌,不是靠个别人勤奋的精读和聪慧的理解能解决问题的。我们必须要建立在一代代前人考证和研究的基础之上。正如伍德雷斯(James Woodress)在介绍迪金森诗歌批评接受的情况时所说:"如今美国文学的学生或教师在研读迪金森诗歌时面临的大问题是紧跟学术的和批评的探究、考察。"①因此,我们在着手研究她的诗歌之前,更有必要了解迪金森诗歌在美国学术界研究的情况和趋势。

从梅斯梅尔的最新调查中②,可以清楚地看到整个批评界和学术界对迪金森评论和学术研究的走向。根据美国现代语言协会提供的有关研究迪金森诗歌的学术著作和论文的条目,平均每年50多种,1986年最多,达到83种之多,其中的研究包括多种用外语写的论著,除了英语之外,还有日语、波兰语、德语、法语、斯洛文尼亚语、俄语、西班牙语、马其顿语、葡萄牙语等。虽然梅斯梅尔在她的调查清单上没有提及世界上使用者最多的语言——汉语,但事实上迪金森也进入了汉语著作和中译本之中了,只是比起惠特曼对中国文学界的影响,她迟到了差不多70年。1919年田汉先生首次把惠特曼介绍到中国,而中国学者开始陆续介绍迪金森则是在20世纪80年代③。她的诗歌天才在美国真正被发现和普遍重视也不过始于20世纪50年代中期。随着中国学者和译者对迪金森诗歌的深入研究和翻译,她将对新世纪的中国文学界和学术界产生更大的影响。

19世纪60年代到世纪末,对迪金森诗歌的接受基本上处于报刊的贬褒不

① Marietta Messmer, "Dickinson's Critical Reception," *The Emily Dickinson Handbook*, eds., Gudrun Grabher, Roland Hagenbuchle and Cristanne Miller (Amherst: U of Massachusetts, 1998).

② 同上。

③ 参见董衡巽等著:《美国文学史》,北京:人民文学出版社,1986;常耀信著:《美国文学史》(上册),天津:南开大学出版社,1998;王闻:《埃米莉·迪金森》,载《外国文学家评传》(第3册),吴富恒主编,济南:山东教育出版社,1990;王誉公著:《埃米莉·迪金森:诗歌的分类和声韵研究》,济南:山东大学出版社,2000。迪金森诗歌中译本有:《迪金森诗选》,江枫译,长沙:湖南人民出版社,1984;《迪金森诗钞》,张云译,成都:四川文艺出版社,1986;《艾米莉·迪金森:青春诗篇》,关天曦译,广州:花城出版社,1992;托马斯·约翰逊选编:《最后的收获:埃米莉·迪金森诗选》,木宇译,广州:花城出版社,1996;《迪金森抒情诗选》(中英对照),江枫译,长沙:湖南文艺出版社,1996。

一的评价性评论的初级阶段。个别的读者和女性评论家对她的诗歌和书信持热情的肯定态度[1]，但文论界占主导地位的少数男性文学记者、编辑和作家，由于坚持传统的诗歌美学，对迪金森诗歌形式的“不规范”进行挑剔批评，说她的韵脚、节奏、句法都有问题。1890年以后，贬低迪金森的批评基本上占了上风。值得一提的是一位显赫的银行家、爱默生和梭罗的朋友沃德（Samuel G. Ward）。他别具慧眼，在1891年10月11日给希金生写的一封著名的信中说：“我同世界一道，对艾米莉·迪金森怀有浓厚的兴趣。难怪她的六版诗选都销售完了，我想，每一本都卖给新英格兰人了。她也许会世界闻名，也许决不会走出新英格兰。”他在信的结尾，称迪金森为“表达力强的缄默者”，并认为“这就是为什么她吸引许多新英格兰人的魅力之所在”。当时评论界对迪金森诗歌的尖锐批评使本来就奉行传统诗歌美学的希金生很受影响，以致他不愿意再继续编辑她的诗选。但沃德的信给他鼓起了勇气，建立了信心。

希金生和托德（Mabel Loomis Todd）主编的迪金森的第一版《诗选》（1890）和第二版《诗选》（1891）面世时，虽然报刊的专业评论者对迪金森诗歌非同寻常的艺术形式和主题，在“理解、美学评价、比较、分类和传记推测方面感到有困难”，但希金生对迪金森不规范的形式和独创性的内容的一分为二的评论在评论界和读者中产生了深远的影响。当时的评论家奥尔德里奇（Thomas Bailey Aldrich）在著名论文《关于艾米莉·迪金森》（In Re Emily Dickinson, 1892）中对迪金森诗歌也提出了一分为二的看法。他说，他从迪金森“诗歌的混乱”中找到了“一首小诗”，“为了使它值得加入海涅抒情诗怪燕的飞翔中，需要对开头的一个诗节加以小小的修改”。但当时的文学权威豪威尔斯则对迪金森作了少有的高度评价：“在艾米莉·迪金森的作品里，美国，或者更多的是新英格兰，对世界文学作了显著的增添，不可能被世界文学的任何记载所遗漏掉。”这一具有民族自豪感的评价却引起了英国评论家们带有敌意的反响。1891年，一个叫做兰（Andrew Lang）的英国评论家认定迪金森的语法不通，把它视为美国不文明状态的表征，并挖苦说：

我们也许被告知：民主（指美国——笔者）不像欧洲那样注重语法。但即使民主跳过了头，又落在原始状态，我相信我们的野蛮继承者会使他们的诗歌在语法上狗屁不通，虽然他们这样做是无意识的。

---

[1] 例如，在现存文献中，最早对迪金森诗歌持正面评价的是苏珊·迪金森（Susan Gilbert Dickinson）、梅布尔·托德（Mabel Loomis Todd）和海伦·杰克逊（Helen Hunt Jackson）。她们虽然认为她的诗歌形式很“怪”，但肯定了她诗歌的艺术力量、意象的原创性，说她是“伟大的诗人”，“一把在阳光中闪耀的宝剑”。

次年,一个叫艾丽斯·詹姆斯(Alice James)的美国女学人针锋相对地反唇相讥:

听到英国宣布艾米莉·迪金森为五流诗人,我疑虑顿消,释然于怀:他们确有如此失察优秀品格的能力。

诸如此类的笔战见诸于当时的报刊,不管贬褒如何,至少说明迪金森在当时备受关注。但后来由于艾米莉胞妹拉维尼娅[①]和对推出迪金森诗歌不可或缺的人物托德[②]因土地诉讼纠纷产生不和,使后者在1897年突然终止了迪金森诗歌的编辑工作,由此影响了评论界对迪金森诗歌关注的热情,直至艾米莉的侄女玛莎(Martha Dickinson Bianch)编辑了迪金森的新诗选《独一的猎狗》(*The Single Hound*)并在1914年出版。《诗刊》主编哈丽特(Harriet Monroe)当年在评论《独一的猎狗》时视迪金森为"一位无意识的未列入意象派队伍的意象派诗人"。她的这一看法正与伊丽莎白(Elizabeth Shepley Sergeant)称迪金森为"早期意象派诗人"的看法不谋而合[③]。随后评论家纷纷从不同的视角诸如新英格兰超验主义、清教主义等对迪金森诗歌进行研究,令人注目的是,越来越多的评论者把她的诗歌归于欧洲文化传统,尤其是归到T. S. 艾略特所推崇的玄学派诗歌传统。美国诗人艾肯(Conrad Aiken)称赞迪金森诗歌为"也许是女诗人中所写的最好的英文诗"。阿姆斯特朗(Martin Armstrong)则进一步说应该把"也许"去掉。艾肯为他编选的《艾米莉·迪金森诗选》(*Selected Poems of Emily Dickinson*, 1924)所写的前言标志了评论界对迪金森诗歌的批评已经从评价性的批评转入阐释性批评。换言之,到这个时候,评论界不再在她的诗歌品格的好坏上打圈子,而是在承认她的诗歌是优秀的前提下进行阐释和解读。

从1930年到1955年,对迪金森诗歌的研究进一步从报刊的评价性评论转入学术阐释。这一发展趋势是由玛莎和汉普森(Alfred Leete Hampson)主

---

① 拉维尼娅(Lavinia Norcross Dickinson, 1833—1899)是迪金森一家活得最长的成员。她对艾米莉生前的生活与写作情况的表述颇有权威性。

② 杰伊(Jay Leyda)对梅布尔(艾米莉的哥哥奥斯丁的情人)及其丈夫、阿默斯特学院天文台台长托德(David Peck Todd)在推出迪金森诗歌所起的决定性作用作了客观的评价:"如果戴维·佩克·托德在1881年不受聘阿默斯特学院天文台台长,如今我们就不会知道一个叫做艾米莉·迪金森的女子写过什么诗。拉维尼娅坚持不懈地让她亲爱的姐姐的诗歌永远被人们记忆,会找一个人负责她的诗歌的出版,这是可能的,但极其不可能找到像梅布尔·卢米斯·托德这样一个可靠、对诗歌富有敏感力而又勤恳的主编。"转引自 Richard B. Sewall, *The Life of Emily Dickinson* (Cambridge: Harvard University Press, 1980), pp. 170-171。

③ 哈丽特在她主编的《诗刊》(1914年12月第5期)发表题为《独一的猎狗》的评论文章,而伊丽莎白在1914年8月14日第4期《新共和》发表题为《早期意象派诗人》的文章。

编的《艾米莉·迪金森诗续编》(*Further Poems of Emily Dickinson*, 1929)和《艾米莉·迪金森未发表的诗》(*Unpublished Poems of Emily Dickinson*, 1935)推动和巩固的。这时恰好与新批评派的兴起巧合。新批评评论家对迪金森单篇诗作做出细致的阐释,而不是对迪金森作整体评价,这就牢牢地巩固了她作为具有机智的玄学诗人和神秘主义诗人的地位。这是对一个诗人的高度评价,只是在中国,玄学不太受重视,似乎偏离我们喜好的现实主义,带有太多的唯心主义色彩。须知艾略特得益于英国17世纪玄学派诗人多恩(John Donne, 1572—1631),而且经过他的大力提倡,使得曾在18世纪受到冷落的多恩和其他玄学派诗人在20世纪流行了起来。[①] 至于神秘主义(mysticism),在西方是一种信仰,即相信直接领悟真理或与上帝沟通,采用的方法是不直接诉诸理性的沉思冥想或顿悟。迪金森的诗总是通过她对在常人看来不起眼的小事小景小情的顿悟中获得的。她生动地描绘死神来临和死后体验的精彩诗篇,使她的诗歌有着神秘的色彩。诗人写诗时常常会有这样的体验:在沉思冥想的状态时,他们会把思想和感觉混淆起来。迪金森就是在这样的状态下创作的。最早看出迪金森这一艺术特色的是著名新批评评论家和诗人退特(Allen Tate, 1899—1997)。他在论文《新英格兰文化和艾米莉·迪金森》里指出她"把思想和感觉混淆了起来",使迪金森成了新批评诗歌细读的范例。这里退特抛弃了联系作者生平的传统批评方法,把迪金森的诗歌置于美国新教文化的语境里。不过,这一时期同时也存在着对迪金森作传记式批评。它的主要兴趣在于收集迪金森的生平事迹和她隐隐约约的情人。一时间,她似乎成了一个双性恋者。有的说,她的男性情人是沃兹沃思或鲍尔斯;有的说,她的男性情人是古尔德或亨特;有的说,她是女同性恋者,对象是苏珊和凯特。这是好奇者们从她的诗歌和玛莎的《艾米莉·迪金森的生活与书信》(*The Life and Letters of Emily Dickinson*, 1924)的字里行间为这个未婚女诗人找出来的,并没有确凿的证据。迪金森无论在诗里或信里从来就是若明若暗,欲言辄止,扑朔迷离。一个女子有没有情人本来是一件平常事,但费力猜测迪金森的情人本身至少可以说明她受到大家关注的程度。

从1955年到20世纪末,对迪金森诗歌的研究进入了前所未有的全面而深入的崭新阶段。托马斯·约翰逊(Thomas H. Johnson)主编的《艾米莉·迪金森诗歌全集》(*The Poems of Emily Dickinson: Including Variant Readings Critically Compared with All Known Manuscripts*, 1955)和约翰逊与沃德(Theodora Ward)主编的《艾米莉·迪金森书信集》(*The Letters of Emily Dickinson*, 1958)为学者和批评家全面认识迪金森及其作品奠定了基

---

① 参阅张子清:《20世纪美国诗歌史》,长春:吉林教育出版社,1995,第120页。

础。这部诗歌全集之所以宝贵,在于约翰逊对诗人所有已知手稿进行过核对,保留了诗人手稿中违反常规的拼写形式和标点符号,而且按照诗人创作的时间顺序进行编辑。迪金森生前从不敢奢望出版的这两部巨著立即使 20 世纪 60 年代出现迪金森及其诗歌研究热。这个时期的学术界、评论界除了继续对诗人的个人经历和对作品的解读感兴趣外,开始对迪金森诗歌的主题思想和语言特点作深入的探讨。

20 世纪 70 年代,在对迪金森个人经历和诗歌语言特点以及她同清教主义、超验主义、浪漫主义的关系进行探讨的同时,心理学和女权主义的理论对迪金森诗歌作了新的阐释。女权主义批评家通过文本的解读揭示:迪金森不仅仅对男性占主导地位的文学传统做出贡献或进行颠覆,而且在批评界忽视的女性文学和文化连续性上占中心地位,是一位蛰伏期传统的女祖宗,[①]由此把迪金森奉到至尊至圣的地步。倘若迪金森地下有灵,她准会大吃一惊。女权主义批评家除了强调女性在创作中所起的决定性作用和重构文学史外,对迪金森遁世绝俗说进行了修正,建立迪金森诗歌人格中心说(centrality of her poetic personae)。80 年代,有关迪金森及其诗歌的学术研究成果更为丰硕。学术研究的兴趣逐渐从主题范畴转入语言和心理范畴,从女权主义观点重新阐释迪金森诗歌与美国清教主义和浪漫主义的关系,重新评价美国 19 世纪的大众文学和文化。这个时期的批评家企图把迪金森解读为"初始现代主义者"(protomodernist)。1989 年成立了"艾米莉·迪金森国际协会",发行双年刊《艾米莉·迪金森杂志》和《艾米莉·迪金森简报》。看了约翰斯·霍普金斯大学出版社出版的《艾米莉·迪金森杂志》上浩繁的论文,你不得不惊叹学者们对迪金森诗歌全方位研究之深之细。迪金森诗歌研究成果如今是集体的,国际的,不是某一个学者单独能够完成的。可以这么说,迪金森诗歌研究成了一门学问:迪金森学。

20 世纪 80 年代阿尔弗雷德·卡津(Alfred Kazin)的《美国行进》(*An American Procession*, 1984)和 90 年代布卢姆的《西方正典》(*The Western Canon*, 1994)这两部学术巨著把迪金森诗歌经典化,把它纳入正宗的西方文学的规范。卡津说:"她是走出新英格兰的第一个现代作家";布卢姆说:"除了莎士比亚之外,迪金森比自从但丁以来的其他任何西方诗人更具认识上的原创性。"为此,评论家休厄尔说,这两部书论述迪金森的有关章节"对她的继续

---

① 当代女性主义批评还认为,迪金森在看重传统的女性主题的同时,也在对它进行越界和颠覆:"强烈的感情,对权力的态度模棱两可,对死亡、被禁止的情人、私下的伤感着迷都属于这种女性传统;虽然迪金森对这些很关注,但她最好的作品却超越了这些传统的逻辑延伸。……迪金森的作品问世之后,美国的女诗人能够严肃地对待自己的诗歌。她拯救了女性诗人,使她们成为真正的诗人"(Tamara Johnson, ed. *Readings on Emily Dickinson*, San Diego: Greenhaven Press, 1997, pp. 136, 140)。

存在给予了正式的承认”。[①] 目前对迪金森诗歌学术研究主要建立在诗歌文本和包括某些不同文本在内的手稿以及编辑迪金森诗歌的性别政治和文本编辑策略之上[②]。当下对她的学术研究表现在以下几个方面：体裁界限研究的最新成果对把迪金森作品分成诗歌与散文的传统划分提出了挑战，女权主义评论家早期对迪金森诗歌作心理和语言的分析已经暴露出女权主义理论的性偏见，对迪金森诗歌文本与当代艺术思潮相似性的讨论补充了在当代文学和文化范围之内对其来龙去脉的背景探索，对她的个人经历的研究主要强调女性友谊对迪金森艺术发展的重要性，因而使男性诸如上帝、男导师[③]、男性情人在她的生活里处于中心地位具有合理性。

迪金森在生前只发表了九首诗，[④]而到她逝世后竟发表了 1 775 首诗，她的诗歌被发现、认识和欣赏经历了差不多一个半世纪的漫长过程。1955 年出版了保留她诗歌原貌的全集，美国这时才仿佛发现了新的诗歌宝藏。现在大家都认为迪金森是一个伟大的诗人，加在她头上的光环越来越多，越来越大，殊不知她生前只不过是一个常人，一个相貌平常的单身女子。不过，她出身的家庭倒是书香门第，官宦人家。父亲爱德华是成功的律师和阿默斯特学院财务主管。长兄威廉曾在哈佛大学法律学院进修，是一位成功的律师，接替父亲当阿默斯特学院财务主管，在阿默斯特社交界是一位举足轻重的人物。妹妹拉维尼娅生性活泼，言辞泼辣，也终身未嫁，一直与艾米莉生活在一起。艾米莉兄妹三人关系亲密。艾米莉的祖父塞缪尔是位成功的律师、社会名流、阿默斯特学校和阿默斯特学院的创立者。1840 年，艾米莉和拉维尼娅同时进阿默斯特学校学习，1847 年 8 月毕业。同年 9 月，艾米莉进美国第一所女子高等学校——霍利奥克山女子学院学习，次年 8 月结束一年学业，没有继续学习而回家。艾米莉中断学业的原因说法不一，一说她身体欠佳，父亲让她回家；一说她想家而辍学；一说她不满学校清规戒律和太浓的宗教气息而离开学校。尽管迪金森没有在哈佛大学这类名牌高等院校受到完美的教育，但她通过阅读

① Richard Sewall, “The Continuing Presence of Emily Dickinson,” *The Emily Dickinson Handbook*, pp. 3 - 6.

② 指文本考证，例如，同样是迪金森诗歌，但男性与女性编辑的角度不一样，这就是所谓的性别政治，而不同的编辑，对文本的取舍也不一样。

③ 美国学者从她的所谓“致男导师信”(Master letters)中推断她的几个可能的男性情人，例如鲍尔斯、沃兹沃斯等等。英语里的 master，有男主人、大师、名家、男老师等含义。

④ 迪金森生前发表的九首诗篇中有五首发表在地方日报《斯普林菲尔德共和日报》，第一首发表的时间是 1852 年 2 月 20 日。参见 *Selected Poetry of Emily Dickinson*. ed. The New York Public Library (New York: Doubleday, 1997), pp. 3 - 15。但辛西娅·格里芬·沃尔夫说迪金森生前发表了 14 首诗，见 Cynthia Griffin Wolff, “Emily Dickinson,” *The Columbia History of American Poetry*. eds., Jay Parini and Bret Millier (New York: Columbia University Press, 1993), p. 121.

大量经典名著提高了自己的文学素养。她熟读《圣经》和莎士比亚作品。她在给希金生的信中告诉他说，她的父亲给她买了许多书，但又不要她去读，怕这些书把她的思想搞糊涂。她当然不会听取父亲的“忠告”，她在告诉希金生她所读的作品时说：“关于诗人——我读过济慈和布朗宁夫妇的作品。关于散文——我读过约翰·拉斯金、托马斯·布朗的作品和《启示录》。”[①]实际上，根据迪金森传记作家理查德·休厄尔的详尽调查，我们发觉迪金森“如饥似渴地、毫不挑剔地、全身心投入地阅读”的经典作品远远不止这些，她阅读过的古典和同时代优秀的欧美作家的名单可以列出一长串，[②]而且，她还饶有兴趣地阅读哈丽特·斯堡伏特(Harriet Spofford)、唐纳德·G. 米契尔(Donald G. Michell)等通俗作家的畅销小说。总之，迪金森广泛阅读经典著作，表明她具有深厚的文化底蕴。

迪金森不仅有优越的读书条件，而且有接触时政和社会名流的优越环境。她的父亲作为马萨诸塞州议会议员、国会议员，不难想象他在当地的政治影响，也不难想象地方报纸《斯普林菲尔德共和日报》主编鲍尔斯和编辑霍兰成了迪金森家的朋友、座上客，常来这里谈论时事政治；也不难想象大作家希金生亲自登门看望这位在当时默默无闻的小诗人和不厌其烦地指导她写作(当然重要的原因是他被迪金森独特的见解和不凡的风度所打动，加上他本人乐意提携后进)，须知希金生同时也是反奴隶制和提倡女权的志士。

迪金森正因为家庭富有，才有在家创作诗歌而不需外出工作维持生计的悠闲。两层多间的洋房坐落在绿树之中，绿色的草坪很大，视野开阔[③]。她可以自由自在地在花园里培植花卉，在家里弹钢琴，牵着她的小狗散步。她认真写诗始于1850年。在她的创作高峰期60年代早期，她平均每天写一首，把写好的诗随时放在她的白色连衣裙的口袋里。这件白色连衣裙至今仍然挂在她当年的卧室里，供游人瞻仰。同一般的成名前的青年诗人一样，她寻找发表作品的机会。她首先寻求她的哥哥奥斯丁的朋友鲍尔斯的帮助。她既把他视为导师，暗地里又非常爱这位有妇之夫，给了他40首诗，写了30封信，希望他把她作为有情的女子和诗人加以接受，但鲍尔斯没有接受。鲍尔斯是新闻界有影响的人物，不可能因为嫉妒而排挤在他眼里是小人物的迪金森，也不可能怕

---

① Cf. “Dickinson's Letter to T. W. Higginson on 25 April 1862,” *Emily Dickinson: Selected Letters*. ed. Thomas H. Johnson (Cambridge: The Belknap P of Harvard University Press, 1958), pp. 172 - 173.

② 其他诸如多恩、赫伯特(George Herbert，1593—1633)、弥尔顿、班扬、歌德、拜伦、雪莱、布赖恩特、济慈、卡莱尔(Thomas Carlyle，1795—1881)、爱默生、霍桑、朗费罗、丁尼生、狄更斯、勃朗特、布朗宁夫妇、梭罗、乔治·艾略特等作家的作品，迪金森都有涉及。参见 Richard B. Sewall, *The Life of Emily Dickinson* (Cambridge: Harvard University Press, 1974), pp. 668 - 705。

③ 南京大学现今市区校园的整个草坪加起来和它相比，都逊色得多。

麻烦或不屑帮助她,但他不可能真正欣赏迪金森的诗,因为他的美学趣味很传统,他能做到的是帮她在他的日报上发表了五首诗,而且经过了“加工”。她在该报发表的第一首诗《情人节贺词》(A Valentine),在内容上表达了对一般男子的爱慕之情,在艺术上是第二与第四行押韵的四行形式的十七节传统长诗。1852年,她发表在该日报上的短诗《无人认识这枝小玫瑰》(Nobody knows this little Rose——)开始显露她大量运用破折号的艺术特色。她只有一首短诗《成功被认为最甜美》(Success is counted the sweetest)在全国性大报《纽约时报》上受到好评。它先发表在1864年4月27日《布鲁克林联邦日报》上,后来由于她少女时的朋友、当时已经成名的诗人、作家海伦(Helen Hunt Jackson, 1830—1885)[①]的力劝,迪金森才同意海伦把她的诗收录在波士顿罗伯茨兄弟出版社出版的“无名作者丛书”《诗人们的假面舞会》(*The Masque of Poets*, 1878)里,但诗排列的形式和其他三处被主编奈尔斯作了修改,而且所收录的诗人均不署名。

迪金森接着寻求帮助她发表作品的导师级人物是当时赫赫有名的作家希金生。她看到他发表在1862年4月号《大西洋月刊》上鼓励青年写作者的《致一个青年投稿者》后,便在同月15日寄给他一封信,随信附寄四首诗,得到了希金生的及时回复。她于是在同月25日给希金生寄去答函,它成了后来批评家们了解迪金森对自己、家庭、阅读和帮助她求知的人等发表看法的重要依据。她给了希金生100首诗,保持了24年的通信关系,但希金生认为迪金森的诗歌形式太粗糙,劝她还是别匆忙发表。她只好日复一日,年复一年地把她的手稿订成44册,直到她去世后才被她的妹妹拉维尼娅发现;她去世四年后,迪金森一家的至交托德带了迪金森的诗篇,赶到坎布里奇,挑选了十几首她喜爱的诗,朗诵给他听,最终打动了他,同意和梅布尔一道编辑迪金森的遗诗。希金生把他和梅布尔编辑的第一本迪金森诗选送给一家出版社审稿人米夫林,但遭到退稿,米夫林说迪金森的诗“古怪——韵脚全错”。希金生不愿意马上把诗稿送到波士顿的第二家出版社罗伯茨兄弟出版社,而是同意梅布尔送去。虽然稿子被接受了,但审稿人贝茨(贝茨本人是诗人)认为迪金森的诗缺陷很大,少量的还可以,建议把诗选里的诗再筛选一部分,出版500册。由此可见,不走运的作家的作品面世要经过多少曲折的道路,而像迪金森这种坚持与传统美学相左的作家不知有多少被尘封,被淹没了。

迪金森生前努力发表作品而遭冷遇是痛苦的,但她表现了不卑不亢的骨

---

① 海伦也是得到希金生提携的作家。她和迪金森的性格完全相反,性格外向,也是进入文坛最顺利的女诗人。她在1870年只出版了一本薄薄的诗集,就已经名播全国。她写美国白人如何虐待印第安人的两部著作《不光彩的一个世纪》(*A Century of Dishonor*, 1881)和《拉蒙纳》(*Ramona*, 1884)是研究美国印第安人生活状况的重要著作。

气,这充分体现在她 1862 年 6 月 7 日写给希金生的一封长信里。在谈到她要追求的诗人名声时,她在信里说:"当你建议我推迟发表时,我笑了——那与我的想法有异,如同陆地对于鱼儿一样——如果名声属于我,我难以回避她——如果她不属于我,在追赶过程中,我将会度过最长的时日——我那感觉满意的浮华将会抛弃我,那么——我赤脚的等级便是好的了。"尽管迪金森渴求希金生这位导师的大力帮助,她在同年八月给希金生的一封信里却说:"在我的生活中没有君主,不能统治我自己,当我试图有条理时,我小小的内力便爆炸了,使得我赤身裸体,被烧焦了……"并在这封信里附寄了两首诗,其中一首《我不能踮着脚尖跳舞》(《迪金森诗歌全集》第 326 首)表明她对既不能按传统艺术形式创作,她掌握的艺术形式又不被人(包括希金生在内)所了解时的复杂心态。她并不因为追求出版诗歌而丢掉她坚持的审美原则,这在她的另一首诗《出版——是拍卖》(《迪金森诗歌全集》第 709 首——以下简称诗"全集")中有明确的表态:

出版——是拍卖
人的心灵——
贫穷——证明是
极为污秽的东西

这是可能的——但我们——宁愿
走出我们的阁楼
直达清白——清白的创造者——
而不投资——我们的白雪——

思想属于思想给予者——
再——给接受者
它是有形的例证——出售
包裹里

高贵的神态——当超凡的
仁慈的商人——
而不把人的精神降低到
可耻的价格。

迪金森没有把这首诗送给希金生,因为她不想按照希金生的要求创作。希金生要她写诗时注意节奏流畅，思路保持连续性，押韵规正，少用口头语（例如，别把规范的“weight”说成口语中的“heft”）。在常人看来，即使在21世纪的我们看来，希金生这一教导对诗歌创作者，尤其是对初学者，不啻是金玉良言。迪金森怪就怪在不循规蹈矩。迪金森少女时代广交朋友，情人节给心目中的情人写情诗的热情随着时间的推移而减退，直至最后深居简出，不愿接见来访的客人。她的苦恼颇多：自己的眼疾，母亲常年生病，心爱朋友的远离，最了解她的年轻导师的早逝，尤其她的诗歌创作不被大家、家人尤其父母所理解。她只好以词典为伴，全身心投入到诗歌创作中去，同时通过写信，抒发自己的情怀。她所写出的信数量之多惊人，现出版的书信集保存了她的1 054封信，但只收了她所写的信的十分之一！其余的十分之九被遗失了。

综上所述，我们清楚地看到，迪金森为了获得心理上和艺术上的自治，她在一生中经历了种种常人难以想象的内心冲突。评论家马丁总结了她身上的四大冲突[①]：

1. 从小就与上帝万能的传统宗教思想格格不入，抛弃以拯救灵魂和罚入地狱说为基本点的神学，质疑神学的和世俗的价值观念。在宗教氛围仍然浓厚的19世纪的新英格兰，她为此所需要的勇气和付出的代价可想而知。她熟读《圣经》是为了运用大家耳熟能详的典故，而不是像神甫们那样讲道。

2. 为了获得知识上的独立，她与她父亲在思想上一直对立，不依从父亲认为学术活动有损女子健康的错误的传统思想。对一个在经济上依靠父亲而在思想上抵制父亲的女子来说，内心矛盾之大可想而知。

3. 渴求爱情而不被心爱的人理解所造成的心理创伤。从她的信中，我们比较清楚地看到对她来说萦绕于心的有三个男子：沃兹沃思、鲍尔斯和牛顿。在她心目中，她既把他们当作导师，又对他们产生爱意。牛顿的早死尤其使她伤心[②]。当时的死亡率很高，迪金森的亲朋好友常常先她而去。死亡这一自然现象对她的冲击很大，因此，死亡主题在她的诗歌里占了显著的位置。

---

① Emory Elliott, et al. eds., *Columbia Literary History of the United States* (New York: Columbia University Press, 1988), pp. 610－613.

② 牛顿对她的影响至深。牛顿是一位法律系学生，1847—1849年在迪金森父亲法律事务所工作。迪金森那时十八九岁，而牛顿长她九岁，她把他视为她的良师益友、“兄长、亲人”。他俩常在一起切磋学问，这是迪金森最快乐的时期。但他的夭折使她感到极度的悲伤。这从她写给她从未谋面的黑尔牧师（牛顿临终时在侧的牧师）中看得出来她对他的感情是多么的深：“……死者对我很亲。我想了解他是否安详地睡去……我那时只不过是一个孩子，但懂得钦佩一个远超过我的才智之士的力量和优雅风度，这给我教益良深，为此我要谦卑地感谢，而今斯人已去。牛顿先生对我来说，是一位温和而严肃的导师，教导我读什么书，喜欢哪些作者，在大自然里什么最雄伟或最美丽，更大的教益是对无形的万物的信仰，对更崇高的更幸福的生活的信念……”。参见 Thomas H. Johnson, ed. *Selected Letters of Emily Dickinson* (Cambridge: The Belknap P of Harvard University Press, 2000), p. 112.

4. 努力寻找名人的指点和帮助,但在诗作的发表上收效甚微。这给一个在创作上勤奋的作者所造成的精神压抑,不言而喻。

马丁基本上总结了迪金森一生的心路历程。迪金森作为一个饱读诗书、聪慧异常的名门闺秀,以她顽强的毅力和超群的目光克服了这些内心冲突或障碍,最终取得了创作自由,创造了她的独一无二的诗歌艺术形式和审美标准。

迪金森的诗歌究竟有哪些艺术特色呢?我们不妨先看看她的几首诗:

1. 暴风雨夜——暴风雨夜!
我若和你在一起
暴风雨夜该是
我们的欢娱!

徒劳——这狂风——
对着一颗泊港的心——
不用罗盘——
不用海图!
荡桨伊甸园——
啊,大海!
今夜——但愿我泊在
你的胸怀里!

——诗全集第249首

2. 一位瘦长的君子在草地
偶然疾驶而过——
你也许遇见过他——你没注意
他突然而至——

草地像被梳子分开——
好似一道飞箭而来——
然后靠近你的脚边
又向远处而去——

他喜欢一片沼泽

一处冷得不宜种玉米之地——
当我还是赤脚的孩子——
我在正午不止一次
和他相遇，我以为，一条鞭子
在散落的阳光里
当我弯腰去拾时
它一扭曲，走了——

大自然中的一些人
我认识，他们也认识我——
由于他们，我感到
一种热诚的传递——

但无论结伴或独自一人
我遇见这位君子时
无不倒吸一口凉气
顿觉彻骨之冷——
——诗全集第 986 首

第一首诗显然表现炽热的爱。第二首诗生动细致地描写蛇的出现和"我"偶遇它时的恐怖感受，诗人把设定的悬念和对外界的敏锐感觉有机地结合起来，使它成了迪金森脍炙人口的名诗之一。有的评论家例如哈珀(Lisa Harper)认为，迪金森诗篇中有许多篇可以被看成是对物体仔细观察后的反应[①]，《一位瘦长的君子在草地》和同样生动地描写偶遇小鸟时的情景的《一只鸟儿沿着小道而来》(A Bird Came down the Walk)是两个典型的例子。其他的一些用四行构篇的短诗，如《从一条跳板向另一条跳板跨去》(I Stepped from Plank to Plank)、《有人说时间能平息》(They Say that "Time Assuages")、《头脑比天空辽阔》(The Brain Is Wider Than the Sky)、《害怕！我害怕谁？》(Afraid! Of Whom Am I Afraid)、《我们停留在一幢屋子前》(We Paused before a House that Seemed)等，也可被看成是诗人"仔细观察事物后的反应"。换言之，迪金森的艺术气质异乎寻常的敏感，而她又善于把这种特有的敏感转化为诗意的表述。在形式上，大凡她用四行诗节即著名诗评

① Lisa Harper, "The Eyes accost — and Sunder: Unveiling Emily Dickinson's Poetics," *The Emily Dickinson Journal* 9.1 (2000), pp. 49 - 70.

家珀洛夫(Marjorie Perloff)所称为的“赞美诗四行诗节”[①]构篇的短诗,主要借用了她所喜爱的赞美诗和民谣的艺术形式,而这种艺术形式是美国大众喜闻乐见的。[②] 从这个意义上讲,迪金森继承了英诗的传统。因此她的革新不是无源之水,无本之木。对一般读者来说,根据上下文,领略迪金森的这类诗的含义并不太难。而她的另一类诗却埋伏太多,异常难解,例如下面她的一首短诗:

我的——凭白色选择的权利!
我的——凭王室的玉玺!
我的——凭猩红监牢的印记——
铁栏——也难隐蔽!

我的——在此——出现了——又消失了!
我的——直至坟墓召回!
得了名分——得到确定——
令人发狂的凭证!
我的——天久地长,任岁月流逝!
——诗全集第 528 首

这首诗虽短,如果不经过考证或者反复琢磨,着实令人犯难。它讲诗中人对情人执着的爱,诗中接连几个“我的”,初看时似觉不知所云,但如果在“我的”前面加上“你是”或“他是”,变成“你是我的”或“他是我的”,便变得比较明朗,发觉诗中表达的炽烈的爱与“冬雷震震夏雨雪,天地合,乃敢与君绝”中表达的爱的坚定性不相上下。[③] 至于“白色的选择”,典出《新约·启示录》,白衣象征纯洁,穿白衣者未受过污秽,可挑选来与上帝同行。[④] 而迪金森本人平时也爱穿白色衣服,因此这是一种白色的选择。当然,这只能算是一种读解,因为不管是迪金森的哪一篇诗,谁也不敢说只有一种读解。例如,她的另一首诗

---

① Marjorie Perloff, *Radical Artifice: Writing Poetry in the Age of Media* (Chicago and London: The University of Chicago Press, 1991), p. 3.

② 例如《从一条跳板向另一条跳板跨去》:“我从一条跳板向另一条跳板跨去/缓慢而不敢松懈/我触摸到头顶上的星星/触摸到脚边的大海。//我知道的只不过是一步/可能就是我行程的终点——/这使我走得战战兢兢/有人管它叫经验”。

③ 引自(汉)乐府诗《上耶》:“上耶!我欲与君相知,长命无绝衰。山无棱,江水为竭,冬雷震震夏雨雪,天地合,乃敢与君绝”。

④ 参见《新约·启示录》第三章第四—五节:“然而在撒狄你还有几名是未曾污秽自己衣服的,他们要穿白衣与我同行,因为他们是配得过的。凡得胜的、必这样穿白衣,我也必不从生命册上涂抹他的名。”

《我的生命对着——一支子弹上了膛的枪》(My life had stood——a Loaded Gun——),不同的解读竟有75种之多!①其原因正如美国青年学者芬克豪泽(Christopher Funkhouser)所说,"艾米莉·迪金森的诗里词义有多种选择",②即一个词或一个词组的意义往往存在多种可能的选择。这正是迪金森诗歌的艺术魅力,是它的耐人寻味之处,同时也是翻译者的棘手之处。

从表面上来看,迪金森诗歌形式的基本特征是:没有流畅的节奏,一行只有两三个乃至一个重音节,却有很多不寻常的破折号,大胆的比喻,奇异的想象力,语言简练含蓄得像中国的古典诗词,拉丁词与英语俗词混用,不时出现的悖论更增加了诗意的不确定性。实际上,迪金森的诗歌非常复杂,正如波特说迪金森诗歌"除了每首诗都用数字做标题外,有着难懂其意的代词和其他关联的出处,不合语法的新奇句子,省略,句子的高度压缩和断裂,掩饰句子结构的不规则标点"。③ 她的艺术形式反常规不是她的兴致所至,她的不寻常的句法,不是随意杜撰,而源于拉丁语法。因此,她很多的诗篇,在没有充分准备的读者看来,如坠五里雾中。在消解传统诗歌艺术形式上,迪金森比惠特曼更加激进,同特鲁德·斯泰因的代表作《软纽扣:物体、食物、房间》(*Tender Buttons: Objects, Food, Rooms*, 1914)中的语言一样悖逆传统语言的惯性。美国当代著名女诗人豪(Susan Howe)为此把迪金森同斯泰因相提并论,说她俩"显然在现代派诗歌和散文最富革新的先驱者行列"。④

对迪金森诗歌进行主题分类,无论对研究者或评论家来说,同样也是一种挑战。19世纪90年代,迪金森诗选最早版本可以把她的诗篇分为生命、死亡、爱情、大自然、时间和永恒等类别,⑤后来约翰逊又把她的诗篇分为成就、行动、蠕虫、鹪鹩、探索创伤、岁月的死亡、昨天、永恒的青春等类别,但随着迪金森面世的诗篇逐渐增多,随着我们对这些诗篇逐渐深入的理解,我们从中听到了许

---

① 这是根据约瑟夫·都查(Joseph Duchac)的《评论指南》(*Guide to Commentary*)所列的解读法,参见 David Porter, "Searching for Dickinson's Themes," *The Emily Dickinson Handbook*。

② Christopher Funkhouser, "The Emergence of Cyberpoetry," a paper presented at the international conference "Reading for the New Millennium: A Global Dialogue on American Literature and Culture in a Time of Change" at Peking University, Beijing, Oct. 2001, pp. 24 - 27.

③ David Porter, "Searching for Dickinson's Themes," *The Emily Dickinson Handbook*.

④ Susan Howe, "My Emily Dickinson," Susan Howe's author's page at the Electronic Poetry Center. See http://epc.baffalo.edu/author/howe/(2001/12/11).

⑤ 例如,上述的《一位瘦长的君子在草地》和生动而细腻地描写一只觅食的鸟的《一只鸟来到路上》(A Bird came down the Walk——)等是她表现大自然的名篇。她的《我听见一只苍蝇嗡嗡叫——当我死去时》(I heard a Fly buzz——when I die——)、《因为我不能为死神却步》(Because I could not stop for Death——)、《我为美而死——但很少》(I died for Beauty——but was scarce)等是她活灵活现、出神入化地描写死亡的体验和同死神相遇的名篇。她的《假如你在秋天到来》(If you were coming in the Fall)、《盛夏的某一天》(There came a Day at Summer's Full)等是她倾注了对恋人的情真意切的爱情诗名篇。她的《我的生命结束前结束过两次》(My closed twice before its close)、《天堂不过像》(Elysium is as far as to)等是她表现对朋友真挚感情的友谊名篇。

多声音：欢乐的声音，悲伤的声音，愉快的声音，痛苦的声音，信仰的声音，怀疑的声音，天真的声音，人生体验的声音，等等。于是评论家休厄尔对此问道：究竟哪一种声音是迪金森的声音？恐怕谁也难以作出十分肯定的回答。波特认为，寻找迪金森诗歌主题模式的令人恼火之处在于内在的诗法与外在的所指之间存在明显的分离。具体地说，在她的诗法上，极其有限的诗句里不时冒出生造或冷僻的词汇，语义和句法含混，这就需要读者在知识、感情和迹象追踪上有机敏的反应。她的这种表现手法往往使一般读者很难很快摸清迪金森在诗里的所指：她的哪些诗篇是写她真正的情人、反映当时人人关心的南北战争、悼念她心爱的人的逝世、关于她的家庭、她诗歌创作的抱负、她的宗教信仰、她自己的精神崩溃，……所有这些都不十分明确，这就需要读者作多方面的考证。是不是迪金森当时就意识到她的诗艺具有前瞻性？例如，是不是她早在一个世纪以前就像20世纪70年代开始兴起的语言诗人那样有意识地使诗歌无确定性？这问题有待讨论，但至少可以说，她是有意识地打破传统诗歌形式，独创自己的艺术表现方式。任何国家任何时期的任何诗歌都保持着相对的稳定性和持续性，而任何有作为有创新精神的诗人往往要千方百计打破它的稳定性和持续性，迪金森以她的才智，敢于打破传统诗歌稳定性和持续性，才取得了如此辉煌的艺术成就。

迪金森的诗歌之所以吸引一代代评论家去研究她，一代代诗人去学习她，在于她能够而且善于把握生命意识觉醒的本真状态，在于她敢于抗拒以男性为主的主流话语权力、伦理规范、美学标准，“对‘自在’生命种种情状重新揭示、发现、命名，尤其对生命负面，黑箱状态深入探寻”。① 古今中外的诗歌史告诉我们，平凡的诗人之所以平凡，除了他(她)先天的诗才不足外，最主要的是抵御不了外在非诗因素的干扰。迪金森正因为抵御了外在非诗因素的干扰，不需要像功利心重的作家那样煞费苦心地迎合公众欲望和群体想象，因此才能在“词语的历险中”，倾注她生命里“最持久的思想、感情和经验；在智力快速的运动中，闪现出纯形式的欣悦和自足”。② 所谓“纯形式的欣悦和自足”源于诗人独立、独创、独特的艺术个性，迪金森正是具有这种可贵的艺术个性。如今迪金森被说成是“美国最重要的诗人之一，甚至在她逝世100多年后的今天，继续是当代诗人灵感和新理念的源泉”，并被视为“常出没于美国文学的鬼魂”，③可是她为此却付出了终身寂寞的代价！常人在口头上说甘于寂寞，终究

---

① 陈仲义：《扇形的展开》，转引自叶鲁，《拓展诗学研究的视野》，载石家庄《文论报》第三版，2001年10月1日。

② 引自中国诗评家陈超语，转引自刘翔，《让灾难化为平稳墨迹的持久阵痛》，载石家庄《文论报》第四版，2001年12月1日。

③ Emory Elliott, et al. eds., *Columbia Literary History of the United States*. p. 609.

还是常人，而迪金森像世界上任何大作家一样，真正甘于寂寞。和她同时代的惠特曼（比迪金森大 11 岁）发表第一版《草叶集》时是 1855 年，正是迪金森诗歌创作的初期。迪金森既不模仿传统诗，当然更不模仿同时代已崭露头角的惠特曼。她在给希金生的复信（1862 年 4 月 25 日）中说：“你说起惠特曼先生——我从没读过他的书——但我听说他的名声不好——”。由此可见，迪金森和惠特曼这两位诗人从来互不来往，更谈不上相互影响，在构建自己的诗美学上都是孤家寡人，独断独行。正因为如此，她和惠特曼各以自己的天才，为美国诗歌园地增添了光彩。

然而，当我们纵观迪金森的一生和审视她的伟大艺术成就时，我们不能不为她的某种欠缺感到惋惜。她始终陷于一种不能自拔的矛盾之中。她敢与传统的理念和美学斗争，但总是冲不出也不想冲出家庭和个人的小圈子。1861 年至 1865 年正是美国如火如荼的南北战争时期，惠特曼无论在实际行动上还是诗歌创作上，都全身心地投入为彻底摧毁奴隶制的伟大斗争中去了[①]，而迪金森的注意力却放在求爱（尽管颇为委婉）和热切盼望导师希金生和鲍尔斯指导诗歌创作上。[②] 正如威廉斯所说，“1861 年至 1862 年，她完全从外界退回至家里”。[③] 但是，迪金森家庭不是没有政治氛围，家中座上客、迪金森视为知心朋友的《斯普林菲尔德共和日报》主编鲍尔斯不可能不把全国大规模的内战消息带来，或者说，内战不可能不成为他们的热门话题，可是迪金森在写给他的信里，主要想引起他对她的诗篇产生兴趣。她还对鲍尔斯表明心意说：“如果我对你的好意感到惊奇，那么我的爱便是我唯一的道歉。”[④]我们却很难找到她对内战发表的意见。美国诗人《伍斯特评论》主编马丁（Rodger Martin）对此说：“我对没有人考虑美国内战大规模杀伤的大事不可能不对她的创作起某些影响（尤其在 1862—1865 年内战高潮期间）感到迷惑不解。内战无疑地对每一个新英格兰的家庭起重要的影响，阿默斯特没有例外。”[⑤]他的“迷惑不解”立刻使我们不禁想到两个问题：是内战对她的诗歌创作影响小呢？还是没有多大影响？是美国评论家们在这个问题上的疏忽呢？还是不认

① 参见《新编美国文学史》第一卷，第 308—310 页。

② 托马斯·约翰逊在他主编的《艾米莉·迪金森书信选》(2000，第 10 版）的“1862—1865 年书信”部分加按语指出，在这些岁月里（指 1862—1885 年——笔者）最重要的通信是给希金生和塞缪尔·鲍尔斯的信件。她显然把鲍尔斯视为可谈心的知己，并把希金生当作她的“救星”。约翰逊进一步说：“这一组信件是最为感人的，因为它们揭示了单相思的悲怆和一个成熟的终身盼不到名声的艺术家的信念”。

③ Robert E. Spiller, et al. eds., *Literary History of the United States* (New York: The Macmillan Company, 1972).

④ 引自迪金森 1862 年初给鲍尔斯的信。

⑤ 罗杰·马丁 2001 年 12 月 11 日给笔者发来的电子邮件。

为这是个问题?马丁挑选了迪金森的一首诗《今天——我为死亡遗憾——》(全集529首),[①]说明内战对迪金森有影响。迪金森诗歌的中国翻译家江枫说:"迪金森的创作盛期恰与南北战争同时,有800首是在这场以蓄奴制的废除告终的内战进行期间写成的,她没有正面写她不熟悉的战争,但也不回避战争;有些诗显然带有战火的烙印。"[②]所引的这首诗可算是"战火的烙印"。该诗创作于1862年,但她对内战没有明确的表态,只是暗示,只是"为死亡遗憾"而已。

这里不可回避的一个问题是:不上战场的诗人在后方就写不好热情支持正义战争、强烈谴责非正义战争的诗歌?这至少可以说明迪金森不像惠特曼那样关心国家大事,不能不算是一种欠缺。尽管如此,鉴于她的生活圈子狭窄(尤其有严重的眼疾),我们不必苛求于她,也不因此否认她的伟大。但美国评论家们对此欠缺很少表态使我们感到不解,令我们更加不解的是,他们相反为她的封闭式生活方式辩护,说她"牢牢地掌握政治现实"、"把家庭主妇当作在我们与破坏力量交战时奔赴前线的士兵",[③]说"从女权主义观点看,迪金森的生活既不是一种逃跑,也不是一种逃避,也不是牺牲,也不是替代,而是能使她保持自我的一种策略,一种创造"。[④] 有些女权主义作者把脱离外部世界解释为有意的自我决定,例如,艾德里安娜认为迪金森不与外界接触是为了创作而节省时间和精力等等,[⑤]在我们看来这是一种误导,好像大作家可以闭门写作,不必投身到社会生活的洪流里去。诚然,投身到社会生活洪流里的诗人未必都会成为伟大的诗人,但诗人封闭在象牙塔里必定是严重的欠缺。为什么迪金森的1 775首诗全都是短诗呢?设想如果她像惠特曼那样关注宏观世界,以她这样的才力和聪颖,也许会创作出同样惊世骇俗的长篇史诗来。

---

① 该诗全文:"今天——我为死亡遗憾——/老邻居们依竹篱/极惬意的时光/一年里晒干草的时机。//宽肩——日晒的相识/在劳作中演说——欢笑,一个质朴的物种/令篱笆露出笑窝——//它如此径直平躺/从田地一切喧嚣脱颖——繁忙的大车——芬芳的黎明/割草机的仪表——唯恐人们//思家而偷偷故障——农夫——和他们的妻子——与农活及所有——邻里生活分离——//猜想是否坟墓/不觉寂寞——当大人——孩子——大车——和六月,/下地'饭晒干草'——"——引自托马斯·约翰逊选编《最后的收获:埃米莉·迪金森诗选》,木宇译,广州:花城出版社,1996。

② 见译者"前言",载《迪金森抒情诗选》(中英对照),江枫译,长沙:湖南文艺出版社,1996。

③ Jay Parini and Brett C. Millier, eds., *The Columbia History of American Poetry*. pp. 126, 140.

④ Suzanne Juhasz, "Introduction" to *Feminist Critics Read Emily Dickinson*. ed. Suzanne Juhasz (Bloomington: Indiana University Press, 1983), p. 10.

⑤ Adrienne Rich, "Vesuvius at Home: The Power of Emily Dickinson," *Parnassus: Poetry in Review V*. 1976, pp. 51-52.

第二节
地方色彩诗人：穆迪、拉尼尔

19 世纪下半叶的主要地方色彩诗人当数约翰·格林利夫·惠蒂尔(John Greenleaf Whittier, 1807—1892)。[1] 他在 19 世纪后半叶继续创作出一批诗歌作品，集中体现了新英格兰诗风。评论家常常把惠蒂尔的创作分成四个阶段：诗人和记者(1826—1832)，废奴主义活动家(1833—1842)，人文主义者(1843—1865)及辉格教诗人(1866—1892)。但实际上惠蒂尔各个时期的作品里都同时反映出上述的特点，只是程度不同而已。青年时代的惠蒂尔热心采集美国民谣，是最早有意识地收集美国口头文学传统者之一，发表过《新英格兰传说》(*Legends of New England in Prose and Verse*, 1831)和《新英格兰的超自然故事》(*The Supernaturalism of New England*, 1847)。但惠蒂尔并不是后来所谓的"民间传说研究者"，[2]他的功绩是通过对民间创作的兴趣，开辟了一个新的诗歌发展领域并此后不断予以发掘，对美国地域文学的发展做出很大贡献。因此，惠蒂尔一生钟情民谣的节奏韵律(八音节，抑扬格，五音步)，使他的诗句读来朗朗上口，深受民众的喜爱。但同时由于惠蒂尔一直保持这种传统的诗风，加上诗歌比喻和词汇较为通俗，造成他的诗歌形式上比较呆板，变化不大，受到批评家的责备。

辉格教的传统使得惠蒂尔关心群体的利益，在加入废奴运动之前，他已经当选本地区的州议员，此后还担任过废奴议员。作为虔诚的辉格教徒，惠蒂尔的几乎每一首诗歌都含有浓厚的宗教意蕴，宣扬基督教教义和情操，有些诗歌被直接改变成基督教赞美诗，使他被称为"美国最佳宗教诗人"。和斯托夫人的《汤姆叔叔的小屋》一样，《道德之战》这样的诗篇对笃信基督教的南方人具有很大的影响。但是惠蒂尔的一些最著名的诗歌并没有明显的宗教味道，如《最终》(At Last)，《聚会》(The Meeting)，《信任》(Trust)，乃至《大雪封门》等。

1857 年惠蒂尔协助办起《大西洋月刊》，此后一直为这个著名的文学刊物投稿。惠蒂尔终生未娶，后半生的大部分时间和自己的母亲和妹妹住在一起。

---

① 有关惠蒂尔 19 世纪前半叶的创作，参阅第一卷第六章第四节。

② "民间传说"(folklore)这个词 1846 年才被英国人威廉·约翰·索姆斯所使用(John Greenleaf Whittier, *Legends of New England*. Intro. W. K. McNeil, Baltimore: Genealogical Publishing Company, 1992, p. 4)。

内战前后,母亲和妹妹先后去世;或许和这个有关,内战前后很少听到惠蒂尔的声音,但国难和家庭的不幸却加速了他在文学上的成熟。内战后的近20年,他创作出一批最为脍炙人口的诗篇,奠定了自己在美国文学史上的地位,如《大雪封门》、《海滩上的帐篷》(1867)、《群山间》(Among the Hills, 1868)、《宾夕法尼亚的朝圣者》(The Pennsylvania Pilgrim, 1872)。这期间,惠蒂尔的诗歌创作主题集中在大自然和美国乡间的风土人情,早期诗歌的那种政治宗教激情减少了许多,但却更加清新隽永、意味深长。这一类诗歌此前也时有出现,如《赤脚的男孩》(The Barefoot Boy, 1857),但艺术形式的成熟则体现在他文学生涯的后期。如1870年发表的《上学的日子》(In School Days),表现的就是孩童时代的天真无邪和真诚坦率,回忆儿时的小学校和小伙伴,那里的一草一木,一幕一景,令诗人感慨不已:同班的小姑娘拼写出他不会的单词,因此放学后特意留下向他道歉,因为她爱他,却无意间"超过了他"而令他难堪。最后诗人从过去回到了现在:

白发老人宁静的回忆
　　那个甜甜的孩子脸浮现在眼前。
可爱的小姑娘!她墓前的青草
　　已经生长了四十年!

在生活这座严酷的学校里,他活着得知,
　　没有几个人超过他
他为他们的成就和自己的损失感到难过,
　　像她那样,——因为他们爱他。

晚年的惠蒂尔驾驭语言的能力进一步提高,对生活细节的处理更加得心应手,更加善于从不起眼的小事情中提炼出美感和愉悦。惠蒂尔死后声誉急转直下,批评家们一直认为,惠蒂尔的缺点是创作匆忙,不屑修改,语言马虎,诗歌知识有限,很少直接描写大自然的美景,却总是利用它进行道德说教。这些批评对内战前的惠蒂尔或许还算确切,但至少对晚年的诗人并不十分恰当,像《大雪封门》、《海滩上的帐篷》和《上学的日子》这样的诗篇已经显示出很高的艺术水准,至今仍然是美国诗歌的经典,也使他成为家喻户晓的大众诗人。惠蒂尔70岁生日时美国的几乎所有著名作家都赶来庆贺,80岁生日更成了全国的纪念日。他一生发表了近40卷作品,触及几乎所有文类,并且通过这些作品孜孜不倦地追求真理和光明。1892年9月3日他已经处于弥留之际,据说看护他的护士想关上百叶窗,他吃力地抬起左手说出最后的一句话："不要——关。"[①]

世纪之交的美国诗坛非常沉闷，值得一提的就是另一个同样受过欧陆文化熏陶、专注于描述美国生活体验的诗人穆迪。现在看来穆迪对美国诗坛的影响自然远不如惠特曼和迪金森，但他是 20 世纪头 10 年美国最杰出的诗人，因为迪金森当时尚没有被发现，而惠特曼则几乎销声匿迹，美国诗坛呈现出万马齐喑的局面。《诗歌戏剧集》(*Poems and Plays*，1912)发表之后，穆迪被称为"我们时代最伟大的诗人之一"，在此之前他因代表作《大分水岭》被誉为"美国伟大的剧作家"。

威廉·穆迪(William Vaughn Moody)1869 年 7 月 8 日出生在印第安纳州的中部小镇斯潘塞，在印第安纳州的新奥尔巴尼长大，1910 年 10 月 17 日因脑瘤在科罗拉多州的斯普林斯去世。穆迪的父亲是英法后裔，母亲有英德血统，家庭的欧洲背景给穆迪以某种潜移默化的影响。儿时的穆迪喜爱音乐和绘画，上艺术学校时父母双亡，在叔父的资助下 1889 年进哈佛，三年完成了四年的学业，所以利用大学四年级的日子去欧洲为一位欲进哈佛的青年做家教。其间两人去过巴黎、佛罗伦萨、雅典和瑞士。此后穆迪又去过欧洲五次，和一些美国文人(如朗费罗、豪威尔斯、詹姆斯)一样把欧洲当作自己的第二故乡。1893 年穆迪回哈佛大学参加毕业典礼，然后继续在那里读了两年研究生，获哈佛大学硕士学位后受聘芝加哥大学当英语教师七年，一面写作一面周游全国和欧洲。穆迪是位优秀的大学教师，但是他本人对教学却没有多少兴趣，倒是对写作十分热心，编辑过密尔顿论集，和人合写过《英国文学史》(*A History of English Literature*，1902)。他辞职时校方曾提出以正教授的薪金聘请他承担四分之一工作量，被他婉拒。

穆迪的诗歌创作开始于进入哈佛大学的文学刊物《哈佛月刊》(*Harvard Monthly*)之后，既为之撰稿又结识不少有才华的作家。他发表在《哈佛月刊》的早期诗歌大多是模仿之作，使用 19 世纪英国诗坛的词汇、句法和诗歌形式，诗中充斥文学典故和引喻，"更像是维多利亚传统的巅峰，而不像现代主义的开始"。哈佛之后穆迪的诗歌技法更加成熟，反映在 1901 年出版的《诗集》中，如对母亲 17 岁时的照片有感而发的诗歌(The Daguerrtype)采用抑扬格，从一音步到七音步，韵律复杂多变，表现穆迪的惯常主题，即痛苦和爱。他的诗歌不仅哲理性强，而且形象生动，诗行具有音乐感，情感内涵丰厚，有"押韵哲人"之称。但有些诗作过于追求思辨，所以曲高和寡，读者有限。曾有人劝他改弦

---

① Louis Untermeyer, ed. *The Poems of John Greenleaf Whittier* (New York: The Heritage Press, 1945), p. xi.

更张,但他对“连贯集中地阐释人的精神命运”矢志不渝。因此穆迪的作品虽有些空灵,但又总有特定的关怀,表达诗人对社会对环境的敏感,对政治、宗教、自然的哲理性思考。同时他力戒说教,从不悲天悯人,开补世的药方。

《犹豫时的颂歌》(An Ode In Time of Hesitation, 1900)是文学选读常收录的一首诗,发表于《大西洋月刊》1900 年 5 月号。1897 年夏天,穆迪在欧洲旅行时读到《波士顿周刊副刊》上刊登的威廉·詹姆斯在罗伯特·肖纪念碑揭幕仪式上的演讲。肖是美国内战中第一个黑人团的团长,穆迪回国后参拜了这位英雄的塑像,对他的无私奉献精神和卓越的领导才能十分钦佩。此诗发表时正值美西为争夺古巴殖民地而交战,其后不久美国又出兵镇压菲律宾独立起义,美国政府的帝国扩张政策遭到国内有识之士的强烈批评,而穆迪在诗中竭力为政府辩护,把美国政府的殖民扩张和民族英雄肖的理想主义相提并论:

撒谎!撒谎!绝非如此!我们从事的战争
是高尚的战争,我们在战场上取得胜利
因为开战之前正义就在我们一边。
我们没有出卖自己崇高的遗产。
骄傲的共和国在战争这个市场上
没有堕落到欺骗和哄抢;
她的额头佩戴着庄严之星。
这里是她的证人:她的优秀儿子,
这位脆弱却骄傲的新英格兰英魂

他引导了那些受侮辱的人们,迈着刚刚卸去脚镣的双脚,
沿着死亡和光荣交汇的大道,
来告诉世人我们的耻辱已经结束,
我们又一次成为新人,展示出新的风貌。

与此同时发表的《猎物》(The Quarry, 1900)也表现出穆迪对美国“维护中国不被列强瓜分”的这种所谓仗义之举感到欣慰。这些“爱国主义诗歌”属于穆迪成熟期的创作,足见他在政治上的幼稚。《犹豫时的颂歌》采用的形式是穆迪常用的自由体形式,用词典雅,比喻大胆,引喻独特,从一个方面预示了 1915 年之后兴起的“新诗”(new poetry)。

当然穆迪也并没有一味地掩盖世纪之交美国社会不断激化的各种矛盾。他周游各地,眼见种种社会不公,在《格鲁塞斯特的荒野》(Gloucester

Moors)里他同情生活在社会底层的人们：

在她封住的舱门口，我倚靠着，听到
舱底穿出的嘈杂声，——
发狂的灵魂诅咒着叹息着
发出的喊叫凄惨至极。
然后我走下去看个究竟；
但他们说："你不是我们的人！"
我转向甲板上的人
向他们叫道："帮帮我！"但他们说："别管他们：
我们的船这样开得还快一些。"

走出这喧闹肮脏的街道
走出它的混乱和罪恶！
谁给我这甜蜜的食物，
却让我的兄弟吃着泥土？
他的工钱什么时候才到？

穆迪不喜欢美国人的拜金主义，质疑商品社会带来的不良后果。但他不像克莱恩、德莱塞那样直面惨不忍睹的社会，而是有意和现实世界拉开一定的距离，以诗人特有的方式展开思考和质疑。他虽然在一定程度上接受社会进化理论，但仍然对它的合理性存有疑虑；《笼中之兽》(The Menagerie)则反映出穆迪对现代工业文明对人的精神的摧残表示的担忧：

站立在这些可怕的笼子间我感到无望；
动物们被放了出去，我却被关了起来！
我，我，艰辛岁月的最新产物，
从不延缓的英雄脚步的目的地，——
略微破旧的裤子里的渺小之人。

而且科学并不能解释一切：
适者生存，改变自我，
还有其他的什么进化论术语，
似乎都遗忘了一个小小的考虑，
那就是，金龟子和蚯蚓

也有灵魂：一切蠕动的生灵都有灵魂。

《野蛮》(The Brute)同样表现出穆迪对社会问题的关注。他意识到，工业文明和大机器(即“野蛮”)时代势必造成人性沦丧，最终会导致人们的反抗：

野蛮一定会带来公正的时代；他没有其他的选择。
他可以挣扎，流汗，吼叫，但他清楚地知道
他必须使他们获救，否则他们就会把他送进地狱。

他必须让每个人得到属于自己的荣耀和价值地位；
他必须把骄横者打下去，让受苦者抬起头，
为每个龌龊的嘴巴送去清纯，每个低贱的额头点上高雅。

在穆迪的时代美国诗坛非常沉闷，“就诗歌形式而言，今日的美国年轻诗人们一点也不革命；他们是天生的文学贵族，斤斤计较于形式，对语言的精雕细琢简直到了令人发指的程度”。当时也有一些所谓的“生活诗”，表现诗人对生活(尤其是西部生活)的体验，但往往语言粗糙，格调庸俗，缺乏感情的细腻和表现的精致。诗歌对社会的忽视遭到社会的报复，造成穆迪生活的时代十分敌视诗歌，他自己的诗集是在遭到一家著名出版社的拒绝之后才被休顿·米夫林出版社接受的。穆迪也酷爱诗歌形式，一心要“征服语言”：“拓展它的界限，使它不断产生新的机敏和罕见的凝练，让它蒸发出更加晶莹的露珠来。”只不过穆迪对精致和机巧的崇尚并没有跳出以罗塞蒂、布朗宁等为代表的19世纪英国维多利亚诗歌传统，因此他的诗歌手法“谈不上是对美国文学的贡献，他的诗歌形式没有任何新奇之处”。但是穆迪后期的诗作开始注意简洁与流畅以及手法的多变，而他最重要的贡献则是他同时对人的内心和社会现实的关注：“许多人把他比作伟大的挪威戏剧家易卜生，因为他力图深入表象之下，揭示普通人的内心。”有人认为穆迪把现实主义和美国主题相结合，在一定程度上超越了“斯堪的纳维亚或者俄国的潮流”，达到了一种“更高的现实主义”：“穆迪主题的灵感来自仍然受到理想主义滋润的(美国)土壤，使他的戏剧既具有美国性又具有现代性。”①

① David D. Henry, *William Vaughn Moody, A Study* (Boston: Bruce Humphries, Inc. Publishers, 1934), pp. 219-220; Maurice F. Brown, *The Life and Works of William Vaughn Moody* (Carbondale & Edwardsville: Southern Illinois UP, London & Amsterdam: Feffer & Simons, Inc., 1973), pp. 103, 214.

穆迪以诗歌创作起家，后来醉心于写作戏剧，并且获得巨大成功，[①]但穆迪在去世前的几年试图重新回到诗歌创作，并且后悔以前花太多的时间在散文戏剧上。据说《大分水岭》获得成功后一些出版商曾出价五万美元要他改编成小说，但穆迪不相信散文。他曾说过："诗歌是戏剧的拯救者。我指的是诗情。我试图把这种诗情写入《大分水岭》里，没有它戏剧就不可能引起共鸣。易卜生被称为伟大的剧作家，但我怀疑大多数人是不是看到这位剧作家背后站着的那位伟大的诗人。使戏剧伟大的是其中的诗歌。"[②]在这里穆迪并没有对诗歌和戏剧孰高孰低作出评判，透露出的其实正是穆迪一生孜孜以求的艺术观，即对诗意的追求和对社会现实的关注。

在这个时期的美国本土诗人里，锡德尼·拉尼尔（Sidney Lanier，1842—1881）是南方的一位主要作家。他以写诗为主，兼写小说和文学评论。他的作品乐感很强，读起来朗朗上口，深受读者喜爱。拉尼尔创作小说诗歌，演奏乐器，教授文学，撰写评论，这使他成为 19 世纪中期美国文坛"除坡之外南方最重要的诗人"。他对诗歌音乐性的追求在当时独一无二，[③]19 世纪同样在音乐性上有建树的著名诗人坡和惠特曼对他都没有影响。

拉尼尔于 1842 年 2 月 3 日生于佐治亚州的马康市。父亲罗伯特斯是个律师，母亲玛丽爱好音乐。他的音乐天赋得天独厚，从小受到艺术的熏陶，在母亲的影响下，他从小表现出惊人的音乐天才，能演奏多种乐器，如笛子和小提琴，他的演奏常常赢得同龄伙伴们的赞赏和羡慕。据说，他的笛声非常动听，经常让听众激动得热泪盈眶。他的乐队指挥曾经赞扬说，拉尼尔的笛声里不仅有色彩，有温度，而且还有一种低沉的柔美。

拉尼尔 14 岁时，笃信宗教的父母亲把他送入奥格尔瑟普学院就读。这是一所长老会掌管的大学，与南方其他教会大学一样，奥格尔瑟普学院的办学宗旨是培养学生的宗教信仰。拉尼尔对这种宗教主导一切的教育制度深感不满，认为这种清一色的教育体制严重束缚年轻人个性的发展。因此，他经常逃学，以抗议教会学校的专制。拉尼尔向往自然。在他看来，只有大自然才是和谐的，能给人以灵感。大学毕业后不久，拉尼尔加入了南方军。战斗中他被北方军队俘虏，关押在北方战俘营五个月，在那里染上肺结核，此后几乎每完成一部主要的作品就会发生一次严重的肺部出血。获释后他四处谋生，先是写

---

① 有关穆迪的戏剧创作，参阅本书第四章第二节。

② David D. Henry, *William Vaughn Moody, A Study* (Boston: Bruce Humphries, Inc. Publishers, 1934), p. 218.

③ "虽然几乎所有诗人都讲究诗的音乐性，拉尼尔总是把重点放在语言的音响效果上而不是语义效果上"(Jack de Bellis, *Sidney Lanier*. New York: Twayne Publishers, Inc., 1972, p. 127)。

作,但发现写作不能挣钱。迫于生计,他加入乐队,专门演奏大笛、长号等乐器。由于乐队生活四处奔波,拉尼尔觉得有必要找一份相对稳定的职业。"奇迹"发生了:35岁,健康不佳、没有学术背景的他竟被霍普金斯大学校长看中,成为霍普金斯大学的英国文学教师。

1867年,拉尼尔试笔写作,首次推出小说《卷丹》(*Tiger Lilies*)。这是一部关于美国内战的小说,作品围绕一个爱情故事展开。小说主人公约翰·克兰斯顿在一次晚会上迷上了菲力普·斯泰林家的千金小姐菲力克斯。为了显示自己的音乐天赋以打动菲力克斯小姐,他用小提琴演奏,博得众彩。纵观整部小说,这则爱情故事仅仅是个插曲而已。全书虽然富有浪漫情趣,但缺乏连贯性。[①] 拉尼尔在这部作品里想揭示一个更为深刻的主题,即战争的恐怖和机器对人和自然的摧残。除了爱情描写以外,作者还生动地展示了许多鲜为人知的战斗场面。由于《卷丹》是1867年前后美国少见的小说之一,所以一直受到评论界的关注,被誉为创作才华的象征。

拉尼尔对自然充满了爱。正是这种爱激发了他对生活的热情,鼓励他去探索自然界的奥秘。他的《佛罗里达随笔》(*Florida: Its Scenery, Climate, and History*)以优美的笔触描写了佛罗里达的地理概貌和文化景观,成为佛罗里达地域文化研究者不可不读的一部著作。写诗也是拉尼尔的拿手戏。他创作的《诗集》(*Poems*, 1877)在当时享有一定的声誉。拉尼尔注重诗的形式,讲究音乐美,他关于每首诗要像一部交响乐的提法,颇有象征派诗人的特征。在《致贝多芬》(To Beethoven)一诗中,他尽情抒发自己对音乐的仰慕之情:

> 我不知道,我也不去追问为什么
> 你的音乐能驱散这般灼热,
> 融化我情感里凡人的哭声
> 一起来迎合你那和谐的交响乐曲。

拉尼尔最早尝试写诗主要是抒发对妻子的思念之情,那时他正在跟随乐队演出,四处漂泊。这些充满甜言蜜语的爱情诗篇表达了诗人只身异地的生活感受,多半抒发了诗人的离愁别绪。离开乐队后,拉尼尔突然对诗歌发生浓厚的兴趣,于是经常写诗,创作的数目与日俱增。据说,他闻名全国的第一首诗篇《谷物》(Corn, 1874)就是在那时写就的。当时拉尼尔正在离家60多里的萨尼赛德小镇郊游,望着眼前那片被破坏了的玉米地,他有感而发。当时农

---

① Morgan Callaway, Jr. ed. *Selected Poems of Sidney Lanier* (New York: Charles Scribner's Sons, 1895), p. 23.

民要向银行贷款耕种土地，然后把收得的粮食拿到市场上去竞争，辛勤劳作但还是免不了破产的危险，正如诗中写道：

于是，他白发苍苍
　　怀着深深的不安，向茫茫的西部逃亡
　　真是死了没人哭，埋掉了也没人祝福。

拉尼尔是一位具有音乐天赋的作家。他早在小说《卷丹》里就有"音乐意味着和谐"的名句。他热爱自然，认为"和谐就是爱，有了爱便拥有了上帝"。他的这些带有唯美色彩的思想在其诗歌中得以充分的表达。自然界在他的笔下呈现出一幅多彩多姿的图画："玉米穗"、风中飘舞的"三叶草"、"模仿鸟"、"知更鸟"、"鸽子"、"山茱萸"、"森林"、"大海"、"日出"等。他从一个南方小镇来到了美国的文化中心之一霍普金斯大学，其间失落感始终伴随着他。他早年雄心勃勃，希望跻身艺坛，但当他真正全身心地投入时却鬼使神差似地偏离了方向，终究未能实现早年的理想；他一心想在《大西洋月刊》上发表著作，最后只能发表在《列品科特杂志》上；他发誓要为著名的纽约西奥多托马斯乐队演奏，但后来只好在匹博迪艺术学校谋职；他在纽约颇有名气，却只能在巴尔的摩落脚。这些结局往往出乎他的意料，而且都不是出于他的初衷，因此，拉尼尔的艺术成就始终与他的失落感交杂在一起。① 音乐给拉尼尔的诗注入了活力，如果没有这些激动人心的乐符，他的诗就难以逾越传统的屏障而为人诵读，充其量只不过是一些抒情小调，结构简单，文思呆板。倘若没有在乐队的那段经历，拉尼尔怎么也写不出像《格林沼泽地》(The Marshes of Glynn)、《交响乐》(The Symphony)和《日出》(Sunrise)这样扣人心弦的诗篇。对于拉尼尔来说，音乐和贫穷虽属不同的范畴，却共同造就了他的诗质。拉尼尔把南方古老的音乐风格与整个美国民族乐风有机地结合起来，创造了一个和谐的艺术世界。他并不附庸风雅，写一些只有少数艺术精英方能领会的高雅之作，而是创作了许许多多大众乐于诵读的诗章。他的《我的双泉》(My Springs)一诗就是其中之一。诗中写道：

在生命之山的中央，我知道，
有两条泉水不断地流淌，
将它们透明的清溪

① Jane S. Gabin, *A Living Minstrelsy, the Poetry and Music of Sidney Lanier* (Mercer, 1985), p. 1.

永远注入我灵魂深处的梦湖里。

……

亲爱的眼睛,亲爱的眼睛,罕见的完整,
兼有天国的香醇和人间的芬芳。
——我惊奇上帝为何把你赐我:
因为每当他皱眉,你就闪烁。

此外,拉尼尔还是一位文学教师,他潜心研究英国文学并结合自己给霍普金斯大学学生作的学术演讲,写出论著《英诗理论》(*The Science of English Verse*, 1880)。这部理论著作对英诗的形式作了细致而深入的剖析,从音乐的角度对音乐与诗体之间的联袂关系发表了独特的见解,尽管说服力不强,但见解独到,在学界影响颇大,在英国文学史上也被视作里程碑之作。[①] 贯穿于这部著作始终的,就是拉尼尔毕生坚持的诗歌信念,即"音乐里的声音关系和诗歌里的声音关系没有一丝一毫的区别":"当耳朵听到的所谓节奏、声调、音色的协调通过一连串音乐声调完全地传达到耳朵时,其结果就是音乐。当耳朵听到的所谓节奏、声调、音色的协调通过一连串话语词汇完全地传达到耳朵时,其结果就是诗歌。"他条分缕析地讨论节奏和音色(tone color),强调的不是重音而是时间的测量。和音乐一样,一行诗可分为若干节(bar),每一节又可细分成拍(note)。在拉尼尔看来,一个诗人应该具备掌握诗歌技巧的能力,但是如果诗人一味注重诗歌韵律上的变化,必然导致诗歌意象的沦丧甚至思想的混乱。一旦出现这样的局面,那么最美的诗句也谈不上是艺术了。

对诗歌形式的追求使得拉尼尔不喜欢惠特曼的诗歌,因为在他看来惠特曼鼓吹的是一种"不要诗歌形式的理论",所以"惠特曼是诗歌的屠夫。从诗的臀部割下大块的生肉,对骨头却不闻不问——用这些来滋养我们的灵魂"。他认为诗歌形式应当自由,但形式的自由不等于不要形式:"为了自由,艺术不是要独立于形式,而是应当成为诸多形式的主人。"[②]对形式的看重和对审美感受的追求,使拉尼尔获得与坡一样的赞誉。但和坡不同的是他同时注重内容,他的理想是内容和形式完美的统一,正如他在《英国小说及其演变规律》(*The English Novel and the Principles of Its Development*, 1883)主张的那样:"有人看不出艺术美和道德美是如何相交于一个共同的理念之源,因此对待道

---

① D. C. Gilman, ed. *A Memorial of Sidney Lanier* (Baltimore: 1888), pp. 37-45.

② 拉尼尔追求诗歌的音乐性,强调诗行的流动感,主张节奏应当由时间来加以衡量,而衡量时间的最好例证就是音乐。因此他不喜欢诗歌中出现过多的节奏变化,有倾向散文诗或自由体诗之嫌(尽管他本人否认),进而推崇起小说,因为小说不那么强调节奏,突出的是人物,讲究的是他常常宣扬的"道德美大于艺术美"(Jack de Bellis, *Sidney Lanier, Poet of the Marshes*. Georgia Humanities Council, 1988, pp. 29-31)。

德美没有对待艺术美那样热衷——一句话，他还没有达到那种宁静永恒的阶段，神圣的美和美的神圣还没有合二为一，合为一簇火，内心的一束光，这样的人还不是伟大的艺术家。"正因为如此，他批评惠特曼的《草叶集》，不同意"因为草原是那么广阔，所以荒淫的勾当变得应该赞美，因为密西西比河是那么长，所以每一个美国人都是上帝"。1874 年 3 月 24 日他写给朋友的信里谈到《交响乐》的创作过程："我称它为'交响乐'：我把交响乐队的每一把乐器都拟人化，让它们随着音乐的进展讨论眼下各种深刻的社会问题。"在他诸多诗歌里，他从南方贵族传统出发，反复批评拜金主义和物质贪婪，宣扬基督教的博爱精神和同情心。

从整个诗歌创作的内容来看，拉尼尔并没有超越 19 世纪维多利亚时期的诗风，他的忧郁是属于个人的——因病痛而感到的压抑和毁灭，他的人生观是逃避现实的。其艺术完全可以用他自己的一行诗来加以描绘：温柔，如弥留的紫罗兰的清香。他不喜欢当时风靡一时的所谓地方色彩文学，因为这往往会把艺术败笔当作艺术特点来加以赞扬，所以在 1869 年的一篇文章里他批评"把我们的文学当作南方文学，把我们的诗歌当作南方诗歌，把我们的图画当作南方的图画这种阴险的罪恶。我指的是通过让南方人认同艺术家的同乡身份来掩盖其艺术生产中的内在缺陷"。尽管如此，拉尼尔的作品仍然反映出地方色彩的痕迹，他的诗歌里处处显示出南方的风土人情，对南方山水的描述使人感到真实亲切，虽然这种真实感可能不会持续太久。[1] 他生前虽然名声很大，但在美国文学史上的地位却一直不高。他过于追求诗歌的音乐感，导致诗句冗长，结构复杂，意义模糊；他的诗作激情有余，理性的控制却显得不足。

第三节 其他诗人

除了以上的主要诗人之外，19 世纪下半叶的美国诗坛还出现了诸多其他的诗人；他们没有留下轰动的作品，也没有提出过今天看来属于深刻的诗歌理论见解，但都以各自独特的创作为 20 世纪美国诗歌的发展做出了贡献。

保罗 · H. 海恩(Paul Hamilton Hayne, 1830—1886)是美国内战时期南

① Edd Winfield Parks, *Sidney Lanier, the Man the Poet the Critic* (Athens: The University of Georgia Press, 1968), p. 41.

方有代表性的诗人,出版过六部诗集,还写有大量的散文、评论、小说及报刊文章,曾被称为“南部的桂冠诗人”,也是19世纪七八十年代美国南方的文学代言人。

海恩出身于南卡罗来纳州的查尔斯顿,在叔父的家中长大,曾在查尔斯顿学院学习法律,后转向写作,成为查尔斯顿文学社成员,和当时的诗人蒂姆罗德是好朋友。1852年他成为《南方文学周报》(*Southern Literary Gazette*)的编辑,为《查尔斯顿晚新闻》(*Charleston Evening News*)和里士满的《南方文学信使》(*Southern Literary Messenger*)等刊物撰写文学评论,内战前夕还创办并主持过知名文学刊物《拉塞尔杂志》(*Russell's Magazine*)。1855年海恩自费出版了第一部诗集《诗歌集》(*Poems*, 1855),显示出他和以华兹华斯、司各特、雪莱、济慈、坡、朗费罗等为代表的英美浪漫主义文学传统的紧密关系。战前他出版的诗集还有《十四行诗及其他诗歌》(*Sonnets and Other Poems*, 1857)和《阿沃里欧》(*Avolio; A Legend of the Island of Cos*, 1860)。这些诗歌显示出海恩对诗歌形式的迷恋,以及对诗歌技巧的掌握日渐成熟。

内战爆发后北方军占领查尔斯顿,海恩的居所和图书馆均被毁,他成为南部联邦的积极支持者,曾参加南方军,四个月后因肺和肝疾退伍,写了一些歌颂南方的诗歌,如《查尔斯顿湾战役》(The Battle of Charleston Harbor),但远没有友人蒂姆罗德那样引人注意。战后海恩以写作为生,战后出版的三部诗集《传说和诗歌》(*Legends and Lyrics*, 1872),《恋人之山》(*The Mountain of the Lovers; With Poems of Nature and Tradition*, 1875)及《诗集》(*Poems*, 1881)倒使他小有名气。

海恩一直孜孜不倦地追求传统的诗歌形式,在主题、词汇和意象上都囿于浪漫主义,使得他的诗歌能够绘声绘色地描绘他最熟悉的自然景观如花鸟松林,效果生动,形式精巧,比较真实地反映了一部分南方人的感情:对土地的热爱,对南部文化的依恋,和对音乐性的追求,如《南方的仲夏》(Midsummer in the South)和《夏日的心境》(A Summer Mood)。这些诗歌中尤以短诗为佳,如十四行诗《献给朗费罗》:

我觉得世界上最高尚最动人的景象,
就是某个年迈的诗人,他的桂冠四周
灰色的长发流水般柔软地垂下;——
他的黄昏,在有预见的夜色的触及下
在上天的光线里越来越显得宁静,安详:——
这,这就是您,哦大师! 愈加杰出
在您功成名就的余晖中,——

安宁，还有您翱翔于智慧的翅膀！
哦，上天！您为什么要离开这个地方？
上帝的天庭到处都是吟唱的诗人；
即使现在，完美的唱诗班还唱出新的歌声，——
但是您，您的歌声如此久远地回荡在我们的生命里，
还在您心中值得敬仰的圣坛上
让角色的梦想升腾，还有火一般的思想！①

正因为如此，海恩当时在批评界和朗费罗、惠蒂尔、洛厄尔、拉尼尔等人齐名。但随后他的文学声誉很快下滑，诗歌中的缺陷愈发明显。首先，海恩缺乏创新性。他的诗歌不仅在形式上而且在内容上都过于依赖从乔叟、莎士比亚到雪莱、济慈的英国诗歌传统，把稍有叛逆的诗人如惠特曼称为"疯子"。其次，他所秉承的大多是英国浪漫主义陈腐的东西。他虽然广泛阅读，但思考不深，诗歌里很少有启人心迪的新意，缺乏打动人心的力量。而且和同时代的其他诗人相比，海恩对生活的感受力明显低下，导致他的诗歌常常显得和生活有隔阂。但在海恩的晚年，这种情况已经有所改变，如在对待妇女和宗教的问题上他已经不再坚持过去的保守之见。他在史密斯学院 1883 届毕业典礼上所献的长诗里，回顾了女性长期以来所取得的成就，很高兴地见到在"我们这个更加高尚的时代里"，"旧日的错误"已经死亡，"传统习俗的锁链"已经"松动"，妇女现在可以自由地探索科学和艺术的奇妙。当然海恩并没有说男女应当平等，更反对忽视母亲和妻子的职责。②

埃德温·马卡姆(Edwin Markham)1852 年 4 月 23 日生于奥尔良州奥尔良市，父母是开发西部的移民，马卡姆是家里的幼子。五岁那年父亲去世，1857 年母亲带着他移居到加利福尼亚中部的一处荒凉的山谷，他一面在简陋的乡村小学受教育，一面帮助家里干农活、牧马、放牛。18 岁时马卡姆想当教师，便去了圣何塞的州师范学校就读。他从孩童起就对写诗感兴趣，写过一些诗歌，如《混沌之梦》(A Dream of Chaos)，这些习作模仿流行的华丽词句，读起来十分幼稚。但成年后马卡姆的诗歌逐渐成熟，其代表作就是 1899 年发表的《扛锄头的男人》(The Man with the Hoe)。在诗中他以米勒③所画的弯腰

---

① Paul Hamilton Hayne, *Poems of Paul Hamilton Hayne, Complete Edition* (Boston: Lothrop Publishing Company, 1882), p. 268.

② Rayburn S. Moore, *Paul Hamilton Hayne* (New York: Twayne Publishers, Inc., 1972), pp. 166, 143.

③ 米勒(Jean-Francois Millet, 1814—1875)，法国 19 世纪画家，50 年代起创作的以农民为主题的油画为他赢得世界声誉。

弓背的法国农民形象为依托:“自耕农有自己的土地,你们不必为他难过。但是米勒画里的农民却相反,这位扛锄头的男人是世界上没有土地的雇工。”马卡姆用诗的语言使米勒画中的农民形象变得更加具体、更加丰满,把他上升为一切被压迫者的象征,并通过这个象征对不公平的社会制度提出严厉的批评:

背负着数百年的重负,他
靠在锄头上,盯着地面,
脸上被岁月消磨得空空荡荡,
背上压着整个世界。
谁使他对喜怒哀乐无动于衷,
从不会悲哀,也不会希望,
呆若木鸡,钝如公牛?
谁让这个难看的下巴垂悬着?
谁的手让这条眉毛向后倾斜?
谁的呼吸吹灭了这个头脑里的光?

这里马卡姆把矛头直接指向了压迫者,并且号召全体受压迫的人们“向世界的法官发出抗争的申辩,/这个申辩也是预言”:

哦,世界各地的统治者们,
未来会怎样处理这位农民?
当反抗的风暴席卷所有的海岸
你们会如何来回答他在那个时刻提出的问题?
那些大大小小的王公贵族——
那些使他沦落为猪狗不如的家伙们——
如果几百年的沉寂之后,
这种沉默的恐惧要来审判这个世界,你们该怎么办?

这首诗歌1月15日在旧金山《检查者报》(*Examiner*)上发表,立刻引起轰动,世界各地的报纸杂志纷纷转载转引,其在劳工界的影响要远远大于文学界。同年此诗被辑入马卡姆的第一部诗集《扛锄头的男人及其他诗歌》(*The Man with the Hoe and Other Poems*)。两年后他又发表了一首同样引起轰动的《林肯及其他诗歌》(*Lincoln, and Other Poems*,1901)。诗歌用《圣经》的语言描绘了林肯的诞生,把他比喻为为了清算世间邪恶而再度降临人间的耶稣基督:

从小木屋直到国会山，
怀着不屈的精神和坚定的信念——
把锋利的斧刃对准邪恶的根源，
为上帝的到来扫清道路，……

后来马卡姆又出版过几部诗集，如《幸福之靴》(*The Shoes of Happiness*, 1914)，《天堂之门》(*The Gates of Paradise*, 1920)，以及在他80岁生日发表的《新诗集：八十老人的八十首诗》(*New Poems: Eighty Songs at Eighty*, 1932)，但在质量和效果上都不如前。马卡姆1901年去东部，定居在纽约的斯塔腾岛，直至1940年去世。

莉契特·伍德华斯·里斯(Lizette Woodworth Reese)是当时为数不多的女诗人的典型代表。她1856年1月9日生于马里兰州巴尔的摩县，父母是爱尔兰和德国后裔，从小在私立学校接受教育，毕业后在巴尔的摩中学教授英语，1921年退休。1923年该校的校友和全校师生把她的十四行诗《眼泪》(Tears)刻在铜匾上献给学校以表彰和纪念这位女诗人。这首诗描写了一位孤寂的诗人对过去的惋惜和对生命的感慨：

当我想起生命及它短暂的时光——
一层蒙蒙的薄雾升起在我和太阳之间；
战斗在召唤，战斗已经结束
战场的回声已经从耳边消失；
草丛里被窒息的玫瑰，恐惧的时刻；
黑下来的海岸飓风在咆哮；
一阵音乐从无人倾听的街上传来，——
我含着无用的眼泪在四处游荡。

但最后诗人意识到必须“从泪水中解脱，看清眼前的目标”，从无端的忧伤里重新振作起来。她的十四行诗乍看和传统的英国十四行诗没有区别，有人确也批评她纯粹只是模仿。这也情有可原，因为里斯居住的巴尔的摩的主要居民是英国移民，这个地区的地形地貌和英国的萨塞克斯郡与白金汉郡也十分相似。但批评家们还是意识到，在里斯诗歌的深处涌动着的仍然是诗人本人对生活对人生的独特理解。

里斯的第一部诗集是《五月一枝》(*A Branch of May*, 1887)，此后陆续创作发表的诗集有《一束薰衣草》(*A Handful of Lavander*, 1891)、《宁静的小路》(*A Quiet Road*, 1896)、《路边的琵琶》(*A Wayside Lute*, 1909)等。当时美国诗坛矫揉造作之风流行,里斯的诗歌在主题和形式上虽然看起来十分传统,却技艺娴熟,自然流畅,清新隽永,给美国诗坛带来一股清风。同时代的读者只是欣赏里斯诗歌里那些表面的优美描绘和看似传统的遣词造句,后来的评论家们却意识到里斯的诗作超前了整整一代人。如《春的狂喜》(Spring Ecstasy):

> 哦,让我奔跑和躲藏,
> 　　让我直接奔向上帝
> 天气对白色如此地着迷
> 　　从天上直到大地。
>
> 如果只是一样东西如此,
> 　　丁香花或者荆棘,
> 的确就不会
> 　　这么难以忍受。
>
> 天气如此发狂地着迷于白色;
> 　　云朵,公路的感受。
> 白色的丁香花足够了;
> 　　白色的荆棘太过分!

诗人通过自己对春天的敏锐的感受,利用一些看上去十分突兀的意象,给整首诗蒙上了一层神秘的色彩,读后余味不绝,正如一位女性评论家所言:"她的诗歌会流传下去,并不是因为这位诗人比其他诗人更加聪明或有新意,而是因为她在某些方面对生活中的体验感觉得更加细腻。"①

1909 年至 1920 年这段时期里斯很少创作,然后她又突然活跃在美国诗坛,先后问世的诗集包括《香木》(*Spicewood*, 1920)、《野樱桃》(*Wild Cherry*, 1923)、《诗集》(*Collected Poems*, 1926),尤其是 1930 年和 1933 年出版的两部诗集《白色的四月》(*White April*)和《牧场》(*Pastures*),后者发表时她已经 78 岁,但这些诗歌读来和她年轻时的创作没有什么区别,读者看到的依然是诗人对春天的惊喜,对爱情的向往,对大自然的热爱,这也反映了世纪之交美国

---

① 本节中的引文及部分资料来自 Louis Untermeyer, ed. *Modern American Poetry* (New York: Harcourt, Brace & World, Inc., 1969), pp. 106 - 159。

诗坛女诗人的一个创作特点。1935 年 12 月 17 日里斯去世，享年 80 岁。

和里斯相比，罗宾逊的关怀要广阔得多。埃德温·罗宾逊（Edwin Arlington Robinson）1869 年 12 月 22 日生于缅因州的一个名叫海德·太德的村庄。他生性孤僻，但勤奋用功，从小喜爱写诗。1891 年他进入哈佛学院，但两年后因父亲病故而辍学。贫穷的家境和苦苦的挣扎使他对社会和生活有了更加深刻的了解。1896 年他出资印刷了自己的第一部诗集《湍流和前夜》（*The Torrent and the Night Before*），其中的部分诗歌编入次年出版的《黑夜的孩子们》（*The Children of the Night*，1897），里面的部分诗歌至今仍然受到读者的喜爱。移居纽约后罗宾逊出版了第三部诗集《克雷格船长及其他》（*Captain Craig and Other Poems*，1902）。尽管这些诗集并不成功，读者极其有限，但罗宾逊的知名度在不断提高，并得到美国总统罗斯福的欣赏。鉴于他生活窘迫，罗斯福把他安排在纽约海关工作。1910 年他的第四部诗集《河下游之城》（*The Town Down the River*）出版并献给罗斯福总统，1916 年发表的《对着苍穹的人》（The Man Against the Sky）堪称罗宾逊的代表作。此后的《三个小酒馆》（The Three Taverns，1920）便显得逊色，但 1921 年麦克米伦出版的《诗合集》（*Collected Poems*）获得了普利策奖，长诗《死过两次的人》（*The Man Who Died Twice*，1924）也获得该年度的普利策奖，而以亚瑟王传说为题材的中世纪长诗《特雷斯特拉姆》（*Tristram*，1927）第三次获得此殊荣，被称为当时的一流诗人，其受欢迎程度甚至超过当时的畅销小说。1928 年后罗宾逊的诗歌创作开始走下坡路，直至 1935 年去世。为了追求经济利益他一年出版一部诗集，但质量明显下降，内容上也反映出诗人的孤独心情，具有浓厚的悲观色彩，如《夜莺们的光荣》（*The Glory of the Nightingales*，1930）便显露出诗人情感的不真实和思想的枯竭。

和那位也曾得到过美国总统帮助的小说家霍桑一样，罗宾逊的诗歌以人物心理刻画见长，并使这种刻画折射出诗人对美国社会现实的思考，尤其把对人性的善与恶和当时的拜金主义、道德沦丧结合起来，对后者进行了尖刻的批评，透过表面的虚幻折射出对光明和道德价值的追求。如哲理诗《对着苍穹的人》描写了对真理的追求：

不管什么东西驱使、诱惑、引导他，
坚持信念的梦想决不改变。
轻信产生于轻易的考验，
无力的拒绝带来微弱的否定，
疯狂的憎恶来自旧时的社会条件，

盲目的参与基于浅薄的理想,
不管什么东西阻止他或者愚弄他,
他的道路甚至也和我们的一样。

他的短诗倒是更加清淡直接,反映的也是社会上的普通人,尤其是社会的失意者,如下面的这首《罗奔·布莱特》(Reuben Bright):

他以宰杀牲畜为生
这是他的正当职业
所以你们不要以为罗奔·布莱特
比你我更加残忍;
因为当别人告诉他他的妻子就要死去,
他盯着他们悲伤恐惧得浑身发抖,
大半夜像个孩子似的大哭,
惹得女人们也和他一起哭泣。

她去世之后,他付清了
教堂司事和唱诗班,
他把她的生前之物
悲伤地放入一只她使用过的
旧箱子里,还加进去一些砍下的松枝,
然后拆毁了自己的屠宰屋。

但此诗仍然具有一定的哲理性,在感情宣泄中透露出超验的顿悟。丈夫与妻子,男性与女性,残酷与仁爱,乃至生与死,都凝结在这首简短的小诗里,令人回味。在《使徒信经》(Credo)里,迷茫、恐惧、企盼和信念被有机地糅合在一起,创造出一种神秘的气氛:

不,没有一丝光亮,一点声音,
对那黑夜的深沉和混沌,
他感到恐惧,也衷心地欢迎;
因为透过它——超越所有这一切——
我知晓了遥远的过去传送过来的信经,
我感觉到了即将到来的光的荣耀!

艺术形式上，罗宾逊的风格是准确加灵巧；虽然严格遵循传统的诗歌形式，却意象生动，诗句清晰，节奏流畅，清新明快。他是位承前启后的诗人，预示了现代派诗歌的来临，但又没有直接介入现代派的活动，也没有对后人产生如此大的影响。

埃德加·李·马斯特斯（Edgar Lee Masters）是世纪之交引人注目的一位诗人。他1869年8月23日生于堪萨斯州的清教徒家庭，童年时的教育时断时续，后来在父亲的律师事务所学习法律，实习一年之后去芝加哥做了律师，颇为成功。去芝加哥之前马斯特斯已经做过不少诗，主题和形式都十分传统，到24岁时他已经写出400余首。马斯特斯阅读广泛，十分喜爱坡、济慈、雪莱、斯温彭的诗歌。29岁那年他出版了第一部诗集《诗集》（*A Book of Verses*），用化名沃利斯（Dexter Wallis）出版了第二部诗集《预言家的血》（*The Blood of the Prophet*，1905），第三部诗集《诗歌集》（*Songs and Sonnets*，1910）使用的仍然是化名（Webster Ford）。同时，他也用真名出版了几部剧本，如《吊儿郎当的人》（*The Trifler*，1908）和《树叶》（*The Leaves of the Tree*，1909），以及散文集《新星法院》（*The New Star Chamber*，1904）。

马斯特斯在芝加哥时，因律师事务所的合伙人失职，招致同行和政敌的攻击，于是他转而投身芝加哥1912年的文学运动。不久他从研习古典文学转到观察现实，1914年和母亲回忆他们曾经居住过的彼得斯堡和刘易斯敦两地的逸闻趣事时，触发创作灵感，同年完成214篇墓志铭式的短诗，发表在杂志《里迪的镜子》上，其新奇的思想和诙谐的语言大受读者欢迎，次年结集出版，名为《匙河集》（*Spoon River Anthology*）。诗集里的200多位已经故去的人物来自西部小镇生活的方方面面，通过他们毫无顾忌的讲述，重新展现小城生活的风貌。他们叙述的既有高尚的理想，更有平庸的生活甚至见不得人的秘闻丑事。如《编辑惠登》（Editor Whedon）：

为了某种企图而歪曲真相，
为了卑鄙的计划，阴险的目的
而滥用人类的家庭感情和激情，
像古希腊演员那样戴着面具——
……
为了金钱而掩盖丑闻，
为了报复而散布流言，
或者出卖报纸，
在必要时就进行诽谤或置他人于死地，

不惜任何代价,除了自己的生命,去捞取一切。
在疯狂的权力中摆威风,把文明全都抛弃,
像孩子似的把木头放在铁轨上,
让飞驰的火车倾覆。
这就是编辑,我生前的职业,
这儿从村里流来阴沟的污水,
还堆着空罐头和垃圾,
堕胎儿也被偷偷埋藏在此地。

由于讲述的方式大胆直率,暴露出社会的阴暗面,诗歌出版后遭致保守人士的攻击,但读者数量剧增,同时代诗人弗莱彻(John Gould Fletcher)评论道:"高度的真实,详细刻画人物的力量,马斯特斯对各类美国人的熟悉,彻底搅动着整个美国文学界。"诗集甚至被称为"美国的《人间喜剧》",对此弗莱彻解释道:"《匙河集》的价值不在于诗的力量,而在于它是第一手资料的历史文献……这些墓志铭以令人难忘的准确性总结了一种生活:西部大移民、自由大陆上的自由人的美国梦、内战、工业发展和无耻的掠夺财富。"①

此后马斯特斯又返回到自己早先的文学创作模式,模仿丁尼生、雪莱、斯温彭写起内容和形式上都没有多少新意的诗歌,如《诗歌和讽刺》(Songs and Satires, 1916)、《大峡谷》(The Great Valley, 1917)、《新匙河》(New Spoon River, 1924)及《不可见的景色》(Invisible Landscapes, 1935),只是仍然保持了自己特有的直率和孜孜不倦的追求。马斯特斯的有些短诗倒是既俏皮又有一定的寓意,如《一个有学问的人》(A Learned Man):

一个有学问的人曾见到我。
他说:"我知道怎么走——跟我来。"
他这一说我非常高兴。
我们两人赶紧动身。
不久,刚走出不远,
我的眼睛就毫无用处,
不知道脚下的路该怎么走。
我抓紧了那位朋友的手;
但他最后却说:"我也迷了路。"

① John Gould Fletcher, *Life Is My Song* (New York: Farrar & Rinehart, 1937), pp. 199, 193.

1935年至1938年的三年间马斯特斯最多产，写出一部自传、一部小说、三部传记、三本诗集，但质量却明显越来越差，此后值得评点的作品就更少，直到他1950年3月5日去世。

安娜·布朗契(Anna Hempstead Branch, 1875—1937)是新世纪不断增多的女诗人中的一员。她生于康涅狄克州的新伦敦，1897年毕业于史密斯学院，此后在纽约致力于文学创作和社会服务，生前被英国知名记者斯特德(William Thomas Stead)赞为“美国诗歌中的布朗宁”，①1937年9月8日去世。

安娜的诗歌创作成就主要体现在她的两部诗集《会跳舞的鞋子》(*The Shoes That Danced*, 1905)和《风中的玫瑰》(*Rose of the Wind*, 1910)里，诗歌想象丰富，而且诗中不时闪现出思辨的光芒。《厨房里的修道士》(The Monk in the Kitchen)是一首比较典型的布朗契诗，描写诗人对整洁的追求，并且把厨房这个最不容易保持洁净的地方和修道士乃至天使结合起来，使这种追求带有一种崇高神秘的气质。布朗契的诗歌虽然具有比较浓厚的超验味道，但细读起来仍然不乏简洁直率之美：

井然有序是件美好的事情；
它对混乱张开翅膀，
让整洁唱起赞歌。
它有一副温顺谦虚的风度，
像修女面孔般的宁静。
嘿——我要你来这里！
带来深深喜悦的安宁，
闪光的东西通过你而显现
犹如石块通过溪水，甜美清澈。
你的清澈，
加上天使般的仁慈
展示出你所到之处的美，
像一池洁净的清泉四处流溢。
然后你所触及的一切事物，
就显得更加美好更加有灵气，

① 布朗宁夫人(Elizabeth Barrett Browning, 1806—1861)，英国维多利亚时代杰出的女诗人，英国诗人罗伯特·布朗宁之妻，对狄金森和坡等美国诗人有很大影响。

宁静的空气所做的反映——
来自遥远天体的
一簇簇群星。

艾米·洛厄尔(Amy Lowell)是另一位值得一提的女诗人。她1874年2月9日出生于麻省布鲁克莱恩的名望世家,祖父的堂兄弟是著名诗人洛厄尔,胞兄珀西沃·洛厄尔是绘出火星运河图的著名天文学家,艾伯特·劳伦斯·洛厄尔则做过哈佛大学校长。艾米童年接受家庭教师的教育,家境优越,有自己的庄园、草地、果园,使她对自然、色彩具有非凡的感受能力。她从小喜爱喜剧,喜剧演出培养了她的表现力,后来她为推动意象派诗歌做过许多演讲,场场爆满。据说她28岁时因迷恋上著名演员埃莉奥诺拉·杜斯而给后者写了一首诗,从此决定要做一名诗人。此后八年她广泛阅读,熟悉并掌握了作诗的各种技巧。1910年她在《大西洋月刊》上发表了自己的第一首诗,两年后第一部诗集《多彩玻璃的大厦》(*A Dome of Many-colored Glass*)出版,但没有跳出英国浪漫主义诗歌的窠臼而招致冷遇。

艾米早期的诗歌在主题和表述上和传统诗歌没有多少差别,语气也显得情绪化,明显受到英国诗人济慈和丁尼生的影响,没有什么个人特色。但1914年出版的《剑刃和罂粟种》(*Sword Blades and Poppy Seed*)却表明她已经迅速成熟,和意象派诗人有了明显的联系,而且在英语诗歌里第一次提倡并使用所谓的"多音散文体诗歌"(polyphonic prose)。她自己对这种创作手法作出过界定:"'多音'就是'多重声音',这种形式得名于使用诗歌的各种'声音',即:音步,自由体诗,半谐音,头韵,韵脚和回旋。它使用各种形式的节律,甚至有时使用散文的节律。"这种诗没有固定的形式,随诗人的情绪而定,节奏多变,如《春日》里对中午的描写:

纷乱拥挤的街道。交通的冲击和反冲。古老教堂肃穆的砖墙前面是一片滚滚的人浪,向前涌过去,向后退回来。耀眼的阳光射在人行道上。蓝色、金色和紫色的光流,从药房橱窗里向人群喷射……我是城里的一分子,一粒扬起的灰尘,落到向前移动的人群里。

艾米倾心于庞德等人倡导的意象主义诗歌并成为其积极的推动者,因此也得到评论界的关注。和其他意象主义诗人一样,艾米擅长于表现色彩、声音和感官反应,使得她笔下的每一个意象(花草、房屋、天气)都栩栩如生,呼之欲出,以弥补对内心深处体验描写不足的缺憾,故被称为"善于描写外部世界的诗人"。如她的《秋霭》(Autumn Haze)里对秋霭的描写:

是蜻蜓还是枫叶
轻轻地浮在水面上？

又如她对秋的另一处描写：

我成天望着紫藤叶
落入水中。
此刻仍在月光里飘零。
但每片叶子都镶上了白银。

这些诗句只用寥寥数语，便显示出生动的意象，进而烘托出诗歌的主题。

艾米还对外国文学感兴趣，尤其是东方文学。她写过关于日本的诗歌，还根据罗伦斯·艾斯库太太直译的中国唐诗创作出《松花笺集》(*Fir-flower Tablets*, 1921)，显示出她对唐诗有相当的领悟能力，她自己的一些短诗也近似唐诗里的绝句，如《风和白银》(Wind and Silver)：

闪耀得刺眼，
秋月在淡淡的天空飘浮；
鱼池抖了抖脊背，闪耀着自己龙的鳞片
当她照过它们时。

艾米还写过两部批评文集：《六位法国诗人》(*Six French Poets*, 1915)和《当代美国诗歌的发展趋势》(*Tendencies in Modern American Poetry*, 1917)，出版过两卷本巨著《约翰·济慈传》(*John Keats*, 1925)。但现在看来，艾米的文学批评能力远不如她的创作能力。她分不清文学流派的主次，对美国当代诗人的梳理和评价也有失公允，对济慈的研究也失误颇多。

艾米身体一直多病，1925 年 5 月 12 日去世，去世之后出版的作品有：《几点钟》(*What's O'clock*, 1925)、《东风》(*East Wind*, 1926)、《供出卖的诗歌》(*Ballads for Sale*, 1927)，其中《几点钟》获得该年度的普利策文学奖。艾米死后美国批评界对她的文学贡献给予了很高的评价，但在新批评时期，由于她的诗歌(以及整个意象派诗歌)工于反映感官和事物的表面，缺乏艾略特等为代表的智性诗的特点(讽刺、机智、隐喻等)，因此一直受到冷遇。

第三章

戏剧的进一步酝酿

西班牙、法国、英国在北美殖民地实施统治之时，也是戏剧在这些殖民宗主国达到高潮之际(如洛佩·德·维加、高乃依、莎士比亚)；但由于美洲大陆遵循严格的清教传统[①]，和欧洲的境况形成强烈的反差，所以人们常常以为戏剧这种文学表现形式很难在清教氛围浓厚的美国社会这块土壤上滋生和发展。这种看法不无道理。由于上述的原因，欧洲文艺复兴时期那样的戏剧的确不可能出现在美洲大陆，但是，殖民地也并不因而就成了戏剧的荒漠。北美的欧洲移民接受的是欧洲教育，自然受到欧陆文化的影响，北美的统治者更是以欧洲文化为典范。因此虽然戏剧在形式上没有明显的存在，却一直影响着北美殖民地人们的思维。在某种程度上，戏剧思维的确使殖民过程和殖民地人们的生活观之间建立起某种联系："约翰·史密斯船长这些人把新世界作为一个舞台，来扮演自己的历史角色，马德里、巴黎、伦敦的观众则把舞台看成一个微型世界。"[②]实际上戏剧这种娱乐形式在殖民地一直存在，戏剧读本一直是清教文化传统的组成部分，16 世纪加尔文教徒约翰·福克斯(John Foxe，1516—1587)就写作宗教剧在大学演出。殖民时期戏剧演出时有出现，当时美国南部对待戏剧的态度比北部宽松，北部的有钱人也常常到伦敦欣赏戏剧。尽管北方出于宗教原因一直束缚戏剧的发展(如麻省直到 19 世纪末才出现职业戏剧节)，但独立战争之前戏剧表演在纽约已经成为一种职业。

殖民地的戏剧思维在美国独立战争时期得到了明显的表现，当时戏剧被作为政治宣传的工具，纽约、费城等地的戏剧演出十分频繁，尽管仍然不时受到传统观念的束缚。如华盛顿喜爱戏剧，独立战争时期常用 18 世纪初的英国剧作家艾迪生(Joseph Addison，1672—1719)的著名悲剧《卡托》(*Cato*，1713)激励大家的斗志，却不得不屈服于大陆会议，于 1778 年颁布法令禁止戏剧演出。独立战争结束后戏剧被认为是英国前统治者的遗留物，不应该让它干扰新美国的建设。即使如此，战后戏剧仍然在英国影响较大的纽约得到比较快的发展。到 18 世纪末，其他一些城市如波士顿、巴尔的摩等纷纷建起剧场。

---

① 除了信仰上的原因，英国加尔文教还认为戏剧描写犯罪，表演等于虚伪做作，鼓励年轻人模仿不良行为。

② Jeffrey H. Richards, ed. *Early American Drama* (Penguin Books, 1997), p. x.

第一节
19世纪下半叶美国戏剧的走向

现实主义出现之前的百多年间,风靡美国戏剧舞台的是情节剧。情节剧继承浪漫主义传统,倚重剧情的起伏跌宕,而人物大都类型化、脸谱化,剧作家只在惊奇神秘、情感宣泄上下功夫。这种剧对现实的反映流于表面,很少顾及人物心理刻画,对戏剧艺术本身也疏于挖掘。美国的情节剧来自法国,据说情节剧里复杂的情节和夸张的动作适合表现革命热情,宣泄激荡的感情:"情节剧代表了法国大革命的道德。……它本质上是一种民主的形式,卑贱的小人物可以直面傲慢的暴君,表达良心的价值,家庭的神圣,所有人基本的道德平等,即有德之人之间的博爱等简单的真理,并且在最后一场以激动人心的方式让坏人受到惩罚,好人受到褒奖。"[①] 1802 年 11 月托马斯·豪尔克劳福特(Thomas Holcroft, 1745—1809)改编法国通俗剧作家吉贝尔·德·皮克斯勒古尔(Guilbert de Pixerecourt, 1773—1844)的情节剧,把它们带到英国,1803 年初在纽约舞台上演(如《一个神秘的故事》*A Tale of Mystery*)。欧洲的情节剧为什么会在美国大行其道?最主要的原因恐怕是美国当时尚没有足以与欧洲相匹敌的本土戏剧,为数不多的剧作家和剧团不得不模仿和照搬:

在美国,剧本创作达到文学水平在时间上很晚,而且还是附属在小说的巨大成就上,这一点至今仍然如此。比如,豪威尔斯给美国小说树立现实主义方法40年后,斯蒂芬·克莱恩的《梅季》开创"新现实主义"20年后,美国戏剧还常常沉湎于感情剧、情节剧、维多利亚中期的戏剧以及模仿的手法……1900年初期一般的剧作家和1870年代的小说家差不多,经常关心的是艺术传统,而不是艺术应当塑造和赋予意义的生活。一般的剧作家必须根据特定的演员来构思剧本,所以(从文学的角度说)进一步受到限制,因为观众欣赏的是演员而不是戏剧本身。[②]

另外,美国是个新兴的国家,观众大多出身下层,喜好直截了当,对轰轰烈

① Jeffrey H. Richards, ed. *Early American Drama* (Penguin Books, 1997), p. xxxiv.

② Cleanth Brooks, R. W. B. Lewis and Robert Penn Warren, *American Literature, The Makers and the Making* (New York: St. Martin's Press, 1974), p. 2001.

烈的场面感兴趣,复杂深刻凝重的戏剧并不合他们的欣赏口味。当然这种情况也并非千篇一律。当时美国上演的许多情节剧表现的是贵族社会,如出身费城上层社会的乔治·亨利·鲍克(George Henry Boker)所写的戏剧就描写欧洲宫廷生活,其代表作《里米尼的弗朗塞斯卡》(*Francesca da Rimini*,1855)就模仿但丁和莎士比亚。还有些情节剧则表现欧洲的等级制度或其在美国社会的反映,所以当时的情节剧"既迎合上层社会的做作又有意讨好劳动阶层,吸引他们参与娱乐"。当代批评界对情节剧并没有一概抹杀。如詹姆斯·巴克(James N. Barker)的《印第安公主》(*The Indian Princess*)据说是第一部有关波卡红达斯的戏剧[①]。神话批评从剧本里读出"一种更大的文化欲望,即利用这位印第安公主来表现这个国家的自我意识"。情节剧里雷同的人物塑造和情节结构虽然是后人批评的对象,但使用心理分析批评也可以看出各种心理冲突的不同展现。

伴随着社会发展中出现的一系列问题,19世纪的美国戏剧得到了进一步的发展。19世纪上半叶出现的酗酒问题导致中产阶级家庭不和,此时也出现戒酒剧,如史密斯(W. H. Smith)出演的《醉鬼》(*The Drunkard*)产生过很大影响。开发西部时边疆题材的戏剧逐渐增多,大铁路开通后戏剧一路跟进,深入人口稀少地区,到了美国内战时期戏剧已经从东部扩展到中西部乃至西部的旧金山,渐渐成为美国文化的主流媒介[②]。如果说诸如酗酒这一类的社会问题尚不够尖锐,戒酒剧这一类的社会剧争议尚不大的话,美国内战涉及的社会问题则完全不同,也为美国戏剧提供了一个巨大的发展空间。

对现实问题的关注使美国戏剧加快走向成熟,而戏剧艺术本身的发展和演出条件的改善也起到了推动作用。这个时期戏剧史上最重要的一件事就是导演(master director 或 régisseur)制的出现。在导演出现之前,剧团以演员为中心,虽然设有舞台监督,但舞台监督的责任只是后台提示,和乐师美术师做些协调,有时也兼做剧团经理[③],不介入对角色的理解或指导演员的表演,更谈不上是演出的总负责。内战之后,尤其是19世纪70年代之后,剧团数量剧增,戏剧的普及程度大大提高,观众对戏剧的了解更加全面,对戏剧的要求更

① 波卡红达斯(Pocahontas,1596?—1617)是印第安部落首领的女儿,1607年英国殖民者在其领地建詹姆斯敦后与印第安人关系紧张,她充当双方的调解人。1611年双方战争时她被英国人俘虏,1614年皈依基督教,嫁给白人种植园主罗尔夫,1616年访问英国时受到上层的礼遇,次年返回前病逝在那里。她的传说一直是文学表现的题材,20世纪90年代好莱坞还出过卡通片《风中奇缘》(*Pocahontas*)。

② 这也是美国戏剧有别于欧洲戏剧的特征之一,即美国戏剧的发展受到美国国家发展的影响,具有多样性(Oscar G. Brockett, *History of the Theatre*, Boston: Allyn and Bacon, 1991, p. 452)。

③ 剧团经理的职责就是维持剧院的收入,同时兼顾剧院的方方面面,从招聘演员、发放工资,到决定剧本、监督排演(Jeffrey H. Richards, ed. *Early American Drama*, Penguin Books, 1997, p. xxv)。

高;同时戏剧的排演过程更加复杂,更加注重演出的效果,因此更加强调事先的总体策划。在这个背景之下现代意义上的职业导演应运而生,并且由于导演的产生进一步推动了美国戏剧水平的提高。导演的出现也是现实主义戏剧的需要。现实主义之前的戏剧(如情节剧)表现的是普遍原则,舞台上使用的多是抽象概括性的背景;由于现实主义表现的是具体社会现象,要求忠实再现历史场景,演出时常常使用具体真实的道具,一些特殊的效果如大火、洪水等要求更加逼真,这些都需要专业导演的协调。

戏剧的普及和演出条件的改善也赋予了美国戏剧以新的活力,推动了美国"戏剧革命"的发展。内战后演出船重新出现在密西西比河上,从一个小镇到另一个小镇,演出古典歌剧、莎士比亚戏剧和情节剧。到 19 世纪末形形色色的演出在美国各地十分风行,流动剧团在全国巡回,黑人剧社(minstrelsy)遍布城乡,滑稽讽刺剧(burlesque)成为通俗的演出样式。这时的戏剧样式五花八门,有情节剧、闹剧、喜剧、地方色彩戏剧、浪漫情感剧、历史悲剧、音乐剧等,大歌剧在繁华的大城市屡见不鲜。这些剧或从欧陆引进,或由美国剧作家根据小说改编。全美各地出现了无数小剧社、小剧场,大中城市的剧院不断增多,18 世纪那种窄小的剧院逐渐被更加专业、更加豪华、演出效果更好的大剧院所代替[①]。1909 年"纽约新剧院"落成,拥有 3 000 个座位和一个旋转舞台,装备了最现代的舞台技术,是莎剧等古典戏剧的理想演出场所,堪与当时著名的"莫斯科艺术剧院"相媲美。由于中产阶级观众所占比例的增大,剧院的重点也从廉价的平民阶层转向欣赏品位较高的中产阶级观众,兼顾商业利益和艺术价值。1910 年"美国戏剧联合会"(the Drama League of America)成立,目的是提高观众的戏剧欣赏水平,使戏剧成为"社会的文化认同力量"。这时全美有数百个戏剧研究小组,全国性杂志《戏剧》(*The Drama*)也出现在这个时候。另一个值得注意的现象就是戏剧逐渐进入大学课程。殖民时期大学就已经出现戏剧演出,但戏剧或作为研究,或作为课外活动,从未进入大学课程,学生从事戏剧活动也不算学分。1900 年哥伦比亚大学开设戏剧文学课,哈佛大学也在 1904 年由剧作家贝克(George P. Baker)开设戏剧写作课,尽管仍然不算学分,但后来的一些重要的剧作家如尤金·奥尼尔,甚至我国话剧创始人之一洪深都选学过贝克的这门课。

在垄断资本主义经济的影响之下,世纪之交美国出现了戏剧演出界的行业垄断组织"剧院辛迪加"(The Theatrical Syndicate)。当时全美有 500 多家剧团在各地巡回演出,为了达到控制垄断的目的,费城的萨姆和纽约的查尔斯

① 这个时期戏剧演出的频率也大大增加。《汤姆叔叔的小屋》之前,成功的戏剧只演出 15 场左右,到 19 世纪 80 年代则达到 50 至 100 场(Oscar G. Brockett, *History of the Theatre*, Boston: Allyn and Bacon, 1991, p. 454)。

等人于1896年组成了剧院辛迪加，控制了主要城市间的要道及各地的主要剧院，并间接控制了几乎所有明星演员，规定一切商业演出必须通过他们往外订票并缴纳高额“门票费”。对不服从的剧院，辛迪加就在其对面另建剧院，以低价挤垮它，到1900年它几乎统治了美国戏剧演出。这么做的后果就是窒息了竞争，而且使戏剧创作和演出必须按照辛迪加的经济利益为参照，因此演出剧目品位低下且雷同，高雅剧目或名著改编的剧目根本没有出路，导致20世纪前15年美国戏剧商业味浓厚，没有出现重要剧作。辛迪加的做法招致赫纳、贝拉斯哥和詹姆斯·奥尼尔(James Oneill，尤金·奥尼尔之父)等人的抵制。贝拉斯哥的《迪巴里》(*Du Barry*)在纽约上演时只得忍声吞气，缴纳高额费用来选择辛迪加的“标准剧场”，否则很难成功。幸运的是1902年贝拉斯哥得到了共和剧院五年的使用合同，因为剧院主人奥斯卡也看不惯辛迪加的霸道行为。1905年舒伯特三兄弟在遭到辛迪加的一再欺压后，组织起另一个戏剧垄断组织和辛迪加分庭抗礼。和松散的辛迪加不同，三兄弟在全国购买、建造剧院，其垄断形式更加牢固，因此1916年辛迪加消亡后他们就成了演出界新的主宰，直到20世纪中叶受到反托拉斯法的制裁他们才被迫作出让步。

第二节
早期现实主义戏剧和《汤姆叔叔的小屋》

总的说来，19世纪美国戏剧仍然以充满浪漫色彩的情节剧为主，加上媚俗的滑稽剧和轻歌舞剧，剧作家和剧院所追求的是演出的商业利益。但是19世纪后期美国文学中现实主义的出现，尤其是现实主义小说家取得的巨大艺术成功，直接影响到19世纪后期的美国戏剧，使得现实主义戏剧在世纪转换时期十分令人瞩目，尽管美国现实主义戏剧的高潮直到20世纪20年代才真正形成。

美国现实主义小说受到欧洲现实主义小说的影响，美国早期现实主义戏剧也得益于欧洲现实主义戏剧的启发。挪威剧作家易卜生(Henrik Ibsen，1828—1906)抛弃情节剧的表现手法(繁杂的场景，惊奇的发现，突兀的高潮，华丽的辞藻)，直接面对社会现实问题，其《社会支柱》(*Pillars of Society*，1877)、《玩偶之家》(*A Doll's House*，1879)和《群鬼》(*Ghosts*，1881)等剧80年代传到美国后在美国戏剧界引起强烈震动。瑞典剧作家奥古斯特·斯特林堡(August Strindberg，1849—1912)则关注人物心理，探索人物的内心冲动;其现实主义戏剧《父亲》(*The Father*, 1887)和《朱莉小姐》(*Miss Julie*, 1888),表现主义戏剧《死亡之舞》(*The Dance of Death*, 1901)和《梦》(*A Dream Play*, 1902)都为美国剧作家所津津乐道。俄国剧作家契诃夫(Anton Chekhov, 1860—1904)对传统的戏剧情节构造进行了创新,如《海鸥》(*The Seagull*, 1896)、《万尼亚舅舅》(*Uncle Vanya*, 1897)、《三姊妹》(*The Three Sisters*, 1901)和《樱桃园》(*The Cherry Orchard*, 1904)。英国剧作家萧伯纳(George Bernard Shaw, 1856—1950)和叶芝在19世纪末的戏剧创作也影响到美国的剧坛。

早期现实主义对美国剧本创作最大的影响,就在于使剧作家们逐渐摆脱情节剧的俗套。他们认识到,浪漫传统喜好异国情调和拜伦式英雄,津津乐道贵族上层的争斗,语言华丽修辞浮夸,这一切显得过于浮浅和遥远。于是剧作家们渐渐转向美国本土的社会现实,寻常百姓的日常生活,以及大众化的生活语言,表现"未被美化过的真实"。对欧洲浪漫主义戏剧传统的摆脱也是美国剧作家逐渐本土化的过程,表现在他们对美国社会现实(工业革命、城市化、科学和宗教的冲突等产生的社会问题)的关注。这种变化当然不是一蹴而就,19世纪下半叶的情节剧里已经出现越来越多的现实主义成分,尤其在人物对话和戏剧效果方面。如麦凯的《海兹尔·克尔克》(*Hazel Kirke*, 1880)虽然人物不真实,情节刻意雕琢,但故事的背景是美国的一个小作坊,人物除了男主角和他的母亲外都是普通人,语言也非常接近日常口语。这出剧在当时极受欢迎,连演数年,被当作美国现实主义戏剧的萌芽。

美国现实主义文学之父豪威尔斯对美国早期现实主义戏剧的发展起过很大作用。1866年至1920年间他在《大西洋月刊》和《哈柏氏月刊》撰文宣扬现实主义文学,哈里根、赫纳、托马斯、菲奇等一大批剧作家直接受到他的现实主义思想的影响。豪威尔斯不仅有一套现实主义理论,而且在戏剧创作上身体力行。他一共写过36个剧本,批评家们曾给予很高的评价,如系列剧《捕鼠器》(*The Mouse Trap*, 1889)、《介绍信》(*A Letter of Introduction*, 1892)和《不速之客》(*The Unexpected Guests*, 1893)里的主人公是两对美国年轻夫妇,表现的主题既独特又为观众所熟悉;他的许多独幕剧(如《电梯》*The Elevator*, 1885)为各地的业余剧团争相采用。但是豪威尔斯的戏剧远远比不上他的小说,加上当时的观众仍然喜欢情节剧,所以他的剧作票房不佳。

詹姆斯·赫纳(James A. Herne, 1839—1901)是情节剧到现实主义戏剧转变时期的代表。赫纳先创作情节剧,后来受到豪威尔斯和加兰的影响加入现实主义作家的行列。他有丰富的舞台经验,曾在《汤姆叔叔的小屋》里担当过角色,1874年任新旧金山剧场的舞台监督,两年后在鲍德温剧场任舞台监督兼男主角。此时赫纳开始剧本创作,和当时大多数剧作家一样,他最初根据狄更斯的小说改写成剧本并任演员，观众反响良好，使他受到鼓舞。但是这些早期作品（如《性命攸关》*Within an Inch of His Life*，1879；《月光下的婚姻》*Marriage by Moonlight*，1879 和《勇敢的人们》*Hearts of Oak*，1879）遵循的还是情节剧传统，追求的是煽情效果。此后赫纳回到东海岸，在地理位置上和思想上都更加接近现实主义，写出《渔民之女玛丽》（*Mary, the Fisherman's Daughter*，后改名为《疏远》*Drifting Apart*），其中对乡村生活栩栩如生的描写得到加兰的盛赞，并将他引荐给豪威尔斯。赫纳阅读过达尔文和斯宾塞的著作、亨利·乔治的经济学理论，与此同时他接触到易卜生的戏剧，决定放弃商业上成功的情节剧，而转向当时票房较差的现实主义戏剧，以探讨"人的灵魂呈现的境况"。

《马格里特·弗莱明》（*Margaret Fleming*，1890）被称为 19 世纪美国现实主义色彩最强烈的戏剧，观众盛赞赫纳夫妇（饰演剧中的男女主角）的表演，但不喜欢该剧的内容，所以直到 20 世纪重新上演时票房才有所改善。菲利浦和马格里特夫妇一家是美国中产阶级家庭，菲利浦和家里女佣玛丽亚的妹妹丽娜私通生下私生子，孩子出生后不久丽娜便去世，死前道明了孩子的真实身份，而此时马格里特也刚刚得子，就把丽娜的孩子当作自己的孩子来抚养。但菲利浦的不忠使她十分痛苦，导致眼疾恶化而双目失明。菲利浦对自己的行为十分后悔，自觉无颜面见马格里特，一度离家出走。归来后马格里特告诉他，他们之间的婚姻关系已经无法挽回，但她希望菲利浦负起父亲的责任。《马格里特·弗莱明》触及当时一个敏感的社会问题，即婚姻上的双重标准，从而打破了美国戏剧的传统，赫纳本人也被称为"美国的易卜生"。霍华德在《谢南都尔》（*Shenandoah*，1888）这部以内战为背景的剧作中提出过类似的问题，但剧情过于程式化，脱离不了"爱情战胜一切"的窠臼，真实性较差。而《马格里特·弗莱明》的剧情则自然发展，人物感情丰富，戏剧里包含的深刻寓意通过剧情的发展和人物感情的变化得到自然表露，而不是采用说教的形式。该剧的结尾没有出现什么波澜壮阔，却距离现实更近，真实感更强。对此豪威尔斯写信给赫纳予以盛赞："您忠实于真实性这个唯一值得拥有的理想，这在本剧的每一个部分中体现出来，每一位有感觉有思想的人都会认识到，这是一部自然之作，一部伟大的艺术作品。"《肖埃克斯》（*Shore Acres*，1892）是赫纳的下一部剧作，虽然也流露出情节剧的痕迹，但背景设在美国，人物对话和性格刻画都接近现实主义，而且票房上也比《马格里特·弗莱明》更加成功。赫纳还改变了该剧的演出方式，不再把剧本交给某个当地公司来承包，而是组织起一个特定的公司来筹划演出事宜；演员也不是选自现成的剧团，而是根据角色逐一单独聘请，而且角色固定，不允许串角。此后不久，这种演出方式便被普遍采用。

威廉·克莱德·菲奇(William Clyde Fitch, 1865—1909)被认为是世纪之交时美国最多产也最成功的剧作家。他出生在纽约的埃尔迈拉,从小对戏剧感兴趣。来到纽约市后,成为职业剧作家,创作出一批独幕剧、社会喜剧、历史传奇剧,这些剧本大多改编自法国作品。1898年后他转向历史剧,写出《内森·海尔》(*Nathan Hale*)和《巴巴拉·弗利契》(*Barbara Frietchie*),获得成功,1901年他的四部剧同时在百老汇上演。菲奇在创作时仔细认真,一丝不苟,工作勤奋,不幸1909年死于阑尾炎手术。他一生写了60余部剧,其中36部属于原创。除一部剧外,主题涉及的都是美国社会。他最好的剧本都以现实主义为倚托,如《绿眼睛的姑娘》(*The Girl with the Green Eyes*, 1902)和《真话》(*The Truth*, 1907)。

菲奇的代表作是《城市》(*The City*, 1909),展示大城市生活对兰德一家的影响。兰德家住在纽约州的边远小镇米德尔堡,除父亲老乔治外一家人都不满足于道德严谨的小镇生活,向往富裕繁华的大都市纽约。老乔治是受人尊敬的银行家,但生意和私生活上都有不可告人之处。他的私生子弗雷德并不知道老乔治是自己的亲生父亲,想方设法敲诈他,令老乔治内心十分痛苦,死前把秘密向儿子小乔治说出,并让他好好照顾弗雷德。兰德一家终于移居纽约市,五年后已经步入纽约社会名流,小乔治成了大银行家,和父亲一样以诚实正直闻名社交界,正争取州长竞选的提名,弗雷德是他的私人秘书。支持乔治竞选的委员会因弗雷德不诚实且吸毒要乔治解雇他,而弗雷德则以揭露乔治的幕后交易相威胁。此时弗雷德宣布要和乔治的妹妹西塞莉结婚,乔治只得向弗雷德托出真相:他们实际上是同父异母的兄妹。弗雷德不相信,枪杀了西塞莉并要自杀;乔治原想让弗雷德自杀以免他受审时泄露自己的丑闻,但终于良心发现:"你必须承担自己应得的惩罚,我也必须承担我应得的惩罚!这是我表明自己心诚坦荡的唯一机会!……上帝保佑我这么做!"乔治坦白了自己的不光彩行为,打算赔偿受欺骗者的损失,同时退出州长竞选提名。他认为自己配不上未婚妻爱莉诺,但爱莉诺觉得乔治的坦白已经说明他值得自己爱。这种大团圆的结尾遭到评论家的批评,认为它表明现实主义最终还是让位于情节剧;也有人觉得兰德一家的故事不典型,他们的经历和当时美国的大多数家庭生活格格不入。但此剧毕竟从一个侧面揭示出世纪之交纽约暴发户们的生活现实,而且十分成功地应用了情节剧的表现手法,紧张感步步提高,令全场高潮迭起;人物对话既流畅又自然,虽然有不少的斧凿却很少露出痕迹。该剧在菲奇死后上演,仅纽约就连演190场。

不论是《马格里特·弗莱明》还是《城市》,都从特定的角度揭露了世纪之交世风日下的美国社会存在的一些日益尖锐的社会问题,呼应了当时的"揭露黑幕"运动。除了赫纳和菲奇外,当时比较活跃的现实主义剧作家还有霍华德、托马斯等人。霍华德的代表作《谢南多尔》真实生动地展示了内战时期山谷地区的变化。奥古斯塔斯·托马斯(Augustus Thomas, 1837—1934)的戏剧(如《阿拉巴马》*Alabama*, 1891;《在密苏里》*In Mizzouri*, 1893;《亚利桑那》*Arizona*, 1899)勾勒了一幅美国各地的生活风景图。爱德华·哈里根(Edward Harrigan, 1845—1911)写于1878年、首演于1879年的《墨里根卫队的舞会》(*Mulligan Guard's Ball*)是一出族裔戏剧(ethnic play),描写了纽约区外国移民混杂区的生活,此剧的成功演出开美国现代音乐剧的先河。麦凯(Steele Mackaye, 1842—1884)的《海兹尔·克尔克》,洛蒂·布莱尔·帕克(Lottie Blair Parker)的《向东方》(*Way Down East*, 1879)及穆迪的《大分水岭》(*The Great Divide*, 1906)都表现出对社会问题的关注。威廉·吉勒特(William Gillette, 1855—1937)也是一位成功的演员兼剧作家。他的《秘密工作》(*Secret Service*, 1895)是以内战为背景的间谍剧,《谢尔洛克·福尔摩斯》(*Sherlock Holmes*, 1899)则根据柯南道尔的故事改编而成,所以吉勒特被尊为美国侦探剧之父。这些剧独创性较差,依赖紧张的悬念和较强的感情渲染,和情节剧有些相似;但人物对话则比先前类似的戏剧(如《汤姆叔叔的小屋》和《混血儿》*The Octoroon*)更加自然,他的表演也十分真实可信,从另一个角度体现出现实主义戏剧的风范。

菲奇在《戏剧和公众》(*The Play and the Public*)里说:“在现代戏剧里,我强烈地感到那种特殊的价值——我情不自禁地觉得这种价值无法估量——即绝对忠实地反映我们周围的生活和环境。要真实,这样只要一件事物存在于这里或那里,它就不会因为太大或者太小而不值得一顾。……撇开文字的束缚,撇开艺术问题,用真实的观察和真诚的感情以本来的面貌反映现实,这就是文学和艺术。”①总的来说,菲奇的这个戏剧观代表了世纪之交最有生命力的戏剧理论。不论剧作家本人承认与否,这个时期的戏剧越来越体现出现实主义的创作风格,这种风格也为20世纪美国的“戏剧复兴”运动奠定了基础。

和现实主义小说不同的是,我们更难对美国早期现实主义戏剧的发展在时间上作出明确的划分。从浪漫主义情节剧到现实主义戏剧经历了一段漫长的过程,而且现实主义戏剧本身就是从情节剧中脱胎而来,双方一直你中有我我中有你。《汤姆叔叔的小屋》就是一个很好的例子。最早以奴隶制作为主题的是小说家兼剧作家布朗(William Wells Brown)。他的《奔向自由》(*The Escape; or, A Leap for Freedom*, 1858)是第一部由非裔美国作家所写的剧本,尽管没有上演,但多年来一直读给听众听,其中采用情节剧的手法收到很

① Walter Blair, et al. eds., *The Literature of the United States. An anthology and a history* (Chicago: Scctt Foresman and Company, 1947), p. 293.

好的效果。斯托夫人的小说《汤姆叔叔的小屋》影响要大得多。之前流行的“黑人剧社”的演出都由白人演员涂黑了脸在台上插科打诨开玩笑,“19世纪40年代和50年代的怪事是,奴隶制危机越来越尖锐时,剧院却在上演自由自在的黑人”。[①] 斯托的小说出现后,情况有了根本的改变,黑人不再是被人戏弄的对象,而成为政治斗争的中心和同情的对象。小说获得了巨大的商业成功,还在连载时剧作家们就开始把它搬上舞台,尽管必须编造一个故事的结尾。其中较为重要的演出是查尔斯·韦斯顿·泰勒(Charles Western Taylor)1852年8月末9月初在纽约国家大剧院上演的脚本,故事的结尾是皆大欢喜。许多此类改编剧甚至有意丑化汤姆,讥讽斯托。最成功、最有影响的改编是乔治·艾肯(George L. Aiken)所写的同名戏剧。1852年9月他改编的第一个四幕剧上演,演到伊娃死;11月上演第二个四幕剧,演到汤姆死。后来他把两剧合并为六幕剧,1853年7月18日到1854年5月13日,共上演325场。艾肯当时22岁,他那位任特洛伊剧团经理的叔父一再催促他改编此剧,原因是小侄女克黛莉亚有天赋演小伊娃,后来她果然一举成名,一直演了35年,直到父亲去世。在战后数不清的《汤姆叔叔的小屋》中,只有艾肯的改编本最忠实于斯托的原著。他保留了小说的主要情节和人物场景,对话也大多使用小说中的对话。艾肯赋予该剧强烈的现实主义色彩,如在追赶伊莱扎的场面里加入一群恶狗,非常能够抓住观众。但艾肯也套用了很多情节剧的模式(如合唱队和感情的煽动)。为了缓和反对废奴人士的情绪,艾肯在剧中有意模糊了冲突的尖锐程度,并因此遭到后人的批评。其实,斯托夫人在小说中也采取过类似的举措以便平息南部的愤怒;此后蒂恩·布西考特(Dion Boucicault,1820—1890)所写的著名废奴戏剧《混血儿》也是如此,它于内战爆发前两年的1859年上演,但此时奴隶问题已经变得十分敏感,使他不得不有意模糊自己的立场。艾肯的《汤姆叔叔的小屋》在纽约州的特洛伊连演100场,而那里的人口一共只有3万人。一段时间里,纽约和伦敦的10个剧场曾同时上演此剧。内战结束后此剧又一次出现演出高潮,1879年有49个流动剧团在上演它,1899年有500个流动剧团在巡回演出。

值得一提的现实主义剧作家还有兰顿·埃尔温·米切尔(Langdon Elwyn Mitchell)。米切尔1862年2月17日生于费城,在文化圈子里长大,受到良好的文学熏陶,反映在日后的戏剧创作里,尤其是《纽约观念》。他的父亲塞拉斯是费城的医生,但写过历史传奇和小说。米切尔从小就和父亲交流文学创作和文学批评,其文学爱好一直得到父亲的鼓励。他在哈佛大学和哥伦比亚大学学习法律,1886年取得律师资格。但是他在律师界并没有什么声望,倒是他

① Jeffrey H. Richards, ed. *Early American Drama* (Penguin Books, 1997), p. 368.

的戏剧创作为他赢得了声誉。1883 年即正式做纽约律师的前三年，他开始发表诗歌和剧本，但直到 1899 年才树立声望，那一年他把萨克雷的名著《名利场》改编成戏剧，起名《贝基·夏普》(*Becky Sharp*)，在纽约及其他城市上演数年，票房很好。1900 年他把父亲的小说《弗朗斯瓦历险记》(*The Adventure of Fransois*)改编为戏剧。米切尔共写过七部剧目，大多改编自小说，如《潘德尼斯上校》(*Major Pendennis*，1916)改编自萨克雷的同名小说。他最著名的戏剧当数生活喜剧《纽约观念》(*The New York Idea*)，1906 年在纽约利瑞克剧场上演，经久不衰。《纽约观念》的公演被认为是美国戏剧史上的一件大事："一个美国剧作家终于写出了一部堪与欧洲最好的戏剧相媲美的剧作"，剧本也被翻译成德、匈、瑞典、丹麦等多国语言，米切尔本人也被称为"美国的萧伯纳"。《纽约观念》和 16 年前的《马格里特·弗莱明》一样，描写的是纽约有产阶级的婚姻生活。但是米切尔比赫纳更加大胆，直接描写离婚这个在当时仍然是十分敏感且有争议的话题——用剧中人物海妮格小姐的话说，再婚这种事情"只能在小圈子里宣布"。剧情围绕菲利普法官和前妻维达、律师约翰和前妻辛西娅之间的是非曲直而展开。传统婚姻观把婚姻当作"终身大事"，夫妇之间应当恪守传统婚姻习俗的约束。但在世纪之交的纽约，男女的结合里掺杂了双方的利益安排。米切尔仍然主张婚姻家庭的稳定，批评"无缘无故结婚，又无缘无故离婚"这种"纽约的婚姻观"；但同时他也看重婚姻的质量，认为要更加理智地来对待婚姻大事。他说自己讥讽的并不是离婚，而是在离婚中暴露出来的纽约人的性格弱点："我写这部剧本时，并没有特意要去讥讽离婚，法律，或者某种特殊的性格。我要讥讽的是美国精神或美国生活中某种极端的轻浮——深层意义上的浮躁，不是女孩子的那种轻浮，而是人们可以在我们的教会、政治生活、文学、音乐里看到的那种深层次的、贫乏的、让人吃惊的浮躁。《纽约观念》里的那种旧式大家庭既威严又轻飘飘，放荡轻浮却又非常聪明的男女主人公也轻浮得让人感到可爱——当然是出现在悲剧或者喜剧里的那种轻浮。我觉得，我们的轻浮已经到了悲剧的边缘"。①

米切尔认为，好的剧作家应当是"热爱本地生活的人们"，更高层次的现实主义就是"对现实赋予极大的喜爱"。因此，《纽约观念》虽然是生活喜剧，却不乏悲剧的严肃性；剧中人物的对话诙谐幽默，却能不时发人深省。该剧的高潮出现在结尾时：辛西娅待在前夫约翰的房间里，意识到自己在婚姻中所犯的错误，同时知道他们的离婚手续并不合法，而此时窗外传来接自己去举行婚礼的菲利浦法官的马车声：

---

① Allen Gates Halline, ed. *American Plays* (New York: American Book Company, 1976), pp. 458 - 460.

约翰:(沉默片刻)实在对不起——实在对不起,辛西娅。可你还是我的妻子。(沉默)

辛西娅:(狂喜)真的吗?(一下子坐进椅子里)

约翰:(点头,笑道)发疯的国家,是吗?

辛西娅:(点头,稍顿)那么,杰克——下面该怎么办。

约翰:(轻柔地)你说怎么办就怎么办。(他朝她走过去几步)

诺噶木:(轻轻地走进来)先生,马车来了。(出去,辛西娅起身)

约翰:怎么不吃完晚饭再走?

(辛西娅犹豫)

辛西娅:那——马车——

约翰:去荷兰干什么?辛,你知道你现在毕竟在自己家里。

辛西娅:不,杰克,这里不是我的家,除非——除非——

约翰:说出来!

辛西娅:(哭泣)除非——除非你的心里有我,杰克。

约翰:你说呢?

辛西娅:我觉得你不想让我待下来。

约翰:是吗?

辛西娅:不,不,你还在恨我。你从来没有原谅我。我知道这一点,因为我不会原谅我自己。绝不会,杰克,决不会!(她哭泣,他抱住她)

约翰:(轻柔地)辛,我爱你!(坚定地)你必须留下!从今往后随便你怎么拖弄这些椅子,我不说一个字!(他轻轻把她按到椅子里)

辛西娅:(擦了擦眼泪)噢,杰克!杰克!

约翰:我饿极了,我们一块儿吃。

辛西娅:我要说的就是,我做的坏事情里,这件事——这件事——

约翰:这件事最坏,是吗?上帝,我真幸福!

辛西娅:别说这个了!你又要让我哭了。(她擦眼睛。约翰从口袋里拿出结婚戒指,举起一只酒杯,把结婚戒指放进去,把酒杯递给她)

约翰:辛西娅!

辛西娅:(看着酒杯,擦眼睛)这是什么?

约翰:贝尼酒!

辛西娅:可你知道我从来不喝酒。

约翰:为了我喝下这杯。

辛西娅:这不是贝尼酒。(好奇地)到底是什么?

约翰:(把戒指从酒杯中慢慢拿出,用胳膊搂住辛西娅,把戒指套进她的手指,吻着她的手指,说)你的结婚戒指!

第三节
女性剧作家和其他剧作家

世纪之交的美国正是妇女解放运动开展得如火如荼之际，但并不是所有的美国妇女都对女权主义感兴趣，妇女解放运动也还没有对美国主流社会产生决定性的影响，但是毋庸置疑的事实是，女性剧作家不论在数量上还是在影响上都达到了前所未有的程度。19世纪90年代，纽约开始上演越来越多的女剧作家的作品，玛塔·莫顿（Matha Morton）可以说是开路先锋。她的喜剧《一个光棍汉的罗曼史》（*A Bachelor's Romance*, 1897）为她赢得了声誉，但她做的最有意义的工作还是发起组织了“剧作家协会”（Society of Dramatic Authors），其初始的30位成员都是被禁止参加由男性组成的“全美剧作家俱乐部”（American Dramatists' Club）的女性剧作家。另一位女性剧作家是丽塔·约翰逊·扬（Rita Johnson Young），她写有25个剧本和音乐喜剧以及500多首歌曲，较有名的有《哈佛的布朗》（*Brown of Harvard*, 1906）和《调皮的玛丽塔》（*Naughty Marietta*, 1910）。乔治·科恩（George M. Cohan）自1901年的《总督的儿子》（*The Governor's Son*）开始不断在百老汇演出自己的剧目，包括《小约翰尼·琼斯》（*Little Johnny Jones*, 1904）及《百老汇琼斯》（*Broadway Jones*, 1912）。莉莲·摩蒂梅（Lillian Mortimer）则在情节剧已经江河日下时继续写作，如《没有母亲教导的她》（*No Mother to Guide Her*, 1905）。创作严肃剧的女作家有伊迪斯·贝克·埃利斯（Edith Baker Ellis）（《玛丽·简的爸爸》*Mary Jane's Pa*, 1908）和艾丽丝·布朗（Alice Brown）的《大地的孩子》（*Children of Earth*）。有代表性的女喜剧作家有玛格丽特·纳尤（Margaret Nayo）（《马戏团的波莉》*Polly of the Circus*, 1907）和玛丽安·费尔法克斯（Marian Fairfax）（《谈话者》*The Talker*, 1912）。

雷切尔·克洛瑟斯（Rachel Crothers, 1878—1958）被称为20世纪初美国最成功的一位女性剧作家。她父母是印第安纳州布卢明顿的医生，母亲40岁才学医，是当时少见的女医生。克洛瑟斯12岁就写出第一部剧本，立志以此为生。大学毕业后，她加入维特克劳夫特表演学校，后在波士顿、纽约继续学习表演。1902年她的第一部专业剧作《院长》（*The Rector*）在纽约麦迪逊广场剧院上演，在百老汇上演的首部成功剧作是《我们三人》（*The Three of Us*, 1906）。此后的近30部剧作都由她一手制作，常常兼做导演和编剧，甚至舞台设计和服装制作。她本人还经常参加演出,如1911年的戏剧《他和她》(*He and She*)里的主角安·赫弗德就由她来饰演。克洛瑟斯最大的特点是女性杂志《女性月刊》(*The Woman's Journal*)所谓的"雅俗共赏";其次她的剧本上演率极高,"实际上她在所谓的艺术剧院上演的戏剧比其他美国作家都多",即使百老汇不大上演的剧目也在小剧场运动里得到演出;此外,她几乎所有的剧本反映的都是女性的生活和独特感受,如独幕剧《事与愿违》(*Criss Cross*)就通过细腻的笔触描写作家安、其表妹塞西尔和画家杰克之间微妙的情感纠葛。

这个时期值得一提的女剧作家还有西塞莉·汉密尔顿(Cicely Hamilton, 1872—1952)。汉密尔顿儿时在寄宿学校就学,在寄宿家庭里长大,童年生活不十分幸福。长大后她来到伦敦,决心成为一个女演员,以"戏剧艺术"为生。但汉密尔顿的外貌不讨经纪人和剧团经理的喜欢,一连数月被拒之门外。一次偶然的机会使她加入了亨利·亚瑟·琼斯的巡回演出,此后十年间她四处奔波,最后觉得剧作家比演员更贴近舞台,于是开始剧本创作。第一部剧本《道普生的戴安娜》(*Diana of Dobson's*)1908年上演时舞台监督要她署一个带男性色彩的名字"C. Hamilton",这一点使她受到很大刺激,遂投身于争取妇女权益的斗争,并且拒绝再掩饰自己的性别身份。

《投票权是怎么获得的》(*How the Vote Was Won*, 1909)[①]为声援激进的"妇女政治社会联盟"而写,"哄笑中含有大量的宣传",上演后受到伦敦批评家的好评,美国争取妇女投票组织也喜欢这出"寓教于乐"的戏剧。1911年旧金山竞选时北卡罗来纳大学平等选举联合会派一个剧团去旧金山湾地区演出这出剧,此后其他女性选举组织在宣传时也使用此剧。汉密尔顿还写过其他剧本,如《就是为了结婚》(*Just to Get Married*, 1910),一战前后还在许多戏里担任角色,如饰演过萧伯纳的《范妮的第一部剧》(*Fanny's First Play*),1938年获"国会奖金"以表彰其文学贡献。《投票权是怎么获得的》的主角威妮弗雷德是女权主义者,她佩带争取女性投票权的标志,雄赳赳气昂昂地为女性的事业奔走呼号。她的姐姐埃塞尔是个典型的家庭主妇,屈从于传统的束缚,她的丈夫霍拉斯更是一个大男子主义者,看不惯威妮弗雷德和其他争取权益的妇女们,说她们"不成体统"。对于这样一个满脑子男尊女卑的人,妇女们(他的妹妹阿加莎,侄女莫莉,远房表姐克里斯廷夫人,堂姐莫蒂,甚至他的姑妈莉齐)使用策略来教育感化他,使他终于意识到男性社会和政府歧视妇女的

---

① 19世纪美国女性为投票权进行了持续的抗争和申诉,女权活动家苏珊·安东尼(Susan Brownell Authony, 1820—1906)和伊丽莎白·斯坦顿(Elizabeth Cady Stanton, 1815—1902)于1878年起草和提出美国宪法第十九条修正案;国会于41年后的1919年通过该修正案,送各州确认。一年后,田纳西州通过,达到修正案通过所需的四分之三(36个州),国务卿班布里奇·科尔比(Bambridge Colby, 1869—1950)于1920年8月26日正式宣告修正案生效。

愚蠢。戏的结尾他有一段激动人心的长篇讲话：

如果这个腐败的政府因为不喜欢莉齐姑妈每隔五年在一张纸上画一画投入票箱，就认为我们可以使几百万妇女闲在家中，这个政府便是个大傻瓜。……这个政府是个心胸狭窄的白痴。他们认为所有妇女都应当待在家里洗洗刷刷。……可是，政府是什么？他们只是代表了我，由我每年付给他们数千英镑的工资来实现我的愿望。……上次选举时，许多妇女来到这里，想让我投她们中意的候选人。如果她们有时间来做这个，我就看不出为什么她就不能有时间去做那个。……我知道选票对我意味着什么。它赋予我一种地位，这也是你们妇女想要得到的。……先生们，如果你们不愿意把这个东西赋予她们，如果没有这个她们就不回去工作，不知她们该怎么去生活。①

这个时期有一些剧作家创作西部边疆剧，在当时非常流行，20世纪后这些戏剧仍然不断被改编为电影或电视剧。这些西部边疆剧在风格上和情节剧十分相似：男主角既粗犷又英勇机智，女主角则漂亮纯真有个性，由于坏人的虚伪和狠毒，两人历经磨难艰险，最后善有善报，恶有恶报。最典型的这类剧当数巴特力·坎贝尔(Bartley Campbell)的《我的伙伴》(*My Partner*, 1879)，这也是坎贝尔的代表作，在共和国广场剧院首演，连演数年不衰。此剧的人物情节没有多少创意，但是却很能代表西部剧的特点。故事的背景发生在加州北部山区的一个小矿区。乔和内德是多年好友，都爱上玛丽，在内德的诱惑下玛丽委身于他，而乔则没有透露自己对玛丽的爱。当乔得知内德和玛丽的关系后，他要内德发誓娶玛丽为妻。但内德被恶棍斯克莱格所杀，金子也被他拿走，斯克莱格还制造假象嫁祸于乔。乔被捕后，玛丽出走，生下内德的孩子，但孩子没有成活。在乔被审判的那一天玛丽回来，为了保全玛丽的名声，乔声称他俩曾秘密结过婚，并要举行正式结婚仪式。正当陪审团要判定乔有罪时，华人仆人拿出证据，证明斯克莱格才是真正的凶手。最后：

乔(看着金子)：天呐，他说的倒是真的，这就是我伙伴的金子。就是这家伙杀了他。(冲向斯克莱格……)

斯克莱格：这不是真的！他先打了我，要杀我，我是在自卫。

欧姆尼斯(冲向斯克莱格)：吊死他！吊死他！绞死他！

乔：不！让他活着来体验等待他的那个末日。像他这样的恶棍让他一下

① Rachel France, ed. *A Century of Plays by American Women* (New York: Richards Rosen Press, Inc., 1979), pp. 39–40.

去死真是便宜了他。……

萨姆：好吧，乔，可他也只能再多活一个小时。……

玛丽：这是真的吗？真相终于大白了吗？

乔：是的，亲爱的！黑夜既长又黑，可是我们现在无比的幸福，我们的爱情会永远照耀我们的生活。

这部剧气氛紧张，情节紧凑，煽情效果强烈，但此时这种情节剧已经渐渐为现实主义戏剧所取代。

布朗森·霍华德(Bronson Howard, 1842—1908)被誉为美国第一位职业剧作家，开现代美国戏剧之先河。他10月7日生于底特律，为报纸撰过稿，移居纽约后继续为报纸撰稿，同时创作戏剧。经过几次失败后，他的喜剧《萨拉托加》(*Saratoga*)由戴利1870年在自己的第五大街剧院上演，连演101场，并且在英国和德国以不同的剧名上演。1888年《谢南多尔》写成，是第一部使用美国内战作为素材的成功的情节剧。此时情节剧已经式微，现实主义戏剧正日益引起关注。但内战时情节剧却十分活跃，重要战役几周后就被搬上舞台，如布尔朗河战役后四周纽约新布瓦瑞剧院就上演同名情节剧，而《攻占多纳尔森要塞》(*The Capture of Fort Donelson*)上演时这场战役结束才六天。这些剧使用真实人名地名，重现引人注目的战争场面，但目的并不是忠实再现，而是为了情节剧的煽情需要。内战后这种即时剧(instant drama)仍然流行，如布西考特的《拉马丽人》(*Belle Lamar*, 1874)描写北方军官和南方姑娘这对情人在内战时的艰难抉择，充满悬念、惊奇和动作，但影响不大。可是《谢南多尔》却跨出了一般情节剧的窠臼，人物众多(仅恋人就有四对)，情节复杂，但处理得恰到好处，战争场景和人物命运真实可信，对话自然，最后的胜利属于双方，没有硬性分出好人坏人，是这个时期少见的优秀剧目，影响也比较大。《亨利埃塔》(*The Henrietta*)是一部更具有现实主义倾向的戏剧。主人公瓦纳斯泰恩把金钱看成"健康，宗教，友谊，爱情"，但它却一点点摧毁人间的真情，使亲人反目成仇。连神圣超脱的教会也逃脱不了铜臭的诱惑：牧师在星期天布道时批评物质享乐，要大家把财产分给穷人，星期一却来到瓦纳斯泰恩的办公室讨教赢利的"招数"，因此华尔街的大亨得出结论："我们教会的台柱子同时也是股票交易所的台柱子"。霍华德的确有些夸张，但揭露华尔街"比炸弹杀的人还要多"确也入木三分。贪得无厌的瓦纳斯泰恩父子虽然是戏剧化的形象，却来自美国社会现实，因为当时确有一帮人信奉社会达尔文主义，把自己的享乐建立在大多数人的痛苦之上，难怪有评论家认为这部剧"具有的美国特征达到让人震撼的程度"。霍华德在37年中共(合)写了19部戏剧。他善于创造真实场面，人物对话机智，像《年轻的温斯鲁普太太》(*Young Mrs.*

Winthroop，1882)和《我们的一个姑娘》(*One of Our Girls*，1885)等剧连演近200场，娱乐和教化结合得十分巧妙。他还组织了"美国戏剧俱乐部"(American Dramatic Club)，帮助建立起版税制度，使得剧作家可以以剧本创作为生。"毫无疑问，他的剧本结构紧凑，新鲜有力，戏剧理论扎实全面，有远见地创立了剧作家流派，这些都使他在世纪之交的戏剧界占据领导地位"，因此和豪威尔斯一样，他被称为美国戏剧的"泰斗"(dean)。

奥古斯丁·戴利(Augustin Daly，1838—1899)1838年7月20日生于北卡罗来纳，和母亲来到纽约，剧场和各种戏剧学会是他常去的地方。18岁时戴利开始做剧院经理，虽然不成功但兴趣不减。1869年他建起自己的剧场，即后来著名的纽约"第五大街剧院"，成为美国著名的舞台监督；到90年代他指导自己在纽约和伦敦两地的戴利剧院，获得"舞台君王"的美称。戴利对美国戏剧的贡献主要在两方面，即导演艺术和剧本创作。他崇尚以简洁自然表达深刻的寓意，排演时一切细节(从动作到灯光)均以他的意志为主导，助手曾说他"凭直觉就知道怎样获得最佳效果"，被认为是第一位"真正意义上的导演"，他执导的戏剧也"长期以来一直是最佳戏剧的同义词"。他发掘出克莱拉·莫里斯(Clara Morris)等一批演艺明星，组成阵容强大的演员阵容，所以敢于上演莎剧及经典喜剧如《谣言学校》(*The School of Scandal*)。但由于演出市场竞争愈发激烈，戴利在后期执导中越来越依赖明星，甚至不惜对剧本做削足适履的删改。他的布景和灯光也越来越讲究，追求逼真和豪华，这的确也吸引了观众，但对整个戏剧来说不免有喧宾夺主之嫌。戴利在执导的同时还进行剧本创作。他1862年开始改编剧本，第一部作品《被遗弃的李》(*Leah the Forsaken*，1862)移植于德国戏剧，后来他又移植过法、德、英国的作品，最后写出以美国为背景的《煤气灯下》(*Under the Gaslight*，1867)，由自己刚成立的剧团演出。该剧带有情节剧色彩，如绑架争斗，机遇巧合。但剧中人物性格鲜明，语言自然，使用方言，具有较浓郁的地方色彩。在该剧中戴利还把情节剧的特点发挥到了极致，如剧中主人公被捆绑在铁轨上，一列火车呼啸着迎面向他倾轧过来。他还写过或改编过《闪光》(*A Flash of Lightning*，1868)、《红头巾》(*The Red Scarf*，1869)、《离婚》(*Divorce*，1871)和《黑暗的城市》(*The Dark City*，1877)等剧目，仅上演的剧本就有90余部，题材广泛。其中以《地平线》(*Horizon*，1871)最成功。该剧的背景是西部边疆，因为戴利对地域文学有浓厚的兴趣："从文学的角度，如果我们本国的剧作家竞相表现本地人物、当代时尚和风俗，我们国家的戏剧就可能进入最佳的时期。"虽然该剧的细节不够充分，动作带有情节剧的色彩，但它对边疆的描写独具特色，人物刻画准确生动，十分接近伊格尔斯顿(Edward Eggleston)的小说《胡热尔校长》(*The Hoosier Schoolmaster: A Story of Backwoods Life in Indiana*，1871)这部最早表现西部的现实主义作品。但总的说来戴利的大部分剧作都是浪漫喜剧和惊险剧,票房虽然看好,文学价值却不高,所以进入现实主义时代后很快被淘汰。

乔奎恩·米勒(Joaquin Miller 1841—1913,原名 Cincinnatus Hiner Miller)是内战后的剧作家,以西部边疆剧闻名。他青少年时代一直跟随家人向西部迁移,曾自称"生于西行的棚车里",最后抵达俄勒冈,在尤金的哥伦比亚学院学习。他去过加州、墨西哥和中美洲,先后做过小学教师、骑手、报纸编辑、律师和法官。1869 年他去纽约和欧洲,在伦敦出版诗集《太平洋诗歌》(*Pacific Poems*, *Songs of the Sierras*, *Songs of the Sun-lands*)。1897 年他又加入克朗代克的淘金行列,两年后义和团运动时期他到过中国。米勒的边疆剧中以《山区里的但族人》(*The Danites in the Sierras*)为最佳,其他的边疆剧如《四十九》(*Forty-nine*, 1881)等都不如它。该剧 1877 年 8 月 22 日上演,获得成功,在英国演出也受到欢迎。西部对 19 世纪后半叶的美国人来说具有迷人的魅力和强大的吸引力,米勒正是通过像比利那样的剧中人物之口展现了边疆的自然风景,抓住了美国观众的心:"噢,真是个奇迹,月亮和金色的星星,这沉寂安宁的世界的宏伟和神秘多么可爱。噢,现在生活没有这么艰难了。"这部剧中还反映出西部白人对摩门教信徒和华人的敌视,米勒本人后来也对此感到遗憾。该剧还反映出东西部人精神世界的差异。对西部人来说,边疆的大自然是最高的精神依靠,"我们享有的最高尚、最神圣的宗教就是去热爱我们周围的这个世界,它的美丽和神秘"。他们鄙视东部来的职业牧师,称之为"白色高领绅士",因为这些人"拿走地里最好的却不付一个子。他们从不错过一顿饭,但从不付一分钱"。米勒笔下的美国西部充满神奇浪漫,他要反映的是西部的乐观向上精神;只有到加兰之后美国作家才开始认真审视西部生活的真实面目。

大卫·贝拉斯科(David Belasco)被认为是这个时期最成功的戏剧导演,"标志现实主义戏剧的最终胜利"。他 1859 年生于旧金山,从小就在剧院打杂,做过抄写员,引座员。长大一点他便四处游荡以当演员为生,70 年代饰演过 170 多个角色。1876 年他当上舞台经理助理,随后在旧金山开张不久的鲍德温音乐学校剧院任舞台经理。80 年代之后,他的才能得到进一步的发挥,不仅做导演,而且改编和创作剧本,有时还在剧中担任演员,还短期做过布西考特的秘书。贝拉斯科在早年就对绘画布景感到不满,主张使用实物背景;在旧金山时他曾在舞台上用过真羊,上演和赫纳合写的《勇敢的人们》(*Hearts of Oak*)时他把真的猫、幼儿、食物搬上了舞台。这些新的做法赢得了观众的喜爱。1882 年贝拉斯科离开旧金山到纽约任麦迪逊广场剧院的舞台经理,那里设备先进,使得他可以充分实施自己酝酿已久的背景真实化的设想。80 年代美国舞台最先使用电源，经过贝拉斯科的创造性运用，舞台的照明更接近自然光。1902 年他把公众剧场改造成贝拉斯科剧场，四年后又建立了另一座同名剧场。贝拉斯科到纽约后改编和创作了 34 个剧本，包括《马里兰的心脏》(*The Heart of Maryland*，1895)和《金色西部的姑娘》(*The Girl of the Golden West*，1905)，之前在旧金山写出的作品估计更多。贝拉斯科的写作一直持续到 1928 年，尽管这些剧本在结构、风格、精神上还是属于 19 世纪的作品。他的贡献主要体现在他的导演艺术上，他对“一切都必须是真实的”的坚定信念使他“比其他任何个人都更能代表导演这个强有力的新概念以及现实主义在舞台上的胜利”。

和贝拉斯科同时代的还有其他几位戏剧导演，但都没有他成功。麦凯在巴黎学习话剧，用英语和法语饰演过哈姆雷特，主要由他创办的戏剧学校“美国戏剧艺术学校”(American Academy of Dramatic Art)是美国主要的戏剧艺术中心之一。他写过数个剧本，最有影响的是《海兹尔·克尔克》，参加过剧院设计(折叠椅，灯光和场景布置技法，宽走道等)。帕尔默(A. M. Palmer)则和麦凯相反。他没有麦凯的多才多艺，却非常执着，终于成为一个成功的导演。帕尔默早年学的是法律，1872 年突然被纽约共和国广场剧院老板授权管理该剧院。他很快便熟悉了戏剧演出这门新的行当，尤其善于选择流行剧目和挑选知名演员。他善于领导，注意发挥整个剧院的力量。贝拉斯科领导共和国广场剧院 11 年，把它办成纽约最成功的剧院之一。

和以上剧作家稍不同的是，穆迪是芝加哥大学教授兼诗人，他在戏剧方面的贡献就是诗剧[①]。他瞧不起戏剧的商业演出，把诗歌这种高雅的审美艺术形式嫁接到戏剧舞台上，因为他相信“诗歌能拯救舞台……戏剧里有了诗歌才使戏剧变得伟大”。诗剧当然不是穆迪的独创，但类似于他这样倾心于“为戏剧而戏剧”这种审美主义倾向的剧作家倒不多见。穆迪的诗剧思想深刻，擅长人物心理刻画，以人物的行为语言表现其思想。他写的诗剧有奇迹诗剧《审判日假面舞会》(*The Masque of Judgment*，1898)、《夏娃之死》(*The Death of Eve*)、《带来火的人》(*The Fire-Bringer*，1904)。进入 20 世纪，穆迪对戏剧的态度略有改变，不再坚持孤芳自赏式的诗剧，写出两部可供演出的散文剧，即《大分水岭》(*The Great Divide*，1906)和《用信仰治病的人》(*The Faith Healer*，1909)。《大分水岭》带有情节剧的痕迹，但也显现出早期现实主义的特征。东部姑娘露丝在大分水岭脚下被强悍的西部牛仔根特强掠为妻，但露丝对根特的态度和她对西部的感情一样十分复杂。她的嫂嫂波莉讨厌西部的粗犷荒凉，但露丝却陶醉于边疆的自然风貌。她以高傲冷漠的方式表达对根

① 有关穆迪的诗歌创作，参阅本书的第三章第三节。

特的鄙视和仇恨,斥责他"披着人皮的野兽,放荡到连禽兽都不如";但她内心却希冀某种像西部大自然那样粗犷未成形的人物来"引导我走出形形色色习俗规范的世界,进入一个了不起的新世界"。正因为如此,她放弃了苦苦追随她的温斯罗普医生,觉得他"太无懈可击太圆满"。

《大分水岭》没有"善有善报"这样的情节剧结构,而是通过表现日渐衰败的东部和蒸蒸日上的西部间的巨大差别,来表现新英格兰清教传统与豪放的西部边疆自由理念之间的冲突,侧重于展示心灵和价值观的碰撞。此剧最让人称道的是人物塑造,既有心理深度又有浓厚的现实主义色彩。实际上穆迪对戏剧的兴趣便始于他对现实的兴趣:"我承认我们的诗歌在倒退,你知道为什么吗?现在整个的趋势是把戏剧作为最重要的文学形式。它是最高的艺术形式——毫无疑问!即使是小说也在走下坡路。戏剧就像我们今日的生活那样充满活力;它精辟,困难,简练。"这使他逐渐摆脱早期诗歌创作时的那种空灵心境,正如他 1898 年 4 月的信中所说:"我要写人了,因为我发现普通人最让人难以预料,最令人深思。"[①]此剧 1906 年初在纽约公主剧院上演,立刻引起轰动,穆迪自己这样描述:"第一场结束后似乎就已经显示出成功的迹象,第二场落幕后观众犹如风暴中的浪潮起立欢呼",前三个月的戏票很快售罄。一年后开始巡回演出,此后又搬上欧洲舞台,使他经济上大获成功,尽管穆迪追求的依然是戏剧的内在精神而不是商业价值。

《大分水岭》的成功加快了欧洲戏剧和具有美国特色戏剧的融合。20 世纪初美国戏剧对艺术新变化的反应比小说和诗歌要慢半拍,现实主义和象征主义对美国戏剧的影响仍然微乎其微,大多数美国戏剧仍然拘泥于传统的风俗剧,由演员自编自演。90 年代时赫纳、霍华德、托玛斯等剧作家开始倡导现实主义,但中上层社会光顾的所谓"严肃戏剧"仍然由维多利亚时代的情节剧、情感剧的模式所统治。"美国舞台基本上没有受到易卜生、契诃夫、萧伯纳……等人作品里显示出的欧洲戏剧复兴的影响。"[②]正因为如此,穆迪把易卜生等人的现实主义手法和美国的社会背景相结合,给美国戏剧界带来了一股新风,并且影响到奥尼尔的《直到夜晚的漫长一天》(*Long Day's Journey Into Night*, 1956)及阿尔比(Edward Albee)的《谁怕维吉尼娅·伍尔夫》(*Who Is Afraid of Virginia Woolf*, 1962)。因此有人认为:"有了(穆迪)这样的戏剧,美国的现代戏剧时代便开始了。"

---

① David D. Henry, *William Vaughn Moody, A Study* (Boston: Bruce Humphries, Inc. Publishers, 1934), p. 217.

② Maurice F. Brown, *The Life and Works of William Vaughn Moody* (Carbondale & Edwardsville: Southern Illinois University Press, London & Amsterdam: Feffer & Simons, Inc., 1973), p. 217.

第四节
早期戏剧理论

这段时期除了少数值得一读的戏剧评论外，几乎没有系统的美国戏剧理论。威廉·温特(William Winter, 1836—1917)是最多产的戏剧评论家，为《纽约论坛报》(*New York Tribune*)写了 44 年戏剧评论，写出几百篇批评文章和舞台传记。但他的戏剧评论大多是报刊时评，属即时性感想，比较凌乱，缺乏对美国戏剧的总体认识。布兰德·马修斯(Brander Matthews, 1852—1929)则比较完整地记录下这个时期美国戏剧的发展特征。他写过诗歌、小说、剧本，自 1900 年起担任哥伦比亚大学戏剧学教授。在回忆录《悠悠岁月》(*These Many Years*, 1917)里，他对伦敦、巴黎，尤其是纽约的戏剧舞台作出许多精辟的论述，追忆了自己一生的戏剧活动。但马修斯在美国戏剧史上的地位却并不明显，布朗森·霍华德曾指出，这可能是因为马修斯只注意戏剧的成品，对剧本的创作修改过程没有给予足够的重视。约翰·汤瑟(John Ranken Towse, 1854—1927)也为《纽约晚报》(*New York Evening Post*)当过几十年的戏剧评论家，著有《舞台生涯六十年》(*Sixty Years of the Theatre*)。另一位老资格的评论家亨利·卡尔普(Henry Austin Calpp, 1841—1904)也写过《一个戏剧评论家的回忆》(*Reminiscence of a Dramatic Critic*)。但这些人基本上都属于老一代的戏剧评论家，对现实主义、自然主义等新事物反应迟钝。

值得一提的是霍华德的戏剧理论。他认为，戏剧是社会艺术，必须符合观众的欣赏情趣，使观众既一看就懂又感到“心满意足”，因此戏剧情节必须自然流畅，尽量去除不和谐的成分。此外，戏剧和文学的区别就是前者必须有“使人崇高”的精神影响。霍华德把这个理论用之于演出实践，即根据不同观众的需要对剧本进行修改，如《银行家的女儿》(*The Banker's Daughter*)1878 年 9 月 30 日在纽约上演，但到伦敦演出时为了更加符合英国人的道德观，霍华德对剧本进行了改动，剧名也成了《新老爱情》(*The Old Love and the New*)。他写过戏剧评论文章《美国戏剧》(*The American Drama*)，跟踪研究一个戏剧学派(即他 1891 年创立的“美国戏剧家俱乐部”)的成长。他在 1882 年提出每个国家都有足以反映自己境况的独特主题，如英国是等级制度，法国是婚姻不忠，而美国则是大工业和商业。几年之后豪威尔斯等一批现实主义作家开始把霍华德的理念付诸小说创作实践[1]。

米勒也有自己的戏剧观。他认为伟大文学要含有"深层的宗教",也就是作品的主题必须高尚,作者的感情必须投入。此外他还主张尽量使用新的素材,描写身边的事件,对话要尽量短小精悍。

这个时期比较活跃的另一位戏剧人物是费斯克夫人(Minnie Maddern Fiske, 1865—1932)。她在戏剧实践和理论上没有突出的建树,所以常被忽视;但她对打破情节剧传统,推广现实主义戏剧,创新舞台贡献较大。她的父母都是演员,她本人在婴儿时就参加了舞台演出。1882 年她开始做演员,1904 年成立自己的曼哈顿戏剧公司。费斯克夫人戏剧生涯长达近 60 年,对美国戏剧产生很大的影响。她创立表演中的"现代心理自然主义学派"(Modern School of Psychological Naturalism),提倡真实反映人物心理,通过外部简洁的动作表现人的内心情感,人物的行为语言应当尽量接近日常生活。费斯克夫人强调表演前必须充分理解人物的思想和动机,所以她饰演的人物举手投足都恰到好处,被称为"没有丝毫做作"的现实主义。她说过:"甚至在我要排练一个角色的几个月前,在我开始研究自己的台词几个星期前,我就把自己想象成那个人物,吃饭,读书,甚至上下楼梯,我就是戏剧里的贝基或苔斯。"费斯克夫人还是成功的导演和舞台监督,不屈服于辛迪加的压力。她的丈夫哈里森是《纽约剧镜》杂志(*New York Dramatic Mirror*)的主编,在事业上支持她,并在她的剧里担任角色。

美国人民热爱戏剧表演,因此"在所有娱乐形式中,戏剧可能最接近大多数美国人的一般体验"。有人指出,当时埃德温·弗雷斯特(Edwin Forrest, 1806—1872)和爱默生两人都周游全国,在观众面前频频露面,但爱默生只在学者圈子里有名,而弗雷斯特则家喻户晓[2]。19 世纪后半叶美国的戏剧演出范围最广,类型最多,影响也日益扩大。除了经典的莎士比亚戏剧和欧洲传统戏剧之外,还有传奇悲剧和情节剧;更重要的是,世纪末时出现了美国历史剧和触及当时社会问题的现实主义戏剧。

但是,"总的说来,内战到 1914 年间是美国戏剧史上受压抑的时期"。演出的戏剧大大小小不下几百部,值得回味的却寥寥无几。究其原因,一是这些戏剧大多语言雕琢,风格绮丽,和现实社会有较大的距离,二是它们的作者"浮浅",即这个时期的剧作家大都囿于模仿,改写,很少在创新上下工夫。就布西考特、霍华德、戴利等主要剧作家而言,这个批评基本上是公正的;只有在情节

① Allen Gates Halline, ed. *American Plays* (New York: American Book Company, 1976), p. 412.

② Jeffrey H. Richards, ed. *Early American Drama* (Penguin Books, 1997), p. xix.

剧式微，现实主义戏剧兴起之后“浮浅”的现象才逐渐得到纠正。

和小说不同，现实主义并不能振兴戏剧。戏剧辛迪加的结束也预示了戏剧开始衰败。这首先因为电影的竞争。1905 年美国第一家电影院开张，到 1909 年全国已经有 8 000 家影院。早期电影院只有 100 个座位，而 1914 年纽约的斯特朗德影剧院已经有 3 300 个座位。和剧院相比，影院的票价更加便宜，因此夺走大批观众。20 年代美国经济不振，剧院数目锐减，加上竞技体育等其他娱乐形式的竞争，戏剧的商业优势几乎消失殆尽，只有出现新的艺术力量才能使美国戏剧获得新生。

第四章

内战与一战时期的文学思潮

19世纪上半叶，美国文学中出现了欧文、库柏、霍桑等著名的本土作家。虽然英国文学对他们的影响仍然比较明显，但是他们的作品在主题、背景、人物方面逐渐接近于美国的社会现实，具有典型美国特征的文学开始显现。与此相对应的是美国的文学批评。到19世纪30年代，美国国内和文学有关的杂志已经超过130份。但由于真正意义上的美国本土文学尚未完全形成，刊登在这些杂志上的文学评论文章并没有透露出多少具有美国文学意识的评论，更遑论独到的文学主张了。这些文章的作者大多是律师、牧师、医生、教师等"业余"评论家，评论的内容绝大多数涉及作品的道德内容和社会影响，极少触及作品的形式，作家本人很少涉及作品评论。40年代开始，美国文坛出现了一批罗曼司和带有现实主义倾向的作家，批评界开始出现与之对应的文学批评，其中最杰出的代表就是爱默生和坡。爱默生的文评论述了文学的本质、目的和作用，呼吁美国文学必须拥有和欧洲传统不同的、美国自己的诗人，并且要求以"文学理论"代替"诗学"，使文学更好地干预社会生活。坡的文评则第一次集中讨论了文学形式问题。他批评了浪漫主义的激情论，主张科学冷静地探讨诗歌本身的诗学规律。美国文艺复兴运动产生出第一批职业作家，其作品对英国文学的依赖性更少，美国本土的色彩更加强烈。麦尔维尔的小说美国味就更浓，因为他认为美国需要自己的莎士比亚。

19世纪初期美国人口仅500万，职业作家寥寥无几，受教育阶层限制眼光狭窄，描写的只是乡村和山区。但随后而来的西部开发和工业发展带来了巨大变化，到世纪中叶，在移民浪潮推动下，1860年的人口较1800年翻了五番，五分之四的人口生活在北部和西部，中产阶级趣味逐渐形成，作家的眼光和笔下的乡村景色已大大改观，社会改革逐步开展，各种矛盾也不断显露，于是文学论争也层出不穷。[①]"内战前的美国文学批评主要表现在不同种类的批评原则，而非批评流派或批评家，而1860—1905年期间的美国文学批评则体现出一种更加强烈的批评主体意识，即批评家的思想与著述如何显示出相同的影响与一致的信念"。[②] 19世纪下半叶美国的本土文学得到了长足发展，美国文

① John W. Rathbun. *American Literary Criticism*, *1800 - 1860* Vol. 1 (US: Twayne Publishers, 1979), Preface.

② John W. Rathbun & Harry H. Clark. *American Literary Criticism*, *1860 -1905* Vol. 2 (US: Twayne Publishers, 1979), Preface.

学的国家身份基本上得到了确立，美国的文学批评也开始建立起自己的传统。这个时期欧陆文学思潮涌入美国，现实主义、自然主义、表现主义等在美国文坛引起巨大反响，出现了一批相应的文学作品。这个时期的美国文评表现得更加成熟，对欧陆思潮开始进行认真的梳理和评价，更加关注美国文学发展的自身属性，思考欧洲理论与美国实践的相互结合。惠特曼不仅开创了美国自己的诗歌传统，而且对这个传统进行了十分详细的论述。豪威尔斯在文学批评上的贡献也史无前例，不仅创立了美国的现实主义理论，还提携了一大批国内的现实主义和自然主义小说家。詹姆斯有深厚的欧洲文学功底，他的文学创作和文艺批评是欧美风格的一种糅合，产生出一些独到的见解，具有独特的魅力。世纪之交的美国文评达到前所未有的繁荣程度。现实主义、自然主义和地方色彩文学相互借鉴相互批评，构成美国文学批评的主流，并为 20 世纪美国文学理论的进一步发展打下了坚实的基础。

第一节

现实主义的美国化

相对于美国的文学现实主义而言，欧洲的现实主义表现得比较集中，特点比较鲜明，因此比较容易界定。欧洲现实主义传到美国比较缓慢，存在“时间差”，到 19 世纪 70 年代美国的批评家才开始谈论这个概念，形成气候比较晚，80 年代才达到高峰。但由于同时出现的地方色彩文学和此后出现的自然主义文学，进入 90 年代后现实主义已经出现衰微的迹象，因此现实主义既是美国文学中的重要文学现象，又不像欧洲现实主义那样对本地文学的发展产生如此大的影响。

文学史家一直把现实主义和自然主义作为 19 世纪后期美国文学的主要创作流派和理论主张，但是 20 世纪文学史家却对这种贴标签式的做法提出质疑，认为把丰富多样的文学表现形式归结为少数几个“主义”实在是弊大于利，而且美国现实主义并没有形成独特的理论主张：“美国现实主义哲学不是专门的技术意义上的一种哲学，而是组织松散并且常常概括化的一套信念和态度——一种饭后白兰地加雪茄式的哲学，而不是一种认识论意义上严密的学术体系。”[①]这是

---

① 评论家们一直在试图界定美国现实主义，如所谓的六大特征：反叛浪漫主义，新的现实观，新的方法和内容，新的道德观，新的公众口味，后期的心理主义。但类似的界定说明不了多少问题(Donald Pizer, ed. *Documents of American Realism and Naturalism*, Carbondale & Edwardsville: Southern Illinois University Press, 1998, pp. 309 - 329)。

因为不同的美国作家对现实和现实主义有不同的理解，[①]甚至同一个作家（如詹姆斯或者豪威尔斯）的理解也在变化。从这个意义上说，现实主义成了“没有引文便没有任何意义的词汇”，而“想根据形式和主题来给以这个名义所写的那一类书归类，并以此来界定美国‘现实主义’，无异于陷入无关紧要的细枝末节的泥潭”。[②] 尽管如此，文学史家们依然把这些观念和范畴作为研究的对象，因为撇开它们确实很难在宏观上把握这个阶段的文学创作。但是在谈论它们时，的确需要知道这么做的危险：首先，现实主义和自然主义都有各自哲学和认识论上的含意，用在文学里容易产生歧义；其次，“主义”的帽子容易掩盖每部作品的具体特色；此外，使用了标签之后常常容易忽视作品的思想深度；最后，两者都是舶来之物，是“来自具有欧洲特点的具有特定意义的术语用之于完全不同的美国文学史境况下”，容易产生扭曲。[③]

美国作家对现实主义情有独钟，因为美国和欧陆的一个差别就在于前者是一个讲究实际的民族，即使最浪漫的艺术作品也和欧陆的浪漫主义有相当的差距，最铺张的美国幽默也不愿意和英国式的浪漫传统认同。19世纪下半叶的美国主流作家基本上认同作为创作原则的现实主义，把它理解为真实再现所见所闻，并且这种再现可以用现实进行检验。但对什么是现实（actuality）则人见人异：它指的是客观现实？或是客观现实的抽象规律？或是人对客观现实的反应？另外，美国的现实“主义”又何在？批评家们在最普遍的意义上认同美国现实主义的三大理论要求，即基于观察和历史文献而来的细节真实；情节、环境、人物的表现符合常理；对人性的表现采取客观的态度。[④] 但是这些“主义”并不具备美国本土的特色，且稍加具体分析，马上就显现出复杂性和多样性。

内战前美国作家自诩为英国人，以拉丁经典为楷模，模仿伦敦的浪漫主义文学风气，有意无意地实践着蒲柏对青年作家的告诫：“不要第一个尝试新事物/也不要最后一个丢弃老传统。”在创作上，库柏模仿司各特，爱默生学习柯尔律治，惠特曼则转学爱默生，坡、朗费罗、洛厄尔、惠蒂尔等诗人向济慈、雪莱

---

① 例如常被归为浪漫主义的爱默生恰恰被豪威尔斯作为现实主义者加以引用：“我不要奇伟、遥远、传奇……我要普通，我和熟悉、低下站在一起……今日对没有思想的人来说只是平庸无味，却是化了妆的国王……银行、海关、报纸、决策会议、卫理公会教、唯一神教，这一切对迟钝的人来说干巴巴毫无意义，但却和特洛伊城和特尔斐神殿一样神奇”（James Nagel, *Critical Essays on Hamlin Garland*, Boston: G. K. Hall Co., 1982, p. 305）。

② Michael Davitt Bell, *The Problem of American Realism, Studies in the Cultural History of a Literary Idea* (Chicago & London: The University of Chicago Press, 1993), pp. 1-2.

③ Donald Pizer, ed. *The Cambridge Companion to American Realism and Naturalism, Howell to London* (Cambridge: Cambridge University Press, 1995), pp. 2-6.

④ George J. Becker, "Realism: An Essay in Definition," *Modern Language Quarterly*. 10 (June 1949), pp. 185-195.

看齐。理论上坡在《诗的原则》(The Poetic Principle, 1850)中主张艺术反映"永恒的美感",爱默生追求"自然界的精神象征",朗费罗认为"文学是精神世界的形象"。但美国文学的一个特点,就是既摆脱不了欧陆(尤其是英国)文化的影响,又竭力要建立自己的形象。因此美国作家同时又在有意无意地抵制着英国的影响。库柏的小说里充满了年轻民族的勃勃朝气,斯托的《汤姆叔叔的小屋》虽然有哥特式小说的痕迹,关注的却是美国的社会现实,麦尔维尔(Herman Melville, 1819—1891)写出了和欧洲传统大相径庭的小说《白鲸》(*Moby Dick*, 1851),马克·吐温曾称赞狄更斯的文字控制能力,"创作出男人和女人,吹口气赋之以生命,改变其行为举止,或提升之,或贬抑之,或夺其性命,或使其嫁娶,历经悲欢离合,终其一生,从未出现描写差错"。吐温认为,要达到这样的效果就必须使艺术根植于生活的土壤;狄更斯这么做了,所以成功了。在《如何讲故事》中,吐温坚持美国幽默必须是美国土壤中滋生的产物,"严格意义上的艺术品,高雅精致的艺术,只有艺术家才能讲述它"。这样的讲述似乎是随口漫谈,却在不经意间抖出笑点,延长听众的审美反应。他把美国式的幽默传统和对美国当地生活的表现推到了极致,因为这是用地道的美国方言表达的幽默:"本书(《哈克历险记》)中使用了多种方言:密苏里州奴隶方言,西南部偏远地区最极端的方言,'派克县'方言,以及后者方言的四种不同的变异。对这些方言的模仿并非随意或大致估摸,而是花了极大工夫,且得益于本人对好几种方言形式的熟悉,故可行度高。"比较极端的是惠特曼。在《民主远景》(*Democratic Vistas*, 1871)中他激烈地批评那些文人雅士:"这些猥琐的文人雅士配叫做美国诗人吗?那些喋喋不休、一团糊涂的文字配叫做美国艺术,美国戏剧,美国品味,美国诗歌吗?"这些人的作品量大却无分量,只是感官刺激和自娱自乐,因此他期望有一种由"科学与现代性"激励下产生的属于美国的诗歌。[①]

但毋庸置疑的是,美国现实主义文学的产生得力于欧洲现实主义文学的影响。现实主义在欧洲早已有之,薄伽丘、塞万提斯、莎士比亚,一直到笛福,都是反映社会现实的高手。英国浪漫主义在1825年基本结束,维多利亚时代开始,出现更加大胆的现实主义作品,如萨克雷、乔治·艾略特、特罗洛普(Anthony Trollope, 1815—1882)。狄更斯把英国现实主义文学发展到新的高度。他的小说秉承了英国的浪漫传统(情节剧式的情节和煽情效果),既有极大的通俗性,同时又深入反映现实,尤其是过去被传统文学所不齿于表现的内容(监狱、贫民窟、济贫院等)极大地拓宽了文学的表现范围,深化了文学的

---

① John W. Rathbun & Harry H. Clark. *American Literary Criticism, 1860 -1905* Vol. 2 (US: Twayne Publishers, 1979), pp. 39 - 48. 有关惠特曼的文学观,另见第一卷第六章第六节。

主题。与此同时，俄国现实主义文学传入美国。屠格涅夫(J. S. Turgenev, 1818—1883)的《父与子》(*Fathers and Sons*, 1862)受到詹姆斯的盛赞，托尔斯泰(Tolstoy, 1828—1910)的《战争与和平》(*War and Peace*, 1865—1869)和《安娜·卡列尼娜》(*Anna Karenina*, 1873—1877)被豪威尔斯尊为自己的教科书。陀思妥耶夫斯基(Dostoyevsky, 1821—1881)的《罪与罚》(*Crime and Punishment*, 1866)1885年译成英语，被认为达到了心理现实主义的顶峰。现实主义在欧洲的高峰期是19世纪30年代至70年代，而这个时期"现实主义"一词在美国很少出现，只是偶尔表现在风景画评论上。内战结束之后美国社会发生了巨大的变化，现实主义才引起美国文学界的注意。

19世纪上半叶美国社会主要是农业社会，使人得以产生比较强的独立感，崇尚高傲和正直，因此从库柏到爱默生的小说大多继承浪漫主义传统，注重想象力的驰骋和直觉的重要性。战后大工业迅速发展，导致经济政治社会发生巨大变化，大量农村人口涌向城市，同时乡村古朴的田园生活正在快速消失，浪漫主义的表现方式(离奇故事、奇特人物、缓慢叙事、夸张比喻等)已经失去其生活的土壤。新的工业精神逐渐取代农业思维，中产阶级价值观和行为方式逐渐占了上风，这种变化在70年代已经初见端倪。1869年大铁路贯通，客观上的西部边疆不复存在，对这片可望不可即的广袤疆域的神秘感随之消失；1876年电话出现，90年代汽车开始普及，与遥远的美国西部联系在一起的浪漫神话逐渐消退。1888年柯达生产出照相机，给美国现实主义文学表现方式提供了启发。美国社会发生的巨大变化把人们从对过去的沉湎里唤醒，促使他们思考、展望未来，并对眼前的社会给予史无前例的关注。

除了这些社会和文学思潮之外，其他人文思潮也对美国现实主义的形成产生影响，如当时的实用主义哲学。1878年皮尔士(Charles S. Peirce, 1830—1914)提出实用主义哲学，强调生命的意义就在于其最终的实用性，抛弃对形而上和理想主义的追求。现实主义文学和实用主义哲学几乎同时在19世纪下半叶的美国出现；虽然后者在现实主义文学里没有明显的表现，却对它起到很大的影响。威廉·詹姆斯(William James, 1842—1920)是小说家詹姆斯之兄，在欧洲的学校和哈佛受过教育，学习绘画和医学，1872年在哈佛任教，教授解剖学、生理学、心理学和哲学。《实用主义》(*Pragmatism*, 1907)献给英国理性主义学者约翰·斯图亚特·穆勒(John Stuart Mill, 1806—1873)，是当代实用主义哲学的重要著作，影响过后人约翰·杜威(John Dewey, 1859—1952)。和现象学等当代西方哲学一样，詹姆斯之所以提出实用主义哲学，是因为世纪之交的欧美学术界越来越陷入方法论混乱，急需予以澄清，以便行之有效地理解现实世界："我们思维辨析有一个最基本的事实，不论这种辨析有多微妙，都会存在实践上的差别。所以为了对事物产生清晰的理解,我们只需要考虑这个事物会产生什么实际效果——我们期待的是什么感觉,我们要准备的是什么反应。”要产生清晰的理解,要正确评估事物的实际效果,只能依靠正确的理解反映客观现实:“实用主义者依赖事实和具体事物,通过具体的案例观察真实的运作,然后作出概括。对他来说,真实成了经验里一切明确的工作价值的统称”:

实用主义方法主要是一种解决形而上争论的方法,除此之外这种争论无法解决。世界是一元还是多元?——宿命的还是自由的?——物质的还是精神的?——这些概念无论哪一方都可能对世界有好处,也可能没有好处;对这些概念的争论无休无止。在这些争论里,实用主义方法试图通过探查其实际后果来解释每一个概念。如果一种概念而不是另一种概念是真实的,那么对这种概念会有什么实际区别?如果找不到什么实际的区别,那么其他的选择在实际上都一样,一切的争论都毫无用处。一旦某种争论是严肃的,我们就必须能够说明:如果一方或者另一方是正确的,会出现什么样的实际差异。①

詹姆斯在这里提出了一些重要的概念,如“实践”“具体”“真实”“实际”,这些概念也正是世纪之交美国现实主义文学批评所坚持的基本概念。

这个时期另一位重要的思想家是美学家桑塔亚纳(George Santayana, 1863—1952)。桑塔亚纳出生在西班牙,在新英格兰长大,就学于哈佛学院,然后到德国学习,1889 年回到哈佛教授哲学,1912 年去英国,后在意大利定居。期间哈佛大学曾开出优厚待遇数度邀请他回校任教,均被他婉拒。据说一个主要原因是不喜欢那时的校长艾略特(Charles William Eliot, 1834—1926)所进行的大学管理改革(如本科生实施选修课制度和各种量化指标),而艾略特是哈佛任期最长的校长(1869—1909),不仅因为讲究实际的学生们不大情愿选修桑塔亚纳所醉心的欧洲古典美学,而且量化指标束缚了教师的独立精神和学术自由,而后者正是桑塔亚纳最看重的。② 桑塔亚纳是 20 世纪著名的美学家,其美学思想的表述从 19 世纪末一直延续到 20 世纪中叶,这里主要涉及其早期的哲学美学思想。桑塔亚纳美学思考起步之时,正是美国现实主义批评理论高潮之际。他的第一部美学专著《美感》(*The Sense of Beauty*, 1896)探讨的是主观对美的感受,并不关注眼前的具体事物,所以似乎和现实

---

① Bruce R. McElderry Jr. *The Realistic Movement in American Writing* (New York: The Odyssey Press, 1965), pp. 641 - 646.

② Norman Henfrey ed. *Selected Critical Writings of George Santayana*. Vol. I (New York: Cambridge University Press, 1968), pp. 5 - 7。曾有人认为,桑塔亚纳是“公共知识分子中一位智性最高的人”(Martin A. Coleman ed. *The Essential Santayana, Selected Writings*. Bloomington & Indianapolis: Indiana University Press, 2009. p. xxx)。

主义有很大差别。桑塔亚纳并不接受所谓审美客观的主张，也不愿承认存在人同此心、心同此理的审美判断；他提倡通过具体事物来体验美的客观形式，而美的形成主要依赖敏锐的观察力和对美的感悟力：

审美普遍性这种说法毫无疑问并不准确，这一点不难证明。遗憾的是，审美上没有众口一词；即使出现一致，也是由人们在出身、品性、环境方面十分接近，出现这种接近，就会出现判断和情感上的一致性。但这绝不是说一个人眼里的美在另一个人眼里也应该是美的。如果感官一致，联想和性格相似，那么同一个事物对两人就会是同样美的。但如果他俩的性格不同，让一个人神魂颠倒的东西另一个人也许就会视而不见，因为后者视觉分类和辨析不同。一个人看来完美无缺的东西，不论是物体、功能、用途都完美得无懈可击的东西，另一个看来就可能残缺不全丑陋无比。一个让人视而不见的东西硬要让他说美的，这有些滑稽，显而易见，要承认相同的品质，其前提就是具备相同的能力。但没有哪两个人会具有完全相同的能力，因此也没有哪件物体在他们眼中具有完全相同的价值。①

也就是说，桑塔亚纳认为，美的形成主要依赖敏锐的观察力。观察力的形成及发挥作用，主要依赖观察者对具体细节作出细致的分析："对审美生活作出概全性的解释，这种最主观最不真实的理论应当予以拒绝，但这些理论却可以重新表述成审美生活的一个个具体时刻。"这种"研究感官本身及我们对美的切身感受"的主张无疑和现实主义（乃至其后的自然主义）的创作实践有十分密切的关系。但在美国文艺思潮被现实主义和自然主义把持的年代，在一战前夕的动荡年代，桑塔亚纳具有浓厚欧陆特点、崇尚精神和崇高的审美思考有些不合时宜。②

欧陆美学虽然在美国有些水土不服，但美国作家对"美"或者艺术的追求却丝毫没有懈怠。锡德尼·拉尼尔（Sidney Lanier）在《英诗理论》（The Science of English Verse, 1880）中就表露出那个时代他所在的地区的审美趣味：追求形式、技法、音乐等高层次审美对象在诗歌中的体现，推崇"美的神圣"，认为艺术高居形式之首："天才和大艺术家，总是孜孜以求新的形式，追求技法，只要你能拓展他的艺术科学，给予他新鲜的形式，他就会跟随你到天涯

① 《美感》，同上，pp. 225－226。

② 这一点倒有些类似于20世纪晚期伊瑟尔在美国批评界的境遇：伊瑟尔的读者反映批评源于德国批评传统，移植入美国之后，其浓厚的欧陆美学色彩遇到美国关注性别、肤色、族裔的后结构主义批评理论，就显得十分无奈。"在很多美国人看来（桑塔亚纳）有些另类"。也许，这也是桑塔亚纳不愿意重返美国的重要原因（John W. Rathbun & Harry H. Clark. *American Literary Criticism, 1860－1905* Vol. 2. US: Twayne Publishers, 1979. pp. 118, 127）。

海角”。因此他不喜欢赤裸裸的左拉,对斯宾塞的机械进化论不屑一顾,认为“感官世界”最终会让位于以美为代表的“灵魂王国”。拉尼尔在约翰霍普金斯大学任教时,还利用其声学试验室研究韵律,认为诗律和乐律的原理一样,用音长、音强、音高、音色来分析诗歌,为诗歌研究开辟新径,也许影响到后来的艾略特。这里,欧陆的审美理论和美国的实用主义结合在一起,也是美国现实主义的一种体现。[①]

美国现实主义的公认旗手是豪威尔斯。他从波士顿移居纽约后,1886 年开始主持《哈柏氏月刊》的“主编札记”栏目,不仅扶持美国的现实主义作家,而且打破当时文学批评界的“本土主义”,介绍了托尔斯泰、契诃夫、普希金(A. S. Pushkin, 1799—1837)、左拉、斯丹达尔(Stendhal, 1783—1842)、巴尔扎克、易卜生等一大批欧洲现实主义作家。1891 年“主编札记”结集出版为《批评和小说》,成为美国现实主义的主要界定者和鼓吹者。豪威尔斯最坚定的信念就是文学必须依赖现实,真实地反映现实。他在《批评和小说》里指出:

> 小说不要对生活撒谎;而要按原样来描写男人和女人,以我们都熟悉的那种动机和热情来激活他们;小说不是画娃娃,用弹簧和导线去操纵他们,而要以真实的比例展示不同的兴致;不要喋喋不休地谈论傲慢和报复,愚蠢和疯狂,自私和偏见,而是坦率地通过拥有它们的人物和场景来表露它们;不要染上雕琢之气,要使用方言和大多数美国人都会说的语言——各地不会矫揉造作的人们说的那种语言——毫无疑问,这种小说前途无量,不仅令人愉悦而且十分有用。

这里的“不要对生活撒谎”,“按原样来描写男人和女人”成了豪威尔斯现实主义的最高原则,也是他几十年文学批评最简洁的概括。这里的“现实”指的当然是现实生活中的普通事件,但必须经过作家的精心挑选,选取最能表现人物性格的那些现实,避免不具有典型性的“现实”:“即使是真实的事件,如果性质不当,文学中真正的艺术家也要避免;同样,真诚的观察者不会只看英雄或偶然行为,而要注意在通常惆怅倦怠心情下的人。”出于自己的喜好,豪威尔斯对何为“性质不当”有自己的理解,如他喜爱喜剧,因此更加注重生活里的喜剧;他相信美国生活中纯朴的一面,因此不愿处理那些“在年轻人尤其是年轻太太们面前不宜谈及的生活事件”,因此自然主义成为他后来的批评对象,豪威尔斯本人在 1912 年也承认,自己是“旧式人物,有时我自己也希望作家不必对自

① John W. Rathbun & Harry H. Clark. *American Literary Criticism, 1860 -1905* Vol. 2 (US: Twayne Publishers, 1979), pp. 103 - 106.

己那么苛求”。

“高尚”的行为当然要用完美的艺术形式加以表现，但豪威尔斯关心的不是这个艺术形式本身，而是“传统”艺术形式的缺陷：

在问其他问题之前，我们首先要问我们自己：这个真实吗？忠实于形成真实男女生活的那些动机、冲动和原则吗？这个真实必然要包括最高尚的道德和最高级的艺术——有了这个真实，小说就不会邪恶、不会虚弱；没有这个真实，再华丽的文体，再多的技巧，再复杂的结构，都是无足轻重的表面现象……在整个小说领域，没有哪一个真实的生活画面——也就是真实的人性表现——不同时也是充满神圣和自然之美的伟大文学作品。把文学当作远离生活高高在上的精品，这种主张使得文学对广大群众无关紧要，对他们毫无意义可言；那种认为小说在表现因果关系时可以虚假的想法，使得即使是它想取乐的人们也瞧不起它，使他们无法把小说家当作严肃有头脑的人。（《有害的小说》，1887 年 4 月号《哈柏氏月刊》）

豪威尔斯对浪漫主义的攻击无可厚非，他对“文学气”的批评也情有可原（“我所知道的文人里，他[马克·吐温]在气质和举止上最没有文学气”，《我的马克·吐温》），但问题是在去除“华丽文体”的同时他几乎把文体本身也去除了，因为事实上豪威尔斯很少正面谈及文体问题，导致当时及后世的批评家责备他疏于小说艺术；他的现实主义战友如詹姆斯也对此不以为然，这也是世人对美国 19 世纪现实主义的主要批评：“豪威尔斯先生的信条里有一种观点，认为文学艺术性必然虚假，艺术是最好的小说的敌人。当然他所理解的艺术性是某种衍生物，本身没有独创性，但他的书里对小说艺术始终都存有隐含的不信任。”[①]豪威尔斯和吐温一样没有受到正规教育，靠排版和印刷结识文字，依赖大量阅读和勤奋写作步入文学。他从普通的报纸编辑做起，后常年担任文学刊物主编，发表近百部著作，1 800 篇文评，影响了大量读者的文学欣赏情趣。他的写作带有明显的新闻体，导致他对现实主义手法的过度偏爱，对文学性关注不足，带着新闻体进入文学创作，“想对批评、小说、诗歌、戏剧这些互不相关的文学形式都染指，结果只能是哪一样都做不好”。[②]

由此可见，不论是内容上还是艺术上，豪威尔斯都同时具备激进和保守的一面，而且越往后其保守的一面越明显。这和他的托尔斯泰主义不无关系。

① Michael Davitt Bell, *The Problem of American Realism, Studies in the Cultural History of a Literary Idea* (Chicago & London: The University of Chicago Press, 1993), p. 20.

② John W. Rathbun & Harry H. Clark. *American Literary Criticism, 1860 -1905* Vol. 2 (US: Twayne Publishers, 1979), pp. 50 - 55.

他在1886年读《战争与和平》时说过:“托尔斯泰明确地告诉我们,不论社会政治还是集体个人,都要像基督要求的那样生活。”他主张社会改革,但不倡导简单的社会革命,而是相信美国人具有很高的文明程度,通过不断探索能够找到合适的发展道路。他把维持文学现状者等同于反对社会改革者,把浪漫主义残余对新现实主义的恐惧等同于“维护英国贵族的《星期六评论》(一家英国保守刊物)表现出的疯狂”。豪威尔斯的“平民主义”曾遭到保守势力的攻击,认为他的小说和诗歌里“和我们交谈的是那些在实际生活中我们一刻都不能忍受的家伙”,批评他强迫人们“和不健康的人为伍”。① 在1886年的芝加哥农贸市场骚乱后,他是作家里几乎唯一仗义执言的人(惠蒂尔就明哲保身,甚至有些两面三刀)。他像马克·吐温一样反对美国干涉菲律宾,参加妇女争取投票权集会,1909年全美有色人进步协会创立时他还是一个主要创始人。但豪威尔斯的社会主义基本上还是他的现实主义的翻版,正像有人批评的那样,他下午去贵族式的茶馆,晚上去参加工人集会,是“理论上的社会主义,实践上的贵族”。

实际上詹姆斯对现实主义创作方法的关注比豪威尔斯更早。他在1875年至1876年旅居巴黎时由屠格涅夫介绍结识了围绕在福楼拜周围的一群欧洲现实主义作家,80年代中期詹姆斯开始认真地思考现实主义,1884年发表了《小说艺术》,比豪威尔斯的“主编札记”还要早两年。和豪威尔斯一样,詹姆斯也是从反对浪漫主义开始的。他认为,浪漫主义代表的是“我们不可能直接知道的事物”,而作家所应当关注的则是真实,“代表的是我们不可能不知道的事情”。② 批评家们把詹姆斯归于现实主义作家,因为他赞同豪威尔斯提出的真实再现普通人的实际生活的主张。但詹姆斯本人在理论上和豪威尔斯有分歧,如他几乎没有使用过“现实主义”一词(用得最多的是“真实”)。詹姆斯对“真实”的定义是:“我觉得真实指的是或迟或早以某种方式再现我们不可能不知道的事物。”③

但是詹姆斯眼里的“现实”和豪威尔斯所倡导的(日常生活、自然、诚实等)有很大的不同,因为詹姆斯认为现实主义反映的不是赤裸裸的客观现实,而是“经过中介的(mediated)现实”,即作家通过艺术表现形式对客观现实进行的感受;小说里的现实不是“反映”出来的,而是“生产”出来的。由此可见,詹姆斯的重点已经从表现对象(用新批评的术语即“外部研究”)转到了艺术家

---

① Donald Pizer, ed. *Documents of American Realism and Naturalism* (Carbondale & Edwardsville: Southern Illinois University Press, 1998), p. 5.

② Bruce R. McElderry Jr. *The Realistic Movement in American Writing* (New York: The Odyssey Press, 1965), p. 1.

③ James Nagel, *Critical Essays on Hamlin Garland* (Boston: G. K. Hall Co., 1982), p. 306.

的艺术构思(即“内部研究”);小说“现实”所依赖的不是创作素材的真实与否,而是作家本人的艺术“感受力”和“想象力”的高低。也就是说,艺术家要生产严肃的艺术作品,就必须表现出艺术家所具备的特征,即艺术性:一件艺术品的“最深层的质量”不是所谓的现实或主题或道德感的质量,而是“生产者大脑的质量”。比如1875年詹姆斯在写作五篇关于巴尔扎克论文的第一篇时,把这位法国大师称为“现实主义小说家”,但他马上进一步解释了这个定义:

> 这位“现实主义的罗曼司作家”的力量——那种让他得以创作出“如此明确,如此可信,如此真实,如此典型,如此可以辨认”的人物形象的力量——詹姆斯认为,来自“他的丰富的想象力”,来自他“对现实的热爱”。也就是说,对詹姆斯笔下的巴尔扎克来说,现实主义不是忠实地模仿,而是具有个性的表现;对这个巴尔扎克,“真实”的权威就是“对自己想象力”的权威。

由此可见,詹姆斯并不赞成豪威尔斯式的社会道德家,不赞成把“文学性”和“生活”截然区分,贬低前者以抬高后者;有时为了表示自己的文学主张,坚持基于“真实”之上的“文学性”,甚至不惜以豪威尔斯为反面教员:“小说的文体是艺术作品创作的一部分,艺术作品的创作是艺术作品核心的一部分,而这个核心不论什么时代都同样的重要。”1884年詹姆斯在评论法国现实主义作家时说:“使他们聚集在一起的信念就是,艺术和道德是风马牛不相及的两件事,前者和后者无关,正如它和天文或胚胎学无关一样。小说的唯一责任就是写得好,这一价值包括了小说所能拥有的其他一切价值。”21年后,詹姆斯在写给英国作家H. G. 威尔斯的信里仍然坚持这个文学主张:“是艺术产生了生活,使生活有兴趣,具有重要性……除此之外我不知道还有什么东西能产生生活的力量和美。”[①]批评家们曾指出,美国现实主义作家都注重表现生活的表面,如事件、语言、风俗,很少下力气去探求表面之下的深层次蕴意——除了詹姆斯之外。这一点至少对詹姆斯本人是真实的。

在文学性这点上,现在的批评家大都会站在詹姆斯一边,因为经过现代主义之后任何文学讨论都无法回避文学形式问题。但对于19世纪后期的美国作家,形式似乎并不是那么重要,至少无法和内容相比。马克·吐温在60年代就认为,忠实于自然,准确地反映生活的本来面目,是作家的最高原则:“有头脑的人认为我‘真实可信’最值得我骄傲。”和詹姆斯一样,马克·吐温从不有意识地使用“现实主义”这个术语,即使在现实主义高峰他也不愿意别人把

---

① Michael Davitt Bell, *The Problem of American Realism, Studies in the Cultural History of a Literary Idea* (Chicago & London: The University of Chicago Press, 1993), pp. 73 - 80.

他归为“现实主义者”。但马克·吐温的确对现实主义情有独钟,对其旗手豪威尔斯更是赞扬有加。他讨厌浪漫主义表现手法,批评司各特、库柏、哈特等人的“多情善感,虚张声势”,喜爱对客观现实进行观察和体验。在80年代前后他写给豪威尔斯的信中,一再赞扬豪威尔斯“描写的都是真实——生活中的真实,你的笔不论落在哪里,都留下一张图片”;他在1890年谈到豪威尔斯的一部自传时称它“十全十美——就像太阳摄下的最完美的图片”。至于为什么马克·吐温会如此看重豪威尔斯,可能和他对一些作家的个人看法有关:

> 你是我喜爱的唯一作家,我只读你的书,对其他人我根本不屑一顾……你以娴熟的手法完成了它(最近的小说)——你把所有的动机和感情描写得非常清晰,没有像乔治·艾略特那样把主要的东西分析得无影无踪。我受不了乔治·艾略特和霍桑等一类人,100年前我就知道他们想做什么,他们让我乏味到极点。至于(詹姆斯的)《波士顿人》,我宁愿给发配到约翰·班扬的天堂,也不愿意去读它。①

马克·吐温这封1885年写给豪威尔斯的信反映出他对某些作家的讨厌,尽管他知道豪威尔斯并不一定会支持他的看法(如豪威尔斯便十分赞赏詹姆斯)。

内战后哈特和豪威尔斯并肩作战,鼓吹现实主义,一度两人观点极其接近。哈特支持豪威尔斯的观点,认为文学应当反映普通美国人的普通生活,但和豪威尔斯不同的是,哈特认为反映的内容尽管可以是客观现实,但表现方式可以借用浪漫主义传统,他尤其喜爱霍桑的“罗曼司”。哈特最大的问题是如何解决浪漫主义和现实主义间日益增大的鸿沟。他曾试图用讽讽把两者联系起来,但现实主义风靡之后读者对这类讽刺的热情逐渐消失。马克·吐温曾和哈特采取过相似的手法,把生活本身当作讽刺的过程以联系现实主义和浪漫主义。但哈特觉得马克·吐温式的社会批评让他无法接受,有损人的尊严,而一直想在浪漫主义和现实主义间取得折中。但这种折中毕竟不对豪威尔斯的口味,80年代之后两人逐渐疏远。豪威尔斯转向社会主义后,哈特对豪威尔斯主张的集体主义和国有化更加不理解。19世纪末现实主义中产生自然主义,哈特认为自然主义是一种伪科学,表明的是人类的堕落,所以激烈批评现代小说的“颓废”倾向,力图恢复旧日的情感小说,和现实主义离得越来越远。

在1899年发表的《短篇小说的兴起》(The Rise of the Short Story)中,哈特表明了自己的创作观:作品必须简短,简洁,避免说教和刻意的道德评判,避免过分煽情,形式要服从于内容的需要。哈特被誉为描写西部的高手,他也

---

① Bell, p. 44.

把自己的西部小说作为自己的代表作；但其实哈特是东部人，对西部并不熟悉，吐温曾对他讥讽有加，称他的西部精神只是外表。之所以如此，是因为尽管哈特重视生活体验，并试图把自己在西部的生活经验表现在作品中，但却做得有些吃力，常常露出斧琢的痕迹。[①] 有人认为哈特是美国19世纪文学批评和文学创作的过渡性人物，摇摆于现实主义和浪漫主义之间，左右逢源，缺乏开拓创新精神，所以只能位居二流作家的行列。[②] 但客观地说，哈特在现实主义运动中还是起到了一定的作用：

在讲究温文尔雅的时代，文风华丽到近乎俗气的地步，而哈特和豪威尔斯、詹姆斯一起倡导现实主义的准确和深入，开新小说之先河。哈特首先要求小说具有可信的人物，辅之以背景和行为的可信描写，细节典型，词汇和句法准确。他的现实主义扫除了情绪化表现，甚至危及到他自己的小说……具有讽刺意义的是，他的主张推动了读者趣味向现实主义转移，反而使他自己的小说失去了未来的读者。[③]

另一位美国现实主义作家是加兰。1885年他在麻省坎布里奇遇到豪威尔斯，事后后者曾说加兰对现实主义的信念“与我一样坚定不移”。加兰对现实主义理论最大的贡献就是他在《分崩离析的偶像》里坚持的“写真主义”。[④] 加兰认为，“生活就是程式……事实就是统领”，真正的艺术家必须“有意识地面对自然面对生活”，记录下“普通类型人物的戏剧性生活”。认识这个程式，承认这个统领，是文学创作的首要原则，而坚持这个原则，就能够真实地反映社会现实，生产出社会所要求的艺术作品。因此在加兰看来，写真主义的实质就是“写你最了解最在乎的事情。这么做你就对自己真实，对你的地方真实，对你的时代真实”。豪威尔斯曾这么评价加兰的小说《罗丝》：“它坦率地表现罗丝出生的农村环境，在我们文学里实属罕见”。但加兰至少在一个方面和豪威尔斯不同：他不忌讳谈论性，愿意并且能够正视生活里的各种悲剧。这导致后来豪威尔斯对加兰的写真主义颇有微辞：“描写事实时，你会发现他对毋庸置疑的东西一概拿来。我是老式人物，有时我觉得这位作者不应该这么全盘照收”。豪威尔斯在这里批评的是加兰的自然主义倾向，但加兰即使有“自然主义”倾向，也是和豪威尔斯相比而言，因为他曾批评辛克莱·刘易斯（Sinclair

---

① John W. Rathbun & Harry H. Clark. *American Literary Criticism, 1860–1905* Vol. 2 (US: Twayne Publishers, 1979), pp. 44–46.

② Patrick D. Morrow, *Bret Harte, Literary Critic* (Bowling Green: Bowling Green U Popular P, 1979), pp. 147–160.

③ 同上，p. 147。

④ 另见本书第一章第一节。

Harry Lewis，1885—1951)的自然主义，指责他在《大街》(*Main Street*，1920)里把灰暗阴沉的细节描写上升到崇高宏大的境界。加兰强调文学与社会的关系，但反感照相式的机械反映论，主张作品必须是客观现实和主观反应的结合。他在1930年出版的《一个文学游荡者的路边聚会》(*Roadside Meetings of a Literary Nomad*)重申了他自己早期的文学信念:"文学要伟大，就一定要体现国家，要体现国家，就必须描写我们脚下的土地和气候所特有的境况。"[①]加兰后来和现实主义的离异也揭示出现实主义消退的一个社会原因:加兰在19世纪80年代后期90年代初期创作的现实主义小说每部稿酬均不足100美元，使得加兰和其他年轻作家一样不得不为生计考虑，转而写作收益更好但文学价值不高的传奇小说。《鹰之心》(*The Eagle's Heart*)和《山里的情人》(*Her Mountain Lover*)两部小说的连载获得3 500美元，外加1 000美元的出书预付款，两部书的销路都达数万册，使得加兰的生活大大改善，并重新开始出版严肃小说。

和欧洲现实主义不同的是，美国现实主义文学时期只有小说得到了大的发展，其他的主要文学样式却并没有明显的进步。"在很大程度上90年代的文学氛围仍然敌视现实主义，它的'兴起'没有那么势不可挡，也没有取得一边倒的胜利"。[②] 如美国诗坛和戏剧就没有这样的"兴起"，最弱的当数诗歌。内战后至一战前美国诗坛还算兴旺，诗歌的普及率"至少比今天要强"，但却没有像小说那样产生多少有价值的传世之作。惠特曼出名于现实主义产生之前，虽然他后期的诗歌汲取了现实主义的养料，但他的根源却来自浪漫主义色彩浓厚的40年代超验主义。迪金森创作于现实主义高潮时期，她诗歌里确也显露出现实主义的痕迹，表现在她对周围生活的细致观察。但这些带有现实主义色彩的细节都是她的直觉所致，实际上她对现实主义理论一无所知也不想知道，因为她的根在爱默生。这两位这个时期最主要的美国诗人虽然在作品里表现出现实主义成分，但显露的主要还是浪漫主义的影响。因此，"只有在一些偶然的方面惠特曼和艾米莉·迪金森才可以被认为是内战之后那段岁月的'代表'"。批评家把美国现实主义诗歌逊色于小说的原因归之于诗歌是想象的艺术而非现实的艺术，正是在这个意义上詹姆斯在1878年的一篇文章里说:"波德莱尔是诗人，要诗人成为现实主义者当然是无稽之谈。"

同样的情况也发生在戏剧:"对莎士比亚的不断重复丝毫没有让剧作家、舞台监督和观众意识到娱乐可以'严肃'，戏剧舞台可以像小说那样成为观念

---

① John W. Rathbun & Harry H. Clark. *American Literary Criticism*, *1860 -1905* Vol. 2 (US: Twayne Publishers, 1979), pp. 137 - 141.

② James Nagel, *Critical Essays on Hamlin Garland* (Boston: G. K. Hall Co., 1982), pp. 310 - 311.

的载体。”[①]这个时期英法舞台也大致如此，直到世纪末受到易卜生、契诃夫的影响戏剧舞台的改变才逐渐显露。这个时期统治美国文学创作的仍然是奇异的想象，这一点在处理现实题材的幽默作品里最明显，如马克·吐温的声誉主要得力于他的夸张和想象，而不是豪威尔斯式的现实主义方法。现在被誉为现实主义作品的《汤姆叔叔的小屋》被改编成戏剧，着实风光了半个世纪；其舞台布景、对话和效果上的确带有浅层次的现实主义，但其成功的主要因素是情节剧和煽情效果。这个时期观众喜爱情节剧、情感剧、程式化的喜剧，对典型的现实主义戏剧并不热衷。1890 年加兰要赫纳写一个“毫不妥协”的现实主义戏剧，赫纳便写出易卜生式的《马格里特·弗莱明》，采用现实主义手法表现私通，结果引来一片谴责。他和里查德·曼斯菲尔德分别在纽约上演易卜生的《玩偶之家》，都不受欢迎。但赫纳的下一个剧是多少有些胡拼瞎凑的情感剧《肖埃克斯》，却场场爆满。同样，西部剧（如贝拉斯科的《金色西部的姑娘》和穆迪的《大分水岭》）的命运也比现实主义剧目好得多。正因为如此，豪威尔斯在 1887 年的《邪恶的小说》中说：“我们认为过去的小说大部分都是有害的，正像我们认为现在的舞台剧几乎都是有害的，因为它们虚假、愚蠢、夸张、无聊。”

对现实主义最大的责难就是它忽视艺术性，文学相对于“现实”处于第二位。这种批评有一定的道理，因为虽然人们一直都在谈论现实主义的“表现手法”，但对这些手法到底是什么却始终语焉不详，19 世纪的现实主义者们也很少论及这一点，不外乎是客观反映，注重细节，使用方言等等，很少做深入的探讨。造成现实主义这个“缺陷”的原因比较复杂，但至少和他们对浪漫主义传统的反动有直接关系。浪漫主义追求抽象的美和精神，相信“使得真实具有价值，使得人类越来越超越禽兽的是艺术和生活中的理想的一面”，而不是真实本身。现实主义则反其道而行之，抛弃“永恒的冲动”和“超脱的灵魂”，关注人间和人的日常体验。

但在两者争论的背后隐含有更大的认识论差异。豪威尔斯的论敌威廉·泰尔（William Roscoe Thayer，1859—1923）曾说：“艺术之灯不同于科学之灯，不要混淆它们的作用。不要妄想用物质的机器和工具来探索属于精神的人内心的秘密。真实包含了理想，但是没有理想的真实就像没有生命的躯体。”[②]这里的含意是，人不等于现实，精神不等于物质，前者属于审美范畴，后者则不属于。实际上这里涉及宗教信仰这个更大的问题：“许多表面上

① Bruce R. McElderry Jr. *The Realistic Movement in American Writing* (New York: The Odyssey Press, 1965), p. 7.

② 在认识论上辨识文学，是几乎所有形式主义者的做法；20 世纪初期，俄国批评家什克洛夫斯基（Viktor B. Shklovsky，1893—1984）和雅各布森（Roman Jakobson，1896—1982），以及英国批评家瑞恰慈（I. A. Richards，1893—1979）也围绕“艺术即技法”（“Art As Technique”）来讨论“文学性”，和之前的“教化/技法”论争不同，面对科学主义的兴起，他们论争的是科学和文学的差异。

关于文学的词语如人物、情节、语气同时也和作家所持的宗教信仰有关——他是否相信或者怀疑一个神圣的造物主,这个造物主给了他躯体和灵魂,使他有望实现生活的理想"。豪威尔斯的文学批评之所以被贬低为"缺乏热情"、"冷冰冰"、"没有灵魂",表面上是他很少谈论文学想象和美,实际上是他的理论深处包含对上帝、人、社会的怀疑,动摇了美国人的清教信仰根基,所以引起部分人的不安。因此有人认为现实主义是"实际上的无神论用之于艺术"。①

当代的左翼文学批评则认为 19 世纪的现实主义存在浓厚的保守色彩。他们相信,实际上现实主义没有完全拒绝保守的传统:"事实上,如果撇开其论争的姿态,只研究其关于小说的具体主张,这种批评的革命性比它表面上所说的要差得多。"②据说马克思的女儿女婿埃莉诺和爱德华在 1888 年写的《美国的工人阶级运动》(*The Working-Class Movement in America*)里就质问:美国的小说家在哪里?意思是和欧洲的现实主义小说相比,美国的现实主义并不大关心大部分的现实,很少表现受到投机商和工业资本家欺压的农场主和城市贫民。这个批评尚属公平,因为维多利亚时代的理想还是正面宣传,认为黑暗面不利弘扬社会的整体道德;内战后上升的美国中产阶级也要求正面表现自己,一方面欢迎自由竞争,一方面不愿面对甚至试图抹去由此带来的残酷现实。随着时间的推移,现实主义的缺陷更加明显。豪威尔斯本人的小说缺乏力度,詹姆斯所描写的欧洲上层社会和普通民众的生活有相当的距离,马克·吐温被作为幽默天才而非严肃的小说家,因此"那些主张现实主义具有内在力量并最终会主导文学的人能给出的例证只能或者是一群欧洲作家,其对性的过分关注甚至连美国的支持者也怀疑;或者是一大群二流作家,其基于地域色彩写成的小说只松散地和现实主义审美观联系在一起"。③

现实主义的"现实"实际上是现实主义者出于一定的目的而"制造"的,再把它作为"客观"存在来加以描述。因此,当代批评界有人指出 19 世纪现实主义和主流意识形态的"同谋"关系。19 世纪下半叶美国社会"从社会地位过渡到社会契约",过去的社会地位被现在缔约各方的协商所取代。"契约时代"通过缔约方的内部协调而非外部强加的命令行事,似乎使个人更自由,机会更均等,发展空间更大。但实际上契约外衣下的自由竞争常常只是为了使社会经济不平等合法化,"契约的许诺可以成为意识形态工具来产生平等社会关系的

---

① Donald Pizer, ed. *Documents of American Realism and Naturalism* (Carbondale & Edwardsville: Southern Illinois University Press, 1998), pp. 6 - 7, 15.

② Donald Pizer, ed. *The Cambridge Companion to American Realism and Naturalism, Howell to London* (Cambridge: Cambridge University Press, 1995), pp. 6 - 7, 22 - 34.

③ Donald Pizer, p. 15.

假象，实际上这些关系保留了世袭和重新组合的等级制残余”。现实主义的确时常批评这种新的不平等现象，但实际上它本身就是契约论框架下的产物，具有欺骗性。首先，现实主义经过“契约化”产生出学科化了的中产阶级文学主题；其次，“现实主义时代”和“契约时代”的契合使得现实主义把契约世界作为“客观事实”加以接受，而很少质疑其产生的合法性；①此外，契约论注重事实的组合而非事实本身，现实主义对现实的描写也大多采取“逐渐展示”(showing)而非“直接告诉”(telling)的手法，但对契约或现实组合的深层次原因触及甚少。

经过现代主义尤其是后现代主义的洗涤，现实主义的过时性已经被夸大得无以复加，现实主义小说也已经被认为寿终正寝，以新的方法评判各种形式的现实主义成为批评的时尚。流行的说法是，现实主义小说浅薄，扼杀读者的思考，只供消遣。另一种说法依据阿尔图塞的意识形态理论，说现实主义不加批判地接受现实，和主导意识形态合谋，有意无意地认同于统治阶级，把现状等同于唯一的现实，因此具有欺骗性。但令后结构主义尴尬的是，“事实是，现实主义小说正风华正茂，虽然现实主义似乎失去了许多实验高地。高水平的现实主义小说……一直被创作、被阅读——如果主要文学大奖可以作为评判标准的话”。20世纪末，本来就对“没人追求准确性和可信性”的后现代主义耿耿于怀的批评家开始反思现实主义在20世纪的遭遇。他们认为，19世纪的现实和20世纪的现实不同，当时谈论的现实主义和现实主义本身不应当混为一谈，现实主义的“目的”和19世纪现实主义作家用以达到这个目的的手段也不应当等同。此外，说现实主义没有创新也缺乏依据，因为“现实主义被理解为试图公正对待、表达、保留一点现实，这个现实指的不是过去的陈腐，而是现在和未来的挑战。维护现实主义不等于反对新实验；相反，只有那些最愿意且最忠实地表现现实的人才必须大胆实验”。19世纪现实主义的确有消解阶级矛盾、以中产阶级白人男性为主等缺陷，但这并不是现实主义方法本身的缺陷。实际上不管赞同与否，现实主义方法一直是文学创作的重要手段之一，即使当代的反现实主义小说仍然离不开现实主义手法。②

---

① Brook Thoma, *American Literary Realism and the Failed Promise of Contract* (Berkeley: University of California Press, 1997), pp. 1-3.

② Raymond Tallis, *In Defence of Realism* (Lincoln & London: University of Nebraska Press, 1998), pp. 1-3, 57, 115.

第二节
自然主义在美国

文学概念的定义和区分十分困难。以自然主义为例，不仅文学自然主义本身是个庞杂的流派，而且自然主义和现实主义、现实主义和地方色彩文学之间很难作出清楚的区分。文学概念不能没有，否则将很难谈论文学；但任何概念都是无奈中作出的选择，谈论它时应当知道它的实际指涉范围，“文学自然主义”便是如此：

> 有没有文学自然主义？答案是“有”，如果我们指的是一组观念，这组观念由一种文学方法控制，但由不同的作家使用，使得这种观念出现。但回答也可能是“没有”，如果我们指的是一套统一自在的主张，由同一类作家统一加以使用。①

广义上，自然主义指的是“环境的力量，不论是自然环境还是城市环境，超过或者压倒了人的力量；个人对具有决定性作用的事件几乎无能为力，外部世界对个人来说最好也就无动于衷，最坏则充满敌意”。即自然主义作家写作时有明确的目的，旨在揭示环境对人的决定性影响，而人在环境面前则显得十分渺小，生存的本能迫使他们进行挣扎，但任何抗争都必然徒劳无益。这种观点的产生无疑和 19 世纪科学主义的发展有关，尤其是达尔文的物种起源、适者生存理论，而且近代科学的成就在自然主义形成之前已经影响到文学研究。法国学者泰纳(Hippolyte Taine, 1828—1893)被尊为“用科学观点建立系统的文学知识”的第一人，提出著名的制约文学作品的三大因素：“种族，环境，时代”，在 1863 年出版的《英国文学史导论》中他宣称：“抱负，勇气，真理都有其原因，正如消化，肌肉运动，动物发情有其原因一样。邪恶和善良就像硫酸和糖一样都是生产的结果。”几乎同时，龚古尔兄弟写出了被认为是第一部“科学小说”的《翟米尼·拉赛特》(*Germinie Lacerteux*, 1864)，描写侍女翟米尼在环境的影响下堕落的过程。但法国自然主义最重要的作家当数左拉。

左拉和福楼拜一样，开始时喜欢拉马丁、雨果等浪漫主义作家；随后转向

---

① Donald Pizer, ed. *The Cambridge Companion to American Realism and Naturalism*, *Howell to London* (Cambridge: Cambridge University Press, 1995), p. 65.

现实主义，认为现实主义描写的现实更加真实。他仰慕巴尔扎克；但不久又有改变，立志要“自己摸索一条道路”。左拉这个时期已经出版了有自然主义倾向的小说，如《克洛德的忏悔》(*Claude's Confession*, 1865)，但其对自然主义文学最大的贡献是那部被认为是自然主义流派宣言的《实验小说》(*The Experimental Novel*, 1880)。左拉依据当时的科学和达尔文的物种进化理论，认为社会由人构成，人由遗传基因构成，[①]因此人的大脑和社会都受到严格的科学定律支配。小说家不仅仅只是忠实记录事实的工具或被动观察现实的旁观者，还是实验室的科学家，把人物和他们的感情放到各种环境下进行实验。他们应当拒绝对现实世界做任何超自然、超历史的解释，只有无法确证的事实才不得不诉诸想象；他们应当抛开道德评判和自由意志，把自然和人类生活放在自然法则之下，看作被外力所决定的机械过程：“我要研究的不是性格而是情绪。我选择的生物都处在神经和血液的强有力的控制之下，没有任何自由意志，任由自己肉体的命运所支配。”[②]

现在看来，左拉的小说理论比较狭隘，甚至十分极端；把人文科学完全等同于自然科学，不免会产生偏差和谬误。但我们也不应当忘记，左拉的时代是科学摧枯拉朽地征服一切的时代，人文科学也一样不可避免。在这样的背景之下，产生出一种新的文学样式也就十分自然了：

> 自然主义小说必然是纪实性小说，不折不扣地基于活生生的现实，充满可见可及的事实和数据。尽管事实可能会冷酷无情，也必须对它的细枝末节加以精确的描述。……自然主义作家对自己材料的态度必须是完全的脱离，避免做正面或者反面的评论，只是客观地展示事实，决不可显露出自己的态度或者寻求读者的同情。自然主义小说既不可说教也不可讥讽，只能客观地展现人类生活，不做任何结论，因为结论已经包含在材料里面了。[③]

很多评论家把自然主义看作是现实主义的延伸、强化或极端，[④]这种看法有一定的道理，至少因为双方都对社会现实感兴趣。但双方的差异看上去要

---

① 左拉并没有使用“基因”一词，但达尔文发表进化论不久，孟德尔(Gregor J. Mendel, 1822—1884)就提出遗传“粒子”(后称“因子”)说，20世纪初摩尔根(Thomas H. Horgan, 1866—1945)和约翰逊(W. Johansen, 1859—1927)才提出“基因”概念。

② Donald Pizer, ed. *The Cambridge Companion to American Realism and Naturalism, Howell to London* (Cambridge: Cambridge University Press, 1995), p. 47.

③ Jacqueline Tavernier-Courbin, *The Call of the Wild, A Naturalistic Romance* (New York: Twayne Publishers, 1994), p. 16.

④ “自然主义只不过是一些现实主义者所采纳的强化明确的哲学立场”(Donald Pizer, *Realism and Naturalism in Nineteenth-Century American Literature*, Carbondale & Edwardsville: Southern Illinois University Press, 1984, p. 10)。

远远大于相似。现实主义的“现实”大都是“常人常事”,采取照相式的反映,客观上不加选择,主观上不偏不倚。但自然主义对“现实”则有选择,而且这种选择具有明确的目的性,因此自然主义小说都经过刻意的构思,意在表露作者的看法。也就是说,自然主义的“现实”不仅存在于生活,而且来自作家对生活的哲学解释;艺术就是现实,现实就是艺术家创造的艺术。另外和现实主义相似的是,大多数情况下自然主义者更加看重自然主义的解释,而不是自然主义的表现技巧。基于对生活对人生的独特理解,自然主义者所展示的社会已经不是豪威尔斯似的温文尔雅的中产阶级社会,因为这种社会经过了粉饰,掩饰了弱肉强食的社会发展本质,不能代表人类社会进化的现实。因此,自然主义者进一步挖掘现实的主题范围,拒绝像现实主义那样表现社会的表面现实,而把笔触深入到社会的最下层生活。对人物的描写也是如此。他们抛开道德和理性这些“浮浅”的品质,转向人的生理机制,尤其表现人受到内在欲望的驱使,外在社会经济因素的压力,对自己命运的无能为力。

1894年克莱恩采访豪威尔斯,谈到有一股反现实主义的潮流,“豪威尔斯先生点了点头,强调他同意:‘确实如此。我觉得它正在袭来。’”到了1901年豪威尔斯对这股潮流已经无可奈何了:“几年前,使小说位居文学之首的那场运动似乎一浪高过一浪,势不可挡,但其中却有和它抵触的暗流,最终止住了它的发展,把它拉回到令人难过的境地,使现在小说沉沦,‘小说’这个词又一次成为一切道德虚伪精神可鄙的同义语。”①90年代美国文坛对法国文学极感兴趣,尤其是左拉的作品,1878年他的第一部著作在美国翻译出版,到1900年共31家美国出版商出版了180部左拉的作品。② 也就在这个时候美国文学上现实主义让位于自然主义,因为现实主义发现它所面对的社会现实越来越难以用豪威尔斯的“现实主义”加以定义:这个现实不再是“大多数健康成功快乐的平均生活”,因为“平均”指的原本是中产阶级,而此时美国的劳动阶级已经大大超过中产阶级,20世纪初已经达到65%。更重要的是,后者的生活已经全然不是这种现实主义所描写的那种生活:马克·吐温、豪威尔斯、詹姆斯等三四十年代出生的作家保持的是前工业前达尔文时代的道德理想,主人公可以进行道德选择,通过选择决定自己的命运(如《塞拉斯·拉帕姆的发迹》里的塞拉斯可以不惜财产和社会地位保全道德情操),③但对于70年代出生的一代作家(诺里斯、克莱恩、德莱塞),中产阶级道德已经无关紧要,个人无法把握

---

① James Nagel, *Critical Essays on Hamlin Garland* (Boston: G. K. Hall Co., 1982), p. 311.

② 但美国的出版商却不愿出版和左拉的大胆暴露相似的美国作家的作品,《嘉莉妹妹》就是一例,因为“美国人宁愿那些大胆的暴露只发生在法国”。

③ 但19世纪美国现实主义后期已经出现变化:《哈克贝里·费恩历险记》突破了豪威尔斯的框框,豪威尔斯本人此后也开始关注社会矛盾,作品里出现暴力、离婚等情节。

自己的命运,个人的物质生存远比其精神完美更加重要。如果说现实主义对爱默生式的超验主义进行过批判,以更加理智清醒的态度去把握现实,自然主义则把这种超验主义颠倒了过来。它抛开了人的内在神性,嘲弄了主张自力的精神法则,通过"纯粹"非人性的科学来展示超验主义自由意志的可笑和盲目。[①] 他们抛开了豪威尔斯的文学主张,从中产阶级的社交活动转到了城市贫民的严酷生活,从温文尔雅的爱情游戏转到了赤裸裸的性行为,从微笑的生活场景转到冷酷的社会现实——在这种生活里偶然的突发事件取代了可以让人细心把握的各种机遇,"人的生命从来没有如此低贱"。在这里,没有道德(moral)和不道德(immoral)之分,一切都超越了简单的道德评判(amoral)。

这个时期的美国自然主义(或称早期美国自然主义)几乎照搬他们所崇尚的左拉理论,但不同的作家又有各自的具体表现,形成一些美国的"特色"。如就悲剧人物而言,他们和古典悲剧不大一样:他们往往是一些表面成功实际平庸的人物(如麦克提格);他们的堕落不是"高尚的毁灭",因为他们堕落于"中间"而不是堕落自高处;他们自始至终对外部的世界和自己的命运认识不清,无法和外界产生有意义的交流(如《红色英勇勋章》里的主人公);浪漫主义的自然对人物和谐友善,现实主义的自然可供人物自由选择,到了自然主义那里自然便不是严酷无情,就是"无动于衷"(如《海上扁舟》里的描述),人物对此无法选择但又不得不选择,而且往往是"被"选择。他们始终处于怀疑和惆怅之中,体验着无意义的生活,最终也没有任何"成就感"。[②] 由于外力的作用,事件往往向相反的方向发展,使人物成为受害者,小说的结尾带有强烈的讽刺意味。社会达尔文主义在这个时期的自然主义小说里得到充分的表现。《金融家》里弗兰克在水族馆里见到的一幕很能说明问题:龙虾和鱿鱼纠缠在一起搏杀,由于环境(鱼缸)所限,鱿鱼的逃避本领(喷墨、速度)无法发挥,最终被龙虾捕食。这种捕食和被捕食的关系表现在自然主义小说家的人物身上,如《街头女郎梅季》的女主角受遗传和生活环境的影响,成为不公平竞争中弱肉强食的牺牲品。

19 世纪美国自然主义中左拉最忠实的信徒是诺里斯。1896 年在一篇论左拉的文章里他谈到了现实主义和自然主义的差别:"我们自己就是豪威尔斯先生的小说人物,只要我们循规蹈矩,平平凡凡,属于有产阶级;只要我们不爱冒险,不很富有,不会出格。"而

① Bruce R. McElderry Jr. *The Realistic Movement in American Writing* (New York: The Odyssey Press, 1965), p. 109.

② Donald Pizer, *Twenty-Century American Literary Naturalism: An Interpretation* (Carbondale & Edwardsville: Southern Illinois University Press, 1982), pp. 6 - 9.

要成为左拉,我们就得脱离大队,或者跑到往前行进的世界的前头,或者落到路旁;我们得独往独来与众不同……自然主义故事的人物必须发生可怕的事情,他们得与普通人区别开,从宁静平淡的日常生活里提取出来,或者被扔进一场巨大可怕的灾难之中,经受感情、鲜血、死亡的激烈考验。相对于这儿的茶杯悲剧,左拉的世界是重大事件的世界,突出的是巨大,是畏惧,是可怕。

诺里斯对小说的理解和他的小说创作一样,既有决定论思想又带有浪漫主义色彩。他对小说创作和对自然主义的理解集中表现在刊登于1901年12月18日《波士顿晚刊》的短文《呼唤浪漫主义小说》里。他首先指出人们常常误解浪漫主义,把它等同于感情宣泄,其实两者不一样,他理解中的浪漫主义是:"你会在城堡的闺房或者武士的堡塔里看见她(浪漫主义)。但如果你仔细的话,还会在街角的灰石房子里或者在市中心的办公大楼里找到她。就在此时此刻,她和纽约东区廉价公寓衣衫褴褛蓬头垢面的家伙们坐在一起。"这里,传统意义上的浪漫主义已经被诺里斯改头换面,十分接近现实主义了,因此"浪漫主义应当得到崇高的地位,而感情宣泄则不足挂齿"。从这个意义上说,严肃地讨论现实生活并不意味着小说家必须放弃浪漫主义而拾起那"严酷冰冷、毫无生气、生硬迟钝的被称为现实主义的这个工具"。因此,诺里斯与其说是青睐浪漫主义,不如说是在批评现实主义,尤其是那种把现实主义尊为唯一正确的创作形式:"我所采纳的浪漫主义就是承认正常生活的各种变体的那一类小说。现实主义就是只局限于正常生活的那一类小说。"

对诺里斯来说,现实主义有它自身的缺陷。1899年豪威尔斯在评论《麦克提格》时,一方面对这部小说表示敬佩,一方面又不太理解:"这本书描述的真实生活并不真实,因为它遗漏了美。生活的确污浊残酷可怖,但是生活也高尚纯洁可爱。"它没有"真实地反映生活",因为缺乏"照片般不偏不倚的忠实"。这样的批评诺里斯最反感,因为他把豪威尔斯理解的"生活"当作只注意事物的表面:"对(现实主义)来说,它的程度连浮浅都不到,只是一个几何平面,没有深度,只是外表。现实主义在自己的范围内无懈可击,但这个范围却没能超出现实主义者本人的耳闻目睹。现实主义就是细节,就是打破一只茶杯的风波,街头散步时遇到的悲剧,午后访客时感到的快慰,应邀赴宴时发生的奇遇。"与此相反,诺里斯呼吁小说必须探索"性的神秘,生活的问题,人的灵魂黑暗、尚未探测的深处"。

和其他自然主义作家不尽相同的是,诺里斯还是个有心的艺术家,对叙事方式有自己的见解。他认为,小说的每一章都应当"明确,单独,具有明确的开头,发展,高潮,结尾;情节要连贯,时间上不能有间断,地点始终不变"。使用这些小说创作技巧的目的是要使自然的力量给予小说以"史诗般的气势"。但同时诺里斯又对传统(即除此之外)的文学技巧不屑一顾。他继承了父亲轻视文学的看法,把"文学"等同于"脂粉气",一再说"生活比文学更重要,比文学强得多"。他把文学和生活对立起来,因此否认自己的小说是"文学"。他在1899年回答对《麦克提格》的一个书评时说:"我最喜欢'瞧不起一切装腔作势的文体'这句话。这也正是我竭力要避免的。我讨厌'华丽','修辞','优美的英语'——这些都是废话。谁在乎精美的文体!讲你的故事,让文体见鬼去吧。我们不需要文学,我们需要生活。"正因为如此,批评家们认为他和其他自然主义者一样也是笨拙的工匠,说他一生创作的七部长篇小说风格呆滞笨重,语言陈腐,处处显出斧凿的痕迹。[①]

克莱恩的《街头女郎梅季》是美国第一部重要的自然主义小说,克莱恩本人也成为早期美国自然主义的先驱。《街头女郎梅季》是批评家津津乐道的自然主义作品,因为正如克莱恩1893年所说的那样,这部小说"想要揭示环境是世界上一个巨大无比的东西,常常无一例外地决定了人们的生活"。[②] 在自然主义作家中,克莱恩对现实主义依然怀有深厚的依恋。他在1896年4月的一封信中说:"我认为作家越走近生活就越是伟大的艺术家,我的大部分散文作品都朝着那个被滥用被误解的术语'现实主义'所部分揭示的方向努力。托尔斯泰是我最崇拜的作家"。他自然意识到现实主义手法的缺陷,但并没有因此而抹杀它的长处。他承认描写现实的重要性,但同时不认为作家写作是出于表现现实的需要,而是内心痛苦的结晶:"《红色英勇勋章》来自痛苦——几乎是绝望,我想这就是它之所以写得更好的原因。……当然有些好作家春风得意心满意足,但我认为如果不是这样他们的作品会更出色。如果在巨大需要的驱动下写作,作品就会缺乏应有的锐气。"这也可以看作克莱恩自然主义和现实主义乃至和其他自然主义的一大区别:写作是痛苦的表现,而不是与己无关的行为。[③] 其他自然主义作家如诺里斯和德莱塞主张,作家必须表现重大事件,因为只有重大事件才能充分揭示自然主义的主张;而且为了直接面对严肃的社会问题,其载体必须透明,不应当被文学性所过多的扭曲或遮蔽,因此文学表现形式并不那么重要。克莱恩的几部主要小说描写的则不属于"重大"事件,而且他非常注重文学性和艺术表现形式,反对以上的这些主张,尽管除了少数私人信件之外,他很少谈及自己的文学主张。

19世纪美国自然主义的最后一位重要作家是德莱塞。和诺里斯一样,德

---

① Michael Davitt Bell, *The Problem of American Realism*, *Studies in the Cultural History of a Literary Idea* (Chicago & London: The University of Chicago Press, 1993), pp. 115 - 119.

② 同上,p. 134。

③ Harold Bloom, *Stephen Crane's* The Red Badge of Courage (Philadelphia: Chelsea House Publishers, 1996), pp. 32 - 33.

莱塞坚持现实生活远远大于文学性,所以《嘉莉妹妹》出版后其文体被批评家指责为和诺里斯的小说一样粗制滥造。1907 年《嘉莉妹妹》再版时德莱塞回答了对他的这种批评:"批评家们并没有理解我当时想做什么。这本书贴近生活,我不想把它写成文学性的东西,而只想在英语语言许可的范围内把它简洁有效地写成一幅环境的图画。坐在那里批评我不用英语而用美语说'马甲',说我拆散不定式或者不时用一些俗语,而对展示的生活悲剧视而不见,岂不荒唐。"[①]可见德莱塞把文学性和描写真实对立起来,主张表现现实时应当尽量避免任何中介。正因为如此,德莱塞对现实主义原则有很大的同情,只是觉得后期现实主义者一味重复豪威尔斯,做不出进一步的贡献。坚持按事实的本来面目表现事实,不仅使德莱塞得以为自己的风格辩护,而且也可以据此反击对他"不道德"的指责。当《嘉莉妹妹》受到刁难时,德莱塞在《爱书者杂志》(*Booklovers Magazine*)1903 年 2 月号上刊登《真正的艺术直截了当》(True Art Speaks Plainly),表明了自己的看法:"社会道德和文学的全部实质可以用三个字来表达——说真话。评论家们怎么饶舌,发育不良极度传统化的社会怎么抱怨,这些都无关紧要;作家(以及世界上的其他工作者)的任务就是说他认为是真实的东西,说出之后耐心地静候结果。"对于"拒绝谈论性问题的主张如此强烈,几乎完全禁止处理这个主题"的批评界,德莱塞自然是怒不可遏:"不道德!不道德!在这个外衣后面掩盖了贫穷愚昧未及说出的巨大黑暗以及财富的罪恶;区区小说家就得行走在它们之间,既不能选择真实又不能选择美,只能选择朦朦胧胧的生活,和整个自然和人类没有诚实的关系……现实的范围就是作家落笔的范围,诚实尊重地表现真实生活就是讲道德有艺术,不管它有没有触犯传统。"

在美国 19 世纪自然主义作家里,德莱塞受到的责难最多。当时一位叫谢尔曼的年轻批评家在《民族》(*Nation*)杂志 1915 年 12 月号上发表《德莱塞先生的自然主义》(The Naturalism of Mr. Dreiser)一文,其对德莱塞的批评具有一定的代表性。首先,他批评德莱塞忽视作品的文学表现形式:

> 听我们的一个新现实主义者讲述他的理论,你会感到写小说的过程就像拍摄用手电和夹子在野兽的栖息地捕捉野兽一样,按他的说法,他不用招呼自己的人物,不组织他们,也不塑造他们特征,赋予他们背景。他只是使思维的感光板曝光,生活在轰轰烈烈地进行,夹子弹了起来。这张照片当然既不教育人规劝人,也没有道德意义,只是表现而已。这种对艺术过程的形象化解释招致唯

---

① Michael Davitt Bell, *The Problem of American Realism*, *Studies in the Cultural History of a Literary Idea* (Chicago & London: The University of Chicago Press, 1993), pp. 132 - 133, 149 - 150.

一严肃的反对意见就是它漠视以下两者的全然不同：一方是漠然冷冰冰的摄影感光板，记录下眼前的一切；另一方是长期习惯于选择的人类大脑，它像个磁铁，把受它影响的生活事实从无序中吸取过来，用自己的模式将它重新组合。

这种批评和对自然主义的常见批评一样，并没有太多的新意；但接下来的批评确是触及德莱塞小说的要害："德莱塞先生顽固地坚持丛林主题，导致小说形式和内容产生可怕的单调。他只对动物行为感兴趣，不论什么境况他的情节总是展现两三个基本的冲动。"如当时他已经出版的五部主要长篇小说洋洋洒洒几十章，描写的不外乎都是贪得无厌地追求金钱和女人，"读了其中的一部，其他都算读过了。主人公在第一章怎么样，在 101 章或者在 136 章也没什么两样"。对于"新现实主义"作家所谓的"新现实"，谢尔曼也进行了嘲讽："任何没有陶醉于一时的自高自大的人，任何清醒地探求历史精神的人，都不会寡廉鲜耻地宣称自己的时代有史无前例的欲望来观察讲述真实。一个时代和另一个时代的真正区别是每个时代当作主要真实的东西——即每个时代承认为该时代最基本的现实的东西。班扬和德莱塞的区别就是两个人描写的事实秩序不同。"应当承认，这种对"真实"的理解已经具有后结构主义的味道了，因为 20 世纪末的美国批评家所持的几乎是相同的态度："在形式上，借自然主义之名写出的或自称是自然主义的作品都通过超然的叙事意识和文体来过滤素材里的'现实'，把这个现实改写成完全不同的东西，产生出客观存在的'现实'和理解出的'现实'这两个不同的东西。因此，自然主义实际上的文体标志不是透明，而是各种文体和视角的竞争，透明和中介的竞争。"①

19 世纪下半叶的美国文学批评以现实主义影响最大，而自然主义除一些责难外很少有人问津，主要是因为早期的自然主义色调灰暗，为中产阶级和教会所反对。此外，诺里斯和克莱恩生命短暂，德莱塞在《嘉莉妹妹》1900 年遭禁后也长期保持沉默。一战后美国社会厌恶豪威尔斯、詹姆斯等为代表的绅士传统，开始喜欢冷嘲热讽的马克·吐温和有震动效果的自然主义作家。但二战时期至 60 年代因为政治形势的缘故现实主义又成为美国文学的主流，新批评也不喜欢自然主义忽视形式的弱点，另外三四十年代一些自然主义作家（如德莱塞）有"左倾"倾向，也不为大多数美国人所喜欢。但"我们主要的 20 世纪小说家没有多少人摆脱得了它的'痕迹'，可能它是既受喜爱又具有重要意义

---

① Donald Pizer, ed. *Documents of American Realism and Naturalism* (Carbondale & Edwardsville: Southern Illinois University Press, 1998), pp. 179 - 195; Michael Davitt Bell, *The Problem of American Realism, Studies in the Cultural History of a Literary Idea* (Chicago & London: The University of Chicago Press, 1993), p. 164.

的唯一当代美国文学形式”。[1] 究其原因，一是自然主义实录性的创作方法产生出具体详尽的细节，十分吻合美国人的口味；二是情节、故事完整，虽然有实验手法，但和让人摸不着头脑的现代派小说毕竟不同；此外，自然主义小说产生的离奇效应(暴力、性等)和美国人偏爱的罗曼司传统有些相似，可以吸引读者。当代批评家指出，自然主义和现实主义者反对库柏、霍桑、麦尔维尔依赖浪漫神话，但自己却陷入照相式或者纪实性“真实”的神话。自然选择的说法颇得资产阶级的欢心，因为不平等既然是自然，现存的社会秩序就是合理的了。[2] 当然自然主义者不一定就是宿命论者。左拉在《实验小说》里指出：“我总结一下作为实验道德家的角色。我们展示有用或者有害的机制，分解出人类社会现象的决定因素，目的是好在某一天控制或指导这些现象。”因此在一定程度上自然主义作家既坚持决定论，又同时要求读者“对那些小说人物认为不可抗拒的环境进行改革”。[3] 但至少自然主义者和当今的解构主义者相似，最多从事的是揭露，改造或者建构的工作在理论上已经超出了他们力所能及的范围。

第三节
美国文学的“地方色彩”

这里的“地方色彩文学”有时又被称为“乡土文学”和“地域文学”，从广义上可以认为是美国现实主义文学的一部分，也有人干脆把它称为“现实主义”文学。这个时期的美国作家加兰曾经从“质地”和“背景”两方面界定地方色彩小说：它的“质地和背景独特，使得它不可能出自其他地方或外人之手”。此处的“质地”指的是组成地方文化的方言、传说、民谣、民俗的综合体，而“背景”不仅指地理地貌，而且指此背景中影响人的思维和行为的地域特点和风貌。有人认为，“地方色彩”可以泛指美国任何地方的地域文学，但这个概念常常特指缅因沿海、佐治亚中部、路易斯安那西南部，或亚利桑那的原野。最典型的地方色彩作品是短篇小说。长篇地方色彩小说也有，如马克·吐温的《哈克贝

---

① Donald Pizer, *Twenty-Century American Literary Naturalism, An Interpretation* (Carbondale & Edwardsville: Southern Illinois University Press, 1982), pp. ix - xi.

② Anthony Mellors and Fiona Robertson, eds., *Stephen Crane* The Red Badge of Courage *and Other Stories* (Oxford & New York: Oxford University Press, 1998), p. xi.

③ Bruce R. McElderry Jr., *The Realistic Movement in American Writing* (New York: The Odyssey Press, 1965), pp. 4 - 5.

里·费恩历险记》，但长篇小说并不是地方色彩的代表，因为过长的篇幅往往使小说情节松散，会冲淡地方色彩的表现；同时地方色彩作品侧重表现个性，而长篇小说重视的常常是共性，导致地方色彩被淹没，如"使《费恩历险记》成为伟大小说的是它对忠诚、服从、大胆等问题的思考，这些问题不论怎么深地扎根于美国中部地方边疆文化之中，还是不分地域疆界所有人共同的问题"。①

一般认为，地方色彩文学的气候形成于内战之后。其实它的源头至少可以追溯到19世纪初地域文学的发展。这个时期一批边疆地区的幽默作家十分活跃，对社会的观察深刻尖锐，但他们大都不是职业作家，把自己的工作看作记录而非创作故事。他们写出的大都是奇闻轶事或者特写，没有多少情节安排，比较优秀的作品有朗斯特里特(A. B. Longstreet)的《佐治亚风情》(*George Scenes*, 1835)，威廉·汤普森(William T. Thompson, 1812—1882)的《琼斯上校的求婚》(*Major Jones's Courtship*, 1843)，胡坡(J. J. Hooper)的《西蒙·萨格船长历险记》(*Some Adventures of Captain Simon Suggs*, 1845)以及哈里斯(G. W. Harris)的《萨特·拉文伍德》(*Sut Lovingood*, 1867)。这些边疆传说作品口头文学痕迹较重，即时效果强。它们的读者不是文明世界的文人雅士，而是下层人民。它们中的大多数只会夸张渲染，插科打诨，但后期的一些故事开始讲究表述形式，和短篇小说比较靠近，并逐渐接近文化读者。

19世纪中叶美国社会政治危机日益加重，有关奴隶制的争论几乎使国家陷入分裂的危险，当时的首要大事是国家的团结和统一，所以这些带有地域特征的文学(如战前卡宾和洛厄尔的部分作品)并没有引起广泛的注意。内战后"不可分割的国家"这个概念成为弥补内战创伤、重建国家的主导意识形态。随着大铁路的修建、电话电报的普及、印刷刊物的大规模流通、大宗消费品的规范化、销售渠道的四通八达，把美国整个国家连接成一个大市场，产生出一些全国性的口味和观念，同时战前南方、北方，中西部、西南、西部等地域概念则更加明确。这个时期美国文学也亟待重建，确立具有"美国"特征的文学，如要创立"伟大的美国小说"(这里用的是单数的"小说")。现实主义也是在这种境况下发展壮大的。

内战之后美国实行国家重建，民族和解和民族认同感增强，而且在工业革命的带动下整个国家越来越趋于一统化。正是在这种背景之下，当"地方文化体感受到越来越强大的社会模式的巨大压力，这种模式压制了过去自立的体系并把它兼并入跨区域的综合体"时，地方价值才开始显现，地方色彩文学才

① Claude M. Simpson, ed. *The Local Colorists, American Short Stories, 1857—1900* (New York: Harper & Brothers Publishers, 1860), pp. 1 - 3.

开始成为突出的文学表现形式。文化的差异和法律的一统同样不可抗拒：不断的西进扩张产生出帝国感，但同时也伴随有对东部“霸权”日渐增强的警觉、不满和反抗，地理文化和社会经济方面越来越显露出多样化。随之而来的是对地方色彩的心理需要，如中产阶级开始在新英格兰和佛罗里达等地的乡村购买住房，对乡土的兴趣日益浓厚。其实从某种意义上说，战后大部分美国小说家都是“乡土”文学家，因为他们大都描写自己所熟悉的特定地域(城市也是“乡土”的一部分)，描写一定的地域环境和由此造成的人物性格和行为，如伦敦熟悉太平洋沿岸与阿拉斯加，肖邦了解路易斯安那，马克·吐温描写的是密西西比河流域，惠蒂尔和斯托表现新英格兰，哈特表现西部风光，凯布尔描写南方的风土人情，伊格尔斯顿(Edward Eggleston，1837—1902)表现中西部地区，墨弗雷(M. N. Murfree)表现田纳西州，哈里斯描写佐治亚州，朱厄特写的是缅因州，弗里曼(Mary E. Wilkins Freeman，1852—1930)描写马萨诸塞州，欧·亨利描写得克萨斯州和纽约市。[①] 因此1894年评论家爱德华·黑尔评论道：“今日人人都在写‘地方’故事，就像咳嗽一样常见。”[②]

其实国家文学和地方色彩相辅相成，我中有你你中有我，构成一种特殊的“同谋”关系。地方色彩借助地方性和本土性在国家叙事里占有一席之地，国家叙事也依赖地方色彩文学出品与之完全和谐的各种地方文化来显示自己的垄断地位。也就是说，国家化和地域化互补，现代化和乡土化互补，地域声音和民族声音互补。库柏的“皮囊腿”系列小说(一般认为表现的是国家神话)和马克·吐温的《哈克贝里·费恩历险记》(表现的是国家耻辱)都属于国家叙事，但由于库柏和马克·吐温在小说里使用方言，表现地域民俗，这些作品也带有浓郁的地方色彩。

一般认为地方色彩文学的高潮是1868年哈特在《大陆月刊》发表的描写加州矿区的系列作品，此后30年众多作家纷纷模仿。由此报纸杂志在地方色彩文学的发展上作用十分重要。战前杂志是边疆幽默故事的最常见媒介，战后报纸则成了短篇小说的载体。70年代后随着国家化的深入，发行量大、影响大的全国性文学刊物纷纷涌现。《哈柏氏月刊》到世纪末发行量达10万份，《哈柏周刊》和《大西洋月刊》等也是如此。这个时期还涌现出一批其他有影响的文学刊物，如《群星》(*Galaxy*，1866)，《斯克里布纳月刊》(*Scribner's*，1870，1881年变成著名的《世纪》杂志，10年后发行量达20万份)。70年代起这些报纸杂志争相刊登充满地方色彩的小说，80年代达到高峰；许多作家把报刊登载

---

① Steven R. Serafin, ed. *Encyclopedia of American Literature* (New York: Continuum Publishing Company, 1999), pp. 808 - 809.

② Walter Blair etc. eds., *The Literature of the United States, An anthology and a history* (Chicago: Scott Foresman and Company, 1947), p. 278.

的小说结集出版，世纪末时这些小说达到150本之多。但是由于一哄而上而且一味模仿重复，缺乏新的主题和表现手法，地方色彩文学的新鲜性逐渐消失，到了世纪末时几乎完全消失。[①]

和现实主义、自然主义文学一样，地方色彩文学在具体表现上也是多种多样，但是还是有一些共同的特征。首先，地方色彩文学强调对地方景致的忠实反映，有时甚至和现实主义一样使用照片式的反映或者采用自然主义的表现手法，不避讳丑陋。如加兰就说过："美国文学不可能出自于中世纪法国传奇故事……关于乡村生活的故事如果仅仅描写六月的阳光、玫瑰、草莓，便是虚假。我们必须放入适当的尘土、泥泞、飞雪，我们必须把小说基于现实之上。"其次，它注重表现地方特色，比如方言(俚语、非语法句式、习语、缩略语等)，以保持地方的原汁原味和真实可信。另外，有些作家因不满地方色彩的消失而沉湎于怀旧，歌颂甚至理想化过去，如托马斯·奈尔逊·佩奇(Thomas Nelson Page, 1853—1922)怀念奴隶制，玛丽·卡瑟伍德(Mary H. Catherwood)也念念不忘法国殖民时代。还有一些人把地方色彩等同于与众不同，以怪诞求别致，以原始求浪漫，表现出猎奇心态。

地方色彩小说直接或间接受到战前新英格兰和西南部幽默故事的影响。斯托的佳作采用的就是讲故事的形式，带有幽默故事痕迹；伊格尔斯顿也从堂宁(Jack Downing)、彼格娄(Hosea Biglow)及其他西南方言幽默家那里获益匪浅；哈里斯和欧·亨利写小说前都写过幽默故事。哈特相信幽默故事是"美国'短篇小说'之母"，因为它表达的不仅是方言，还是"一处地方或一个族群的思维惯式"。[②]

地方色彩小说家大都信奉忠实地反映现实生活。斯托夫人说自己描写新英格兰时"使自己的头脑宁静地被动接受，就像一面镜子或者山里的一泓湖水"。但地方色彩小说家至多只是部分地描写真实，因为他们中的许多人受浪漫主义的影响(尽管地方色彩文学本身想避开浪漫主义)，描写的并不是眼前的现实，而是旧日的田园景色和风土人情，回忆家乡的亲情和幽默，常伴有淡淡的乡愁和哀怨的思绪。如斯托写的是儿时的新英格兰，伊格尔斯顿写拓疆时代的印第安纳州，哈特写加利福尼亚的淘金时代。

马克·吐温的《吉姆·斯迈利和他的跳蛙》1865年发表时已经引起轰动。他吸取战前地方幽默故事的传统，使自己早期写的一些游记如《傻子国外旅行记》和《艰苦岁月》带有浓厚的地域色彩。《哈克贝里·费恩历险记》被誉为战后最"典型的美国小说"，因为它集中生动地展现了密西西比河流域的风土人

① Claude M. Simpson, ed. *The Local Colorists, American Short Stories, 1857—1900* (New York: Harper & Brothers Publishers, 1960), pp. 13-16.

② Walter Blair etc., p. 279.

情和习俗方言。马克·吐温独到的表现手法(如方言的使用)对展示小说主题起到了巨大的辅助作用,第一次显示出战后小说形式达到的精致程度。同样,豪威尔斯不仅提携一大批少数民族和地方作家,而且在自己的小说里也力图表现各行各业的各式人物。

和小说相比,美国戏剧似乎慢了一个节拍。内战前纽约的"社交戏剧"不是英国戏剧的翻版,就是制作粗糙的地方戏,如泰勒的《我们的美国表兄》(*Our American Cousin*, 1858)。19 世纪六七十年代的美国戏剧还是充满了情节剧和浪漫主义色彩,表演起来轰轰烈烈,却没有多少思想内容。70 年代颇具美国特色的戏剧是弗兰克·穆道克(Frank Murdock)的《戴维·克罗克特》(*Davy Crockett*, 1874);古德维恩(J. Cheever Goodwin)的《伊万杰琳》(*Evangeline*, 1874)。这些作品成为此后穆迪《大分水岭》的先驱。这个时期比较成功且具有一定地方色彩的戏剧包括奥利弗·洛根(Olive Logan)的《冲浪》(*Surf*, 1870),坎贝尔(Bartley Campbell)的《我的搭档》(*My Partner*, 1879)等。这些戏剧虽然表现了美国生活里一些特有的戏剧性场面,但并没有在深层次上展示美国文化的特征,没有达到同期小说具备的那种个性化和地域化程度。直到 20 世纪初米切尔的《纽约观念》方显得深沉隽永一些,这个时候美国戏剧才勉强跟上现实主义的发展,但在地方色彩文学上却始终缺少可圈可点的佳作。

在地方色彩诗人里,惠蒂尔占有特殊的地位。他以苏格兰乡村诗人彭斯为榜样,用极其简洁的诗歌语言记录新英格兰的生活及他本人对这种生活的独特感受。他的诗歌有时充满个人感情(如《赤脚的男孩》),但大部分作品忠实、详细、朴实地记录下居住在特定区域的美国人的生活和感受,受到当时乃至现代读者的热爱。批评家曾指出:"他的大脑沉浸在地方联想、女巫传说、印第安战争故事、四处游荡的农民和吉普赛人的饶舌之中。"这些具有浓厚地方色彩的细节和素材在他的许多诗歌里得到了应用,如战前写作的《新英格兰传说》、《家的短歌和其他诗歌》(*Lays of My Home and Other Poems*, 1843)、《玛格丽特·史密斯的日记》(*Margaret Smith's Journals*, 1849)、《家乡民谣,诗歌和民歌》(*Home Ballads, Poems and Lyrics*, 1860),以及战后发表的《海滩上的帐篷及其他诗歌》及《新英格兰民谣》(*Ballads of New England*, 1879)。惠蒂尔最好的诗作自然是 1866 年发表的《大雪封门》。稍后发表的《在山里》(Among the Hills)刊登在 1868 年 1 月号的《大西洋月刊》上,同年 12 月收集在《在山里及其他诗歌》(*Among the Hill and Other Poems*)。这首诗歌和《大雪封门》一样,虽然浪漫主义色彩浓厚,不时展现出新英格兰农庄生活单调乏味、严峻刻板的一面,却也处处流露出浓烈的新英格兰农庄的生活气息,迷人的乡村景色给人以古朴清醇的感觉。

地方色彩文学虽然是对国家文学的一种反抗，但也在不经意中对战后美国社会的重建做出了"巨大"的贡献："对许多读者来说，地方色彩故事尤其对美国做了新鲜的令人兴奋的发现"，增强了美国人的国家认同感和民族凝聚力。密西西比州参议员拉马尔曾说过："同胞们，相互了解就会相互热爱。"这句格言恰当地表现出地方色彩文学在其中所扮演的角色。正因为如此，当代批评家指出它和主流意识形态的同谋关系：当时美国正在崛起，其沙文主义和帝国主义竭力想消除异端，而地方色彩正好是一方没有异端影响之地，成为可以轻松地加以社会控制的样板："就地理疆界而言，地方色彩文学的权威犹如这个国家在海外的殖民统治。其强加给地域及其居民的一套无所不包的表征实现了国内移民监察部门的监察企图。"此外，地方色彩作家也表现出保守的一面。和马克·吐温不同，大多数地方色彩作家描写的是远离尘嚣的穷乡僻壤，里面的人物不仅很少跨出地域的地理局限（如朱厄特的小说人物从不跨越缅因边界），而且思想上也表现得比较狭隘，如伊格尔斯顿、肖邦、哈特、加兰等人的作品均很少涉及重大事件，关心的只是拯救地方文化，供大都市来消费（他们的作品大都刊登在国家级的大刊物上）。[①]

正因为如此，"地方色彩文学"常常含有讥讽的味道：现实主义是当时文学创作的中心，而中西部作家、女性作家、有色人种作家、移民作家的作品都可以被归之于"乡土文学"。此外，文学主流也会把地方色彩文学作为文学表现样式的低级形式，曾称其为"自我封闭在乡村僻野的神经质表现"。[②] 甚至现实主义也并不看好地方色彩文学。90年代地方色彩和现实主义的联系使得后者受到一定的损害，因为美国南部的地方色彩作家对豪威尔斯的主张并不以为然，而且地方色彩文学太泛太杂，有冲淡现实主义实质之嫌。[③]

第四节
揭露黑幕运动与揭露文学

揭露黑幕运动（muckraking）是由一群"黑幕揭发者"（muckrakers）所发起

① Serafin, Steven R. ed. *Encyclopedia of American Literature* (New York: Continuum Publishing Company, 1999), pp. 808-809.

② Michael Davittn Bell, *The Problem of American Realism, Studies in the Cultural History of a Literary Idea* (Chicago & London: The University of Chicago Press, 1993), p. 171.

③ Donald Pizer, ed. *Documents of American Realism and Naturalism* (Carbondale & Edwardsville: Southern Illinois University Press, 1998), p. 16.

和推动的。他们是一战前一群立志改革和从事揭露文学的美国作家,对美国由快速发展的工业所造成的政治腐败、工业垄断、商业欺诈以及由此给社会造成的痛苦进行无情的揭露和评判。这个术语来自1906年4月14日罗斯福总统在给众议院办公大楼奠基仪式上的讲话:"你们记得班扬在《天路历程》里描写一个扛粪耙的人,他只知道低着头望地下,手拿粪耙。有人用王冠来换他的粪耙,可他既不抬头也不理会那顶王冠,只是继续耙着地上的脏东西。"罗斯福对这些"扛粪耙的人"颇有微词,认为他们对崇高的东西不屑一顾,只盯着丑恶的事情,因此呼吁"对那些作家、演说家,那些在讲台上、书本杂志报纸里毫不留情地抨击时政的人,我认为他们对社会有助,为他们喝彩;但他们也要时刻记住,这种抨击只有绝对真实时才有好处"。[①] 罗斯福在这里婉转地批评这些作家"制造麻烦",但没想到这个术语很快就被新闻界所接受。

揭露黑幕运动的源头可以追溯到19世纪90年代的所谓"黄色轰动新闻"。"轰动新闻"(journalism)指的是利用制造轰动新闻来吸引读者以增加报纸的销量。约瑟夫·普利策1883年收购了《纽约世界报》(*New York World*),通过绘声绘色的揭露政治腐败和社会不公,一跃成为全美发行量最大的报纸。1895年威廉姆·伦道夫·赫斯特收购了《日报》(*Journal*),挖走了部分普利策的人,包括画"黄色孩子"系列的著名卡通画家理查德·奥特考特。此后两报的卡通画系列展开竞争激烈,双方的发行量也大增,它们的竞争被称为"黄色轰动新闻",影响极大。20世纪开始后《纽约世界报》退出竞争,但黄色轰动新闻的手法(如彩色漫画,大号标题)一直延续至今。

揭露黑幕运动的爆发源于美国内战后经济的高速发展、财富的急剧增长,以及由此带来的严重的贫富不均和社会政治腐败现象。当时美国政府以社会达尔文主义为主导经济理论,对高速发展的经济采取放手不管放任自流的政策,认为自由竞争可以使价格下降,防止垄断现象的发生,维持国家经济的持续发展。如威廉·萨姆纳(William Graham Sumner, 1840—1910)就主张不干涉政策,认为社会进化和生物进化一样遵循自然法则,可以听任"看不见的手"来进行自我调节。这样做的结果导致经济畸形发展,垄断现象越来越严重,财富越来越聚集在少数人手里。据统计,全国95%的铁路被14人控制的六大集团所控制,四大金融联合体掌管了银行、保险公司、铁路、水运、公用事业里341个重要的总裁职位。世纪之交时美国经济由两大银行家把持(洛克菲勒和摩根),美孚石油公司控制了全国的大部分铁路,摩根集团控制着钢铁工业。财富和经济的高度垄断直接导致社会的贫富悬殊。19世纪美国的人均

---

① C. C. Regier, *The Era of the Muckrakers* (Chapel Hill: The University of North Carolina Press, 1932), pp. 1-2.

财产从200美元上升到1 200美元，但全国八分之七的财富被八分之一的人口所拥有，54%的财富掌握在1%的人手里，全国20%的财富集中在4 000个百万富翁手中，100个家庭中的一个家庭可以买下其余的99个家庭还绰绰有余，而全国一半的人口几乎没有财产。1891年1月号的《论坛》杂志刊登题为《即将出现的千万富翁》，指出美国100位最富有的个人年收入平均120万美元，而五分之四的家庭年收入还不足500美元。

完全依靠自我约束的市场经济便是无约束的市场经济。“美国像一个穷奢极欲的国度，被一帮强盗所把持，中央政府监管不力，地方监管也不严”（《双周评论》*Fortnightly Review*），并由此产生出一系列社会问题。经济的高度垄断使得铁路、银行等得以联手控制和哄抬物价，导致农产品市场价格不稳；为了追求最大的利润，产业资本家纷纷延长工人的劳动时间，同时一再延缓他们的工资增长，大量出现雇佣童工现象；工厂的劳工很大部分由廉价的移民构成，工作极不稳定，随时受到工厂利润起伏的影响；在利润的驱使下，资本家无心顾及工人的工作环境和工作条件，提高工作效率的发明创造大受青睐，但劳动保护的发明创造却无人问津，结果工伤率大幅上升，每年在工作中重伤或丧命的工人人数达到50万。19世纪下半叶，美国的失业率居高不下，经济衰退频率更高，周期更短，持续时间更长。这个时期美国城市无计划的急剧扩大，人口膨胀，由于偷工减料以次充好，匆忙建造起来的房屋质量低劣，缺少卫生设施，大量的城市贫民居住在拥挤吵闹、肮脏不堪的居民区里，那里成了偷窃卖淫、凶杀犯罪的集中地。

经济上巧取豪夺或强取豪夺，很容易导致道德败坏世风日下，对前者包庇纵容也就是对后者姑息迁就，使得整个社会道德水平下降。在这里财富就是一切，财富能够说明一切，物质上富有最值得羡慕。富有就是对国家对社会做贡献，金钱成为人们精神上的追求。不论穷人富人，人人都变得十分功利，不问未来，只求眼前，陶醉在一夜暴富的虚幻的美国梦里。由此产生的一个恶果，就是商界和政界勾结在一起，权钱交易不仅公开化，而且泛滥成灾，贿赂成了暴富的最直接办法，连“守法商人也纷纷被拉下水”。这种情况发展到后来，学校、教会，甚至执法机构都不能幸免。正如当时有识之士所指出的那样，当时的美国存在有两个政府，一个是宪法产生的政府，一个是商业产生的政府。为了维护资本家的个人利益，宪法政府只惩罚伤害个人的暴力犯罪，但对侵害公众权利的欺诈行为则保护包庇。“实际上，理论上选来服务人民的行政当局自认为保护的是商业，法律的出台、解释、执行也是为了维护商业利益”。当时的法律制度保护资本家不进行改革，政府的高关税阻止外国企业参加竞争，1890年联邦政府通过反托拉斯法后，“几乎所有的主要工业品（反而)都被垄断了”。①

社会生活的无序发展固然给农场主和中产阶级的生活带来不便,但受影响最深的是城市产业工人。1873 年和 1893 年的两轮严重的经济萧条导致大范围失业,如 1894 年的失业率达 20%,近乎爆发社会危机。在社会各界的压力下,政府部门也作出过宏观调控的努力。60 年代至 70 年代一些州试图规范铁路的运作,80 年代农场主联盟为农民的利益进行过斗争,90 年代人民党加强了反垄断。内战后劳工运动逐渐增多,劳工组织先后成立。他们的反抗形式多为罢工,尽管常常遭到老板的武力镇压。1881 年至 1905 年全美有 36 000 起罢工,600 万工人介入。90 年代被历史学家称为“进步的时代”,社会改革的呼声达到高潮,第一次出现了全国性的改革运动,一些相关的地方、州、联邦法律得以通过,对工人的工作时间、工作环境、女工待遇、童工问题、经济赔偿以及贫民窟的教育等做出过相关的规定。

一个有影响的改革运动是“社会福音运动”(Social Gospel movement),旨在使宗教从以达尔文为首的科学手里夺回部分失去的地盘。基督在这里被描绘成惩恶扬善的黑幕揭露者,该运动在 90 年代达到高潮。牧师劳辛布希(Walter Rauschenbusch, 1861—1918)出版《基督教和社会危机》(*Christianity and the Social Crisis*, 1907)和《使社会秩序基督教化》(*Christianizing the Social Order*, 1912),宣扬基督教社会正义,利用基督教的伦理观改造社会。牧师查尔斯·谢尔登(Charles M. Sheldon, 1857—1946)写出“全国最流行的一部小说”《像他那样》(*In His Steps*, 1897),售出 1 500 万册,提倡“以基督的行为规范自己”,旨在重振社会纲常。

参加社会改革运动的多是以中产阶级为主的社会主义者,他们只是改良派,并不要求废除现行的政治经济体制。出于对社会稳定和民主理想的担心,出于对美国社会经济结构里的不平等的担心,他们强烈要求政府干预工业生产,制订宏观管理计划,加强责任立法。这场运动声势浩大,不少改革派进入政府机构,几十名社会主义者担任了市长。

这场轰轰烈烈的社会改革运动得力于媒体的帮助,尤其是通俗杂志的大量流行。80 年代之前全美只有四大主要刊物,其中《哈柏氏月刊》创刊于 1850 年,三年后销售量达 13 万份,辟有“一月大事”等时事专栏,虽然基本上仍然是文艺刊物。《世纪》创刊于 1870 年,对经济宗教教育事件不感兴趣,《斯克里布纳月刊》也大致如此。《大西洋月刊》创刊于 1857 年,论题最广,涉及自然、旅游、传记等,但一般也不顾及人们的日常生活和社会运动。这些刊物售

① C. C. Regier, *The Era of the Muckrakers* (Chapel Hill: The University of North Carolina Press, 1932), p. 8.

价较贵(25 至 35 美分),读者对象是知识界,影响不大。80 年代时情况开始发生变化。首先是由于教育的普及,美国出现数量庞大的读者群;其次由于印刷技术的改进和广告的利用使得刊物的成本下降,读者范围越来越扩大;此外通俗杂志快速增长,《太太家庭报》、《姆恩希》、《世界主义者》等刊物 90 年代成了新宠。这些通俗刊物一反抄袭四大刊物的做法,停止一味追求严肃高雅,拉近了和普通读者的距离。1893 年 6 月创刊的《麦克卢尔》(*McClure's*)不但把内容定位在轻松通俗,而且售价只有 15 美分。由于价格便宜,内容新颖,发行渠道畅通,这些通俗刊物很快成为美国人生活里必不可少的一部分。在 1903 年至 1912 年的揭露黑幕期间,刊登改革内容的刊物月发行量达 300 多万份,加上一些同情改革的中性杂志如《太太家庭报》,使报刊发行数量达 400 万,而当时美国家庭一共才 2 000 万个。10 年间主要杂志大部分刊登的依然是小说,但越来越多的篇幅让给政治社会问题的讨论,如《麦克卢尔》的历史人物篇幅超过文学,《世界主义者》四分之一用来刊登时政,非文学刊物如《北美评论》(*North American Review*)讨论的几乎全部是时政。

揭露社会弊端,抨击腐败黑暗,并不是揭露黑幕运动首创。西方思想史上的西塞罗、马丁·路德、笛福,19 世纪的斯托夫人都是抨击时弊的高手,这个时期的美国现实主义和自然主义作家如马克·吐温和诺里斯的小说也在揭露社会黑幕。但世纪之交的美国各种社会弊病得到充分的暴露,要求变革之风横扫整个国家,揭露黑幕的文章也得到集中的表现。一般认为,揭露黑幕运动开始于 1901 年至 1902 年,此后的两年达到高峰,一直持续到 1911 年至 1912 年。报刊介入这场运动的始作俑者是 1903 年 1 月号的《麦克卢尔》发表的编辑部文章:

> 读过本期的读者有多少人注意到,本期就一个论题刊登出 3 篇文章?我们并不是有意如此。1 月号的《麦克卢尔》对美国人的品性提出批评,使我们每个人都会停下来想一想,这么做纯属偶然……资本家、工人、政治家、公民——大家都在知法犯法或者让法律失去作用。谁该为此负责?律师吗?一些最好的律师……帮助大公司和商业集团逃避法律的惩罚,法官呢?他们中太多的人太尊重法律,以致出现一些"失误",使得一些明眼人一看便知的罪犯官复原职或逍遥法外。教会呢?我们知道一家历史悠久、十分富有的教会组织被勒令改善其房间的卫生状况。大学吗?他们也愚昧无知……没人可以例外:所有人到头来都必须为此付出代价,我们所有人。最后总的代价就是我们的自由。①

---

① David Mark Chalmers, *The Social and Political Ideas of the Muckrakers* (New York: Books for Libraries Press, 1964), pp. 12 - 13.

参加揭露黑幕的报刊没有统一的目标，但团结一致。这些刊物发扬了“黄色轰动新闻”的办报策略，使用大号醒目的字体等手法大声疾呼，对那些道貌岸然的政府要员、百万富翁、神职人员、大学校长，一概不避讳而直呼其名。当然其中确有一些作者故意渲染，有一些报刊借机扩大发行量，但大部分作者还是恪守职业道德，态度严肃认真，消息来源可靠；主要的揭露黑幕者也不是二流记者，而是训练有素颇有声望的新闻专家，刊登前对事实均进行过深入调查和反复核实，做过大量细致的明察暗访和资料收集工作，因为这类报道容不得半点差错。而且他们的最终目的也不是揭露评判，而是促进社会改革。但记者毕竟还是外行，调查时需要付出巨大的努力和辛勤的工作，杂志也鼎力支持。《麦克卢尔》刊登的主要揭露系列文章耗时都长达数月乃至几年，如塔佩尔的文章平均每篇耗资 4 000 美元。

十余年间共有 2 000 多篇揭露黑幕的文章，以及评论、社论、漫画、连载。作者有记者、大学教师、政治家、宗教人士、公务员，但三分之一的文章出自 12 位男性和一位女性之手，他们相互鼓舞、相互来往、相互帮助，组成了揭露黑幕的核心。如为《麦克卢尔》和《美国杂志》(*American Magazine*)撰稿的雷·斯坦纳德·贝克(Ray Stannard Baker)揭露的领域是铁路、劳工、种族和宗教。他在世纪末时还赞扬大工业的效率，反对有组织的抗议活动，主张自我克制，但最终被工业垄断无视法规、工会和托拉斯相互勾结所激怒：“如果你想摆脱城市的寡头，你就得亲临初选现场，去投票去抗议，再投票再抗议。如果你是工人，想有一个诚实有效的工会机制，你就得参加工会会议作出正确决定。如果你投资股票，想使你的托拉斯和公司的业务诚实，你就得自己介入进去。”①他在给父亲的信中写道，“觉得自己好像有一种使命感”，相信“如果要拯救这个共和国，必须得依靠个人的努力”。他认为种族问题是信仰危机所致，因为教会腐败，教会内部也被金钱划分成不同的等级，使人们失去了精神榜样。他的作品引起公众的强烈反应，罗斯福称赞他的揭露“绝对正确公平”。女记者艾达·塔佩尔(Ida M. Tarbell)为《麦克卢尔》撰写有名的系列文章《美孚石油公司的历史》(*History of the Standard Oil Company*, 1904)，揭露这个工业巨头如何通过种种不正当的竞争手段获取垄断地位。小说家辛克莱不是职业记者，但以社会主义者的身份经常给报纸杂志投稿，写出名作《屠场》，揭露芝加哥肉类加工厂骇人听闻的欺诈行为，最终导致国会通过“牛肉检查法”和“食物药品法”。

约瑟夫·林肯·斯蒂芬斯(Joseph Lincoln Steffens, 1866—1936)被一些

---

① David Mark Chalmers. *The Social and Political Ideas of the Muckrakers* (New York: Books for Libraries Press, 1964), p. 67.

人认为是揭露黑幕运动的创始人，至少是这一小批精英里最突出的一位。他出身于旧金山一个富有家庭，毕业于加州大学，后去多所欧洲大学学习，回国后成为纽约《晚邮报》(*Evening Post*)的记者，负责报道警察事务，和当时做警察专员的罗斯福是好朋友。后来斯蒂芬斯加盟《麦克卢尔》，成为揭露黑幕主要成员。他采访过许多名人如罗斯福和威尔逊总统，俄国领导人克伦斯基和意大利的墨索里尼，他于1931年出版的《约瑟夫·林肯·斯蒂芬斯自传》，是当时最有影响的大事记。

《城市的耻辱》(*The Shame of the Cities*)由此前在《麦克卢尔》发表的六篇文章组成。斯蒂芬斯提醒人们注意，美国大城市的腐败已经不是个别的现象：

当我开始描述城市的腐败制度时，我原打算表明人民是如何受到欺骗遭到背叛的。但第一篇报道(圣路易斯)就发现令人震惊的事实：腐败不仅是政治上的，而且涉及金融、商业、社会；形形色色的受贿方式复杂多样，波及面广，一个人的想象根本不可能全部掌握，连那个不知疲倦的检察官约瑟夫·W. 弗克也查不过来。

他一再呼吁人们注意："商业精神就是营利精神，不是爱国精神；是信誉而不是荣誉；是个人赚钱而不是国家繁荣；是生意交换而不是原则。"正是混淆了这些基本的是非原则，才使美国人把自己的国家变成一个鲜廉寡耻的城市形象：

我们该诅咒的政治里使用的那些让人瞧不起的方法正是我们夸夸其谈的商业方法里的精华，在公众事务里让我们吃惊的腐败却被我们自己在日常事务里大行特行。让自己的太太跻身社交界需要门路，但使自己出版的著作得到吹捧式的书评，使自己的熟人进入办公室，使小偷出狱，使有钱人的儿子进入公司的董事会，都需要同样的门路。工会、银行、政治机器里的腐败没有区别，托拉斯的愚蠢总裁和立法机关的决策成员没有区别，工会老板萨姆·帕克斯、银行老板约翰·D. 洛克菲勒、铁路老板J. P. 摩根、政治老板马修·S. 奎伊之间没有区别。老板不是政治家，他是美国的机构，一个获得了自由却又没有自由精神的人民造成的产物。

因此他要求美国人去除盲目的乐观情绪，清醒一下自己的头脑，好好反省一下："这些失误是我们的失误，代表我们的不仅是成就和政治家，而且还有失误和受贿者，双方都是我们的真实表现……不是哪一个阶级有失误，不是哪个种族或者哪个特定的利益集团有失误。美国人民的管理不当，是美国人民自己的管理不当。"①

文学界的"揭露黑幕"虽然声势没有如此浩大,火力没有如此集中,效果没有如此轰动,却持续得更加持久,影响也更加深远。豪威尔斯的《新财富的危害》(1890)激烈批评贫富差距,克莱恩的《街头女郎梅季》(1893)揭露纽约贫民窟里的丑陋现象,德莱塞的《嘉莉妹妹》(1900)和《珍妮姑娘》(1911)讲述中西部城市女工的悲惨遭遇,赫里克的《相同的命运》(1904)揭露社会邪恶对道德的不良影响,辛克莱的《屠场》(1906)以芝加哥肉类加工厂为背景揭露资本家的贪婪和不义,D. G. 费利普斯的《苏珊雷诺克斯》(1917)中的女主人公则目睹了资本主义城市中的几乎一切罪恶。

内战后现实主义小说的特点之一就是常常跨越审美和政治的界限,关心工业经济对个人生活、群体社会、族群迁移的影响。如加兰为中西部农场主代言,表现他们在 90 年代遇到的困难(农作物价格下降、贷款利率高、铁路运费高);诺里斯在《章鱼》里揭露铁路的霸道;连温文尔雅的豪威尔斯也受影响,在作品里关注起贫困和劳工问题。在揭露黑幕时,文学和媒体的一个重要区别就是,文学不仅批判揭露,而且还致力于重建,最明显地表现在乌托邦文学,致使世纪之交的 30 年间美国文坛的乌托邦文学空前繁荣,仅乌托邦小说就达数百部。豪威尔斯的《澳大利亚游客》(1893)提倡良心、诚实、公德;穆迪在 1900 年前后创作的诗歌中规劝暴发户讲一点社会良知,主张更公平地分配社会财富;赫里克则建议摒弃市场竞争,回到简单的田园生活。

第一部也是最有影响的乌托邦小说是贝拉米的《回首》(1888),主张实行社会主义的计划经济,各尽所能,按劳分配,使社会共同富裕。这部小说的读者人数仅次于《汤姆叔叔的小屋》,20 年后每周销量仍然有 10 000 册,许多读者因此书而转向社会主义。爱德华·贝拉米(Edward Bellamy, 1850—1898)生于麻省,年轻时想进西点军校不成,遂入联合学院学习,但只读了一年。18 岁那年他去欧洲逗留一年,使他"第一次亲眼见到人欺压人的程度和后果",立志要为被压迫者做些事情。21 岁时贝拉米获得律师资格,但随即放弃而做了名记者,此后七年做过编辑、记者和审稿人,任职于纽约的《晚报》(1871—1872)、斯普林菲尔德的《联合报》(1872—1877)及《便士新闻》(1880)。1875 年他开始给全国性杂志写短篇小说,至 1880 年在《斯克里布纳》月刊等文学期刊上发表九篇小说,单独发表两部中篇小说,大多是浪漫传奇故事。此后发表的作品包括《卢丁顿小姐的姐姐》(*Miss Ludington's Sister: A Romance of Immortality*, 1884)。

---

① Bruce R. McElderry Jr., *The Realistic Movement in American Writing* (New York: The Odyssey Press, 1965), pp. 630 - 635.

但是贝拉米不是职业小说家。他的父亲是个牧师，有很强的社会意识，属于新英格兰改革派传统，理想是基督教社会主义。受父亲的影响，贝拉米对世纪末的美国社会寄予极大的关注。他在1884年8月7日给豪威尔斯的信中说：

> 我认为，如果一个小说家让想象把自己和他唯一了解的现实生活拉得太远，便有虚弱感和不确定感，就像赫拉克勒斯把安泰举到空中，只有回到地面小说家和安泰才能得救。如果小说家如此，罗曼司作家更加如此，因为后者要把现实赋予非真实。他虽然建构虚幻，但必须表现出不是虚幻，因为越是虚幻的建筑越需要坚实的地基……如果我能有霍桑、乔治·艾略特或狄更斯的天分，能够选择小说材料的背景，在所有可能的命运中我会选择做一个土生土长的美国人。①

70年代，受到法国巴黎公社起义的影响，美国的劳工运动蓬勃发展，工人的抗议活动和罢工浪潮此起彼伏，美国政府不时出动军队弹压，劳资关系紧张。据统计，1881年全美发生477次罢工，13万工人参加；1886年发生了1 500起罢工，60万工人参加；1886年的芝加哥农贸市场骚乱造成流血冲突。这一切促使贝拉米想提供一种经济组织方法，来“使公众可以基于政治和经济平等的基础上保证其公民个人的物质福利和生活待遇”。其结果就是1887年8月完成，次年1月出版的《回首》(*Looking Backward: 2000—1887*)。小说出版后立刻引起轰动，很快销出几十万册，众多美国人相信贝拉米描述的社会就是他们的理想社会，“它的作者也从一个漫不经心的自由主义者变成了社会主义运动的领导人”。7月中旬民族主义运动开始酝酿，年底欧美出现大量自发成立的贝拉米俱乐部，1889年5月波士顿《民族主义者》(*The Nationalist*)周刊发行。贝拉米不停地四处做讲座写文章，1891年1月成立了自己的周刊《新国家》(*The New Nation*)，同年5月人民党成立，要求进行政治经济改革，主张按照贝拉米书中鼓吹的模式对铁路、矿山、电讯、货运实行国有化，因此豪威尔斯曾说“贝拉米实际上缔造了人民党”。② 此书也影响到妇女解放运动和工会运动。

《回首》是一部典型的乌托邦小说。30岁的朱利安·韦斯特是波士顿富翁，患严重的失眠症，睡在其住宅地基之下的一间隔音的暗间里，雇彼尔斯伯雷医生给他施催眠术。1887年5月30日韦斯特在未婚妻伊迪斯家吃完晚饭回家，入睡后一场大火吞噬了他的仆人及房屋。2000年9月波士顿医生李特

① Joseph Schiffman, ed. *Edward Bellamy, Selected Writings on Religion and Society* (Westport: Greenwood Press, Publishers, 1974), pp. 137 - 138.

② Joseph B. McCullough, *Hamlin Garland* (Boston: Twayne Publishers, 1978), p. 53.

挖开自家花园里的一堆砖土,发现韦斯特并使他苏醒。李特和女儿伊迪斯给他解释 113 年之后美国社会发生的巨大变化。韦斯特发现大量稀奇的东西(飞机、无线电、电视等),最令他惊叹的是社会主义社会:每一位公民从政府那里得到相同的资金进行消费,由于没有货币所以犯罪率很低,公民 21 岁前接受良好的免费教育,政府帮助他们找到最适合他们的工作,罪犯则进入医院接受治疗,女性代表可以否决任何关于女性权利的议案。这些和韦斯特知道的 1887 年的美国社会形成鲜明的对照。

贝拉米不仅让韦斯特对社会主义社会的良好秩序叹为观止,而且通过李特医生之口对 19 世纪末的美国社会进行了尖锐的批判:

> "要是能看一眼你生活的波士顿我愿意出大代价,"李特医生说,"正像你所说,毫无疑问,那个时代的城市非常破旧。要是想让它们好看一些,但恕我直言我很怀疑你们会这么做,你们畸形的工业制度造成的广泛的贫困也不会让你们有这个机会。此外,当时的主导风气是极端的个人主义,和公共精神背道而驰。你们所有的一点财富似乎全部消耗在个人享受上。现在正相反,剩余价值最受欢迎的出路就是用于装扮城市,供每一个市民平等地享受。"

同时贝拉米还对解决社会问题提出了一些方案,如劳工问题:

> "现在不存在什么劳工问题,"李特医生答道,"也没有出现的可能。我想我们已经解决了这个问题,办法就是通过工业渐进过程,否则不会自行消亡。社会要做的就是当这个渐进变得确凿无疑时承认它并和它合作"。

《回首》被称为"美国魅力最持久的乌托邦小说",因为贝拉米触及一些 20 世纪人们仍然关心的问题,如个人和社会的关系,物质享受和精神追求的关系,社会机构的运作方式,工人阶级的作用等。虽然此书是每一代人都爱不释手的小说,但对它的解读却因时代而异。19 世纪 90 年代虽然有人责备它取消个人自由和社会民主,但大部分读者把它看成"美国自由梦的巅峰";20 世纪 30 年代资本主义危机爆发时它又一次被无数的美国人视为医治社会弊病的良方;冷战后西方批评家则常常批评它鼓吹"专制集权"。其实贝拉米本人从来就不是激进的社会主义者。他主张的是循序渐进的社会改革:"我们对社会问题的答案最终是在改良而不是在革命,在实现而不是在摧毁。"[①]他所热衷的是

---

① Joseph Schiffman, ed. *Edward Bellamy, Selected Writings on Religion and Society* (Westport: Greenwood Press, Publishers. 1974), p. 129.

"民主社会主义",是和自由资本主义相对应的集体福利社会主义。虽然他限制了个人的一些自由,但在深受达尔文主义影响的 19 世纪 90 年代这种主张还是受到民众的欢迎。有人认为贝拉米表达的是一种保守的中产阶级观念,认为自由资本主义是社会危机和不公平的根源,但并不赞同工人为主导的社会主义。他代表了国家主义运动中主张国家集权的中产阶级和自由资本主义的反抗,表现的是中产阶级对自由资本主义带来的巨变的恐慌。①

《回首》的主线是韦斯特和伊迪斯的爱情发展,后者原来是韦斯特早年未婚妻伊迪斯的重孙女。但批评家一般认为这部小说在形式上几乎没有可圈可点之处,如人物干巴巴,是典型的二维人物,基本上只是贝拉米思想的传声筒。贝拉米一生多病,之后还写有《回首》的续篇《平等》(*Equality*, 1897),进一步解释自己的社会主义思想。

如果说贝拉米是揭露黑幕文学的先驱,辛克莱就是这种文学的收场人。厄普顿·辛克莱(Upton Sinclair, 1878—1968)生于巴尔的摩,长于纽约,1897 年毕业于纽约市立学院,读过哥伦比亚大学研究生,曾以文为生,靠写通俗小说挣学费,他自己估计每周平均为廉价杂志写 65 000 字,1900 年放弃研究生学业。1901 年他的第一部严肃小说问世,但前四部小说属于情感小说,不成功,转而为当时的一些激进杂志投稿。1904 年夏天他加入当时十分有影响的美国社会党,成为该党的积极分子。社会主义周刊《呼吁理性》(*Appeal to Reason*)的编辑沃伦喜欢他描写内战前黑人奴隶的历史小说《玛纳萨斯》(*Manassas*, 1904),鼓励他写一部描写当时美国工资奴隶的小说,预付稿酬 500 美元。于是辛克莱到芝加哥的"屠场"肉联厂边工作边观察,结果就是他的第六部小说《屠场》(*The Jungle*, 1906)的问世,小说揭露了当时美国工业界普遍存在的腐败和残酷,出版后引起巨大的轰动,也给作者带来商业成功。辛克莱此后又出版过一系列揭露黑幕小说,如描写 1913 年至 1914 年间科罗拉多州煤矿斗争的《煤炭大王》(*King Coal*, 1917),揭露石油工业内幕的《石油》(*Oil, A Novel*, 1927),描写汽车工业巨头起家的《汽车王》(*The Flivver King*, 1937),以及描写钢铁工业的《小钢铁》(*Little Steel*, 1938)。

辛克莱认为资本主义制度是万恶之源。从 1918 年起他发表系列文章《死亡之手》(*The Dead Hand*)揭露资本主义对美国上层社会的侵蚀。《宗教的利润》(*The Profit of Religion*, 1918)批评美国宗教是"收入的来源和特权的庇护伞";《铜支票》(*The Brass Check*, 1920)批评美国媒体是"巨大的兵工厂,有产阶级在这里生产金属炸弹和催泪瓦斯以消灭自己的敌人";《大鹅的步伐》

---

① Arthur Lipow, *Authoritarian Socialism in America, Edward Bellamy & the Nationalist Movement* (Berkeley: University of California Press, 1982), pp. 3 - 11.

(*The Goose-step*, 1923)和《小鹅们》(*The Goslings*, 1924)揭示大工业无形中控制了美国的高等教育(前者)和中小学教育(后者);《财富艺术》(*Mammonart*, 1925)讨论金钱影响下的艺术问题;《金钱万能!》(*Money Writes!*, 1927)讨论了美国文学的现状:由于经济压迫,美国作家悲观堕落,"说真话和英雄主义被官方明令禁止,他们只能或开玩笑或死亡"。这个系列明确地显示出世纪初的揭露黑幕精神,尽管这个时候揭露黑幕运动已经销声匿迹多年。

二战前夕辛克莱开始写作11卷系列历史小说《世界的终点》,以主人公兰尼·巴德的经历为线索,反映1913年到1946年的欧美历史,其中第三本小说《龙齿》(*The Dragon's Teeth*, 1942)反映的是纳粹对欧洲的侵略,获1946年的普利策小说奖,1968年他去世后文学声誉下降。辛克莱不仅通过小说积极鼓吹他的社会主义思想,还积极地把这些思想付诸实践。1906年他创立了"海利肯大厅",尝试社会主义性质的集体生活;协助创立了"产业民主联盟"(the League for Industrial Democracy)和"美国公民自由联盟"(the American Civil Liberties Union);30年代大萧条时期他推动了"在加州结束贫困"的社会主义改革运动。辛克莱曾三次竞选国会议员,三次竞选加州州长(1915年之后他一直住在那里)。大萧条时期他的社会主义初衷不改,把大萧条归咎于私有化和限制生产的"经济贪婪",在新政初期这种主张曾获得广泛的支持,但辛克莱最后一次竞选州长时是以民主党身份参选,支持威尔逊。

《屠场》是辛克莱影响最大的小说。1904年11月至12月他在芝加哥肉联厂住了七个星期,了解工人的劳动生活状况,在一个大厅的后屋观察过一个婚礼,发现了小说的原型人物。此后他用一个月的时间整理收集到的素材,返回新泽西普林斯顿附近的农庄,圣诞节前后开始写作,1905年夏天完成,开始在《呼吁理性》周刊连载。之后辛克莱为小说的正式出版奔波,但由于小说的内容可能会引起诽谤罪诉讼,遭到五个出版商的拒绝(其中之一读过头几章后甚至预付过500美元定金),辛克莱曾准备自费出版,后来终被一家出版社接受,1906年1月25日小说得以出版,内容比连载版压缩了近三分之一。小说出版后引起公众的强烈反响,但公众对辛克莱揭示的工人生活工作状况并不十分关心,对他所倡导的社会主义更没有多少兴趣,倒是对肉食品产生中恶劣的卫生状况感到关注,对肉食品检疫人员严重的疏忽失职感到吃惊,罐头工厂的工人也出来作证,使得肉食品销量锐减。罗斯福总统接到大量来信,遂唤辛克莱到白宫了解情况,下令进行调查,并于1906年6月30日签署《洁净食品和药品法案》(the Pure Food and Drug Act)。此书一连六个月成为最畅销小说,很快被译成17种语言,伦敦曾称它是"描写工资奴隶的《汤姆叔叔的小屋》,字字是血汗、呻吟、泪水"。

《屠场》的主人公是立陶宛移民约吉斯·路德库斯，为了挣钱结婚，他和未婚妻鸥娜一家来到美国，抵达芝加哥时两家人几乎身无分文。为了生存他们陆续加入肉联厂工作。约吉斯的父亲必须把部分工资进贡给工头，后来染上肺结核，死后家里连下葬的钱都不够。工伤失业后，约吉斯不得不到环境恶劣危险的化肥厂工作。妻子鸥娜染上肺结核后，为了保住工作忍受工头康纳的凌辱，约吉斯痛打康纳，被判监禁30年，在狱中他反思自己和家人在美国的遭遇，倍感社会的不公。出狱后约吉斯找到家人，他家的房子因交不起分期付款已被没收，妻子生产时死去，唯一的儿子也随后淹死。由于名字上了黑名单，约吉斯很难找到工作。又一次工伤失业后，他成了乞丐，痛打了想骗取他钱财的酒吧店主后，约吉斯再次入狱，狱中结识黑社会分子，出狱后虽然可以靠黑社会发财，但良心使他放弃。再次痛打康纳后，约吉斯为躲避追捕四处逃匿，最后参加了一次社会主义者的集会，感到获得了新生。

小说中最引人注意的是辛克莱对芝加哥肉联厂恶劣的工作环境和工人健康受到的摧残进行的报道，大段大段类似如下的描写读来令人触目惊心：

> 如今(约吉斯)发现每一个附属的工厂企业都是一座单独的地狱，和这些附属工厂的原料供给地屠宰车间同样可怕。在那里工作的工人各患有奇怪的疾病，外来的走马看花的参观者可以怀疑这里所有的欺诈行为，但他们不可能怀疑工人们遭受的这些苦难，因为工人们身上就带有证据，一般只要伸出手就行。……酸洗车间的工人只要在推小车时碰一下手指，上面就会留下伤痕，非常显眼，手指的每一个关节都会被盐酸一个个腐蚀掉。屠宰工、剥皮工、剔骨工、剔肉工，以及所有使用刀子的工人，你看不到一个大拇指还完好的人，因为甲床被一次次割伤，最后只剩下一堆肉来握住刀柄。工人的手上布满伤痕，根本无法数出或辨认出来。指甲已经没有了——剥牛皮的时候都磨光了，他们手指的关节肿胀，手张开来就像一面扇子。烹调车间里蒸汽腾腾，臭味熏人，整天在灯光下工作，肺结核菌在这里可以活上两年，而新的病菌每小时都在产生。

《屠场》的出版对相关法律的通过产生推动作用，但是辛克莱对此并不满意，因为他的本意是揭露资本主义的罪恶根源，打破民众的美国梦，鼓动读者信奉民主社会主义，[①]但辛克莱的良苦用心却无人理会。他自我讥讽地说："我原来瞄向公众的心，却阴差阳错击中了他们的腹部。"作为一部揭露黑幕小说或政治

---

① 虽然生活艰辛，但约吉斯一直都妄想凭借苦干实现自己的美国梦，直到妻子死后有所觉悟，加入社会主义运动后才感到获得了新生。小说的最后一句："芝加哥会是我们的！"预示了社会主义者在选举中必将取得胜利。

小说,《屠场》具有强烈的震撼人心的效果,今日读来其感染力依然不减当年。但从小说艺术的角度看这部小说却有很多缺陷。小说人物成为辛克莱政治理想的代言人,因此缺乏心理深度;小说情节一再重复,结构和风格累赘;小说最大的缺点是作者的思想和小说本身结合不紧密,以致说教意味明显,降低了故事的真实感。辛克莱曾意识到这一点,想把小说的后三分之一删除,以约吉斯儿子之死结束全书,但终未做成。

辛克莱有自己的一套社会主义文学理论,这种理论基于他的社会主义世界观之上。难能可贵的是,历经半个多世纪的坎坷辛克莱对社会主义的信仰不变,立志"通过改变人们的观念来改变社会"。辛克莱的社会主义是20世纪初期的社会主义,"指的是最广义上的革命和社会进步的最高层次。……它对从过去中创造出的未来寄有总体的希望"。这种社会主义可以追溯到更早的一批鼓吹者,如瓦格纳、托尔斯泰、高尔基、易卜生、尼采、王尔德、惠特曼、雪莱、萧伯纳。可见他只是基督教社会主义者,主张的是平等和博爱。他一直重申自己不主张暴力革命,不是共产主义者。[①] 1915年辛克莱编辑出版了《呼吁正义》(*The Cry for Justice, An Anthology of the Literature of Social Protest*),洋洋洒洒500多页,包括了辛克莱认为具有社会主义思想的一大批主持正义的思想家,如塞万提斯、爱默生、斯威夫特、布莱克、罗曼·罗兰。他写这本书的目的和写其他书的目的一样,是"在地球上消除人剥削人的寄生生活,这种生活来自对自然财富资源和生产分配手段的私人占有。这些资源必须成为公众的财产,必须使大家从中获得好处。我不期望在有生之年看到这个任务完成,但我希望我的书能为大家所用,直到这个任务被最终完成"。杰克·伦敦1915年3月给这本书第一版写的"介绍"里,称之为"世界上人文思想家所写的文学艺术的第一次集大成",是人文主义"圣经",激励引导寻求正义的人们走向更高的精神境界,告诉他们"通过简单同时又是最困难的了解过程,世界的确可以被人们改变成美好的世界"。[②]

辛克莱的社会主义"诗学"在此后自己出版的386页的《财富艺术》里做了集中的阐述:"本书在有产阶级和艺术家关系的基础上研究艺术家。其论点是,自人类历史的黎明开始,艺术上的荣誉和成功来自服务与歌颂统治阶级,让他们感到快乐,教育他们的下属和奴隶仰畏他们……本书旨在研究艺术创造的全过程,把艺术功能和人类卫生、健康、进步联系起来。"辛克莱否定了资产阶级的艺术传统,批判"为艺术而艺术",毫不讳言艺术就是宣传:

---

① 正因为如此,有人认为辛克莱鼓吹的其实是开明中产阶级的博爱观,这种"中产阶级价值观塑造了辛克莱的态度、观点,及对人类社会最基本的看法"。

② Upton Sinclair, ed. *The Cry for Justice, An Anthology of the Literature of Social Protest* (New York: Barricade Books, 1996), p. 9.

所有的艺术都是宣传，无论何处毫无例外都是宣传，有时是无意识的，但常常是有意识的宣传。对以上的话我们还要加上一句：艺术家和评论家们断言艺术排斥宣传时，他们说的就是他们那一类的宣传才是艺术，其他类型的宣传不是艺术……艺术是生活的表现，受到艺术家个性的影响，目的是为了影响其他人的个性，激励他们去改变感情、信仰和行动……生气勃勃具有重要性的宣传和所选择的艺术的技术能力相结合，便产生出伟大的艺术……艺术的社会冲动占据主要地位。

辛克莱这里的"宣传"不是纳粹德国意义上的"宣传"，而是《旧约》所指的对基督教教义的宣传。他认为，从莎士比亚到詹姆斯的所谓文学大师只是供有钱人消遣的工具，是阶级敌人的宣传家，因此对辛克莱他们都无足轻重。但是他对诺里斯崇拜得五体投地，因为后者"教给我关于我的祖国的一些新东西"。辛克莱也略微谈到艺术表现手法：

小说家的目的和他的故事的关系非常简单，两者是一回事，同样重要，小说家在创作时应当每一时刻都两手同时抓。失去任何一个的后果都同样致命。控制不了故事和故事人物的小说家写出的立刻就成了政论文或布道词——我有过切身体会，知道这一点。但同样致命的是失去自己的目的，因为那样你就在写毫无意义的报告，成为一个照相机，而不是具有创造性的知识分子。

但是作为艺术家的辛克莱毕竟对艺术本身语焉不详，成为批评家责难的对象，因为即使一切艺术都是宣传，宣传本身并不都是艺术，而辛克莱一直没有讲清楚两者间的区别到底是什么，也从未界定他所说的"艺术技巧"到底是什么。① 他所集中关注的是资本主义制度对文学艺术的腐蚀，正如他在解释美国文学为什么面对社会现实会如此虚弱无力：

（资产阶级或中产阶级）的统治建立在财富之上，因此资产阶级社会的决定性特征就是关注财富。对它来说，财富就是力量，是事物的根本和目标。贵族阶级不知道革命的可能性，所以贵族荒淫无耻；资产阶级却知道革命的可能性，所以阿瑟顿夫人说美国文学"谨小慎微"。她发现它患了"贫血症"，就因为资产阶级理想对精神一无所知，只允许精神活动追求商业和物质福利。（《我们的资产阶级文学》*Our Bourgeois Literature: The Reason and the*

---

① R. N. Mookerjee, *Art for Social Justice: The Major Novels of Upton Sinclair* (Metuchen: The Scarecrow Press, Inc., 1988), pp. 26 - 33.

Remedy, 1904)[①]

辛克莱的社会主义诗学大多是对资产阶级文学观的评判,对社会主义文学性的阐述却大多停留在这个评判上,很少予以正面表露,这不能不是一个缺憾。

《屠场》使得辛克莱成为后期揭露黑幕运动的领袖之一,被《新闻周刊》冠以"揭露黑幕者之王"的美称:"他可能成为其他的人物——政治家,宣传家,小说家,历史学家,记者,诗人,剧作家,出版商——人们给他的最常见最合适的绰号就是'揭露黑幕者'。"但是辛克莱和其他揭露黑幕者还是有明显的区别:其他人很少同情社会党的主张,认为解决美国民主的出路不是社会主义,而是实行更多的民主;其他人虽然揭露黑暗,但对走出黑暗信心不足,而辛克莱尽管经历坎坷,却坚信社会正义最终必将胜利;揭露黑幕运动的骨干是中产阶级改良主义者,维护传统的美国价值和理想,很少批评美国的资本主义制度,不像辛克莱那样"从根基上动摇美国社会",不愿意承认"在社会秩序里发现的邪恶意味着民主是个失败,或承认需要对现状进行剧烈的改变"。

辛克莱一生都在孜孜不倦地追求自己的理想,可惜的是这种理想并没有得到广泛的认同。《屠场》轰动一时,但不久揭露黑幕运动便成强弩之末,人们的热情逐渐消失,一战的爆发也转移了人们的注意力,使得辛克莱这样的社会批评家犹如"事件巨轮上的昆虫,自以为是他们在转动着这个巨轮"。[②] 作为文学家的辛克莱倡导他所称的"当代历史小说",这种小说形式曾影响过斯坦贝克和多斯·帕索斯,但却有明显的艺术缺陷。辛克莱写作匆忙,量多质却不高。大学毕业时他估计自己的作品已经和司各特相等,30 岁时其作品超过一般职业作家一生的产量,40 岁时仅出版的小说便超过职业小说家一生的创作。这种创作习惯使他去世后留下 8 吨重的手稿,给人以粗制滥造、以量代质的印象。他的作品宣传说教味过于浓厚,而且形式上重复,容易使人产生单调感。他的人物塑造过于简单化,缺乏能够打动人的艺术魅力。[③]

由于大规模的社会改革运动,由于遏制工业无序发展的一系列法律法规的出台,或许也因为揭露黑幕运动持续得过于长久,1910 年至 1912 年间这个社会改革运动逐渐退出历史舞台。十余年间,一大批有志于匡正时弊的有识之士在努力寻找和商业发展同步的商业道德和社会责任感,力图"对社会深层

---

① Irving Stone and Lewis Browne, intro. *Upton Sinclair Anthology* (Culver City: Murray & Gee, Inc., 1947), p. 317.

② Dieter Herms, ed. *Upton Sinclair*, *Literature and Social Reform* (New York: Peter Lang, 1990), pp. 56 - 57.

③ Ivan Scott, *Upton Sinclair*, *The Forgotten Socialist* (Lewiston: The Edwin Wellen Press, 1997), pp. 1 - 3.

次的紊乱进行现实分析”。这些作家虽然是揭露黑幕的好手，写出的文章令人称快，但是却提不出解决这些社会问题的良方，而且这么做也已经超出了他们力所能及的范围。当有人要斯蒂芬斯提供一种“任何地方任何情况下都适用的解决办法”时，他断然回答：“没有。如果我脑子里有一个现成的改革方案去东奔西跑，只会使我看不到与此相反的事实。我们唯一的写作计划就是研究几个经过挑选的坏政府案例，说明坏事是如何干成的；然后从国内外挑出几个典型的好政府，说明好事是怎么做成的——注意，不是怎么去做，而是怎么做的。”①这样的话当代读者并不陌生，因为当今的各种后现代批评家使用的都是这样的托词，只注重批判，不愿意建构，看来揭露黑幕者可以做他们的理论先驱了。

第五节
20世纪初的文学批评

19世纪40年代（即美国文艺复兴）之后美国文坛开始出现和文学发展相一致的文学批评，逐渐独立于英国的批评传统，最著名的当数爱默生和坡。爱默生关注文学的属性、目的和作用，坡则关注诗学或创作技巧，主张文学的技巧大于其社会功能。工业革命的迅速发展推动了印刷技术的提高和教育的普及，使得文学批评显露出多样化和多元化，除了文人学者型的批评家如洛厄尔、朗费罗、霍姆斯外，少数裔和女性批评家的声音也开始出现。但是当时的文学批评影响最大的还是短评，豪威尔斯和詹姆斯的现实主义文评，诺里斯和德莱塞的自然主义文评，都对这个时期的文学创作起到很大的促进作用。

现实主义的兴起削弱了19世纪上半叶的新英格兰文化传统，自然科学的发展和随之而来的文学自然主义的崛起，更给清教传统以沉重的打击，而消费文化和物质主义的泛滥直接影响到20世纪初文学批评的走向。世纪初的美国批评主要是传统的批评者和传统的维护者，以及对欧陆文艺思潮的不同回应。新英格兰一直是美国文化的摇篮和中心，是美国清教传统的发源地；以朗费罗、洛厄尔、霍姆斯等为代表的绅士文学传统讲究基督教伦理道德，崇尚阿诺德的新古典主义，把感情放纵、自我扩张、物质主义看作对文明传统的亵渎。

① C. C. Regier, *The Era of the Muckrakers* (Chapel Hill: The University of North Carolina Press, 1932), p. 70.

但19世纪下半叶新兴的工业城市如纽约和芝加哥逐渐在经济上超过波士顿，文化上的影响也逐渐扩大，使得新英格兰传统文学观念不可避免地开始没落。因此，不论其批评理念如何不同，这个时期的批评家几乎都不约而同地要美国批评摆脱狭隘的地方主义和小家子气，寻找不同的途径来避免印象主义批评、鉴赏式批评或道德评判等浅薄的批评方式。

20世纪初的一批批评家有感于当时物质追求所造成的道德混乱，自然科学对文学的侵蚀和干扰，尤其是自然主义文学的离经叛道，把关注的目光投向了过去，提出恢复人文精神，以文明传统作为赖以倚仗的价值，纠正人文思潮的混乱状况。他们反对清教主义和工业资本主义的结合，倡导节制和得体；反对浪漫主义盲目追求自我膨胀或自然主义的悲观决定论，认为想象要和理性与判断相结合，主张个体具有自由意志和道德选择能力，认为大学的任务就是教导年轻人懂得修身养性，教育的目的就是培养作为大众道德领袖的个体①。以摩尔和白璧德为首的新人文主义(New Humanism)者得到一些大学教授的支持，是世纪之交美国"进步运动"(Progressive Movement)②在文化领域的一种延伸，20年代最为活跃，但新人文主义者无法应对1929年经济大萧条后的美国社会，其绅士般的道德说教和社会现实相距太远。如果说20年代的镀金时代新人文主义还能赢得一点人心，③其贵族式的装模作样在30年代只能让人"恶心"。30年代是激进的批评理论的天下，加上白璧德和摩尔分别于1933年和1937年去世，新人文主义很快凋零，尽管它的影响时有表现。④

欧文·白璧德(Irving Babbitt, 1865—1933)是新人文主义的理论代表，它的"规则制订者和旗手"。他出生于俄亥俄州的埃克隆，毕业于哈佛大学，在巴黎大学进修过两年，回国后在威廉姆斯学院任罗曼语教师，后来在哈佛教授法语，1912年晋升教授，1930年当选为美国国家文学艺术研究院院士，20年代

---

① 这里白璧德显然在重复柏拉图和孔子的教育思想，他也曾说过："我的方法包括让孔子站在亚里士多德身后，让佛祖站在基督旁边"，并批评那些居高临下不知向东方人学习的西方人为东西方交流的障碍。Cf. George A. Panichas ed. *Irving Babbitt Representative Writings*. (Lincoln & London: University of Nebraska Press, 1981, pp. 158, 224-225)他对东方思想的尊重确实难能可贵，但对教育和文明的看法也的确非常落伍。

② 进步运动是世纪之交美国多种政治、经济、社会改革思潮的统称，针对的是当时"自由"资本主义和社会达尔文主义引发的各种社会弊端，试图重建社会价值体系和经济秩序。

③ 但实际上新人文主义曲高和寡，和者寥寥，白璧德1913年曾抱怨自己的著作"似乎只在私交圈里传阅"，摩尔也哀叹自己是"当今最无人阅读且最遭人恨的作者"(Stephen C. Brennan & Stephen R. Yarbrough. *Irving Babbitt*. Boston: Twayne Publishers, 1987, p. 14)。

④ 新人文主义的退出也可能还有其他因素：刚设立不久的英语系并不希望过多涉猎古典文化，学生往往没有这样的积累，在经济萧条的背景下也没有学习古典的耐心，正在实行的选修课制度成了学生逃避的手段。Cf. Stephen C. Brennan & Stephen R. Yarbrough. *Irving Babbitt*. (Boston: Twayne Publishers, 1987, p. 79)

的一些著名批评家如斯图亚特·舍曼(Stuart Sheman)、布鲁克斯、艾略特都是他的学生。

白璧德30年孜孜以求想建立一套以古希腊罗马的古典主义为基石的道德批评理论。他曾对新人文主义审美理想做了这样的表述:

> 对我而言,美感包括各种各样的兴奋,但这种兴奋总是存在于不断延伸的宁静之内;在限度之内,强烈程度不同的情绪都可以尝试,但如果艺术一味让人兴奋而惊扰了宁静,其效果就不足取了。相反,如果没有兴奋,宁静缺少了内容,这样的满足徒有虚名。果真如此,美感则接近于我们在肉体和精神得到最大伸展时的体验……每个艺术体验都必须最终如此,让我们既感到安详又受到鼓舞——我认为就是亚里士多德所说的移情。①

白璧德并不忌讳这样的看法中蕴含的贵族式思维和反民主倾向,他认为人文主义不等于乌托邦主义或人道主义,"这个词实际上隐含了一种主义或见解,适用的对象不是大众,而是一小部分精英——简单地说在含义上它指的是贵族而不是民主"。② 因此他认为人文主义者要抵制科学的侵蚀,正如往日曾经抵制过神学一样;因此他曾激烈批评过当时流行的科学主义(以文艺复兴盛期的培根为代表)和感伤主义(以启蒙运动思想家卢梭为代表),而倾向于文艺复兴初期所崇尚的古典主义。在他看来,美国大学的任务就是用人文主义取代人道主义,③用古希腊罗马的经典培养社会精英,以"遏制纯粹民主的发展"。他的第一部文集《文学与美国大学》(*Literature and the American College*, 1908)表现了他此后一再重复的一些主要观点:批评现代主义、物质享乐、自由主义,痛惜人文传统的分崩离析,试图分析其中的原委并加以匡正,方法就是恢复古典主义的价值观和基督教传统的权威。《新拉奥孔》(*The New Laocoön*, 1910)和《现代法国批评大师》(*The Masters of Modern French Criticism*, 1912)批评浪漫主义的反理性主义倾向,要求美国文学追求古典的道德成熟和清晰的表现形式,摒弃当时的主流文学表现形式如自然主义、现实主义和现代主义。甚至在30年代初,白璧德依然固执地坚持自己的文学主

---

① Thomas R. Nevin. *Irving Babbitt, an Intellectual Study* (Chapel Hill & London: The University of North Carolina Press, 1984), p. 34.

② Walter Sutton, *Modern American Criticism* (Englewood Cliffs: Prentice-Hall, Inc., 1963), pp. 26-28.

③ 白璧德这样区分人文主义和人道主义:"人道主义强调的几乎完全是渊博的知识和广泛的同情",而"人文主义则旨在完善个体,而非提升整个人类;人文主义者虽然也赞成同情,但主张这种同情必须有节制,受判断制约"(Irving Babbitt. *Literature and the American College, Essays in Defense of the Humanities*. Washington D. C.: National Humanities Institute, 1986, p. 74)。

张,评判门肯等“激进主义者”。在《批评家和美国生活》(*The Critic and American Life*, 1932)里,他批评门肯、德莱塞、路易斯和卢梭等人用浪漫主义毁掉当代美国文学:“把批评降低成满足情感的冲动,宣泄个人兴致或不满(门肯先生主要是后一种情况),就和这个词的词源完全相反:批评的词源是辨析和评判……严肃的批评家关注的是获取正确的价值标准以便恰当地观察事物,而不是自我表现。……过去人们据以辨析的标准大部分来自传统。”[①]但白璧德的特点就是初衷不改,坚定不移地坚守新人文主义理想,这一点倒是令面对20世纪末美国社会现实的批评家肃然起敬:

如果白璧德生活在当下且言行一致,对他的批评就会完全相反了:看一下那些后结构文学和文学批评表现出的极端的形式主义,那些新右翼政治对人权和公民权利所做的偷梁换柱,卖方经济袒护大公司的偏见,“道德大多数”[②]这个原教旨宗教宣扬的反人文主义,电影院里展现的那套“观众认可”的情节,保守通俗音乐的那种单调乏味的节奏,以及教育领域“重回最基础”运动。所有这些都表明,60年代最为弘扬积极主动的个体,现在对此却偏离到极端。[③]

新人文主义的主要实践者是保罗·埃尔默·摩尔(Paul Elmer More, 1864—1937)。摩尔生于圣路易斯,本科毕业于华盛顿大学,1892年获得硕士,到哈佛大学读了三年研究生,学习梵文和比较宗教学,在哈佛与白璧德结下终身友谊。但摩尔觉得教书不是自己的专长,也不能实现自己的抱负,于是在梭罗的影响下,学习年轻时的弥尔顿,于1897年躲进新罕布什尔的薛尔朋森林当了两年多隐士,整日沉思和写作,被称为“普林斯顿的隐士”。“虽然摩尔带有明显的白璧德思想影响的印记,在性格和举止上这位‘普林斯顿的隐士’却与那位‘好斗的哈佛佛祖’大相径庭”。[④] 此后摩尔写出《薛尔朋文集》(*Shelburne Essays*, 1904—1921)四卷和《新薛尔朋文集》(1928—1936)三卷。1903年至1909年间他做过著名的《国民周刊》的总编辑,还在普林斯顿大学任教。晚年的摩尔越来越皈依基督教文化传统。

---

① Charles I. Glicksberg, *American Literary Criticism*, *1900—1950* (New York: Hendricks House, Inc., 1951), p. 293.

② “道德大多数”(Moral Majority)是一个南方保守的右翼基督教组织,影响波及全国,旨在全面对抗60年代的左翼思潮,成立于里根当政的1979年,是美国社会右翼回潮的标志。

③ Stephen C. Brennan & Stephen R. Yarbrough. *Irving Babbitt*. (Boston: Twayne Publishers, 1987). p. 90

④ Stephen C. Brennan & Stephen R. Yarbrough. *Irving Babbitt*. Boston: Twayne Publishers, 1987, p. 11.

《薛尔朋文集》开宗明义，表明摩尔对浪漫主义和心理主义的憎恶，以及对早期清教主义的信仰：

> 对熟悉今天思想发展趋势的人来说，我在这里选辑的文章会显得非常陈旧，这也是让我感受最深的。当代批评的一个特点，就像影响极大的著名作家 I. A. 理查兹所显示的那样，就是完全不去探求生活的意义，取而代之的是对所谓的审美心理问题的极大兴趣——这的确就像为艺术而艺术这个浪漫主义异端邪说的迟生的孽种。我不愿意为这个旧观念表示歉意，我完全相信，脱离了生活的文学是一种空洞的追求，真诚地追寻生活的意义一定会导致对一神论的简单信仰。

可见，“生活”对文学和对摩尔有重要的意义：“摩尔所有的文学批评都基于这样的推理，即艺术不能脱离生活，生活也不能够脱离道德价值，因此，道德考量应该成为任何艺术批评的一部分。”①但摩尔这里所说的“生活”指的是精神生活，是近似宗教信仰式的追求。他认为当今的混乱正是因为有些人把这种崇高的追求抛到了脑后，“忘记了把道德感和审美感联系在一起的一种哲学，忘记了和讥讽嘲弄式的负面力量平行的一种正面的信念。忘记了这个，他们让批评更容易地沿着片面和危险去发展”。② 对摩尔来说，只有清教传统或是古典主义传统才可能提供精神或者文学上的依托，使得价值判断具有普式的根据，正如他在《绝对的恶魔》(*The Demon of the Absolute*，1928)里所说：“真正的问题不是是不是存在标准，而是这些标准是不是基于传统之上，然后被后来的一代代人或批评家个人加以创新。因此事实上首先是有没有可以被发现的文学爱好传统，或是我们是不是想象着有这么回事来自欺欺人。……无论如何，如果不承认荷马传统的永恒价值，我不知道怎么可以真诚地研究文学爱好的历史。”③

摩尔博学多识，其批评论著涉及的题材广泛，见解深刻，文笔流畅；但他同时也非常保守，和白璧德一样常常过于清高和自傲，对批评对象(如乔伊斯和普鲁斯特)的优点视而不见。桑塔亚纳是新人文主义者的有力挑战者，对他们的弱点看得相当清楚，称他们为“腐朽的清教传统和具有狭隘道德观的绅士”的继承人。他讥讽地问道：“自然主义为什么被认为喜欢人性中的低劣的一

---

① Stephen L. Tanner. *Paul Elmer More, Literary Criticism as the History of Ideas* (Albany: State University of NYP, 1987), p. 14

② Paul Elmer More, *Selected Shelburne Essays* (New York: Oxford University Press, 1935), pp. xii－2.

③ Charles I. Glicksberg, *American Literary Criticism, 1900—1950* (New York: Hendricks House, Inc., 1951), p. 265.

面？高尚的一面不也同样属于自然吗?”比如道德就基于自然之上,“道德的原则就是自然主义”。①

和新人文主义针锋相对的是激进派批评家,为首的就是亨利·路易斯·门肯(Henry Louis Menchen, 1880—1956)。门肯出生于巴尔的摩的一个烟草商家庭,父母是德国移民后裔,他自己深受德国文化的影响,很小写诗作曲,显露出文学天赋。16岁时门肯毕业于巴尔的摩工艺技校,遵父命从事烟草业,两年后父亲去世他便重新择业,供职于当地的几家报纸。在此期间门肯广泛阅读,尤其喜爱萧伯纳、马克·吐温、赫胥黎等人的著作,形成了自己激进的民主主义思想。他积极介入文学论战,任《时髦人士》(*The Smart Set*)主编期间发表批评文字近百万言,向传统价值观和美国文学现状发起猛烈攻击。1923年他创办杂志《美国信使》(*American Mercury*)并为之主笔10年,为德莱塞、奥尼尔、辛克莱·刘易斯等提供发表园地。门肯的文学和时政评论结集发表在六卷本的《偏见集》(*Prejudices*, 1919—1927)、《美国语言》(*The American Language*, 1919)和《关于民主的札记》(*Notes on the Democracy*, 1926)等评论集中。

门肯的思想受到尼采的影响。一家出版社约他撰写一本论尼采和艺术的书,当时“几乎一点不了解尼采”的门肯埋头图书馆啃完一本本尼采的德文原著,一年后完成《尼采的哲学》(*The Philosophy of Friedrich Nietzsche*, 1908),奠定了他对人生、政府、教会乃至女性的讥讽态度。比如他对美国大学教育做了深刻的剖析:

> 学生在一般学校里学习的具体事实既少又零散,培养的不是他的独立思考习性,而是对权威的逆来顺受。他得到学位后通常表示的只是他已经入了流。他对拿破仑的看法只是他学习过的书本上关于拿破仑的看法的照搬,他的生活哲学只是他老师的生活哲学——也许被他年轻时独特的偶像稍稍改变了一点点。他知道如何拼写许多长单词,熟悉对数表,但在思维过程的适应性和准确性上却相对的毫无进展。大学一年级时如果思维混乱,动辄轻信,仰慕权威,四年级毕业时还是如此。

他对教师也做了类似的尖刻批评,其见解足可以做当代思想家赛义德的理论

① 虽然如此,摩尔在当时也算是一流的批评家,新批评家沃伦(Austin Warren, 1899—1986)称赞他的“博学,全面,经久不衰的能力”,他的论敌门肯也承认他“最接近于真正的学者”;1930年他几乎成为首位获诺贝尔文学奖的美国人(实际获奖者是辛克莱·刘易斯)(Stephen L. Tanner. *Paul Elmer More, Literary Criticism as the History of Ideas*. Albany: State University of NYP, 1987, p. 1)。

先驱，其深刻程度不亚于赛义德的知识分子论："职业教师必须循规蹈矩。一旦他对现存秩序提出挑战，他就会失去自己的位子。因此他谨小慎微，主要的工作就是把权威的观点一成不变地灌输给他的学生。"①

门肯的另一个批评靶子是变了味的所谓"新清教"。南北战争之前清教尚是一个廉洁清贫、虔诚纯朴的教会，但战后随着工业的发展，教会的财产也在膨胀，神职人员拼命敛财，财富腐蚀了教会，也腐蚀着整个社会："清教发财了以后就变得气势汹汹。道德追求成了巨大的组织严密的生意，资本化程度高，办公效率一流，装备精良。财富给虔诚助威，伸出其长长的手臂抓住遥远的数不清的邪恶分子，发配在远方的叛逆者，逍遥自在的逃犯，它把手伸进自己深深的口袋里，替自己抓住的罪犯付钱……"因此门肯在 1916 年 7 月 28 日写给德莱塞的信中表示要用"整个的生命来跟清教思想做斗争"。

门肯批评论文里有一部分和文学有关，虽然这些评论大多是主观感受，缺少细致深入的分析，但往往在浮光掠影式的印象里透露出真知灼见。例如他在《马克·吐温的美国特征》(*Mark Twain's Americanism*, 1917)里对马克·吐温的评价：

马克不仅是个伟大的艺术家，还尤其是伟大的美国艺术家。我们产生的所有作家里没有人比他更具有民族精神。惠特曼梦想做个美国人，但这个美国人过去没有出现过，以后也不会出现；坡在字里行间透露出的都是外国人；甚至爱默生也是欧洲尤其是德国思想在美国的传声筒。但是马克是完完全全的本土作家。他的幽默是美国式的，他无可救药的市侩气是美国式的，他的英语是美国式的。最重要的是，他把多情善感和玩世不恭、浪漫主义和偶像破坏奇怪地混合在一起，这就是美国人。

这种评论虽然不够准确，但却能给人以新的启示。他对世纪初的美国戏剧现状进行的分析也是如此，不仅是讥讽式的文学批评，也是犀利的社会批评："在德国，主要剧院的经理大多是受过教育的人；法国政府也帮助保持戏剧的水准，英国的一小群聪慧、令人诧异的演员经理贡献巨大，但是在美国，戏剧管理坦率地说就是商业回报。一般的舞台经理，甚至是较有影响的经理，对戏

① 赛义德曾激烈批评过知识分子的"专业倾向"(professionalism)。他认为，眼下对知识分子独立性最大的威胁不是商品意识，也不是学术限制，而是专业倾向："所谓专业倾向我指的是把知识分子的工作视为谋生手段，从九点到五点一只眼盯着时钟，另一只眼瞄着所谓恰当的专业化行为——不要破坏现状，不要超越公认的方式或限度，要让自己符合市场行情，尤其是上得了台面，因此必须循规守矩，不介入政治和'客观现实'"(Edward Said. *Representations of the Intellectual, the 1993 Reith Lectures*. New York: Pantheon Books, 1994, p. 74)。所以，他要求知识分子坚持"业余性"(amateurism)以对抗这种"专业性"。

剧是一门艺术的了解也就停留在爱斯基摩人对澡盆了解的层次上。他根据利润来评价一切戏剧。”①

另一位激进派批评家是早期的范·威克·布鲁克斯(Van Wyck Brooks, 1886—1963)。和门肯相比,布鲁克斯被称为“训练有素的批评家”,或许因为他值得夸耀的学术背景。布鲁克斯1904年进入哈佛大学学习文学,受教于威廉·詹姆斯、桑塔亚纳、白璧德等著名学者。1907年毕业后他曾去英国,回国后在斯坦福任教,发表《理想的弊端》(The Malady of the Ideal, 1913)、《美国的成年》(The America's Coming of Age, 1915)、《文学与领导》(Letters and Leadership, 1918),以及《马克·吐温的磨难》(*The Ordeal of Mark Twain*, 1920)和《亨利·詹姆斯的旅程》(*The Pilgrimage of Henry James*, 1925)两部重要论著。和门肯一样,布鲁克斯对美国文化传统持激烈的批评态度,尤其是“新清教”过分偏向物质追求,忽视了生活里的美学价值,导致美国文学里缺乏活生生的生活(如詹姆斯),甚至连马克·吐温这样的作家也逃脱不了商业化的影响。但和门肯不同,布鲁克斯1934年以后态度发生明显变化,从早期批评新英格兰文化变成转向肯定赞扬,后悔当年对19世纪新英格兰作家的“幼稚”看法。

詹姆斯·吉本斯·汉尼克(James Gibbons Huneker, 1860—1921)的批评生涯稍早于门肯和布鲁克斯。他出生于富商家庭,父母爱好音乐和绘画,母亲曾想让他做牧师,他自己也在费城研习过法律,但最后选择了自己喜爱的文艺批评。90年代起他在纽约的《实录报》(*New York Recorder*)和《太阳报》(*New York Sun*)等报刊上发表评论文章,对绅士文化传统进行了批判。这些文评缺乏深刻的见解和完整的结构,大多属于印象式反应,没有对作品进行有分量的辨析。但汉尼克的一大贡献在于引进了欧陆的新思想,在《反传统的剧作家》(*Iconoclasts: A Book of Dramatists*, 1905)、《自我之上的超人》(*Egoists: A Book of Supermen*, 1909)和《一个印象主义者的漫游》(*Promenades of an Impressionist*, 1910)等著作里评介易卜生、福楼拜、萧伯纳、马拉美、尼采、波德莱尔等欧洲新潮作家和批评家,“对沉闷的美国文坛犹如一股清风”。

20世纪初克罗齐的表现主义美学受到美国批评界的注意。这种批评注重作品本身,主张尽量排除心理、政治、历史背景等对文评的影响。克罗齐的一个热心的追随者就是乔尔·艾利阿斯·斯宾加恩(Joel Elias Spingarn, 1875—1939)。斯宾加恩生于纽约市,22岁毕业于哥伦比亚学院,博士毕业后

① Carl Bode, ed. *The Young Menchen* (New York: The Dial Press, 1973), pp. 88-91, 144, 370-377.

于1899年任教于哥伦比亚大学比较文学系，1909年晋升教授，但两年后因行政纠纷被解聘。一战时期他在法国服役，1919年协助创办著名的哈考特·布雷斯出版公司，在其中担任文学编辑直到1932年。1899年他出版《文艺复兴时期的文学批评史》(*History of Literary Criticism in the Renaissance*)，克罗齐为这本书的意大利文译本写了前言。他最著名的著作是根据讲座修订而成的论文集《新批评》(*The New Criticism*, 1911)，被称为"美国批评史上的一个里程碑"。在这本书里以及在其他的文章中，斯宾加恩主张摒弃一切对文本的"科学"分析，强调对作品精神的"感受"：

在艺术作品面前产生感受并表现出来，这就是表现主义批评家主张的批评的功能。他会这样表达自己的态度："这里有首美妙的诗歌，比如《解放了的普罗米修斯》。对我来说，阅读它就是体验它的快感。我对它的愉悦本身就是一种判断，还有比这更好的判断吗？我要做的就是讲述它如何打动了我，给我的感受是什么。……所有的批评都把注意力从作品转移到其他地方。其他批评家给我们历史、政治、传记、形而上学，无所不包。我则重新做诗人做过的梦，如果我看上去写得很轻松，那是因为我醒来了，意识到把梦境错当成现实，不由得一笑。我终于做到用一个作品替换了另一个作品，艺术只能在艺术里发现它的自身。"①

由于斯宾加恩把诗歌严格限制在表现领域，重在作品本身及其表现方式，不管作家，道德，修辞，时代等，甚至要忘却一切所谓的文学理论，因为"理想主义、现实主义、历史主义、自然主义等批评都试图把真理作为艺术的终极目标，审美批评则犹如路旁的驿站，斯宾加恩则与其他唯美主义者一样，让我们关注无法回避的事实：艺术就是艺术，我们最好就把它看作艺术，否则就会完全失去它"。② 斯宾加恩阐释的是克罗齐的表现主义。这里的"表现"指的不是作品对社会或个人的"表现"，而是对艺术本身，对艺术的个人感受进行的表现。③ 尽

① 今日人们知晓斯宾加恩的《新批评》，还因为这个书名与此时出现的20世纪首个重要的美国批评流派"新批评"同名。兰色姆(John C. Ransom, 1888—1974)1941年出版《新批评》一书，提倡更加形式化的所谓"本体批评"(John Crowe Ransom. *The New Criticism*. Westport: Greenwood Press, 1979, pp. vii - xi)。此书一出，"新批评"很快成为这个批评流派的标识和称谓，尽管"新批评家"本身并不喜欢这个称谓(正像俄苏形式主义者不喜欢"形式主义"这个称谓一样)。兰色姆所谓的"新批评"和斯宾加恩有多少关联有待细察，但至少以上引文中提到的摒弃"历史、政治、传记、形而上学"批评，"重新做诗人做过的梦"，"艺术只能在艺术里发现它的自身"等等，和英美新批评有契合。

② John W. Rathbun & Harry H. Clark. *American Literary Criticism, 1860 - 1905* Vol. 2 (US: Twayne Publishers, 1979), pp. 113 - 116.

③ Charles I. Glicksberg, *American Literary Criticism, 1900—1950* (New York: Hendricks House, Inc., 1951), pp. 25 - 26, 73 - 78.

管“新批评”对如何进行这种表现没有给出明确具体的方法,但和之后不久出现的现象学一样,它要求作家和读者摒弃一切前人的规则概念,对传统展开挑战。由于斯宾加恩过早退出文坛争论,所以他的批评主张没有产生多大的影响。但他积极介绍欧陆思潮,推进这些思潮在美国的发展,有助于美国狭隘的文化本土主义的结束。

如果说19世纪下半叶的美国文学批评与文学创作一样,和美国的现实政治与经济发展联系得更加直接,20世纪的美国文学批评则越来越集中在学术界和大学;如果说19世纪下半叶的批评家们大都是作家,20世纪专业批评家已经成为批评的主力:“20世纪美国文学批评似乎没有表现出清晰的进展。但是它也有健康的酝酿以求变化,带有明显的专门化趋势。批评已经成为高度复杂的艺术,延伸出一些不同的渠道,每一种渠道都需要特殊的训练和技能。”而这些转变开始于世纪初的批评实践。90年代加兰在《分崩离析的偶像》里宣扬批评家的自由意志和叛逆精神,世纪初时这种精神得到发扬光大,正如斯宾加恩在《新批评》里所说:“我们对一切旧的规则厌烦了。……我们对文学类型厌烦了。……我们对文学的道德评判厌烦了。……我们对独立于艺术的技巧厌烦了。……我们对把诗人作品里的种族、时代、环境作为批评的因素厌烦了。”[①]这个时期的美国批评家似乎对什么都看不惯,批评美国的每一个角落及每一个人,“只要他们表现出狭隘和愚昧”;而世纪初轰轰烈烈的揭露黑幕运动也产生出门肯的“揭露艺术”。但是和整个20世纪相比,世纪初的美国文学批评仍然处于萌芽状态,“或许直到1914年之后20世纪才开始降落到美国。1910年之前对美国文学的批评少之又少”。这是因为批评家仍然缺乏信心和勇气,欧陆尤其是英国的批评传统仍然占据着主导。因此布鲁克斯在《美国的成年》里竭力要发掘出美国的文学批评传统,以便树立信心,但依然底气不足。批评家W. C.布朗在1901年发表的一篇文章中指出:“只有在批评里时代的观念才能变得清晰,得以成形,连贯地得到表达。……它本身就是文学,因为它本身既是评论又是创造,直接表露观念而不是间接地表达——比如像印象主义者那样按时间顺序记录评论家的感受,或依据某种间接的客观的评判标准进行衡量。”[②]这一方面表明美国的批评时代尚没有真正到来,一方面表明美国批评家们已经意识到文学批评是一门独立的学科,在美国文学中应当占有一席之地。

---

① Walter Sutton, *Modern American Criticism* (Englewood Cliffs: Prentice-Hall, Inc., 1963), p. 1.

② Charles I. Glicksberg, *American Literary Criticism, 1900—1950* (New York: Hendricks House, Inc., 1951), pp. 7-12.

第五章

有关美国黑人的文学

19 世纪下半叶的美国文学最突出的是“身份”(identity)问题：一是美国文学自身的身份形成，出现了马克·吐温、惠特曼、迪金森等美国文学的代表性作家，二是女性文学的出现和初具雏形，三是美国黑人文学的显现。黑人文学在这个时期的出现有其必然性。19 世纪中叶以来美国社会的种族问题越来越尖锐，发展到无法调和的地步，国家面临分裂的危险，最终导致南北战争的爆发。这场战争自然是美国资本主义社会发展到一定阶段后自身矛盾的体现，但更加直接的表现是种族矛盾，矛盾的焦点就是奴隶制。美国社会的种族矛盾由来已久，在南北战争时得到了凸显；更加重要的是，南北战争极大地提高了有色人种以及妇女和其他少数裔的种族意识，使得黑人问题成为再也无法掩盖的社会问题，黑人知识阶层开始认真思考作为群体的黑人族裔身份，并对此作出了各种理解，引起整个社会的关注，由此也产生出第一批重要的黑人文学作品。

南北战争之前少数黑人作家就意识到黑人的身份问题，想通过文学形式把黑人的所谓人性介绍给他们觉得通情达理的白人读者，所以从白人的角度来描写黑人的品性(诚实、关爱、通情达理、民主等)，希望借此和白人沟通。但内战打破了这些黑人作家的幻想：“解放不仅意味着受奴役的黑人肉体上得到解脱，而且还解放了黑人作家；对他们来说，奴隶制的结束预示着另一种自由：他们的作品不必再拘泥在奴隶叙事的修辞目标之内了。”内战后黑人作家致力于重新塑造黑人形象，但战后的社会现实却令他们感到失望：种族主义不但时有回潮，而且越来越公开，突出表现在 1896 年美国最高法院偏向“平等但分开”的裁决。社会现实唤醒并且激怒了一批黑人作家(如切斯纳特和邓巴)以及白人作家如凯布尔。

但是如果说战前黑人作家的目标十分一致，都是为了废除奴隶制，世纪之交时黑人作家们(如杜波伊斯和华盛顿)则对黑人的未来道路见解不一，甚至相互争吵。美国文学第一代人(约翰·温斯罗普、威廉·布拉福德、弗兰克林等)的主要作品是自传、传记及记事，目的是建立初始的美国身份；第二代人(库柏、欧文等)则开创性地以小说来建立美国的文化身份。美国黑人文学也大致如此。经过了自传传统，奴隶叙事和切斯纳特、邓巴、哈柏这样一个过程。如果说道格拉斯的自传，布朗的小说，威尔逊的叙事只是要显示黑人的族裔身份，切斯纳特等第二代黑人作家则已经致力于建设非裔美国人的文学身份和小说传统。[①]

第一节
废奴文学和斯托夫人

非裔美国人的历史至少可以追溯到1619年,当时20名黑人随荷兰军舰在詹姆斯城登陆。在此之前黑人已经跟随西班牙和法国的探险家们出现在美洲大陆,给他们做翻译、向导或工人。由于开发美洲大陆的需要,大量黑人被欧洲殖民者从非洲大陆源源不断地贩卖到美洲,至19世纪,被贩卖的黑奴人数达到1 500万;而且由于市场巨大,贩奴的利润远远高于农产品的出口。

奴隶买卖是人类历史上最不文明的行为之一,但直到18世纪启蒙运动时西方文明世界才开始批评此举违反人性和人权,一些教会(如贵格会)认为它有违基督精神。1772年英国规定种植园不许雇佣奴隶,1777年至1804年间美国马里兰州以北各州相继废除奴隶制,但贩奴行为在英国海外殖民地、美国南方和南美洲仍然在继续。19世纪开始后英国殖民地和美国先后禁止输入非洲奴隶,1838年和1848年英国和法国相继废除奴隶制。但由于美国南方11州的种植园经济依赖于奴隶制,所以在不断高涨的废奴呼声里那里的奴隶制反而不断得到加强。1681年弗吉尼亚州只有2 000名奴隶,到了19世纪中叶美国黑奴人数已经达到400万。奴隶制一直遭到黑人们激烈的反抗。内战前的200年间有文献可查的10人以上的黑人反抗事件就达250多起。如1800年8月30日1 000名武装黑奴在里士满起义,失败后35人被绞死;1822年南卡罗来纳查尔斯顿起义涉及9 000名奴隶,事后37人被绞死。

因此美国的废奴运动也愈演愈烈。1850年国会通过逃奴法案(the Fugitive Slave Law),强迫将逃奴归还其原主人,进一步激起全国的废奴情绪。爱默生宣称不服从废奴法案,梭罗帮助过黑奴逃往加拿大,惠特曼也宣称要帮助黑奴逃跑。内战前最著名的废奴主义者是威廉·加里森(William Lloyd Garrison, 1805—1879)。和富兰克林一样,加里森出生在新英格兰一个贫穷家庭,少年时在印刷所做学徒,自学写作和编辑,25岁加入废奴运动,做过废奴报纸的编辑,因"诽谤"奴隶贩子入过狱。他主张"即刻解放"黑奴,把他们送回

① Charles Duncan, *The Absent Man, the Narrative Craft of Charles W. Chesnutt* (Athens: Ohio University Press, 1998), p. 10.

非洲，即所谓的"即刻主义"。1832 年他发起成立美国第一个即刻主义团体"新英格兰反对奴隶制协会"(the New England Anti-Slavery Society)，其分支达 2 000 多个，成员 15 万至 20 万。此前他在波士顿创办《解放者》周刊(*The Liberator*)，这是美国最坚定的废奴刊物。加里森在发刊词上说："我不愿意温文尔雅地思考、说话、写作。……我非常真诚——我不会含混其词——我不会唯唯诺诺——我不会有丝毫的退缩——我决心要世人听到我的声音。"1837 年由于对北方废奴运动进展太慢感到不满，加里森发起不合作运动，拒绝服从国家机构及其部分法律，在国会和社会上造成巨大声势。加里森反对渐进主义和遣返黑奴的做法，坚持立刻无条件解放黑奴才能恢复美国社会的道德完善，保持独立宣言精神。他支持女性参加社会改革运动。在伦敦召开的"世界废奴大会"不给予斯坦顿(Elizabeth Cady Stanton，1815—1902)等妇女代表以代表席位，加里森就加入她们在走廊静坐以示声援。他受到托尔斯泰的影响，坚持非暴力抵抗，不同意各种形式的强力压制，并因此和道格拉斯分道扬镳。但当内战逼近时他欢呼布朗的袭击行为是"上帝惩罚暴君的办法"。内战爆发后他支持林肯，欢迎解放黑奴宣言。内战后加里森宣布自己"作为废奴主义者的事业已经结束"，《解放者》也随之停刊。

和加里森不同，亨利·海伦德·加尼特(Henry Highland Garnet，1815—1882)主张采取激进的手段来反抗奴隶制，但他比同时代的道格拉斯和查尔斯·雷诺克斯·瑞蒙德(Charles Lenox Remond)等人的知名度要小。加尼特本人是黑奴，九岁和父亲一起逃出马里兰的主人家，昼伏夜行，在基督教贵格会地下铁路的协助下逃到宾州，最后在纽约市落脚。1826 年他进入位于纽约的非裔人自由学校，但毕业后没有找到好的工作机会，只能做船舱服务员。一次航海到古巴，回纽约后他发现家里被奴隶猎头搜查，妹妹被当作"逃奴"抓走。此事促使加尼特的思想逐渐变得激进。他公开身佩长刀，在百老汇寻找那几个奴隶猎头。朋友们为了他的安全，劝他去了长岛，后来他在工作中膝盖受伤，截肢后终生残疾。1840 年他从纽约的欧奈达学院毕业，成家教书，钻研神学，1843 年任职长老会牧师，同年参加在布法罗举行的全美黑人大会，第一次遇见道格拉斯。道格拉斯基本上赞同加里森的废奴主张，支持妇女运动，但不支持加尼特的激进思想，认为暴力有违基督教精神，在自己主编的《北斗星》上和加尼特展开辩论。加尼特之前，废奴主义的策略主要靠求助于基督教道德，循规蹈矩。但加尼特在《致美国黑奴的讲话》(An Address to the Slaves of the United States of America)中认为美国黑奴的境况已经到了岌岌可危的时刻，废奴高于一切，只要能结束奴隶制可以不择手段："你们还不如去死——立即去死，也不要作为奴隶活着，把自己的悲惨传给下一代。"布朗在进攻联邦军火库之前曾把加尼特的讲演广泛印刷。虽然人们指责加尼特的主张极端、危险,但逃奴法案的实施和步步逼近的内战使得他的主张渐渐被社会理解和接受。内战爆发后他和道格拉斯合作为北方军征募黑人士兵,募集资金。林肯曾邀请加尼特到国会讲演,使他成为"他的种族在这个机构面前发言的第一人,除了仆人之外进入国会的第一位黑人"。

温德尔·菲利普斯(Wendell Phillips, 1811—1884)则是一位出身和背景完全不同的废奴活动家。他出身波士顿世家,在家里九个孩子中排行第八。其父约翰是名律师,有心让儿子在教育文化上传承他的事业。菲利普斯上波士顿的拉丁学校,去哈佛学院和哈佛法学院深造,就学期间贵族气派十足,出入哈佛的一些贵族俱乐部,1831 年毕业后先后担任过这些俱乐部的主席。除了据说他曾经在特来蒙特剧场一连 19 晚观看英国女演员范妮·肯布尔的演出外,他身上的其他一切都显得传统保守,从未显露过什么政治热情。他的生活条件优越,所以没有固定的工作。1835 年他在波士顿开办律师行,但并不成功。1837 年 9 月他和废奴主义者安·格林结婚后,很快变了一个人,成为一个"彻底的废奴主义者"。1854 年 11 月菲利普斯开始废奴巡回演讲,一直持续了 25 年,每次收取出场费 250 美元,所得连同他本人的大部分财产,一并贡献给废奴事业。但晚年时他的经济境况衰败,妻子多病,只得以演讲维生。除了废奴主题外他的演讲还涉及历史、文学、科学等,听众大多是北方的中产阶级。他把演讲内容事先写在笔记本上,演讲时则摆脱讲稿,滔滔不绝。菲利普斯的雄辩得到梭罗的称赞,南方里士满的报纸则称他为"带有音乐旋律的地狱机器"。他的演说词被广泛刊登,为学生所传颂。当时的很多白人尽管也反对奴隶制,但内心里仍然认为黑色人种低劣;还有一些人反对奴隶制是出于基督教怜悯,但菲利普斯则强调不同种族在本质上应当是平等的。

废奴运动的高潮是布朗率 21 人于 1859 年 10 月 16 日进攻弗吉尼亚州哈柏斯费里的联邦军火库。这次袭击造成巨大的影响。道格拉斯说虽然自己没有像传言那样加入过这样的行动,但相信,布朗的英灵"将会萦绕在弗吉尼亚一切已经或者尚未出生的奴隶主及其后代的床前"。《非裔美国人》(*Anglo-African*)周刊 1859 年 11 月 5 日的文章指出,布朗等人虽然缺乏公众支持,但仍然义无反顾,"此前基督就是如此,基督之前也是这样,一直就是这样……不管我们叫他什么——叫他狂热分子、疯子、叛徒——布朗身不由己。这是他的使命。有一只看不见的手在推着他——一只指出国家命运方向的手"。[①] 爱默生和梭罗也称赞布朗的正义举动。

当时的美国总统林肯反对蓄奴,但他本人并不是废奴主义者,他只是不想

① Deirdre Mullane, ed. *Crossing the Danger Water, Three Hundred Years of African-American Writing* (New York, etc: Anchor Books, 1995), p. 208.

使国家分裂，并不想破坏南北方共同制订的宪法，1862 年 8 月他还对黑人领袖们提议让黑人集体移居中美洲。但当他知道战争已经不可避免时，遂于 1862 年夏天开始起草解放黑奴宣言，等到 9 月 22 日联邦军队昂蒂塔姆大捷、士气旺盛时予以正式公布，宣布自 1863 年 1 月 1 日开始废除奴隶制。1 月 1 日他以“总司令”的名义予以正式宣布。

南北战争初期，波士顿、纽约、费城的黑人纷纷报名参军，但联邦军队只征召白人，南方投奔过来的黑人也被遣送回原主人。但随后南方的黑人被作为“非法越境”者予以“没收”，1861 年中期林肯命令不再遣送这些黑人。1862 年 3 月第一支南卡罗来纳州黑人志愿团组成，各地纷纷仿效；7 月国会正式规定黑人可以加入联邦军队。最著名的黑人部队是麻省第 54 黑人团和南卡罗来纳第一志愿军团，前者 1863 年 7 月在南卡罗来纳瓦格纳堡一役中就阵亡黑人士兵 1 500 人。黑人士兵们遇到的困难比白人士兵更大：他们的军饷只是白人士兵的一半，战场上常常遭到己方白人士兵的冷枪。但黑人们十分珍惜这个机会，正如道格拉斯 1863 年 3 月 2 日在《有色人种，拿起武器！》(Men of Color, to Arms!)里号召的那样：“事情就摆在你们面前。这是我们最好的机会。让我们抓住它，把我们的敌人对我们的大肆诬蔑永远去除掉。让我们赢得国家对我们的感激，千秋万代对我们的祝福。”整个南北战争期间北方军有 18.5 万黑人入伍，其中的一半来自南方；另外有 20 万黑人后勤支援，战争中 3.7 万名黑人士兵阵亡，20 名黑人士兵获得国会颁发的荣誉奖章。南方军队在战争后期兵源匮乏时也开始征召黑人，以忠诚为口号，自由为诱饵，但终究不能挽救其失败的命运。

1865 年第十三条宪法修正案在国会通过，400 万黑奴正式获得解放，联邦政府随即对南方开展重建工作，包括大规模的经济建设和民族和解的努力。1865 年 3 月，国会建立“自由人公署”(the Freeman's Bureau)，为获得自由的黑人提供生活和教育帮助，在南方建立起 4 000 所学校，派遣北方的黑人和白人教师任教，黑人高校也纷纷建立，短短数年使 25 万黑人受到程度不同的教育。南部黑人积极参加政治活动，大部分黑人参加的是共和党，10 年间 16 名黑人进入国会，600 多名黑人成为州议会议员，尽管他们常常受到无端阻挠无法正常参加议会活动。林肯比较温和，只要南部对联邦表示忠诚，给予黑人自由，其他都可以迁就。内战后他指派联邦军队监督南部的改革，1863 年 12 月他宣布了重建南部的一揽子计划，允诺只要参加重建的白人比例达到 10%白人就可以执掌地方政权。共和党的激进派对此不满，认为林肯没有触动南部的旧社会制度，纵容前分裂分子掌权，因此要求把这个比例提高到 50%以上。这项动议获得国会通过，但遭到林肯的否决，双方的争论直到林肯遇刺时也未解决。

约翰逊上台后,很快颁布法令,使得旧日的南方贵族纷纷重新执掌权力,然后出台一个个所谓的新黑人法案,重新剥夺或者限制黑人的权力,把内战时没收的土地重新还给旧日的奴隶主。1866 年国会通过第一个民权法案,力图对此加以平衡;第二年国会又不顾约翰逊的否决,把"自由人公署"的工作期限延长两年,这是第一个不顾总统反对而成立的法案。1867 年国会把南方划分成五个军事辖区,以维持那里的法律和秩序。1866 年三 K 党成立,国会调查其活动,严令禁止它从事违反人权的活动,但五年内仍有数千名黑人被杀,几万名黑人被迫离乡背井。1873 年后南方遭受严重的经济衰退,四年里棉花价格下降一半,白人种族主义明显回潮;1877 年重建结束联邦军队撤出后,南部的社会改革很快停滞,开始废除有利于黑人的法律。1883 年最高法院废除了 1875 年的民权法案,私刑在南部重新泛滥,1885 年至 1910 年间至少发生 3 500 起。到 1910 年,前南部联盟的 11 个州都极大地限制了黑人的选举权,实行了种族隔离法案。内战并没有彻底摧毁大种植园制度,南方 60%的土地仍然为 10%的白人占有,黑人只得做佃农;世纪之交时 75%的南方黑人成为佃农,黑人妇女重新沦落为雇工或白人家庭的家佣。

除了外部对黑人施加暴力之外,白人社会还对黑人施加精神和心理暴力,表现形式就是通过表征强加给黑人各种反面族裔的品性。在达尔文 1859 年发表《物种起源》之前,就已经存在人种链的说法。骨相学(phrenology)从"科学"的角度表明,人的头颅(特别是下颚和面部骨骼的角度)可以说明其进化的程度;[①]多基因说(polygenism)也被用来证明进化论和人类不平等的"科学"性。在美国的通俗刊物上,黑人被类比成猿类,突出表现其长长的下颚。维多利亚时代的英国以相同的方式对爱尔兰人进行过比较,说明凯尔特人喜怒无常,没有理性,和儿童一样"不成熟"。同样,美国种族主义者也赋予了黑人以相似的,而且常常比爱尔兰人更加低劣的品性:非理性,没有宗教,迷信,没有财产观念,偷窃成癖,淫荡好色,肮脏等。当时流行的"退化论"(retrogressionism)也说黑人获得自由后将进一步退化。

对以上的种族偏见,黑人进行了长期的抗争,采取的手段之一就是"奴隶叙事"。奴隶叙事(slave narrative)和黑人民间传说在内战前已经流行了 200 年,到 19 世纪末一直都是黑人文学的主要表现形式,其主题、风格和写作方法对黑人文学影响极大。大部分的奴隶叙事是前奴隶写作的种植园回忆

① 18 世纪 30 年代一些西方学者也研究所谓中国人的"圆锥性"(conic)大脑,认为这种大脑更难达到理性阶段,所以中国人和南美土著人种(Patagonians)、西南非洲土著人种(Hottentots)及美洲印第安人一样,统属"怪人"、"下等人"(homomons trosus),以和西方文明为代表的"智人"(homo sapiens)相区别(Paul S. Ropp, ed. *Heritage of China, Contemporary Perspectives on Chinese Civilization*. Berkeley: University of California Press, 1990, pp. 3 - 4)。

录、生平、经历等，发表出来是为了揭露奴隶制的残酷和虚伪，支持废奴运动，南北战争之后则是为了推动社会改革，改善前黑奴及其后代的境况。第一部奴隶叙事是1760年在波士顿出现的《黑人哈蒙的苦难和获救》(*A Narrative of the Uncommon Sufferings and Surprising Deliverance of Briton Hammon, a Negro Man*)，此后类似的还有《黑人姆朗特叙事》(*A Narrative of the Lord's Wonderful Dealings with J. Murrant, a Black, Taken Down from His Own Relation*, 1784)、《黑人伊快诺的有趣叙事》(*The Interesting Narrative of Olaudah Equiano, or Gustavus Vassa, the African*, 1789)等。这些奴隶叙事得到废奴主义者的经济支持得以出版。它们虽然充斥着感情渲染，但基本上以奴隶们的亲身经历为主，也有极个别完全虚构，如马蒂·格里菲斯(Mattie Griffith)的《一个女奴的自述》(*The Autobiography of a Female Slave*, 1856)。奴隶叙事在道格拉斯的《一个黑人奴隶的自述》(*Narrative of the Life of Frederick Douglass, an American Slave*, 1845)时达到顶峰。20世纪人类学家和传说研究者仍然根据对前奴隶的采访记录研究这种叙事，20世纪下半叶黑人文化意识上升后，对奴隶叙事的兴趣又重新出现。

如果说奴隶叙事尚不属黑人有意识的文化表现，黑人民间故事则可以看作黑人对白人社会文化高压手段的又一个反抗策略，以传承自己的文化遗产。他们经常采用讽喻的手法，以隐晦巧妙的方式宣泄对种族主义的仇恨，唤起黑人社群的族裔认同感。宗教色彩浓厚是黑人叙事的一个明显特征。世间的邪恶(包括奴隶制)都被他们看作是暂时的巫术所致；他们期待的是永远的解脱，所以黑人叙事时常带有逆来顺受或迷信的色彩。大多数收集这些黑人叙事的学者、评论家和教师都是乔尔·钱德勒·哈里斯那样的白人。他们动机良好，但对黑人叙事的主题理解上有偏差，有时有黑人低下或白人至上论，对原作的词语句法也有理解上的错误。

早期黑人文学的一个主要形式是宗教歌谣(spirituals)。由于是口头传颂，所以它们的确切源头无可考据。宗教歌谣是"通过别人的说教来形成具有自己理念的一种新的艺术形式"。它把基督教内容和非洲歌谣的传统形式(如重复、对答等)结合在一起，产生出一种新的歌谣表现形式，如《深深的河》(Deep River)：

深深的河，我的家在对面的约旦，
深深的河，我的主，我想跨过河到对面的营地。

哦，你不想去那福音的盛会，
那和平安宁的赐福之地？

深深的河,我的家在对面的约旦,
深深的河,我的主,我想跨过河到对面的营地。

虽然基督教的许多教义和声称信仰它的黑人的理念并不相符,但黑人从中发现了脱离苦难的希望,通过这些歌谣表达自己对生活的感受。如《悄悄地奔向耶稣》(*Steal Away to Jesus*):

悄悄地,悄悄地,悄悄地奔向耶稣!
悄悄地,悄悄地奔向家乡,
我不想在这里久待。

悄悄地,悄悄地,悄悄地奔向耶稣!
悄悄地,悄悄地奔向家乡,
我不想在这里久待。

我的主,他在呼唤我,他用雷声呼唤我,
号角在我的灵魂里吹响,
我不想在这里久留。

但黑人们更加喜欢的不是《新约》里那位慈祥仁爱的上帝,而是旧约里惩恶扬善的上帝。他们自喻为上帝的选民,暂时受困于埃及,对奴隶制的反抗就等于基督徒对魔鬼的抵抗,相信终有迎来自由的一天。有些歌谣如《我们很快就会自由》(We'll Soon Be Free)虽是老歌,但经过黑人的改编具有了新的寓意,曾被南卡罗来纳州政府禁唱,违者遭到监禁。重建时期费斯克大学圣歌演唱团在全国巡回演出黑人的宗教歌谣,受到社会的欢迎。20世纪60年代民权运动时这些歌谣又一次被传唱,又一次被赋予新意。

南北战争前后奴隶制成为这一时期文学的主题。内战文学以论说文为主,双方都把过错推给对方,在双方的作品里对方都被描写成恶棍,自己都是无辜者。这个时期的创作风格主要有两个。一是严肃正式、影射性强,抑或夸张渲染,抑或诉诸感官。这种风格讲究雄辩和逻辑的力量,讲究文章的修辞文采。另一种风格是幽默调侃,使用方言来反映日常的体验,因此文风简洁直接,尽量避免使用修饰手法。这个时期最主要的作品就是废奴文学,最主要的废奴作家是惠蒂尔和斯托夫人。惠蒂尔所属的辉格会当时处于社会的边缘,使得他更能批判性地审视社会,更能体会和同情黑人的遭遇。斯托夫人则从基督教教义出发,把对妇女、原住民以及黑人的迫害看作亵渎神圣。除了他们两人之外，这个时期还涌现出一大批其他的废奴文学作家。

威廉·布朗(William W. Brown, 1814? —1884)是第一位发表小说、剧本、游记的非裔美国作家。他的母亲是黑奴，父亲是白人奴隶主，他本人1834年逃出种植园。1847年布朗发表自传《逃奴布朗自述》(*Narrative of William W. Brown, a Fugitive Slave*)，引起轰动。其后他到各地进行讲演，要求革除奴隶制这个社会毒瘤，并根据在欧洲的废奴演讲写成《欧洲三年》(*Three Years in Europe*, 1852)，后来扩编为《美国逃奴在欧洲》(*The American Fugitive in Europe*, 1855)。他还写过一个描写奴隶爱情故事的情节剧《奔向自由》、历史叙事《黑人》(*The Black Man*, 1863)、《反抗中的美国黑人》(*The Negro in the American Rebellion*, 1867)以及《朝阳》(*The Rising Sun*, 1873)。

托马斯·温特华斯·斯托洛·希金生(Thomas Wentworth Storrow Higginson, 1823—1911)是一位颇有成就的废奴作家。他出生在波士顿坎布里奇的一个世家，家里的图书馆和当地的文化氛围影响了他的童年，母亲教会他追求“个人自由、宗教自由和性别平等”，超验主义鼓励他进行社会改革。13岁时希金生进入哈佛学院，1847年毕业于哈佛神学院，曾做过牧师，宣讲过戒酒自律，开设过工人夜校，主张10小时工作制，积极为妇女权益呼吁，是1850年呼吁召开第一次全美妇女权益大会的发起人之一，15年来一直是《妇女》的编辑。战前希金生主要献身于废奴事业。任牧师时他曾由惠蒂尔提名做废奴党“自由土地”(Free Soil)的候选人参选国会议员，《逃奴法案》通过后他继续参加竞选，呼吁人们不要服从这个法案。他为布朗秘密募集过资金，是1854年5月冲击波士顿法庭解救逃奴彭斯的主要策划者。50年代后期他撰写了一系列暴力抗奴的文章，这些文章直到内战爆发后才在《大西洋月刊》陆续发表。战时他组建、训练并指挥了南卡罗来纳第一黑人团，《黑人团的军旅生活》(Army Life in a Black Regiment)中有详细的记载。内战后的46年里希金生主要写作普及性历史读物和传记，如朗费罗和惠蒂尔的传记。他的小说《马尔博》(*Malbone*, 1879)不成功，妇女小说《有关女性的常识》(*Common Sense about Women*, 1881)为当时所不多见。希金生的文学功绩(或失误)在于他和迪金森的关系。① 他慧眼识迪金森，认为她是一个“全新且有独创精神的诗歌天才”，并鼎立推荐她的作品，却在25年断断续续的通信里给后者施加了许多负面的影响。他本人并不欣赏迪金森的风格，迪金森死后第一部诗集就是希金生做的编辑，多处斧斫他认为的“不规范”，使她的首部诗集黯然失色。

---

① 参阅本书第三章第一节有关迪金森的部分。

黑人解放运动是美国的全民运动,参加者不仅是广大的美国黑人,而且还有众多思想开明的白人,斯托夫人就是其中的一员。哈莉特·伊丽莎白·比彻·斯托夫人(Harriet Elizabeth Beecher Stowe, 1811—1896)1811 年 6 月 14 日生于康涅狄格州的新英格兰小镇利契费尔德,是家里 14 个孩子中的老七。父亲莱曼·比彻是当时著名的加尔文教牧师,严厉而且刻板,因此比彻一家都和教会有着密切的联系:斯托八个兄弟中有七个做牧师,其中亨利·沃德·比彻的布道远近闻名。斯托的丈夫也是牧师,三个儿子中一个做牧师,斯托本人也深受父亲的影响,是个虔诚的基督徒。五岁那年母亲罗克萨娜死于肺结核。斯托虽然在戒律中长大,但想象力丰富,喜欢读书,英语写作尤其流畅,在利契费尔德女子学校读书时历史文法成绩优异,九岁便开始每周写作,12 岁时讨论宗教的文章在学校年度作业展上宣读。斯托父亲曾说:"如果她是个男孩,肯定比其他人还要强。"斯托 13 岁进入姐姐凯瑟琳创办的哈特夫德女子学院,学习拉丁文、法文、意大利文、历史、道德哲学,后来在该院教授修辞和写作,同学有后来成为作家的萨拉(Sara Willis,笔名范妮·费恩,Fanny Fern),姐姐生病时斯托曾代理校长。

1832 年父亲任辛辛那提市莱恩神学院首位院长,斯托便随父迁往俄亥俄州,和凯瑟琳一起在那里任教员。辛辛那提被称为"西部的雅典",斯托积极参与那里的文学社团"分号俱乐部"的活动,给《西部周刊》等刊物投稿,把自己写的故事读给俱乐部成员听。1833 年她写的第一本书《儿童地理常识》出版,1834 年短篇小说《一个新英格兰故事》在写作竞赛中获奖,得奖金 50 美元,因此斯托的文学生涯起始于地方色彩故事。在文学社里斯托结识了神学教师卡尔文·斯托,1836 年两人结婚,婚后斯托生育七子,存活六个。婚后前 14 年斯托一家生活拮据,斯托夫人非常辛苦,常常因过度劳累而病倒。部分为了解脱,部分为了自己的理想,她坚持写作,卡尔文也鼓励支持她成为"文学女性",因为这至少可以在经济上补贴家用——斯托用第一笔稿费买了一张褥子。1843 年斯托的第一部小说集《五月花》(*The May flower; or, sketches of Scenes and Characters among the Descendents of the Puritans*)出版,收集有斯托离开辛辛那提之前发表的 15 个短篇故事,虽然出版后没有什么影响,但故事中的乡土色彩和方言贯穿了斯托文学创作的始终。

辛辛那提市与蓄奴州仅隔着俄亥俄河,斯托开始接触逃奴、地下铁路和废奴主义。1834 年因学校董事会禁止学生接触黑人,神学院的学生大部分退学,1836 年辛辛那提爆发反废奴骚乱,斯托的父亲认为黑人问题应当循序渐进,而斯托则感到必须立刻采取行动,这种主张在当时并不受广泛支持。导致斯托采取"行动"的直接原因据说有两个。1850 年《逃奴法案》生效,规定帮助逃奴为非法,奴隶主可以任意搜捕逃亡的黑奴。斯托的两个哥哥在教会抨击《逃奴法案》，她的姐夫是坚定的废奴主义者，写信要她"写出点东西，好让整个国家看出奴隶制多么该诅咒"。斯托答道："只要我活着我就要写。"另外一个是宗教原因：一次礼拜仪式时，斯托的眼前浮现出黑奴被折磨致死的景象，回家后泪流满面，写下这个场景，日后成为勒格里毒打汤姆的著名场景。

《逃奴法案》通过的第二年，斯托完成《汤姆叔叔的小屋》（*Uncle Tom's Cabin or the Man That Was a Thing*），供首都华盛顿的废奴杂志《民族时代》连载，斯托因此获得300美元稿费。连载从1851年6月5日开始，斯托原计划连载14个星期，结果由于引起轰动，竟连载10个月，到1852年4月1日，共连载32期。尽管由于连载的缘故使得故事的主题显得不清，情节不连贯，人物联系不紧密，但小说的人物丰满，感情丰富，立刻吸引了读者。这期间为了支持斯托写作，凯瑟琳来帮她带孩子，卡尔文把办公室让给她。虽然连载引起轰动，但由于斯托的废奴思想比较激进，所以直到第二年才勉强找到出版社。全书分两卷出版，出版后又一次引起轰动，几天之内便销售1万册，一年内在美国售出35万册，在英国的盗版售出100万册。它迄今被翻译成60多种文字，"除了《圣经》外没有哪本书卖出这么多"。斯托访英时人们为了看一眼她乘坐的火车，连夜涌向从伦敦到苏格兰的铁路沿线车站。

斯托此后的创作主题和内容大部分都和《汤姆叔叔的小屋》有关。1853年《〈汤姆叔叔的小屋〉题解》出版，用大量资料证明《汤姆叔叔的小屋》中揭露的事实有充分的根据。1856年斯托根据黑奴起义领袖德雷德·斯各特事迹写成了第二部废奴小说《德雷德，阴暗的大沼地的故事》（*Dred: A Tale of the Great Dismal Swamp*），第一年在美国售出15万册，但该小说在情节和结构上不如《汤姆叔叔的小屋》，如对应于汤姆的德雷德直到第八章才出现。其后斯托还写有一些批判奴隶制的小说，但获得的评价都没有《汤姆叔叔的小屋》高。

《汤姆叔叔的小屋》大大激发起斯托的创作热情，她此后的作品（纪实作品、小说、传记、报刊文章、儿童读物、宗教文章、游记、赞美诗等）都充满激情，寓教于乐是她一生坚持的创作信条。随着斯托越来越成熟，她的作品里直接的道德说教越来越少，创作手法也愈加灵活和高明。这一点在她的地域文学作品里最为明显。在这里，斯托描写她最熟悉的早期新英格兰生活，并通过这种生活折射当时的美国社会，因此具有相当的文学价值。如《牧师的求婚》（*The Minister's Wooing*，1859）对新英格兰的加尔文主义进行了思考，主张用仁爱的耶稣取代刻板严酷的卡尔文教上帝，鼓吹世俗爱与精神爱相结合，讴歌女性文化，其中对宗教、信仰、世俗、爱情的思考发人深省。同一主题在《老镇上的人们》（*Oldtown Folks*，1869）里继续得到发展，其中以新英格兰生活为背景塑造出一批斯托所推崇的道德典范。她对19世纪初新英格兰小镇的生活描写细腻准确。《山姆·劳森的篝火故事》(*Sam Lawson's Fireside Stories*, 1871,后称为《老镇篝火故事》)通过山姆之口讲出的一个个故事,来展现新英格兰的乡村世界,山姆被豪威尔斯称为"写得最出色的新英格兰人"。斯托本人说过,在写作这些作品时"我力图使自己的脑子保持宁静和被动,就像望远镜或者山里的湖泊,只把反映在其中的意象描绘给你,希望你们能见到这个时代的人物特征,听见他们的谈话"。

《汤姆叔叔的小屋》是斯托的代表作,也是她早期描写奴隶制作品中最好的一部。汤姆是肯塔基州种植园主谢尔比的家奴,虔诚的基督徒,一家住在一间小木屋里。谢尔比股票投机失败,债权人哈利逼他拿汤姆和另一女奴伊莱扎的儿子抵债。伊莱扎一路得到地下铁路的帮助,和丈夫儿子一起逃脱哈利的追捕,来到加拿大获得自由。汤姆拒绝逃跑,被哈利卖到新奥尔良,在船上救起落水女孩伊娃,其父圣克莱尔出于感激买下汤姆。伊娃和汤姆成为好朋友,她死前恳求父亲解放汤姆,圣克莱尔应允,但被刺死,而其妻把汤姆卖给残忍的庄园主勒格里。为掩护两名女奴逃跑,汤姆又一次遭勒格里毒打;待谢尔比之子乔治·谢尔比来赎汤姆时,汤姆已经奄奄一息。乔治要以谋杀罪控告勒格里,他安葬了汤姆,跪在汤姆的墓前发誓:"让上帝作证!从此刻起,我将竭尽全力从大地上铲除这个可诅咒的奴隶制!"回家后乔治召集全体黑奴,给每人一份自由证书,说:"享受你们的自由的时候,记住这一切归功于亲爱的汤姆叔叔……每当想到你们的自由,就看一看汤姆叔叔的小屋,让这间小屋成为你们心中的纪念碑,从而循着汤姆叔叔的足迹,成为一个忠实、虔诚的基督徒。"

《汤姆叔叔的小屋》最能打动美国读者的,就是它所倡导的基督教仁爱精神和由此而产生的道德力量。19世纪上半叶的美国文学带有浓厚的清教文化色彩,宣扬博爱宽容同情和公正的基督教精神。由于斯托的宗教背景,基督教文化对她的影响格外明显。1850年《逃奴法案》通过前斯托虽然和朋友们谈论废奴运动,在辛辛那提报刊上匿名发表废奴文章,但并没有公开地介入。据斯托自己说,《逃奴法案》通过数月后,一次她参加教堂活动,在仪式进行中她的眼前浮现出黑奴被活活打死的景象,[①]这个景象长久地萦绕在斯托的脑海里,促使她拿起笔,从道德、宗教、经济、政治、实际生活的各个方面质疑奴隶制,以及这个制度怎么会在这个自诩民主的国家存在。这个景象后来成为汤姆被勒格里打死的场面:

① 类似的宗教体验据说曾发生在许多人的身上。如奥古斯丁(St. Augustine, 354—430)听到的神秘声音使他皈依了基督教,路德(Martin Luther, 1483—1546)的皈依也和一场暴风雨有关,贞德之所以率众反抗英国人的侵略,就是相信回响在她耳边的那个"声音"在指引着她。

"……哼,混蛋,你装出一副虔诚的样子。难道你没有听见《圣经》里说的,做仆人要服从你们的主人这句话吗?难道我不是你的主人吗?我不是花了1 200块才把你这该死的黑皮囊买下来的吗?难道你不是连肉体带灵魂都属于我吗?"勒格里一面说,一面抬起沉重的皮靴狠狠地踢汤姆。"你倒说呀!"

在皮肉痛苦的深渊中,在暴力沉重的压迫下,这个问题陡然在汤姆的灵魂中发射出一道喜悦和胜利的光芒。他顿时挺起胸膛,脸上血泪交流,两眼诚恳地仰望苍天,大声答道:

"不!不!不!我的灵魂不是你的!老爷,你没有买到它,你也买不到它!一个有力量保护它的人已经把它买去了;不要紧,不要紧,你伤害不了我啦!"

因此斯托一直强调上帝才是这本书的真正作者,她本人只是上帝的工具。小说除了表现以汤姆为代表的黑人所受的苦难外,也描写了黑人的反抗,如伊莱扎一家就不像汤姆那样逆来顺受,而是顽强抗争,并且取得了成功。但是反抗毕竟不是这部小说的主题,伊莱扎如此强烈地打动读者也有违斯托的初衷。斯托的批评对象并不是南方,甚至也不是南方蓄奴的种植园主(如臭名昭著的勒格里来自北方的佛蒙特州),而是作为社会体制的奴隶制。她揭示,作为一种社会制度,奴隶制不仅违反了人的天性,违背了基督教教义,而且它具有腐蚀性,会使人沉溺于自己身上的邪恶。她抓住当时社会的普遍信念(家庭的神圣,以博爱获救等)和奴隶制形成强烈的对照:奴隶制拒绝承认奴隶可以获救,让奴隶妻离子散家破人亡,从基督教的角度这些都是十恶不赦的罪过。与此相对照的,是伊娃、乔治和汤姆所表现出的虔诚容忍和关爱,这些都吸引了相信家庭价值的美国读者。斯托对奴隶制的这种道德批判也为后来的北方议员们所采纳。因此毋庸置疑,在美国历史的那个特定时代,《汤姆叔叔的小屋》起到了其他任何作品都无法比拟的作用。"就美国历史甚至在一定程度上对世界的影响而言,《汤姆叔叔的小屋》或许是迄今最重要的美国小说",据说林肯因此曾称斯托为"引发这场伟大战争的小妇人"。

《汤姆叔叔的小屋》在19世纪受到的主要是好评。爱默生说它可以沟通"普天下的人",道格拉斯称之为"19世纪的大手笔",美国第一位黑人小说家威廉·布朗认为"《汤姆》就像清晨的阳光照射到奴隶制的黑房子里……唤起那些从未为奴隶着想的人的同情心"。乔治·桑称斯托为圣人;托尔斯泰暗示《汤姆叔叔的小屋》要高于《安娜·卡列尼娜》和《战争与和平》;乔治·爱略特则受启发而写成《但尼尔·狄隆达》。但对奴隶制的南方来说,《汤姆叔叔的小屋》对他们的打击是毁灭性的,因为它动摇了南方所赖以为本的基督教基础。南方作家气急败坏,为了和斯托夫人对抗,在三年里出版了30部颂扬奴隶制的小说。南卡罗来纳诗人威廉·格雷森说斯托是"用一副虔诚的模样传播污染”。乔治·霍姆斯 1853 年在《南方文学信使报》说自己对“这个辛辛那提女教师的无稽之谈和粗俗品性”怒不可遏,指责她“诽谤中伤我们民族最高尚的人”,并且认为根源是妇女解放运动,因为它“使女性的思想没有了女人味,摧毁了女性的优雅和道德风范……斯托的哲学对妇女是致命的污染”。

20 世纪有关《汤姆叔叔的小屋》的争论还在继续。世纪初,有人指责此书过于情感化,文体粗俗,算不上一流作品。有人指责斯托在宣扬种族偏见,因为和白人人物相比,小说中的黑人(汤姆除外)大都智力低下,不会抽象思维,喜欢色彩和音乐,爱说大话爱激动,主动性差,表现得如孩童。有人不喜欢汤姆的逆来顺受,认为斯托剥夺了汤姆的人性。但也有人指出,斯托对黑人的描写不可能超越她那个时代的思维;汤姆是基督的化身,他顺从的不是暴力,而是基督教教义;而且斯托赋予汤姆以母系社会的价值特征,使他的顺从具有一定的颠覆作用。对《汤姆叔叔的小屋》的另一个批评是说它说教有余而文学性不足,批评小说缺乏形式控制,甚至有人称它是“政治宣传”。但 60 年代的民权运动和女性主义运动使人们重新认识这部小说的政治性,有人认为斯托本来就是用道德来推动艺术,说教本是她审美的组成部分,有人把对“政治宣传”的指责称为“美国文学批评里最不公正的滥调之一”。[①]

《汤姆叔叔的小屋》奠定了斯托的文学地位,有人认为即使斯托此后不再写作,她在美国文学史上的地位仍然不会受影响。但斯托此后依然笔耕不止,《老镇上的人们》就是其中之一。老镇指的是麻省一条宁静的小河边上的一个小村庄。斯托笔下的这个小镇显现出典型的 19 世纪美国小城的风貌:农舍掩隐在绿树丛中,一条马路穿镇而过,路边有白色尖顶的议事厅、学校、小酒馆、杂货店兼邮局。霍拉斯·霍利约克就出生在这里。他父亲是学校的教师,但在沉重的生活压力下,在霍拉斯 10 岁时就因肺结核去世。母亲带他们到外祖父家居住。外祖父是阿米尼乌斯教徒,宁静和蔼;外祖母则是刻板的加尔文教徒,两人经常为宗教信仰而争论。朋友们常来他们家,谈论政治哲学宗教。后来霍拉斯上学,结识了哈里和他的妹妹蒂娜,小说围绕他们的生活和成长展示了一幅早期新英格兰的宗教社会生活画卷。这是斯托新英格兰小说的典范,也最能展示斯托优美的文笔和浓厚的乡情。当然哈特对斯托的怀旧很不以为然,在 1869 年 10 月号的《大陆月刊》上讥讽斯托“以乡村闲言般的狭隘方式津津乐道于农村的价值观。……用这种停下来回首历史的方式,新英格兰过去 20 年压根没有取得多么大的进步,我们不知道这一点真是十分幸运”。[②]

但就在《老镇上的人们》发表的同年,斯托在《大西洋月刊》上登出《拜伦夫

---

① Elizabeth Ammons, *Critical Essays on Harriet Beecher Stowe* (Boston: G. K. Hall & Co., 1980), pp. xi - xv.

② Ammons, p. 206.

人的真实故事》(*The True Story of Lady Byron's Life*),成为继《汤姆叔叔的小屋》之后又一部引起轩然大波的作品。1856 年斯托第二次访英,见到好友拜伦夫人,听她说起拜伦的残暴、酗酒、挥霍拜伦夫人继承的财产等劣迹,尤其是他和同父异母妹妹奥古斯塔的乱伦关系。斯托很同情拜伦夫人的遭遇,但劝她保持沉默。拜伦夫人去世后,拜伦的情妇桂希欧莉在回忆录里对拜伦夫人大肆攻击。拜伦的乱伦其实已经不是秘密,拜伦夫人也曾告诉其他人。但英国的舆论竟也说拜伦夫人神经不正常,美国人对此也无动于衷,令斯托很难过。于是和当初揭露奴隶制摧残家庭一样,斯托决定披露事实真相,告诉美国人:奴役妇女也是奴隶制,也是一种家庭暴力。

斯托虽然写的是英国的现实,但和美国的境况十分吻合。由伊丽莎白·凯蒂·斯坦顿和苏珊·安东尼(Susan B. Anthony, 1820—1916)领导的美国妇女解放运动正在辩论离婚、性等敏感的议题。1872 年美国总统大选两周前,苏珊·安东尼带领一群妇女前往投票站投票,公然蔑视妇女投票是违法行为,因此遭到逮捕并被提起公诉,最终判决有罪并处 100 美元罚金。但她拒付罚金,事后也没有被强制执行。但这是苏珊了不起的胜利,因为整个过程成了轰动的社会事件,为女权运动造了声势,扩大了影响。1979 年发行的 1 美元硬币就用了苏珊的头像。当时美国宪法第十四条修正案通过不久,规定有色男性有选举权,而女性却没有。有些人(如道格拉斯)担心争取女性权益会影响黑人解放运动,但斯坦顿认为"北方男人更容易看到南方种植园里的独裁,而不是妇女在家里受到的不公"。斯坦顿和安东尼成立"全国妇女选举权协会",主张修改相关的法律法规,同时力劝斯托做她们创办的报纸《革命报》的主编。当时一个叫阿比的妇女受到丈夫无端猜疑,离婚后其夫枪击他怀疑的"奸夫"理查森,却反以神经不正常而免于惩罚并获得了孩子的监护权。阿比在理查森临死前和他举行了婚礼,这在传统观念看来无疑是大逆不道,但斯托到场以示支持,并把阿比和拜伦夫人比喻为"妇女性奴隶制里的'汤姆叔叔'"。[①]

《拜伦夫人的真实故事》发表后虽然获得斯坦顿等女性主义者的声援,但并没有得到民众的理解,有人指责她公开宣扬乱伦,《大西洋月刊》的订数也因此锐减一半。但斯托依然保持她一贯的女性主义立场,在《粉红和白色暴政》(*Pink and White Tyranny*, 1871)和《我和妻子》(*My Wife and I*, 1871)等作品里,她展示了与众不同的女性形象。斯托认为,女性的恰当地位就在于能获得充分的尊重,发挥她们的才能,同时又不违反她们作为女性的天性,正如斯托对待奴隶的态度一样。在这一点上,她并不一定完全赞同斯坦顿和安东尼

① Joan D. Hedrick, *Harriet Beecher Stowe, A Life* (New York: Oxford University Press, 1994), pp. 355 - 356.

所鼓吹的激进女性观。

在这个时期,斯托写出一系列文章,表达自己对女性问题的关注。她在内战前后为《大西洋月刊》撰写过家政专栏,60年代继续这个题目,对象是越来越壮大的中产阶级家庭妇女。虽然斯托的话题是“家庭的温馨”,但她把这种家常话和国家的命运相连:家庭可以折射出“国家”(the family state),美国家庭应当表现美国个人主义的特征(domestic individualism)。斯托的姐姐凯瑟琳撰写过《论家政》(*Treatise on Domestic Economy*, 1841),内战前几乎每年重印,1869年再印时题目换成《美国妇女的家庭》(*The American Woman's Home*),里面加入了斯托撰写的有关家庭装饰的几个章节。在《家庭和家庭论文》(*House and Home Papers*, 1865)里,斯托倡导以基督教精神建设中产阶级家庭,把中产阶级妇女在三尺小屋的理想地位化,试图把美国生活的权力中心从政府、市场转到厨房,说明女性可以通过持家来把握自己的命运。

那么,家到底是由什么构成的?……家这个词含有关爱、休息、永恒、自由的意思;但除此之外,它还包含教育,把我们身上最纯洁的东西转化成各种高尚的形式,以利于更高层次的生活。……这个神圣的事物具有无比的尊严和价值,创造一个家的力量应当位居一切创造能力之首。……人们一直说女性中有多少人具备更加宽广、坚强英勇的品性,不应当只局限在家里。也许是有许多女性伟大、聪明、高贵得不屑于持家。但是那些伟大、聪明、高贵得不屑于做家务的女性究竟在哪里?……家这门艺术适宜于女性的天才。男人在这方面只能帮忙,但女性是主导;蜂巢里如果没有蜂后就会一团糟。①

斯托是位多产的女作家,写有38部作品,其中包括一部宗教诗集、两部传记、两部游记、九部儿童文学。《汤姆叔叔的小屋》场景宏大,从密西西比河一直到加拿大,借以说明奴隶制不是孤立的社会现象。斯托在作品中准确优美地描写了新英格兰的风土人情,批评重建时代美国资本主义的贪婪和美国社会的道德败坏。她善于刻画人物的性格发展,避免用宗教信条或政治信仰对人物做简单化处理。斯托知道自己的读者中有大批中产阶级知识女性,所以触及妇女解放、平等教育、消除性别上的双重标准等议题,创作出一批独立坚强的女性人物形象,因此引起当代西方女性主义批评家的关注。他们指出,在斯托的废奴小说里,“奴隶问题最终和女性缺乏政治权力不可分”。斯托有意识地把奴隶制描绘成由男性制造的制度,需要女性来加以纠正。小说中的女

---

① Joan D. Hedrick, ed. *The Oxford Harriet Beecher Stowe Reader* (New York: Oxford University Press, 1999), pp. 488 - 493.

性人物十分坚强且有智慧，其同情心和常识感与奴隶制的毫无人性形成强烈反差。斯托之前的奴隶叙事多从男性视角出发，写男性的勇气和智慧，如道格拉斯的《弗雷德里克·道格拉斯生平》，斯托则使奴隶叙事“女性化”，产生了巨大的政治影响。正因为如此，斯托被称为内战后主导美国文坛的现实主义的先驱。

《汤姆叔叔的小屋》1901年由林纾以《黑奴吁天录》译成中文，引起国人的极大反响：“依微黄种前途事，岂独伤心在黑奴？”读者愿文艺界“以摹绘其酸楚之情状，残酷之手段，以唤醒我国民。”1907年林纾的译本被改编成话剧上演，诞生了中国第一个完整的话剧剧目。1932年苏区瑞金也上演过此剧。①

第二节 关于黑人命运的论争：杜波伊斯和华盛顿

废奴作家里影响最大的当数杜波伊斯、华盛顿和斯托夫人。威廉·杜波伊斯(William Edward Burghardt Du Bois, 1868—1963)是世纪之交时影响最大的两位黑人作家、政治活动家之一(另一位是华盛顿)，他的政治主张在20世纪60年代达到高潮，至今仍然是美国大学有色人种问题研究的主要对象。杜波伊斯出生于麻省一个穷苦的黑人家庭。祖父和父亲是混血儿，外表像白人，父亲阿尔弗雷德内战时在著名的麻省第五十四黑人团作战，战后抛弃妻儿离家出走；母亲玛丽在他童年时就中风半瘫。杜波伊斯生长在新英格兰“基本民主”(primary democracy)的传统之中，重视社会责任感。由于种族问题在他的生活环境里并不突出，所以青少年时代他的种族意识比较模糊。高中时杜波伊斯是班上唯一的黑人学生。他担任《纽约环球报》的通讯员，发表文章要黑人投身社会活动，团结自立；倾听黑人宗教歌曲时他虽然不完全懂得其中的含意，但被“某些深深的内在于我的东西”所触动，热泪盈眶。1885年他获得费斯克大学的奖学金，在亲友和邻居的支持下去那里就读。费斯克大学在南方田纳西州，建于重建时期，为获得自由的奴隶子女提供教育，教员是北方的废奴主义者。

杜波伊斯在大学学习希腊拉丁文、哲学、数学和自然科学。进入南方后他的种族意识突然出现，“我忽然进入一个地区，那儿的世界分成白人和黑人两

① 马祖毅：《中国翻译史》(上卷)，武汉：湖北教育出版社，1999年，第731、765页。

部分,黑人的半个世界被种族歧视和法律条规所约束”。暑假期间他到地处田纳西偏远山区的黑人学校任教,促使他决心献身于黑人事业。从费斯克毕业后,1888年他来到哈佛大学,受教于威廉·詹姆斯、桑塔亚纳、罗伊斯(Josiah Royce)和哈特(Albert Bushnell Hart)等名家,获得哲学学士和史学硕士学位。之后他去柏林大学学习历史和经济学,然后回到哈佛大学攻读史学博士学位,成为哈佛的第一位黑人博士,他的学位论文《奴隶贸易在美利坚合众国的遏制》(*The Suppression of the Slave Trade in the United States of America*)在1896年《哈佛历史研究》第一期发表。论文从大量社会文献里获取第一手资料来发现奴隶买卖的真相,视角新颖,观点鲜明,颇受好评。后来他发表被称为美国第一篇研究种族的文章《费城黑人》(The Philadelphia Negro, 1899)。当时杜波伊斯重视“直接”的学术研究,想通过系统的科学研究找到解决种族问题的途径,此后他的著述就不再是“研究”而是“综合”了。

世纪之交时杜波伊斯意识到对非裔美国人的学术研究面太窄,对黑人的日常生活影响很小,对白人社会则几乎没有影响,因此他改用文学形式来表达社会科学研究所无法表述的黑人社会文化特征,开始发表大量的散文、诗歌、戏剧、小说。世纪初年这些作品主要发表在他自己编辑的两份刊物《月亮》(*The Moon*, 1906)和《地平线》(*The Horizon*, 1907—1910)上,以及自己任主编的刊物《危机》(*The Crisis*, 1910—1934)上,作品的主题是歌颂黑色之美,黑人的创造力及非洲族裔对人类的贡献。这个时期杜波伊斯投身于为非裔美国人争取权益的政治斗争。他积极倡导泛非运动,主张一切非洲族裔都有共同的兴趣,应当团结一致争取自己的自由。他是1900年在伦敦召开的第一届泛非大会的领导人,以及1919年至1927年间的四届泛非大会的主要策划者。他积极倡导“文化民族主义”,鼓励并且直接扶持黑人文学艺术,宣扬“黑色之美”。世纪之交时杜波伊斯意识到黑人的集体运动必须要有机构的支持,于是他成为1905年开展的尼亚加拉运动(Niagara Movement)的主要发起人。该运动和华盛顿倡导的所谓种族和解运动针锋相对,主张争取黑人权益,采取直接行动反对种族歧视。

在此基础上,四年后酝酿成立了宗旨相似的“美国有色人进步协会”(National Association for the Advancement of Colored People,即 NAACP),杜波伊斯成为其机关报《危机》(副标题是《黑色人种的记录》*A Record of the Darker Races*)的主编。在他任主编的24年中,《危机》成为众多非裔美国人家庭和学校的必读刊物,发行量从开始时的1 000份增加到1918年的10万份。此前美国黑人的主导刊物是华盛顿主持的《南方工人》(*Southern Workman*),华盛顿1915年去世之后《危机》取而代之,这是杜波伊斯反妥协派的胜利。

当早期的杜波伊斯沉醉于科学研究时,他曾经认为可以采取向黑人提供教育和工作、培养他们的进取心和耐心等手段找到解决种族问题的途径，这和华盛顿的想法和采取的策略十分接近。但世纪之交时他越来越感到通过经济和文化的进步来消除种族歧视非常不现实，实现起来相当困难，远不如脚踏实地地从争取黑人的政治权力入手。同时他越来越清楚地看到，华盛顿所开出的菜单其实是一剂麻痹黑人斗志的毒药，让黑人心甘情愿地钻进“洋洋得意的商业文化精神”的圈套，长期忍受甚至接受种族主义的欺压。当华盛顿在美国南北四处兜售他的种族和解思想时，当他以阿尔杰现象①为诱饵一再劝说黑人放弃斗争发家致富时，杜波伊斯发表了著名的散文集《黑人的灵魂》(*The Souls of Black Folk*, 1903)，给被华盛顿引诱得头脑发昏的黑人服了一剂清醒剂，使对华盛顿愤愤不平的黑人找到了锐利的反击武器。

《黑人的灵魂》是一部充满激情、言辞雄辩的自传作品。作为文学样式的黑人自传体作品在奴隶叙事时达到高潮，道格拉斯(Frederick Douglass, 1817—1895)写于19世纪40年代、修订再版于80年代的《弗雷德里克·道格拉斯的生平和时代》(*Life and Times of Frederick Douglass*)是其中的代表作。由于时过境迁，到了世纪之交时这种文学样式已经式微，但它并没有消失，而是在新的历史境况下被赋予了新的形式，而且不时产生轰动效应。华盛顿1901年出版的《从奴隶制中起家》就是一例，杜波伊斯的《黑人的灵魂》是这种黑人自传体作品的又一个成功范例，直到20世纪中期他去世的前一年还出版了《杜波伊斯自传》(*The Autobiography of W. E. B. Du Bois — A Soliloquy on Viewing My Life from the Last Decade of Its First Century*, 1962)，因为对杜波伊斯来说，黑人争取自由的斗争和100多年前一样远远没有结束，黑人(尤其是非裔美国人)仍然遭受着束缚，奴隶叙事仍然能够发挥“宣传”作用。

《黑人的灵魂》里最著名的是《论布克·华盛顿及其追随者》(Of Mr. Booker T. Washington and Others)。杜波伊斯指出，华盛顿要黑人放弃的是美国黑人赖以为本的三件东西：政治权利、民权和高等教育；他要黑人只操练商业技术，目标只是赚钱糊口，以物质追求来否定黑人丰富的精神文化遗产：

> 华盛顿先生的黑人思想代表了旧的适应和顺从的态度，只是在这个特殊的时刻提出的适应使他的计划很不一般。如今是经济发展的特殊时代，华盛顿先生的计划自然带有经济的色彩，成了工作和金钱的福音，并且几乎完全淹没了生活中更高尚的目标的程度。而且，在这个时代先进种族和落后种族间的接触更加密切，因此种族情绪激化。华盛顿先生的计划实际上接受了黑人种族

① 参阅本节有关华盛顿的论述。

低劣这种说法。

《黑人的灵魂》的每一章开头都有一首黑人宗教歌谣(the spiritual),杜波伊斯称之为"悲伤曲"(Sorrow Songs)。他认为,美国黑人一直生活在双重自我之中,一种自我是白人社会中的自我,另一种自我是黑人自己在白人社会里的独特体验,这种体验白人社会是不能公开容忍的,只能由黑人对自己的群体诉说,所以最能表现黑人的真实身份。他把这种由肤色所造成的体验和意识称为"面纱"(Veil),黑人就生活在这个面罩之后,最真实的部分一直被这么遮掩着。① 杜波伊斯曾经就读的费斯克大学就经常派出黑人合唱队在欧美巡回吟唱这些黑人歌曲,让世界了解黑人的真实自我。在"论悲伤曲"(Of the Sorrow Songs)里,杜波伊斯再一次让读者透过这个面罩,看见里面屈辱的眼泪和压抑着的愤怒。但是对杜波伊斯来说,最重要的是通过这些悲伤曲揭示黑人对未来的希望,鼓舞黑人的反抗勇气:

> 从所有这些悲伤之歌里透出希望的气息——对最终正义的信念。绝望的小调经常变成胜利和信心。有时是生活的信心,有时是死亡的信心,有时是对未来美好世界里无处不在的正义的信念。但不管是什么,含意始终是清晰的:即在一定的时间、一定的地点评判人的依据会是他的灵魂而不是肤色。

《黑人的灵魂》是写给黑人读者的书,但受到许多开明白人的称赞,威廉·詹姆斯对它十分赞赏并寄给其兄亨利·詹姆斯,后者称之为有关南方的一部佳作。《黑人的灵魂》至今仍然是美国高校非裔美国研究的必读书。

除了自传之外,杜波伊斯还写有传记,较有影响的是历史传记《约翰·布朗》(*John Brown*, 1909)。布朗打响了废奴战争的第一枪,在杜波伊斯眼里是少有的捍卫黑人利益的美国白人。"即使约翰·布朗没有使那场了结奴隶制的战争结束,他至少使那场战争开始……没有这一击,自由的前景就会黯淡不定。这场不可压制的争斗开始时是词语,投票,妥协的争斗;但约翰·布朗伸出手臂时天空便晴朗了。妥协的日子结束了——武装的自由战士直面分裂的联邦所造成的深渊——武装冲突开始了"。杜波伊斯竭力美化布朗,把布朗的革命思想和同时期达尔文的革命思想相比拟,称"所有美国人中或许只有这个

① 当代后殖民学者法农(Frantz Fanon, 1925—1961)从殖民统治对殖民地人民的心理产生的影响出发,指出黑人这个"主体"长期以来一直是殖民者的"他者",没有自主身份。他指出,种族主义使殖民地人民丧失了自我意识,盲目地认同、臣服于白人的"普遍"标准,由此对黑人心理造成严重扭曲:"种族主义文化的定义就是不准黑人具有健康的心理"(Cf. Frantz Fanon. *Black Skin White Masks*. Trans. Charles Lam Markmann. NY: Grove Press, Inc., 1967, pp. 8-11)。

人最接近触及黑人的真实灵魂”。也许布朗并没有杜波伊斯描绘的那般真正看穿了黑人的“面纱”,但这里杜波伊斯真正关注的是美国人葬送了布朗的牺牲,因为那些自称最有水平的社会精英们信奉起社会达尔文主义,50年之后美国社会依然是一个种族不平等的社会,弱肉强食的本质仍然未变,黑人的境况依然如旧[①]。尽管经过了南北战争和解放黑奴运动,尽管19世纪后半叶大部分由更加开明的共和党执政,黑人的状况依旧每况愈下:1890年代开始南方各州一个个通过了类似种族隔离(Jim Crow laws)那样的法律,使黑人二等公民的身份以法律的形式固定下来;1908年8月,八个黑人在伊利诺伊州斯普林菲尔德的种族骚乱里丧生。在书的第七章“约翰·布朗的遗产”(The Legacy of John Brown)里,杜波伊斯要求美国人尤其是非裔美国人不要忘了这位白人兄弟:

> 难道约翰·布朗对20世纪没有意义,没有留下遗产吗?有的,就是这句伟大的话:自由的代价比压制的代价小。压制世界黑色人种的代价是通过非洲黑奴买卖之后前所未有的道德倒退和经济浪费表现出来的。自由的代价是什么?给予人类的一大部分人以帮助和激励让他们自我发展——完全敞开机会的大门,传播知识,消灭战争和欺骗,不论男女什么时候、什么地方取得了平等,在世界范围内就平等地对待他们。这一切的代价是什么?微乎其微,代价只是骄傲和偏见,因为最终许多白人就不得不去擦黑人的靴子。[②]

在1915年出版的《论黑人》(*The Negro*)里,杜波伊斯进一步表明了自己如此坚定执着地讨论黑人问题的原因:“很多人写过美国黑人,但绝大多数都是从白人的视角,因此我们得知黑人奴隶制对白人的影响,白人之间对废奴的争论,黑人问题对白人的后果”等等。而他本人则要“更多地从黑人族群的角度处理这个问题,展示奴隶制对他们意味着什么,他们如何作出反应,为了自由采取了什么行动,今日有了部分自由之后又在做什么”。他并不认为自己就是黑人的救世主,但他相信黑人必须选择好自己的领袖和自己的组织,[③]向着自己既定的目标百折不挠地挺进,正如他在此书的最后所言:

---

① 2006年4月27日《纽约时报》“专栏编辑”的文章《多元文化的末日》认为,由非裔和女性群体所代表的“左翼思潮”不能代表美国大多数,“9·11”之后美国政府着力提高民众的国家整体意识,不屑于多元文化的“小圈子利益”。这些说明,杜波伊斯百年之后美国社会的种族问题依然严峻。

② John David Smith, ed. *John Brown, A Biography by W. E. B. Du Bois* (New York & London: M. E. Sharpe, 1997), pp. xi - xvii, 195.

③ 有的黑人领袖(如华盛顿)曾把奴隶制称作是“学校”,杜波伊斯愤怒地指出:“奴隶制是一所教授野蛮残忍的学校,教会妇女卖淫男人堕落的学校,蔑视婚姻诋毁家庭生活,使理性失色,精神死亡,奴隶制在这些方面简直无与伦比”(同上,p. xiv)。

美国黑人不愿意像过去那样被别人牵着护着,现在要拥有自己的领导人,自己的声音,自己的理想。因此自我实现正缓慢却坚实地来到世界上的另一个伟大的种族,他们今天正准备冲锋陷阵,不仅仅为了争取自己做人的权利,还为了实现他们生活的世界上大部分人的理想:妇女解放,普遍的和平,民主政府,财富社会化,以及人类的博爱。[①]

除了大量的政论文章之外,这个时期杜波伊斯还创作了很多文学作品,[②]表达的基本上都是他政论文里阐述的政治主张,如长篇小说《寻取金羊毛》(*The Quest of the Silver Fleece*, 1911)就是《黑人的灵魂》的文学表现形式。他在自己主编的杂志《危机》上不断刊登短小的文学作品,倒是更加耐读。如《危机》1911年5月号上登出的短篇小说《妇女》(The Woman):国王面临外敌入侵,召集手下大将要他们出击,但男人们却面面相觑,这时"一个女人径直离开了她的烧烤和刷洗,她径直离开了窃窃私语和缝纫,径直站到国王的面前说:'我的王,我是您最忠诚的仆人。'"但当这个女人见到面前气势汹汹的敌人时,三次欲冲又止:"爬到国王的脚下,'哦,我的王,'她说:'我只是一个女人。'国王说:'去吧,男人的母亲。'女人又说:'不,我的王,我还是个处女。'国王听到后叫道:'哦,处女造就的男人,你会是上帝的新娘。'但听到耳边传来的雷声,女人第三次退缩了,嘀咕道:'上帝呀,我是黑人。'国王没有说话,把面纱撩到一边,把脸朝向女人,啊!是黑色。"

杜波伊斯有自己明确的文艺主张。他认为文学创作最重要的是立场问题,作品的内容必须真实,表述必须清晰,效果大于一切。他在"美国有色人进步协会"1926年芝加哥大会上做了题为《黑人艺术的标准》(*Criteria of Negro Art*)的演讲(发表在《危机》1926年10月号上)。他在演讲中主张:"一切艺术都是宣传,也必须是宣传……不作为宣传的艺术我不屑一顾"。作为一名杰出的演说家,杜波伊斯当然知道艺术形式的重要性。1937年10月23日他在《匹兹堡信使报》(*The Pittsburgh Courier*)撰文指出,诗歌"是以美为外衣的智慧:表现在形式、声音、完全的恰当中的美"。但他强烈批判唯美主义,认为这等于逃避斗争,对艺术家来说无异于背叛和死亡。在《新黑人》(The New Negro,《危机》1926年1月号)中,他批判"黑人文学艺术的目标是美而不是宣传"的主张,认为这会"把黑人文艺复兴引向颓废"。[③] 考虑到30年代前后的政治形势,

---

① W. E. B. Du Bois, *The Negro* (New York: Kraus-Thomas Organization Limited, 1975), pp. 16 - 18.

② 对杜波伊斯来说,文艺作品和非文艺作品并没有本质的区别,他的《黑人的灵魂》也常被认为具有很高的艺术价值。

③ Herbert Aptheker, ed. *Creative Writings by W. E. B. Du Bois, A Pageant, Poems, Short Stories, and Playlets* (New York: Kraus-Thomas Organization Limited, 1985), pp. x - xi.

当时文艺发展的状况，以及美国黑人运动的实际需要，杜波伊斯的这种文艺主张并不难理解，即使在今天杜波伊斯的看法也有可取之处。

杜波伊斯倾毕生精力为之奋斗的不只是黑人事业，而且是一切遭受白人主流社会压迫的边缘族裔，其中包括女性（尤其是黑人女性）。他在为黑人争取选举权的同时，也呼吁把选举权给予女性，因为两者都缺乏“说话”的政治权力。一些女权主义为了女性的私利曾错误地辩解说，如果乞丐和黑人都可以投票，受过高等教育有财产有地位的女性更应当有投票权。杜波伊斯指出，这种说法十分错误，因为选举权的赋予依据的不是一个人的知识和地位，而是他的公民身份。白人们曾辩解道，黑人和女性既无知又没有经验，他们不想要这个权利；选举责任重大，要提防滥用选举权。在《剥夺选举权》一文里杜波伊斯就此驳斥道，“这些理由其实是出于维护当今统治者的私利，提出来的目的是故意显示和另一族群分享权力不会扰乱或者损害他们目前的特权”。他指出，“如果民主因为某些和智力无关的内在品质而把妇女黑人穷人或其他阶级排除在外的话，那么这个民主就自我拆台，名不副实”。[①] 值得一提的是，和世纪之交的杰克·伦敦等白人作家不同，杜波伊斯对中国人怀有强烈的同情心，在作品里多次提及中国人或“黄色人种”，把他们和有色人、黑人相提并论，都深受白人种族歧视之苦。[②]

杜波伊斯现在被公认为现代非裔美国人抗议传统、泛非主义、文化民族主义的奠基人，1963 年 8 月他在加纳去世时，也是美国民权运动“华盛顿大进军”之际。在世纪之交的美国社会，杜波伊斯通过讲述自己的故事显示出整个有色人的种族故事。他的《黑人的灵魂》在非裔美国文学经典里占有“无法动摇”的地位，反映出“20 世纪没有其他的非裔美国人像他那样掌握了那么多的政治、思想、学术知识体系，或在那么广泛的思想文学样式方面发表见解”。[③]

布克·华盛顿（Booker Taliaferro Washington, 1856—1915）是世纪之交时和杜波伊斯同样著名的黑人作家和社会活动家。由于他温和的政治主张和肤色和解策略，他一直受到黑人活动家的指责，尤其当种族问题凸显、种族矛

---

① W. E. B. Du Bois, “Disfranchisement”(New York: The National American Women Suffrage Association), pp. 3 - 10.

② 如《约翰·布朗》(John David Smith, ed. *John Brown, A Biography by W. E. B. Du Bois*, New York & London: M. E. Sharpe, 1997, p. xvii)、《一部短剧》(A Little Play,《危机》1914 年 3 月号)和《黑人妇女的重负》(The Burden of Black Women)(Herbert Aptheker, ed. *Creative Writings by W. E. B. Du Bois, A Pageant, Poems, Short Stories, and Playlets*, New York: Kraus-Thomas Organization Limited, 1985, pp. 12, 151)。

③ Al Young, *African American Literature, A Brief Introduction and Anthology* (Berkeley: HarperCollins College Publishers, 1996), pp. 53 - 59.

盾加剧的时刻。华盛顿生于弗吉尼亚(现西弗吉尼亚)州弗兰克林县,母亲是奴隶,父亲是相邻种植园的白人。生下来就是奴隶的华盛顿记不清自己确切的出生年月和具体的出生地点,不了解自己有哪些亲友。他没有名字,别人只管他叫布克,直到他第一天上学时发现别人都有"两个"名字,就给自己加上"华盛顿"。九岁那年华盛顿和其他所有黑奴获得解放,为了生计他仍然在煤矿做苦工,生活在吃喝嫖赌、打架斗殴的黑人矿工之中。但他一直"强烈地渴望学习",妈妈搞来的一本破旧的拼写课本使他如获至宝。矿上来了一个黑人士兵,靠轮流在各家吃住办起一所"黑人学校","没有亲身经历过这种情景的人很难准确地想象出我的种族对教育的渴望……整个种族都想上学,没有人会因为年纪太小或者太大而不愿学习"。16 岁那年他考上远在 800 公里之外的弗吉尼亚汉普顿师范农业学校。他一路打工来到学校,靠做门房来勤工俭学。1875 年他以优异的学业成绩毕业,回到莫尔登后白天教小学,晚上教成人夜校。后来经过两年的进修,重新回到母校任教。

汉普顿师范农业学校的创始人是退役军官阿姆斯特朗上校。他认为,对黑人和原住民来说书本知识并不重要,重要的是让他们学会谋生的手段,能够自力自救。后来有人批评他把黑人和少数裔控制在职业学校的水平,让白人掌握高等教育做管理者。但华盛顿对他的教育理论十分赞同,1881 年 7 月 4 日由他在亚拉巴马的塔斯基吉一手创立的塔斯基吉师范工业学院完全模仿阿姆斯特朗的办学理念和模式。塔斯基吉那里有成百上千饥寒交迫的黑人渴望得到教育,当地黑人和州议会筹集 2 000 美元的启动经费,提供两幢破旧的校舍,下雨天屋子漏雨,上课时一个学生专门给他打伞。头五个月华盛顿在学生家轮流吃住,吃的有时是"奴隶食物":肥肉和玉米面。办学资金困难重重,有一次他不得不典当自己的戒指拼凑 15 美元来购买做砖用的材料。做砖是门必修课,华盛顿认为通过它学员们不仅学习手艺,而且塑造品德。

1882 年华盛顿为了给学校募集资金第一次去北方,开始在那里的主要城市演讲旅行。最有名的一次演讲是 1895 年 9 月 18 日他在亚特兰大博览会代表黑人所做的演讲,据他说这是黑人代表第一次被邀请和南方白人代表同台发言。演讲持续了近 20 分钟,震撼全场,影响波及全国和北美、欧洲、加勒比、非洲等有黑人居住的地区,《纽约世界报》当时曾评价道:"一个黑人摩西站在一大群白人听众面前发表一番演说,揭开了南方历史的新篇章。"这篇演讲的主旨就是要南方和北方摈弃前嫌,黑人和白人抛弃成见,精诚团结,合作互利,并且吁请国会重视并支持南方的重建。但达到这个目的的手段却与众不同:华盛顿要求南方的白人理解黑人,积极容纳黑人,北方的白人则把资金投向南方,南方的黑人必须学会勤奋自律,尊重"劳动的尊严和美",爱清洁有耐心,提高知识和劳动技能，打下经济基础。[1] 最重要的是，华盛顿强烈批评了当时风起云涌的黑人争取政治权力的斗争，争辩说："黑人的确不应当被不公正地剥夺公民权，但单靠政治鼓动也不能解救他们；选票的背后需要财产、工业、技术、经济、智慧、品德来支持。"

华盛顿在亚特兰大博览会的演讲博得一片喝彩声，尤其是得到南方北方白人社会的同声赞扬，他的声誉由此达到顶点。州长向他表示敬意，总统专门从白宫和他通话，霍普金斯大学校长吉尔曼邀请他做教育系教育奖的评委，此后许多大学授予他名誉学位（包括哈佛大学的名誉硕士学位），邀请他进入各种评奖委员会，颁给他各种基金和奖励，他甚至成为罗斯福和塔夫托两任总统的种族问题顾问。1895 年恰逢活跃了半个世纪的著名黑人社会活动家道格拉斯去世，美国主流社会因此把华盛顿称为 19 世纪后半叶新的黑人代言人，称他为"白人的朋友"，1895 年至 1915 年为"华盛顿时代"。在威斯康星州的全国教育协会大会上，华盛顿也以群体的利益大于个人选举权为理由，强烈反对"鼓动黑人恶化种族关系"，主张以正面教育来促进种族和睦。

亚特兰大演讲获得巨大成功后华盛顿萌生写作自传的念头，波士顿著名的修顿·米弗林出版社愿意出版，但华盛顿选择了一家不知名的小出版商，因后者在黑人社区有一些市场。由于忙于演讲和筹款，华盛顿雇了黑人记者埃德加·韦布代笔，写成《我的生活和工作》（*The Story of My Life and Work*，1900）。据说韦布写作时不是十分投入，最后定稿时华盛顿又不在场，出版后虽然颇受欢迎，但华盛顿不甚满意，此书的影响也很小。因此他决定再撰写第二部自传，并且吸取第一部自传的教训，在写法上有了一些新的想法。华盛顿决定，第二部自传的读者对象不再是黑人，而是"有产阶级，我能从他们那儿争取到赠款"，而且"要在这个国家的几乎完全不同的地区销售"。他请了更有经验的波士顿记者马克斯·B. 斯拉歇尔代笔，原稿先在发行量 10 万份的《眺望》杂志（*Outlook*）上连载，在正式出书之前已经在部分中产阶级白人社区家喻户晓，造成了一定的声势。1901 年 3 月《从奴隶制中起家》（*Up from Slavery*）出版，立刻引起轰动，好评如潮，《大西洋月刊》、《民族》、《北美评论》等主流刊物纷纷赞扬，把它比作弗兰克林的《自传》。

《从奴隶制中起家》共 15 章，前两章描述他早年在奴隶制度下遭受的贫穷和苦难，从第七章开始，他的政治生涯展现在读者的面前。华盛顿是一位优秀的演说家，对听众的心理有深刻的研究，知道如何使演说取得最大的效果，这

---

① 半个世纪后，后殖民学者法农对由殖民者白人扶助起来的黑人/殖民地中产阶级表示不信任，认为后者靠不住，没有能力建立稳定富强的民族国家。他号召黑人知识分子担负起重任，为重塑民族意识、挖掘民族文化而努力（Frantz Fanon. *Black Skin White Masks*. Trans. Charles Lam Markmann. New York: Grove Press, Inc., 1961, p. 94）。

也是他的自传最大的特色。《我的生活和工作》针对的是黑人读者，所以这部自传在内容上和此前的黑人传记文学比较接近，比如里面就有些黑人（如他的叔父）遭受奴隶主折磨的描写。但当《从奴隶制中起家》面对的主要是白人时，此类描写则很少见了。他描述黑人从前的悲惨生活，但并没有上升到种族的高度，也不愿意涉及种族冲突，更没有像前人那样谴责奴隶主的残酷或暴行，为了避免刺激南方，采取"在南方不愿意说的事情在北方的演讲里也不提起"的做法。华盛顿的总体态度是"既往不咎朝前看"。他不可能公开赞扬奴隶制，但把它比喻成一所学校，教会奴隶们更好地珍视未来。在他的叙述里，奴隶主已经不是压迫者，而和黑人一样成了奴隶制的牺牲品。他没有抱怨自己的白人父亲，而是同情他，把他看作奴隶制的受害者。更有甚者，他时常表露出奴隶们对奴隶制的眷恋之情。如书中这样描写黑奴被解放的情景：一天美国政府的代表来到种植园，把奴隶们集合起来，宣读了一个宣言，告诉他们自由了。奴隶们高兴了一会，但不久

奴隶们便对我们的前主人感到难过。被解放的有色人的狂欢只持续了很短的时间，因为我注意到，他们回到自己的木屋时心情已经改变。获得自由，掌握自己，要为自己和孩子的今后盘算，这些责任似乎占据了他们的思想，就像突然让一个十来岁的孩子去闯荡世界自己照顾自己。只有几个小时，盎格鲁-撒克逊种族花了几百年要解决的大问题摆在了这些人的面前，要他们来解决。……此外，在他们内心深处对"老爷"、"夫人"和他们的少爷有一种奇怪、特别的依恋，很难割舍。有些人和他们生活了近半个世纪，要分手确实不容易。

与此相对应的是华盛顿对黑人民权运动的敌视。他认为，黑人活动家对奴隶制的积怨太深，纠缠在历史的恩恩怨怨里不能自拔，导致白人至今仍然把黑人看作累赘而不是巨大的资源，妨碍了民族和解和黑人自身的利益。他在亚特兰大博览会上的演讲里公开主张：

我的种族里最明智的人明白，煽动社会平等问题最愚蠢，要在享受即将到来的权利方面取得进展，只有通过艰苦不懈的争取，而不是通过表面的强迫。对世界市场能够做出一些贡献的种族不会被长久地排斥在外，充分享受法律赋予我们的权利自然重要而且合情合理，但是比这个更加重要的是我们有行使这些权利的准备。眼下，在工厂里挣一个美元的机会比在剧院里花掉一个美元的机会的价值肯定大得多。

对华盛顿的主张，学术界一般有三种主要的看法。一是把他看作实用主义者和现实主义者，是一个识时务的“俊杰”；二是把他当成《汤姆叔叔的小屋》里的汤姆大叔，逆来顺受，屈从白人的淫威，甚至不惜背叛黑人事业；三是认为华盛顿话里有话，实际上在用极其隐蔽的方式批评种族歧视。1900 年至 1915 年被非裔美国人称为“失望的岁月”，和 1865 年废除奴隶制时的情形形成鲜明对照。战后重建阶段南方通过的一系列重要的民权法案此时遭到最高法院一一否决，南方各州也悄悄改变宪法重新剥夺黑人的选举权，1896 年最高法院支持南方的“平等但隔离”的做法，导致黑人对政府失去信心，转而相信只有靠自身的努力才能自救：“重建之后时代的特征是越来越强调经济活动作为解决种族问题的因素。这种观点通常是更复杂的一组观念的一部分，包括种族团结和自助自救。这种看法的依据是，通过获取财富和道德感——主要通过他们自己的努力来获取——黑人就会获得白人的尊敬，然后被赋予公民权。”[①]类似华盛顿的观念在内战前十年的困难日子里在黑人中就十分流行，“镀金岁月”里的美国梦更使一部分黑人致富心切，想通过拼命苦干来出人头地，加之华盛顿出色的演讲才能，使得阿尔杰现象具有广泛的市场。[②]

尽管如此，大部分白人和绝大部分有色人还是把华盛顿看作迁就派和妥协者，一味委曲求全，以妥协换平等，以牺牲政治权力换取经济利益，最终以种族的未来做自己的政治资本。华盛顿有时错误地理解黑人运动，比如黑人争取的不是个人的选举权，而是整个种族的选举权。他有时也自相矛盾，一面说美国的 1 000 万黑人比世界上其他地方的黑人生活得更体面更富足，一面又说他们原始粗野，没有白人那样有教养，连南方的黑人教师也缺乏道德修养。他甚至主张暂且接受种族隔离和种族歧视，认为经济发展后种族自然就会平等。这些观点激怒了他自己的同胞，认为他牺牲了黑人的民权以乞讨一份残羹剩汤只是一厢情愿。其中以时任亚特兰大大学社会学教授的杜波伊斯反应最为强烈。他称华盛顿的讲话为“亚特兰大妥协”，是对黑人事业的可耻出卖。他质问华盛顿：如果黑人以民权换取一点蝇头小利，卖身投靠而失去尊严，平等还从何谈起？他认为只有获得选举权和普遍民权黑人才能最终获得属于自己的财产。他针锋相对，1905 年发起早期民权组织“尼亚加拉运动”，该组织

---

① Tunde Adeleke, ed. *Booker T. Washington-Interpretative Essays* (Lewiston-Queenston-Lampeter: The Edwin Mellen Press, 1998), p. 2.

② 阿尔杰(Horatio Alger, 1832—1899)是一位美国牧师，内战结束后不久出版小说《破破烂烂的迪克》(*Ragged Dick; or, Street Life in New York*, 1868)，描写纽约街头乞丐儿靠自己的努力成为富翁，风靡一时。此后 30 年他出版过近百部流行小说，“阿尔杰主人公”大多都是此类乞丐变富翁的人物。

1910 年发展成“全国争取有色人进步协会”。[①]

当代批评界则主张对待华盛顿应当避免简单化的批评。他们认为,处于当时的历史境况,华盛顿常常言不由衷,不得不给自己披上一层伪装。这里华盛顿似乎成了意大利法西斯监狱里的葛兰西,只有到他的字里行间去细读才能体会得出其中的反讽和批判意味。因此有人把《从奴隶制中起家》等同于《汤姆叔叔的小屋》,从中去发现扮演“恶作剧”(trickster/tricksterism)的非裔美国人形象,以此作为“颠覆”的证据。“如果的确如此,那么无论什么时候他的自传就得小心地分几个层次去读,至少一个层次是讥讽”。[②]

但是批评界对华盛顿文学声誉的看法倒是比较一致。《我的生活和工作》虽然不算成功,但已经显示出作为演说家的华盛顿的文采。《从奴隶制中起家》则进一步展现他的文学价值。它对应于 19 世纪中叶开始出现的奴隶叙事,到世纪之交时这种表现体裁已经很少见。《从奴隶制中起家》和道格拉斯的《一个黑人奴隶的自述》十分相似,都属于奴隶自传。但华盛顿和道格拉斯的不同之处在于,他采取了更加“现实”的态度,更多地考虑到黑人文学应当具备的要素。华盛顿之前黑人作家也吁请黑人自救或民族和解,但打动不了白人的心。华盛顿采取的策略是:“我的总体计划是突出事实和事件,让概括依赖于这些事实”,因为他知道白人读者喜欢事实,不喜欢概括或者感情宣泄。因此华盛顿的风格更加直接简洁,修饰更少,尽量避免情感化或者政治说教,更多地依赖白人读者的所谓“天生的智力”(mother-wit),让他们自己去体会里面的含意。

华盛顿曾被认为“复杂得让人琢磨不透”,历史学家们也“不知道该如何处理他”。他有支持种族隔离之嫌——亚特兰大演讲的第二年,美国最高法院支持州立法进行种族隔离,亚特兰大发生种族骚乱。1915 年华盛顿去世时,大多

---

① 从某种意义上说,杜波伊斯接近于后现代语境中的“本质论”批评家,主张彰显黑人的黑性,尤其是在黑/白对立的基础上讨论黑人问题;相比之下,华盛顿倒是接近于消解这样的黑性,主张黑人通过努力,逐步使自己变得更接近“白”人。1896 年美国最高法院通过“普莱西案”(Plessy v. Ferguson),用“隔离但平等”的判决支持了在全美实行种族隔离,直到 20 世纪 60 年代的民权法案和民权运动才消除了显在的种族歧视。当代美国非裔研究者伯纳德·贝尔曾提及黑人学者小盖茨 60 年代在耶鲁大学遇到的“褐色纸袋”事件:带种族偏见的学生聚会时在门口挂个褐色纸袋,凡肤色比纸袋深的学生不得入内。而 20 世纪下半叶美国的多元文化时代情况正好相反:思想不够黑的人(即杜波伊斯所张扬的“黑性”)才得不到社会的认同(Bernard W. Bell, *The Contemporary African American Novel, Its Folk Roots and Modern Literary Branches*. Amherst & Boston: University of Massachusetts Press, 2004. pp. 5, xi)。但是贝尔的这种乐观正在消失,因为时代似乎在倒退,媒体和学术界出现的反女性、反黑人、反多元文化和后现代主义思潮正愈演愈烈。90 年代之后一系列白人警察殴打甚至杀害黑人以及由此引发的全国性骚乱,使美国黑人感觉到种族间隐性的歧视和仇恨还是那么根深蒂固。一百年后的今天,尤其在 21 世纪初美国“911”事件之后,杜波伊斯和华盛顿之争也许会让美国非裔问题的讨论具有新的意义。

② Booker T. Washington, *Up from Slavery*, ed. William L. Andrews (New York: Oxford University Press, 1995), pp. x - xv.

数的美国黑人抛弃了他而转向杜波伊斯。但华盛顿的确也在经济上或行动上秘密支持过数宗南方反种族歧视的诉讼。尽管他遭到千人责万人骂，他的观点无形中影响着黑人的生活，在各种黑人改革运动、解决黑人贫困和边缘化问题的讨论里都能发现他的身影。他的理想是自力更生，注重个人的道德培养，其名言“在一切纯粹社会性的事情里，我们可以像手指头那样分开来；但在一切对共同进步必不可少的事情里，我们就是一只手”曾经鼓舞过世界的黑人运动。《从奴隶制中起家》被翻译成 20 多种语言，其影响持续了一个世纪。

小说家丽贝卡·哈丁·戴维斯是描写新女性的先驱，对战后如何处理黑人问题她也同样表现出极大的关注。[①]《等待判决》(*Waiting for the Verdict*, 1868)反映刚刚获得解放的黑奴在教育、政治、经济上的需要以及种族歧视对他们今后发展的负面影响。此前她在《大西洋月刊》上发表的《盲人汤姆》(Blind Tom, 1862)描写的是另一个黑人的悲惨命运，故事虽然发生在南北战争之前，但说明的同样是种族歧视将会对美国社会产生的深远影响。50 年代南方种植园主奥利弗买了个女奴，出于怜悯同时收留了她出世不久的男孩——“一块黑肉团，生下来就瞎，咧着嘴的白痴”，七岁时只有四岁孩子的智力。但一次偶然的机会，白人邻居们发现从来没有接触过钢琴的傻汤姆竟然能够娴熟地弹奏出欧洲著名钢琴曲，而且对音乐有惊人的理解力和记忆力：

> 生理上，这个黑孩子具有动物一般的习性，属于最低贱的几内亚族裔：胃口好、体格健壮……外部智力上，推理和判断上，只比白痴略强一点点——最简单的日常谈话都无法理解，动不动像三岁孩子那样喜怒无常。但另一方面，他的感情充沛甚至强烈，像狗或者婴儿本能那样敏感……

此后奥利弗带他一处处巡回演出(或者叫展出)，在一次盛大的音乐会上，当着全场白人观众的面，他战胜了千方百计要难倒他的著名作曲家和音乐家，同时也在台上表现出十足的白痴举止。汤姆成了一只“被囚禁的美丽精灵”，丽贝卡关心的是当今更多的类似汤姆那样的黑人精灵的命运：

> 你们无法帮助汤姆，但是帮助其实就在你们中间。他五月份在里士满。但是(你们不愿意故事有寓意吗?)在你们的厨房，你们的后院里，的确也有像他那样的野性、美丽的精灵，而且你们如果愿意，可以让他们获得自由。不要责怪我品位不高为他们说话。他们知道他们比汤姆更可怜——因为他们连声音都

---

① 关于丽贝卡，参阅本卷第六章第三节。

发不出来。[1]

但是在如何看待奴隶主和黑人、如何自救的问题上,丽贝卡支持的显然是华盛顿,不点名地批评杜波伊斯。她在《黑人面临的两种方法》(Two Methods with the Negro, Independent, March 31, 1898)里,说自己出身于奴隶州,反对蓄奴,但也不要不顾事实:奴隶主不一定都残忍,不都是无赖,获得自由的奴隶必须实际一点,面对现实,想办法自力更生。[2]

第三节
描写黑人的小说和诗歌:切斯纳特、邓巴、凯布尔、哈里斯

切斯纳特是世纪之交时最著名的黑人小说家。他的小说(尤其是短篇小说)把19世纪黑人种植园传说和美国浪漫主义文学传统相结合,把黑人文学中反抗种族主义的主题和当时的情节剧手法相结合,取得相当大的成功,在美国文学史上第一次为黑人作家赢得了声誉。切斯纳特是第一位"利用白人控制的出版阵地来传达自己的观点"的黑人小说家,并且成功地使自己对种族主义的控诉"打动了很大一部分白人读者的心"。他所要揭示给美国读者的是这样一个事实,即重建后的南方和内战前一样充满种族歧视,"所谓的'新'南方也许在外表上和旧南方不同,但实质上两者没有根本的差别"。这也是整个美国的种族现实。所以他的作品可以说是"代表(黑人)整个族裔群体所做的隐蔽的政治思想陈述"。[3]

查尔斯·沃德尔·切斯纳特(Charles Waddell Chesnutt, 1858—1932)出生在俄亥俄州的克利夫兰,祖父是白人,他自己外表上几乎看不出是混血儿。他的父母都是自由黑人,父亲内战时在北方军服过役,八岁那年他随父母回到家乡北卡罗来纳的费耶特维尔,在那儿一边上学一边帮助父母料理父亲开的杂货店。切斯纳特13岁时母亲去世,迫于生计他不得不边上学边教书;

① Karen L. Kilcup, ed. *Nineteenth-Century American Women Writers, An Anthology* (Blackwell Publishers, 1997), pp. 225-233.

② Jean Pfaelzer, *A Rebecca Harding Davis Reader* (Pittsburgh: University of Pittsburgh Press, 1995), p. 425.

③ Henry Louis Gates, ed. *Three Classic African-American Novels* (New York: Vintage Classics, 1990), pp. xv-xvi.

1877 年他到北卡政府开办的“费耶特维尔州立黑人师范学校”任教，三年后成为该校的校长。但是酷爱英语和欧洲文学的切斯纳特于 1883 年辞去校长一职，北上纽约去实现自己的文学抱负。他在纽约的一些报社做过记者和速记员，但很快不得不面对生活实际。第二年切斯纳特一家返回克利夫兰，此后他在俄亥俄州通过律师会考，办起自己的法律事务所，并且颇为成功。但他在日记里写道，法律只是不得已的谋生手段，文学才是他真正的喜好。80 年代后期切斯纳特开始发表短篇作品，大多是幽默故事，并因此结识当时著名的南方作家凯布尔(George Washington Cable)。后者曾邀请他做秘书，但因事务所工作繁忙而作罢。

切斯纳特第一部具有全国影响的短篇小说是《上了咒语的葡萄藤》(The Goophered Grapevine)，发表在 1887 年 8 月号的《大西洋月刊》，这也是非裔美国人在一流文学期刊上发表的首部小说。故事的背景设在南方，用黑人方言写成，类似 19 世纪下半叶的通俗“种植园文学”。此后他便一发而不可收，相似主题的短篇小说一个个在其他重要刊物上发表。这时候批评界只是把切斯纳特当作二流的地方色彩作家，切斯纳特自然不甘心，便和出版商修顿·米弗林签约出版第一部小说集《会念咒语的女人》(*The Conjure Woman*，1899)，受到白人读者的欢迎，并第一次公开披露了自己混血儿的身份。第二部短篇小说集《年轻时的妻子及其他肤色故事》(*The Wife of His Youth and Other Stories of the Color Line*，1899)使用类似的情节剧技巧和故事主题，但对种族主义的揭露更加深刻。1900 年切斯纳特出版第一部长篇小说《雪松后面的房子》(*The House behind the Cedars*)，描写了美国混血儿在白人世界遭遇到的困难，对种族主义的批评也更加直接。第二部小说《传统的精华》(*The Marrow of Tradition*，1901)也公开呼吁种族公正，他自己期望这部小说能成为世纪之交的《汤姆叔叔的小屋》，因而也遭到种族主义最恶毒的诽谤：“切斯纳特这个黑鬼喜欢仇恨南方的白人并且诽谤他们。《传统的精华》不仅仅只是夸张……这是本虚假伪善，恶意中伤之作。”[①]此小说直接表现了种族冲突，被称为美国黑人最早的自然主义作品，虽然受到豪威尔斯的称赞，但引起社会上较大争议，销路不好。因此，切斯纳特在最后一部小说《上校的梦想》(*The Colonel's Dream*，1905)里就采用比较平和的现实主义手法来揭示黑人遇到的困境，但读者依然反应平平。此后切斯纳特的文学创作锐气大减，虽然还写有一些短篇小说和文章，但基本上再也没有发表重要的作品；虽然 20 年代他还被称为“他那个时代最重要的黑人作家”，名列邓巴之上，但 20 年代涌现的一批杰出的哈莱姆文艺复兴作家把他逐渐淹没了。批评界把切斯纳特最后

---

① Sylvia Lyons Render, *Charles W. Chesnutt* (Boston: Twayne Publishers, 1975), p. 145.

30年的销声匿迹归之于因公众的漠视而受到的文学挫折,以及对美国黑人状况每况愈下的失望。1928年他获得全美有色人进步促进协会颁发的斯平加恩奖章,以表彰他对黑人事业的支持。70年代起切斯纳特重新受到批评界的重视,认为他第一次真实地展现了南方黑人的生活,用新的方法描写了南方黑人文化及北方刚具雏形的黑人中产阶级生活,是南方现实主义的早期代表,非裔美国作家传统的重要缔造者。

《会念咒语的女人》是切斯纳特第一部小说,也被认为是他的代表作。故事通过白人约翰之口“转述”了前南方种植园奴隶朱利叶斯讲给他和他的太太听的一个个故事。约翰太太安妮不服大湖地区的天气,所以内战结束后约翰来到北卡罗来纳州,一来可以让安妮休养身体,二来南方的土地和劳动力便宜,适合他的发展。南方的生活节奏缓慢,所以约翰和安妮喜欢听朱利叶斯大叔讲述过去种植园里发生的故事。《会念咒语的女人》由七个短篇组成,被认为是美国文学中表现种植园生活最好的作品。

第一个故事《上了咒语的葡萄藤》是全书的核心,也是切斯纳特最常被收录的小说。故事的起因是约翰想买下朱利叶斯赖以为生的葡萄园,朱利叶斯便讲了这个故事加以劝阻。许多年前,奴隶主为了防止奴隶们偷吃葡萄,让住在附近懂得巫术的佩吉大妈给葡萄藤上了咒语,偷食者一年之内便会死去。新来的黑奴亨利不知情而偷食了葡萄,但佩吉使他得以逃避咒语而存活下来。不过亨利从此成了奇怪的人:葡萄成熟时他精力旺盛,一人干活抵得上几个人,但秋天葡萄藤枯萎时他也变得没精打采。因此奴隶主在他精力充沛时把他高价出售,秋天时再低价赎回,靠差价赚了大钱。后来北方来的骗子说可以用新技术增加葡萄的产量,却故意碰伤葡萄架导致葡萄死亡,亨利也因此而死去。朱利叶斯告诉约翰,佩吉的咒语仍然还在起作用,所以要他不要购买葡萄园。

朱利叶斯讲述《坡·桑蒂》(Po Sandy)也是为了阻止约翰拆掉老校舍。奴隶坡·桑蒂的主人卖掉了他的妻子买了新的女黑奴,坡很是伤心,但不久爱上了这个新女奴泰妮。泰妮会咒语,为了防止奴隶主把坡转租到很远的种植园干活,便在白天把坡变成一棵树,晚上再恢复成人形与她共衾。一次泰妮未及把坡变回人形就被主人派往远处干活,而奴隶主为了盖新厨房砍下了由坡变成的大树,奴隶们又费了很大劲把坡锯成木板。但奴隶们从此不愿意到新厨房干活,因为晚上那里传出痛苦的呻吟声,只有泰妮愿意住在那里,但她那时已经疯了。

《上了咒语的葡萄藤》在《大西洋月刊》刊出后受到好评,小说集1899年3月出版后在美国文坛又一次引起轰动,切斯纳特和邓巴一起被认为是黑人文学新秀。切斯纳特出版这部小说集的目的之一是反击钱德勒、佩奇、哈里·史迪威·爱德华兹(Harry Stillwell Edwards)等人美化战前种植园生活的作品。他借鉴利用了种植园文学传统里的一些表现手法,如朱利叶斯大叔和哈里斯的雷姆斯大叔比较接近,但切斯纳特描写的是一出出黑人奴隶的生活悲剧,而不是仁慈的奴隶主。或者说虽然奴隶主在朱利叶斯的叙事里仍然常被称为"仁慈的主人",但这些主人干的却是惨无人道的暴行。这也是切斯纳特种植园小说独到的处理手法,使用"框中框"的反喻技巧使他得以超然度外,让读者自己去揣摩其中的含意,同时也不会得罪白人读者,甚至有人认为这是切斯纳特给白人读者上的"咒语",显示出他创作的成熟。

《雪松后面的房子》是切斯纳特另一部有争议的作品。小说的主人公丽娜·华顿和她的哥哥母亲一样都是看似白人的混血儿。她的哥哥约翰以白人自居,获得律师资格,买下种植园成为当地的贵族。他把丽娜从家乡北卡罗来纳的黑人社区带到他生活的南卡罗来纳白人山区,改名罗伊娜并被白人社交界称为当地最美丽的"白人"姑娘,白人青年乔治对她一见钟情。乔治向丽娜求婚,丽娜想向他坦白自己的肤色,但怕因此而害了哥哥。结婚前夕,丽娜回北卡看望母亲,恰好乔治也到那里处理公务,终于明白了丽娜的真实身份。自认为宽容开明的乔治无法容忍丽娜的混血儿身份,丽娜只得只身回到家乡,在乡村的黑人学校教书。但学监杰夫逊人品恶劣,对她图谋不轨,同时乔治仍然与她藕断丝连,丽娜最后终于不堪精神压力而病逝。《雪松后面的房子》是切斯纳特的第一部长篇小说。他此前发表的短篇小说对种族主义的批评比较隐晦,所以在白人社会反应良好。但《雪松后面的房子》则对白人的种族偏见提出公开批评,以至于有人认为切斯纳特有煽动之嫌,小说的销路也因而不佳。

这部小说里种族主义的代表就是白人医生格林,他曾对乔治说:"他们可能会让我们的奴隶们暂时超过我们,但他们没有摧毁我们的精神,不可能夺去我们血液和教养上的高贵。我们最终会夺回控制权。黑鬼是个低下的东西,上帝让他带上受奴役的标记,让他的智力处在受奴役的状态。我们不会长期受他的统治。先生,我来敬酒:祝盎格鲁-撒克逊种族永远像现在这样成为世人的首领和楷模,决不拱手让出自己的权力,如果需要的话,为了保卫他的自由永远准备献身!"这种白人至上的观点是种族主义的核心,在战后的美国社会,白人对此仍然心照不宣,但又不愿公开宣扬,切斯纳特则通过格林之口把它表露无遗,因此惹恼了很多白人读者。他在 1905 年 7 月号的《亚历山大杂志》上发表文章《种族偏见,原因和治疗》(Race Prejudice; Its Causes and Its Cure),对以上的观点予以坚决的驳斥:"一个人为什么要对自己无法负责的事情感到骄傲或者羞愧?每一个人都应当珍视基于人性之上的人的尊严,这种尊严不会为了肤色而有任何增减。"

《雪松后面的房子》触及的是不同肤色通婚(miscegenation)这个社会敏感

问题。20 世纪初时 1 亿美国人口中有 1 000 余万有色人种,其中 150 万和切斯纳特一样外表几乎就是白人,但不同肤色通婚在南方和一些北方州仍然遭到禁止。切斯纳特在 1913 年的一次演讲里强烈谴责这种做法,认为它在法理和道德上都讲不通,是对人的侮辱。他曾讥讽地说,其实这是白人作的孽。在《从内部透视黑人问题》(An Inside View of the Negro Question, 1899)里他批评道:"现在对'种族通婚'谈虎色变,上一代的白人放纵无度,所以任其发展;这一代的白人惧怕它的合法化,所以大声谴责;但是没有白人的赞同,种族通婚过去不会将来也不会成为可能"。①

伪装(passing)是切斯纳特经常触及的主题,而且表现得很有深度,并由此引发出当代后殖民主义和文化批评家对这个主题进一步的关注。《年轻时的妻子及其他肤色故事》中的《格朗蒂森的伪装》(The Passing of Grandison)是这个主题的一个著名案例。故事说的是富有的白人青年迪克·欧文斯做出一件不同凡响的"大事",即策动父亲欧文斯上校的黑奴格朗蒂森逃跑,以便向未婚妻查瑞蒂证明自己并非一事无成的浪荡子弟。他携带格朗蒂森北上纽约波士顿,最后甚至来到自由的加拿大,但是格朗蒂森对他提供的无数次逃跑机会竟然毫不动心,最后迪克不得不花钱雇人强迫他留在加拿大。回家后迪克免不了受到老欧文斯的训斥,但一个月后格朗蒂森竟费尽艰辛长途跋涉回到了主人身边。种族偏见深厚的老上校对他褒奖有加,逢人便说:"格朗蒂森根本没有逃跑的念头。他知道什么时候生活得舒畅,什么地方才有自己的朋友。所有废奴主义者和逃奴的谎言都不会让他动心。"但三个星期后,格朗蒂森失踪了,同时消失的还有格朗蒂森父母妻儿一大家七口人。老上校对"财产"的流失痛心疾首,全力追赶,但功亏一篑,面对的是刚刚向加拿大方向起航的小汽船和船上那一张张熟悉的脸庞:"他们往回张望的眼神不是希望得到埃及的肉罐。"老上校只得无力地挥动着拳头。这部小说在悬念的使用上汲取了情节剧的技巧,但反讽手法的使用仍然令人耳目一新。

《格朗蒂森的伪装》还引出一个不尽相同的"伪装"问题,即黑人模仿白人,以白人身份来"自欺欺人"。1955 年在一次采访时有人问拉尔夫·埃利森,身份问题是否是美国黑人文学的基本主题,埃利森给予了毋庸置疑的肯定回答,因为"我们社会的性质决定了(白人)不让我们知道我们自己是谁"。尽管从这个意义上说后现代主义消解身份的做法十分可疑,甚至是个圈套,但是要明确自己的族裔身份的确比想象的要困难得多。切斯纳特一生都在为身份问题而奋斗,但他代表的究竟是什么"身份"至今还令批评家争论不休,其中也涉及他究竟多大程度上在"伪装"自己。《雪松后面的房子》里有一个普通黑人弗兰

① Sylvia Lyons Render, *Charles W. Chesnutt* (Boston: Twayne Publishers, 1975), p. 88.

克·福勒。弗兰克一直深爱着丽娜，曾救过她的命，但一直觉得丽娜那类人的肤色比普通黑人的肤色浅得多，因此也更加“优越”，所以一直把爱埋在心底。切斯纳特赞扬了弗兰克的美德，在肤色问题上也显然赞同弗兰克的观点。因此有人怀疑切斯纳特本人是不是也和丽娜一家人一样既深受种族偏见之苦，同时又下意识地感到自己比其他黑人更“白”，所以批评他立场不稳，“既是他那个时代美国黑人文学主流的一部分，又和它分道扬镳”，因为他“从未具有鲜明的黑人身份。他和北卡罗来纳人的身份差异明显，无疑感到比身边的大多数黑人更加优越……切斯纳特最需要的是成为美国精英的一分子——这个精英正好是白人而非黑人”。

用当代后殖民主义理论看，这种现象反映的其实就是法农在《黑皮肤白面具》里涉及的“内心殖民”(internal colonization)现象：身处殖民文化中的“我”早已由殖民主义者事先确定了，从小灌输给我，使我不仅认同于这个外来的我，而且把它作为自己的唯一身份，心甘情愿地放弃自己本来的文化属性。“我所使用的东西已经由……白人这个他者所提供，他们用无数个细节、轶事、故事造就了我”。“因此，不是我为自己创造意义，而是意义事先就已经存在，在那里等着我”。[①] 客观地说，切斯纳特对这个“白人”自我是拼命加以抵制的，但内心殖民发生在意识的深层，并不是可以轻易去除的。其结果，就是切斯纳特的黑人同胞和他本人有时也会产生迷茫。黑人读者有时不知道该如何阅读切斯纳特。如果把他的小说作为文学作品，则失去不少可信度；如果把它看成道格拉斯式的自传，又无法体会其中的隐晦意义。切斯纳特本人也对自己的作品把握不准了。他在写给出版商的信中说：

> 我写的书从我的角度来处理肤色问题，期望公众赞同后能有一些回报来弥补写作的支出，我现在想听一下您的意见我到底有没有能力做这件事。我写作确实主要不是为了钱，而是为了和金钱完全不相干的伦理原因。但我也一直希望能获得公众的理解，因为他们只有读我的书我的伦理目的才能达到。
>
> 我开始怀疑，对主要人物是有色人的书，或对有色人而不是对白人表达强烈同情的书，公众一般并不关心。……如果一部小说大家承认还算有趣，戏剧性强，结构合理，写得不错——这些优点大家都赋予了《传统的精华》……但出版后两个月却卖不出5 000册，肯定哪里出了问题；除了主题之外我不知道问题会出在哪里。

---

① Frantz Fanon, *Black Skin White Masks*. trans. Charles Lam Markmann (New York: Grove Press, Inc., 1967), pp. 111, 134; Diana Fuss, *Identification Papers* (New York & London: Routledge, 1995), pp. 142 - 148.

当代批评家觉得不能简单地说切斯纳特出生在两个种族之间但站在黑人一边,而宁可把他看成"多元文化最成功的表现":"切斯纳特的短篇小说绝不仅仅使对立双方处于争斗之中。相反,他的小说探索了他所描写的人物的细微差别,或更抽象地说,在很大程度上他的小说通过人物的细微差别构成了人的身份。"①但是如果从中性的"人"的角度去把握切斯纳特,则或多或少抹杀了他作为黑人作家的独特作用。

切斯纳特的小说艺术受到后人的赞扬。他虽然一直在批判揭露,但白人批评家也承认他的文体优雅得体,主题明确,论辩逻辑性强,层次分明,叙事结构多变,毫无累赘之感,句子结构不论简洁还是复杂,都自然流畅,对偶、头韵、平行、重复、排比、韵律等手法的运用十分得体。切斯纳特尤其看重人物塑造:"人有能力凭空创造出一些生灵,这些生灵生活着呼吸着,有爱有恨,还会死亡——可又可以永生,人和神的相通在这里最明显。"在《小说写作》(*The Writing of a Novel*)中他也强调表现手法的重要性:"一部小说除非表现上有出众的魅力或者主题立刻显出重要性,否则一定要有戏剧性节奏,事件的展开,人物的互动,结局的不可预料,好在整整 400 页的阅读中抓住读者的注意力"。豪威尔斯在论《会念咒语的女人》时高度评价了切斯纳特的小说艺术:"切斯纳特先生对具体情况的处理似乎和莫泊桑、屠格涅夫、詹姆斯先生、朱厄特小姐,或威尔金斯小姐同样出色,艺术上也同样显得从容有力。……小说里最宝贵的人物描写得也栩栩如生。"②

切斯纳特是孤独的,因为他的陈述并没有取得他所预料的效果,他本人也一再被他寄予希望的读者所误解。但他的陈述在 20 世纪后期重新得到了公正的评价,他的文学贡献重新得到了肯定:"切斯纳特几乎是通过孤军奋战,如果不是长篇小说,至少在短篇小说上建立起真正的非裔美国文学传统。他第一个把宽广的非裔美国人体验作为自己的艺术表现范围,认为其中的几乎一切都值得表现……在切斯纳特那样的时代,他的成就可以明确地归纳为:是他教会美国白人把后世小说家看作批判现实主义的作家来加以尊敬,即使他们尚不能把他作为文学的本土之子来拥抱他。"③

保罗·劳伦斯·邓巴(Paul Laurence Dunbar, 1872—1906)是世纪之交和切斯纳特齐名的另一位著名的黑人作家。他出生在俄亥俄州代顿市的一个

---

① Charles Duncan, *The Absent Man, the Narrative Craft of Charles W. Chesnutt* (Athens: Ohio University Press, 1998), pp. 8 - 24.

② Sylvia Lyons Render, *Charles W. Chesnutt* (Twayne Publishers, 1975), pp. 120 - 146.

③ Valerie Smith, Lea Baechler and Walton Litz, eds., *African American Writers, Profiles of their Lives and Works — From the 1700s to the Present* (New York: Collier Books, 1993), p. 51.

奴隶家庭，父亲乔舒是肯塔基州的奴隶，通过地下铁道逃到加拿大获得自由，内战前夕回国参加美国组建的第二个黑人步兵团，战后和小他 30 岁的寡妇玛丽尔达结婚，邓巴是他们的独子。小时候邓巴喜欢听母亲讲父亲内战时的经历。他从小身体瘦弱，但喜爱写作，16 岁发表了第一首诗歌《我们的士兵烈士》(Our Martyred Soldiers)，在自己高中时创办的报纸上发表方言诗，高中毕业时是全班唯一的黑人。

中学毕业后邓巴一面做电梯服务生一面坚持读书写作，1893 年自费印行第一部诗集《橡树和常青藤》(*Oak and Ivy*)，然后上街售书来偿还出版费用。一次著名演员赫纳在公共场合朗诵了他的诗，并将邓巴介绍给豪威尔斯，后者在《哈柏氏周刊》上赞扬了邓巴的第二部诗集《大调和小调》(*Majors and Minors*, 1895)，为他的第三本诗集《低微生活抒情曲》(*Lyrics of Lowly Life*, 1895)找到出版商，后来还为其作序，称邓巴是"第一位表现出内在文学才气的美国黑人"，认为他"以审美的眼光去感受黑人生活，用抒情的笔触去表现它，在拥有完全的美国血液和美国文明的人中绝无仅有"。由于豪威尔斯的举荐，邓巴 24 岁时便声名远扬，"别的作家一辈子尚达不到这种程度"。此前白人文学报刊的编辑一直认为只有具有欧洲血统的非裔美国作家才可能取得一点文学成就，邓巴的出现使这种说法不攻自破。1897 年邓巴应邀去英国朗诵自己的诗歌，回国后在国会图书馆阅览室工作，不久弃职专门从事诗歌和小说创作，成为美国第一个黑人职业作家。1898 年 3 月 6 日他和后来小有名气的女作家爱丽丝在纽约市结婚，婚后在夫人的劝说下辞去图书馆的工作专事写作，因为图书馆的空气和华盛顿的天气对他的肺疾不利。由于不停地旅行讲演使咳嗽加剧，邓巴通过饮酒来减轻肺部的痛楚，结果染上酗酒，使他的婚姻只维持了短短的四年。疾病，酗酒，婚姻的不幸，加上大多数诗歌和小说并不为评论家看好，使邓巴在忧郁中去世，只活到 34 岁。邓巴是个多产作家，出版有六卷诗集，四卷短篇小说集，四部长篇小说，还写有少量戏剧。1913 年他的所有诗歌结集出版一卷本《保罗·劳伦斯·邓巴诗歌全集》(*The Complete Poems of Paul Laurence Dunbar*)。

戏剧并不是邓巴主要的文学创作，他的小说也因处在现实主义和自然主义高峰时期而黯然失色，所以他最为后人称道的是诗歌。邓巴诗歌从形式上可以分为方言诗和非方言诗两类，非方言诗使用的是标准英语，继承的是英国浪漫主义诗歌传统。邓巴的非方言诗之所以值得一提，是因为他是第一位采用这种严肃体裁的黑人作家，在他之前黑人文学最好的形式也许就是以道格拉斯为代表的自传体文学。自传体文学在世纪之交时仍然是黑人文学的常见形式，如华盛顿的《从奴隶制里站起来》和杜波伊斯的《黑人的灵魂》，但奴隶制毕竟已成过去，黑人文学盼望有新的表现形式。此外，佩奇等人用方言描写黑人已经产生程式化,使得方言诗变成不严肃的代名词,不适于表现严肃的主题。[①] 当邓巴需要表达黑人的自我意识、对种族遗产的骄傲和对未来的信心时,采用了传统的英国诗歌中的庄严形式作为载体,如《歌唱埃塞俄比亚》(Ode to Ethiopia):

啊民族的母亲!我带给您
这个坚定的表达忠诚的誓言,
　　这个对您荣耀的赞颂。
我直到您感到的痛苦,
当奴隶制把您踩在脚下,
　　地上流淌着您的献血。

我的种族,从思想上和心灵里骄傲起来;
您的名字书写在上帝的经卷上
　　用火的大字。
在声誉的明亮的天空中,高空的云层里
您的彩旗在飘扬,
　　真理会使它飘扬得更高。

您有权利感到崇高的自豪
您无瑕的长袍被
　　鲜血严厉的洗礼所纯洁。
在您的额头摆放了十字架,
劳作流下的痛苦的汗珠
　　成为神圣的圣油。

同样,《有色人战士》(The Colored Soldiers)采用丁尼生的诗歌形式,歌颂南北战争时北方黑人士兵的英勇:

他们那时是同志和兄弟,
　　他们今天不也如此吗?
他们英勇到可以挡住子弹
　　可以面对可怕的争斗

① Peter Revell, *Paul Laurence Dunbar* (Boston: Twayne Publishers, 1979), p. 64.

他们是公民和战士，
　　当反叛抬头的时候；
使他们表现自己价值的事迹，——
　　啊！这些品德至今没有死亡。

邓巴本人喜爱的是自己的标准英语诗歌，认为这些诗歌最能表达自己的思想；作为第一位掌握了诗歌艺术的黑人诗人，邓巴喜爱同样也是英年早逝的济慈的风格。他的非方言诗观察仔细，形象生动，节奏音律娴熟，哲学思考深刻。此外，不少非方言诗歌表达出对种族歧视的愤怒，如献给道格拉斯的十四行诗《弗雷德里克·道格拉斯》(Frederick Douglass)，《哈丽特·比彻·斯托》(Harriet Beecher Stowe)和《我们戴着面具》(We Wear the Mask)等。但奇怪的是，主流批评界更加关注的却是他描写种植园黑人生活的方言诗歌。这种偏见始于豪威尔斯。他在赞扬邓巴的《大调和小调》时指出，邓巴的非方言诗(大调)虽好，但"除了作者的黑面孔之外并无突出之处"，真正对美国文学的贡献是占这部诗集三分之二的方言诗(即小调)。不幸的是，豪威尔斯的评价成了近一个世纪美国批评界评价邓巴的主要标准，直到近年这种状况才有所改变。

总的说来，邓巴的方言诗美化南北战争之前南方黑人农民的种植园生活，诗中的黑奴幸福惬意，吃穿不愁，丰润有余，晚会不断，年轻人总是"唱着古老的曲调/用古老的方式"享受着无忧无虑的生活；听说要得到解放时，竟号啕大哭，口口声声要"告诉林肯先生收回那个自由"；内战后的自由黑人总在怀念"旧日的好时光"，怀念种植园里"过去爱我的和我爱的一切"，为不能继续为好心的奴隶主服务而痛惜，决心"留下来看管这可爱的地方，守护她直到死亡"。方言诗的另一个主题就是奴隶们的狩猎、钓鱼或谈情说爱，完全无视当时激烈的民族矛盾以及种族主义者对待黑奴的暴行。当然有些方言诗里也偶然表露出对现实的不满甚至抗议，但这些抗议总被愉悦或愚忠所淹没。如《他们征召有色人士兵》(When Dey Listed Colored Soldiers)里的黑人姑娘为自己的丈夫去北方入伍感到骄傲，但听说两个主人战死时又感到非常伤心。

由此可见，由白人把持的文学主流之所以推崇邓巴的方言诗，是因为这些方言诗更加符合他们想象中的美国黑人，尽管这种"想象"其实是歪曲。以方言诗使用的"方言"为例。方言诗的"方言"有它的优点：叙事性强，音乐感好，容易产生亲切感。但是这种语言并不是黑人语言的真实反映，而是程式化了的表现黑人"他者"的文学语言："黑人在美国取得了或被放置于某个艺术位置。如果认为他有艺术家的气质，便是个逍遥自在，哼着小曲，拖着舞步，拨着班卓琴，或者是个忧郁寡欢的家伙。还要把他放进棉花地或者河堤上的小木屋里。很自然,黑人方言长期以来就成了表现这种黑人生活的绝好工具。"[①]类似的情况类似白人社区刻意渲染的"正常"华人使用的语言——唐人街"洋泾浜"英语,以及20年代哈莱姆文艺复兴时期白人读者喜欢的所谓城市黑人的"原始性",即哈莱姆区的歌舞音乐、夜生活和性开放。邓巴自己要大家不要拿他的方言诗当真,但邓巴的恳求并不为人所重视。邓巴非常珍视自己的方言诗。1897年他告诉采访他的英国人:"我必须承认我对黑人歌谣怀有深厚的感情。我吟唱这些小歌谣,因为我必须这么做。它们成为我下意识的一部分……这些诗歌在我写在稿纸之前已经在我脑海里形成了很长时间。"[②]尽管如此,邓巴对使用方言仍然没有十分的把握。他曾经写信给穆尔小姐(即他后来的妻子):"我不知道你是否认为非裔美国——我不喜欢这个词——作家应当保存我们先辈的这些古老的传说和歌谣,它们使乔尔·钱德勒·哈里斯、托马斯·纳尔逊·佩奇、鲁丝·麦克爱纳瑞·斯徒尔特和其他人有了名气!或者你觉得应当让其他人认为我们该忘记过去及其所有重要的文学素材。"受到豪威尔斯称赞后,邓巴曾得意一时,但一年后就抱怨豪威尔斯称赞所产生的副作用:"一个评论家说句话,其他人赶紧跟着学,在很多情况下一字都不差。很显然,豪威尔斯先生关于我方言诗的评价已经对我造成无可挽回的伤害。恐怕还会影响到英国的批评界"。这种伤害的一个后果,就是读者只把非方言诗看作文学作品;而他们只乐意承认邓巴的方言诗,所以并不把他看作严肃诗人。

除了诗歌之外,邓巴还写有不少小说,其中不乏一些上乘之作。《私刑处死朱伯·本森》(*The Lynching of Jube Benson*)通过一位医生之口说出私刑的残忍。七年前"我"刚从医学院毕业,在小城布拉德弗德实习,爱上了房东17岁的女儿安妮。黑人小伙子朱伯特别喜欢为安妮做事情,得知我爱上安妮后对我也照顾得殷勤周到。此时爆发伤寒,我夜以继日地抢救病人,朱伯是我最好的助手,而且帮我和安妮传递书信。当病人们都脱离了危险时,我却被伤寒击倒了,朱伯又夜以继日地看护我,我们的感情越来越深厚。当我回到布拉德弗德的住处时,却惊讶地发现安妮已经奄奄一息,询问凶手时她说出"那个黑——"就死了。大家发现朱伯不见了,于是肯定凶手就是他,拿上武器分头搜寻。黎明时分我发现了朱伯。朱伯说明自己去看望他人,但我和众人都认为他在撒谎,打他并把他捆了起来。城里"最好的公民们"聚集起来进行"可怕的报复",对朱伯施以私刑,正打算把尸体示众时,朱伯的兄弟本跑来说真正的

---

① Valerie Smith, Lea Baechler and Walton Litz, eds., *African American Writers, Profiles of their Lives and Works—From the 1700s to the Present* (New York: Collier Books, 1993), p. 70.

② Jay Martin and Gossie H. Hudson, eds., *The Paul Laurence Dunbar Reader* (New York: Dodd, Mead & Company, 1975), p. 262.

凶手找到了，原来是城里的白人无赖汤姆，他把脸涂黑故意冒充黑人。我回到屋内从安妮指甲上取下残留的皮肤和毛发，放大镜证明凶手确是汤姆无疑。通过这个故事，邓巴告诉人们，真正的凶手其实是多年形成的种族偏见。“我”事后反思，为什么我们要怀疑黑人：“我想是误导的结果，一开始我就被误导了。看见朱伯的脸庞在黑暗里泛出淡光，我只能把他想象成一个恶魔。这是传统造成的。开始时别人告诉我黑人会抓我，我平静下来之后人们又告诉我黑人是恶魔，等我再次平静之后，见到的就是朱伯和其他黑人狰狞的面目。结论只有一个：这个黑人代表了所有的邪恶力量，他们会施展的诡计从小就在我脑子里盘旋。”这部短篇小说是邓巴唯一描写南方种族主义暴行的短篇小说，有些批评家认为它描写有余而批判不足。[①]

除了短篇小说之外，邓巴还写有四部长篇小说，其中唯一描写黑人人物的是最后一部《神祇的玩笑》(*The Sport of the Gods*, 1902)，1901 年开始连载，次年出版。故事发生在重建年代或世纪之交。莫里斯是内战后重新发家的南方商人，对为他服务了 20 年的黑人管家贝瑞·汉密尔顿一家很好，后者勤奋节俭，成为黑人里的中产阶级。莫里斯爱弟弟弗兰克，支持他在巴黎学习艺术。一次弗兰克来看望莫里斯，饯行晚会上弗兰克说莫里斯给自己在巴黎的生活费 986 美元不见了，当时只有弗兰克和贝瑞两人单独在房间里待过，加上第二天贝瑞在银行存入一笔数目可观的钱，所以判他入狱十年。城里的白人认为黑人天生堕落，黑人们也因忌妒贝瑞的家境而蔑视他。贝瑞的儿子乔失去了工作，妻子范妮也租不到房子，一家只得移居向往中的圣地纽约。到纽约后范妮一家每况愈下。乔在纽约风气的影响下染上不良习气，赌博酗酒，和舞女哈蒂鬼混。女儿基蒂失去工作后不顾妈妈的劝告去做歌手，很快沉湎于享受。这时弗兰克良心发现，向莫里斯坦白钱其实是自己拿走和情妇挥霍掉了。莫里斯担心名声而不敢说出真相，且害怕此事暴露，变得越来越沉默厌世。五年后白人记者斯卡格斯从乔的口里得知贝瑞蒙受的不白之冤，来到贝瑞家乡假称是弗兰克的朋友，从已经半疯癫的莫里斯处骗出了弗兰克的来信，然后在报纸上刊登，引起轩然大波。贝瑞因此获释，来到纽约和家人团聚。此时乔由于哈蒂另有新欢而掐死了她，被判终身监禁；基蒂杳无音讯，范妮则已另嫁他人。贝瑞打算杀死虐待范妮的丈夫汤姆，但赌徒汤姆已在争斗中丧生。贝瑞和范妮重新回到家乡，受到莫里斯妻子莱斯莉的欢迎，而莫里斯此时已经完全疯了。

邓巴的前三部长篇小说主题轻松，他的诗歌大部分也温文尔雅，但这部长

① John Henrik Clarke, ed. *Black American Short Stories, One Hundred Years of the Best* (New York: Hill and Wang, 1993), pp. 6 - 7.

篇小说则明显受到克莱恩、诺里斯、德莱塞的影响，暴露得如此大胆令读者吃惊。但邓巴责备的似乎不是社会环境对人的决定性影响，而是命运(即标题里的"神祇")，有人把邓巴的变化归之于肺结核晚期所致。小说反映了内战后黑人从乡镇往大城市的大规模迁移，这种迁移一直持续到20世纪上半叶，所以邓巴是描写这方面故事的先驱。但邓巴的小说成就明显不如他的诗歌：除了贝瑞之外，小说人物比较单薄，个性不突出，只是环境的奴隶或者邓巴思想的传声筒。但这部小说仍然是邓巴最好的长篇小说，被认为是20年代哈莱姆文艺复兴的先驱。

此外，邓巴还写有无数的报刊文章，如《不幸的南方黑人》(The Hapless Southern Negro, 1898)，《争论不休的种族问题》(The Race Question Discussed, 1898)和《具有代表性的美国黑人》(Representative American Negroes, 1903)。这个时候的邓巴"最能代表他所献身的美国黑人事业，代表他个人对他的人民的发展和进步所给予的支持"，但美国文学主流很少提及这些文章，因为这时的邓巴明显属于"积极抗议"的黑人。邓巴在高中就读时就办过报纸《闲谈者》，1890年12月13日他在这张报纸上撰文写道："把理想付诸实践的时候来到了……记住，行动的鼓动其效果比词语的鼓动要厉害十倍，为了你们自己，也为了上天和我们的种族，停止鼓噪，开始行动。"他1893年在芝加哥《纪事》报发文，提及当时有250种主要黑人报刊，认为要利用这个阵地引导黑人进行斗争。在《作为个人的黑人》(The Negro as an Individual, 1900)中他指出："人生来自由平等或许不错，我不想否认这一点。但如果一个人生下来不做任何事，就不可能跟上生活的步伐。一个出生在布克·T. 华盛顿隔壁小木屋而且现在还待在那里的孩子没有权利和华盛顿相等，就像和勤奋者分享财产的无赖一样毫无价值。"

邓巴所处的时代被历史学家称为战后美国黑人政治经济生活的最低点。经过南北战争和重建之后，一切似乎都在回潮：学校，教堂，旅馆，饭店，洗衣房等等都实行了种族隔离；白人社会设立了专供黑人使用的理发店，杂货铺，保险公司，殡仪馆，房产公司，甚至垃圾处理公司；银行拒绝为黑人服务，黑人的就业更加困难。在这种情况下，黑人只有"戴上面具"表示和白人社会和解才能得以生存。邓巴曾说自己的位置最不幸，因为他是一个"黑色的白人"，即生活在白人中间为白人读者写作的黑人作家，因此常常不得不言辞含混。他写的种植园方言诗或许有时是不得已而为之，因为只有模仿佩奇这样被白人接受了的作家，他的作品才能在主要刊物上发表，结果只能被用来印证佩奇等人有关黑人的谎言，这也许是邓巴不愿意看到的。当代批评家认为对邓巴不应当采取简单化的做法，因为这些方言诗犹如切斯纳特的《会念咒语的女人》，在取悦白人的同时暗含对种族偏见的批判，只是这种批判隐含得更加深刻而已。

当代批评家还解构了 20 世纪关于邓巴的诸多“神话”，如邓巴本人看不起自己的方言诗，邓巴的诗歌避免种族问题，是对种族主义的妥协；诗歌形式没有创新和发展等等。他们指出，一战后黑人社区在集会中喜欢传颂邓巴的方言诗，把它作为自己身份的象征；邓巴也没有亦步亦趋地模仿佩奇和哈里斯等为代表的种植园传统，而是注入自己对黑人的深刻理解和爱。盖茨认为 20 年代哈莱姆新黑人批评家批判邓巴，并不是针对他的方言诗本身，而是出于创造新的诗歌载体的需要。他们普遍主张，邓巴身上有双重或者多重意识，正如杜波伊斯所说：“这是一种独特的感受，这种双重意识……人们总能感到这种双重性——美国人加上黑人，两个灵魂，两种思想，两种无法调和的争斗，一个黑色身体里的两种相互排斥的理想，双方力量都顽强，使得这个身体不会被拆成两半。”因此，邓巴的方言诗里很可能有一种“精致到白人根本听不懂”的声音，他可能在“使用奴隶制的工具来拆毁奴隶制的房屋”。但要印证这些论断尚需对邓巴进行更加深入的解读。①

和邓巴不同，凯布尔这位“战后的废奴主义者”对奴隶制的批评要直言不讳得多。乔治·凯布尔(George Washington Cable, 1844—1925)出生在新奥尔良，商人的父亲出身弗吉尼亚奴隶主大家庭，母亲来自新英格兰严格的清教徒家庭。他 14 岁时父亲去世，不得不辍学在新奥尔良海关打杂活接济生活困难的家庭。南北战争时 1862 年新奥尔良陷落，凯布尔的母亲宣称美国(北方人)是她的敌人，他本人也于 1863 年加入南方军队，在密西西比骑兵部队服役，受过重伤。战后在码头做过见习检查员，后来染上疟疾病休两年，开始阅读。1869 年凯布尔和路易丝结婚后，开始向新奥尔良报刊专栏投稿；1871 年在新奥尔良一家棉花公司做管理员和记簿员，其间大量阅读。他虽然没有接受过正式教育，却喜欢自学，早起上班前阅读和写作。1872 年他对过去法国西班牙殖民者留下的新奥尔良记录产生浓厚兴趣，有感于这些材料的珍贵，遂自学法语以便研究这些资料，同时开始创作。

1873 年凯布尔的首部短篇小说《乔治先生》(Sieur George)在《斯克里布纳月刊》发表，使他一举成名。此后三年他又陆续发表多篇关于新奥尔良的短篇小说，结集出版为《旧日的克里奥尔》(*Old Creole Days*, 1879)。1880 年和 1881 年他相继出版长篇小说《葛兰蒂斯迈》(*The Grandissimes*)和中篇小说《黛尔芬夫人》(*Madame Delphine*)，讨论肤色和种族关系问题，批评南方白人

① Joanne M. Braxton, ed. *The Collected Poetry of Paul Laurence Dunbar* (Charlottesville & London: University Press of Virginia, 1994), pp. xvii - xxx.

社会对黑人的剥削和压迫,在克里奥尔引起读者反感,认为凯布尔在丑化他们。但这些书很成功,使凯布尔得以辞去职员的公职专职写作。母亲带给他的清教传统起了作用,使他转向更具争议的社会问题,积极鼓吹改革,如《塞维亚医生》(*Dr. Sevier*, 1884)鼓吹监狱改革,《沉默的南方》(*The Silent South*, 1885)要求改变种族关系,进一步惹恼了南方读者,使他只得在1885年举家移居麻省,和好友吐温为伴。他晚期的作品更加关注社会历史问题,如《黑人问题》(*The Negro Question*, 1890)、《南方人约翰·马奇》(*John March, Southerner*, 1894)和《保皇者》(*The Cavalier*, 1901),但批评家认为这些作品过于屈从于编辑和读者,在活力和感染力上远不及早先的几部小说。

凯布尔一直被作为地方色彩小说家,虽然马克·吐温称他是"南方最了不起的文学天才",但并不为文学主流所重视。20世纪后期他的重要性越来越受到批评家的注意,现在被认为是南北战争至一战期间除了马克·吐温之外最重要的南方作家。凯布尔小说里反映的克里奥尔人(the Creole)社区指的是路易斯安那州新奥尔良的西班牙和法国定居者的白人后裔。他本人不是克里奥尔人,但是他的根却深深地扎在新奥尔良的克里奥尔社区;他曾经说过,之所以选择新奥尔良作为小说的中心,主要因为他生于斯长于斯,在那里生活了半辈子,对那里有很深的情感牵挂。作为出色的地方色彩作家,他用艺术的形式忠实地反映了新奥尔良社会生活的一个主要方面。和其他乡土文学家一样,他的早期小说透露出淡淡的浪漫色彩;虽然情节戏剧化,人物塑造单薄,但作品整体具有深厚的质地,对路易斯安那的历史民俗,新奥尔良的风土人情和地域景色,克里奥尔的传统和方言表现得栩栩如生,鲜明准确。

凯布尔生活在南方,熟悉那里的生活,但和大多数南方小说家(如佩奇)不同的是,他具有北方人的思想,敢于对根深蒂固的南方观念提出挑战。他具有强烈的社会道德感,竭力去真实反映南方的种族不平等、暴力、等级制度、种族通婚,被认为是南方现实主义的先驱。他在作品里不仅没有丝毫地美化奴隶制,而且入木三分地分析批判了造成奴隶制的社会机制。在《我的政治》(My Politics)一文里,凯布尔谈到了自己的思想转变过程:还在南方军服兵役时他就意识到南方退出联邦的愚蠢和奴隶制的不公,仔细阅读了《独立宣言》、美国宪法和《圣经》,最终摒弃了南方对种族的偏见转而倒向北方。战后南方人又以"北方人的淫威"为由轻易地放弃了早先退出联邦的原则,这使一贯注重坚持原则、遇事善于思考的凯布尔更加看不起南方。

《葛兰蒂斯迈》是凯布尔的代表作,是南方作家写出的第一部讨论南部奴隶制的小说,其深刻和尖锐堪称福克纳(William Faulkner, 1897—1962)同类小说(如《押沙龙,押沙龙!》《去吧,摩西》)的先驱。

故事发生在19世纪初的1803年,当时路易斯安那刚被法国政府卖给美国。居住在那里的克里奥尔人不喜欢美国人,把美国人的统治看作是暂时现象,竭力要保存自己的语言、习俗、文化,甚至是已经被美国政府宣布为非法的奴隶买卖。葛兰蒂斯迈和奥洛拉都是克里奥尔贵族,在假面舞会上相识相爱。葛兰蒂斯迈是葛兰蒂斯迈家族族长,奥洛拉来自德·格拉平家族,其夫在赌场指责葛兰蒂斯迈的叔父埃格里考拉作弊,后者在决斗中杀死对手获得他的财产,并把这笔财产给了葛兰蒂斯迈,而奥洛拉和女儿克罗蒂尔德落得身无分文。约瑟夫是北方来的移民,偶遇葛兰蒂斯迈并成为好友,两人都对新奥尔良的奴隶制和等级制度反感,因此约瑟夫招致当地克里奥尔人的敌视。约瑟夫开药店,房东是葛兰蒂斯迈的混血兄弟黑葛兰蒂斯迈,后者不为葛兰蒂斯迈家族承认。当地传统势力的代表是埃格里考拉,他残酷迫害奴隶布拉斯,受到布拉斯和替埃格里考拉做女仆的妻子帕尔米瑞的反抗。埃格里考拉对黑葛兰蒂斯迈也是充满歧视,带人搜寻他未果,便砸约瑟夫的药店以泄愤。葛兰蒂斯迈占有奥洛拉的财产后良心受到谴责,冲破家族的阻挠决定把财产归还给奥洛拉。约瑟夫和奥洛拉的女儿克罗蒂尔德相爱,奥洛拉也超越了家族的情感接受了葛兰蒂斯迈的求婚。黑葛兰蒂斯迈不堪埃格里考拉的羞辱,刺伤他后逃跑。在埃格里考拉的病床前,葛兰蒂斯迈和奥洛拉两个家族取得了和解。

《葛兰蒂斯迈》真实地再现了19世纪初的一个新奥尔良:自足封闭、落后神秘,以及由此造成的一系列冲突。表面上冲突的中心似乎是相互敌对的两大家族,实际上凯布尔揭示的是旧克里奥尔和新美国文化之间的冲突。和马克·吐温一样,凯布尔并没有必要在南北战争之后奴隶制度已经消亡的情况下再去攻击它;其实他所面对的,是南北战争之后南方乃至整个美国社会的现实,这个现实和早年新奥尔良的社会现实有许多惊人的相似之处。凯布尔所面对的,是顽固地坚持南方的旧价值(反对变革、效忠宗法、刻板的种族隔离、等级制度等等)和内战后与时俱进的进步思想之间的冲突。对凯布尔来说,社会进步的最大障碍是种族关系问题,黑人在内战之后并没有得到真正的解放,种族歧视的观念根深蒂固,种族矛盾和种族仇恨依然如故。在小说里,这种矛盾和仇恨集中表现在黑人布拉斯的身上。布拉斯并非出身低贱没有文化不会思考的奴隶;他原是非洲贵族,血统高贵,被奴隶们抓住贩运到美国沦为奴隶,而且他宁死也不愿默默地忍受奴隶主的屈辱。因此他遭到奴隶制的疯狂报复,耳朵被割去,膝盖肌腱被割断,他的名字(Bras Coupé)意为"砍掉胳膊",表明的就是奴隶制的残酷。通过布拉斯,凯布尔旨在打破奴隶制人道的神话,揭示雍容高贵的克里奥尔传统背后血淋淋的一面。他原想把这部小说在文学刊物上发表,但遭到《斯克里布纳月刊》和《大西洋月刊》拒绝,理由是"太悲惨"。

小说里另一位人物、葛兰蒂斯迈的同父异母兄弟黑葛兰蒂斯迈的遭遇从另一个侧面反映了奴隶制的不合理。黑葛兰蒂斯迈是自由黑人,不仅和布拉斯一样有财产、出身高贵,而且和他的兄弟葛兰蒂斯迈一样在巴黎接受教育,却仅仅由于肤色的原因成为下等人,不被家族接受,受到社会的歧视,说明在一个崇尚等级制度的社会里,肤色大于亲情,展示了克里奥尔社会颓废腐败堕落、内讧争斗以及南方旧传统讲究亲情家庭这个神话的冰冷的一面。

凯布尔的批判目标当然包括奴隶制的残酷和种植园的非人道,但是他超出了常见的奴隶叙事依靠奴隶亲身体验的做法,力图在更加深刻的层面上展示奴隶制的不合理,黑葛兰蒂斯迈的遭遇就说明了这一点。凯布尔要说明的另一个道理是奴隶制思维的顽固性。小说里葛兰蒂斯迈对约瑟夫说:

> 我对(奴隶制的)阴影的时间之长内幕之黑暗感到吃惊!……这个复仇女神不是尾随在道德、政治、经济、社会错误的后面,而是和它并行!它使整个文明变得苍白!它使我们比其他的世界落后一个世纪!它毒害了我们的所有工业!——最要命的是毒害了我们巨大的农业!

在《黑人问题》一文里,凯布尔认为作为小说家自己的职责就是"探究发生在我身边的激烈斗争"。重建时期奴隶制已经在南方政治中消失,但等级制度和阶级仍然存在,克里奥尔人还是那么狭隘偏见,拒绝改革,封闭保守,对种族问题还是固守旧见。正如埃格里考拉临死前还要人们"提防权力平等的陈词滥调——这个邪恶至极的东西",因为"社会的建构就是金字塔,需要奴隶,大自然使奴隶们都披上黑外套"。他最后的嚎叫就是:"热爱家园的乡亲们!捍卫我们的种族!……路易斯安那——永——远!"《葛兰蒂斯迈》发表后的第三年即1883年,美国最高法院裁决1875年的民权法案(禁止在公共设施里实行种族隔离)不符合宪法,把黑人问题留给各州自行处理,因为北方人急于结束民族纷争来发展工业,所以不惜牺牲黑人的利益来讨好南方人。在这个背景之下,南方各州得以恢复"没有体制的奴隶制",出现了凯布尔所说的"奴隶们被允许获得自由,却没有自由可以获得"。因此他说:"我越仔细研究它(新奥尔良和南方),我的期待就越少,虽然我没有理由抱怨它,我也无法热爱它,也不想让孩子们在它的影响下成长。"凯布尔在批判的同时还力图用南方人和自己都信仰的基督教精神来缓解种族矛盾,1881年4月他在新奥尔良礼拜日学校协会的讲话(《乐施好善者》)里,认为"华人、印第安人、爱尔兰人、黑人"都是"乐施好善者",要听众以基督教的仁爱之心去善待他们。凯布尔的立场受到豪威尔斯和吐温的赞扬,但80年代"几乎所有的南方报纸对他群起而攻之",称他为"叛徒",南方诗人海恩责骂他,多年的朋友也开始疏远他,他在南方房屋的贷款不予延长，财产税经“重新评估”后也增加了许多。[①] 但是凯布尔却受到黑人的热爱。1885 年 1 月他在一所黑人高中演讲后，被当地的黑人称为“我们最伟大的英雄”。

重建时期的南方小说大多粉饰南方的现实，而北方人为了自己的私利宁愿相信南方的宣传，而凯布尔则揭示其虚伪和欺骗性，这种揭示使得凯布尔成为 20 世纪南方作家的先驱，因为他摒弃了佩奇式的怀旧，转而以福克纳式的批判距离来看待南方：“《葛兰蒂斯迈》可以说是第一部南方‘现代’小说……如果把南方现代小说定义为毫不妥协地试图公正地处理南方种族体验的复杂性，那么《葛兰蒂斯迈》就是由南方人所写的显示这种意图的第一部重要的小说。”[②]

凯布尔的小说创作有自己的特色。作家兼评论家伊格尔斯顿在 1879 年 11 月的《北美评论》上撰文《评〈旧日的克里奥尔〉》(Review of Old Creole Days)指出，除了对人物进行准确的理解和多层面的描述外，写小说最难的就是使人物符合各自不同的天性，通过天性表现他们的动机，通过恰当的动机产生自然的行为，使人物的言行举止顺理成章。初写小说的人容易在这一点上出现差错，凯布尔则是这方面的高手。凯布尔对小说创作也有自己的见解。在《我怎样写小说》(How I Write My Novels, 载 1908 年 10 月 25 日《纽约先驱报》)里他说，自己写小说时想到的就是展示对公众对文学陌生的生活，通过这种展示让读者借助体验或者生动的想象产生熟悉的历史感。《葛兰蒂斯迈》就是这种小说观的产物。当然《葛兰蒂斯迈》也有缺陷，如贯穿小说始终的传奇因素冲淡了现实主义的批判力度。此外，和其他南方作家相比，凯布尔在内心深处缺乏对南方的感情。而马克·吐温 1882 年重返汉尼拔时，见到熟悉的街道热泪盈眶，这种强烈的情感福克纳也有。但凯布尔对南方只有恨而没有爱，一再宣称只有新英格兰才是他真正的家。[③] 由于彻底切断了和南方的内在联系，他的作品缺乏容忍和同情；他竭力展现南方的美好，然后以“没落的文明”为由把它一笔抹杀，所以小说缺乏超越的力量。

在 20 世纪的读者看来，凯布尔展示的多多少少只是一个传奇故事，一个“世界上不起眼的角落里绚丽多彩的文明”，在他 1925 年去世时，报纸这么形容他：他使“漠不关心的世界体验到一种时代错误的感觉”。但在 20 世纪后半叶情况已经有所不同：凯布尔的大部分著作重新出版，他的主张(如肤色平

---

① Arlin Turner. *Critical Essays on George W. Cable* (Boston: G. K. Hall & Co., 1980), pp. 114 - 122.

② Thomas J. Richardson, ed. *The Grandissimes, Centennial Essays* (Jackson: University Press of Mississippi, 1981), pp. 2 - 25.

③ Turner, pp. 221 - 227.

等)在一个世纪后还是美国社会争论的热点,他也被看作"想法超前并敢于直言的预言家"。

世纪之交时反映美国黑人生活最有影响的一个作家是乔尔·张德勒·哈里斯(Joel Chandler Harris, 1848—1908)。他出生在佐治亚州的伊顿敦附近,是私生子,母亲遭到男友的遗弃,靠缝纫维持生计,但性格坚强。哈里斯懂事后她几乎每天晚上给儿子读书,培养了哈里斯对文学的兴趣。内战时期少年哈里斯家附近的农庄的主人名叫特纳,在他的眼里特纳是位仁慈的奴隶主,13 岁的哈里斯帮助特纳出版种植园小报《同胞》,通过办报和特纳先生的私人图书馆学习到不少东西,同时也熟悉了解了南方种植园生活和黑人的语言、民谣,所以尊特纳为自己文学上的父亲。后来他在自传里说这段时期曾帮助过逃奴,因此赢得其他奴隶的信任,与他无话不谈。此后他在新奥尔良的数家报社供职,听到并记录下前奴隶们讲述的很多黑人传说,1876 年加入《亚特兰大宪法报》任编辑,24 年里撰写了大量社论、书评、特写,尤其是创作出"雷姆斯大叔"系列故事,使他的幽默风靡一时,成为重建运动后新南方的主要声音,《亚特兰大宪法报》也成为南部最有影响的报纸。

哈里斯一生写过 30 多本书和数千篇报刊文章,出版过短篇小说和长篇小说,包括短篇小说集《自由乔和其他佐治亚故事》(*Free Joe and Other Georgian Sketches*, 1887),《在种植园》(*On the Plantation*, 1892)和《简:她的朋友们和熟人们》(*Sister Jane: Her Friends and Acquaintances*, 1896),以及长篇小说《加布里埃尔·托利维尔:一个重建的故事》(*Gabriel Tolliver: A Story of Reconstruction*, 1902)。这些作品反映佐治亚重建时期的种族关系和黑人问题,属于地方色彩作品,但在一定程度上超过内战之后大部分地方色彩作品的情感化和浮浅。这些作品都受到读者的欢迎,但都没有流传下来,真正造就他文学声誉的只是以雷姆斯大叔讲故事的形式写出的多部儿童故事,使他成为"战后南方的重要作家","美国文学中最知名的作家之一",一出版即受到主流媒体的一致欢呼,称小说揭示的黑人生活是"第一幅真实图景"。哈里斯去世前两年曾发行《雷姆斯大叔月刊》,发行量达 20 万份。

雷姆斯是哈里斯依据奴隶叙事传统塑造出的一个内战时忠实于主人的黑奴典型,战后获得自由,在原主人的种植园里做零工,每晚给种植园主的白人小男孩讲故事。哈里斯把以前发表过的雷姆斯故事结集出版为《雷姆斯大叔:他的歌曲和故事》(*Uncle Remus: His Songs and Sayings*, 1880),包含 34 个黑人传说,出版后在南方和北方立刻引起轰动,第一个月就售出 7 500 册,此后被翻译成几十种语言,包括这些故事的发源地非洲方言,被频繁地搬上好莱坞和戏剧舞台。哈里斯生前陆续写出七部主要的雷姆斯大叔故事集,如《和雷姆斯大叔过夜》(*Nights with Uncle Remus*, 1883),《雷姆斯大叔和他的朋友》(*Uncle Remus and His Friends*, 1892)和《雷姆斯大叔讲述的故事》(*Told by Uncle Remus*, 1905)等,一共包括168个美国黑人传说故事。哈里斯去世后又有两部雷姆斯大叔故事集出版,包括13个故事。

所有雷姆斯大叔故事里,当数《雷姆斯大叔: 他的歌曲和故事》里的蔷薇兔子和焦油孩子的故事(《奇妙的焦油孩子的故事》The Wonderful Tar-Baby Story)最著名也最典型。故事说的是蔷薇狐狸想用计来惩罚蔷薇兔子。他用焦油做了一个小孩放在路边,蔷薇兔子边唱边跳地走过来,见到焦油孩子便友好地和他打招呼。见焦油孩子对自己的招呼没有反应,就好奇地用四肢和头部去触动它,结果上了狐狸的当,被牢牢地粘在焦油上动弹不得。在下一个故事《兔子先生如何比狐狸先生更狡猾》(How Mr. Rabbit Was Too Sharp for Mr. Fox)里,狐狸先是要"烧烤"兔子,后又要吊死它,淹死它,兔子都说可以,甚至说可以把自己的眼睛挖掉,耳朵和腿撕掉,只是不要把它扔进蔷薇地里。一心想"尽量折磨蔷薇兔子"的狐狸听说后真的把兔子扔进了蔷薇地里。几分钟后狐狸听见有人叫自己的名字,抬头一看,见兔子正坐在木墩上梳理沾满焦油的兔毛,狐狸意识到自己又上当了,受到兔子的奚落。《奇妙的焦油孩子的故事》具有雷姆斯大叔所讲的这类故事的一般特征: 它们都是动物故事(除了其中的16个故事之外),都属于恶作剧(trickster)故事,让对手上当,[①]另外120个动物故事里91个故事的主人公也是蔷薇兔子。

雷姆斯大叔的故事出版之后,由于内容有趣,形式新颖,加上媒体的一片赞扬,一直受到读者尤其是少年读者的青睐。老罗斯福总统夫人伊迪斯对哈里斯说:"我一生中几乎每一天晚上都要给小家伙们读你的故事,他们从来没有厌倦过亲爱的'雷姆斯大叔'。"罗斯福总统曾邀请哈里斯去白宫吃饭,他对作者的赞赏自然出于另一个原因,正如他在1905年的一次演讲中所说:"我觉得哈里斯先生所做的一个最大的贡献就是他的作品使南方形象在每一个读者脑子里得到升华,同时又没有损害联邦的其他部分……任何地方的爱国的美国人读过他的作品,都会站起身更忠诚地希望为解决美国的问题出一份力量。"

罗斯福对哈里斯的看法虽然偏重国家利益,但其实这也是当时一般评论家的看法。经过南北战争和重建运动,美国社会仍然没有找到解决种族问题及南方问题的好办法,南北冲突仍时有发生,南方的社会问题越来越尖锐。哈

① 雷姆斯大叔的故事可以分为三类,恶作剧故事是其中之一,另外两类是神话故事(23个),如《黑人为什么是黑色的》(Why the Negro Is Black)、《兔子兄弟当上国王的时候》(When Brother Rabbit Was King)和主人公是巫婆鬼魂的超自然故事(16个),如《女巫是怎么被捉住的》(How a Witch Was Caught)和《鬼的故事》(A Ghost Story)。

里斯一直认为政治和腐败联系得太紧密,所以表示对政治不感兴趣:"所有值得记忆的政治原则——真正重要而且必需的政治原则——可以压缩到一本小书,对一个有能力的人来说,可以压缩成一段话。"但他的出现却似乎为这个棘手问题的解决提供了一种可能。作为南方作家,哈里斯要南方人正视现实,打破自我封闭的状况和自以为是的心态。他指出,南方作家和南方一样,总是抗拒任何外来的文化影响,总以为自己的文化最优越,孤芳自赏,不愿意和外界交流,所以养成小家子气,习惯于狭隘落后和故步自封,一直自我感觉良好。他告诉南方作家,不要总埋怨波士顿的文学界专门挑他们的刺,倒是南方作家要去除浪漫主义的不良影响,正视现实反映现实,这才是南方文学的出路所在:"南方如果真要对世界文学作出永恒或者重要的贡献,我们必须克服自己的自我意识,控制我们的敏感,使我们能够心平气和地——甚至心满意足地——面对批评的冲动,这种冲动激励着每一个写出真正的作品的男女文学家。"他提议,今后使用"北方"和"南方"两个词时不应当带有任何集团利益,双方都要为对方说好话。① 在文学创作上,哈里斯主张双方摒弃前嫌,为创造统一的国家文学而努力:"佐治亚或南方的文学一定也是美国文学,而且是更广义上的美国文学。我们当代政治最明显的特征即分裂主义不应当侵蚀文学。这种侵蚀是致命的,已经抓住并毁灭了南方的文学创作。应当说出事实真相。没有值得称道的南方文学,因为这么做的结果只是显示分裂特征,而不是表现地方色彩。"詹姆斯曾经批评美国文学尤其是新英格兰文学不够开放,主张学习英国文学。哈里斯反驳道:"为什么不能有一个和英国文化一样鲜明的美国文化?为什么美国人非要变得不像美国人?为什么不坚持美国文学的地方主义也是一切文学的基本特征——即使文学努力具备独特之处的特征?"当然这里哈里斯显示出自己保守的一面,但他对国家文学身份的坚持倒是值得称赞的。

但是哈里斯的确是一个保守意识相当强的南方作家,这也是批评界(尤其是左翼批评家)长期以来对他的批评。他没有公开替奴隶制辩护,并且暗示:即使自由需要付出代价,即使奴隶主再好,向往自由还是人的天性。他的故事里既有奴隶主,又有受压迫的黑人和贫穷的白人。哈里斯常说,兔子是南方最弱小无助的野生动物,没有坚牙和利爪,甚至没有逃生的蹄和角;通过弱势兔子的一次次胜出,通过"被捕食者战胜捕食者",哈里斯或许暗示奴隶们可以胜出奴隶主和周围的白人,即使只是精神上的胜利。其实谁胜谁败并不是哈里斯的关注。他一再说明,人和动物世界完全不同,因为人有基督教和圣经,不

① Julia Collier Harris, ed. *Joel Chandler Harris, Editor and Essayist* (Chapel Hill: The University of North Carolina Press, 1931), pp. 46 - 48, 189.

必模仿兔子的把戏。“雷姆斯大叔故事表现的世界并不是雷姆斯大叔或一般读者想加以实现的世界。实际上，这些故事展示给读者的世界完全是它们的世界，读者要尽量避免这个世界的发生。”

但是毋庸置疑，雷姆斯大叔和白人孩子的对话反映出的是一种理想的种植园生活。这位雷姆斯大叔秃顶，长着胡须，戴了副眼镜，一副祖父般的慈祥形象，讲述的也是“奴隶制度下的愉快的回忆”。故事里经常可以读到这样的描述：“孩子坐在雷姆斯大叔的身边，头靠在老人的胳膊上，眼睛里流露出强烈的好奇，盯着那张充满慈爱的粗糙、饱经风霜的面孔”；雷姆斯大叔“把萨莉小姐的孩子抱到他的膝盖上，若有所思地慈祥地抚摸着他的头发”；“‘从前，’雷姆斯大叔讲道——调整了一下自己的眼镜，以便能看清把线穿过那根大缝衣针，他正在缝那件大衣”。有人指出，通过雷姆斯大叔，哈里斯要让南方的白人放心，获得自由的黑人不会报复他们；同时他又告诉北方白人，不必为抛弃南方的黑人（指重建结束后联邦军队撤出南方）而自责，因为雷姆斯大叔表明“黑人还会把另一个面颊伸过来，会继续爱别人，不管美国历史上发生过多少次失言”。即使哈里斯等人对南北战争有偏见，他们也不得不承认奴隶制不好；但他们仍然认为，没有这场战争南方自己也会抛弃奴隶制，因为主仆间的亲密关系会最终导向民主和平等。

哈里斯的这种看法在他其他作品里也时有表露，如《自由乔和其他的世界》(Free Joe and the Rest of the World)。这篇小说刊登于1884年11月号的《世纪周刊》，后收入短篇小说集《自由乔和其他佐治亚故事》。自由乔原是奴隶贩子弗兰姆普顿上校的奴隶，上校在赌博中输掉了一切，只剩下这位贴身奴仆，于是到法院签署文件赐予乔自由，然后自杀。但获得自由之后乔仍然面对白人社会各种各样的偏见和欺压，比当奴隶的时候有过之而无不及。妻子鲁思达也是奴隶，冷酷凶残的新主人考尔德伍德不允许他们相见，两人只得偷偷幽会，直到考尔德伍德把鲁思达卖掉。乔仍然一次次地像往常那样到他和鲁思达会面的地方等待，给他们牵线的狗丹也被考尔德伍德的恶犬咬死，但乔仍然苦苦地等待着他的鲁思达和丹，最后在饥寒交迫中死去。这里哈里斯倒是真实地反映了奴隶制的残酷和反人道，在哈里斯的其他作品里并不多见。但同时通过乔他也告诉人们，获得自由的奴隶并不见得生活得幸福，也就是说，奴隶制还是符合大多数黑人的切身利益的。自从第一次被考尔德伍德粗暴地赶走之后，乔对自己的境况有了更清楚的认识。他知道，自己虽然获得了自由，但由于没有主人，反而比其他奴隶更加悲惨。人人都可以做他的主人，他得把自己少得可怜的一点东西奉献给别人，来换取别人的容忍。自由乔的直觉告诉他，必须和奴隶们保持距离，这样可以从白人那里赢得他渴望的宽容。但这么做反而咎由自取，导致黑奴们忌妒他的自由身份，鄙视他，不失时机地侮辱他。哈里斯的这种保守性使他成为日后保守派攻击进步势力的理由。30年代左翼批评兴起时新批评家艾伦·退特(Allen Tate, 1899—1979)在《玉米地的记者》(The Cornfield Journalist, 1931)一文里就利用哈里斯攻击惠特曼,认为惠特曼过于情感化政治化,相比之下哈里斯的作品更加完美。随后退特把矛头一转:"旧美国的农业小商政治专制被大工业专制所取代。前者的罪恶无疑要比后者的罪恶轻一些,因为这个国家最邪恶的政治也讲究思想,而大工业则似乎什么也不懂,甚至连它自己也不懂。"①

但当代批评界认为不能单纯地把哈里斯看作种族主义的同谋。他们认为应当把雷姆斯故事所依赖的黑人传说和哈里斯本人的叙事分开看待。这些故事取自非洲的黑人传统,在美国的语境下被奴隶们赋予了新的意义,即使这些故事的内部编入某种代码,使讲述它们的奴隶们在白人面前可以把颠覆性隐藏起来。因此它们不是简单的儿童动物故事,黑人传说显示的也不是孩子气,尽管哈里斯和白人社会常把黑人当成孩子。所以蔷薇兔子表现的是"靠智慧生活的人们在无望中寻找希望",奴隶们使用狡诈欺骗、模棱两可、似是而非来有意和基督教教义对抗,以揭露奴隶制本身的邪恶。但是哈里斯对这些传说的颠覆性是看不透的,而且通过故事叙述形式强化了白人话语,迎合了当时白人社会的需要,受到白人的欢迎,因此有人把雷姆斯大叔比作19世纪黑人剧社的白人演员,涂黑了自己的面孔,用插科打诨和低级幽默来供白人享受:"这些故事的核心是对强权和强势的敌视。它们的道德代码属于被压迫者,隐含的动机是白人所无法接受的。总之,蔷薇兔子的世界无疑是黑人想象的投射,而伴随逐渐展开的雷姆斯大叔的世界则是另一回事。我们一旦从传说移到其叙事框架,就进入了一个完全是白人杜撰的虚构的世界。"

哈里斯是一个谦虚的人,虽然在全国享有很高的知名度,却一直谢绝在公共场合抛头露面。他把自己的成功归功于黑人传说本身,而不是自己对它们的艺术加工。他对马克·吐温说自己只是个"编撰者",不是"艺术家",反复说明"我知道自己吸引读者的是内容而不是形式"。至于为什么这些故事会如此受欢迎,哈里斯实在给不出很好的理由,只能像柏拉图那样归之于灵感,正如他写给女儿的信中描述的那样:

> 我对自己要写的东西只有一些最模糊的想法。但拿起笔后,模糊消失了,"另一个家伙"开始主事。你知道我们都有两种身份或叫两重人格。因此你见到或听到人们谈论"自言自语"。他们在和"另一个家伙"谈话。我常常询问我的

---

① R. Bruce Bickley, Jr. *Critical Essays on Joel Chandler Harris* (Boston: G. K. Hall & Co., 1980), pp. 59-60.

"另一个"在哪里搞到这些材料，如何在关键时刻记起我早已忘记了的事情。但他从来没有满足过我的好奇心。我拿起笔之前他只是旁观我的愚蠢，拿起笔之后他就走上前接管一切。①

南北战争之后美国读者对非裔美国人民间传说的兴趣上升，这些黑人故事主要由白人作家通过《大西洋月刊》等文学刊物加以传播，如切斯纳特讲述的咒语故事和邓巴听母亲讲的种植园故事等。和其他黑人故事作家相比，哈里斯有几大特点：他结合了古老的西南部文学喜剧传统和战后美国南方的幽默讽刺传统；他是重建前后美国最有影响的几位报人之一，说出的故事栩栩如生，不入俗套；他是第一位美国黑人民歌的编撰者；他是公认的美国儿童故事大家，他的故事都是亲耳所听，经过反复核实，真实可信；在马克·吐温之前他是最有影响的南方地方色彩作家，对黑人方言使用自如，对黑人传说了如指掌。马克·吐温在《密西西比河上》这样评价他："哈里斯先生比其他人更能读懂黑人方言，因为说到写作这种方言，他是这个国家唯一的高手。"哈里斯第一次严肃认真地以原来的面貌（语言，风格，形式）整理记录了非裔美国人的传说，因此"即使他只留下雷姆斯大叔故事作为文化上的贡献，他在美国文学史上也值得永久地占有一席之地"。②

---

① Joel Chandler Harris, *Uncle Remus His Songs and His Sayings*, ed. Robert Hemenway (Penguin Books, 1986), p. 11.

② R. Bruce Bickley, Jr. *Critical Essays on Joel Chandler Harris* (Boston: G. K. Hall & Co., 1980), p. xi.

第六章

女性文学的兴起和发展

1789年7月14日巴黎爆发群众起义，攻占了象征封建统治的巴士底狱，法国大革命爆发。8月26日制宪会议通过《人权与公民权宣言》，确立人权、法制、公民自由和私有财产权等基本原则。但法国国王路易十六和国民制宪议会的代表仍然住在凡尔赛皇宫，声称对此有“保留意见”，10月5日，在一大批妇女的带领下，一万多巴黎市民（包括7 000名妇女）携带武器向凡尔赛进军，迫使路易十六答应批准《人权宣言》，并同意离开凡尔赛到巴黎，制宪议会也随之迁往巴黎，标志了国王势力对革命群众的屈服。两年之后，《女权与女公民权宣言》(Declaration of the Rights of Woman and the Female Citizen)出现，据说是世界上第一个公开争取妇女权利的政治宣言。

1773年12月16日，美国波士顿居民不满英国殖民者的欺压，把东印度公司船上装载的茶叶倒入大海。“波士顿倾茶事件”(The Boston Tea Party)使英国和北美殖民地的矛盾加剧，导致1775年4月19日列克星敦(Lexington)打响美国独立战争第一枪，以及1776年7月4日大陆会议正式通过美国《独立宣言》。其实四年前的1770年1月500多名波士顿妇女就签署协议，拒绝购买含茶叶税的茶叶。1774年10月北卡罗来纳州“伊登顿爱国妇女社”的51位女性也签署声明，拒绝购买英国茶叶和布匹，“伊登顿茶党”也成为北美第一个女性组织的纯政治性公开活动。

美国当代女性主义研究表明，美国女性争取自身权益乃至参政议政的热情在19世纪不断高涨，至少1948年塞尼卡福尔斯(Seneca Falls)的大会和会议发表的《情感宣言》(Seneca Falls Declaration of Sentiments and Resolutions)就是一个标志性的事件。同一时期美国女性的写作和发表也不断增多。

1901年当时的著名小说家诺里斯在一篇刊物发文，题目就是《为什么女性应该写出最好的小说却为什么不写》(Why Women Should Write the Best Novels and Why They Don't)，“应该写”是因为女性天性易受感染，富有情感，热衷交际，“这三点对大脑而言是小说写作最重要的品质”，加上中产阶级女性受过良好的人文教育，又有空闲的时间和充沛的精力。对“为什么不写”，诺里斯的回答是：文学基于生活，而女性对生活本身并不了解，尤其是“粗糙的、原始的、庸俗的”生活；其次诺里斯认为女性的性格和心理也不合适小说创作，喜爱抱怨，缺乏毅力，吹毛求疵，歇斯底里，重要的工作往往半途而废。[1] 诺里斯的问题实际上一百年前女性主义的先驱们就提出过,她们的答案与诺里斯大相径庭。实际上 19 世纪女性作家并不少见,但往往不得不隐去自己的性别;写出的佳作也不少见,但往往得不到承认,其中的原因早已超出诺里斯的理解范畴了。

约翰·亚当斯 1776 年 3 月动身去费城参加大陆会议时,妻子阿比盖尔在信中告诫他:“不要把毫无限制的权力放在丈夫们的手里。如果夫人们没有被给予应有的关心和注意……如果我们在这些法律里听不到自己的声音、看不到自己的代表,我们就会开始反抗,我们是不会听任自己受到法律的束缚。”[2]如果说南北战争之前美国文学中已经出现了一些诸如阿比盖尔这样的女性作家,这些女性作家和内战前后最重要的诗人迪金森一样,活动范围有限,写作大多只是出于自己的爱好,写出的作品读者很少,影响就更小。战后性别歧视依然十分严重,美国女作家往往不愿意使用真实姓名(如朱厄特早期写作使用笔名,霍普金斯有时以母亲未婚前的姓名署名,墨弗雷在成名前一直使用男性笔名)。尽管如此,种族矛盾,南北战争,和其后对黑奴的解放和美国资本主义经济的高速发展,给美国社会生活和美国人的思想观念带来极大的冲击,由此产生的一个明显变化就是越来越多的女性走出家门抛头露面,在社会和政治生活里占有越来越重要的地位。

美国女权运动正式开始于 1848 年的塞尼卡福尔斯妇女权利大会(Seneca Falls Women's Rights Convention),会议发表著名的《情感宣言》。内战期间女权运动暂时平息,战后又重新恢复,而且越来越高涨,在世纪末进入了新的阶段。1874 年成立、后来成为世界最大的妇女组织的“妇女基督教戒酒联合会”(the Woman's Christian Temperance Union),原来只是为了不使妇女成为酗酒的受害者,但很快便进一步要求八小时工作制、女性选举权、女工福利、监狱改革等。19 世纪 70 年代兴起的各种“女性俱乐部”运动吸引了大批白人和黑人妇女,到世纪末“新女性”形象已经建立。她们有文化,经济相对独立,社交面扩大,婚姻自主权大大增加。

由于女权主义运动的蓬勃发展,涌现出一大批为妇女权利不遗余力地奔走呼号的女性社会活动家。与此相对应的是美国文学里出现了一批新的女性形象。詹姆斯一直赞扬独立不羁的女性人物,豪威尔斯的小说里不乏职业女性和思想开放的女性,尽管在传统压力之下这些女性人物有时可能会命运不济,成为传统婚姻或者男权的牺牲品。战前女作家已经在畅销书和现实主义

---

① Michael Davitt Bell. *The Problem of American Realism, Studies in the Cultural History of a Literary Idea* (Chicago & London: The University of Chicago Press, 1993), pp. 177 - 178.

② Robert E. Jakoubek. *Harriet Beecher Stowe* (New York & Philadelphia: Chelsea House Publishers, 1989), p. 7.

小说上取得一些成就，战后则继续关注现实。丽贝卡·哈丁·戴维斯反映弗吉尼亚西部钢铁厂的恶劣环境，伊丽莎白·斯图亚特·菲尔普斯(Elizabeth Stuart Phelps，1852—1888)描写的则是新英格兰的纺织工厂。奥尔科特把中产阶级白人妇女的工作看成争取精神自由人格独立的必要手段；夏洛特·帕金斯·吉尔曼(Charlotte Perkins Gilman，1860—1935)、弗朗西斯·哈柏、凯特·肖邦、玛丽·奥斯丁(Mary Austin，1868—1934)等女性作家尤其注重反映妇女结婚后的经历和个人发展与照顾家庭之间的冲突，甚至对19世纪的婚姻和生育观提出大胆的质疑。相比之下，19世纪上半叶的女作家更多的是张扬女性的品德，如忍辱负重、关爱合作以及道德责任感。

美国批评家一直把19世纪中叶看作霍桑、爱默生、麦尔维尔的天下，认为当时英国女作家倒是声名显赫(奥斯丁、勃朗特姐妹、乔治·艾略特)，美国妇女却是登不上台面的多嘴妇。但实际情况是，美国女性已经登上台面了。霍桑1855年却写信给他的出版商威廉，抱怨美国“完全被一群乱涂乱画的女人们统治住了，如果公众的趣味就是她们写出的垃圾，我就不会成功”。当时的出版界十分乐意以“绅士”的风范为“太太们”服务，愿意出版描写人际关系和道德情操的作品。19世纪40年代末评论家也指出，“这个时期在美国，女作家的比例远远超过英国历代的水平”。南北战争期间妇女以前所未有的热情投入国家政治，有人把1855年至1865年的十年称为“美国妇女文艺复兴”的时代。当代女性主义认为以前的男权批评标准有意贬低妇女生活题材，而这些女作家“拒绝保持沉默，精力充沛、有胆有识地投身于写作”，所以其实大行其道的正是这些女性作家。和霍桑等男性作家不同，女作家不想和男作家争夺艺术，因为正统的所谓“艺术”从来就是男性的一统天下。但是内战之后男性作家越来越难以单独把持这个天下了。战后“绅士”出版商被商业大潮淹没，女性价值让位给商业利润，女性作家人数有所减少；但是正因为如此，女性作家的艺术性更快地显现出来。①

19世纪后半叶越来越多的女性成为职业作家，越来越多的女性读者依赖于女性作家的作品，因此形成了女性作品特有的市场和女性作家特有的创作风格。战后女作家继续采用所谓的“家庭现实主义”(domestic realism)手法，其内容大都集中在女性的日常生活，故事大多反映社会巨变年代里女性的自立和自我发展。她们共同的特点是，发现女性的声音，让女性张口说话，寻找女性的自我意识。这些女作家在和男性世界和传统观念的抗争中，逐渐形成了一种适合于女性读者和女性作家的表现形式。这个时期，越来越多的女作

---

① Elaine Showalter, ed. *Scribbling Women, Short Stories by 19th Century American Women* (New Brunswick: Rutgers University Press, 1996) pp. xxxv - xxxix.

家得到了女性群体的支持,如《大西洋月刊》主编詹姆斯的妻子安妮在波士顿的家40年来一直是一大批女作家的活动中心。

第一节
女性意识的代表:肖邦、华顿、奥尔科特

19世纪下半叶,美国女性作家的女性意识空前高涨,表现得最突出、文学成就最大的可能就是肖邦。凯特·肖邦(Kate Chopin,原名凯瑟琳·奥弗莱厄蒂 Katherine O'Flaherty)1851年2月8日生于密苏里州的圣路易斯,父亲托马斯是信奉天主教的爱尔兰移民,母亲艾扎是法裔克里奥尔人,家境富有。肖邦五岁那年,和西部移民做生意的父亲死于火车事故,她便由都是寡妇的母亲、外祖母和曾外祖母抚养,后者常常给肖邦讲述克里奥尔的婚姻故事。肖邦精通法语,喜欢文学和音乐,进入圣路易斯的圣心学院学习后,读过大量欧洲经典作家的作品,如夏多布里昂、拉马丁、歌德、雨果、兰姆、斯塔尔夫人,尤其喜爱莫泊桑的小说。1868年肖邦毕业,两年后嫁给同是里奥尔人的路易斯安那棉花代理商克奥斯卡·肖邦,在此后的九年里,生下五子一女。1879年奥斯卡的生意受挫,全家搬往纳基托什教区附近的小村庄克劳蒂尔斯维尔,经营奥斯卡家族的一个农场和一个种植园商店。这个种植园位于密西西比河的支流,据说《汤姆叔叔的小屋》里的恶棍勒格里就是以这个庄园的原主人为原型塑造的。1882年奥斯卡患疟疾突然去世,肖邦便接手丈夫的工作,偿还丈夫的欠债,表现出非凡的能力。在母亲一再要求下,肖邦1884年领着全家搬回圣路易斯和母亲同住。虽然婚后的肖邦忙于做贤妻良母,但是对文学的爱好依然如故,她写的书信令亲朋好友赞不绝口,母亲去世后,在他们的鼓励下人到中年的肖邦开始写小说。从1889年发表第一篇短篇小说到1899年出版代表作《觉醒》的十来年的时间里[①],肖邦写出两部长篇小说,100多部短篇小说,以及一些散文、诗歌、剧本、儿童文学和文学评论。

肖邦以自己喜欢的地方色彩女作家朱厄特和弗里曼为楷模,以她熟悉的路易斯安那州的风土人情为背景,反映她所了解的那部分美国南方的生活。1889年肖邦发表自己的头两部短篇小说《比神聪明》(Wiser than a God)和《争

---

① 《觉醒》出版后受到批评界的一致谴责,肖邦在精神上受到沉重打击,创作热情也消失殆尽,基本上停止了有意识的文学追求。

论》(A Point at Issue),描写女性人物在遵从妇德和追求个性之间的矛盾冲突。小说整体上比较粗糙,但人物塑造和情节发展有独到之处,小说的主题也是肖邦日后最拿手的主题。1890 年她自费发表第一部长篇小说《过失》(*At Fault*),反映北方工业社会和南方农业社会间的文化冲突。小说中使用了方言,以现实主义手法展示背景,注意人物个性描写,尤其是客观地描述离婚,成为“最早不加道德评判地处理这个问题的美国小说之一”。肖邦在小说里触及当时社会的两大禁区:酗酒和离婚,加上小说在情节、主题和人物的表现上均显得稚嫩并且不十分可信,所以发表后没有引起多少反响。此后肖邦的创作热情便一发不可收,作品发表的刊物也从圣路易斯、新奥尔良的当地刊物转到《哈柏氏月刊》、《时尚》、《世纪》、《大西洋月刊》等全国知名刊物。

1894 年肖邦的第一部短篇小说集《牛轭湖的人们》(*Bayou Folk*)问世,立刻引起美国批评界的关注,跨入“杰出的地方色彩作家”的行列。1897 年她的第二部短篇小说集《在阿卡迪的一夜》(*A Night in Acadie*)出版,进一步提高了肖邦的文学声誉。两部小说集都以新奥尔良和路易斯安那州中部为背景,描写那里法国后裔克里奥尔人聚集区的生活和文化传统,但故事里的人物却来自南方社会的各个阶层:既有中产阶级克里奥尔人和中下阶层的法裔加拿大移民,也有黑人、黑白混血儿、原住民等社会底层的人们,故事的主题大都是爱情、婚姻、婚外恋、种族歧视等。肖邦 1898 年曾筹划第三部短篇小说集《职业和声音》(*A Vocation and a Voice*),后因《觉醒》招致非议而遭出版商的拒绝,未能出版。这些作品及其他肖邦生前未能发表的作品都收集在 1969 年出版的《凯特·肖邦全集》中。

《觉醒》出版后引起轩然大波,给肖邦以沉重打击,使她郁郁寡欢,无心动笔,生命的最后五年写出的少数故事题材传统,缺乏新意,无法和她以前的那些“成熟的小说”相比拟。1904 年圣路易斯世界博览会开幕,肖邦又一次感觉到那种久违的兴奋。亨利·亚当斯在《亨利·亚当斯的教育》(*The Education of Henry Adams*, 1907)里把博览会称为新旧社会、传统现代两种力量冲突的象征,把它理解为美国社会的综合体现。这无疑也代表了肖邦的看法,代表了肖邦在作品里竭力要表达的感情。她买了博览会的季票,几乎天天去观看,或许因为过度的兴奋,1904 年 8 月 22 日因突发脑溢血去世。

肖邦的代表作是中篇小说《觉醒》(*The Awakening*)。小说女主人公埃德娜嫁给大她 12 岁的新奥尔良富商克里奥尔人莱昂斯·蓬特利尔为妻,育有两子。莱昂斯对她十分关爱,视她为自己财产的一部分,她对他则十分尊重,尽管谈不上有什么爱情。小说开始时埃德娜在离新奥尔良不远的格兰德岛上度假,似乎对这种贤妻良母的角色已经十分习惯。在格兰德岛上埃德娜生活在信奉天主教的克里奥尔人周围,感受到和自己家乡肯塔基的清教传统不大一样的价值观和生活习俗。她的天性渐渐觉醒,不愿意接受缺乏爱情的婚姻和家庭的束缚,心理上感官上都渴望得到真正的爱情和自由。岛上别墅的主人勒布伦夫人的儿子罗伯特吸引了她,罗伯特感受到埃德娜的感情变化,但为了保全自己和她的名声,突然离开埃德娜远去墨西哥。埃德娜回到新奥尔良后日夜思念罗伯特,加上丈夫离开去纽约做生意,经不住诱惑,屈从于浪荡子阿罗宾,但知道自己并不爱他。罗伯特突然从墨西哥返回,两人意外相见,终于互相说明爱意。此时埃德娜的朋友分娩向她求助,她要罗伯特在屋里等她回来,但回来时发现罗伯特又一次离她而去。此时的埃德娜心灰意冷,只身来到格兰德岛,投入大海。

《觉醒》发表已超过百年,今日已经是美国大中学校的教材,但有趣的是,几乎没有一个学生写的情节梗概和其他人一样,可见这部小说非常微妙。[①] 评论家们意见比较一致的是埃德娜在哪些方面发生了"觉醒"。首先,她第一次深切地感受到精神上受到的压抑,这种压抑来自婚姻家庭、传统习规和社会机制。实际上埃德娜一直就不安于做一个贤妻良母,不愿意和其他妇女那样"宠爱自己的孩子,崇拜自己的丈夫,把自己看作微不足道的个人和长有翅膀的天使,并把这一点视为一种神圣的权力"。她一直都在下意识地反抗社会强加的伦理观念:"我会放弃非本质的东西;为了孩子,我会付出金钱,我会献出我的生命;但是我不会献出我自己。"她也突然意识到,自己义无反顾地嫁给莱昂斯并不是因为爱他,而只是为了反抗家庭对自己婚姻的干涉。正因为如此,当她最终意识到这种反抗是多么微不足道,终于还是落入传统礼教的束缚时,她感到多么的悲哀:

> 在她意识的某些陌生的部分似乎产生了一种难以形容的压抑感,这种压抑感连同一种不可名状的痛苦充满了她的整个身心。它像一层阴影,像一层薄雾穿过她心灵的夏日。……她独自一人正在痛痛快快地大哭一场。蚊群正围着她欢宴作乐,叮她的结实、浑圆的臂膀,咬她光着的脚背。

意识到这一点既让埃德娜感到难过,又让她如释重负,因为她宁可主宰自己的命运,也不愿沉睡在甜蜜的梦里,做婚姻的附属品。她阅读爱默生论自立的文章,无所畏惧地下海畅游,拒绝丈夫同房的要求,不参加宗教节日。

> 某种光正开始在她内心朦胧地出现,……蓬特利尔夫人开始认识到作为一个

① Emily Toth, *Unveiling Kate Chopin* (Jackson: University Press of Mississippi, 1999), p. 209.

人，她在这个宇宙中的地位，并且认识到作为个人，她同她的内心世界和周围世界的关系。这仿佛像一种智慧的沉重负担突然降临在一个28岁少妇的心灵上——或许比圣灵通常乐于赐予任何妇女的智慧更多。

伴随精神上的觉醒，埃德娜肉体上也开始得到复苏，她和罗伯特的交往使她第一次感觉到生命本能的力量在自己身上的存在，进一步加深了埃德娜的自我意识。她急切地需要从感官上证明自己的存在，即使这种证明会给她带来巨大的危险。她的朋友曼德莱特医生适时地给她以警告："麻烦的是，青春太容易屈服于幻想。这似乎是大自然的安排；一个为了人类繁衍而使人成为母亲的圈套。而大自然并不考虑道德上的后果和我们创造出来的那些武断的规定，而这些规定我们被迫不惜代价去执行。"但是埃德娜已经下了决心："如果一个人可以继续睡着做梦——然而醒来却发现——哦！好吧！或许最好是终究醒来，即使遭受痛苦也比一直是一个终生被幻想欺骗的人要强。"

但是埃德娜的悲剧是，觉醒之后，她最终发现自己的追求依然还是一个美丽的梦幻。她看出罗伯特并不是她所期待的那种男性，甚至和压抑她的男权社会没有本质的区别：

"你是自私的化身，"她说道，"你为自己保全某种东西——我还不清楚是什么——不过你有某种自私的动机，而且为了不伤害你自己，你从来一点儿都不考虑我在想什么，或者我对你的忽视和冷漠感受怎样。我想这就是你会称之为与女人身份不相称的东西吧；但是，我已经养成了表达自己看法的习惯。它对我无关紧要，如果你愿意这么理解的话，你可以认为我不像女人好了"。

她甚至直截了当地警告他不要蹈自己丈夫的覆辙：

"当你谈到蓬特利尔先生会放我自由时，你是在浪费时间去梦想不可能的事，你真是一个非常、非常傻的孩子！我不再是蓬特利尔先生可以丢掉或者保留的财产。我自主选择我生活的地方。假如他要说，'嘿，罗伯特，带她走吧，去快活吧；她是你的了，'那么我会嘲笑你们两人"。

听到这话，罗伯特的脸色"变得有点儿白"，"下意识地问道'你是什么意思？'"其实他知道埃德娜说的是什么意思。他实在没有胆量跟着她走这么远，只好再一次逃走。埃德娜从当初的"觉醒"到现在的"幻灭"，最终得到"醒悟"：她所追求的自由只有彻底摆脱男权社会，投入无拘无束的大自然才能真正实现。[①]

《觉醒》中表现的主题,在肖邦的短篇小说里不断得到体现。《一个小时的故事》(The Story of an Hour, 1894)展现了肖邦对没有爱情的婚姻所做的思考。由于误传,患有心脏病的路易斯听说丈夫布伦特利在火车事故里死去,看上去很伤心,内心却有一种无与伦比的解脱感,因此当一个小时后丈夫回到家里时,路易斯瘫倒在地"因为过度兴奋"死去。这部小说结构紧凑,情节精致,结尾处达到高潮,十分接近莫泊桑的小说,被认为是肖邦短篇小说的精品。小说以嘲讽的手法反映了19世纪女性面临的婚姻问题,批评传统婚姻漠视女性的情感和个性:"那些男男女女们盲目地相信,他们有权力把个人的意愿强加于其他人。在那个顿悟的时刻,她意识到无论善意的或者残忍的意图都使这种行为简直成了一种罪恶。"小说里以自然(如打开的窗子)象征女性精神和肉体的复苏,在不足千字的小说里十几处使用了女性特有的感官词汇,表现出强烈的女性意识:

> 某种东西出现在她面前,她正恐惧地等待着它。它是什么?她并不清楚;它太微妙,太难以捉摸,而无法给它命名。但是,她感觉到了它……她低声反复说:"自由,自由,自由!"随后她眼里露出茫然的目光和恐惧的表情。这种目光和表情一直很强烈,清晰可见。

但和埃德娜的遭遇一样,女性自由的梦想总是被传统习俗和社会机构所打破。

在揭示女性反抗方面,最大胆的短篇小说莫过于《一个体面的女人》(A Respectable Woman)和《暴雨》(The Storm: A Sequel to the "Cadian Ball")。前一个故事说的是巴罗达先生邀请做记者的友人古维尔纳尔来庄园玩,引起巴罗达太太不悦,因为古维尔纳尔让人敬而远之,巴罗达太太感到"烦极了"。但在一次夜谈后,巴罗达太太突然感到生理上的冲动。她想告诉丈夫这奇怪的感觉,但还是放弃了,因为"生活中有一些战斗是要靠一个人单独应对的"。丈夫要再次邀请古维尔纳尔,巴罗达太太竭力反对;但不久突然答应,因为她"已经克服了一切"。《暴雨》里的卡利克斯塔是个贤妻良母,在一次夏天的暴雨来临时,丈夫和儿子被暴雨阻挡在街上,她婚前的恋人阿尔塞进屋避雨,两人终于在暴雨中圆了激情梦。两部小说大胆地描写了婚外恋这个十分敏感的主题,并且以正面笔触反映了婚外恋带来的满足和欢娱感。《暴雨》的表现尤其直接,把大自然和性的愉悦联系在一起,有人认为是19世纪的劳伦斯。《暴雨》写作于肖邦正在等待《觉醒》出版之际,《觉醒》出版后的遭遇使她不敢发表

---

① 英文"awakening"同时含有"觉醒""幻灭""醒悟"的意思。

《暴雨》，直到1969年才收入《凯特·肖邦全集》。

除了女性主题外，肖邦还描写过其他的重大社会问题。《德西雷的婴儿》(*Désirée's Baby*)里的德西雷是瓦尔蒙德夫妇在路上拣到的婴儿，长大后嫁给阿尔芒，孩子生出三个月后显现出有色人种特征。尽管金发碧眼的德西雷一再说明自己是白种人，但种族主义观念强烈的阿尔芒怕她"给自己的家族和名声带来伤害"，仍然把她和婴儿逼上了绝路。六天后阿尔芒在焚烧母子的遗物时，偶然发现自己母亲生前写给父亲的信，方知"热爱他的母亲属于印有奴隶的烙印而遭诅咒的那个种族"。肖邦出生于保守的南方，丈夫曾加入白人种族主义组织，对内战的结果不满。肖邦没有介入种族争论，也没有就此公开表示自己的态度，但这部小说倒隐约透露出一个开明的知识女性对这个问题的思考。

《觉醒》发表之前，美国批评界对肖邦持肯定的态度，甚至欢呼这位崭露头角的女性乡土文学作家。《觉醒》出版之后，有一些批评家称之为"美国的《包法利夫人》"，认为肖邦成功地运用象征、明喻、暗喻、拟人等多种手法，烘托环境气氛，表现人物内心情绪，增加了小说的艺术感染力。威拉·凯瑟就把埃德娜比为包法利和安娜·卡列尼娜。但是批评界、舆论界的主流几乎同声谴责《觉醒》，认为它"粗俗肮脏"，"令人厌恶"，"比左拉还要左拉"。他们最担心的是，这部书会使青少年引起"不道德的联想，不健康的欲望"。他们警告道："《觉醒》对讲道德的人来说浓烈得喝不下去，只能称之为'毒药'。"舆论最仇恨的是埃德娜这个人物。1899年的《文学》评论道："这个人误入歧途，而且寡廉鲜耻，海湾的海水吞没她实在是活该。"肖邦在新奥尔良《时代民主》杂志有一些朋友，曾经帮助她发表过作品，此时连他们也觉得肖邦有些过分："显然小说从头到尾都对埃德娜暗表同情，对她毫无道理的行为举止竟没有一点责备。"面对如此猛烈的批评，肖邦自嘲道，这个故事让她本人也吓一跳，从没想到埃德娜会"把事情搞得这么糟，并会自作自受。……如果我早知道这么回事，就会把她(埃德娜)删除掉。等我发觉她是什么货色时，故事已经过半，太迟了"。① 《觉醒》出版后圣路易斯艺术俱乐部取消了肖邦的成员资格，肖邦故乡的图书馆也把它列为禁书。《觉醒》的稿费收入在出版年只有102美元(当时肖邦的一部短篇小说的稿费就有50美元)，第二年下降到40美元，第三年只有3美元。②

---

① Warner Berthoff, *American Trajectories, Authors and Readings* 1790—1970 (University Park: The Pennsylvania State University Press, 1994), p. 79.

② Sandra M. Gilbert, ed. *The Awakening and Selected Stories by Kate Chopin* (Penguin Books, 1984), p. 9. 近来有批评家进行过调查，发现流传甚广的"禁书"之说不可信，但这种传说至少有助于肖邦后来的复出。

20 世纪上半叶美国批评界有时会提到肖邦的名字,把她归为地方色彩小说家,涉及的都是她的短篇小说,对《觉醒》基本上只字不提。50 年代法国批评家翻译《觉醒》,方引起美国批评界的注意。1969 年挪威留美学生佩尔·塞耶斯泰德出版了《凯特·肖邦全集》和《肖邦传》,美国批评界才开始重新认识这位独特的女性作家。他们把肖邦放入 19 世纪欧美文学传统中探查她,发现肖邦出生前四年《简·爱》(*Jane Eyre*,1847)和《呼啸山庄》(*Wuthering Heights*,1847)出版,两年后《汤姆叔叔的小屋》出版,四年后《草叶集》第一版问世,六年后布朗宁夫人(Elizabeth Barrett Browning,1806—1861)发表女性主义史诗《奥罗拉·利》(*Aurora Leigh*,1857),因此肖邦的出现就不足为奇了。肖邦年轻时读过当时的四大女性小说家:奥斯丁、布朗蒂姐妹和乔治·爱略特,尤其羡慕思想和做法都比较激进的法国小说家乔治·桑。在写作《觉醒》前,她翻译过不少法国小说,包括莫泊桑的小说,很受法国激进思想的影响。此时的肖邦还读过达尔文、赫胥黎、斯宾塞等人的著作,使她相信道德标准也是相对的和不断变化的。

肖邦的思想十分超前,但这种超前的思想又直接来自社会现实。19 世纪末是美国妇女解放运动不断高涨的年代。1900 年美国有 500 万女工,使得"90 年代的严肃女作家必须描写女性和她们的要求"。但是社会对女性的解放持怀疑态度,甚至医学也以"科学"为名把对家庭生活不满的女性称为"神经衰弱"。美国南方女性社会地位尤其低下,但社会在性道德上却对女性要求非常高。克里奥尔社区虽然在一些方面给予女性自由,同时却也要求女性为家庭、丈夫、孩子和教会献身。《觉醒》发表时在新奥尔良,女性仍然是男性的财产,离婚是社会丑闻,1890 年 10 万人中只有 29 对离婚,孩子的监护权自然属于男方。因此,妇女解放运动并没有给她们带来积极的精神生活和完全的身体自由。① 在很大程度上埃德娜就是这个时期新女性的代表:她追求感官享受但同时又很保守,既很实际又比较浪漫,既向往独立又没有做好准备,既唤醒了自我的力量又无力去控制这种力量,最终还是难逃社会给女性定下的模式。

肖邦是一个复杂的女性作家。一方面她继承了克里奥尔和南方文化的保守态度,从来没有公开批评过传统文化,没有公开支持过妇女解放运动,甚至曾批评过易卜生的社会剧。但同时她也具有反叛性格,喜爱独立思考。近年的肖邦传记显示,她年轻时曾抱怨强加给她的应酬太多,耽误了她的阅读和写作,尤其厌恶和自己看不上眼的男人跳舞。此时她还学会了抽烟。结婚前一年她写了部短篇故事《解放》(Emancipation),描写一只动物挣脱笼子逃奔自

① Joyce Dyer, *The Awakening, A Novel of Beginnings* (New York: Twayne Publishers, 1993), pp. 6 - 15.

由。结婚旅行中她遇到"克莱夫琳小姐"，即后来鼓吹性自由的伍德哈尔(Victoria Woodhull，1838—1927)，肖邦在日记中对这位声誉"不佳"的女性表示钦佩。据说肖邦曾和相邻庄园的主人关系暧昧，引起社区的侧目。考虑到这些因素，或许能更好地理解肖邦为什么会触及婚外恋这种颠覆性的主题，理解为什么即使是意志坚强的女性在寻找独立人格时也会因为社会和心理的压力而失败。①

由于肖邦的复杂性，当代评论也指出她其实并没有为女性说话，《觉醒》的政治意义并不明显。女性主义评论家肖沃特认为埃德娜沉湎于个人情感，没有把自己的追求和其他女性的命运联系在一起。有人还指出，《觉醒》里有许多无名的黑人妇女和墨西哥裔美国人，"埃德娜的自由是以其他种族和下层人民的自由为代价的，他们的无名无貌无声在《觉醒》里代表了另一种压迫，比埃德娜受到的压迫更深"。②

近百年来，批评界一直把肖邦作为现实主义的地方色彩作家。总的说来这个归类并不算错，因为肖邦所表现的就是自己最熟悉的美国南方密苏里和路易斯安那州的风土人情。但是肖邦也和南方的其他地方色彩作家有所不同。首先，其他地方色彩作家笔下的人物都具有小地方气质，显得比较"土气"，但肖邦的克里奥尔人在气质上却更加高傲。其次，肖邦比其他地方色彩作家更加注意地方色彩的"边缘性"。所谓地方色彩就是和文化"主流"有差异，就意味着可以和主流文化保持距离以观察批评它。所以肖邦描写现实但不沉湎于美化过去，使用悬念和反讽揭示南方社会乃至整个国家存在的问题。此外，男女关系特别是女性问题是肖邦作品的主题。肖邦本人十分推崇现实主义和自然主义大家的作品，虽然喜欢左拉和哈代，但不满于他们太急于表达自己的观点，倒是觉得作家应当像大自然一样做一个冷静的旁观者，真正的小说不应当太直接，更不应当训导读者。

当代批评家确实也感到很难再称肖邦为"乡土文学作家"，试图在美国文学主流里给她另找一个位置。他们发现肖邦的作品里有浪漫主义、超验主义、现实主义、自然主义成分，还表现出浓厚的存在主义和当代女性主义色彩。佩尔在20世纪60年代末出版的《凯特·肖邦全集》里曾说，尽管肖邦不能和德莱塞等作家相比，她也算是二流作家里出类拔萃的代表。但现在肖邦已经当

---

① 《觉醒》里"鸟"的意象很好地表现了女性的这种变化过程：埃德娜开始时就像勒布伦夫人关在笼子里的鹦鹉；后来她离开丈夫的家搬进自己的"鸽笼"(鸽子只有部分自由)；最后终获自由时却是大海上那只折断了翅膀的海鸟。

② Joyce Dyer, *The Awakening, A Novel of Beginnings* (New York: Twayne Publishers, 1993), pp. 24 - 26; Judith Baxter, ed. *The Awakening and Other Stories* (Cambridge University Press, 1996), p. 245.

之无愧地跻身于一流作家的行列了。[①]

如果说肖邦是美国女性主义在70年代才"挖掘"(spade work)出来的作家,伊迪斯·华顿则一直被认为是美国内战后50年间最重要的一位女性作家。伊迪斯·华顿(Edith Newbold Wharton,原名Edith Newbold Jones)内战第一年即1862年1月24日出生于纽约市古老的琼斯家族,从小家境优越,过着悠闲富足的生活。[②] 华顿接受家庭教师的教育,三岁起经常跟随父母周游欧洲各国,接受欧陆文化的熏陶,对她日后定居欧洲起到很大影响。成年后的华顿性格开朗幽默,爱开玩笑,但儿时的她却很孤独。两个哥哥分别比她大12和16岁,早早被送进哈佛大学,父亲乔治·琼斯虽然非常疼爱这个唯一的女儿,却性格古怪;母亲卢克丽霞更是爱虚荣的上流社会妇女,对晚会和巴黎面料的兴趣比对小伊迪斯的兴趣更大,因此华顿和母亲的关系一直比较冷淡。这些养成了华顿孤独、害羞、敏感的一面,使她没有其他上流社会女性的圆滑世故,不会耍手腕,也缺乏贤妻的气质,入不了上流社会的关系圈,不会当也不甘心做贵夫人。20岁那年华顿父亲去世,留给华顿两万美元遗产。同年华顿和上流社会青年亨利订婚,但不久亨利的母亲以受到华顿家族冷遇而提出退婚。21岁时华顿和贝里来往密切,但是华顿的亲朋好友不喜欢这位学法律的大学生,后来华顿去世后遵照她的遗愿和贝里一起葬在凡尔赛公墓。三年后23岁的华顿嫁给比她大13岁的波士顿银行家爱德华·华顿,爱德华温柔体贴善解人意,但是并不是华顿喜欢的那种聪明机敏的人;他没有固定的职业,对她的文学爱好也不感兴趣。

婚后的华顿几乎每年都去欧洲,继续过着悠闲的上流社会生活。她最喜欢意大利,也越来越喜欢巴黎的文化氛围,和那里的上流社会和艺术家来往密切,在那里购置房产,1907年定居在巴黎。中年的华顿仍然周旋于社交界,但后来越来越醉心于欧美的文人圈子,朋友主要是英美作家,如美国作家、思想家亨利·亚当斯和英国学者杰弗里·司各特,一战前她最亲密的朋友是詹姆斯,每年都要从巴黎去美国拜访他,詹姆斯也时常去巴黎看望华顿。华顿在和爱德华的近30年婚姻里并没有品尝到爱情的滋味,两人一直分房而居,他俩的结合被后人称为是个"错误"。居住在巴黎时华顿曾和美国驻巴黎记者莫顿有过短暂的婚外恋情,此后再也没有过感情纠葛。后来爱德华时常产生精神崩溃,华顿又发现他侵吞属于自己的遗产,1913年以通奸为由与爱德华离婚。一战爆发后华顿为因战争爆发而失业的妇女开设了一个工场,解决了数百名

---

① Per Seyersted, ed. *The Complete Works of Kate Chopin*. Vol. 1 (Baton Rouge: Louisiana University Press, 1969), p. 33.

② 英语成语"keep up with the Joneses"据说指的就是富有、时髦的琼斯家族。

妇女的工作。同时她为法国红十字会服务，组织起一些旅馆来收容法国和比利时难民，获法国荣誉十字勋章。

华顿出身于纽约上流社会。纽约的贵族和英国贵族不同，不介入政治、军事或追逐财产；他们和法国贵族也不同，对艺术不感兴趣。但是华顿不仅经济上十分成功，而且对艺术情有独钟。华顿的童年是在父亲的图书室里度过的："我被文字深深吸引住了……无论我走到哪里，它们都像迷人的森林里的鸟儿那样对着我歌唱。"她爱编故事，爱幻想，从小就显露出文学天赋，但不喜欢知识、看不起艺术的父母亲友对此不以为然。16 岁那年华顿写出《诗集》(*Verses*, 1878)，父母虽然不赞成不鼓励，但仍然出资刊印。在这之前华顿还写过一部中篇小说《紧与松》(*Fast and Loose*)，没有发表。1880 年她在著名刊物《大西洋月刊》发表多首诗歌，得到朗费罗的推荐。

1891 年她开始写小说，发表在《斯克里布纳》、《哈柏氏》、《世纪》等著名刊物上。1894 年《斯克里布纳》要她出一部短篇小说集，结果华顿因过度紧张而导致精神崩溃，患上严重的抑郁症，常有疲劳感和思维紊乱，两年后症状才逐渐消失。1905 年后华顿的小说开始畅销，并且经久不衰，几乎每年都要出版一部著作，其中包括《伊坦·弗洛美》、《国家的习俗》、《欢乐之家》及《纯真年代》，这些小说给华顿带来崇高的声誉和巨大的经济收入。1923 年华顿成为耶鲁大学授予荣誉博士学位的第一位女性，1924 年美国"国家文学艺术学院"授予她小说金质奖章。20 年代之后华顿的作品质量急剧下降，但她在晚年声誉重新又一次达到高峰。1930 年她入选美国"国家文学艺术学院"，1934 年进入"美国文学艺术研究院"。1937 年 8 月 11 日，75 岁的华顿因中风在法国逝世。

和所有女性作家一样，华顿的小说描写的也是女性在以男性为主导的传统社会中所经历的遭遇。华顿描写的女性是一个独特的群体，即 19 世纪后期美国纽约市的上流社会。这是她生活成长的环境，是她最了解、体会最深刻的那部分美国社会，写起来也最得心应手。[①] 华顿和詹姆斯有密切的往来，创作上受到詹姆斯的很多影响，而且和詹姆斯一样生活在欧美两个世界的上流社会，描写的主题也大多是美国和欧洲道德观的不同甚至冲突，社会变化和个人命运之间的关系，以及年轻单纯的主人公在复杂的社会圈子里感受到的窘境。但是华顿缺乏詹姆斯那种洞察能力，较少触及文化冲突里的深层次含意和永恒的东西。华顿虽然没有詹姆斯的那种深度和广度，却能栩栩如生地反映和记录她所了解的那部分美国社会现实，并且在这种反映和记录中充分显示出自己的天赋，被称为美国文学里最好的社会历史学家之一。华顿着力描写的

---

① 华顿在创作初期曾尝试写过美国社会的其他部分，如《伊坦·弗洛美》描写的就是新英格兰山区的下层人民的生活。虽然这部小说拥有的读者最多，但是它所依赖的大多是浪漫传奇式的离奇效果而不是深刻的内涵，给人以隔靴搔痒的感觉，因为这毕竟不是华顿熟悉的世界。

是女性人物,但和这个时期大多数同类题材明显不同的是,华顿描写的往往不是年轻未婚的女性追求理想或者拒绝男性所设下的婚姻圈套,而是上流社会已婚妇女的感情生活,描写她们在丈夫、情人和家庭之间所做的选择。华顿着力反映的是女性在婚姻中的不幸以及她们反抗这种不幸的种种努力,其中涉及"一切社会定义过的发生于美国土地上的男女之间的私下来往",包括感情宣泄和婚外恋这些当时认为是比较出格的内容。华顿在1902年写过一篇关于乔治·爱略特的文章,这位英国女小说家虽然不愿意违背传统的社会习俗,但有自己的哲学科学思想、很高的文学造诣,甚至敢于和自己喜爱的男人同居,因而遭到男性社会的偏见。这一切和华顿此后的经历有相似之处,使得她的行为举止和小说都对传统的男权社会具有一定的颠覆力。

华顿在结婚前后已经写作多年,有不少作品问世,如第一部短篇小说集《更大的爱好》(*The Greater Inclination*, 1899),出版后反响不错。1901年华顿的第二部短篇小说集和两部中篇小说先后问世。此外华顿还写有一部短篇小说集,一部历史小说,两部游记,但这个时期她最主要的著作是1905年出版的《欢乐之家》(*The House of Mirth*)。小说主人公是29岁的莉莉·巴特。莉莉出身好,长得也漂亮,就是没有钱。父亲破产后不久去世,母亲想让她嫁一个有钱人。要嫁入有钱人家就必须进入上流社会,而交际于社交界也需要开销。犹太银行家西蒙想娶莉莉,目的是靠她来打入纽约的上流社会。莉莉开始中意年轻人柏西,但讨厌使用心计来讨好巴结他,于是转而看上并不富有却更理解她的劳伦斯·塞尔顿。其间浪荡公子特莱纳看上莉莉,给她8 000美元说是替莉莉投资所得。社交圈子里纷纷议论莉莉的品行问题,塞尔顿也把她看成追逐钱财的女子,所以一直推托说自己清贫不适合她。一天晚上塞尔顿看到莉莉从特莱纳家里出来,更加深了对她的误解。莉莉姨妈去世后给她留下一万美元遗产,莉莉决心归还特莱纳的钱。但遗产办理程序繁杂,而此时莉莉在社交界的声誉已经毁坏,她只能做各种工作以维生。无奈中莉莉去找西蒙,但她对西蒙已经失去了使用价值。莉莉最后身无分文,但仍不愿意用心计来解脱自己。当塞尔顿仍然认为莉莉是个贪图钱财的姑娘时,她彻底绝望了。回到屋里莉莉发现姨妈的遗产已到,便写下两张支票,一张归还特莱纳的钱,一张归还银行借款。晚上她服下过量的麻醉剂,等到塞尔顿终于知道了真相时,已经为时过晚。

华顿写作《欢乐之家》之前,女性婚姻问题已经成为欧美小说的时髦主题,如托尔斯泰的《安娜·卡列尼娜》、乔治·艾略特的《米德尔马奇》、福楼拜(Gustav Flaubert,1821—1880)的《包法利夫人》(*Madame Bovary*,1857)、哈代的《德伯家的苔丝》等。但是和这些小说相比,《欢乐之家》的社会讽刺力度更强。小说的题目来自《圣经·传道书》:"智慧人的心,在遭丧之家;愚昧人的心，在欢乐之家。”[1]这里华顿把只知道追逐金钱追求享乐的纽约上流社会比喻为《圣经》里所称的“愚昧”之人。当时纽约的新富们正拼命想挤入旧贵的圈子，旧日的权贵们也想借助于暴发户的财富充实自己。这里男性控制着头衔和财富，然后利用妻子们来达到自己的目的。小说中的莉莉出身破落世家，既想保持住上流社会的地位，又想通过婚姻来积累财富。但是华顿却赋予她和这种虚荣心很不相符的理想道德，使她受尽诽谤忧郁而死。华顿从小就被灌输上流社会的道德价值观，被要求尊重并且遵守它。但《欢乐之家》却对这一套道德价值观的虚伪和势利进行了批评，揭露上流社会的弱点和金钱对人性的扭曲，抨击把女性作为婚姻市场的装饰品和交换物。华顿突出了莉莉容貌和精神气质上的美，反衬出纽约上流社会在这方面的缺乏。塞尔顿聪明正直，却思想有余而行动不足，这类男性人物形象在华顿此后的小说里还有出现。[2]《欢乐之家》的细节真实，讽喻丰富，代表了华顿的风格。

这部华顿的早期小说还反映出她的文学自然主义倾向。华顿早年对达尔文主义十分推崇，《欢乐之家》里多处透露出自然主义的写作痕迹，如莉莉的性格便遗传自她的父母(母亲的漂亮容貌和工于心计，父亲的审美敏感和理想主义)。从母亲那里莉莉知道应该怎么去做，但来自父亲的遗传使她对自己的追求感到厌恶。莉莉生活的环境以及物欲横流的社会是扼杀她的主要原因，但这种不可调和的双重遗传也是导致她毁灭的重要因素。小说的主要意象是“家”，即新旧权贵们的享乐之地，那里物欲横流却精神空虚，而华顿对此并没有给出直接的价值判断，所以有人认为她还反映出现代主义的痕迹。

1905 年《欢乐之家》在《斯克里布纳》杂志连载 12 个月，同年全书由斯克里布纳出版公司出版。小说连载的最后一期刊出后，女性读者们纷纷相互致电对莉莉的命运感到不平。尽管一些评论家们对莉莉的品性表示怀疑，认为靠这种女性人物出不了好小说，但小说出版后反响极好，一年半时间售出 14 万册，超过其他任何的畅销小说，[3]使华顿在美国一举成名。

批评界一般认为华顿小说的创作高峰期是 1911 年至 1921 年。这种说法值得商榷，因为 1905 年的《欢乐之家》已经表明华顿创作的成熟，而中篇小说《伊坦·弗洛美》(*Ethan Frome*, 1911)只是这种成熟的继续。和华顿大部分小说不同，《伊坦·弗洛美》的背景是麻省偏僻的山区。伊坦 21 岁时娶表妹泽娜，泽娜在伊坦的母亲去世前一直服侍她，母亲去世后伊坦愈发感到孤独，所

---

① 和合本的中译文是“快乐之家”，这里沿用该小说的中译文名称。

② Louis Auchincloss, ed. *Edith Wharton*, *New York Novels* (New York: The Modern Library, 1998), pp. xiii – xiv.

③ Glenn Loney, ed. *The House of Mirth*, *the Play of the Novel* (London & Toronto: Associated University Press, 1981), p. 18.

以急忙和泽娜成了家。但两人的结合没有爱情基础。伊坦是个有抱负的青年,曾想做工程师或化学家,婚后越来越无法忍受泽娜的喋喋不休和单调的农场生活。此时泽娜的表妹马蒂来到他们家,接触中伊坦发现马蒂比泽娜强得多,不觉爱上了她。此时泽娜听到村里关于丈夫和马蒂的流言,立刻大骂马蒂,要伊坦立刻送马蒂回去。第二天,伊坦坚持要送马蒂到车站。在路上马蒂愿意和伊坦殉情,于是伊坦驾驶雪橇从山坡冲下,故意撞到坡底的大榆树。结果是伊坦残废,马蒂也终身失去行动自由,而服侍照顾他们的就是泽娜。

《伊坦·弗洛美》是华顿22部中长篇小说里最受欢迎、知名度最高的作品,也是华顿被翻译最多的作品。1907年华顿在巴黎学习法语,朋友建议她练习用法语写作,这部小说就是在这样的情况下于1910年12月到1911年3月在巴黎写成。华顿原打算只写个短篇,最终却成了45 000字的中篇小说。小说写成后在《斯克里布纳》杂志1911年8月至10月连载三期,11月单行本出版。小说的销路开始不大好,前6个星期只售出4 000册,但到第三个月时销量已达7 000册了。如果说华顿擅长于描写纽约上流社会的道德习俗对人性的压抑,在《伊坦·弗洛美》里她则揭示新英格兰乡村的美丽和严酷,有意识地从另一个角度揭示环境对人的负面影响。小说的背景是贫穷的山区,那里冰天雪地,土地贫瘠,没有多少生命的活力。更可怕的是,生活在那里的人们也死气沉沉,最外在的表现就是沉默寡语。伊坦的母亲本来很健谈,但这个封闭的环境使她渐渐沉默下来,泽娜的喋喋不休对她反而是一种安慰。母亲死后伊坦害怕又回到死一般的沉寂,便匆匆娶了泽娜。伊坦上过一年技术学校,去过佛罗里达那样的大地方,痛感闭塞落后的乡村和外面的世界所形成的巨大反差。伊坦从内心里想离开这里,但是他要照顾父亲和母亲;然后是整天穿着黑色、不停地抱怨有病、在精神上控制着他的泽娜;最后还有马蒂——贫穷和婚姻套住了这个有理想的青年。伊坦本人就像是那个冰雪覆盖的乡村,沉默忧郁,只能把满腔的热情深深埋在心底。实际上他们三个人都怀有美好的幻想,都害怕沉寂的环境,但都不敢张口表达自己的真实感情,无止境地拖延着自己的痛苦(故事是倒叙,此时三人已经这么生活20年了)。早期批评家不喜欢小说的格调,认为过于哀婉严肃,过于阴暗。也有人说华顿没去过新英格兰乡村,不了解下层人民的生活。对此华顿很生气,说自己在山区生活了10年,熟知山区的方言和山里人的生活状况和生活态度。

在写作《伊坦·弗洛美》的这段时间(即1908年到1913年),华顿写出了《国家的习俗》(*The Custom of the Country*),自认为是自己最好的作品之一。小说主人公安黛·斯普拉克从中西部的堪萨斯来到纽约,让父亲买下歌剧院包厢的季票,想方设法要进入纽约的社交界。开始时她嫁给爱尔默,不久又委身于出身高贵却并不富有的拉尔夫,拉尔夫喜欢独立思考,讨厌浮浅的表妹夫彼德之流。婚后他意识到安黛爱钱爱钻营,而且不择手段;为了填补她的挥霍无度,拉尔夫只得硬着头皮做生意。安黛和彼德等人在巴黎花天酒地,拉尔夫得肺炎病情危重,安黛置之不理。她终于离开拉尔夫做起百万富翁彼德的情妇,但当彼德知道她如何对待病中的拉尔夫时,赶走了她。此时安黛需要10万美元以便在教堂解除和拉尔夫的婚姻关系,就以儿子的监护权为代价向拉尔夫索要这笔钱。拉尔夫原指望从生意的盈利中筹足这笔钱,但安黛的最后期限临近而盈利缓慢,加上自己的生意伙伴爱尔默(即安黛的第一个丈夫)告诉他自己早先和安黛的经历,导致拉尔夫自杀。此后安黛嫁给法国贵族后裔雷蒙德,很快就抱怨管束太紧而花销不够。后来一个纽约富翁来鉴别雷蒙德的文物,安黛发现竟是爱尔默,便和雷蒙德离婚并在同一天嫁给爱尔默。婚后安黛的物质欲望得到了满足,但她仍然感到缺憾;得知过去的朋友吉姆任驻英大使时,又想做大使夫人。爱尔默明确告诉安黛,离过婚的女人不可能做大使夫人,安黛感到十分遗憾。

华顿在构思《国家的习俗》时使整个小说沿着社会地位和商业利益这两条线发展,又一次显示出她的匠心独具。安黛的形象在以往的美国文学中还没有出现过(德莱塞笔下的嘉莉妹妹在对物质享受的追求上也很难和安黛相比)。华顿突破传统的女性形象(如传奇剧、情节剧里的情感化女性),塑造了一个为了金钱不择手段、不顾廉耻、六亲不认的"最具争议的女性人物"。有些人认为华顿出于上流社会世界观而故意丑化安黛,但华顿实在没有必要来为已经日落西山的纽约贵族申辩,而且她一直也没有为它申辩过。实际上华顿只是把安黛放在一个特定的历史环境中,把她作为社会现实的产物来加以展示。从更深的层次上看,华顿让安黛的感情经历和爱尔默的暴富经历平行发展,构成一个巨大的比喻,"一个在最深层又奇怪地十分相似的力量——性和商业——共同动摇改变美国社会的比喻"。

从这个意义上,安黛代表了一个时代,只不过她是使用女性特有的手段来达到自己的目的而已。安黛也是这个畸形发展的社会的受害者:她的所作所为是男权社会教导和纵容的结果。女性主义者注意到,《国家的习俗》在《斯克里布纳》杂志1913年第一至十一期连载,和华顿1913年4月16日的离婚正好在时间上吻合。她们觉得安黛敢想敢干,通过戏仿男权话语来躲避后者的界定:"尽管她追求的东西既庸俗又毫无价值,但是没有她那样的精力,社会改革就不可能;没有她那样的胆大妄为,女性就只有靠雷蒙德或雷蒙德那样的人的施舍过日子。"这样的看法自然有些偏颇,但也为理解安黛提供了一个新的视角。

一战后至1937年去世的20年间,华顿一直笔耕不辍,但是能和前面几部小说相媲美的只有《纯真年代》(*The Age of Innocence*, 1920)。年轻律师纽兰德和梅在欢迎梅的表姐埃伦的宴会上宣布订婚。埃伦嫁给一个一事无成的波兰贵族后裔,正考虑离婚,加上她行为不符合上流社会的规矩,因此受到亲友的侧目。但是纽兰德却被无拘无束的埃伦所吸引,相比之下,清高冷漠的梅倒显得循规蹈矩,索然无味。纽兰德决定和梅提前举行婚礼。梅给亲友发电报告知婚礼提前的消息,纽兰德意识到她这么做是有意阻止他和埃伦的关系。婚后纽兰德意识到自己陷入传统婚姻的陷阱,但是他没有勇气解脱,只得频繁约见埃伦,要和她私奔,遭到埃伦的拒绝。此时他俩受到的压力越来越大,又传出梅怀孕的消息,埃伦得知后出走巴黎。大家对纽兰德的回心转意感到高兴。多年后,纽兰德已经 50 多岁,梅也离开了人世。儿子婚前和纽兰德去巴黎,要父亲去看望一下埃伦。但到了埃伦家门前,纽兰德却没有勇气进去,只是坐在外面公园的凳子上,看着埃伦的仆人关上了窗子,然后一个人回到旅馆。

《纯真年代》描写的是华顿最熟悉的主题:19 世纪 70 年代纽约的社交界。和以前的小说相比,《纯真年代》的人物刻画更加生动有力,对纽约上层社会的剖析更加深刻。梅是旧贵族礼教培养出来的人物。她没有自己的见解,也没有自己的感情。但是这个看上去单纯无知的姑娘却已经具备了上流社会的心计和狡黠,因为实际上她对纽兰德的一举一动了解得最全面,并且用怀孕来拴住纽兰德,成功地逼走了情敌埃伦。因此当代女性主义者认为她代表的是"女性反女性主义",即内心男权化了的女性。埃伦则是完全不同的女性。她出过国见识广,鄙视上流社会的陈规陋习,在气质、感情、文化上都和周围的世界格格不入。纽兰德曾经提出和她私奔到一个遥远的地方:"那里只有我们两个人,相亲相爱,相依为命,世界上的任何其他事情都无关紧要。"埃伦则更加清醒:"天哪,亲爱的——那是个什么地方?你去过吗?不知道有多少人都想找到那个地方,可据我所知,他们都走错了地方,来到诸如布洛涅、比萨、蒙特卡洛——但这些地方和他们离开的老地方并没有什么差别,只是更小,更脏,更混乱罢了。"埃伦也爱纽兰德,但她知道不可能在这种腐朽的生活之上建筑自己全新的爱情,也没有义无反顾地成为又一个安娜·卡列尼娜。[①] 纽兰德对上流社会的虚伪看得同样清楚。在欢送埃伦的晚会上,他意识到"这个把他的小圈子紧密地维系在一起的无声团体决心表现得从来没有怀疑过奥伦斯卡夫人(即埃伦)举止的恰当性,以及阿切尔(即纽兰德)的家庭表现的恰当性。所有这些既笑容可掬又执着顽固的人们决心一齐装作从来没有听说或怀疑或察觉到任何与此相反的迹象。从这种集体的伪装里阿切尔又一次看出,纽约的上

① Louis Auchincloss, ed. *Edith Wharton*, *New York Novels* (The Modern Library, New York: 1998), p. xx.

层社会其实相信他是奥伦斯卡夫人的情人(尽管他并不是)。他看出妻子的眼睛里透露出胜利的光芒,他也第一次明白她的看法和他们完全一样”。但纽兰德没有足够的勇气脱离这个圈子,放弃他们提供给他的安全感。

《纯真年代》虽然描写的是近半个世纪之前的美国纽约,但是华顿写作时正值她自己刚刚经历过第一次世界大战。她在批判“纯真年代”的残酷虚伪、无知自傲的同时,是不是对20世纪初的价值观念和评判标准也作出了某些思考呢?[①]《纯真年代》获1920年普利策小说奖,出版后短期内稿费达到10万美元,在英美很快卖出10万册以上。

批评界通常把华顿作为现实主义小说家,但是华顿显然对“现实”有自己的理解。她在1902年发表历史传奇《决定之谷》(*The Valley of Decision*),背景是18世纪的意大利。小说发表后詹姆斯写长信给予赞扬,同时告诫华顿:“要关注美国题材,关注你身边的事物。不要放过它——写直接的、真实的、属于你的、新鲜的东西。抓住它,不要放手,让它引导你到它要你去的地方……从我背井离乡和无知里汲取教训……写纽约吧!第一手的描写一定宝贵。”10年前亨利·富勒发表了背景设在意大利和法国的传奇,豪威尔斯也曾告诫他“去写芝加哥”。而豪威尔斯本人刚刚出版威尼斯小说时,也得到过詹姆斯的相似劝告。华顿受到启发,立刻把关注对象转到美国的社会现实。接下来的问题是:什么是“现实”。詹姆斯曾对豪威尔斯抱怨,说没有足够的素材来反映美国社会(库柏也做过类似的抱怨)。豪威尔斯回答说,“现实”除了社会环境之外还包括“整个的人类本性”,似乎认为自我和社会可以分开。华顿不同意这种看法:“这么分离后的‘人类本性’还有什么,把它和它编织在自己周围的习俗、行为举止、文化分割开来之后它还能剩下什么?只有那个空泛的现实……那些真实的人,那些相互不平等、无法把握、各不相同的人,都和气候、土地、法规、宗教,财富——尤其是闲暇捆绑在一起。”[②]华顿进一步指出,女性和男性对应的社会现实不大一样。D. H. 劳伦斯曾把美国称为一个逃离欧洲文明的国家,美国文学传统也使男性通过挣脱社会纽带的控制而变得成熟。但是华顿认为女性不同,她们的现实大多指的是家庭和社会小圈子,“女性对新土地的梦想不是逃离社会,而是在荒野里建立一个新的社会”。男性作家把表现理想的家庭生活称之为女性罗曼司,归之于“通俗”题材,但华顿则认为女性作品同样可以反映重大历史变化。

批评界对华顿的看法经历了从低到高这样一个过程。20年代对她的评价

---

① Linda Wagner-Martin, ed. *The Age of Innocence*, *A Novel of Ironic Nostalgia* (New York: Twayne Publishers, 1996), p. 5.

② Katherine Joslin, *Women Writers*, *Edith Wharton* (New York: St. Martin's P, 1991), pp. 28 - 39.

不高,认为她的小说太像詹姆斯的作品或太精致,离现实太远,比德莱塞和诺里斯逊色得多,对上流社会的描写也比不上菲茨杰拉德,而且常常因为华顿商业上的成功而把她归之于"通俗"作家,把杂志连载等同于社交闲聊专栏。30年代大萧条时期更是崇尚表现广阔的社会现实,不大喜欢仅仅局限于对富人生活的精雕细凿,斥之为"浮浅"。对华顿写作风格的看法也是如此,把它比喻为"她的女性主人公穿的精致长袍",雍容华贵里显露出明显的雕琢痕迹,反映出华顿的颓废特征。1938年华顿去世后著名批评家埃德蒙·威尔逊发表《公正地对待伊迪斯·华顿》,认为至少在《伊坦·弗洛美》至《纯真年代》的15年间美国文学里没有人比得上华顿,不应当把她一笔抹杀,但直至20世纪上半叶华顿仍然是个被十分边缘化的作家。

60年代之后,由于女性主义和其他现当代西方批评理论的兴起,华顿逐渐成为批评界重新评价的对象。批评家们力图从诸如女性主义、心理分析、后殖民主义、族裔研究等新的视角把握华顿,对她作出新的整体评价。如他们注意到华顿的时代对族裔问题很敏感,而华顿表面上似乎有意避开它。但实际上华顿主动和主流文化的族裔意识形态靠拢,在书信、日记、杂文里常常反映出肤色问题,表露出自己居高临下的种族主义和殖民主义视角。如《欢乐之家》的女主角莉莉的名字(Lily)就蕴含着"白色",她对西蒙的看法就不乏反犹偏见。种族偏见也体现在华顿在自传《回首》(*A Backward Glance*, 1934)里对黑人厨子的描写及华顿所写的游记里。[①]

华顿一生写有20多部长篇小说,10部中短篇小说集,两部诗集及数部游记;而且她不仅多产,还是当时稿酬最高的作家。她出版的第一部书是《房屋的装饰》(*The Decoration of Houses*, 1897),可见华顿对居室内部的细节非常注意,这也是她的小说的特色,即关注被一般作家所疏漏的家庭和社交小圈子,通过细致入微的内部描写来展示某个局部,再通过这个局部来揭示更加广阔的社会现实,因此她被称为"内部装饰的先驱和诗人"。当然华顿有自己的局限:主题狭隘,场面狭小,叙事时有累赘感,人物发展过于复杂缓慢等。[②] 但华顿的文笔优美,人物刻画准确,描写精致入微,恰到好处。她的一些主要著作已经有中译本,如《伊坦·弗洛美》、《欢乐之家》(有的译成《豪门春秋》)和《纯真年代》。

和肖邦、华顿相比,奥尔科特不仅作品数量更多,而且和社会的接触更广,

---

① Millicent Bell, *The Cambridge Companion to Edith Wharton* (Cambridge University Press, 1995), pp. 3-4, 68-76.

② Louis Auchincloss, ed. *Edith Wharton, New York Novels* (New York: The Modern Library, 1998), p. xviii.

对女性问题的关注更直接。路易莎·梅·奥尔科特(Louisa May Alcott, 1832—1888)出生于宾州的日耳曼敦,成长于麻省的康科德,身边名人围绕。父亲布朗森具有一脑子的改革思想,在波士顿办过学,早期女权主义者玛格丽特·富勒(Margaret Fuller, 1810—1850)曾做过他的助手,在哈佛建立过超验主义的乌托邦社群"大家庭"(Consociate Family)。但布朗森认为养家糊口不符合他的超验主义理想,所以不理家政,致使家庭常年拮据,很大程度上依赖既精明又实际的妻子阿巴和他的朋友、亲戚,以及此后女儿们的帮助,这些奥尔科特在《超验野橡树》(*Transcendental Wild Oats*, 1873)等作品里多有表述。

童年的奥尔科特生活在拮据之中,但是在精神上却受益匪浅。她继承了母亲的文学天赋和独立精神,以此抵抗父亲要求绝对服从的清教理念。成年后回忆母亲时她说:"我们家的哲学不都在书房里,其中很大一部分在厨房里,一个老妇人在那里一面烧饭涮洗,一面思考着高深的问题,显示着高尚的行为。"①她们姊妹四人的正式教育则完全由当过小学校长的父亲承担。他教育思想开明,在波士顿后开办的学校让黑人孩子入学,并因此导致学生人数下降,六年后不得不关门。他为女儿的教育制定出计划,并为每个女儿的成长记下详细的日记。办学受挫后他搬到康科德,其住处离爱默生的住处仅一英里,离瓦尔登湖很近,邻居中还包括常在森林里陪孩子们玩耍、教他们植物学的梭罗和密友霍桑,这是奥尔科特接受的最宝贵的教育。② 童年时的奥尔科特喜爱读故事,作诗,写剧本,然后和姐妹们一起演出自己写的剧本。她酷爱狄更斯、莎士比亚、歌德和班扬,15 岁时便大着胆子进入爱默生的书房向他要书看。在《童年回忆》(*Reflections on My Childhood*)里她这样记述道:

> 徜徉在爱默生先生的图书室,我发现"歌德和一个孩子的通信",马上产生了强烈的愿望想成为第二个贝廷,想让父亲的朋友做我的歌德。因此我给他写信,但没有傻到会寄出这些信,只是在我的"主人"的门槛上留下些野花,在他的窗下哼哼蹩脚的德语曲子,喜欢深更半夜徘徊在月光里,坐在樱桃树下,直到猫头鹰把我吓回床上去。女孩子的傻气没有持续多久,那些信也早就烧掉了,但是歌德依然是我最喜爱的作家,爱默生一直是我亲爱的"主人"……

有人指出《小妇人》里的劳伦斯先生的原型就是爱默生。

家庭的贫困,母亲的独立精神,以及超验主义理想使得年轻的奥尔科特决

---

① Louis May Alcott, *Louis May Alcott: An Intimate Anthology* (New York: Doubleday, 1997), p. 15.

② Ruth K. MacDonald, *Louis May Alcott* (Boston: Twayne Publishers, 1983), pp. 1 - 4.

心自立并且尽力帮助在经济上维持家庭。她和自己小说《工作》里的女主人公克里斯蒂一样做过家庭教师、陪伴，帮人缝纫，演过戏，甚至做过家佣，用这些工作挣得的微薄薪金贴补家用。但随后她发现写作不仅更适合她的性格，而且收入也更多。1848 年她的第一部作品《画家对手》(The Rival Painters)在杂志《橄榄枝》(*Olive Branch*)发表，挣得第一笔稿费五美元。第二年她完成第一部长篇小说《遗产》(*The Inheritance*)，但一直没有出版。她的第一部出版的作品是寓言集《花的寓言》(*Flower Fables*, 1854)，献给爱默生的女儿埃伦，获得 32 美元稿酬，并说自己总有一天会"从寓言过渡到人间现实"。50 年代中期她开始在《星期六晚报》(*Saturday Evening Gazette*)上发表短篇小说，60 年代开始登上《大西洋月刊》等一流文学刊物，同时她也开始在通俗杂志如《弗兰克·莱斯利妇女杂志》(*Frank Leslie's Lady Magazine*)等通俗杂志上发表短篇畅销故事，以解决经济需求。

内战爆发后 1862 年 12 月奥尔科特去离家 800 公里之外的一所联邦军队医院，和《工作》里的克里斯蒂一样做护理，但是不到六个星期便染上伤寒性肺炎，治疗过程中摄入过量的汞，此后一直靠食用鸦片镇痛，健康受到损害。根据这段经历她写出了自传《医院记事》(*Hospital Sketches*, 1863)，出版后反应良好，使 30 岁的奥尔科特一举成名，建立起严肃作家的声誉。但公众对 1864 年出版的涉及婚外恋和离婚的长篇小说《心情》(*Moods*)并不认可，使她失望，重新又回到早先的惊险故事写作。

由于家庭急需用钱，1867 年她成为《快乐博物馆》(*Merry's Museum*)杂志的编辑，年薪 500 美元。此时一家出版社的编辑催促她写一本"给女孩子看的书"，奥尔科特 1868 年 5 月答应下来，夏天完成第一卷，9 月 30 日《小妇人》(*Little Women*)出版，售价 1.50 美元。11 月她回到波士顿，次年元旦完成第二卷的写作。小说受到读者的极大喜爱，巨大的销量和天文数字的稿费使她彻底摆脱了经济窘境。[①] 此后奥尔科特还写出七部儿童作品，如《一个守旧的女孩》(*An Old Fashioned Girl*, 1870)、《杰克和吉尔》(*Jack and Jill*, 1880)、《乔的男孩子们》(*Jo's Boys*, 1886)，以及几十篇为儿童杂志写的故事。她还写有《小男人》(*Little Men*, 1871)，为守寡的妹妹筹集生活费。这些作品同样受到读者，尤其是小读者的欢迎，但再也没有《小妇人》那样的轰动和销量。[②]

《小妇人》具有浓厚的自传色彩，描写的是马奇一家四个女儿的成长：麦格做家庭教师来帮助母亲玛米养家糊口；乔一身男孩子气，喜爱写作，整日构思剧本让姐妹们开心；贝斯则爱静，平时在家里织毛衣或帮母亲料理家务；艾

---

① 据说小说出版 20 年后出版商已经付出稿费 30 万美元。

② Denise D. Knight, ed. *Nineteenth-Century American Women Writers; A Bio-Bibliographical Critical Sourcebook* (Westport & London: Greenwood Press, 1997), pp. 2 - 4.

米梦想当一名艺术家。马奇家的邻居是富有的劳伦斯祖孙，孙子劳里和麦格一家熟悉。麦格的父亲在内战中受伤，母亲去探望期间贝斯得了猩红热，但等到母亲赶回时贝斯已经好转，父亲也伤愈回家。麦格和劳里的家庭教师布鲁克先生相爱，三年后结婚。乔长大后靠写作来资助家庭。乔去纽约做家庭教师，遇见巴哈尔教授，两人成为好友。乔回家后劳里向她求婚，遭到想献身写作的乔的拒绝，劳里只得去欧洲，和在那里陪同姨妈的艾米成为知己。乔在家照顾身体一直不好的贝斯，贝斯去世后乔十分难过，以写作度日，直到婚后的艾米和劳里回家后才有所恢复。巴哈尔来看望乔并向她求婚，获得乔的同意。一年后姨妈去世，把房产留给乔，乔决定开办学校。小妇人们长大成人了；母亲 60 岁生日，在乔的住处举行宴会，大家都十分感慨。

和 19 世纪其他女作家的作品不同，《小妇人》从出版至今一直受到读者的青睐。最初的 2 000 册一个月即售罄，半年后售出 7 000 册，14 个月销量达 3 万册，而且销量随着时间的推移而增加，30 年代时在美国销售达到 150 万册，1950 年在全球销售 500 万册，在美国出过 29 种不同的版本。1986 年《女性家庭》认为奥尔科特是美国历史上最著名的 25 位女性之一，一直没有出版的惊险故事《一场漫长致命的爱情追逐》(*A Long Fatal Love Chase*)在 1995 年出版并畅销，1997 年她未及出版的第一部小说《遗产》出版，随后拍成电视连续剧。据统计，1982 年以前美国大学撰写奥尔科特和她父亲的博士论文的比例为一比二，1987 年这个比例变成了三比一，90 年代末更是达到了二十比一。[①] 奥尔科特自己称《小妇人》写得“枯燥”，对读者的疯狂有些迷惑不解，但也有人认为这和《小妇人》里的乔囿于社会压力把自己的作品诋毁为“垃圾”一样，其实是对 19 世纪传统偏见的颠覆。无论如何，这部小说真实地描写了新英格兰家庭生活和女性社群，虽然有情感化和说教之嫌，但却一直是中产阶级家庭的儿童必读书，中产阶级女性几乎是读着它长大的。《小妇人》在形式上是被大多数人所遗忘的“家庭日志”(family journal)，维多利亚时代的杰出代表是英国女小说家尤格(Charlotte Mary Yonge，1823—1901)的作品《瑞德克利夫的继承人》(*The Heir of Redclyffe*，1853)和美国作家阿博特(*Jacob Abbott*，1803—1879)[②]的“若罗”(Rollo)儿童系列读物。在内容上，它则是青少年的成长小说。女孩子都有各自的缺点：麦格有虚荣心，贪图享受，乔多情

① Janice M. Alberghene and Beverly Lyon Clark, eds., *Little Women and the Feminist Imagination*, *Criticism*, *Controversy*, *Personal Essays* (New York & London: Baeland Publishing, Inc., 1999), pp. xviii - xxvii.

② 阿博特是教育家，1829 年到波士顿后创立女子中学，一生写过 180 余部著作，著名的有寓教于乐的 28 卷“若罗”系列故事，如《若罗在工作》(*Rollo at Work*)和《若罗在玩耍》(*Rollo at Play*)，还有教师用书 1 卷《若罗的道德准则》(*The Rollo Code of Morals; or, The Rules of Duty for Children, Arranged with Questions for the Use of Schools*, 1841)。

善感,贝蒂柔弱,艾米有些矫揉造作。但是这些缺点是19世纪女孩子普遍的毛病,其实也是各个时代青少年成长中的烦恼。奥尔科特让她们在没有大人干预的情况下自己解决自己的问题,读来真实可信。

奥尔科特的种族观和性别观受到当代批评家的关注。她一生积极参加政治活动,鼓吹童工改革、服饰改革、监狱改革,尤其是废除奴隶制。内战前她的家是逃奴的地下车站,父亲帮助过逃奴,为因招收黑人学生而遭到逮捕的教师做辩护,担任过麻省废奴协会秘书并因此时常受到威胁。奥尔科特本人在日记里表达过对斯托夫人的敬慕。在《医院记事》里她称自己是"激愤的废奴主义者"。内战刚爆发时她写了《有色人士兵来信》(Colored Soldier's Letters, 1860)等废奴作品,此文以黑人兵团的士兵写给护士的信为形式,讲述他们在战场的经历和体会,描述"兴高采烈地扛着步枪向前线进发,为抛弃了他们的祖国而战"的可爱的黑人士兵。但作品被《大西洋月刊》拒登,因为反对奴隶制会使"可爱的南方恼火的"。此文1864年1月才刊登在波士顿的废奴刊物《共同的家园》(*The Commonwealth*)。[①] 当然奥尔科特还有另外的一面:她的父亲尽管开明,批评奴隶制,却瞧不起黑人和爱尔兰人,她的母亲认为爱尔兰人自私,肮脏,懒惰。《工作》里的克里斯蒂(奥尔科特的原型)也宁愿和黑人一起工作也不愿意与爱尔兰姑娘为伍。

《小妇人》的情节开始于内战初期,但小说里并没有描写马奇的军队生活,也不提奴隶制和林肯被刺等重大事件。奥尔科特做护理时知道战争的残酷,从父亲那里知道改革的重要,但她的策略就是故意不提。也许在这里民主家庭的重建暗指国家的重建,解放了的黑奴变成了"解放了的女性幻想"。实际上奥尔科特参加了父亲当时的几乎一切改革活动,"重中之重"的改革就是妇女投票权。奥尔科特对女性权益有深刻的切身体会。她通过母亲开的职业介绍所被一个有钱人雇用,说好干轻微的家务,却让她提水生火,挖地擦鞋,七个星期只给四美元。她对此一直耿耿于怀,小说里不时出现奴隶主似的主人形象。1868年奥尔科特加入新英格兰妇女投票权协会,参加各种妇女集会,资助女权运动,为女权主义刊物《妇女》(*Woman's Journal*)撰稿,1879年成为康科德第一位女性登记选民。1860年她曾写了自传性小说《成功》(*Success*),后来《基督教团结》(*The Christian Union*)杂志编辑要她连载,便加以修改更名为《工作》(*Work: A Story of Experience*),1873年开始连载并出版。这是奥尔科特第一部严肃的成人长篇小说。故事基于她本人的经历,讲述了21岁的少女克里斯蒂十年间的经历:做过佣人、陪伴、裁缝、演员、家庭教师,甚至濒临

① Sarah Elbert, ed. *Louis May Alcott on Race, Sex, and Slavery* (Boston: Northeastern University Press, 1997), pp. x, 41.

自杀的边缘，但终于摆脱了男权社会的影响，成为一个职业女权主义者。小说涉及妇女工作权、职业女性在社会的地位、离婚等女性问题，是了解奥尔科特思想的最佳作品。[①]

作为女性作家，奥尔科特深知女性的困难境况。据说一位男编辑曾告诉她："奥尔科特小姐，教你的书吧，你不会写作。"[②]在她的作品里，女性人物大多是家庭的保护者和经济支柱，如《小妇人》里的马奇夫人和乔，这和 19 世纪中产阶级所青睐的被动型女性很不同。一些女性人物甚至不是母亲和妻子，如《心情》里的费斯·戴恩和《小男人》里的南都是独身女性，一生奉献给他人或自己的事业。《小妇人》的一个主题就是自我牺牲和回报家庭，《普绪客的艺术》(*Psyche's Art*)里的普绪客也放弃自己的艺术追求来照顾家庭，结果艺术成就反而更高；而《一个护士的故事》(*A Nurse's Story*, 1865—1866)里自私的罗伯特或者《现代恶魔》(*A Modern Mephistopheles*, 1877)里的费利克斯都是恶有恶报。在她的一些惊奇故事里，女性人物甚至会走向极端。短篇小说《波琳的激情和惩罚》(Pauline's Passion and Punishment)里，女主人公波琳被情人吉尔伯特抛弃，后者娶了一个富有的女人。波琳进行报复，嫁给小她 19 岁的有钱人曼纽尔。但吉尔伯特仍然爱着波琳，所以折磨新婚的妻子。波琳的报复到了疯狂的地步，使得双方最后都走向了毁灭。

由于主流批评界把奥尔科特看作儿童文学作家，所以并没有对她进行过严肃的讨论；批评家一直关注的是这些儿童作品的清新愉悦和教育意义，很少论及其艺术价值和形式特点。倒是詹姆斯 1865 年说《心情》曲解人性，人物和事件缺乏真实感；十年后又批评《八个堂兄妹》(*Eight Cousins; or, The Aunt-Hill*, 1875)里的人物太实际太现实，缺乏想象力，脱离了孩子的习性。对此有人说 32 岁的詹姆斯当时初出茅庐，有些忌妒已经功成名就的奥尔科特。大部分批评家指出的是奥尔科特小说的情节不紧凑，结构零散，语法不规范，俚语太多，视野狭小，浪漫情调过于明显。尖刻的批评出现在 1970 年代的女性主义高潮时期，女性主义者们觉得《小妇人》其实在贬低妇女，把婚姻宣扬成女人的唯一出路，服从是女性的唯一美德，宣扬的自我牺牲和服从其实是中产阶级男权社会的理想。但是奥尔科特批评中更多的倒是赞扬。有人把《小妇人》比作奥斯丁的《傲慢与偏见》，甚至有人把它和吐温的《哈克贝里·费恩历险记》和《汤姆·索耶历险记》相比较。也有人认为奥尔科特是使用"伪装"的高手，故意在服从和颠覆之间模棱两可，使自己的小说意义十分丰富。因此当代批

① Denise D. Knight, ed. *Nineteenth-Century American Women Writers; A Bio-Bibliographical Critical Sourcebook* (Westport & London: Greenwood Press, 1997), p. 5.

② Madeleine B. Stern, ed. *The Feminist Alcott, Stories of a Woman's Power* (Boston: Northwestern University Press, 1997), p. x.

评家主张奥尔科特的作品和南北战争一样,内部充满冲突、矛盾和张力,所以应当避免简单化。[①]

由于生活的艰难和创业的压力,奥尔科特放弃了生活中的几次机会而终身未嫁。她自己的解释是:“对我们很多人来说,自由比丈夫更加可爱。”《开放的玫瑰》(*Rose in Bloom*, 1876)中女主人公的一段话颇能表达奥尔科特的感受:

> 我们既有良心又有头脑和灵魂;既有美貌和成就又有抱负和才干;我们既想爱和被爱又想生活和学习。我最讨厌人家说女人只能爱和被爱!我在证明自己远远不止家庭主妇之前,不想和爱有什么瓜葛。

她承认自己对女性比对男性更加感兴趣,她对性别的描写也和19世纪的女性观很不一样:许多作品人物的姓名和性别正好相反,如《小妇人》中的麦格和劳丽,人物本身的性别也成问题,如《神秘的小姐》(*My Mysterious Mademoiselle*, 1869)的叙事者疯狂地爱上一个漂亮的小姑娘,但其实“她”是个男孩。现代女性主义和性别研究学者对这些很感兴趣,认为奥尔科特是在颠覆传统的性别之见。

在奥尔科特270余部作品里,相当数量是惊险离奇的故事,里面充满欲望、仇恨、忌妒、暴力、疯狂、复仇、欺骗、吸毒。但当其他儿童作家的作品里充满这些内容时,她的儿童故事宣扬的则是循规蹈矩的中产阶级道德观,因此有人说她过着“双重文学生活”。对此评论家认为,前面的奥尔科特面对的是通俗读者,写作主要是出于盈利目的;也有人把她故事里的暴力和感官描写归结为久病后产生的幻想所致。中产阶级的奥尔科特面对的则是超验主义和女性读者。她把女性的力量放在家里,以贤妻良母的品德作为最高的道德,这和后期的斯托夫人把中产阶级妇女的家庭地位理想化,把生活的权力中心从政府和市场转到厨房有相似之处。奥尔科特的女性教育观在当时比较先进。她主张实用而非时髦的服饰,实用而非时髦的教育,认为女性不论贫富都应当学习家政,男孩女孩都要体验世界,接受相同的教育。

和奥尔科特同时代的女作家把儿童文学当作挣外快的副业,她则正好相反,以此为自己的正业。但20世纪她的儿童作品一直被作为“儿童文学”而受到主流文学传统的贬低。他们认为情感和家庭层次不高,有些女性主义者也

---

① Gloria T. Delamar, *Louis May Alcott and "Little Women," Biography, Critique, Publications, Poems, Songs and Contemporary Relevance* (Jefferson: McFarland & Company, Inc., 1990), p. 157; Denise D. Knight, ed. *Nineteenth-Century American Women Writers; A Bio-Bibliographical Critical Sourcebook* (Westport & London: Greenwood Press, 1997), p. 8.

觉得女性文学不等于女孩文学。但是现代的批评家也许忘了一个事实：19 世纪时儿童文学和成人文学并没有今天这样的区别，那时的儿童照样阅读《大西洋月刊》和《世纪》杂志。[①] 维多利亚时代的人称奥尔科特是“青少年的伙伴”，“家庭的恩人”。他们读着她的故事长大，又推荐给自己的孩子。尽管这些故事的艺术价值有多有少，但它们都耐读。“对许多女性读者来说，传统的皆大欢喜结尾（白马王子式的结尾）令她们百读不厌。这就是奥尔科特的匠心所在：她的读者过去要求，现在仍然要求这种千篇一律的结尾，而她却能在多部小说里满足读者这种喜好，同时又每出新意。”[②]她让每个时代的读者在程式化的故事讲述中体会出乐趣，感受到人与人之间的热心、爱心和真诚。

第二节
妇女解放和女性文学：哈柏、艾丽斯、朱厄特、范妮

作为一位女性活动家，弗朗西斯·哈柏（Frances Ellen Watkins Harper，1825—1911）历经了 19 世纪下半叶从废奴运动到女权主义的全过程，并且在其中扮演了重要的角色。她积极投身解放黑奴的斗争，重建时期从事于黑人教育以使他们经济上自立，世纪末呼吁废除私刑。她是 19 世纪最重要的女权运动领导人之一，积极争取妇女（尤其是黑人妇女）的选举权。她还把政治斗争和文学创作结合在一起，写出大量的诗歌和小说，成为当时首屈一指的黑人女作家。哈柏生于美国南部马里兰州的巴尔的摩，父母是自由的黑人中产阶级，但她亲眼目睹了奴隶制给黑人造成的一幕幕悲剧。哈柏三岁父母双亡，由主张废奴主义的叔父收养。她的叔父是黑人牧师，办了所免费黑人学校，哈柏在那里就学至 14 岁。14 岁她开始在白人家做家佣，好心的主人鼓励她读书。

1850 年哈柏离开南方到自由州俄亥俄定居，在哥伦布市附近的一所黑人学校教授缝纫，是该校第一位女教员。1853 年马里兰州立法禁止自由黑人进入，否则将被抓或被卖，哈柏立即投身废奴运动，通过地下铁路接送逃奴。1854 年 8 月哈柏在麻省新贝德福德做了第一次成功的废奴演讲《有色人的教育和提高》（The Education and Elevation of the Colored Race），此后便一发不

---

① Janice M. Alberghene and Beverly Lyon Clark, eds., Little Women *and the Feminist Imagination*, *Criticism*, *Controversy*, *Personal Essays* (New York & London: Baeland Publishing, Inc., 1999), pp. xxiii - xxxi.

② Ruth K. MacDonald, *Louis May Alcott* (Boston: Twayne Publishers, 1983), pp. 96 - 99.

可收,内战爆发前在麻省、宾州、纽约州、新泽西、俄亥俄、缅因等州轮回讲演,并被缅因"废奴协会"聘为专职演说员。她演讲时滔滔不绝,很少用讲稿,因此讲演的文字记录很少。她的讲话雄辩有力,听众中的白人不大相信一个黑人女性能有如此的才能,曾猜想她是男人或白人装扮的黑人。一位听众这样描述她:"她的举止威严镇定,从不装模作样……200 年的苦难从她的声音里传出,她的每一个悲愤的目光都是对不公和邪恶的抗议。"这个时期哈柏的演讲应接不暇,她把丰厚的演讲收入捐给地下铁道。1860 年她嫁给黑人芬顿,在哥伦布郊外购一农庄居住。四年后芬顿去世,哈柏意外地发现他生前欠下巨额债务,结果造成哈柏倾家荡产,只得携四个子女回费城重新开始原来的教书和废奴工作。后来她在纽约第十一届女权大会上发言,愤怒地质问道:"如果死的是我而不是我的丈夫,结果会大相径庭。官员们就不会到他家破门而入,卖掉他的床,拿走他全部的生活必需品。"

20 岁时哈柏出版了诗集《森林的树叶》(*Forest Leaves*),可惜没有流传下来。1854 年她撰写的一部分诗歌结集出版(*Poems of Miscellaneous Subjects*),废奴主义者加里森为之做序。这部作品是哈柏最成功的诗集,包括反对蓄奴的诗歌"把我葬在自由的土地"(Bury Me in a Free Land),此后 20 年里再版 20 次,使她成为邓巴之前最著名的黑人诗人。此后她还出版过三部诗集:《诗集》(*Poems*, 1871),《南方生活集景》(*Sketches of Southern Life*, 1872)及《亚特兰大献诗》(*Atlanta Offerings, Poems*, 1895)。哈柏的诗歌属于传统的叙事诗,大多数描写黑人人物的体验,主题主要是反对奴隶制、私刑、酗酒以及宣扬基督教精神,提倡道德改良。她认为诗歌小说和政论文一样,首要目的是服务于政治斗争,所以喜欢教化和渲染。如《赐福的希望》(The Blessed Hope)就是她在内战后对黑人妇女的道德"规劝":

让她养成节俭的习惯,
　　她的双手不惧怕
在家里工作
　　或者从事自己的职业。

让她的语言谦虚,
　　她的行为谨慎;
她的举止优雅,
　　从来没有欺骗。

如果在你生命的旅程里

你能找到这样的女性，
打开你的心灵，
娶她为你的妻子。[1]

她在诗中糅进黑人口头文学的主题和技巧，使用传统的韵律和清晰的节奏；她还是方言诗的开创者之一，在美国现实主义文学里有一定的地位。

作为黑人女性作家，哈柏的小说也具有重要的影响。她1859年发表的《两种选择》(The Two Offers)被认为是美国黑人女作家出版的第一篇短篇小说，发表在专门出版黑人作品的《非裔美国人》周刊上。小说描写两个白人表姊妹的不同命运。珍妮特在男友弃她而去后，追求自己的事业，终身未嫁；而劳拉则由于怕做老姑娘，委身于一个她所不爱的有钱漂亮的男人。结果那个男人酗酒，导致劳拉过早离开人世。相似主题的小说还有《播种和收获》(Sowing and Reaping, 1876—1877)，发表在黑人教会刊物《基督教纪事》(*Christian Recorder*)，讲述约翰和妻子珍妮特鲜廉寡耻地追求财富最终堕落，而另一对夫妻保罗和贝蕾则有抱负讲道德，历尽曲折最终成功。《曼妮的奉献》(Mannie's Sacrifice, 1869)则侧重个人成功和社会进步的关系：黑人青年曼妮和路易斯在白人家庭长大，不知道自己的黑人身世；但知情后马上放弃荣华富贵投身于黑人的解放事业。这部短篇小说是《伊欧拉·蕾洛》(*Iola Leroy; or Shadows Uplifted*, 1892)的前身，后者曾被认为是美国黑人女作家的第一部长篇小说。[2]《伊欧拉·蕾洛》是哈柏此前小说诗歌主题如种族团结、精神和物质的斗争、女性独立、道德培养和家庭伦理的集大成，但展现得更加深刻，场面也更宏大。小说的前半部分表现内战及战后黑人作出的业绩，后半部分描写黑人女性伊欧拉·蕾洛的事迹。伊欧拉内战前生长在白人家庭，母亲死后才得知自己的黑人身份，被"回卖"为奴隶；内战中有感黑人士兵的勇敢，战后决心献身于南方黑人的教育事业。混血儿问题是哈柏多部小说的主题，当代种族批评家对此有些微辞，认为她在美化伊欧拉的金发碧眼白皙皮肤的同时贬低了黑人的种族特征。

1866年是哈柏政治生涯的一个转折，当时白人女权主义者如伊丽莎白·斯坦顿把黑人女性排除在争取女性投票权之外，而且白人妇女出于私利不愿意多谈私刑问题。哈柏和道格拉斯一起予以强烈反对，认为黑人女性比白人女性更需要投票权，以确保不会重新落入奴隶制。她在演讲里始终把私刑问

---

① Maryemma Graham, ed. *Complete Poems of Frances E. W. Harper* (New York & London: Oxford University Press, 1988), pp. 13 - 14.

② 20世纪80年代哈丽特·威尔逊(Harriet Wilson)的长篇小说《我们的黑人》(*Our Nig*, 1859)被重新发现，在此之前一直以为《伊欧拉·蕾洛》是黑人女性的第一部长篇小说。

题和妇女投票权乃至妇女解放联系在一起。她协助创立了“全国有色人妇女协会”并任副主席，在1893年“世界妇女代表大会”(the World's Congress of Representative Women)的发言《妇女的政治前途》(Woman's Political Future)里，她提醒世人，“在漫长的悲惨岁月里，男人们一直在毁坏，撕碎，推翻，但今天我们站在妇女时代的开端，妇女的工作就是伟大的建设。她的手里掌握着国家政治生活的各种可能，并对未来产生或好或坏的影响”。为此她要求妇女们不仅参与改善国家的政治体制，而且更重要的是塑造全民的公民意识和社会公德，这是妇女义不容辞的责任。①

哈柏的一生是奋斗的一生。她一个人在南方巡回演讲时随时都会有生命危险，而且由于来自黑人男性和白人女性的压力而时时感到孤立无援。但是她坚持了下来。她以巡回演讲为主，前期的演讲收入捐给废奴事业，后期则拒绝接受演讲报酬，靠诗歌的稿酬为生。她在生前非常受欢迎，但去世之后长期受到冷落，批评界认为她的作品只局限于黑人问题，而且这些作品以政治宣传为主，不大讲究文学形式，在急风暴雨的时代结束之后其重要性也随之下降。但无论如何，对今天的批评家来说，哈柏仍然可以算做“19世纪最重要的黑人女作家”。

女性意识和对肤色的关注同样也是邓巴-纳尔逊创作的主题。艾丽斯·邓巴-纳尔逊(全名 Alice Ruth Moore Dunbar-Nelson, 1875—1935)生长在新奥尔良的克里奥尔(Creole)社区，新奥尔良也是她日后文学创作的背景。艾丽斯有黑人、印第安人和欧洲白人混血身份，金黄色的头发，白皙的皮肤，外表近似白种人，漂亮高雅，风度翩翩，而且喜爱戏剧和艺术。尽管有证据表明她对肤色更深、更贫穷、受教育更少的黑人时有歧视，但她一直认同有色人身份，而且是积极的有色人权益活动家。她1892年毕业于新奥尔良斯特拉特学院，此后还到康奈尔、哥伦比亚、宾夕法尼亚等大学学习过。毕业后在小学任教四年，1896年离开新奥尔良去北方，在纽约市公立和教会学校教书，1898年和著名黑人诗人邓巴在纽约市结婚。婚姻遭到艾丽斯家人的反对，因为邓巴“皮肤太黑，和黑人剧社的演员和艺人为伍”。但随后两人性格间的差异逐渐显露，邓巴患肺结核后试图以酒镇咳，结果染上酗酒，导致两人1902年分居，四年后邓巴病逝。邓巴去世时艾丽斯撰文哀悼，虽然此后两次再婚，但一直以邓巴未亡人自居。和邓巴的婚姻虽然短暂，但却使她有机会进入职业作家的圈子，并使她作为邓巴的妻子和未亡人而引起文学界和公众的注意，当时的批评界总

---

① Shirley Wilson Logan, ed. *With Pen and Voice, A Critical Anthology of Nineteenth-Century African-American Women* (Carbondale & Edwardsville: Southern Illinois University Press, 1995), pp. 43 - 44.

把她看成邓巴的贤内助，甚至认为艾丽斯的作品得以发表也得力于邓巴，尽管邓巴的名字有时反而会淹没艾丽斯自己的文学和政治活动的成就。艾丽斯20岁不到便发表第一部小说诗歌散文集《紫罗兰及其他故事》(*Violets and Other Tales*, 1895)，四年后出版短篇小说集《圣洛克的品德及其他短篇小说》(*The Goodness of St. Rocque and Other Stories*, 1899)。她笔耕勤奋，但生前正式出版的著作仅此两部。她在报纸杂志上发表过大量诗歌，写过数部剧本，以及未出版的长篇小说四部。此外她还编辑出版了《黑人演讲精品》(*Masterpieces of Negro Eloquence*, 1914)，发起并编辑文学刊物《演讲者和表演者邓巴》(*The Dunbar Speaker and Entertainer*, 1920)。艾丽斯有一些最有分量的作品属于非文学形式，如20年代在报纸上开办的专栏在内容和文字上皆属于佳品。1921年她开始记日记，中断后于1926年继续写作直到1931年。当时黑人女性极少记日记，艾丽斯的日记既有文学价值，也是世纪初的社会生活和她私人生活的真实反映，80年代《艾丽斯·邓巴-纳尔逊日记》(*The Diary of Alice Dunbar-Nelson*, 1984)出版。

1902年至1920年艾丽斯在特拉华等地的中学任英语教师兼做行政，此后一面教书一面从事反种族歧视和种族和解的工作，如领导了1922年的特拉华反私刑运动，和丈夫罗伯特创办反种族主义报纸《鼓动》(*Advocate*)，同时积极投身女权主义，尤其是黑人女权主义活动，是有色人妇女俱乐部联盟(the Federation of Colored Women's Club)等黑人妇女组织的活跃分子，①尽管这些政治活动有时会妨碍她发表文学作品，1920年她还因政治见解被特拉华高中拒之学校门外。艾丽斯一直被尊为争取非裔美国人尤其是非裔美国妇女权益的活动家，也是受人尊敬的作家、批评家和报刊专栏作家。她的写作特点就是既遵循传统的表现形式，又触及敏感的种族问题。如她并不赞成邓巴使用黑人方言来取宠于白人社会，她本人的诗歌小说基本上采用的是传统的表现方式，表现的也是传统的主题，但处处表露出对黑人文化的关心。她比哈莱姆文艺复兴艺术家早一代，没有积极介入这场新的黑人文化运动，但积极支持他们(如兰斯顿·休斯)的成长。艾丽斯去世后火化，希望将骨灰撒入特拉华河，但因是有色人而一时无法实现，最后还是由丈夫来加以完成。

艾丽斯虽然依靠邓巴的声誉来树立自己的文学形象，但在文学创作上却和邓巴很不相同。世纪交替时期白人批评界希望黑人作家使用黑人方言反映黑人生活，白人读者也期待黑人作品里出现与种植园传统和黑人剧社类似的人物，邓巴以方言诗来迎合白人的口味，但艾丽斯就拒绝入流，有意在作品里

---

① 艾丽斯的日记里显示她和几位女性有亲密关系，并且写有同性恋诗作如(《你！伊内兹！》You! Inez! 1921)，引起当代女性主义和性别研究学者的兴趣。

疏远自己黑人作家身份。1929年她提到大学的一次演讲时说:"他们显然喜欢我谈论《黑人对美国生活的文学反应》,但最后还要听邓巴的方言诗。这真让我不舒服"。因此艾丽斯的早期作品里很少谈及黑人的生活和种族问题,和她同期的报刊文章形成明显对照;由于这种状况直到哈莱姆文艺复兴时才有所改变,而艾丽斯的报刊文章和日记直到当代才引起批评界的关注,所以人们一直认为她的文学作品"没有反映她的种族的特征"。

世纪初时艾丽斯主要以诗歌闻名。她的大部分诗歌采用传统诗歌形式和风格,表现的也是传统的诗歌主题如爱情、人与自然等。如下面这首《爱之歌》(A Song of Love, 1902):

哦,请你深饮一口这红色的酒,
　　这是爱的赞叹,因为我这么爱你!
哦,紧紧地抱着我,嘴唇相接,
　　这是爱的赞叹,因为我这么爱你!
大海泛着紫色,宽广深厚,
我的心随着起伏的波涛狂跳;
亲爱的,海鸥是在呼叫:
　　"为爱情高歌,因为我这么爱他"?

哦,起伏的海浪上的一叶小舟,
　　为爱情高歌,因为我这么爱他!
哦,阴影下高大的松树,
　　为爱情高歌,因为我这么爱他!
细浪亲吻着闪光的沙滩,
阳光下我在欢快的土地上大笑;
亲爱的用年轻有力的手抱住我;
　　世界真美好,因为我这么爱你!

她的少数后期诗歌有时反映女性的独特感受,甚至触及黑人问题,但这些诗歌和邓巴的非方言诗还是不同,没有直接表露作者的政治立场,如《献给美国的黑人农民们》(To the Negro Farmers of the United States, 1920):

上帝洗净了你们的灵魂和心,
你们是他钟爱的人,背弯向土地,
他以仁慈的恩惠和真正的远见

赋予你们应得的劳作报偿。
上帝把权力赋予你们，让你们
作出甜蜜的服务。这个非凡的礼物足以挫败
龇咧着白牙的饥饿狼群，通过
生命活动的劳作。你们是荣耀的人群，
出自大自然洁净的胸怀，可是你们人数太少；
千百万饥饿的人们寄希望于你们，唯恐
你们会失败。上帝没有给予你们
战争用的梭镖，而是产生眼泪，
赞美，热爱，欢乐的力量，把这些编织成王冠
给你们戴上，土地上光荣勇敢的人们。

艾丽斯的短篇小说的背景是家乡新奥尔良，反映克里奥尔社区的风俗和习性，属于地方色彩传统。她的小说人物以女性为主，但族裔难辨，表现的是性别问题，所以当代批评家认为艾丽斯的小说比诗歌更加重要。第一部作品《紫罗兰及其他故事》显示出艾丽斯此后的创作特点：阅读广泛，克里奥尔素材和题材，天主教信仰，熟练驾驭不同体裁，具有浪漫色彩，抒情性好，细节描述优于情节安排。当时黑人女性作家极少，所以“邓巴-纳尔逊以自己的方式帮助创建了黑人短篇小说传统，这时的读者群只知道种植园和黑人剧团的程式化作品”。艾丽斯还写过至少四部长篇小说，最满意的一部是《现代水中女神》(*A Modern Undine*，1901—1903)，说的是拘谨内向的24岁南方姑娘马里恩嫁给北方商人霍华德后，无端怀疑霍华德对自己不忠，因此变得偏执。当误解消除时，霍华德的生意损失惨重，面临贪污的指控，此时霍华德批评马里恩自私狭隘，两人才第一次面对面地讲出双方的真实心理感受。小说反映艾丽斯对心理分析手法的着迷，以及对意象和象征的利用。

艾丽斯从小就喜欢演戏和看戏，读书时就导演或饰演过许多戏剧，在黑人社区的各种集会上演出。20年代时她还认为“舞台是开发我们自己最好的手段。我们必须摆脱单纯的宣传鼓动和传统的音乐喜剧，后者始于种植园止于酒吧餐馆。我们要把黑人生活和文化的所有方面展示给美国公众”。[①] 她写过一些剧目，在任教的中学指导学生上演。

世纪之交时美国黑人女性作家十分少见，因为“社会现实和文学传统使得黑人女性作家(作为个人和艺术家)尤其难做真正的自我界定”。在这个意义

① Gloria T. Hull, ed. *The Works of Alice Dunbar-Nelson*, Vols. 1 - 3 (New York: Oxford University Press, 1988), pp. xxix - xlix.

上,艾丽斯的出现对美国女性文学发展具有重要意义。她虽然过着中产阶级般的生活,但经济上一直比较拮据,需要大量写作以弥补亏空,所以作品顾不上精雕细琢,也经不起仔细推敲。但艾丽斯对“把政治社会批评的能量转移到诗歌小说音乐艺术”的哈莱姆文艺复兴运动是一个鼓舞。①

对20世纪末的美国批评界来说,朱厄特在创作风格、创作形式和创作内容上都是19世纪末为数不多的最有影响的女作家之一。朱厄特出生在美国的文化中心,熟悉新英格兰文化阶层,同时她又常年生活在乡村,和下层人民十分接近,因此她得以把两者结合而描绘出一幅独特的新英格兰风情。她虽然没有像马克·吐温、哈特那样大量使用方言,但作品里透露出浓郁的新英格兰乡村语言的韵律和习惯表达。

萨拉·朱厄特(Sarah Orne Jewett, 1849—1909)家有姊妹三人,她排行第二。她出身新英格兰世家,家里战前从事造船和海运业,家境殷实。但她的父亲和外祖父都是乡村医生,母亲卡罗琳很少被她提起,但父亲西奥多对她的教诲却令她终生难忘:“不要试图描绘人与事物,直截了当说出他们是什么。”②朱厄特1865年毕业于伯威克学校,但由于从小体弱多病,正规教育时断时续,所以她真正的教育来自两个方面。她自己阅读广泛,父亲图书馆里的塞万提斯、菲尔丁、乔治·艾略特、简·奥斯丁、萨克雷、福楼拜等是少女朱厄特喜爱的欧陆小说家。她喜爱英国作家劳伦斯·斯特恩的《感伤旅行》(Laurence Sterne, *A Sentimental Journal*, 1768),称福楼拜的《包法利夫人》为“伟大奇妙”的作品。她虽然没有萨克雷和托尔斯泰那么善于表达讥讽,却汲取了他们的道德力量。受父亲影响,朱厄特从小立志做个医生,但风湿性关节炎使她很难实现这个愿望。为了锻炼她的体质,父亲出诊常常把她带上,一路上给她讲故事,向她描述见到的植物和树木;乡村小镇的出诊给她日后的创作也提供了很多素材,她随父亲造访过的渔村农庄以及交谈过的村民在她日后的作品里都有所反映。

18岁那年朱厄特使用化名在《民族旗帜》(*Flag of Our Nation*)上发表了第一个短篇故事《詹妮·盖罗的情人们》(Jenny Garrow's Lovers)。尽管这篇小说没有产生多大影响,随后在《大西洋月刊》发表的短篇《布鲁斯先生》

---

① Gloria T. Hull, *Color, Sex, & Poetry, Three Women Writers of the Harlem Renaissance* (Bloomington & Indianapolis: Indiana University Press, 1987), p. 2.

② Michael Davitt Bell. *The Problem of American Realism, Studies in the Cultural History of A Literary Idea*. (Chicago & London: The University of Chicago Press, 1993), p. 176. 朱厄特这样谈论父亲对自己的影响:“我父亲从他父亲那里继承了对人性的深刻理解,从他法国血统的母亲那里继承了被称为‘悠然自得’的民族天性。尽管职业生涯里有再多的沉重负担和操心,这种天性使他心理上保持年轻快乐……我相信在我意识到自己的生活目标之前,他早就清楚地知道了。”

(Mr. Bruce, 1869)却受到时任助理编辑的豪威尔斯的赞扬和扶持。此后她连续在《大西洋月刊》等一流报刊上发表了一系列描写缅因州风土人情的短篇小说,在豪威尔斯的鼓励下结集出版为《偏远的地方》(*Deephaven*, 1877),描写叙述者海伦趁夏天离开繁忙的文化中心波士顿来到姑妈去世后留下的庄园度假。新英格兰的这个沿海小城"完全土里土气",但两位来自上层社会的姑娘通过造访乡村绅士和渔民农民,尤其是通过和当地妇女们聊天,意外地享受到那里独特的文化熏陶,细细地体会了一番清贫却丰富多彩的小镇生活。这个"偏远的地方"实际上就是朱厄特生于斯长于斯的缅因南伯威克,描写它的目的是要"告诉世人乡下人并不是愚昧无知的家伙"。小说出版后好评如潮,使她在波士顿文人圈子里扎下根,和洛厄尔、斯托夫人、惠蒂尔、凯瑟、詹姆斯等成为密友。类似的小说继续见诸《大西洋月刊》等文学刊物,此后 25 年陆续结集出版,如《乡下的偏僻小径》(*Country By-Ways*, 1881),《沼泽岛》(*A Marsh Island*, 1885),《白色苍鹭及其他故事》(*A White Heron and Other Stories*, 1886),《女王的孪生及其他短篇》(*The Queen's Twin and Other Stories*, 1899),及《汶拜的当地人及其他传说》(*A Native of Winby and Other Tales*, 1893)等小说集。她还写过两部长篇小说以及一些诗歌和儿童文学,但她最大的成就无疑是以短篇小说为主要特征的作品。

朱厄特出生在新英格兰缅因州西南部的南伯威克,这个小村庄离海岸 10 英里。虽然她成长在大都市,经常出游欧洲和美国其他地方,南伯威克村在她心理上是永远的故乡,不仅常常返乡写作,而且主题也总是离不开这片土地。和同是乡土文学家的惠蒂尔一样,她相信"浪迹天涯的游子/在揭开美的忌妒的面纱上/并不见得强于足不出户/懂得欣赏门外鲜花树木美景之人"。朱厄特坚持认为,当地人的言谈举止是显示这个地区历史和文化的极好媒介:"有一类村民,他们具备圣洁的与生俱来的最简单最好最纯洁的本能,保存了最好的文化和行为传统。他们知道什么是最好的,因为他们距离最好的东西最近。"但朱厄特又以良好的文学修养给这些乡土气息蒙上一层美的光环,使其不致落入庸俗和说教。在《乡下的偏僻小径》里她带着读者漫游她的故乡伯威克,在《河上的浮木》(River Driftwood)里她坐着小船讲述匹斯卡塔卡河沿岸的风光和一处处历史遗迹,在《十月远骑》(An October Ride)她骑马在伯威克附近的森林和田野里游荡,描述被撂荒的草地和被遗弃的农庄。

《白色苍鹭及其他故事》里的"白色苍鹭"故事是朱厄特最常收录在文学选集的作品。小姑娘西尔维亚长在城市,现和祖母生活在乡村,一个人在森林和田野间度过时光。一天她碰到一位年轻的鸟类学家,他正在寻找一只在附近筑巢的白色苍鹭,出价 10 美元要西尔维亚帮助他寻找。小姑娘被这位年轻人所吸引并且答应了他,半夜跑出家门,爬上苍鹭筑巢的大树。她登上树顶,置身于树枝树叶之中,极目郁郁葱葱的林海和大海上冉冉升起的朝阳,见到了正向她飞来的苍鹭。这一瞬间她改变了主意:"松树的绿枝在她耳边低语,她记起那白色的苍鹭是如何穿过金色的霞光向她飞来,他们是如何一起观赏着大海和清晨。西尔维亚不应当说出去,不应当泄露苍鹭的秘密,出卖她的生命。"女性主义批评家十分注重小说里的对立因素:乡村、大自然、女性、少年和与之对应的城市、科学、男性、成年形成反差,以前者的胜出而结束。也有人指出,这篇小说和《哈克贝里·费恩历险记》同年出版,主题也十分相似,都是关于是否忠实于自己的朋友(苍鹭或吉姆),是否敢于反叛传统的约束。鸟类学家的枪代表了主宰、统治和帝国,是男权的象征;而森林则是避难所,象征着女性的遮护和生命力。

朱厄特的女性主义思维在长篇小说《乡村医生》(*A Country Doctor*, 1884)里表现得更加淋漓尽致。南的母亲阿德琳性格倔强,早年离家去纺织厂做工,婚姻遭到丈夫的姐姐南希的反对,丈夫死后她曾试图自己抚养南,但终于力不从心,回到娘家后不久去世,把南留给了乡村医生莱斯力抚养。南的有钱的姑妈南希曾想领养南,但遭到阿德琳的拒绝。南调皮多动,但莱斯力看出她有医生的素质,每次出诊都带上她。南上寄宿学校后曾一度落后于其他学生,但倔强的她很快便超过众人。南想学医,得到莱斯力的鼓励,但是小城里的人对此却十分吃惊。南通过给莱斯力当护士自学医学,后来到附近的一所医师学校学习。一次南去看望从未见过面的姑妈南希,南希非常热情,但当南说出要做医生时,在场的绅士们大吃一惊,觉得不可思议,南希也责备莱斯力让南想入非非。为了劝阻南,南希把自己看中的青年乔治介绍给南,两人开始相爱,南希承诺如果他们结婚南可成为自己财产的继承人。但一次两人散步时南医治了一位胳膊脱臼的病人,乔治开始感到自己的男性地位受到了威胁,想阻止南的事业发展。结果南思考之后,断然拒绝了乔治的求婚,因为这种婚姻会阻碍自己的事业追求,自己的性格也不会使她成为乔治所期待的那种"贤惠"妻子。之后南义无反顾地回到自己的家乡,莱斯力非常高兴。此后南进一步进修医学,成为莱斯力的得力助手;莱斯力年迈退休之后,南成为正式的乡村医生,当地的人们也接受了她。这是一部带有自传性质的小说。莱斯力的角色就是生活中的朱厄特的父亲,他们共同的主张就是孩子应当不受传统的束缚自由自在地成长。南身上有父母的遗传:父亲的医学知识和母亲的独立精神,此外还有莱斯力所创造的环境的熏陶。但是朱厄特最强调的还是南自己的选择,这是人尤其是女性成长的关键。

通常认为朱厄特的代表作是《长有尖尖的冷杉树的乡村》(*The Country of the Pointed Firs*, 1896),十几年前《乡村医生》所体现的女性个人的追求在这里被一种更加宽广深厚的女性群体观所取代。叙述者"我"是位女作家,为了躲避波士顿的喧哗，静心写作一部重要的作品，来到缅因海岸小城杜奈特兰丁，住在草药医生托德夫人家，托德夫人在田间采药，我帮她卖药。托德夫人告诉我她的身世，通过她我结识了小城里的其他人，和当地的村民关系十分融洽。力特派吉船长向我讲述了自己海上的经历和神秘的北极，托德夫人带我到格林岛会见她 60 岁的兄弟威廉和母亲布莱克特夫人，他俩在荒岛上开垦土地，壮年男人们没有做到的事情被年迈的布莱克特夫人做到了。我和她结下了深厚的友谊。给我感触最深的是村里波登家族举行的团聚仪式。那一天家族成员们坐着马车划着小船从各地赶来，村里的人们在古老的家宅前聚会，举行着祖上传下来的仪式。在仪式上村民们

就像一群古希腊人……去敬拜丰收之神。……看着这一切并且加入进去使人产生一种陌生的激动感。天空、大海长久地在注视着这些芸芸众生举行仪式。我们不再只是一个新英格兰家族庆祝其存在和平淡的发展，我们接过了祖上所有家庭留下的标志和遗产，我们只是这根血脉上最新的传人。

朱厄特在这里展示的其实是人类族群生生不息的力量所在。在赶往聚会的路上，"我们"经过一片桉树林；这片树林早先似乎已经奄奄一息，但现在又重新变得郁郁葱葱。托德夫人指着树林说：

树长大后有时候就是这样，和人一样。……有时候一棵大树从光秃秃的岩石里挺身而出，这些岩石抓住了它的根。……把耳朵贴在岩石上你可以听到小溪流淌的声音。每一棵这样的树都有属于自己的小溪，人也是这么造就出来的。

这部长篇小说由一个个松散的故事情节构成，但主题和结构连贯，由第一人称叙事者串联在一起。朱厄特通过以托德夫人为代表的村民（尤其是女性村民）展示了他们身上朱厄特最为珍视的品德，这就是村民们的集体意识和社群归属感，也就是人的自我意识和自立精神。波登家族古老的团聚仪式一直延续到今天，象征的是女性间延绵不断生生不息的族群维系。朱厄特在表现家族团聚时没有让有重要意义的男性出场：他们当然都出席了聚会，但是朱厄特把笔墨集中在以托德夫人为代表的"母亲"身上。"我"发现，每一次和村民们的相遇和交谈都使她受到教育，进一步学会了同情他人，理解他人。她意识到，她所需要的不一定是远离尘嚣，而是如何取得他人的信任和友谊。

朱厄特的崇拜者凯瑟在 1925 年曾这样评价《长有尖尖的冷杉树的乡村》："我愿意想象，在久远的未来美国文学的年轻学生会怀着一种发现的心情，高

兴地拿起这本书说:'一本名著!'"但是20世纪上半叶批评界并不看好女性地方色彩作家,认为她们展示的是小范围、浪漫化、情感化的世界,缺乏真实感和普遍性,把朱厄特和玛丽·威尔金斯等看作"没落的新英格兰"的代表。这种批评的确情有可原,因为地方色彩本身就是浪漫主义文学的衍生物,是对工业革命、商品经济的反抗,想保留一些过去的珍贵特色,免得遭到大工业的同化。但是80年代主要的文学选集开始收录她们的作品时,仍然重复詹姆斯的话,说《长有尖尖的冷杉树的乡村》是朱厄特"美丽但微不足道的成就"。他们主要觉得它"是本书,但不是小说",因为情节淡化结构松散。其实类似的批评也见于麦尔维尔的《白鲸》和安德森(Sherwood Anderson, 1876—1941)的《俄亥俄州瓦恩斯堡镇》(*Winesburg, Ohio*, 1919),说它们没有传统的连贯结构和始终如一的视角。但后来安德森被称为20世纪美国小说之父,麦尔维尔也获得极高的评价,唯独朱厄特没有得到这种殊荣。豪威尔斯支持她们发表作品,同时也用男性标准批评她们眼光狭隘。①

当代女性主义批评家则认为,朱厄特是有意和男权文学创作和出版传统对抗。她在1873年写给《大西洋月刊》一位编辑的信中说:"我写不出您和豪威尔斯先生在上一封信里所要求的那种长篇小说……我的小说不会有什么情节。"这表明她对当时高雅的白人男性传统小说形式的不满,而喜欢采用和线性发展不同的情节安排。朱厄特当然也不承认所谓的"没落的新英格兰"这种说法:

> 19世纪美国作家里,只有朱厄特不相信文学史家关于新英格兰没落的神话。美国内战后的岁月里,男性天堂明显地从美国文学里的男性想象中消失了,这和朱厄特和她的女性同代人想象的丰富和深刻形成了鲜明的对照。……在朱厄特展示的世界里,男人们不是走了,死了,就是无声无息;但她还展示了一个女性的世界,这个世界和自足的老渔民的世界一样古老永恒,只是人们不那么记得它了。《长有尖尖的冷杉树的乡村》提醒我们,那里仍然有一片天地,一个

---

① 以一套"正统"的文学标准来衡量和评判"他者"的作品,这样的做法在20世纪末受到质疑,是后殖民主义和文化研究文学批评关注的内容。但对这一点持不同见解的"非主流"作家一直存在,只是他们的争辩没有得到重视。西方学者曾批评中国传统小说缺乏小说"公认"的形式,即没有高潮、结尾、情节发展、人物塑造等西方小说的形式要素。赛珍珠在30年代就指出,这恰恰是中国小说特有的结构特征,因为中国传统小说最重要的"形式"不是表达技法,而是生活的真实(life likeness),是对社会对生活的贴近与反映,这也是中华文化精髓之所在,是中华民族力量之源泉(Cf. Pearl S. Buck. "East and West and the Novel" and "Sources of the Early Chinese Novel.")。这里涉及的"形式"概念带有西方小说艺术的"高雅"特征,低层次思维的种族据说产生不了如此"复杂"的结构。美国主流作家对朱厄特乃至黑人作家的批评反映的也是这种思维:"由于社会契约论的传播,欧洲人逐渐把民族身份理解为思想和意志的结果,而非地域祖先遗传的产物。因此虽然白人越来越多地使用自然范畴来界定黑色人种,很多白人却通过白人相互间的关系来界定自己,使用的语言就是理性与选择"(Georgia Warnke, *After Identity, Rethinking Race, Sex, and Gender*, Cambridge: Cambridge University Press, 2007. p. 17)。

世界，女性的视角不仅至关重要，而且我们可以共享。

19世纪女性作家常用的特写式手法使朱厄特得以"在一个灵活的短小结构中相对地自由伸展"，既真实地反映场景、人物、气氛、风俗、人际关系等诸因素，又不必受传统小说种种复杂的情节结构的限制。她的叙事者"我"是一个外来人，所以可以通过外来人的眼光，使用类似陌生化的手法，把地方色彩表现得一览无余。从这个角度说，她的作品是一个重要的连接枢纽：对文学整体来说，她"前接19世纪的主题，但在叙事结构和视角上又后连被批评家称为'现代主义'的这个世纪"；①对女性主义文学来说，她连接起两代女性作家，即以斯托夫人为代表的新英格兰女性小说和世纪之交时一大批女性地方色彩作家，如罗斯·库克(Rose Terry Cooke)、玛丽·弗里曼、艾丽丝·布朗、西莉亚·塞斯特(Celia Thaster)、肖邦、凯瑟、邓巴-纳尔逊等。

朱厄特小说最显著的特色就是对地方特色的精致表现。正如豪威尔斯赞扬的那样，她的现实主义风格抓住了"现实本身的色彩和形式"。她的文学知识来自长期不懈的艺术积累和精心组织。她展示的是生活里柔和可爱多姿多彩的一面，虽有琐碎之感，但是其真实性使新英格兰平淡无味的地方生活具有一种精致优雅的美。她自己曾说："年复一年缠绕在脑海里的事情终于恰当地落实在了纸上——不论微不足道还是惊天动地，它都属于文学。"因此她的佳作被称为"平淡之中出惊奇"。朱厄特崇拜自己的前辈斯托夫人，在主题和写作风格上有意识地继承后者。在《偏远的地方》第二版序言(1893)里她说："幸运的是，在本作者的童年时代斯托夫人就描写过生活在海边林地或缅因衰败得无船可言的渔港周围的那些人们。《奥尔岛上的明珠》的前几章使《偏远的地方》的年轻作者眼前一亮，迫切地循着旧日海边的道路，在吉尼亚斯的指引下从一所所经过风吹雨打的灰暗的房屋前经过。"她不忘父亲曾经对她说过的话："以事物本身的样子叙述它。"后来她也如是地一再告诫年轻作家要直接反映现实，尽量少做人为的干预："不要'写'故事，而要讲事情。"但朱厄特不会因此去刻意模仿任何人。她曾经告诫年轻的凯瑟："不要写这本或那本杂志所要你写的那类短篇小说——直言真实，让它们决定要还是不要。按事物的原样写，不要让它看上去像这个像那个。你不可能用别人的方法写作——你得开创自己的方法。"②

令当代女性主义感兴趣的，不仅是朱厄特让读者关注女性和男性的关系，

---

① Sarah Orne Jewett, *The Country of the Pointed Firs and Other Stories*. Intro. Mary Ellen Chase (New York & London: W. W. Norton & Company, 1982), pp. v – xix.

② Charles G. Waugh, et al. eds., *Best Stories of Sarah Orne Jewett* (Augusta: Lance Tapley, Publisher, 1988), pp. vii – x.

而且触及女性之间的关系，尤其是她和安妮的关系。安妮的丈夫是波士顿文学界出版界重要人物，曾是《大西洋月刊》老板兼主编的出版商詹姆斯·菲尔兹。詹姆斯去世不久，朱厄特便和安妮形影不离，每年很大的一部分时间两人生活在一起，四次结伴去欧洲和美国东部旅行，沿途见到过马克·吐温、詹姆斯、丁尼生、吉卜林、罗塞蒂、狄更斯、阿诺德等英美小说家。两人在安妮波士顿查尔斯大街的住所成为当时重要的文学沙龙，常有名人光顾，如霍桑、霍姆斯、洛厄尔、朗费罗、爱默生、惠蒂尔、豪威尔斯。那里尤其是女作家的天堂，登门者包括斯托夫人、阿尔科特、戴维斯、菲尔普斯和凯瑟。朱厄特和安妮长达30年的亲密关系是她一生中最重要的人际关系，后人称之为“波士顿婚姻”。由于朱厄特一生未嫁，也没有亲密的男性朋友，所以当代评论家认为她有同性恋之嫌，但没有确凿的证据。当时类似的波士顿婚姻还有一些，涉及的都是文化女性；而且当时的社会对此现象并没有大惊小怪，甚至习以为常，只是到了20世纪出现有类似经历的凯瑟才变得小心翼翼，所以“波士顿婚姻”不一定就是现在的女同性恋(lesbian)。①

当代已经不再把朱厄特简单地看成地方色彩作家，而是19世纪重要的女性心理分析家。最著名的赞扬出自凯瑟为自己编辑的《萨拉·奥纳·朱厄特小说精品》(*The Best Short Stories of Sarah Orne Jewett*, 1925)所写的前言：“一个急切的读者50年后再读这本书，还会体会到这位美国一流作家笔下的味道，精神，韵律——得到一个已经成为过去的新英格兰。”在结尾时凯瑟断言，“如果要我说出三本不朽的美国小说，我马上就会说《红字》、《哈克·费恩历险记》和《长有尖尖的冷杉树的乡村》”。② 凯瑟说这番话的时期朱厄特还没有得到批评界的公正对待，她的结论也有些言过其实。但是朱厄特的确是19世纪美国杰出的女性小说家。她所描写和留恋的生活由于西部开发、南北战争和工业发展，已经在无可挽回地没落下去。她曾告诉凯瑟，“她的头脑里充满亲爱的旧房子和老太太，她们在她脑子里聚合的刹那间，她就知道一个故事已经开始了”。有人批评她过于情感化，太喜好表现老年女性的感情，使她的作品给人一种“夕阳无限好，只是近黄昏”的感觉。因此有人认为“她的新英格兰故事是霍桑以来最好的。但朱厄特小姐当然比不上霍桑，因为她缺乏霍桑的领悟力和他的悲剧力”。亨利·詹姆斯1915年说她只是一个“次要作家”，世纪之交开始，批评界“在美国文学经典中一直为她留着一个几乎不变的

---

① Harold Bloom, ed. *Lesbian and Bisexual Fiction Writers* (Philadelphia: Chelsea House Publishers, 1997), p. 91.

② 朱厄特去世前两年和凯瑟成为好友，是凯瑟文学创作的导师，凯瑟把自己的第一部小说《哦，拓荒者们!》(*O, Pioneers!*, 1913)献给朱厄特。

位置，但即使对她最热情的支持者也不得不承认，这个位置十分低下"。[①] 但是朱厄特对世界的体验与理解和霍桑不尽一致。她用女性作家特有的敏感和精致，展示出自然的美丽和抚慰魔力，下层人民的自豪和自尊，以及女性间的凝聚力。这些都是她的作品的魅力所在。

1901 年波都印学院授予朱厄特名誉文学博士学位，使她成为获此殊荣的第一位女性。第二年她从马车上跌落受伤，写作基本停止。八年后，这位写了五部长篇小说、九部短篇小说集、一部历史传奇、三部儿童作品的女性因中风在故乡那间建于 150 年前的故居里离开了人世。这也是她的心愿："我生在这里，希望也能死在这里，让紫丁香长得还是那样碧绿，所有的凳子还在原来的地方。"[②]

这个时期最直言不讳、争议最大的女性作家之一，就是范妮·费恩(Fanny Fern)，原名萨拉·帕顿(Sara Payson Willis Parton，1811—1872)。萨拉于 1811 年 7 月 9 日生于缅因州的波特兰，在波士顿长大，在家里九个孩子中排行第五。父亲是位虔诚的加尔文教徒，但她从小便反抗父亲信奉的令人窒息的加尔文教，一直批评它压抑儿童的成长，倒是认为具备"无意识诗性"的母亲培养了自己的文学才能。父亲送她进入一所又一所的寄宿学校，直到 20 岁萨拉才从斯托夫人的姐姐凯瑟林办的女子教会学校毕业，在校时她的作文曾受到斯托夫人的称赞。毕业后萨拉回到父母家中，帮助母亲做家务和缝纫，同时帮助父亲审稿校对。萨拉的父亲 1816 年在波士顿创办美国第一份宗教报纸《清教徒记事报》(*The Puritan Recorder*)，1827 年创办美国第一份儿童刊物《儿童伴侣》(*Youth's Companion*)，所以她从父亲那里学习到不少新闻写作的知识。

1837 年萨拉和波士顿银行职员查尔斯结婚，生活美满，育有三个女儿，但丈夫 1846 年病逝，此前母亲、妹妹爱伦和七岁的大女儿也离她而去。偿还完丈夫生前所欠的债务后，萨拉一贫如洗，只有接受父亲的接济。在父亲的压力下她嫁给商人塞缪尔，但并不爱他，称看重金钱的塞缪尔为"伪君子"，结婚两年后与他分居。此后塞缪尔散布谣言，说萨拉行为不轨，导致亲友与她疏远，父亲也停止资助，想迫使她回到丈夫的身边。窘迫中萨拉试图靠缝纫、教书维持生计，并不得不将一个女儿送到前夫家。她想投稿，向名诗人兼纽约杂志《家庭》老板的兄弟纳撒尼尔求荐，遭到他的嘲笑，说她的文章"俗不可耐"，让

---

① Michael Davitt Bell. *The Problem of American Realism, Studies in the Cultural History of A Literary Idea*. (Chicago & London: The University of Chicago Press, 1993). p. 175.

② Harriet Prescott Spofford, "Sarah Orne Jewett," *The Book Buyer*. vol. xi, No. 7 (New York: August, 1894), pp. 329 - 330.

她还是去缝裙子。萨拉从此不再和这位兄弟来往,并在文章小说里多次讥讽他的势利和偏见。

于是萨拉牵着小女儿,一家家报馆挨门兜售自己的作品。1851 年波士顿刊物《橄榄枝》(*Olive Branch*)发表了她的第一个短篇小说《模范丈夫》(The Model Husband),萨拉得到 50 美元稿费,同时开始使用笔名"范妮·费恩"。此后萨拉在《橄榄枝》、《真正的旗帜》等报刊上发表作品,受到读者欢迎,为之撰稿的刊物销量也大增。但和当时的其他女作家一样,萨拉也受到歧视,获得的稿费很低,直到 1852 年《音乐世界和时代》(*Musical World and Times*)才以公平的报酬请她撰稿,使她成为美国第一位女专栏作家。随着萨拉知名度的提高,《纽约分类报》(*New York Ledger*)请她撰写专栏,每周一期,每期报酬 25 美元,遭到萨拉的拒绝;最后报酬定为 100 美元,使萨拉成为当时报酬最高的专栏作家,双方的合作一直持续 16 年,直到萨拉去世。

萨拉撰写过大量的报刊文章,结集出版过六部报刊文集,第一部是 1853 年出版的《范妮讲义里飘出的蕨叶》(*Fern Leaves from Fanny's Portfolio*),出版后立即畅销;她还创作过三部儿童作品,两部长篇小说以及数量可观的短篇小说。萨拉的早期特写基本上基于自己的亲身经历:《寡妇的考验》(The Widow's Trials),《为死去的婴儿守夜》(A Night-Watch with a Dead Infant)及《感恩节的故事》(A Thanksgiving Story)讲述的是家庭成员的过世所造成的痛苦,《阿波罗·海辛斯》(Apollo Hyacinth)描写家庭成员的吝啬和自私,影射兄弟纳撒尼尔;也有一些作品反映女作家面临的困境:写作条件差、发表困难、评论苛刻,如《评论家》(Critics)和《成为才女的阿道弗斯·史密斯太太》(Mrs. Adolphus Smith Sporting the "Blue Stocking")。

萨拉的第一部长篇小说《露丝·霍尔》(*Ruth Hall*, 1855)带有自传性质,描写一个寡妇如何争取经济独立,在美国文学史上第一次集中刻画了一位自力更生的女性。和当时其他的暴富小说(rags-to-riches)一样,露丝靠自己的才智和勤奋获得了成功;但和其他女性作品不一样的是,小说结尾时露丝得到的不是一个理想的丈夫,而是一万美元的银行支票。小说出版后英美报刊争相评论,第二年被翻译成法语和德语,并被改编成歌剧。小说用萨拉的笔名出版,但在书中遭到讥讽的一位编辑因不满而有意泄露了萨拉的真实身份,招致评论家批评她通过露丝美化自己,指责她丑化家人,缺乏"女性的柔美"。但也有评论赞扬萨拉的小说人物刻画新颖,大胆直率,讽刺有力,这场争论也使小说的销量大增。同年出现一本名为《范妮·费恩的生活和美丽之处》(*Life and Beauties of Fanny Fern*)的书,责骂她专营投机,轻佻放荡,"人如其文,同样下流"。这本匿名书据推断是那位遭萨拉讥讽的编辑所写,给萨拉造成巨大的社会压力,但她没有因此退却或放弃写作,早年的老师凯瑟林也写信鼓励她。

实际上萨拉一生都在和传统的俗见作斗争，那些不喜欢她的男性批评家指责她的风格“庸俗”，内容“粗俗”，“没有女人味”。但直言不讳的写作风格正是萨拉成功的主要原因。她语言朴实，善于捕捉生活中的缺陷，进行既尖锐又不乏风趣的评论。她常常在不经意间剥下那些自鸣得意的人（尤其是男人）虚伪的外衣，但她这么做并不是出于幽默逗乐，而是自己真实情感的表露。她在回答一位读者的信中说：“你以为我写这些乱七八糟的东西时心里觉得愉快！一点都不是；我这么做是因为我手头没有剃刀来割自己的喉咙”（《橄榄枝》1852 年 1 月 31 日）。广大的读者喜爱萨拉，美国和英国的报纸争相盗印她的文章，《哈柏氏新月刊》（*Harper's New Monthly*）称赞她为新文风的开创者，认为使用当地语言和克制陈述有助于纠正当时浮夸花哨的文风。

萨拉对男性社会的虚伪深恶痛绝，由此也对流行的矫揉造作的文风十分厌恶。她曾说：“如果英语里有一个词我最厌恶的话，这个词就是‘绅士派头’（genteel）……不论在什么时候，它表明的总是把一处处虚假强加在已经堕落的人性上……这个国家的有产阶级不时树立一些坏榜样，要人们低声下气地模仿旧日贵族的怪诞行为，人们应当对此加以抵制。”她瞧不起社会上的趋炎附势，不时抨击女性的虚荣：“纽约的妇女出门总是不忘礼服帽和荷叶边，哪怕是早晨九点，到杂货店购买茶叶。她们喜爱镶绣花边的衬裙，尽量展示来吸引那些好奇的异性两足动物。她们对毛线不屑一顾，用 1 000 美元的丝绸清扫人行道，坚信绣花衣领和手帕是获得拯救所必不可少的东西。”①

和 19 世纪其他女性主义者一样，萨拉提议改革禁锢女性身体和思想的传统女装。她在 50 年代曾经鼓吹女性着男装，她本人就穿丈夫的衣服去纽约，令传统社会侧目，但丈夫很理解支持她，认为这是对限制女性权力的男性社会的挑战。在 1858 年 7 月的《纽约分类报》上萨拉曾有过这样的描写：

> 大家都知道近来下的那场延绵细雨，但是只有妇女，只有那些呼吸着新鲜空气，做着户外活动的妇女，才知道三个星期里每天在雨中行走的狼狈：撩起裙子，撑着雨伞，跨过水坑，绕过水沟，一直都在提心吊胆，生怕一不小心小腿会裸露出来，让那些对在公共场合研究女性解剖感兴趣的慈善家在雨天一饱眼福。

因此她决定穿上丈夫的衣服和他一起外出：

> 费恩先生拿起他的帽子，我们一起往外走。“范妮，”他说，“不要搭着我的胳

① Nancy A. Walker, *Fanny Fern* (New York: Twayne Publishers, 1993) pp. 107 - 109.

膊,你是男人”。“对呀,”我答道,“我都忘记了,你也不要像刚才那样帮助我跨水坑,拜托你,也不要笑我……”哦,习惯了之后,自由自在地行走真让人陶醉。不用撩起裙子,不用提着贴在膝盖上的湿漉漉的裙褶子,没有令人窒息的面纱扑打面孔,遮住目光,没有被风吹翻过来的雨伞。相反,清凉的雨丝扑面而来,重新沸腾的血液流过血管,冲上脸颊。

萨拉积极支持妇女解放运动,当60年代中期被问及妇女选举权时,她表示全力支持,并讽刺纽约一家报纸的编辑“总是要用毯子把妇女的头蒙上,惟恐她看到投票箱”,认为一个既参加投票又文雅有智慧的太太“值得最懂得尊重女性的人的尊敬”。有人误认为这是男性化的女人,她答道这实际上是“女性的妇女”(female woman),即女强人。用今日女性主义的话来说,萨拉认为女强人不等于扮演男性角色的妇女,不应当用男性术语来描绘女性:“妇女只要生气勃勃充满活力,就会被当作男性化,这不是生活里最可笑的事情吗?”(《纽约分类报》1870年9月19日)

但萨拉并不把自己等同于当时的女权主义者,也很少参加妇女解放运动的集会;她所做的主要是基于自己的切身体验,鼓吹女性经济独立这个当时非常前卫的思想,批评男性社会在这方面的双重标准:

一位妇女如果具有独立发展的才能,则不会得到多少人的赞许。不管她的生存状况多么贫困,多么孤立无援,大多数人都会觉得她应当默默地拿起针线活,躲到一处不招眼的地方,慢慢地挖出自己的坟墓,而不是转而去发展适合于自己的事业以便使自己立刻摆脱困境。他们觉得前者才更加具有“女人气”,而后者只适合于男人,而且男人这么做的话他们会大加赞赏。(《纽约分类报》1861年6月8日)

萨拉为维护女性的权益作出过不少惊世骇俗的举动。她的第三位丈夫传记作家詹姆斯·巴顿比她小11岁,两人婚前曾订财产协议,约定婚后詹姆斯不得占有萨拉的财产。1856年一本烹调书的作者使用了她的笔名,萨拉十分气忿,和丈夫一起把此人告上费城法庭①,并打赢了官司。萨拉在报纸上说:

出版一本书,把我的名字放在上面!我的?而且做这种事情的还是位男士!……如果法律不能为我所用,还要它做什么?“范妮·费恩不是我的名字,是吗?”让我告诉你们,如果是我首先开始使用这个笔名,我就完全有权力

① 当时已婚女性不可以单独以自己的名义起诉,但詹姆斯支持她,以两人的名义共同起诉。

独自享有它，正像我独自享有教名一样。……女帽就应当被皮靴来践踏吗？凯恩法官说不……听着！你们所有戴女帽的人，你们应当跪下来感谢我，因为我展开了妇女（乱涂乱抹的女人）权力的大旗。

"乱涂乱抹的女人"是霍桑对当时通俗女性作家的蔑称，但他把萨拉排除在这群妇女之外："一般来讲，女性写作时就像遭到阉割的男性，和男作家的唯一区别就是更柔弱更愚蠢。但是如果她们抛开一本正经的约束，打个比方，赤裸裸地出现在公众的面前，那么她们的作品肯定具有特点和价值。你能告诉我一些这位范妮·费恩的情况吗？如果遇见她，希望让她知道我多么景仰她。"①

尽管如此，萨拉时代的评论家仍然把她归为"多愁善感"的"说教者"；20世纪的大部分时间也把她归为"乱涂乱抹"的女人，"那些哭哭泣泣的女人的祖母"。直到近20年批评界才开始重新去发现她。这位美国女作家第一个公开称赞惠特曼的《草叶集》，认为坦诚最可贵；她公开讨论性病、卖淫、节育、离婚等敏感话题，批评男性中心和传统婚姻模式，始终把关心的重点放在妇女问题之上，是美国女性主义的先驱。

第三节
其他女性作家

内战至一战期间，美国女性作家在废除奴隶制和争取妇女权益方面大显身手，各显神通。她们有的直接参加社会活动和政治运动，为正义奔走呼号；有的奋笔疾书，写出犀利的政论文；有的则以文学作品的形式表达女性的感受，吁请社会的理解和支持。在当时的情况下，她们的声音显得十分微弱，心理要承受社会舆论的巨大压力，常常还要为自己和家庭的生计奔波。但是她们义无反顾，相信当越来越多的声音汇合到一起时，她们就会成为社会上举足轻重的政治力量，就可以使社会按她们设想的那样一步步地得到改善。

朱莉娅·沃德·豪（Julia Ward Howe，1819—1910）出生于纽约名望之

① Joyce W. Warren, *Fanny Fern, an Independent Woman* (New Brunswick: Rutgers University Press, 1992), p. 158.

家,16岁就开始给报刊投稿诗歌,1843年嫁给社会活动家塞缪尔(Samuel Gridley Howe),帮助他编辑波士顿反奴隶制报纸《共同的家园》。1876年塞缪尔死后她成为妇女解放运动和监狱改革运动的积极鼓吹者。《共和军战歌》(The Battle Hymn of the Republic)是她传世的唯一作品。这首诗歌是豪参观了首都华盛顿的一个军营后写的,在1862年2月号的《大西洋月刊》发表,得四美元稿酬。诗歌以基督教信仰鼓励正在苦战的北方军士兵,充满了必胜的信心:

他吹响了决不会后撤的号角;
他在审判席前筛选着人们的心;
哦,我的灵魂,轻快地回答他!我的脚步,欢快轻松!
我们的上帝在前进。

在百合的至美里基督在大海出生,
心中怀着荣耀改变了你和我:
他死去以使人类神圣,让我们去死以使人类自由,
上帝正在前进。

格利姆克姐妹(Sarah Moore Grimké, 1792—1873, Angelina Grimké, 1808—1879)也是19世纪30年代女权主义和废奴的一个主要声音。两人早就痛恨奴隶制。姐姐萨拉先加入费城的废奴组织"朋友协会"(the Society of Friends),妹妹安吉利娜1835年读到废奴妇女在波士顿遭到群殴时,便致信加里森表示也要加入废奴运动。两人在各地一场场演讲,其行为远远超出19世纪的传统女性,也使她们南卡罗来纳的奴隶主家庭感到震惊。安吉利娜在《解放者》(*The Liberator*)杂志上发表《对南方基督教姐妹的呼吁》(An Appeal to the Christian Women of the South, 1836),要南方的白人姐妹起来造反,成为"美国反对奴隶制协会"的代言人。姐妹俩在新英格兰巡回演讲时,斯托的姐姐教育家凯瑟琳(Catherine Beecher)指责她俩言行过于极端,有违中产阶级妇德;安吉利娜反击道,妇女可以"在任何地方以任何方式在私下里和公开场合采取恰当的行为"。萨拉则写下雄辩的《有关性别平等和妇女境况的书信》(Letters on the Equality of the Sexes and the Condition of Women),成为美国女权主义的先驱。1838年安吉利娜嫁给废奴主义者西奥多·威德,两姐妹的政治生涯告一段落。但她们的观点仍然指导着美国的废奴运动,为1848年的塞尼卡福尔斯大会和随后的美国女权运动打下了基础,也影响到这个时期的重要女性主义活动家玛格丽特·富勒,激起其他女性参政议政

的热情。①

另一位女将是蔡尔德夫人(Lydia Maria Child, 1802—1880),加里森废奴运动里的一位早期女性作家。她年轻时发表过描写早期清教移民和印第安人关系的小说,反响较好,使她得以享用由男性统治的波士顿图书馆;她开设过女子学校,创办过美国第一份儿童杂志。30年代她打算出版一套"女性家庭图书"系列,写出过四本,以《妇女境况史》(*History of the Condition of Women, In Various Ages and Nations*)最著名。1833年她遇到加里森后,决定投身废奴运动,主张立即无条件解放黑奴。她发表《呼吁善待被称为非裔的美国人》(An Appeal in Favor of that Class of Americans Called Africans, 1833),遭到白人文学界的反对,抵制她的作品,图书馆撤销了给她的优待资格,她办的儿童刊物订户锐减。

1841年她迁往纽约市,编辑废奴报纸《国家废奴旗帜》(*The National Anti-Slavery Standard*),同时发表各种废奴作品,如刊登在"波士顿女性废奴协会"年刊上的短篇小说《奴隶制的欢乐之家》(Slavery's Pleasant Homes, 1843)和短篇小说集《事实和虚构》(*Fact and Fiction*, 1846)。1865年她自费出版描写黑人生活的诗文集《自由人之书》(*The Freemen's Book*),呼吁给予黑人选举权,鼓励黑人树立起信心。她的一些作品,包括最后一部小说《共和的浪漫史》(*A Romance of the Republic*, 1867)涉及不同肤色间通婚这个敏感的主题。

索乔娜·特鲁丝(Sojourner Truth, 1797—1883)是19世纪下半叶最直言不讳的一位黑人女权主义者。她出生在纽约州的奴隶家庭,12岁前被卖过三次,遭到奴隶主的奸污,逃跑过,30年代替人做家佣,信仰福音派教会和神秘教派,常常产生幻觉幻听。1843年她听见上帝要她出去传道,便改取现名以示得道,②到各处宣讲基督教义,出版过自传《特鲁丝自述》(*Narrative of Sojourner Truth*, 1850),成为当时的传奇人物,道格拉斯曾陪同过她,斯托夫人1863年在《大西洋月刊》上称其为"女巫"(Lybian)。内战时她为黑人战士募集给养,受到林肯的赞扬,战后做过"全国自由人救济协会"的顾问,为被解放的黑奴解决工作问题。当时女权运动和废奴运动不分彼此,女权主义者以

---

① 参阅《新编美国文学史》第一卷有关超验主义部分。值得一提的是玛格丽特1845年发表的《19世纪的女性》,从超验主义的角度探讨女性、表露女性思维,强调人的"神性"(God within)和"灵性"(soul),主张人可以超越世俗的理性而直接面对真理,两性都是超越了生理性别的自然人,在精神层面完全平等。类似的论证只有在20世纪女性作家(如伍尔夫、波伏娃)中才可以见到,可以说玛格丽特是当代美国女性主义的理论先驱。

② "寄居者"(sojourner)出自《旧约诗篇》(Psalms 39: 12):"耶和华阿。求你听我的祷告,留心听我的呼求。我流泪,求你不要静默无声。因为我在你面前是客旅,是寄居的,像我列祖一般。"为了纪念这位黑人老祖母,1972年巴尔的摩新成立的一所黑人大学被命名为索乔娜-道格拉斯学院,1997年7月4日在火星成功登陆的人类第一个火星车也以"索乔娜"命名。

为黑人选举权就是妇女选举权,所以内战结束后女性主义感到受到欺骗,不满道格拉斯要她们耐心等待,集中精力先解决黑奴问题。当时奋起反对的唯一黑人女性就是特鲁丝。她身高六英尺,嗓门洪亮,常以先知自居,把基督教女性主义、废奴、戒酒等结合在一起,认为种族问题不能代替性别问题,女人不是男人的补充,女性和男性一样重要。她虽然没有文化,但演讲流畅自如,生动幽默,道德感强,刻意使用圣经语言,而且大胆泼辣,全然不顾传统的约束,产生的影响很大。

和大多数女性一样,哈丽特·斯堡伏特(Harriet Prescott Spofford, 1835—1921)开始写作也是迫于经济压力。由于家庭经济一直拮据,她20多岁便开始写作,帮助父母养家糊口,在波士顿一些小报上匿名发表故事,一直不齿于承认。她的文学生涯正式开始于短篇小说《在地窖》(In a Cellar),刊登于1859年2月号的《大西洋月刊》上。她出版的第一本书是传奇故事《罗本先生》(*Sir Roban's*, 1860),1865年出嫁之前还发表过两部长篇传奇及第一部小说集《琥珀上帝》(*The Amber God*, 1863)。后者里有几篇反映斯堡伏特所熟悉的新英格兰生活,写得最成功。如《境况》(Circumstance)原载1860年5月的《大西洋月刊》,后来被豪威尔斯作为现实主义佳作收入他编的小说集《当代优秀美国故事选》(*The Great Modern American Stories*, 1921),迪金森也称之为"我一生中读过的唯一一部自己想象不出的作品!"

哈丽特的写作时间长,横跨两个世纪60年,作品包括成人和儿童小说,连载小说,诗歌,报刊文章,其中以短篇小说为最佳,大部分作品至今未被收辑。哈丽特对女性人物的处理值得一提。19世纪文学传统把女性或描写为天使或描写为荡妇。哈丽特则认为女性各不相同,男性最好要学会发现女性人物的鲜明个体特征。她在最后的一篇短篇小说《乡村女裁缝》(A Village Dressmaker, 1920)中以衣着和色彩勾勒女性的不同,歌颂女性的容忍体谅、自我牺牲精神。因此,"这位女作家把或贤妇或恶妇的矛盾程式转变成对姐妹情谊的肯定,学会把浪漫色彩与新英格兰传统和环境的现实相结合,忽视她实在有违我们的文学史"。

朱莉娅·弗特(Julia A. J. Foote, 1823—1900)则从基督教教义出发,以自己的亲身经历,为黑人和女性争取权利。她生于纽约州的斯克内克塔迪,父母是奴隶,虔诚的卫理公会教徒。他们重视孩子的教育,当地的学校实行种族隔离,父母就把她送到一户白人家庭做家佣,让这个白人家庭通过关系使她进入市区外的一所学校,使朱莉娅在10岁到12岁之间接受了平生唯一的正式教育。少年时代的朱莉娅大部分时间要照看年幼的弟妹,却读了很多宗教方面的书,参加过很多宗教聚会。据她自己说15岁时有强烈的皈依体验,由此加入纽约的一所黑人卫理公会长老会教堂,三年后结婚随夫迁入波士顿。朱莉娅一生无子,大部分精力投入到教区的传教工作,鼓吹“圣洁论”(sanctification),即基督徒通过自己的努力可以获救,达到精神的完满。朱莉娅坚信自己已经获得了圣灵的拯救,并且注定要做牧师。她的丈夫对此表示怀疑并阻挠她的社会活动,无效后离家出走。当时的大多数教堂不许女性出头露面,即使允许也多加限制;朱莉娅本人所在的教堂牧师拒绝她讲道,并威胁要将她驱逐出教会。朱莉娅顶住了这些压力,不断向上一级教区领袖提出申诉,无效后自己开始独立传教。40 年代中期她在纽约州北部地区传教,50 年代足迹延伸到俄亥俄和密西根以寻找追随者。90 年代她被任命为第一位女性副主祭,第二位主持教区的长老。她出版自传《火里取出的烙铁》(*A Brand Plucked from the Fire*, 1879),从宗教的角度表露了 19 世纪女性作家的观点:基督教使男女精神上平等,女性可以领导教会。她在自传里反对种族主义和社会不公,但最大的特色是要求解脱强加给女性的精神枷锁,唤起教区女教徒对自己信仰的信心,因此被称为“美国女性文学传统的早期重要表达”。

重建时期结束后,政治种族意识成为非裔美国人的中心意识,这种意识在女性作家的文学创作中得到了集中的体现,霍普金斯等黑人女性小说家第一次通过自己的作品使这种意识得到了加强。波琳·伊丽莎白·霍普金斯(Pauline Elizabeth Hopkins, 1859—1930)生于缅因的波特兰,儿时和父母移居波士顿,毕业于波士顿女子高中,15 岁时在废奴主义小说家布朗(William Wells Brown)举办的写作比赛中,以讨论青少年酗酒问题的《酗酒的罪恶及其对策》(Evils of Intemperance and Their Remedies)一文获奖,得奖金 10 美元。此时她开始在家庭剧团“霍普金斯黑人吟游诗人”演戏并写作剧本,如《有色人贵族》(*Colored Aristocracy*, 1877)和《与众不同的萨姆或地下铁道》(*Peculiar Sam; or, The Underground Railroad*, 1879),22 岁时创作音乐剧《逃奴》(*Slave's Escape: or the Underground Railroad*),并在剧中演主角,被誉为“波士顿最受欢迎的女高音”。后来据说是当地的一个剧场经理认为她不适合写剧本,于是霍普金斯离开剧场,一面做速记员和演说一面写作。

霍普金斯一生写了四部长篇小说,一部中篇小说,一个剧本以及许多短篇小说,最著名的就是有色人合作出版社出版的长篇小说《相互抗争的力量》(*Contending Forces: A Romance Illustrative of Negro Life North and South*, 1900)。小说描写一家几代黑人从战前加勒比和北卡罗来纳州来到战后北方的奋斗史,触及美国历史上的许多重要社会现象,如奴隶制、私刑、种族通婚、重建时期的剥夺黑人投票权、工作歧视等。百慕大庄园主查尔斯·蒙特弗特为了躲避英国的废奴法举家迁到北卡罗来纳,遭到当地人安森·波莱克的忌妒，散布他妻子是黑人的流言并且暗杀了他，使他的两个儿子沦为奴隶，一个被迫去了英国，另一个杰西逃到了新罕布什尔，其后裔就是100年后的史密斯家庭。史密斯太太在波士顿出租公寓房，其子威尔是黑人民权领导人，观点和杜波伊斯的相近，爱上了房客萨福·克拉克。萨福是位美丽的混血儿，原名玛贝拉，出生于富有的混血家庭，15岁时被白人叔父拐卖到妓院，三周后被父亲救出，第二天全家的房屋便被暴徒焚烧。玛贝拉生下一个男婴后，更名萨福来波士顿做打字员。她虽然也爱威尔，但因为自己的过去而拒绝他的求爱。史密斯太太的女儿多拉独立性强，和约翰·朗利订婚。约翰就是安森的后裔，聪明能干但忌妒心强，既想利用多拉的名声抬高自己，又垂涎萨福的美貌，以萨福的混血儿身份要挟她屈服。但是最后多拉和华盛顿式的黑人学校校长阿瑟·路易斯结婚，威尔和萨福也有情人终成眷属，而约翰被众人所抛弃。

内战前后的废奴文学注重描写奴隶主的残忍，而《相互抗争的力量》更注意揭示奴隶制对人的邪恶影响和精神摧残。查尔斯算是一个"好人"，但他舍不得奴隶制给他带来的巨大经济利益，对它难舍难分；而安森和约翰则反映出主流社会的价值观，为了金钱不惜一切。霍普金斯把奴隶制所造成的这种精神奴役称为与人"抗争的力量"："保守观念，缺乏博爱同情，不思正义，金钱万能——金钱使人对自己同胞的苦难无动于衷，让人们感到只有他们高高在上上帝才会帮助下层的人们。这些就是毁灭着这个国家黑人的力量。它杀害了成千上万的黑人，摧毁了他们的自尊，使他们沦为野兽。就是这些与人抗争的力量使这个种族陷入绝境。"她笔下的女性人物大多性格坚强，有独立精神，被认为是20世纪具有生命力的黑人女性的先驱。

世纪之交时的种族主义批评家对黑人的性问题充满偏见。白人社会流行的看法是白人妇女是黑人男性的性受害者，而白人作家笔下的黑人女性也常常没有道德伦理意识，甚至荒淫放荡。霍普金斯在这部小说里对把黑人看作"性欲"的象征提出强烈的批评，认为白人社会用这种神话来"责备受害者遭到迫害"，掩盖私刑和强奸黑人妇女的"种族恐怖主义"，为宣扬白人至上，敌视种族通婚找借口。所以霍普金斯赋予《相互抗争的力量》的女主角萨福这个黑白混血儿以盎格鲁-撒克逊美女的外表特征（笔挺的鼻梁，金色的头发，白皙的肤色，优美的体态），以表明其道德的高尚。萨福不仅外表美丽，而且洁身自好，严词拒绝安森的威胁利诱。[①] 当然后来的批评家也有人认为霍普金斯这么做是在迎合文学主流及白人读者，说霍普金斯和邓巴一样，无法摆脱黑人作家面临的所谓"种族和语言的双重责任"这个矛盾。[②] 同样，90年代也有人批评《相

---

① Pauline E. Hopkins, *Contending forces, a Romance Illustrative of Negro Life North and South* (New York & Oxford: Oxford University Press, 1988), pp. xxxii - ix.

② 有关邓巴的论述，见本书第五章第三节。

互抗争的力量》使用情感小说这个表现形式，因为情感小说被作为白人的文学形式，表达的是白人的价值观，霍普金斯利用它来鼓吹种族和解。但有人认为它虽然是“堕落”的形式，霍普金斯却故意用来进行不露声色地批评颠覆，因为情感小说围绕的是家庭奉献，爱情婚姻，表现的都是脉脉温情，但是《相互抗争的力量》揭示的则是邪恶及对邪恶的反抗。[①] 霍普金斯利用通俗小说的传奇形式(情节的巧合，离奇的效果，家庭现实主义)，赋予其深刻的政治意蕴。此外，霍普金斯通过萨福的外表有意使肤色混杂不清，以解构白人至上论。

霍普金斯在《相互抗争的力量》的前言里说：“我们必须用热情和浪漫使自己成为忠实表现黑人内心思想和感情的作家，这种热情和浪漫在我们历史上默默无闻，也没有被盎格鲁-撒克逊种族承认。”为此她的大部分作品(包括三部长篇小说)均发表在当时唯一面对黑人读者的《美国有色人》(*Colored American*)月刊上，刊出后受到黑人的好评，芝加哥有色女性俱乐部主席称之为“无疑是本世纪最佳的著作”。值得注意的是，霍普金斯在这部小说里还直接反映出当时黑人运动内部的斗争。威尔代表的是杜波伊斯的主张，而阿瑟就是华盛顿的再现，尽管当时杜波伊斯的《黑人的灵魂》和华盛顿的《从奴隶制中崛起》还没有发表。批评家认为霍普金斯的观点倾向于杜波伊斯，她通过威尔之口实际上在批评华盛顿的幼稚：“我们被告知只能接受初级教育，然后我们就被批评为产生不出科学艺术的天才。南部的白人会说黑人是最邪恶的政治家，但不顾这样的事实：在腐败的政治里没有哪个种族在受贿上能够超过某些白人。”后来霍普金斯作为创始人和主编的《美国有色人》杂志被华盛顿派收购，霍普金斯很快以身体原因辞职(或被辞退)。

霍普金斯出版的小说还有《哈格的女儿》(*Hagar's Daughter, A Story of Southern Caste Prejudice*, 1902)，《维诺娜》(*Winona: A Tale of Negro Life in the South and Southwest*, 1902)，和《血浓于水》(*Of One Blood, or, the Hidden Self*, 1903)，后者使用詹姆斯式的心理手法探索黑人精神上对故乡埃塞俄比亚的回归，触及泛非主义主题。离开《美国有色人》杂志社后霍普金斯默默无闻，晚年在麻省理工学院做速记员。由于她的作品发表在黑人杂志上，读者有限，影响也甚小，生前几乎没有多少评论。哈莱姆文艺复兴时她被说成是情感(而非严肃)小说家。1972 年以后她开始引起批评界的关注，80 年代她的四部小说和短篇小说集陆续出版。

19 世纪最有影响也是最激进的女权主义者之一，当数伊丽莎白·斯坦顿

---

① John Culler Gruesser, ed. *The Unruly Voice, Rediscovering Pauline Elizabeth Hopkins* (Urbana & Chicago: University of Illinois Press, 1996), pp. 23, 43.

(Elizabeth Cady Stanton, 1815—1902)。她被称为当时女性主义的哲学家,而她的战友苏珊(Susan B. Anthony)则是最有影响的组织者。伊丽莎白生于纽约州的约翰斯敦,母亲出身贵族,父亲丹尼尔是法官,伊丽莎白称他是"保守至极的人"。丹尼尔喜欢男孩,11个子女里有5个男孩,但都在幼年死去;大哥死时她去安慰父亲,父亲喃喃地说:"女儿啊,你是个男孩该多好。"伊丽莎白在父亲的办公室做助手,深知男性在法律、政治、经济上的主导地位,因此意识到传统性别观念并非个人成见,而是结构性的社会意识。30年代她接触了废奴主义者,遇到废奴讲演家亨利·斯坦顿(Henry Brewster Stanton),不顾家人反对和他私奔,1840年5月和他结婚。

他们在英国度蜜月时参加世界废奴大会,伊丽莎白被费城贵格会牧师莫特(Lucretia Mott)所吸引。莫特是六个孩子的母亲,是费城"女性废奴协会"(Female Anti-Slavery Society)的奠基人。世界废奴大会的第一天大会就决定妇女代表没有座位,伊丽莎白和莫特被激怒了,回来后决定召开妇女大会,讨论妇女的权利问题。但此后八年她为生计奔忙而一直未能实行这项计划,直到1848年的"塞尼卡福尔斯妇女权利大会"才如愿以偿,300多人参加的这次大会标志着美国女权主义运动的开始,其中的100人签署了由伊丽莎白起草的《情感宣言》(the Declaration of Sentiments),她参照美国《独立宣言》,宣称"男女生来平等"。1865年12月30日她和安东尼给参众两院发呼吁信,指出:"宪法把我们定义为'自由人',在代表上认为我们是完全的人,但社会却未经我们的同意就治理我们,不准我们理论就要我们纳税,说我们违法也不准我们选择法官和陪审团。……生命、自由、财产都没有保证,只要投票权——自我保护的唯一武器——没有落实到每一个公民的手中。"①

对伊丽莎白来说,争取女性选举权的目的不是为了能够投票,而是为了使妇女能够团结起来,运用法律武器,成为社会改革的政治力量,正如她1890年2月在"全美妇女投票权协会成立大会"上的发言(Address to the Founding Convention of the National American Woman Suffrage Association)所说:

我要这次大会传达的信息就是,州和联邦政府里如果没有妇女的声音,有关婚姻和离婚的法案就不会有什么意义。这里涉及的平等自然比其他地方更重要,因为妇女在这里的利益比男人更多。如果法律要偏袒的话,它偏袒的应当是妻子和母亲。婚姻对男人来说只是一个偶然事件。他还有其他方面的兴趣和抱负,但对妇女来说婚姻就是一切,是她兴趣和抱负的中心。如果她的环境

---

① Ann D. Gordon, ed. *The Selected Papers of Elizabeth Cady Stanton and Susan B. Anthony*. Vol. I (New Brunswick: Rutgers University Press, 1997), p. 567.

不和谐或者越来越差,她便是最不幸的人,需要法律的保护来使她获得自由,而不是来禁锢她。[①]

塞尼卡福尔斯妇女大会和《情感宣言》获得广泛的认可,其影响深远,美国地方和全国性的女权组织纷纷成立,女性的作用和影响日益增加,导致72年后的1920年8月26日第19项宪法修正案获得通过,女性最终获得了投票权。

1851年伊丽莎白结识了苏珊,两人成为终身战友,合作出版了三卷本《妇女争取投票权史》(*The History of Woman Suffrage*, 1881—1886)。50年间两人虽时有争论,但都在美国女权主义组织里任要职,苏珊的演讲稿大都是伊丽莎白代笔。70年代开始伊丽莎白在全美各地巡回讲演,要求妇女在国家政治机构有代表权,鼓吹离婚改革、已婚妇女的子女和财产权,演讲的题目包括《妇女的被屈服》(The Subjection of Women)、《男女共同教育》(Coeducation)、《婚姻和离婚》(Marriage and Divorce)、《婚姻和母亲》(Marriage and Maternity)、《监狱生活》(Prison Life),如逢礼拜天则会宣讲《圣经和妇女权力》(*The Bible and Women's Rights*)等。世纪末她写作了两卷本《女性圣经》(*The Women's Bible*),驳斥男牧师歧视女性的论调。1898年伊丽莎白的自传《八十有余》(*Eighty Years and More*)出版,此外她还写有大量的日记、书信和报刊文章。伊丽莎白最著名的讲演是1892年在"全美妇女投票权协会"上所做的《自我的孤独》(The Solitude of Self),她同年1月18日辞去该协会主席时,也用这个演讲作辞别。安东尼开始时并不喜欢这个演讲,因为这里很少涉及她最关心的妇女选举权问题,但后来还是称之为"人类笔和口能够表达出的关于女性完全解放和选举权的最有力、最无可辩驳的陈述和呼吁"。伊丽莎白说明,男人一再称道的"保护"实际上并不起任何作用,女性在关键时刻只能依靠她们自己:"不管理论上妇女会怎样依靠男人,在她生命最极端的时刻,他不可能分担她的负担。她独自一人走近鬼门关,来给每一个降生人世的男人以生命,没人能够负担她的恐惧,没人能够减轻她的痛苦;如果她的苦难超过了她能忍受的极限,她独自一人越过鬼门关跨入冥冥之中。"为此,她要求妇女们放弃依赖思想,学会一切必要的自我保护手段:

妇女在她们生活的政府里,在她们被要求信仰的宗教里应当有自己的声音,在自己扮演主要角色的社会生活里应当被平等对待,在她们挣得面包的职业里应当有自己的地位。我们之所以如此要求,是因为自决是她们与生俱有的权

---

① Ellen Carol DuBois, ed. *The Elizabeth Cady Stanton-Susan B. Anthony Reader, Correspondence, Writings, Speeches* (Boston: Northeastern University Press, 1992), pp. 222-225.

利，是因为作为个人她们必须依靠自己。不管妇女们如何愿意依赖、被保护、被支持，也不管男人们是如何想让妇女们这么做，她们必须自己去闯荡大江大河，为了以防万一，她们必须懂得一点航海的知识。为了引导自己的船，我们得做船长，舵手，工程师，拿着海图和罗盘站在轮舵的旁边，观察风力和海浪，清楚什么时候该卷帆，准确地解读天空的迹象。①

去世前一天她还给罗斯福总统夫人伊迪斯写信，要求总统夫妇支持女权运动这个她所称的"世界迄今最伟大的革命"。伊丽莎白的演讲和文章逻辑性强，充满激情，同时又风趣优雅，寓教于乐，深受听众和读者的喜爱。她在公共场合谈论的话题是当时大多数妇女讳莫如深的婚姻和离婚，给人的印象也是好斗："辩争像刺刀般锋利，词语像机枪般猛烈"。但 70 年代后的伊丽莎白是七个孩子的母亲，满头银发，笑容慈祥，被公众和媒体比作华盛顿的妻子玛莎和维多利亚女王，是慈祥母性的象征。② 苏珊在晚年说："我们开始斗争时，根本没有想到半个世纪后不得不让下一代女性来结束这场战斗。但是加入进来的新一代女性受过大学教育，有职业经验，随时可以公开发表演讲——所有这些 50 年前的女性都做不到。想到这些，我们的心里充满骄傲。"③

当然，大多数的女性，尤其是文学女性，并没有霍普金斯或伊丽莎白那样的引人注目。她们所做的，就是用女性特有的优美文字展示一幅属于她们的世界，玛丽·墨弗雷(Mary Noailles Murfree, 1850—1922)就是这样的一位女作家。墨弗雷出生于田纳西中部一个优美的古城墨弗雷斯波罗(以她独立战争时任北卡罗来纳军官的曾祖父命名)，父亲是当地小有名气的律师，拥有数座农庄，喜爱司各特与狄更斯。墨弗雷在纳西维勒女子学院及费城的切格瑞学院就学，接受南方传统的女子教育。她的全家曾在比协巴温泉度过 15 个夏天，这里是著名的克博兰山区避暑胜地，为她的早期小说提供了背景。后来她走访过这个山区以东的大雾地区，这里更加荒凉更加原始，并以此作为后来小说的背景。

1878 年墨弗雷在《大西洋月刊》发表第一个短篇故事《哈里森河湾的舞会》(Dancin' Party at Harrison's Cove)，引起批评界的关注，其他的山区故事也陆续刊登在该杂志上，1884 年以《在田纳西山区》(*In The Tennessee Mountains*)为

---

① Geoffrey G. Ward, *Not for Ourselves Alone*, *the Story of Elizabeth Cady Stanton and Susan B. Anthony* (New York: Alfred A. Knopf, 1999), pp. 189 - 196.

② Oscar Handlin, ed. *Elizabeth Cady Stanton*, *A Radical for Woman's Rights* (Boston: Little, Brown and Company. 1980), pp. 123 - 124.

③ Deborah G. Felder, *The 100 Most Influential Women of All Time* (A Citadel P Book, 1996), p. 30.

名结集出版。1885 年她出版《大雾山区的预言》(*The Prophet of the Great Smoky Mountains*),此后还写过其他的山区小说及历史题材小说,但是她的成就主要是前述的两部作品。墨弗雷曾被称为"19 世纪最后 30 年兴起的地方色彩作家中最著名的一个"。① 在作品里她忠实地再现她所见到的那种山区生活,虽然这种再现并不一定忠实于现实。她对山区风光的描写虽然有时显得累赘,有碍情节的发展,却始终有一种古色古香的美。她善于使用方言,尤其是用来描写山民的言行举止,展示山民人物的思想和个性特征。她的描写既有大段的华丽辞藻,又有细致入微的准确观察,手法十分娴熟。现代读者不大爱读 19 世纪的地方色彩作品,对墨弗雷也如此。他们不喜欢有意识地追求奇异和绮丽效果,不喜欢猎奇似地展示愚昧和落后,不喜欢道德说教,看不惯墨弗雷贵族式、纡尊降贵地对待田纳西东部山民的态度。尽管如此,墨弗雷的名字仍然永久地和田纳西的大山和山里的人民联系在一起。

同样,丽贝卡也从自己的角度表达了女性对社会的看法。丽贝卡·哈丁·戴维斯(Rebecca Harding Davis, 1831—1910)1861 年在《大西洋月刊》发表处女作《钢铁厂的生活》(Life in the Iron-Mills),立刻被视为"一个开创性的成就",因为"它把现实主义和自然主义的新成分带进美国小说";麦尔维尔在《地狱的少女》(*The Tartarus of Maids*, 1855)里也揭露过资本主义工业的黑暗,但是比较肤浅简单,而戴维斯的小说则是"第一个广泛深刻"的控诉,所以被认为是美国无产阶级文学的先驱。

丽贝卡出身于富裕的中产阶级家庭,住在弗吉尼亚西部工业新城卫灵,受到中产阶级女性应有的良好教育。她在回忆录《闲话絮语》(*Bits of Gossip*)里说童年生活在"宁静的小圈子里",一家五兄妹由酷爱文学的父母教育,他们给这位长女读莎士比亚、班扬、司各特、狄更斯,丽贝卡特别喜爱霍桑。1848 年她从宾州华盛顿女子学校毕业,兄弟得以继续深造,而作为长女的她只能在家操持家务,照看弟妹,一面阅读,一面观察记录卫灵的棉花加工厂和炼铁厂里移民的艰辛、女工的痛苦,体会到大工业的非人道。此时她写诗歌、评论,替西弗吉尼亚大报《卫灵动态报》做编辑工作。

《钢铁厂的生活》发表后得稿酬 50 美元,受到极大欢迎,《大西洋月刊》主编菲尔兹向她约类似的书稿,因此她得以在《大西洋月刊》发表第一部长篇小说《玛格丽特·豪斯》(*Margaret Howth: A Story of Today*, 1862)。

小说的成功使丽贝卡一举成名,结交了一批文友,包括自己崇拜的霍桑和奥尔科特、爱默生、霍姆斯。她是一个虔诚的基督徒,受到浪漫主义、现实主

---

① Walter Blair etc. eds., *The Literature of the United States, An anthology and a history* (Chicago: Scott Foresman and Company, 1947), p. 412.

义、自然主义、超验主义、乌托邦思想的影响,把社会理想和美国的严酷现实做对比,写出一批反映社会问题的短篇小说如《约翰·拉马尔》(John Lamar, 1862)、《保罗·布莱克尔》(Paul Blecker, 1863)。1863年她嫁给戴维斯(法学院学生,后来成为费城记者,小说家,戏剧评论家)后随夫住费城,照顾三个孩子。出于家计所需,她写了不少通俗作品(侦探小说,哥特小说,神秘故事),刊登在流行的妇女杂志和儿童杂志上,如早年的《格林劳斯谋杀案》(The Murder in the Glenn Ross, 1861)得稿费300美元,是《大西洋月刊》稿费的三倍。但她同时也继续在《哈柏氏》、《世纪》、《斯克里布纳》等著名文学刊物发表小说和文章,继续探讨她早年关注的社会问题。《约翰·安德鲁斯》(*John Andross*, 1874)描写宾州的政治腐败,是最早触及此类主题的小说之一;《不予关心》(*Put Out of the Way*, 1870)描写精神病人受到的虐待,导致宾州修改了部分相关的规定;《教育的惩罚》(*The Curse of Education*)主张监狱改革应考虑教育,被1899年国会报告引述。

但是丽贝卡最关注的是女性问题。《黎明的希望》(*The Promise of the Dawn*, 1863)触及雏妓问题,对贫困和道德沦丧的反映十分大胆;文章《南方面面观》(Here and There in the South, 1887)、《新英格兰的灰色小屋》(In the Gray Cabins of New England, 1895)等反映女性在婚姻和教育上的困境;《妻子的故事》(The Wife's Story, 1864)表现女性面临的艺术抱负和家庭责任间的冲突。她70年代的小说反映出美国八九十年代"新女性"的形象,涉及女性职业、投票权、离婚等争议的论题,描写新女性在生活和奋斗中感受到的痛苦、挫折、迷茫和羞辱。小说《克莱门特·摩尔的职业》(*Clement Moore's Vocation*, 1870)描写了一个充满幻想和激情的天才女雕塑家的命运。她精力充沛,着男装,起了个具有男性意味的名字,使她"在其他女性的眼里具有侵略性,让她们难以忍受"。但她最终面临选择:或去罗马学习艺术,或嫁给有四个儿子的乡村老法官,后者对她的要求就是"在厨房和家务里度过你的余生,为我儿子们操劳,因为我傻到会爱上你"。她最后的选择(嫁给他)第一次在浪漫故事里显示职业女性面临的困境。

《美国生活的侧影》(*Silhouettes of American Life*, 1892)是丽贝卡最后一部成功作品短篇小说集,其中最后一篇小说《马西娅》(Marcia)把新女性的困境表现得淋漓尽致。马西娅是位酷爱文学的女孩,长着"世界上最天真诚实的脸"。她母亲对音乐对美有天生的热爱和敏感,但父亲认为女人就像母马,唯一的用途就是生孩子。所以母亲的生活半径就是农场方圆20英里的范围,没有文化和知识,只能"成天伴着死气沉沉的森林和沼泽地,看着眼前一个个孩子的坟墓,有她那样思想的女人会发疯!"只好靠吸食鸦片度日。马西娅决心离开母亲,坚信"终有一天我会成功"。她独自一人来到费城,三年来给全国几乎每一家文学刊物写稿，平时在工厂以缝补袜子为生。但她的稿子满是错误，语法连小学一年级学生都不如，稿件没有一篇被采纳，甚至编辑们都不愿阅读。当编辑的我建议她停止写作先来补习文化，但她不愿放弃，“不！哪怕不是三年而是十年”。马西娅的生活越来越窘迫，冬天两手长满冻疮，没有鞋穿。家乡的柏朗来看她，说她父亲已死，母亲成了行尸走肉，这位粗俗的乡下汉子在帮助她照顾母亲，要马西娅嫁给他跟他回家，遭到马西娅的拒绝。许多人要帮助她，但她表示“我宁愿偷窃也不接受施舍”。几个月后马西娅被控偷窃，获释后默默无语地跟随柏朗返回家乡：

他们立起身，她的丈夫说：“柏朗太太有一些——废物想留给您。喂！”他冲着窗外叫道，“黑鬼，把那个小包拿来！”

这是个黑色的旧包。马西娅用戴着白手套的手拿起它，打开后又匆匆关上，朝我走近几步。

“这些是我的手稿，”她说。“请您替我烧了好吗？全烧了，不要留下一行字，一个字。我自己下不了手”。

我接过小包，他们动身离去，柏朗先生一再表示谢意，要我们到他的农场去看他们。但是马西娅没有说一句话，连告别也没有。①

丽贝卡是一个很有个性的女作家。她说自己写作的目的是“深入这个寻常庸俗的美国生活，看一看里面有些什么东西”，因此她的小说既反映出爱默生、惠特曼的理想和热情，更多的则是霍桑、麦尔维尔的担心和怀疑，以及吐温的讥讽，常常显露出浓厚的自然主义倾向，引起一些编辑的担心，但她很少屈服。尽管《钢铁厂的生活》“从 1861 年至今受到的赞扬远远多于批评”，她的大部分作品生前销路不佳，主要是色调“太灰暗”。菲尔兹曾坚持要丽贝卡把《玛格丽特·豪斯》里的“阴暗”改成“阳光”，她一气之下撕掉了原稿。评论界有人把这种灰暗看作美国本土现实主义的开始而加以赞扬，但丽贝卡的偶像霍桑不喜欢她的灰暗苦涩，詹姆斯批评她“说教煽情”而非客观再现。1889 年她辞去任职 20 年的《纽约论坛报》的特约编辑，因为该报不准她批评大公司。她不仅颠覆资产阶级文化霸权的力量，同时也不愿违反原则地批评自己的战友。当时家庭小说对女性的看法是，女性多情善感，缺乏理性，所以女权主义者强调女性要增强理智，去除情绪化，不主张女性激情地投入“生活责任”里去。② 但激

① Rebecca Harding Davis, *Silhouettes of American Life* (New York: Charles Scribner's Sons, 1892), pp. 270 - 280.

② Jean Pfaelzer, *Parlor Radical, Rebecca Harding Davis and the origins of American Social Realism* (Pittsburgh: University of Pittsburgh Press, 1996), pp. 206 - 211.

情投入正是丽贝卡女性人物的特征,"突破了当时主导文学的框框,进入了女性描写的新现实主义"。

但丽贝卡笔下的女性人物常常并不成功,丽贝卡对此也没有提供满意的答案。在《妇女与文学》(Women in Literature, *Independent*, May 7, 1891)里,她号召女性书写自己的历史:"我希望,具有开阔准确思维习惯的女性不会总是满足于把力气花在社会工作上,甚至花在慈善事业上。她们会有志于留下一些比环境或考古俱乐部报告更加永恒持久的东西,会竭尽全力为下一代描绘出自己时代的内在生活和历史,她们拥有的力量会使这个时代永恒"。[①] 但同时她一直坚定地认为家庭是女性的第一归宿,妻子和母亲是女性的首要义务:她七八十年代作品不多,因为三个孩子需要她照顾。她在芝加哥世博会期间发表文章《新发现的女性》(The Newly Discovered Woman, *Independent*, Nov. 30, 1893),指出"我们女性在此期间取得的进步就是进一步拓宽了影响领域,打开了新的局面,提高了个人修养,增加了综合的方法和习惯。这些成就不是仅靠绘画和女工可以归纳的。"但两年前她 60 岁时总结自己的一生时说:"我从未参加过俱乐部或者什么协会,从未发表过演讲,也从不想这么做。"女权主义者不喜欢她的矜持和谦卑,更反感她曾经反对妇女争取投票权(正如她曾经反对黑人争取投票权)。[②] 或许因为如此,《纽约时报》1910 年 9 月 9 日刊文《丽贝卡·哈丁·戴维斯去世》,虽然承认她"具有和左拉不相上下的力量",但首先说她是小说家、著名专栏作家理查德·哈丁(Richard Harding)的母亲。[③]

丽贝卡一生著有 500 多部作品,写作生涯长达 50 年,体裁包括现实主义小说、儿童传奇、游记、札记。1910 年 9 月 9 日她因中风去世,很快在文学界销声匿迹,文学史虽偶有提及,但无人读她的作品,直到 1972 年她的许多作品(报刊文章、儿童故事等)才得以重新出版。

---

① Jean Pfaelzer, *A Rebecca Harding Davis Reader* (Pittsburgh: University of Pittsburgh Press, 1995), p. 404.

② 参阅本卷第五章第二节。

③ Jane Atteridge Rose, *Rebecca Harding Davis* (New York: Twayne Publishers, 1993), p. 164.

第七章

有关美国华裔的文学

本章“有关美国华裔的文学”主要论述19世纪中叶至20世纪初期美国文学中的两个分支：美国作家笔下的华人形象，以及旅美华裔华人的创作。前一部分涉及这个历史时期美国作家对华工的存在、华人社区、中国文化乃至中华文明的认识，后一部分则近似于通常所说的“华裔美国文学”。需要指出的是，“华裔美国文学”这个范畴实际上非常复杂，涉及旅美华人尤其是他们的后代对华人身份、中华文化及美国文化的理解和认同，以及对自己独特身份的认定，而这种“身份研究”牵涉到文化、历史、文学、族裔、社会等更大的范畴。海外华裔文学批评界通常认为，华裔美国文学起源于华裔文学家自我决定意识的兴起，这种兴起和20世纪60年代美国人权运动相一致。[①] 无论如何，真正意义上的“华裔美国文学”在19世纪后半叶还没有形成，因此本章讨论的华人文学指涉更加宽泛，即“逗留在美国有华人血统的人所写下的文字”。如果说美国作家对华人的描写暴露了美国主流社会对处于边缘的华人“他者”施加的“暴力”，弱势的华裔则已经开始“对左右它历史发展的各种力量提出自己的看法”。

第一节 华人移民及排华浪潮

有关美国华裔的文学应当起始于中美两国的人员交流。但是由于史料匮乏，目前很难确定这种交流始于何时。据说1785年宾夕法尼亚州便有关于华人的报道，1818年康奈迪克州办过一所学校来“教导异教徒医学、翻译、农业、艺术，以传播基督教和文明”，至1827年关闭时共有五名中国学生在此学习过。这些交流规模小，而且没有留下有价值的文字记载，真正实质性

① 即使如此，至少在80年代以前“和其他少数裔文学不同，华裔美国文学一直没有被文学批评家列入一般美国文学的范畴，也一直没有被作为美国文学的一个可能的分支”(Karin Meissenburg, *The Writing on the Wall, Socio-Historical Aspects of Chinese American Literature*, 1900—1980, Verlag fur Interkulturelle Kommunikation, 1987, p. 16)。

的人员交流开始于19世纪中叶。1840年代后期,美国通过墨美战争兼并大片墨西哥领土。为了开发这片庞大土地上的资源,美国需要建立现代工业,修建贯穿美洲大陆的大铁路,扩展海外贸易,因此需要大量廉价、优质的劳动力。[①] 1848年1月加州萨克拉门托大峡谷发现黄金,消息很快传到香港,引起轰动,中国南方大批华人急于加入“淘金热”,使正急于寻找劳工的美国资本家找到了机会。其实西方列强早就在觊觎华工。18世纪末英国殖民主义者就提出,如果废除奴隶买卖,可以用中国“仆人”来补充,因为华人勤奋刻苦,有技能脾气好。40年代英法相继废止奴隶买卖,美国的奴隶制也遭受越来越多的非议,而此时中国刚刚遭受鸦片战争的惨败,自然就成了列强的捕食目标。

有些西方史学家认为,华人去美国是出于经济原因,“华人是自由人,正如欧洲移民一样”。这种似是而非的说法掩盖了华人移民血淋淋的一面。巴拿马铁路公司招工代表于1851年间出现在港澳和广东地区,这些地方是中外海盗、鸦片走私贩与人口贩子活动中心,也是美国铁路公司“招募”(实质上是“贩卖”)“猪仔”最多之地。众多华工没有旅费和生活费,就作为“契约工人”(credit contract laborers),由运输者先支付三四个月的生活费,以后从华工工资里扣除。据计算两个月的旅程需要70美元,但华工归还的是200美元。经过拥挤不堪的“浮动地狱”终于抵达美洲的华工,常常因感染黄热病和疟疾而死亡,有些人因不堪病魔缠身和水土不服而自杀。华人承担的总是最辛苦最危险的工作,修建横贯铁路中有几千华工丧生:“冬天他们就在冰天雪地里生活和工作,在内华达山脉铺设铁轨,突然的雪崩会夺去很多人的生命。春天终于来到时,尸体就从溶化的雪里裸露出来,和生前一样,手里还握着镐和锹,就像是他们苦难生活的冷冻见证。”[②]但是华工从一开始就成为歧视的对象。他们的工资比白人低,一旦提出涨工资的要求,白人老板便切断伙食供应,白人工人也不支持。他们只能开挖被白人遗弃的矿井,为此还要缴纳外国矿工税。正是由于华工的辛勤劳作,才使加州迅速发展,成为美国的粮仓,但是记载经济发展的美国文献对此却只字不提。

正是由于以上的原因,美国政府和清政府在1868年签订的“蒲安臣条约”(the Burlingame Treaty)允许华工进入美国,承认“改变自己的家园和归属是

---

① 此时美国还以强权手段取得巴拿马铁路的修筑权及日后的运河开掘权。巴拿马铁路公司从1850年起曾雇用大批爱尔兰人兴建铁路,但工人死亡惨重,工程进度受到严重影响。

② Jeffery Paul Chan, Frank Chin, Lawson Fusao Inada, & Shawn Wong eds. *The Big Aiiieeee! An Anthology of Chinese American and Japanese American Literature* (A Meridian Book, 1991), p. 159.

人生来俱有的不可剥夺的权利”。[①] 华工来到美国西部的初期确实也受到当地的热烈欢迎。1850 年 8 月华人被允许参加旧金山的群众庆祝活动，他们身着五颜六色的节日服装，“看上去非常漂亮、十分引人注目”。1851 年加州州长约翰·麦克杜高吁请华人继续移居加州：“最有价值的新公民阶层，我们国家的气候特征特别适合你们”。即使不说这种欢迎中夹带有“明显的居高临下感”，美国人对异国情调的好奇心也很快消失殆尽，取而代之的便是公然歧视。从某种意义上说，美国人的族裔偏见早已有之。1840 年代有“本土主义”(nativism)，鼓吹美国本土白人优于德国和爱尔兰移民，麻省、纽约等东部州通过州立法限制欧洲移民。早期的热情消失之后，西部(尤其是加州)也很快对外来的华人产生敌视：“虽然加利福尼亚人梦想扩张，不论是领土还是贸易，一直向日本、中国、印度扩张，但是他们却常常感到他们的礁石海岸线应当是堡垒或者大坝，来阻止似乎威胁到他们安全的亚洲移民潮。”[②]

在所有外来族裔中，欧洲白人血统的美国人(Caucasians)尤其仇恨华人。究其原因，一是华人具有异乎寻常的吃苦耐劳品性，二是华人对中华传统具有强烈的认同感。在开发西部的艰苦岁月里，华工拼命工作，常常一天要干十几个小时；他们对工作条件要求极低，最能忍受严酷的工作生活环境；他们获得的报酬很低，但任劳任怨，很少提出异议。这些却触怒了白人工人，把自己的失业贫困甚至犯罪卖淫和中国人联系在一起，认为华工威胁到他们的生存。更加重要的是，美国人以“大熔炉”为美国社会的象征，异族同化被美国人看作社会理想。当代批评界曾把“同化”定义为“移民和原住民通过相互交往产生一种双方都能接受的文化”，但是这只是一种理想，美国历史上主流文化从来不会接受这样一个双向过程。[③] 和英国人自称“Englishman”一样，华人刚到美国时自称“Chinaman”，带有明显的族裔认同感和自我肯定的意味，在白人看

---

① “美利坚合众国和大清国皇帝真诚地承认，改变自己的家园和归属是人生来俱有的不可剥夺的权利，两国各自的公民和臣民出于好奇，经商，或永久居留从一国到另一国的自由移民对双方都有益……访问或者居住在美国的中国人士在旅行或居住方面将和最惠国公民享有同样的特权和豁免权”(译自英文，Cf. Zhian Lu, “The Society of the Whites: Chinese Exclusion in 19th-Century America,” *The Yale-China Journal of American Studies*. Summer 2001, vol. 2, p. 30)。

② Roger Daniels, *Asian America, Chinese and Japanese in the United States since* 1850 (Seattle & London: University of Washington Press, 1988) pp. 3-4, 33-35.

③ Karin Meissenburg, *The Writing on the Wall, Socio-Historical Aspects of Chinese American Literature, 1900—1980* (Verlag fur Interkulturelle Kommunikation, 1987), p. 32. 实际上美国大量移民之时正是达尔文主义风靡之际，美国主流社会对移民(尤其是非欧洲移民)的要求就是适应美国文明，美国参议员米勒(John F. Miller)的著名演讲《中国问题的某些方面》(刊登于 1880 年 3 月号的《加利福尼亚人》)抱怨的也是这一点：“中国人在这里待了超过四分之一世纪……把中华文明表现得淋漓尽致；这段时间他们一直受到西方文明、现代思想、美国法律、基督教教义等典范的影响……但他们却一直没有改变，也拒绝改变。他们在形式上、特征上、性格上丝毫未改，就像原形和铁铸的塑像一般；他们在习惯，方法，举止上依然故我，日常生活就像在贯彻某种命运的可怕安排”(Zhian Lu, “The Society of the Whites: Chinese Exclusion in 19th-Century America,” p. 26)。

来,这无异于拒绝同化。[①] 他们认为华工只是"过客",把唐人街看成华人的"家乡临时贸易中转站",挣了美国人的钱就一走了之。在他们眼里,亚洲移民不算移民;美国学术界在讨论美国移民历史时,或把亚裔单独列出,或干脆不提亚裔——他们所谓的"大熔炉"指的只是欧洲移民。

可悲的是,反华情绪很快从个人宣泄波及市、州的立法机关;为了政治的需要,反华排华一步步升级。1852 年后针对华人的歧视法案在加州一个接一个获得通过,如 1870 年臭名昭著的"辫子法案"(queue ordinance),规定男性犯人头发不得长于一英寸,1878 年加州宪法规定不准直接或间接雇佣华工,"违者以犯罪论处"。这些法律通过后不久被美国巡回法院一一取消,劳工领袖和反华政治家意识到必须从国会做起,其结果就是 1878 年至 1879 年通过了一个个反华提案,最终导致 1882 年的《排华法案》(The Chinese Exclusion Act),禁止华工进入美国。这个法案直到 1943 年才被废除,亚裔直到 1954 年才被准予加入美国国籍,远比非裔或印裔美国人要迟。在这种氛围下,发生了大规模的排华浪潮。1880 年 10 月 31 日丹佛的大规模反华骚乱导致华人的人员伤亡和重大财产损失。清政府驻美公使陈兰彬要求美国政府惩罚肇事者,赔偿华人损失,但美国政府以宪法不允许联邦政府过问州政府事务为由表示无能为力。不久,以仇华著称的詹姆斯·布莱恩(James G. Blaine, 1830—1893)被任命为国务卿,他坚持美国宪法和国内法大于美国签署的国际条约。在政府的纵容下,排华浪潮从西海岸蔓延到准州地区。1885 年 9 月 2 日怀俄明准州的武装暴徒杀害 28 名华人矿工,几百名华人被逐出城外。中国代表在抗议信中指出,中国政府一直以超出国际赔偿协定的办法全额补偿美国在华公民提出的财产损失,但美国政府仍然以布莱恩的托辞予以搪塞。1887 年 6 月斯耐克河惨案中七名白人暴徒袭击华人矿区,打死十名华工,地区法官求助于美国司法部长佳兰德,后者又一次以联邦政府无权为由推托。排华暴行使中国国内发生抗议浪潮,也令在华的美国人感到难堪。美国传教士很难向中国人解释,为什么他们"能够进入白人的天堂却不能进入白人的国家",唯一可能的回答就是:天堂里没有劳工投票。美国驻华公使丹拜(Charles Denby)也说,美国"用(国内)立法来否定(国际)公约,给世界树立了坏榜样"。[②]

尽管"没有哪个改革运动的论点在现代人看来(像反华运动那样)荒谬",

---

① 但对于欧洲移民则完全是另外一回事。如当时新奥尔良的克里奥尔法国移民社区保持着法国文化传统,具有很强的族裔认同感,并且对其他文化持鄙视的态度,但这并没有引起美国主流社会的不安。Cf. Bernard Koloski, *Kate Chopin, A Study of the Short Fiction* (New York: Twayne Publishers, 1995) 9; Judith Baxter, ed. *The Awakening and Other Stories* (Cambridge University Press, 1996), p. 7.

② Shih-shan Henry Tsai, *China and the Overseas Chinese in the United States*, 1868—1911 (Fayetteville: University of Arkansas Press, 1983), p. 68.

“美国生活里[却]没有哪个改革运动如此一帆风顺”。原因之一是，美国的知识界对排华暴行或者视而不见，或者助纣为虐：“从拉尔夫·华尔多·爱默生到 E. A. 罗斯的知识分子，从约翰·昆西·亚当斯到西奥尔多·罗斯福的政治家，都拒绝承认华人具备一般人（或至少美国白人）最基本的性质。即使那些 19 世纪后期几乎唯一公开替华人辩护的清教传教士，辩护时也显然不诚心，常把华人和无可救药的、粗暴的、人数众多的、信奉罗马天主教的爱尔兰人相比，说华人邪恶得稍微好一点”。这里，我们见到了 18 世纪以来欧洲对中国的偏见：孟德斯鸠认为中国人缺乏理性和智慧，黑格尔断言中华文明将凝固在她的初级阶段，直到 20 世纪他们仍然把中国人和土著人的大脑归为一类，以示和西方“智人”相区别。①

美国的文学创作也受到这种“东方主义”思维的影响。蒂莫西·德怀特（Timothy Dwight）在诗歌《美利坚》（America, or a Poem on the Settlement of the British Colonies, Addressed to the Friends of Freedom and Their Country, 1870）中形容文明发展的过程，从亚洲到欧洲再到新大陆：

欢呼你光明和欢乐的土地！你的威力将
像大海一样延伸，沿着你的疆界扩展；
你的荣耀将伸进世界广袤的地域，
野蛮民族在你的王权下臣服。
你的子民将航行在冰封的海岸，
或迎着亚洲的海风扬起他们的帆……

这个时期（18 世纪末）正是西方现代民族主义兴起之时，“和德国、英国的新教复活相吻合，民族主义和体面高尚联系在一起……异常、怪诞、过度被视为没有民族性，而体面高尚、正常规范和自我控制才有民族性”。在这种观念的指导之下，“作为帝国的民族常常表现为年轻气盛，朝气蓬勃，坚强有力，富有男性气概”，东方则象征荒蛮邪恶，没落垂死，懒惰迷信，并且信奉“东方专制主义”。有学者指出，美国和欧洲东方主义的一个区别，在于前者靠的是神话，如完成哥伦布未竟的事业，文明教化等等，而后者更多地依赖血腥和暴力。② 这种观察有一定的道理，但是在美国文学里，东方主义的词语所创造的神话中明

① Cf. Paul S. Ropp, ed. *Heritage of China, Contemporary Perspectives on Chinese Civilization* (Oxford: University of California Press, 1990) pp. 3 - 7; Edward W. Said, *Orientalism*. (New York: Vintage Books, 1979), p. 251.

② Malini Johar Schueller, *U. S. Orientalism, Race, Nation, and Gender in Literature, 1790—1890* (Ann Arbor: The University of Michigan Press, 1998), pp. 4 - 9, 12.

显地包含了表征所产生的暴力。膨胀的帝国思维进一步增强了列强对弱小民族(尤其是东方民族)的殖民主义意识形态,当美国社会笼罩在仇华、排华的气氛时,它主要表现在"任何一种对加州种族冲突的归纳都无法表明当地[白人]美国人对东方人的仇恨程度,及排挤他们的决心"。① 在这样一种氛围里,这个时期的美国作家笔下集中体现了一个东方主义的中国和东方主义的华人。

第二节
排华浪潮中的华人再现

18世纪末以后的100年,美国诗歌、戏剧、散文、小说中,充斥了东方主义的二元对立:"东方被看成新的边疆,在它的衬托下,美国——被表现为哥伦比亚,利波塔德,或者阿特拉斯,总是完整有力——可以用道德和世界使命这些术语来界定自己。"②美国或者西方代表的是民主道德,工业科学,健康活力;而东方则象征荒蛮邪恶,没落垂死,消极被动;东方人则懒惰迷信,好色堕落,并且信奉"东方专制主义"。

为了说明欧美白人的种族优越,首先就要突出华人这个"他者"和白种人的"不同",双方最明显的不同就是语言差异。华人移民主要是劳工,即使唐人街"西装革履"的商人也没有多少文化知识,加上由于美国主流社会歧视华人,使华人的活动范围非常有限,所以华人逐渐形成了自己特有的洋泾浜英语,并且在很长时间里成为唐人街的一个标志。华人洋泾浜英语的程式化始于哈特的诗歌"异教徒中国佬",很快便成为美国媒体的嘲弄对象。莱兰德(Charles G. Leland)1903年出版"华裔英语方言歌谣故事集"《洋泾浜英语歌谣集》(*Pidgin English Sing-Song*),与其说是"准确记录华人英语",不如说是在以讥讽的方式侮辱华人。③ 由这种程式化的语言而产生的就是程式化的华人形象:不论是仆人、洗衣工还是商人,华人人物总是畏畏缩缩,衣着古怪,操着结

① Harold Bloom, ed. *Asian-American Writers* (Philadelphia: Chelsea House Publishers, 1999), p. 50.

② Malini Johar Schueller, *U. S. Orientalism, Race, Nation, and Gender in Literature, 1790—1890* (Ann Arbor: The University of Michigan Press, 1998), pp. 4-9, 12.

③ 赛义德指出,东方学常常根据语言给东方人分类,但是这种貌似"自然"的分类立即被赋予人类学、心理学、生理学等特征,成为超越时空超越个体的范畴,产生一个先在的本质(Edward Said, *The Question of Palestine*. New York: Vintage Books, 1980, p. 75)。有关语言与霸权话语的论述,另见本书第五章第三节。

结巴巴的英语。这类华人人物(John Chinaman)自19世纪中叶开始经常出现在情节剧中,且都由白人演员饰演,如阿隆索·德拉诺(Alonso Delano)的《矿区的能干妇人》(*A Live Woman in the Mines; Or, Pike County ahead*, 1857)和詹姆斯·麦克劳斯基(James J. McCloskey)的《跨越大陆》(*Across the Continent; Or, Scenes from New York Life and the Pacific Railroad*, 1870)。诺里斯笔下的华人水手也是"黄色的蒙古人,完全无动于衷,扁扁的脸上毫无表情,一双鱼眼般的斜眼……呆滞、神秘、令人不安"。由特征观察(type-casting)和形象塑造(types)而来的,便是对华人的整体否定(stereotypes),如杰克·伦敦的《黄手帕》(Yellow Handkerchief)里的人物所说:"我说不准下面会发生什么,因为中国人和我们的种族不同,我知道他们不遵守公平竞争的原则"。"贯穿这些描述的一根主线就是建立并强调华人和英美人之间永恒的不可弥合的差异,这种差异决定英美人在外表上、精神上、道德上都要高出一筹。"

这种种族差异直接导致了白人对华人的歧视甚至蔑视。伦敦的小说里充斥着对亚洲人,尤其是华人的污蔑性描写。《白与黄》(White and Yellow)中的主人公仅凭"男人的气质,自信的声音,威严的举止"就抓住了一个面目狰狞、一脸麻子的中国水手,让他和他的"野蛮"同伴们俯首称臣。在《雪的女儿》里,白人女主人公说:"我们是敢说敢干的民族,周游四方,征服各地……印度人、黑人、蒙古人征服过条顿人吗? 当然没有!""对伦敦来说,中国人和白人在思想上'格格不入',也许因为他们各自的语言使得他们的思维过程相差'十万八千里'"。[①] 即使有文化的华人也不例外。《陈阿成》(Chun Ah Chun, 1912)的那位夏威夷华商娶了非华裔太太,孩子送入著名学府哈佛和威斯利,但最终发现自己"越来越倾心于自己的族类",后来决定撇下妻子和孩子回中国,因为"西方文化不适宜于他,他在骨子里是个亚洲人。也就是说是个异教徒"。在威尔·欧文(Will Irwin)的《老唐人街》(*Old Chinatown*, 1913)里,"在他们(华商)客气的外表下(他们古老文明的结果),在他们信誓旦旦的商业信誉下,涌动着野蛮人的放荡不羁,对凶残无动于衷,一旦这种凶残被煽起,就最冷酷无情"。正因为如此,伦敦坚信白人至上主义,而且要不惜一切加以实现:"别告诉我要理解黑色人种。白人的使命就是去教化世界,这是他义不容辞的重任。有一件事毋庸置疑,即白人必须统治黑色人,不管他理解不理解他们。没有办法,这是命运。"[②]

伴随着对华人和中华文化的污蔑,美国作家还着意描写所谓的"黄祸"带

---

① Elaine H. Kim, *Asian American Literature, An Introduction to the Writings and Their Social Context* (Philadelphia: Temple University Press, 1982), p. 7.

② 这里的"黑色人种"指白人之外的有色人种。

来的威胁,恶意夸大华人对白人社会的危险性。1870 年代出版的一本选集中有一首欧康奈尔(Daniel O'Connell)的诗歌,诗中的华人侵略成性,觊觎西方文明的成果:"我们会把你们惬意的西海变成第二个中国;/我们会像大批蝗虫一样蹂躏古老的东部;/……我们可以做你们女人的工作,工钱只要女人的一半……/我们会垄断并且掌握你们海岸内的每一个技能,/而且我们会把你们都饿死,只要再来五十——嗯,五万个华人!"杜纳(P. W. Dooner)在《共和国的最后一天》(The Last Days of the Republic, 1880)里描写中国人大举入侵美国,灭亡了美利坚合众国,建立起一个中华王国的西部帝国。伦敦的"无法比拟的入侵"(Unpar-alleled Invasion, 1914)描写的又是中国人入侵,而且繁殖力惊人的中国人很快征服了欧洲白人。

在美国作家的作品里涉及华裔形象的既有伦敦和诺里斯所写的"严肃作品",也包括阿尔科特写的儿童作品。但这些作品基本上都属于低级小说或者廉价爱情故事,文学性不强。值得一提的倒是哈特所写的有关华人的诗歌和小说,[1]因为这些作品对美国社会的影响极大。在淘金浪潮中哈特结识了不少华工,并且以加利福尼亚金矿的华工为背景,写出了几部小说、诗歌和戏剧,这些作品在很大程度上提高了哈特的文学声誉,其中最有影响的就是诗歌《诚实的詹姆斯的老实话》(Plain Language from Truthful James),又称《异教徒中国佬》(The Heathen Chinee)。这部作品发表于 1870 年 9 月,立刻引起轰动,"像野火般横扫欧陆","报纸一窝蜂地登载它,人们争相传诵,把它改编成歌曲传唱,购买由它绘制的连环画",它与《咆哮营的幸运儿》等小说一起构成哈特文学声誉的巅峰。这个异教徒中国佬叫阿辛,外表老实敦厚,脸上常带憨厚天真的笑容。但是在一次牌赌中,傻呵呵自称不会玩牌的阿辛却被发现做手脚,厮打中又发现他指甲上涂了蜡,袖子里藏了 24 张杰克,结论是:"说到那些歪门邪道/那些骗人的伎俩,/异教徒中国佬实在是精于此道。"

同一个阿辛[2]还出现在《最近华人的愤怒》(*The Latest Chinese Outrage*)。几个白人在狩猎回家的路上碰到 400 个华人,挑着、穿着白人们要他们洗的衣服,"那叫花子李柴坐在那里像是变戏法/从约翰逊的帽子里掏出一个个鸡蛋和一只只鸡",而"异教徒阿辛"则吵吵嚷嚷向"我们"要洗衣的工钱。约翰逊挺身而出"一人对四百","我们"寻着他的踪迹进入林子,见一棵树上悬着个竹笼,约翰逊被捆住手足关在笼内,嘴里塞了个烟枪,眉毛被剃掉,脸被涂抹,身上穿了件异教徒服饰。短篇小说《中国佬约翰》(John Chinaman)里的约翰也以洗衣为生,"诚实,忠厚,简单,勤劳",但哈特笔下的他表现得面无表情,精神

---

① 关于哈特的其他论述,参阅第二章一节。
② 阿辛最充分的表演在哈特和吐温合作的剧本《阿辛》中有所体现,见下文。

麻木，一年到头分不出喜怒哀乐。这些有关华人的作品里写得最哀婉动人的当数小说《异教徒李万》(*Wan Lee*, *the Pagan*)。李万从一岁起就跟着艺人王表演把戏，十岁时跟着"我"做随从，但常常做出一些令人尴尬的恶作剧，给"我"招惹不少麻烦。"我"转到旧金山时让李万进了中文教会学校，寄宿在一家好心的寡妇家。主人的女儿比李万小两岁，这个"胖胖的白皙的小脖子上挂着闪闪发亮的十字架"的小姑娘教导这位"褂子里揣着丑陋的瓷菩萨像的黑色异教徒"基督教教义和行为准则，正当李万"不知不觉"地要丢弃菩萨偶像皈依基督时，旧金山反华骚乱，教会学校的男孩们砸死了他，死时"胸口还揣着那座瓷菩萨像"。

公正地说，哈特笔下的华人是值得同情的。在排华浪潮中，首当其冲的就是这些从事着最低下劳动的华人移民。《诚实的詹姆斯的老实话》里白人奈尔就叫着"廉价的华工毁了我们"而扑向阿辛。哈特本人有四分之一犹太血统，内战前后做记者时是坚定的废奴主义者。他同情弱势族裔："所有有关早期西部沿海殖民历史的资料我都读过"，据统计他的作品里有百多位墨西哥、西班牙及西班牙裔美国人物，前殖民时期的西部被他描写为"和平宁静田园般的日子"。对哈特来说，"美国不是大熔炉，而是充满令人不安的甚至暴烈的对抗之地"；他所关注的，也是"一个扩张文化抓住另一个文化，在它吞并的浪潮之后留下的只是旧文化的小岛"，所以哈特笔下的西部边疆就是帝国主义第一次文化接触的产物。哈特不是华人的辩护者，但《诚实的詹姆斯的老实话》是"对白人背叛行为的轻松揭露"，在《异教徒李万》中哈特谴责那种"以武力杀害手无寸铁毫无反抗能力的外族人"，揭示在种族纯洁和自由民主的外衣下西部展现的族裔斗争，他甚至在演讲中赞扬了西班牙人和华人的反抗行为。[①] "中国佬约翰"虽然处处显示出儒家文化谦卑懦弱的一面，但是哈特希望他"仍然能够具有仇恨和畏惧感，使卑微总会寻找到伸张正义的机会，以回击那些关于被奴役被践踏种族的无聊叫嚷"。

尽管如此，在排华风潮中哈特对自己同胞的讥讽被人忽略，对华人的讥讽却使白人读者欣喜若狂："它在旧金山街头广为流传，在东海岸城市里争相阅读，发表当年在英国就出了四版，事实上它被人们交口传诵，成为大众的文学财产。国会辩论中国问题时此诗被多次引用。"[②]据说哈特本人对此感到十分可笑，吐温也曾说哈特"对一个他很不看好的作品给他带来的这种声誉感到关注"，而且哈特在此后的作品里可能也想做些补救。但是无论如何，哈特这几部作品的消极影响是巨大的。此外，哈特对华人的描写仍然带有种族歧视的

---

① *Selected Stories and Sketches*. ed. David Wyatt (Oxford & New York: Oxford University Press, 1995), pp. xx–xxv.

② Elaine H. Kim. p. 15.

阴影。首先,哈特为了取悦读者,对华人极尽挖苦和取笑之能事。据说格兰特总统原打算和议会商讨有关华人的问题,却因为《异教徒中国佬》在民众中引起的哄闹而不得不推迟。其次,哈特通过人物之口所做的表白,直接对应了当时的排华意识形态,而哈特对这些并没有明显的否定。如《最近华人的愤怒》里约翰逊的叫嚣:"我们难道束手无策,让亚洲/这些野蛮的家伙横行在文明之邦?"明明白人拖欠华人洗衣工钱,却表现得义愤填膺:"这些人卑劣低下,/污浊不堪,/迷信如来,/难道还能算债权人?"最重要的是,哈特作品里表露出诸多"东方主义"思维。贯穿《中国佬约翰》始终的就是所谓华人的"不可捉摸":他们整日面无表情,对什么都无动于衷,生活在迷信和诡计之中,没有什么精神生活。伴随着"中国把戏"的是华人"固有"的"偷窃、撒谎和神秘莫测",而《异教徒李万》大部分是文明人教化野蛮人的故事,其中被倍加赞扬的洪辛会讲流利的法语和英语,一派绅士风度,"这般异教徒店主在旧金山的基督教商人里也难寻到"。

在美国作家笔下,华人形象已经完全程式化:他们是权欲重的暴君,无可救药的异教徒,沉湎于肉欲的龙女,滑稽但忠诚的仆人。这些形象最典型的表现,当数诺尔(William Norr)的短篇小说集《唐人街集景》(*Stories of Chinatown, Sketches from Life in the Chinese Colony of Mott, Pell and Doyers Streets*, 1892)。书的封面有两幅图:上图一华人男子,歪戴帽子叼着烟,歪叉着腰,双脚八字叉开。下图一男一女,双双搂抱着躺在炕上,女的正起身燃点大烟泡。这部作品虽然也要揭露"唐人街的道德颓败无与伦比",但和当时类似的作品有所不同。首先,作者一开篇便说明了自己比其他人更有"资格":他在唐人街住过数年,熟悉那里的一草一木,讲述的都是事实,人物都有生活中的原型,甚至连人物使用的英语也是地道的唐人街英语。① 此外,小说集的六个故事讲述的几乎都是正直天真的白人姑娘在唐人街的悲惨遭遇。作者不仅自己深入到华人中间,而且把小说的白人女主人公也安排在唐人街,旨在从内部揭示华人对美国社会的"侵蚀"。

《'宝贝'康纳斯的罗曼司》里的安妮是个标准的美人:棕色头发,闪闪发亮的浅蓝色眼睛,苗条的身材(实际上小说集里所有的白人姑娘都是如此),却和华人赌徒童同居,因为童可以给她提供考究的公寓,漂亮的衣服和珠宝,以及大把的零用钱。但华人丈夫只知道赌钱,给她花销讨她欢心,对她的感情却不闻不问。白人拳手康纳斯疯狂地爱上她,安妮也知道康纳斯是更优秀的男

---

① 这种东方主义的手法至今仍然为西方学者所采用,如充满偏见的《中国人面孔的后面》(Michael Harris Bond, *Beyond the Chinese Face, Insights from Psychology*. Hong Kong: Oxford University Press, 1991)一书作者也称,自己在香港居住达15年,有20年的中西跨文化研究经验,接触过大量大陆及海外华人云云。

人，和他才能过上“正当”的生活，但在童的金钱诱惑之下安妮还是拒绝了康纳斯。这里华人只知道金钱，没有感情，并且扼杀了真正的爱情。

相似的主题复现在《佩尔街的罗曼司》里。22岁的白人美人埃德纳也有完美的体态，却做一个矮小猥琐的华人的情妇，而且也态度清高，威严的目光吓退所有想占便宜的白人男子。她的男人喜欢豪赌，出手大方，却很少赢钱，据说以私贩鸦片和组织偷渡为职业。埃德纳原来是哈里的情妇，为了替哈里还赌债，以每周50美元的价格委身于曾垂涎她的华人男子两年，并且为了消磨时间染上了鸦片瘾。尽管哈里因为“从来不和其他男人眉来眼去的埃德纳竟然成了中国人的财产”而离她远去，她仍然信守着“为了哈里奴隶不如，献出的超过我的生命，但我心甘情愿”。

和安妮、埃德纳相比，《唐人街悲剧》的麦密不仅容貌姣好，而且在来到唐人街之前完全是一个纯情少女。她是卡瓦纳夫妇八个女儿中的老大，因家庭贫穷而到衬衫厂做工，但被诱拐到唐人街做了妓女。卡瓦纳对“穿戴考究”的大女儿委身华人而感到“丢人现眼”，但后来妹妹凯蒂为生活所迫也去找麦密，尽管麦密赶紧替她找了份工作好让她马上离开唐人街这个是非之地，但凯蒂在临行前还是被一个华人无赖花言巧语地诱拐了。和其他故事相比，华人人物在这里很少出场，故事里也没有详尽描述唐人街的“邪恶”细节，但是自始至终唐人街这个阴影都笼罩在卡瓦纳一家的头上。如果说麦密的出走和父亲的堕落有关，但她出走后对父亲触动很大，使他“改邪归正”，却仍然阻挡不了凯蒂的堕落，可见罪恶的根源还是唐人街，正如故事结尾时作者的评论：“那些多少了解一点这块中国人领地上两位最漂亮姑娘的历史的人颇有感叹，不知蒂姆·卡瓦纳会不会为这块不道德的唐人街领地贡献更多的女儿。”

《唐人街的珍珠》中的主人公有着和其他白人姑娘相似的经历。她来到窑子里才三星期，便投入李豪的怀抱，不仅出手大方，乐于助人，人缘极好，而且高傲冰冷，不可侵犯，“有几个外来人第一次见到她那副清艳照人的形象，都会产生一种愤愤不平的感觉：这么好的姑娘怎么会和那个猥琐的中国人拴在一起，并且从私欲出发，总想拆开这个不相配的结合”。但是一年之后，珍珠完全变了：脸上失去了初始的红润，眼圈发暗，过度吸食鸦片和酗酒使她形体枯槁，患上肺结核，人人都躲着她。李豪仍然爱她如初，从不吝啬钱，苦口婆心地劝她戒酒，在病榻旁亲手服侍珍珠。珍珠也用唐人街的洋泾浜英语唠唠叨叨地说着她如何爱他，临死前说：“可怜的李，你只是个中国佬，一个可怜的遭人鄙视的异教徒，文明世界都躲着你。如果那些把你当作渣滓踩在脚下的基督徒们能有你对我一半那样好，一半的一半那样无私，我的生活该会多么不同。他们只会说‘只是个肮脏的中国佬’，但是他们中有几个能有这样的心肠。”故事的蹊跷之处也在这里：珍珠在临死前诅咒的是白人世界的残酷，但是害死她的却明明是唐人街这个"温柔"的杀手。实际上作者想揭示的就是这个主题。被称为"大夫"的那个一脸麻子的中国人不断地为他的窑子补充白人姑娘,他的货源取之不尽,"只要鸦片和杂醇酒一发到邻近的酒吧,只要威士忌一如既往地产生效应",就不愁意志薄弱的白人妇女落入圈套。

《唐人街集景》采用了重复的手法。首先是人物复出。六个故事虽然各成一体,具有独立的情节,属于同一时间同一地点发生的不同故事,但是故事里的主要人物相同,如"宝贝"康纳斯就散见在好几个故事里。其次是人物特征和命运雷同。华人总是奇怪地"富有",不义之财象征的是邪恶。华人人物不论奸邪滑头还是温柔可爱,都是欧洲裔白人姑娘的最终杀手。白人妇女往往都是"出污泥而不染",但是她们披金戴银之时,也是凋零败落之日。故事的主题也相当一致,揭示的是以唐人街为代表的东方腐朽力量对白人社会的腐蚀。另外值得注意的是,小说中唐人街被描绘成华人在美国的殖民领地,无辜的美国姑娘成了华人主人的牺牲品,白人姑娘珍珠临死前还用唐人街的洋泾浜英语唠唠叨叨地说着她如何爱她的李豪。这种身份倒置的手法使人联想到伦敦等人的"黄祸"入侵论,但在一部小说集里把主人/奴仆、殖民/被殖民、压迫/被压迫的关系完全颠倒过来,在东方主义话语里并不多见。

19世纪50年代到70年代美国戏剧舞台上华人形象不多,"这也许反映人们的惯常做法,即不喜欢的东西就不理睬,期待它自生自灭",而且欧洲裔美国人有更急迫的民族争端要处理,还顾不上华人。保留下来的剧本资料显示,此时的华人形象还基本上停留在西方对中国的想象层面上,浪漫色彩较多。《凡逖莱特》(*Kim-Ka! Or the Misfortunes of Ventilator*, 1852)就是这样的一出哑剧,由来自法国的拉维尔家庭剧团上演,目前仅保留下此剧的剧情说明文,是美国迄今已知最早描写华人的剧作。说的是法国人凡逖莱特乘坐新发明的气球从巴黎升空要飘到伦敦,却被风暴吹到北京,撞到那里正在举行的皇家庆典。经过诸多波折,最后凡逖莱特同意娶中国公主为妻,定居在北京。据记载该剧演出获得极大成功,30年间多家剧团在纽约市一再上演。剧中的中国宰相名字"Ke-ying"取自1846年停靠纽约码头的一艘中国帆船名,当时这艘帆船沿东海岸航行到波士顿,停靠过沿途的几乎每一个码头,影响极大。此剧场景宏大,表演壮观,竭力展现西方人想象中的东方奢华;但凡逖莱特是东方公主一直萦绕在她少女梦中的白马王子,英俊勇敢的凡逖莱特和幼稚可笑的中国皇帝"Kim-Ka"形成鲜明对照。

但是随着华人问题的逐渐突出,这种浪漫想象很快就消失了,取而代之的是对华人的调笑。乔治·贝克(George M. Baker)的《新扫帚扫得净》(*New Brooms Sweep Clean*, 1871)是为在家庭和公共场合演出的"业余剧",但也更能反映这个时期美国白人对华人的态度。该剧剧情简单：老泰斯迪想娶寡妇肖蒂，并辞退了所有胆敢顶撞他的老仆人。侄子弗莱德为了获得他的遗产，以肖蒂的名义派去了几个新仆人，其中有一个华人厨子，把老泰斯迪的生活搅得一塌糊涂，使他最终接回了旧日的仆人，打消了结婚的念头。剧中的华人金由爱尔兰人冒充，一副滑稽可笑的模样，并且故意“穿着得像个老妇人，嘟嘟囔囔得像个土著人”，口头禅“可以”不断，后来他的兄弟看出真相后大叫：“你假装中国人不是涮咱的爱尔兰吗？你把自己的身份卖给了一堆破瓷器。”后来这种华人形象经过哈特和吐温的诗歌和戏剧而变成华人的“标准”形象。《好奇，五个音节的字谜》(M. T. Caldor, *Curiosity, A Charade of Five Syllables*, 1873)也是类似的业余剧。作者模仿哈特创造的华人形象阿辛(“大裤衩，宽大褂，瓜皮帽，长辫子”)，让他以各种丑态产生喜剧效果。20 多年后，另一出相似的闹剧《帕斯迪·欧·王》(T. S. Denison, *Patsy O'Wang*, 1895)嘲讽的对象不仅是具有华人血统的厨子王，而且是对华人抱有“不切实际”幻想的传教士希姆波小姐。她的虚张声势(“想到几百万亚洲人身处黑暗之中，我的心就在滴血”)恰恰表明，充满“孩子气”的不是她张口闭口所称的华人，而是她自己。剧的最后，华人金荪决定彻底放弃自己的华人身份，“我现在从骨头里都是爱尔兰人了。我现在在美国，希望之土，我要从政，我的愿望就是做大官，让人们都爱我尊敬我”。在他似醉似醒的表白中，观众发出了笑声，并从笑声中获得种族优越的快感。

反华排华戏剧的典型莫过于亨利·戈雷姆(Henry Grimm)的《中国人滚回去》(*The Chinese Must Go*, 1879)。故事里裁缝弗兰克一家正经受失业的考验。儿子布莱恩整日游手好闲，又赌又骗；女儿跟着华人学会了抽大烟；家里的华人佣人又催着他们偿付拖欠的工资，使一家人焦头烂额。他们把这一切归咎于华人的存在，作者则使用可以想象得出的最恶毒的语言来侮辱谩骂华人。在剧中，华人从事的是贩卖女童、走私鸦片、合伙敲诈的勾当。剧中还特意提到“强大的六公司”，似乎这个华人最大的“黑社会组织”已经控制了美国白人的生活。[①] 作者竭力突出白人和华人的经济反差：弗兰克夫人连几个美分都找不到时，他们家的华工金却是腰包鼓鼓的，又买媳妇又开洗衣店，而且视钱如命。70 年代美国西部经济恶化，旧金山情况更糟，而那里恰好是北美最大的华人区。白人工人们成立了“反苦力俱乐部”等组织，本剧最可能上演

① “六公司”是 1862 年 6 个华人会馆合并成立的“中华会馆”(Chinese Consolidated Benevolent Association)。这个华人团体选举民主，气氛融洽，虽然纪律严明，但大多数情况下只起到慈善机构的作用，而当时主流社会则把它描绘成强加于西方民主社会的东方独裁(Shih-shan Henry Tsai, *China and the Overseas Chinese in the United States, 1868—1911*. Fayetteville: University of Arkansas Press, 1983, p. 35)。

的地方就是这些排华“俱乐部”,以美国戏剧中对华人最直接的种族主义描写来取悦白人观众。此剧的人物塑造粗陋,情节臃肿,不知是否正式公演过。1879 年旧金山主要报纸上刊登过此剧的一个广告,想寻找剧场经理,但无人响应,至今也没有发现它的演出记录。《排华法案》通过以后排华浪潮渐渐平息,此剧也被人遗忘;但是此剧中表露的种族主义十分极端,近来重新引起批评界的注意。①

19 世纪末,随着排华浪潮的消退,美国人逐渐冷静地重新观察华裔社会和华人生活,戏剧舞台上开始出现正面描写唐人街的作品,两幕剧《头生子》(Frank Powers, *The First Born*, 1897)就是一个较为优秀的代表。故事发生在旧金山唐人街。陈李被有钱商人诱拐离开丈夫陈文,为了能见到她的独生子,陈李悄悄地把独生子隐藏在自己的住处,陈文发疯似地寻找儿子,在也是遭诱拐的女奴罗清的帮助下发现了儿子的去处,最后在和陈、李的争夺时,独生子从屋顶跌落而死。这出剧和前面几出剧的明显不同在于,作者对华人社区的生活十分理解,对华人移民十分同情。据说作者曾亲自在旧金山唐人街生活几个星期,剧本开场时有对唐人街的详细描述(街道、建筑、装饰风格、商店、麻将屋、中国货等等),华人人物的对话,音容笑貌,行为举止都显得十分真实,剧中还穿插有广东话对白,而且配有英译,理解基本上正确。虽然剧中触及唐人街的一些不良现象(鸦片馆、非法移民、妓女等),但作者并没有利用这个大做文章。尤其可贵的是,作者对华人移民远离祖国所承受的精神压力十分理解。在剧的结尾,失去了独生子的陈文在走向毁灭之前和女奴罗清有一段催人泪下的对话:

罗清:……我生来就要失去最亲爱的东西,家,父母,兄弟姐妹,自尊——一切的一切(哭泣)。

陈文:别哭了,好妹子,别哭了。山东省还在中国,花还长在那里。

罗清:是的,陈文大哥,这花是世界上最漂亮的花。闻一闻就能平息我心中的痛苦。我爹的船也许还在河里——从地里往外运送麦子。一路上他总是带着我,兄弟姐妹们总会在岸上等着我回来。可是现在他们在山东不再等我了——因为我永远,永远也看不到他们了。

陈文:别哭了,孩子,你还会见到他们的。

罗清:赎我回来吧,陈文大哥,带我离开这块残酷的土地。带我回到美丽的山东,我会敬你的祖先,在祖坟前我会为陈涛保佑。

---

① Dave Williams, *The Chinese Other 1850—1925*, *An Anthology of Plays* (Lanham & New York: University Press of America, Inc., 1997), pp. 97 - 108.

陈文：陈涛，陈涛。

罗清：陈文，带上我吧，我们离开这里。

陈文：罗清，你走吧，回山东老家去吧。

罗清：你和我一起走，陈文大哥？

陈文：要是我出了事，求你替我保佑孩子，我可爱的儿子，我的长子，我的陈涛。

此剧在旧金山首演成功，此后在纽约、伦敦演出，占据芝加哥舞台演达20年。这种受欢迎程度表明，北美观众对华人的态度开始有所改变。

19世纪的最后20年华人从西海岸逐渐向东海岸移动，波士顿和纽约市的华人此时不断增加。《唐人街的女王》(Joseph Jarrow, *The Queen of Chinatown*, 1899)是19世纪以纽约市为背景的唯一一个剧本，和诺尔的小说一样，杰罗也以莫特、佩尔、杜瓦耶尔等街道为背景，这几条街道今天仍然是曼哈顿唐人街的中心。"唐人街的女王"名叫碧孳，遭人遗弃后病倒在唐人街，被丹救起。谁知丹和唐人街的恶棍们一样，强迫碧孳卷入他们的犯罪活动，引诱并绑架了教会学校女教师。在救助该女教师的过程中碧孳被丹枪杀。世纪之交时，排华的高峰已经过去，尽管仍然受到种种歧视，华人已经在美国社会站住了脚。但是在美国人的眼里，唐人街仍然是个神秘、危险的地方，作者在这里警示美国人远离这块是非之地，正如碧孳奉劝丹那样："如果能逃过这场麻烦，永远离开唐人街，做个好人。"

20世纪初期，随着现代主义文学思潮的兴起，西方学界一度对东方，尤其是中国古代的哲学思想产生浓厚的兴趣，转向东方寻求"真正的"宗教。这也重新燃起了西方人对东方文化的热情，五幕剧《孔夫子》(Paul Carus, *K'ung Fu Tze*, 1915)便是在这种背景下出现的。此剧描述的是孔子的生平，从鲁大夫孟僖子之嗣孟懿拜孔子为师，到定公和季桓子委孔子以重任，直至孔子晚年的不得志。剧情主要依据史书记载的材料写成，有些并不可靠，如孔子和老聃(即老子)的会面，但全剧基本上可以反映这位儒教鼻祖的一生。作者在今天很少被人提起，但世纪初是位重要的学者。他尽管不信仰儒教，但尊敬华人，仔细研究过孔子的生平和学说。尽管如此，剧中的华人形象仍然趋同于西方对华人的模式化印象，人物都举止文雅，彬彬有礼。"以前的戏剧由于侮辱华人而歪曲华人，而《孔夫子》则因为理想化华人而歪曲了他们"。尽管如此，考虑到以往半个世纪一个接一个的排华浪潮，作者的热情和兴趣也是一个不小的进步。此剧的副标题是"戏剧诗"(dramatic poem)，所以诗歌贯穿戏剧的始终，剧中孔子及其学生间的对话基本上是诗歌形式，而次要人物(如孔夫人和侄女)则使用日常语言。

这个时期有关华人的重要剧作是马克·吐温和哈特合写的剧本《阿辛》。《阿辛》(*Ah Sin*),又称《中国佬异教徒阿辛》(*Ah Sin, the Heathen Chinee*)是一部艺术上失败的作品,也标志了两人友谊的终结,而且由于完成后近百年没有出版,所以评论家极少问津。但是这是有关早期在美华工的文学作品,出自马克·吐温这样的文学大家,所以有一定的研究价值。

故事发生在19世纪中叶加利福尼亚斯泰尼斯劳斯河畔的黄金矿区。采矿工布劳德理克在赌博中把自己的矿区输给了另一个矿工普朗克特。但当普朗克特在那里发现了金子后,布劳德理克懊悔莫及,想把矿区收回。在激烈的争斗中,普朗克特受伤坠下悬崖。布劳德理克怕事情泄露,收买华人洗衣工阿辛,要他销毁搏斗的物证——一件血迹斑斑的上衣,然后他栽赃于另一个青年矿工约克。布劳德理克计划让阿辛拿约克的上衣在法庭上做伪证,哪知阿辛当庭出示的却是布劳德理克的那件血衣,结果真相大白,布劳德理克受到惩罚。

《阿辛》写于哈特的创作巅峰期刚过,吐温的创作高潮即将到来之际。此剧的初始意念来自哈特《珊蒂酒吧里的两个人》(Two Men of Sandy Bar),其中的华人形象"Hop Sing"颇受评论界好评;"阿辛"也出自哈特的《诚实的詹姆斯的老实话》,又称《异教徒中国佬》。[1] 哈特和吐温都不擅长剧本写作,但此前和《阿辛》相似题材的《异教徒中国佬》、《咆哮营的幸运儿》(哈特)和《艰苦岁月》、《镀金时代》(吐温)都受到读者欢迎;《镀金时代》不久前刚改编成舞台剧,给吐温带来七万美元的收入;加上当时的美国戏剧质量较差,所以两人跃跃欲试。哈特和吐温的交情始于60年代中期,当时哈特任《加利福尼亚人》编辑,吐温为之撰稿。吐温那时写信给母亲说,"尽管哈特不愿承认,我还是把他放在这个地区我们这一批文人之首"。哈特也撰文称吐温是"西部地平线上升起的一颗新星"。即使两人因出版商而有过一些芥蒂,马克·吐温仍然在1871年的信中赞扬哈特"耐心地培养、教育了我,把我从一个粗俗笨拙的新手变成一个能成章成段写作的作家,而且还得到这个国家一些最有名的人的赏识"。

1876年秋哈特住在马克·吐温在哈特弗德的寓所,两人共同执笔,11月末至12月初用两周的时间完成剧本,年底和当时饰演华人闻名的帕斯陆(Charles T. Parsloe)签约,1877年5月7日在华盛顿"国家大剧院"上演,演出一周,7月31日剧团巡回至纽约市,演出四周。《纽约时报》称阿辛是"今日最滑稽的戏剧人物之一","给观众带来阵阵欢笑"。尽管如此,《阿辛》的上座率

---

① 阿辛在此前坎贝尔的《横跨大陆》(Across the Continent)和纳尼斯(Joseph A. Nunes)的《加州的好伙伴》(Fast Folks of California)里也出现过,但都是故事里的次要角色。

不高，反响平平："材料没有新意而且使用不当，情节松散，语言滑稽有余而机智不足，人物干巴巴，结尾反高潮"，结论是"文学价值小，格调低，不值一评，娱乐性倒还可以"。10 月 15 日马克·吐温写信给豪威尔斯说："告诉你一个好消息（暂时不要讲出去）——《阿辛》已经一败涂地，无法挽回！一周之内它就会永远离开舞台，我也会再振作起来。"

"《阿辛》虽然算不上是各自最差的作品，但离最差也不远了"。[①] 有人把剧本的失败归咎于两个搭档的"性情"不和：哈特写作比较沉稳、做作，遵循的是 19 世纪讲究戏法和张扬的场面那种剧场风格；而马克·吐温则比较轻松随便，不停地要把哈特的稿子改得更接近现实，还要使它尽可能地滑稽可笑。这样一来，整个剧情就显得不连贯甚至凌乱，人物单薄，缺乏明显的动机，到头来两人不知道《阿辛》究竟是悲剧、情节剧、喜剧还是闹剧。哈特曾给马克·吐温写过长信，批评他写的那部分，并且拒绝继续合作。马克·吐温则干脆独自修改并指导排演，演出后讥讽地说："如果哈特能撤去他的署名，这台剧在报纸上就能够获得和在舞台上同样多的喝彩。"对两人的相互指责甚至谩骂，后人已经难以区分孰是孰非。但是当时两人的境况已经很不相同：哈特的文学声誉下降，债务缠身，疾患缠身；而马克·吐温的创作正处于上升期，又刚娶了位富婆，住在哈特弗德的豪宅，春风得意。而且马克·吐温的话——"剧本中我没有让哈特留下蛛丝马迹"[②]——实在是言过其实。

值得指出的是，哈特和马克·吐温这次唯一的合作不仅在艺术上失败，而且哈特对华人的偏见加上吐温的幽默调侃还产生出一个东方主义色彩十分浓厚的华人形象。阿辛在剧中常常被白人称为"黄种斜眼儿"，"道德肿瘤"，"没法解决的政治问题"。他看上去木讷到极点，被形容为"嘟嘟囔囔的白痴"，"脸就像茶叶盒一样呆板"，"对什么都无动于衷，真让人受不了"。用坦彼斯特夫人的话说："中国佬脑瓜空空，只会一件事——像猴子那样模仿。"[③]在严肃的法庭上阿辛会突然地乐不可支："阿辛背靠着墙，起劲地拍着屁股，哈哈大笑，突然发现一阵寂静，所有人的眼睛都盯着自己——慢慢尴尬地把咧开的大嘴关上。"但是，作者却告诉大家，这只是华人的假象。他们表面木讷，实际上工于心计。因为一直被人调笑的阿辛最后却把自以为聪明的布劳德理克"耍了"（"万恶的中国佬，他让我伸长脖子钻进绳套里"）。巴尔的摩的演出海报也颇能说明这一点：阿辛穿着对襟大褂，袖子宽大，大嘴巴鼓眼睛，手攥一把扑克

① *"Ah Sin" A Dramatic Work by Mark Twain and Bret Harte*. ed. Frederick Anderson (San Francisco: The Book Club of California, 1961), p. v.

② 同上。

③ 把中国人和猴子相比，至今仍然被西方跨文化研究学者所采纳（Michael Harris Bond, *Beyond the Chinese Face, Insights from Psychology*, Hong Kong: Oxford University Press, pp. 48 - 49）。

牌,头往上仰,鼻尖上立着一张牌,辫子拖到下肢,和哈特《异教徒中国佬》里袖子里藏牌的阿辛如出一辙。“Ah Sin”这个英文剧名也是一语双关:“sin”既是当时汉字的音译,[①]也是“异教徒”的代称,布劳德理克就对着阿辛叫:“你这个罪恶(sinful)的老强盗,滚回中国去”,而“Ah Sin”是“I Sin”(我有罪)的谐音。当然作者是为了票房而在迎合白人观众的情趣,我们不能仅凭这一点就把作者等同于东方主义者,但是这对当时仇华反华的风潮无疑起到推波助澜的作用,实际上起到东方主义的效果。

实际上马克·吐温和哈特对华人并没有特殊的感情,只是把他们视为无助可怜的族群。马克·吐温和哈特借用华人来讥讽本国人民的无知和暴力,但如果华人最终表现得比白人聪明,则可能惹恼白人观众:“让一个戏剧围绕这一个精明的华人转,尤其是他可以轻易胜出周围的白人,也许就要求得太过分了——即使不是对戏剧,对观众也是如此。”这也许是《阿辛》失败的另一个原因。

《阿辛》一直未发表,剧本原本很长,枝杈旁骛过多,巡回演出时一路删节。1961年剧本由“马克·吐温手稿”的主编安德森(Frederick Anderson)编辑后在小范围里发行。

第三节
伊迪丝·伊顿和天使岛诗歌

世纪交替的美国,一些全国性的知名刊物上如《大陆月刊》、《世纪》、《独立》、《新英格兰杂志》经常出现“水仙花”的名字,这就是被称为“可能是最早一位具有中国血统的美国小说家”,“第一位用笔来捍卫美国华人的华裔作家”伊迪丝·伊顿,华裔美国人也终于有了自己的文学声音。[②]

伊迪丝·伊顿(Edith Maud Eaton,1865—1914),笔名“水仙花”(Sui Sin Far,也用过 Sui Seen 和 Sin Fah),是美国第一位具有中国血统并致力于描写美国华人社区和华裔经历的作家。她于1888年至1913年之间创作了大量短

① 如伊迪丝·伊顿的笔名“水仙花”就分别写成“Sui Sin Far”和“Sin Fah”。

② 伊顿的“身份”比较复杂,因为她“有双重族裔,触及五个国家”(加、英、美、法、中国),而且她本人曾说过:“我没有国籍,也不急着找一个国籍”(Annette White-Parks, *Sui Sin Far/ Edith Maude Eaton: A Literary Biography*, Urbana & Chicago: University of Illinois Press, 1995, p. 4)。这里把她作为美国华裔作家,主要因为她具有中国血统,对华人身份比较认同,并且在美国发表描写华人社会的小说。

篇小说，其中不少优秀作品后来收入了她的作品集《春香夫人》(*Mrs. Spring Fragrance*，1912)。由于伊顿备受歧视的华裔身份、孱弱的身体和窘迫的经济状况，她发表作品并不容易，这些作品在当时也没有引起重视。从 1914 年她去世之后，到 1975 年《哎咿！美国亚裔作家作品集》确定她在美国亚裔文学史上的先驱地位之前，61 年间伊顿的名字几乎无人提及。但是 70 年代以后，由于她打破了华人群体在长期种族压迫下形成的沉默，首次以内部知情人的身份描写了身为美国华裔的复杂性，她的创作被称为美国文学在世纪之交的一个亮点。

伊顿终身以替中国人说话为己任，在作品中往往以华裔为主人公，这与她的个人经历密切相关。伊顿的父亲爱德华·伊顿出生在富有的英国家庭，因为拓展家族生意的需要，常常到中国来。她的母亲荷花是中国人，幼时被一对英国传教士夫妇收养。爱德华与荷花在上海相识，并于 1863 年荷花 16 岁时结婚。婚后夫妇俩去了英国，在柴郡一个叫麦克利斯菲尔德的村庄与爱德华的父母同住。伊迪丝·伊顿就出生在那里。

在村里，荷花的存在本身就是一件稀罕事，而她竟然与爱德华结婚，生下了混血儿女，这种打破了东西方之间传统界线的"越界"行为更令村民们无法接受。虽然从长相看，伊顿和她的兄弟姐妹们与英国人并没有什么不同，但是，因为他们的母亲是中国人，他们在周围人的眼里也就成了小怪物。有一次，她正和一个小伙伴玩耍，另一个孩子走过来对那个小伙伴说："如果我是你，我就不和她说话。她妈妈是中国人。"另一次在晚会上，女主人把小伊迪丝叫到一边，一个白发老头戴上眼镜，仔细打量了她一番后，说："啊，真的！……现在我看到她与其他孩子有什么不同了！非常有意思的小东西！"[①]

村里人不接纳荷花和孩子们，爱德华的父母不赞成这段婚姻，再加上家庭的经济状况也亟待改善，于是伊顿一家离开英国，在美国做短暂逗留后，于 1873 年定居加拿大蒙特利尔市。在蒙特利尔，伊顿家的经济状况并没有像他们所期望的那样有所好转。伊顿夫妇共生育了 16 个孩子，存活了 14 个，伊顿是长女，排行老二，一大家人全靠爱德华做小职员和卖风景画维持生计，生活十分艰难。闲暇时妈妈给他们读丁尼生的《国王叙事集》，孩子们表演其中的人物。这种"波希米亚"的家庭氛围(艺术加贫困)培养了孩子们的艺术鉴赏力和独立精神。贫寒的家境使伊顿不得不在 11 岁就辍学，帮助父母操持家务、照顾弟妹。她还经常走街串巷，挨家挨户推销父亲作的画和自己缝的蕾丝花边，挣钱贴补家用。14 岁时，一场风湿热极大地影响了她的健康，使她在病愈

① Edith Eaton, "Leaves from the Mental Portfolio of an Eurasian," *Independent* 66 (21 January, 1909), p. 132.

后几乎成了半残废,而且最终导致她英年早逝。伊顿家的经济状况一直没有改善,孩子受歧视、遭欺凌的状况也没有改变。在学校里,其他孩子拒绝与他们同桌;放学后,这些孩子跟在他们后面,嘲笑辱骂他们,甚至对他们拳脚相加。冲突几乎天天发生。爱德华只求安安静静地过日子,对孩子们的遭遇不闻不问。荷花在孩子们打架时为他们加油,但是也许她和爱德华一样,并不能真正理解这对孩子们意味着什么。

然而,双重身份对伊顿和她的兄弟姐妹的影响是不同的。伊顿家的 14 个子女几乎个个有出息,其中三人成为作家,两人成为画家,其他人在科学、法律、经济等领域也都各有建树。但是,他们为了取得成功,都有意识地让别人认为自己是白人,只有伊顿和与她同为作家的妹妹温尼弗雷德(Winnifred Eaton, 笔名 Onoto Watanna)除外,而温尼弗雷德虽然没有假装白人,却为自己编造了一个更容易获得好感的日本身世。[①] 和他们不同的是,伊顿从不企图隐瞒自己的中国血统。伊顿不会说中文,也很少接触其他华人。幼年时,伊顿只是对自己的身份感到好奇,长大后,她有时会随母亲一起去看望从中国来的新移民,好奇心渐渐变成了了解自己的"中国人"身份、进而了解来自"母亲的国家"的人们的决心。

1883 年伊顿 18 岁,开始在《蒙特利尔每日星报》(*Montreal Daily Star*)做速记员,同时为这家报纸采写新闻。采写新闻的工作使伊顿得以以记者的身份进入华人社区,否则,像她这样的欧亚混血儿不受华人欢迎、也不会有机会接触他们的生活。报道华人生活的工作使伊顿跨入了一个新的环境,迈出了她在文学中寻找自己声音的第一步。虽然伊顿的身体一直很差,她还不得不为生活辛苦工作,但是她仍然挤出时间,创作短篇小说。80 年代中期以后,她的小说开始与读者见面。这些小说最初发表在《每日星报》上,后来《独立报》(*Independence*)、《世纪报》(*Century*)、《纽约晚报》(*New York Evening Post*)、《新英格兰报》(*New Englander*)等当时一些重要报刊上均有发表。1894 年,伊顿离开《每日星报》,成为独立撰稿人。她"遇到许多中国人,当他们遇到麻烦的时候,经常请我在报纸上为他们进行斗争。我喜欢这么做"。[②] 1896 年,她首次发表了描写华人的小说,并以"水仙花"署名。在伊顿的心目中,水仙花是寒冷的冬天里生命与美的象征,她只需一碗清水,却以清香回报世界,是中国人最喜爱的一种花卉。伊顿用"水仙花"这个笔名表明了自己的

---

① 和华人相比,美国白人更喜欢日本人,因为日本此时也已向西方开放,被认为乐于"同化"的东方人。伊顿去世后,温尼弗雷德起草了《纽约时报》上的讣告,称伊顿的母亲是"日本贵族",被"英国贵族领养"(Harold Bloom, ed. *Asian-American Writers*, Philadelphia: Chelsea House Publishers, 1999, pp. 49–51)。

② Bloom, p. 128.

志趣，也表明了自己的身份。

由于健康原因，伊顿于1898年离开加拿大。在其后的15年间，她先后在美国旧金山、洛杉矶、西雅图和波士顿居住。从1900年开始，她在西雅图工作、生活了10年，并且以自己对华人的关心和帮助而为当地的华人社区所接纳。晚上，她常常在华人社区教中国移民英语，同时为自己的“中国故事”搜集素材。伊顿在西部居住期间创作的短篇小说以《林约翰》(Lin John)、《中国歌妓》(The Sing-Song Woman)、《中国的以实玛利》(A Chinese Ishmael)、《苦丫的小妹妹》(Ku Yum's Little Sister)等最有代表性。这些故事的主人公往往是华人妇女，她们和故事中的其他人物一样，虽然生活不幸，却颇有主见；尽管不信奉基督教，却有自己的信仰。有了这些人物，华人社区是一个充满生气的地方。伊顿认为，虽然当时有不少美国作家都写关于华人的故事，但是这些故事距离华人的真正生活太遥远，在很多情况下甚至把华人当作一个“笑话”来说，而且是“不思同化，肮脏，道德腐败，殃及邻人”。[①] 而她却描述了自己在美国亲眼所见的华人生活，打破了美国人关于华人社区是一个充满暴力未开化的光棍社会的成见。在当时的社会历史背景下，她的声音无疑是孤独的。

1910年，伊顿移居波士顿。在波士顿她得到两位朋友的资助，并且终于不必为衣食而奔波，可以一心一意写作了。这时，伊顿已经积累了丰富的创作经验，作品在艺术上趋于成熟，她的叙事内容、叙事手法、作品中表达的思想观点都更加复杂。她在这一时期创作的短篇小说被当时不少重要报刊刊载，而最令她感到欣慰的是，她为自己的作品集《春香夫人》找到了出版商。《春香夫人》是保存下来的伊顿的两部作品中的一部。[②] 1898年以后，虽然伊顿主要生活在美国，但是她常常奔波于美国和加拿大之间。就在这样的一次旅途中，她乘坐的火车遭遇一场大火，随身携带的大量手稿全部被毁。在她去世之前，她极有可能已经开始创作一部她一直想写的反映华裔生活的长篇小说，但遗憾的是，这部小说的手稿已经遗失。她已经发表的作品散见于各种报纸杂志，当时并没有人对这些作品进行搜集整理，所幸一些优秀故事都收入了《春香夫人》。

《春香夫人》出版时，出版商为了促销将书的封面设计得别具东方异域情调。封面上用金色写着“春香夫人”四个大字，荷花浮在碧波之上，花上停歇着蜻蜓，水仙花的叶片一直伸展到书名之间。书的扉页上画着繁花盛开的大树，

---

① "Edith Eaton to R. U. Johnson," 4 December, 1903. *Century Company Records* (Rare Books and Manuscripts Division, New York Public Library). 那时的华人女性不是歌妓、妓女，就是大烟馆的侍女。

② 另一部是她的自传《一个欧亚混血儿的内心卷宗》(*Leaves from the Mental Portfolio of an Eurasian*)，讲述她从4岁到40岁的经历，包括身份意识、种族敌视、欧亚混血儿的困境，及她逐渐增强的骄傲感。

树下荡漾着几只渔船。书于1912年6月出版。很快《蒙特利尔目击者日报》(*Montreal Daily Witness*)便刊登了第一篇书评，其中特别指出，书的作者是"半个中国人……她的同情心使她站在母亲一边，而不是父亲一边"。稍后的《波士顿环球报》(*Boston Globe*)书评则强调，这些短篇小说所表现的华人生活与美国文学中所表现的对华人的看法截然相反，而且具有很强的说服力，"表明中国人所具有的情感与白人的情感毫无区别——只是中国人的情感更加细致，处理问题的方法更为敏锐"。《纽约时代书评》也用较大篇幅对该书做了评论，称伊顿"在美国文学中奏响了一个新的音符"。

《春香夫人》中的部分作品是她在蒙特利尔和美国西部创作发表的，背景是西雅图和旧金山，表现华裔家庭的喜怒哀乐，尤其是亚裔和新移民感受到的文化冲突。这些"为中国人说话"的故事在当时能够发表，很大程度上是由于伊顿采取了一种迂回的战术。在内容上，她往往以西方社会能够接受的婚姻家庭为主题；在手法上，她往往通过讽刺，而不是直截了当地表明自己的观点。在对婚姻进行描写时，伊顿又往往以妇女为主角。这些女主人公常常受到白人文化的威胁。在《新国度的智慧》(The Wisdom of the New)中，吴三魁与宝琳完婚不久，就去了美国。当他终于把宝琳接到美国时，他们的儿子已经六岁了。七年间，三魁在美国朋友的影响下，已经美国化。他决定要让儿子说英语，接受美国教育，根本没有注意到自己的做法给宝琳带来的痛苦。一天晚上，三魁带着剪掉了辫子的儿子回到家里时，宝琳绝望了。那天夜里，她亲手杀死了自己的儿子，儿子永远也不可能像他父亲那样背叛中国文化了。故事的女主人公宝琳虽然沉默，但并非没有主见，正如种族压迫下的美国华人虽然沉默，却并非没有自己的情感和思想。

在婚姻这个主题下，伊顿还描写了白人和华人之间的通婚。他们的婚姻反映了不同文化之间和不同种族之间的冲突。《一个嫁给中国人的白人女子》(A White Woman Who Married a Chinaman)的主人公是白人女子，其夫白人卡斯纳想要写一本关于社会改革的书，因此要求妻子出去工作挣钱养家。一天晚上，妻子下班回来，却发现丈夫在与另一个女人调情，于是带着孩子离开了他。离婚后，她无家可归，还经常遭到卡斯纳的骚扰。正当她准备自杀的时候，中国人刘康义救了她。他把她带回华人社区，为她找了住处和工作，还请一家中国人照顾她。她"在他脸上找到了安慰"，感到与卡斯纳相比，刘康义才是个"真正的男子汉"。她嫁给了他。卡斯纳得知此事后，恶狠狠地污蔑刘康义，并骂她"堕落"，而她则反驳道："你是谁，竟敢嘲弄像他这样的人？你身高六英尺，长得五大三粗，但是你的灵魂渺小，根本无法和他的高大灵魂相比。"白人女子与中国丈夫的婚姻是幸福的，但是，当他们的儿子出生后，她却开始担忧了：这个孩子"处在他父亲和我之间，既像我们又不像我们，因此以后他也将处在父亲的民族和母亲的民族之间。如果他们之间没有善意也没有相互的理解，我的孩子的命运将会如何？"

在伊顿塑造的所有女主人公中，《春香夫人》一篇中的春香是极少数几个无忧无虑的形象之一。她的婚姻十分幸福，丈夫是位年轻的古董商，对她宠爱有加。他们住在中产阶级白人社区，在美国邻居眼里是已经美国化的中国人。春香夫人的好朋友玫瑰花爱上了一个年轻人，但是她的父母却早已将她许配他人。春香夫人决定帮助这对年轻人。她利用到玫瑰花的未婚夫居住的城市拜访朋友的机会，成功地促成了两对年轻人(玫瑰花和她所爱的年轻人，玫瑰花原来的未婚夫和另一位漂亮的姑娘)喜结良缘。在这期间，春香夫人对玫瑰花引用的丁尼生的诗句还曾引起春香先生的误会，但是在故事结尾的时候，误会消除，春香夫妇恩爱如初。

《春香夫人》的主题是婚姻。在叙述一个看似轻松浪漫的故事的同时，伊顿却运用讽刺手法，表现了当时美国社会中的种族歧视和文化冲突。当春香夫人在另一座城市的朋友家做客的时候，她给丈夫写了一封信。信中写道："尊敬的大人：……那天晚上，我表姐认识的一位美国夫人，塞缪尔·史密斯太太，让我陪她去听了一个夸张的讲座。题目是'美国，中国的保护者！'讲座非常令人振奋，充满善意的话语使得我要请求你忘记理发师为你刮一次胡子要收一块美元而他却恭顺地递给那个美国人一张15美分的账单。也别再因为你尊敬的哥哥到这个国家来探亲时被拘押在这个伟大政府的屋子里而不能住在你的寒舍的屋檐下而咕哝。用这样的想法来安慰他吧，他是在自由的象征鹰的羽翼的保护之下。与知道自己受到如此安全的保护而产生的快乐相比，失去一千年的时间或损失一万个十块钱又算得了什么呢？我是从塞缪尔·史密斯太太那里了解到这些的，她和你们高贵的男人一样聪明和了不起。"这位了不起的美国太太以为春香夫人会认为讲座很有教育意义，但她其实却被种族主义引入歧途，根本不了解中国人在美国的真正遭遇。

和史密斯太太一样充满种族优越感的还有春香夫妇的年轻邻居卡曼。他对春香丈夫说："难道你没听说过所有的美国人都是王子和公主吗？在外国人踏上我们海岸的一瞬间，他也成了贵族……"春香的丈夫却问他："被关在拘留所里的我哥哥是怎么回事呢？"对此，卡曼的解释是："我们真正的美国人是反对这么做的……这违反了我们的原则。"卡曼脱口而出的"外国人"和"真正的美国人"清楚地表明了他其实并没有把华裔当作美国的"真正"组成部分。这种双重标准使中国文化的存在受到威胁，而卡曼却认为自己是春香一家的朋友，这就更增强了对话的讽刺意味。

在写这些"中国故事"的时候，伊顿常常将中国的格言、俗语、称呼等直译成英语，使得作品的语言有时显得过于华丽，异国情调过于明显，产生的结果与她想要西方人了解中国文化的初衷并不一致。她在故事中描写的内容和使用的语气有时显得多愁善感,她所提供的解决矛盾的方法也显得幼稚。但是,她的目的始终只有一个,那就是表现生活在不同文化之间的美国华裔的真正生活经历,让西方读者了解到华裔也应该拥有和他们平等的权利。伊顿毕生都在为华人奔走呼号,希望能使华人的境况得到一些改变。但是在她去世前发表的最后一篇文章里(1914 年 4 月 7 日),她仍然还在呼吁美国社会接纳华人劳工。她告诉美国读者,她去过的旧金山小学半数中国儿童穿美国服饰,东部公立学校的中国儿童则全部着美国服装,可是她面对的仍然是主流社会对"抗拒同化"的敌视。她去世之时,当地报纸还在大谈要把亚裔孩子赶出学校,因为一个白人妇女被华人"小仆人"杀害。而此时《排华法案》已经被无限期延长。但是伊顿的伟大在于她奋斗了一生。为了保持独立,她终身未婚(这种"越界"行为也受到社会的奚落),把收入用于资助亲友和同胞。

受后殖民主义理论影响,近年美国有些批评家指责伊顿有东方主义。理由是伊顿作品中使用中国方言,洋泾浜英语,华丽的文体,渲染唐人街的细节,所以好像并没有和当时的"东方主义"作家拉开距离,反而加强了美国公众有关"神秘东方人"的偏见。《春香夫人》的版面装帧(花、竹子、艺妓)也是东方主义味道十足,类型化、脸谱化。另一些人指出,主流报刊接受伊顿也说明她有"同流合污"之嫌。这些看法值得商榷。首先我们不应当脱离历史境况去评价伊顿。① 其次,伊顿的创作"需要近乎超人般的洞察力和最精致的方法",如"以其人之道还治其人之身"的策略。② 春香夫人就不止一次地宣称:"呵,这些美国佬!这些神秘、让人看不透、无法理解的美国人!"在她的一篇早期短篇小说《鼻子摔烂的原委》(The Origin of a Broken Nose,1899)里,一个好色的男子想以提供食宿为诱饵引诱一个年轻姑娘,结果却在冰上滑倒摔破了鼻子,反而需要那位姑娘上前搀扶。这时伊顿还没有触及华人主题,但足以显示她的"恶作剧"颠覆策略。至于伊顿得以挤入主流报刊,据说是伊顿利用了加拿大报纸常常隐去非知名作家姓名的做法,因为伊顿的作品或者匿名发表,或者用"伊迪丝·伊顿"这个英文名字。"我们必须记住,水仙花(即伊迪丝·伊顿)有一半英国血统,在英国和加拿大的英语学校受教育,在加拿大的英语和法语学校长大,因此不可避免会染上她那个时代东方主义的观念。但重要的不是她有时陷入当时的成见(按我们事后的观点来看),而是她清楚地看出当时国家政策和社会价值观包含的歧视和不公,并且勇敢地奋起反抗。更重要的是,她把

① 至少伊顿没有刻意丑化华裔。有些靠插科打诨的作家劝伊顿利用中国血统赚钱:"要想在美国文学上成功,就要穿上中式服装,摇把扇子,拖一双大红的镶着珠子的拖鞋,出身官宦家庭,住在纽约。"但是伊顿拒绝这么做。

② *New York Times Book Review*, July 7, 1912.

压迫她的东西——英国给她的教育和文化培养——化为一种声音，给予那些不允许发声的人们”。尤其可贵的是，这些声音还有华人妇女和儿童的声音，打破了美国主流社会“光棍唐人街”的俗见。[1]

1914年，这位“北美亚裔文学创作传统的开创者”、“北美亚裔女性作家第一人”去世，葬在蒙特利尔。为了纪念她，华人社区为她树起一块墓碑，上面刻着“义不忘华”四个字。[2]

美国学者费恩把美国人对华人的态度分成四个阶段：前三个阶段是“中国人侵时代”(包括1849年至1852年间的容忍阶段，1853年至1882年间的敌视阶段，1883年至1910年代的限制阶段)，本世纪初之后“中国问题作为一个现实问题被不予置评，取代它的是当代日本问题”。[3] 最后一个阶段并不说明华人生存状况有任何改善，说明的只是前面三个阶段的“正常化”。在这半个多世纪里，华人一直为生存而苦苦挣扎，没有时间从事文学创作，因此，除了“天使岛诗歌”外，华人“消失后没有留下自己在美国生活的记载”。[4]

天使岛位于旧金山湾中部，据说因看上去像个睡觉的天使而得名，《排华法案》生效后，这里成立了专门针对华人的白人种族主义机构“天使岛检疫所”(the Angel Island Immigration Station, 1910—1940)。此前华人移民曾被送到“唐山码头”的木屋进行“甄别”，由于环境过于恶劣而新建了这个天使岛拘留营，1910年1月21日启用。进入旧金山港口的移民在这里被拘留，大多是没有列入《排华法案》里的人员，如商人、教师、学生、官员、游客等，被关在一间间小木屋里，承受移民局官员一遍遍带有明显侮辱性质的审问。岛上被关押的移民人数平均在250至350人，高峰时达700人，拘留期常常长达数周，甚至超过一年，最长者达三年。这里的生活条件差，自杀率很高。在近乎绝望的境况下，被拘禁的华人将自己的痛苦、沮丧和愤怒刻进木屋的墙上，30年代两位被拘禁者把这些诗歌抄下带到旧金山。1940年一场大火毁坏了拘留营办公楼，整个拘留营停止使用；70年代初期即将拆除火灾后残存的木屋时，巡逻员发现了墙上的文字，报告上级但未获重视，此事引起旧金山华人社区的关注，

---

① Annette White-Parks, *Sui Sin Far/ Edith Maude Eaton: A Literary Biography* (Urbana & Chicago: University of Illinois Press, 1995), p. 1. 迫于恶劣的生存环境，早期华人移民大多是单身男性，1900年的美国人口普查显示华人性别比为一比二十六，但这也成为白人种族偏见：华人不愿意结婚生子，逃避家庭责任。

② 碑文是用中文书写的“义不忘华”，常见的英译文是“the righteous one does not forget her country”。这个翻译不够确切，因为这里的“华”显然指“中华”，而不是泛指一般的“祖国”。

③ Harold Bloom, ed. *Asian-American Writers* (Philadelphia: Chelsea House Publishers, 1999), p. 50.

④ Elaine H. Kim, *Asian American Literature, An Introduction to the Writings and Their Social Context* (Philadelphia: Temple University Press, 1982), p. 23.

设法保全了它们,成为今日的纪念馆。余达明在拘留期间抄录的诗歌于1976年发表,1980年由麦礼谦等三位天使岛移民后裔编译成《埃仑诗集》(*Island: Poetry and History of Chinese Immigrants on Angel Island, 1910—1940*)出版。80年代初劳特(Paul Lauter)在编撰《希斯美国文学选集》(*The Heath Anthology of American Literature*)时录入13首。①

天使岛诗歌共留下135首,全部用中文写成。许多诗歌是华人移民在天使岛(也是在美国)生活的真实写照:

一话船到美。欢同得宝珠。
那堪抵埠受羁縻,医生税员未准纸。
太受气。笔尖难以记。
板楼困入如羑里,无限凄凉心里悲。

一生条命薄。来去都没有。
纵使离乡往外国。东走西奔无所获。
阴阳错。出门更落索。
转过天涯四个角。居弗安兮行弗乐。

伴随着无奈的是幻想的破灭:

自由为国例。何事学专制。
不持公理美人兮。困我监牢严密睇。
虎狼差。横行更欲噬。
罪及无辜真恶抵。几时出狱开心怀。

他们中的很多人对自己的悲惨遭遇有着清醒的认识:

家贫柴米患。贷本来金山。
关员审问脱身难。拨往埃仑如监犯。
到此间。暗室常嗟叹。
国弱被人多辱慢。俨然畜类任摧残。

① Cf. Jeffery Paul Chan, Frank Chin, Lawson Fusao Inada, and Shawn Wong, eds., *The Big Aiiieeee! An Anthology of Chinese American and Japanese American Literature* (A Meridian Book, 1991), pp. 141-165; 何文敬、单德兴:《再现政治与华裔美国文学》,(中国)台北:中研院欧美所,1996,第22-25页。

强权废约例。弱种受他掣。
无辜困我隔江涯。关吏横行真呰抵。
门紧闭。狼差严密睇。
音信不容驿使递。苛条百出确难挨。

许多人在无奈的同时对这种遭遇感到愤愤不平，不平之余更是直接抒发胸中的愤懑：“真可恶。屡逢渠欺负。/但愿国强仇报复。兴兵恰似日战俄”；“我今拨回归国去；他日富强灭番邦”；“他日中华兴转后；擅用炸弹灭美洲”。这些诗句言辞激烈，激忿之情溢于言表，但同时它们也更加显露出作者的无力与无奈。倒是下面这首诗引经据典，更加深刻地揭示出“君子报仇十年不晚”的主题：

寄语同胞勿过忧，苛待吾侪毋庸愁。
韩信受裤为大将，勾践忍辱终报仇。
文王囚羑而灭纣，姜公运舛亦封侯。
自古英雄多如是，岳极泰来待复仇。

从传统意义上说，天使岛的这些华人创作的诗歌不能算作文学作品，至少文学价值不高。但是它们发自内心，具有极大的艺术感染力。由于作者背景不同，这些诗歌在风格上也各异。但不论是其中的广东方言，还是民歌风范，甚至不时流露出的粗俗和轻佻，都是当时华人移民的真实写照。

从19世纪中叶到20世纪初的半个多世纪里，美国文学史上开始出现有关华人的作品及华裔本身的创作。从文学性的角度看，这些作品和创作显得比较粗糙，内容上也显得浮浅甚至荒谬。但是，这些作品触及一些十分重要的社会问题，而且这些问题也许永远不会完全消失：“虽然这些(作品)涉及的具体问题，即所谓的‘中国问题’已经消失，但由他者所引出的问题(或者更恰当地讲，一个文化的成员如何使他者融入自己的文明概念)依然存在。”因此，这些早期有关华人的作品就永远有值得借鉴之处。

附 录

一、大 事 年 表

(1860—1914)

年　代	作家与作品	历史与文学相关事件
1860	惠特曼：《草叶集》第三版； 爱默生：《生活的准则》； 霍桑：《玉石雕像》； 惠蒂尔：《家乡民谣，诗歌和民歌》； 海恩：《阿沃里欧》； 奥尔科特：《有色人士兵来信》； 斯堡伏特：《罗本先生》，《境况》。	美国人口 3 150 万，包括 45 万自由黑人，400 万黑奴； 南卡罗来纳州脱离联邦，林肯当选第十六任总统； 吉尔曼出生； 屠格涅夫：《前夜》； 斯宾塞：《第一原理》(1860—1862)。
1861	霍姆斯：《艾尔西・维尔纳》； 豪威尔斯：《梦》； 丽贝卡：《钢铁厂的生活》。	横跨大西洋电报开通； 堪萨斯成为美国第三十四个州； 密西西比、佛罗里达、阿拉巴马、佐治亚、路易斯安那、得克萨斯脱离联邦，南部联邦成立，杰夫逊・戴维斯任总统； 4 月 12 日南北战争爆发；弗吉尼亚、阿肯色、田纳西、北卡罗来纳加入南部联邦； 麻省理工学院在波士顿建校； 狄更斯：《远大前程》。
1862	霍姆斯：《多调歌》； 豪：《共和军战歌》； 戴利：《被遗弃的李》； 戴维斯：《玛格丽特・豪斯》。	沃顿出生； 雨果：《悲惨世界》； 屠格涅夫：《父与子》。
1863	霍桑：《我们的老家》； 布朗：《黑人》； 朗费罗：《路边客店的故事》(1863，1872，1874)； 奥尔科特：《医院记事》； 斯堡伏特：《琥珀上帝》； 道格拉斯：《有色人种，拿起武器！》。	林肯发表《葛底斯堡演说》，《解放黑奴宣言》； 惠特曼在华盛顿医院服务； 西弗吉尼亚成为美国第三十五个州，南军将领杰克逊被击毙； 赫胥黎：《人类在自然界的位置》。

年 代	作家与作品	历史与文学相关事件
1864	布莱恩特:《诗三十首》; 奥尔科特:《心情》。	内华达成为第三十六个州; 林肯连任; 龚古尔兄弟:《翟米尼·拉赛特》; 董恂校译英驻华公使威妥玛的汉译朗费罗诗《人生颂》。
1865	惠特曼:《鼓点》; 马克·吐温:《吉姆·斯迈利和他的跳蛙》; 蔡尔德夫人:《自由人之书》; 布朗:《阿蒂姆斯·沃德游记》。	林肯:《连任演讲》; 4月9日李向格兰特投降; 4月14日林肯被刺,约翰逊成为美国第十七任总统,宪法第13条修正案通过,27个州批准废奴; 左拉:《克洛德的忏悔》; 卡罗尔:《艾丽丝漫游奇遇记》; 泰纳:《历史与批评新集》; 狄更斯:《我们共同的朋友》。
1866	惠蒂尔:《大雪封门》,《在山里》; 斯温伯格:《诗歌和民谣》; 奥尔科特:《一个护士的故事》。	《人权法案》通过,给予南方奴隶平等权; 三K党成立; 陀思妥耶夫斯基:《罪与罚》; 罗斯金:《野橄榄花球》。
1867	惠特曼:《草叶集》第四版; 朗费罗:《海滩上的帐篷及其他诗歌》; 哈特:《小说浓缩》; 布朗:《反抗中的黑人》; 蒂姆罗德:《颂歌》; 拉尼尔:《卷丹》; 戴利:《煤气灯下》; 朱厄特:《詹妮·盖罗的情人们》; 蔡尔德夫人:《共和的浪漫史》; 马克·吐温:《卡拉维拉斯县驰名的跳蛙》; 哈里斯:《萨特·拉文古德》。	3月30日自俄购入阿拉斯加,内布拉斯加成为美国第三十七个州; 通过"重建法案",南部联邦各州回到联邦; 易卜生:《彼尔·英特》; 马克思:《资本论》。
1868	哈特:《咆哮营的幸运儿》; 阿尔科特:《小妇人》; 豪威尔斯:《托奈利的婚姻》; 阿尔杰:《破破烂烂的迪克》; 惠蒂尔:《在山里及其他诗歌》; 戴利:《闪光》;	约翰逊总统遭弹劾辞职,格兰特任美国第十八任总统; 美国政府和清政府签订欢迎华人移民美国的《蒲安臣条约》(*the Burlingame Treaty*) 布朗宁:《指环和书》;

年代	作家与作品	历史与文学相关事件
	戴维斯：《等待裁决》。	托尔斯泰：《战争与和平》(1865—1868)； 左拉：《鲁贡玛卡一家人的自然史和社会史》(1868—1893)。
1869	哈特：《田纳西的伙伴》,《扑克滩的流浪者》； 斯托：《老镇上的人们》； 戴利：《红头巾》； 奥尔科特：《神秘的小姐》； 哈柏：《曼妮的奉献》； 朱厄特：《布鲁斯先生》； 马克·吐温：《傻子国外旅行记》。	宪法第十五条修正案通过，黑人获得选举权； 连接北美大陆的联合太平洋铁路全线贯通； 11月15日苏伊士运河开通； 全美妇女投票权协会； 美国妇女投票权协会成立； 阿诺德：《文化和无政府状态》； 托尔斯泰：《战争与和平》(1866—1869)； 赫胥黎：《生命的物质基础》。
1870	洛厄尔：《我的书》； 马克·吐温：《竞选州长》； 哈特：《诚实的詹姆斯的老实话》(又称《异教徒中国佬》),《咆哮营的幸运儿及其他短篇》,《最近华人的愤怒》,《中国佬约翰》,《异教徒李万》； 爱默生：《社会与独处》； 奥尔科特：《一个守旧的女孩》； 德怀特：《美利坚》； 麦克劳斯基：《跨越大陆》。	美国人口3 855万； 法国-普鲁士战争，导致德意志帝国及法兰西第三帝国建立； 洛克菲勒组建美孚石油公司； 诺里斯出生； 歧视华人的“辫子法案”(queue ordinance)出笼； 福楼拜：《情感教育》。
1871	詹姆斯：《看护》； 洛厄尔：《书房的窗子》； 惠特曼：《草叶集》第五版,《民主远景》； 斯托：《老镇上的人们》;《山姆·劳森的篝火故事》,《粉红和白色暴政》,《我和妻子》； 贝克：《新扫帚扫得净》； 戴利：《离婚》,《地平线》； 伊格尔斯顿：《胡热尔校长》； 奥尔科特：《小男人》； 哈柏：《诗集》。	10月8日芝加哥大火； 阿拉巴马决议公布； 克莱恩和德莱塞出生； 卡洛尔：《镜中世界》； 达尔文：《人类的由来和性选择》； 皮尔士：《信念的确立》。
1872	马克·吐温：《艰苦岁月》；	尼采：《悲剧的诞生》；

年 代	作 家 与 作 品	历史与文学相关事件
	豪威尔斯:《蜜月旅行》,《事故》; 朗费罗:《基督:一个神秘的故事》; 海恩:《传说和诗歌》; 哈柏:《南方生活集景》。	4月12日上海《申报》刊登欧文小说《瑞普·凡·温克尔》的中译《一睡七十年》。
1873	蒂姆罗德:《棉铃》; 豪威尔斯:《偶然结识》; 考尔德:《好奇,五个音节的字谜》; 布朗:《朝霞》; 奥尔科特:《超验野橡树》,《工作》。	威拉·凯瑟出生; 内华达淘银潮开始; 9月8日爆发新一轮经济危机; 佩特:《文艺复兴》。
1874	马克·吐温,华纳:《镀金时代》; 伊戈尔斯顿:《巡回牧师》; 拉尼尔:《谷物》; 穆道克:《戴维·克罗克特》; 古德维恩:《伊万杰琳》。	"基督教妇女戒酒联盟"成立; 艾米·洛厄尔和格特鲁德·斯坦因出生; 哈代:《远离尘嚣》。
1875	马克·吐温:《密西西比河的往事》; 拉尼尔:《交响乐》; 豪威尔斯:《必然的结局》; 詹姆斯:《罗德里克·赫德森》,《狂热的朝香者和其他故事》; 海恩:《恋人之山》; 奥尔科特:《八个堂兄妹》。	科罗拉多成为美国第三十八个州; 罗伯特·弗罗斯特出生; 托尔斯泰:《安娜·卡列尼娜》(1875—1878)。
1876	惠特曼:《草叶集》第六版; 马克·吐温:《汤姆·索耶历险记》; 豪威尔斯:《必然的结局》; 奥尔科特:《开放的玫瑰》; 哈特,吐温:《阿辛》(又称《中国佬异教徒阿辛》); 哈柏:《播种和收获》(1876—1877); 洛厄尔:《我的书》第二集。	贝尔电话获得专利; 海斯当选美国第十九任总统; 旧金山博览会开幕; 舍伍德·安德森出生; 斯宾塞:《社会学原理》(1876—1896)。
1877	詹姆斯:《美国人》; 拉尼尔:《诗集》; 戴利:《黑暗的城市》; 奥尔科特:《现代恶魔》; 朱厄特:《偏远的地方》; 霍普金斯:《有色人贵族》。	最后一批联邦军队自南方撤走,国家重建结束; 宾夕法尼亚、巴尔的摩、俄亥俄等地铁路大罢工; 劳工骚乱; 易卜生:《社会支柱》; 左拉:《小酒店》。
1878	拉尼尔:《格林沼泽地》;	爱迪生留声机获得专利;

年 代	作家与作品	历史与文学相关事件
	詹姆斯：《戴西·米勒》,《国际插曲》,《欧洲人》,《信心》； 朗费罗：《迁徙的鸟儿》(1858—1878)； 霍华德：《银行家的女儿》； 华顿：《诗集》。	巴黎国际博览会； 布莱恩特去世，辛克莱·厄普顿，卡尔·桑德伯格出生； 哈代：《还乡》； 皮尔士：《怎样弄清我们的观念》。
1879	惠蒂尔：《新英格兰民谣》； 詹姆斯：《霍桑》； 凯布尔：《昔日的奥克里尔》； 豪威尔斯：《阿茹斯图克夫人号》； 戈雷姆：《中国人滚回去》； 弗特：《火里取出的烙铁》,《性命攸关》,《月光下的婚姻》,《勇敢的人们》； 哈里根：《墨里根卫队的舞会》； 霍普金斯：《与众不同的萨姆或地下铁道》； 帕克：《向东方》； 坎贝尔：《我的伙伴》； 希金生：《马尔博》。	易卜生：《玩偶之家》； 陀思妥耶夫斯基：《卡拉玛佐夫兄弟》(1879—1880)。
1880	亚当斯《民主》； 詹姆斯：《华盛顿广场》； 拉尼尔：《英诗理论》； 奥尔科特：《杰克和吉尔》； 马克·吐温：《国外的旅行者》； 杜纳：《共和国的最后一天》； 麦凯：《海兹尔·克尔克》； 哈里斯：《雷姆斯大叔：他的歌曲和故事》。	美国人口5 016万； 加菲尔德当选美国第二十任总统； 门肯出生； 左拉：《实验小说》； 10月31日丹佛发生大规模反华骚乱。
1881	惠特曼：《草叶集》第七版； 詹姆斯：《淑女画像》； 海恩：《诗集》； 米勒：《四十九》； 朱厄特：《乡下的偏僻小径》； 希金生：《有关女性的常识》； 斯坦顿：《妇女争取投票权史》(1811—1886,与安东尼合作)。	7月2日加菲尔德被刺，9月19日去世，切斯特·阿瑟任美国第二十一任总统； “工会和劳工联盟”成立； 3月13日俄国沙皇亚历山大被刺； 拉尼尔去世； 华盛顿在阿拉巴马创立有色人师范学校； 易卜生：《群鬼》。

年代	作家与作品	历史与文学相关事件
1882	豪威尔斯:《一个现代的例证》; 斯道克顿:《美女还是老虎?》; 霍华德:《年轻的温斯鲁普太太》; 马克·吐温:《王子与贫儿》。	《排华法案》出笼; 克利夫兰钢铁工人罢工要求增加工资; 宾夕法尼亚煤矿、纺织工人罢工; 朗费罗,爱默生去世;小罗斯福出生; 易卜生:《人民公敌》。
1883	马克·吐温:《密西西比河上》; 拉尼尔:《英国小说及其演变规律》。	德奥意联盟产生; 墨索里尼出生; 尼采:《查拉图士特拉如是说》; 斯蒂文森:《金银岛》。
1884	朱厄特:《乡村医生》; 墨弗雷:《在田纳西山区》; 马克·吐温:《哈克贝里·费恩历险记》; 贝拉米:《卢丁顿小姐的姐姐》; 哈里斯:《自由乔和其他的世界》。	1856年后首位民主党候选人克利夫兰当选第二十二任美国总统; 美国劳工部建立; 纽约股票交易所恐慌; 首条长途电话线(波士顿-纽约)开通。
1885	豪威尔斯:《塞拉斯·拉帕姆的发迹》,《印第安夏天》,《电梯》; 霍华德:《我们姑娘中的一个》; 朱厄特:《沼泽岛》; 詹姆斯:《波士顿人》(1885—1886); 墨弗雷:《大雾山区的预言》。	斯坦福大学建立; 第一辆电动汽车在巴尔的摩诞生; 刘易斯出生; 怀俄明准州爆发排华浪潮,28位华人矿工死亡,几百人被逐出城,财产损失15万美元。
1886	奥尔科特:《乔的男孩子们》; 朱厄特:《白色苍鹭及其他故事》。	芝加哥农贸市场骚乱,公众舆论反对劳工组织; 自由女神像揭幕; 海恩和迪金森去世; 斯蒂文森:《绑架》; 黎汝谦,蔡国昭译欧文著《华盛顿传》; 3月成都、昆明、郑远(广西)等地发生抗议美国国内反华浪潮的骚乱。
1887	霍姆斯:《欧洲百日》; 弗里曼:《平凡的浪漫史》; 佩奇:《昔日的弗吉尼亚》; 里斯:《五月一枝》; 哈里斯:《自由乔和其他故事》。	德奥意联盟对抗法俄; 英国庆祝维多利亚女王登基50周年; 美国州际公平贸易法案通过; 斯特林堡:《父亲》; 杜威:《心理学》; 6月斯耐克河惨案,七名白人暴徒袭击华人矿区,十名华人矿工死亡。

年 代	作家与作品	历史与文学相关事件
1888	洛威尔：《政论文》； 惠特曼：《十一月的树枝》,《诗文全集》； 詹姆斯：《反射器》,《阿斯本文稿》,《现代警报》； 霍华德：《谢南都尔》； 贝拉米：《回首》。	哈里森任美国第二十三任总统； 德国威廉二世上台，德意志帝国崛起； T. S. 艾略特和尤金·奥尼尔出生； 王尔德：《快乐王子》； 阿诺德：《评论二集》； 斯特林堡：《朱莉小姐》。
1889	惠特曼：《草叶集》第八版； 亚当斯：《美国历史》； 豪威尔斯：《安妮·基尔博恩》,《捕鼠器》； 肖邦：《比神聪明》,《争论》； 马克·吐温：《亚瑟王朝廷上的康涅狄格州美国人》。	北达科他，南达科他成为美国第三十九、四十个州，蒙大拿成为第四十一个州，华盛顿成为第四十二个州； 奥尔科特去世； 希特勒出生； 斯特林堡：《债主》； 柏格森：《时间与自由意志》。
1890	迪金森：《诗歌集》； 詹姆斯《心理学原理》； 豪威尔斯：《新财富的危机》； 赫纳：《马格里特·弗莱明》； 肖邦：《过失》； 瑞斯：《另一半人是如何生活的》。	美国人口 6 298 万； 爱达荷成为美国第四十三个州，怀俄明成为第四十四个州； 詹姆斯：《心理学原理》。
1891	豪威尔斯：《批评和小说》； 加兰：《大路条条》； 弗里曼：《新英格兰修女》； 彼尔斯：《士兵和平民的故事》； 里斯：《一束薰衣草》； 托马斯：《阿拉巴马》。	10 月美国威胁向智利动武； 洛厄尔、麦尔维尔去世； 哈代：《德伯家的苔丝》； 科南道尔：《福尔摩斯侦探集》； 中国《万国公报》载析津译自贝拉米的《回头看记略》(即《回首》)。
1892	惠特曼：《草叶集》第九版； 豪威尔斯：《仁慈的品质》； 诺尔：《唐人街集景》； 赫纳：《肖埃克斯》； 哈柏：《伊欧拉·蕾洛》； 哈里斯：《在种植园》； 吉尔曼：《黄色墙纸》。	霍姆斯特德钢铁工人罢工，科达伦煤矿工人罢工； 美国人民党成立； 惠特曼、惠蒂尔去世； 萧伯纳：《鳏夫的房产》； 契诃夫：《第六病室》。 斯宾塞：《心理学原理》(1892—1893)。
1893	豪威尔斯：《澳大利亚游客》,《充满偶然的世界》； 托马斯：《在密苏里》； 朱厄特：《汶拜的当地人及其他传说》；	美国铁路工会成立； 电影在美法试映； 芝加哥世界博览会； 反酗酒组织“反酒吧联合会”成立。

年代	作家与作品	历史与文学相关事件
	克莱恩:《街头女郎梅季》;	
	邓巴:《橡树和常青藤》。	
1894	加兰:《分崩离析的偶像》;	普尔曼大罢工,联邦军队出动弹压;
	肖邦:《一个小时的故事》,《牛轭湖的人们》;	科罗拉多煤矿工人大罢工;
		失业工人进军华盛顿;
	克莱恩:《乔治的母亲》,《对贫穷的实验》,《对富有的实验》;	中日甲午战争,港口租让给俄德英法;
		日本吞并中国台湾;
	马克·吐温:《汤姆·索耶在国外》,《傻瓜威尔逊》。	霍姆斯去世;
		叶芝:《心愿之乡》。
1895	丹尼森:《帕斯迪·欧·王》;	德国科学家伦琴发现X射线;
	贝拉斯科:《马里兰的心脏》;	古巴起义;
	吉勒特:《秘密工作》;	威尔斯:《世间机器》;
	哈柏:《亚特兰大献诗》;	吉卜林:《丛林故事》系列;
	邓巴-奈尔森:《紫罗兰及其他故事》;	王尔德:《认真的必要》;
	克莱恩:《红色英勇勋章》,《黑骑者及其他诗篇》;	尼采:《权力意志》。
	邓巴:《大调和小调》,《低微生活抒情》。	
1896	桑塔亚纳:《美感》;	麦金利当选美国第二十五任总统;
	里斯:《宁静的小路》;	犹他成为美国第四十五个州;
	朱厄特:《长有尖尖的冷杉树的乡村》;	克朗代克淘金潮开始;
	罗宾逊:《湍流和前夜》;	意大利军队在阿比西尼亚被击败;
	克莱恩:《小军团及其他美国内战插曲》;	卡明斯、多斯·帕索斯出生,斯托夫人去世;
	马克·吐温:《贞德传》;	有色人妇女全国协会成立;
	哈里斯:《简:她的朋友们和熟人们》。	契诃夫:《海鸥》;
		威尔斯:《莫洛博士岛》。
1897	鲍尔斯:《头生子》;	希土战争;
	詹姆斯:《波英顿的珍藏品》,《梅西所知道的》;	福克纳出生;
		契诃夫:《万尼亚舅舅》;
	肖邦:《在阿卡迪的一夜》;	托尔斯泰:《什么是艺术》(1897—1898);
	华顿:《房屋的装饰》;	
	莫顿:《一个光棍汉的浪漫史》;	威尔斯:《隐身人》。
	鲁宾逊:《黑夜的孩子们》;	
	马克·吐温:《赤道旅行记》;	
	贝拉米:《平等》;	
	谢尔登:《像他那样》。	
1898	詹姆斯:《螺丝在拧紧》;	美国对西班牙宣战;

年代	作家与作品	历史与文学相关事件
	穆迪：《审判日假面舞会》； 菲奇：《内森·海尔》,《巴巴拉·弗利契》； 肖邦：《职业和声音》； 斯宾加恩：《文艺复兴时期的文学批评史》； 马斯特斯：《诗集》； 克莱恩：《海上扁舟及其他冒险故事》； 诺里斯：《"莱蒂夫人号"上的莫兰》； 邓巴：《不幸的南方黑人》,《争论不休的种族问题》； 斯坦顿：《八十有余》； 赛顿：《我所知道的野生动物》。	美国兼并夏威夷； 居里夫妇发现镭； 海明威出生,贝拉米去世； 契诃夫：《套中人》； 威尔斯：《星际战争》； 康拉德：《水仙号上的黑家伙》。
1899	豪威尔斯：《银婚之旅》； 詹姆斯：《令人难堪的时代》； 雅罗：《唐人街的女王》； 马卡姆：《扛锄头的男人》； 伊顿：《鼻子摔烂的原委》； 托马斯：《亚利桑那》； 邓巴-纳尔逊：《圣洛克的品德及其他短篇小说》； 肖邦：《觉醒》； 华顿：《更大的爱好》； 朱厄特：《女王的孪生及其他短篇》； 吉勒特：《福尔摩斯》； 克莱恩：《战争是仁慈的》,《怪兽及其他故事》； 诺里斯：《麦克提格》,《布利克斯》； 切斯纳特：《会念咒语的女人》,《年轻时的妻子及其他肤色故事》,《从内部透视黑人问题》。	第一次海牙国际大会设立永久仲裁法庭； 美国出台中国"门户开放"政策； 布尔战争开始； 吉普林：《白人的责任》； 托尔斯泰：《复活》(1889—1899)； 康拉德：《黑暗的中心》。
1900	克莱恩：《维鲁姆威勒故事集》； 豪威尔斯：《文学的朋友和相识》； 华盛顿：《我的生活和工作》； 穆迪：《犹豫时的颂歌》,《猎物》； 贝拉斯科：《蝴蝶夫人》； 霍普金斯：《相互抗争的力量》；	美国人口7 630万； 麦金利连任美国总统； 英国独立工党成立； 中国爆发义和团运动； 克莱恩去世； 康拉德：《吉姆老爷》；

年代	作家与作品	历史与文学相关事件
	德莱塞:《嘉莉妹妹》; 诺里斯:《一个男人的女人》; 马克·吐温:《败坏了哈德莱堡的人及其他故事》; 切斯纳特:《雪松后面的房子》; 邓巴:《作为个人的黑人》。	弗洛伊德:《释梦》; 梁启超:《少年中国说》; 马克·吐温:《我也是义和团》。
1901	穆迪:《诗集》; 华盛顿:《从奴隶制中起家》; 詹姆斯:《圣泉》; 马卡姆:《林肯及其他诗歌》; 克莱恩:《世界著名战役》(和凯特·莱昂合作); 诺里斯:《章鱼:一个加利福尼亚的故事》,《呼唤浪漫主义小说》; 切斯纳特:《传统的精华》; 科恩:《总督的儿子》; 邓巴-纳尔逊:《现代水中女神》(1901—1913)。	9月6日麦金利被刺,八天后去世,老罗斯福继任美国第二十六任总统; 12月12日跨大西洋电讯开通; 英美签订巴拿马运河条约; 英国维多利亚女王去世; 爱德华七世继位; 契诃夫:《三姊妹》; 斯特林堡:《死魂舞》; 马克·吐温:《写给坐在黑暗中的人》,《传教牧师阿门德博士之事件》,《致我的传教士批评者》; 曼:《布登勃洛克一家》; 严复译赫胥黎的《天演论》(1901—1902); 林纾汉译《黑奴吁天录》(即斯托夫人的《汤姆叔叔的小屋》)。
1902	詹姆斯:《鸽翼》; 穆迪:《英国文学史》; 诺尔:《唐人街集景》; 菲奇:《绿眼睛的姑娘》; 邓巴-纳尔逊:《爱情之歌》; 华顿:《决定之谷》; 霍普金斯:《哈格的女儿》,《维诺娜》; 克洛瑟斯:《院长》; 罗宾逊:《克雷格船长及其他》; 克莱恩:《最后的话》; 伦敦:《雪的女儿》; 邓巴:《神祇的玩笑》; 哈里斯:《加布里埃尔·托利维尔:一个重建的故事》。	宾夕法尼亚煤矿工人罢工; 斯坦贝克,修斯出生,哈特,伊格尔斯顿去世; 克罗齐:《美学史》意大利版; 斯特林堡:《梦》; 刘翘翰,程瞻洛译法国毕龙,马士克的《万国垂涎中华近事》; 章宗元:《美国独立史》(译自哈佛教授姜宁的著作《美国史》)。
1903	詹姆斯:《奉使记》; 霍普金斯:《血浓于水》;	巴拿马反抗哥伦比亚,美国承认巴拿马独立;

年 代	作家与作品	历史与文学相关事件
	德莱塞:《真正的艺术直截了当》; 诺里斯:《深渊:一个芝加哥的故事》,《小说家的责任》; 伦敦:《野性的呼唤》,《深渊中的人们》; 邓巴:《具有代表性的美国黑人》; 杜波伊斯:《黑人的灵魂》; 莱兰德:《洋泾浜英语歌谣集》。	莱特兄弟飞行; 阿拉斯加边界争端解决; 内阁级商业劳工部成立; 太平洋海底电缆铺设完成; 萧伯纳:《人和超人》; 契诃夫:《樱桃园》(1903—1904); 严复译约翰·穆勒的《论自由》; 赵必振译福井准造著《近世社会主义》; 上海达文社译美国葛列裴士著《美国东方势力史》。
1904	摩尔:《薛尔朋文集》(1904—1921); 穆迪:《带来火的人》; 詹姆斯:《金碗》; 科恩:《小约翰尼·琼斯》; 马斯特斯:《新星法院》; 伦敦:《海狼》; 波特:《白菜与国王》; 辛克莱:《玛纳萨斯》; 塔佩尔:《美孚石油公司的历史》。	肖邦去世; 老罗斯福连任美国总统; 巴拿马运河开工; 俄日旅顺口战争; 孙中山用英文撰写《中国问题的真解决——向美国人民的呼吁》; 罗曼·罗兰:《约翰·克里斯多夫》; 王国维译介《叔本华与尼采》; 苏子由(曼殊),陈由己(独秀)译《惨世界》(即雨果的《悲惨世界》); 碧罗(周作人)译《玉虫缘》(即坡的小说《黄金虫》)。
1905	汉尼克:《反传统的剧作家》; 贝拉斯科:《金色西部的姑娘》; 华顿:《快乐之家》; 摩蒂梅:《没有母亲教导的她》; 马斯特斯:《预言家的血》; 布朗契:《会跳舞的鞋子》; 马克·吐温:《战争祈祷文》; 伦敦:《阶级的斗争》,《热爱生活》; 切斯纳特:《上校的梦想》。	俄国二月革命,杜马成立; 爱因斯坦提出“狭义相对论”; 弗洛伊德:《图腾和禁忌》,《性论三篇》; 曾朴:《孽海花》; 严通译马克·吐温小说《俄皇独语》;
1906	穆迪:《大分水岭》; 米切尔:《纽约观念》; 扬:《哈佛的布朗》; 克洛瑟斯:《我们三人》; 伦敦:《白牙》; 波特:《四百万》; 辛克莱:《屠场》;	旧金山地震及大火; 美国“食物药品法”通过; 高尔基:《母亲》; 托尔斯泰:《论莎士比亚及其戏剧》; 清河译《美国独立史别裁》; 吴梼译马克·吐温小说《山家奇遇》; 林纾译《旅行述异》(即欧文的《旅行者

年 代	作 家 与 作 品	历史与文学相关事件
	杜波伊斯:《奴隶贸易遏制在美国》; 斯蒂芬斯:《城市的耻辱》。	的故事》); 辜鸿铭和托尔斯泰通信,谈论中华文化和列强的文化侵略。
1907	詹姆斯:《美国景象》; 菲奇:《真话》; 亚当斯:《亨利·亚当斯的教育》; 纳尤:《马戏团的波莉》; 伦敦:《铁蹄》; 波特:《修剪过的灯》,《西部之心》; 詹姆斯:《实用主义》。	英法俄抵御德国在远东的扩张; 英国女权运动争取妇女选举权; 美国经济危机; 萧伯纳:《巴巴拉上校》; 乔伊斯:《室内乐》; 詹姆斯:《实用主义》; 林纾译《孝女耐儿传》(即狄更斯的《老古玩店》); 林纾译《拊掌录》(即欧文的《札记集》); 根据林纾译《黑奴吁天录》改编的五幕话剧上演,中国话剧史上第一个完整的话剧剧目。
1908	门肯:《尼采的哲学》; 埃利斯:《玛丽·简的爸爸》; 汉密尔顿:《道普生的戴安娜》; 马斯特斯:《吊儿郎当的人》; 伦敦:《革命》; 波特:《城市之声》,《温雅的贪污者》; 白璧德:《文学与美国大学》。	塔夫托任第二十七任美国总统; 奥地利吞并波斯尼亚; 杜威:《伦理学》(与詹姆士·塔夫兹合写); 弗洛伊德:《文学家和白日梦》。 林纾译《块肉余生记》(即狄更斯的《大卫·科波菲尔》),《贼史》(即狄更斯的《远大前程》)。
1909	斯泰因:《三个女人的一生》; 汉尼克:《自我之上的超人》; 穆迪:《用信仰治病的人》; 里斯:《路边的琵琶》; 菲奇:《城市》; 汉密尔顿:《投票权是怎么获得的》; 马斯特斯:《树叶》; 伦敦:《马丁·伊登》; 波特:《命运之路》,《选择》; 杜波伊斯:《约翰·布朗》; 伊顿:《一个欧亚混血儿的内心卷宗》。	福特生产线生产出“T型汽车”; 7月25日布莱瑞尔特飞越英吉利海峡; 西雅图“阿拉斯加-育空-太平洋”博览会; 罗伯特·彼瑞发现北极; 荣格:《梦的解析》; 弗洛伊德在美国讲学; 朱厄特去世; 威尔斯:《托诺-邦盖》; 斯特林堡:《大路》; 克罗齐:《实践哲学》,《美学史》英译本伦敦出版; 林纾译《冰雪姻缘》(即狄更斯的《董贝父子》);

年 代	作家与作品	历史与文学相关事件
		周作人、周树人出版《域外小说集》，包括坡的《默》。
1910	汉尼克：《一个印象主义者的漫游》； “天使岛诗歌”《埃仑诗集》(1910—1940)； 扬：《调皮的玛丽塔》； 汉密尔顿：《就是为了结婚》； 马斯特斯：《诗歌集》； 罗宾逊：《河下游之城》； 布朗契：《风中的玫瑰》； 伦敦：《天大亮》； 波特：《仅是公事》； 白璧德：《新拉奥孔》。	美国人口 9 340 万； 英国乔治五世登基； 波特、马克·吐温、W. 詹姆斯去世； 荣格：《论心理分析批评》。
1911	斯宾加恩：《新批评》； 华顿：《伊坦·弗洛美》； 克洛瑟斯：《他和她》； 德莱塞：《珍妮姑娘》； 伦敦：《上帝笑的时候及其他故事》； 杜波伊斯：《寻取金羊毛》，《妇女》。	哈柏去世； 美孚石油和美国烟草托拉斯解体； 意大利-土耳其战争，意大利占领的黎波里； 9 月 17 日至 11 月 4 日罗杰斯首次越洲飞行； 12 月 16 日 R. 阿姆森发现南极； 曼：《威尼斯的死亡》； 11 月 21 日(武昌起义后 40 天)上海《国民报》创刊号全文译刊《美利坚民主国独立文》。
1912	穆迪：《诗歌戏剧集》； 伊顿：《春香夫人》； 费尔法克斯：《谈话者》； 科恩：《百老汇琼斯》； 洛厄尔：《多彩玻璃的大厦》； 德莱塞：《金融家》； 劳辛布希：《使社会秩序基督教化》； 白璧德：《现代法国批评大师》。	民主党人威尔逊任美国第二十八任总统； 2 月 12 日中华民国建立； 10 月 8 日至 12 月 3 日保加利亚、塞尔维亚、希腊与土耳其交战； 泰坦尼克号沉没； 新墨西哥成为美国第四十七个州，亚利桑那成为第四十八个州； 萧伯纳：《皮格马利翁》； 乔伊斯：《都柏林人》。
1913	弗罗斯特：《一个孩子的心愿》； 华顿：《国家的习俗》； 凯瑟：《哦，拓荒者们！》； 伦敦：《约翰·巴雷孔》，《月谷》，《骄傲之家及其他夏威夷故事》；	劳伦斯：《儿子与情人》； 卡夫卡：《安抚者》； 荣格：《心理分析理论》； 胡塞尔：《纯粹现象学和现象学哲学观念》。

年 代	作 家 与 作 品	历史与文学相关事件
	欧文:《老唐人街》; 布鲁克斯:《理想的弊端》; 邓巴:《保罗·劳伦斯·邓巴诗歌全集》。	
1914	弗罗斯特:《波士顿之北》; 洛厄尔:《剑刃和罂粟种》; 诺里斯:《凡陀弗与兽性》; 马卡姆:《幸福之靴》; 汤瑟:《舞台生涯六十年》; 邓巴-纳尔逊:《黑人演讲精品》; 马斯特斯:《匙河集》; 德莱塞:《巨人》; 伦敦:《强者的力量》。	巴拿马运河开通; "克莱顿反托拉斯法案"通过; 联邦贸易委员会成立; 8月1日第一次世界大战在欧洲爆发; 罗素:《我们关于外部世界的知识是科学方法在哲学中的作用范围》。

二、主要参考书目

Adeleke, Tunde, ed. *Booker T. Washington—Interpretative Essays*. Lewiston-Queenston-Lampeter: The Edwin Mellen Press, 1998

Alberghene, Janice M. & Beverly Lyon Clark, eds., *Little Women and the Feminist Imagination, Criticism, Controversy, Personal Essays*. New York & London: Baeland Publishing, Inc., 1999

Ammons, Elizabeth. *Critical Essays on Harriet Beecher Stowe*. Boston: G. K. Hall & Co., 1980

Aptheker, Herbert, ed. *Creative Writings by W. E. B. Du Bois, A Pageant, Poems, short Stories, and Playlets*. New York: Kraus-Thomas Organization Limited, 1985

Arms, George, etc. eds., *Staging Howells, Plays and Correspondence with Lawrence Barrett*. Albuquerque: University of New Mexico Press, 1994

Auchincloss, Louis, ed. *Edith Wharton, New York Novels*. The Modern Library, New York: 1998

Baldwin, Elaine, etc. eds., *Introducing Cultural Studies*. London & New York: Prentice Hall Europe, 1999

Bardon, Ruth, ed. *Selected Short Stories of William Dean Howells*. Athens: Ohio University Press, 1997

Baxter, Judith, ed. *The Awakening and Other Stories*. Cambridge University Press, 1996

Bell, Bernard W. *The Contemporary African American Novel, Its Folk Roots and Modern Literary Branches*. Amherst & Boston: University of Massachusetts Press, 2004

Bell, Millicent. *The Cambridge Companion to Edith Wharton*. Cambridge University Press, 1995

Bell, Michael Davitt. *The Problem of American Realism, Studies in the Cultural History of a Literary Idea*. Chicago & London: The University of Chicago Press, 1993

Bellis, Jack de. *Sidney Lanier*. New York: Twayne Publishers, Inc., 1972

— *Sidney Lanier, Poet of the Marshes*. Georgia Humanities Council, 1988

Berthoff, Warner. *American Trajectories, Authors and Readings* 1790—1970. University Park: The Pennsylvania State University Press, 1994

Bickley, R. Bruce, Jr. *Critical Essays on Joel Chandler Harris*. Boston: G. K. Hall & Co., 1980

Blair, Walter, etc. eds. , *The Literature of the United States*, *An anthology and a history*. Chicago: Scctt Foresman and Company, 1947

Blansfield, Karen Charmaine. *Cheap Rooms and Restless Hearts: A Study of Formula in the Urban Tales of William Sydney Porter*. Bowling Green: Bowling Green State University Popular Press, 1988

Bloom, Harold. *Stephen Crane's The Red Badge of Courage*. Philadelphia: Chelsea House Publishers, 1996

— ed. *Lesbian and Bisexual Fiction Writers*. Philadelphia: Chelsea House Publishers, 1997

— ed. *Asian-American Writers*. Philadelphia: Chelsea House Publishers, 1999

— ed. *Edith Wharton's Age of Innocence*. Philadelphia: Chelsea House Publishers, 1999

— *O. Henry*. Philadelphia: Chelsea House Publishers, 1999

Blount, Roy Jr. "Introduction" to *The Celebrated Jumping Frog of Calaveras County and Other Sketches*. New York & Oxford: Oxford University Press, 1996

Bode, Carl, ed. *The Young Menchen*. New York: The Dial Press, 1973

Bond, Michael Harris. *Beyond the Chinese Face*, *Insights from Psychology*. Hong Kong: Oxford University Press, 1991

Braxton, Joanne M. ed. *The Collected Poetry of Paul Laurence Dunbar*. Charlottesville & London: University Press of Virginia, 1994

Bradley, Sculley et. al. eds. , *The American Tradition in Literature* 4th ed. vol. II. New York: Grosset & Dunlap, 1974

Brennan, Stephen C. & Stephen R. Yarbrough. *Irving Babbitt*. Boston: Twayne Publishers, 1987

Bret Harte, *The Luck of Roaring Camp and Other Sketches*. Cambridge: The Riverside Press, 1899

— *The Best of Bret Harte*. Eds. , Wilhelmina Harper & Aimée M. Peters. Cambridge: The Riverside Press, 1947

— *The Best Short Stories of Bret Harte*. Ed. & Intro. Robert N. Linscott. New York: The Modern Library, 1947

— *Selected Stories and Sketches*. Edi & intro. David Wyatt. Oxford & New York: Oxford University Press, 1995

Brown, Maurice F. *The Life and Works of William Vaughn Moody*. Carbondale & Edwardsville: Southern Illinois University Press, London & Amsterdam: Feffer & Simons, Inc. , 1973

Burt, Mary E. ed. *The Lanier Book: Selections in Prose and Verse from the Writings of Sidney Lanier*. New York & Boston: Charles Scribner's Sons, 1904, x

Butcher, Philip, ed. *The Minority Presence in American Literature*, 1600—1900. vol. I. Washington D. C. : Howard University Press, 1977

Butcher, Philip, ed. *The Minority Presence in American Literature*, 1600—1900. vol. II. Washington D. C.: Howard University Press, 1977

Callaway, Morgan. Jr. ed. *Selected Poems of Sidney Lanier*. New York: Charles Scribner's Sons, 1895

Chalmers, David Mark. *The Social and Political ideas of the Muckrakers*. New York: Books for Libraries Press, 1964

Chan, Jeffery Paul, Frank Chin, Lawson Fusao Inada, & Shawn Wong eds., *The Big Aiiieeee! An Anthology of Chinese American and Japanese American Literature*. A Meridian Book, 1991

Clarke, John Henrik, ed. *Black American Short Stories, One Hundred Years of the Best*. New York: Hill and Wang, 1993

Cleman, John. *George Washington Cable Revisited*. New York: Twayne Publishers, 1996

Coleman, Martin A. ed. *The Essential Santayana, Selected Writings*. Bloomington & Indianapolis: Indiana University Press, 2009

Complete Works of Frank Norris. New York: Kennikat P Inc., 1967. vol. Ⅷ

Current-Garcia, Eugene. *O. Henry (William Sydney Porter)*. New York: Twayne Publishers, Inc., 1965

Daniels, Roger, ed. *Anti-Chinese Violence in North America*. New York: Arno Press, 1978

— *Asian America, Chinese and Japanese in the United States since* 1850. Seattle & London: University of Washington Press, 1988

Davenport, Guy, ed. *O. Henry, Selected Stories*. Penguin Books, 1993

Davis, Rebecca Harding. *Silhouettes of American Life*. New York: Charles Scribner's Sons, 1892

Delamar, Gloria T. *Louis May Alcott and "Little Women," Biography, Critique, Publications, Poems, Songs and Contemporary Relevance*. Jefferson: McFarland & Company, Inc., 1990

DuBois, Ellen Carol, ed. *The Elizabeth Cady Stanton-Susan B. Anthony Reader, Correspondence, Writings, Speeches*. Boston: Northeastern University Press, 1992

Du Bois, W. E. B. *The Negro*. New York: Kraus-Thomas Organization Limited, 1975

— *Against Racism: Unpublished Essays, Papers, Addresses*, 1887—1961. Amherst: The University of Massachusetts Press, 1985

Duncan, Charles. *The Absent Man, the Narrative Craft of Charles W. Chesnutt*. Athens: Ohio University Press, 1998

Dyer, Joyce. *The Awakening, A Novel of Beginnings*. New York: Twayne Publishers, 1993

Ejxenbaum, B. M. *O. Henry and the Theory of the Short Story*. Trans. I. R.

Titunik. Ann Arbor, 1968

Elbert, Sarah, ed. *Louis May Alcott on Race, Sex, and Slavery*. Boston: Northeastern University Press, 1997

Ellmann, Richard & Robert O'Clair eds., *The Norton Anthology of Modern Poetry*. 2nd ed. vol. II. New York & London: W. W. Norton, 1988

Elliott, Emory et al. eds., *Columbia Literary History of the United States*. New York: Columbia University Press, 1988

Fanon, Frantz. *Black Skin White Masks*. trans. Charles Lam Markmann. New York: Grove Press, Inc., 1967

Felder, Deborah G., *The 100 Most Influential Women of all Time, A Ranking Past and Present*. A Citadel P Book, 1996

Fish, Stanley E. *Is There a Text in This Class?* Cambridge: Harvard University Press, 1982

Foster, Frances Smith ed. *A Brighter Coming Day, A Frances Ellen Watkins Harper Reader*. New York: The Feminist Press, 1990

France, Rachel, ed. *A Century of Plays by American Women*. New York: Richards Rosen Press, Inc., 1979

Fuss, Diana. *Identification Papers*. New York & London: Routledge, 1995

Gabin, Jane S., *A Living Minstrelsy, the Poetry and Music of Sidney Lanier*. Mercer, 1985

Garland, Hamlin. *A Son of the Middle Border*. Ed. Joseph B. McCullough. Penguin Books, 1995

Gates, Henry Louis, ed. *Three Classic African-American Novels*. New York: Vintage Classics, 1990

Gilbert, Sandra M. ed. *The Awakening and Selected Stories by Kate Chopin*. Penguin Books, 1984

Gilbert, Sandra M. & Susan Gubar eds., *The Norton Anthology of Literature by Women, the Tradition in English*. New York: W. W. Norton & Company, 1985

Gilman, D. C. ed., *A Memorial of Sidney Lanier* Baltimore, 1888

Glicksberg, Charles I. *American Literary Criticism*, 1900—1950. New York: Hendricks House, Inc., 1951

Gordon, Ann D. ed. *The Selected Papers of Elizabeth Cady Stanton and Susan B. Anthony*. vol. I. New Brunswick: Rutgers University Press, 1997

Grabher, Gudrun, Roland Hagenbuchle & Cristanne Miller eds., *The Emily Dickinson Handbook*. Amherst: University of Massachusetts Press, 1998

Graham, Don. *The Fiction of Frank Norris: the Aesthetic Context*. Columbia & London: University of Missouri Press, 1978

Graham, Maryemma, ed. *Complete Poems of Frances E. W. Harper*. New York &

London: Oxford University Press, 1988

Gruesser, John Culler, ed. *The Unruly Voice, Rediscovering Pauline Elizabeth Hopkins*. Urbana & Chicago: University of Illinois Press, 1996

Halfmann, Ulrich, ed. *Interviews with William Dean Howells*. Arlington: The University of Texas at Arlington, 1973

Halline, Allen Gates, ed. *American Plays*. New York: American Book Company, 1976

Handlin, Oscar, ed. *Elizabeth Cady Stanton, A Radical for Woman's Rights*. Boston: Little, Brown and Company, 1980

Harper, Lisa. "The Eyes accost-and Sunder: Unveiling Emily Dickinson's Poetics" in *The Emily Dickinson Journal* 9.1 (2000)

Harris, Joel Chandler. *Uncle Remus His Songs and His Sayings*. Robert Hemenway ed. Penguin Books, 1986

Harris, Julia Collier, ed. *Joel Chandler Harris, Editor and Essayist*. Chapel Hill: The University of North Carolina Press, 1931

Hayne, Paul Hamilton. *Poems of Paul Hamilton Hayne, Complete Edition*. Boston: Lothrop Publishing Company, 1882

Hedrick, Joan D. *Solitary Comrade, Jack London and His Work*. Chapel Hill: The University of North Carolina Press, 1982

— *O. Henry—A Study of the Short Fiction*. New York: Twayne Publishers, 1993

— *Harriet Beecher Stowe, A Life*. New York: Oxford University Press, 1994

— ed. *The Oxford Harriet Beecher Stowe Reader*. New York: Oxford University Press, 1999

Henfrey, Norman, ed. *Selected Critical Writings of George Santayana*. Vol. I. New York: Cambridge University Press, 1968

Henry, David D. *William Vaughn Moody, A Study*. Boston: Bruce Humphries, Inc. Publishers, 1934

Herms, Dieter, ed. *Upton Sinclair, Literature and social Reform*. New York: Peter Lang, 1990

Hopkins, Pauline E. *Contending forces, a Romance Illustrative of Negro Life North and South*. New York & Oxford: Oxford University Press, 1988

Howells, W. D. *A Harzard of New Fortunes*. Intro. Everett Carter. Bloomington & London: Indiana University Press, 1976

— *The Rise of Silas Lapham*. ed. John W. Crowley. Oxford & New York: Oxford University Press, 1996

— *The Rise of Silas Lapham*. ed. Don L. Cook. New York & London: W. W. Norton & Company, 1982

— *Indian Summer*. Vintage Books, 1990

— *A Modern Instance*. Intro. Edwin H. Cady. Penguin Books, 1984

Hull, Gloria T. *Color, Sex, & Poetry, Three Women Writers of the Harlem Renaissance*. Bloomington & Indianapolis: Indiana University Press, 1987

— ed. *The Works of Alice Dunbar-Nelson*. Vols. 1-3. New York: Oxford University Press, 1988

Jakoubek, Robert E. *Harriet Beecher Stowe*. New York & Philadelphia: Chelsea House Publishers, 1989

James, Henry. *Literary Criticism: Essays on Literature, American Writers, English Writers*. The Library of America, 1984

James, Henry. *Literary Criticism: French Writers, Other European Writers, The Prefaces to the New York Edition*. The Library of America, 1984

Jewett, Sarah Orne. *The Country of the Pointed Firs and Other Stories*. Intro. Mary Ellen Chase. New York & London: W. W. Norton & Company, 1982

Johnson, Claudia Durst. *Understanding The Red Badge of Courage, A Student Casebook to Issues, Sources, and Historical Documents*. Westport: Greenwood Press, 1998

Johnston, Carolyn. *Jack London—An American Radical*? Westport: Greenwood Press, 1984

Johnson, Thomas H. ed. *Emily Dickinson: Selected Letters*. Cambridge: The Belknap P of Harvard University Press, 1958

Johnson, Tamara, ed. *Readings on Emily Dickinson*. San Diego: Greenhaven Press, 1997

Johnson, Thomas H. ed. *Selected Letters of Emily Dickinson*. Cambridge: The Belknap P of Harvard University Press, 2000

Joslin, Katherine. *Women Writers, Edith Wharton*. New York: St. Martin's Press, 1991

Juhasz, Suzanne, ed. *Feminist Critics Read Emily Dickinson*. Bloomington: Indiana University Press, 1983

Kaplan, Justin. "Introduction" to *Personal Recollections of Joan of Arc*. New York & Oxford: Oxford University Press, 1996

Kaplan, Justin. "Introduction" to *The prince and the Pauper*. New York & Oxford: Oxford University Press, 1996

Katz, Joseph, ed. *The Portable Stephen Crane*. New York: The Viking Press, 1969

Kearns, Francis E. ed. *The Black Experience, An Anthology of American Literature for the* 1970*s*. New York: The Viking Press, 1970

Kershaw, Alex. *Jack London, A Life*. New York: St. Martin's Press, 1997

Kilcup, Karen L. ed. *Nineteenth-Century American Women Writers, An Anthology*. Blackwell Publishers, 1997

Kim, Elaine H. *Asian American Literature, An Introduction to the Writings and Their Social Context*. Philadelphia: Temple University Press, 1982

Knight, Denise D. ed. *Nineteenth-Century American Women Writers; A Bio-Bibliographical Critical Sourcebook*. Westport & London: Greenwood Press, 1997

Koloski, Bernard. *Kate Chopin, A Study of the Short Fiction*. New York: Twayne Publishers, 1996

Labor, Earle, ed. *The Portable Jack London*. Penguin Books, 1994

Lanier, Mary Day, ed. *Poems of Sidney Lanier*. Athens: The University of Georgia Press, 1981

Lanier, Sidney. *The English Novel and the Principles of Its Development* New York: Charles Scribner's Sons, 1883

Lanier, Sidney. *The Science of English Verse*. New York: Charles Scribner's Sons, 1894

LaRocca, Charles J. *The Red Badge of Courage, An Historically Annotated Edition*. BY: Purple Mountain Press, 1995

Lee, Lai To, ed. *Early Chinese Immigrant Societies: Case Studies from North America and British Southeast Asia*. Singapore: Heinemann Asia, 1988

Lemon, Lee T. & Marion J. Reis eds. *Russian Formalist Criticism, Four Essays*. Lincoln: University of Nebraska Press, 1965

Link, Samuel Albert. *Pioneers of Southern Literature*. vol. 1. Nashville: Publishing House M. E. Church, South. 1911

Lipow, Arthur. *Authoritarian Socialism in America, Edward Bellamy & the Nationalist Movement*. Berkeley: University of California Press, 1982

Logan, Shirley Wilson, ed. *With Pen and Voice, A Critical Anthology of Nineteenth-Century African-American Women*. Carbondale & Edwar-dsville: Southern Illinois University Press, 1995

London, Jack. *The Call of the Wild, White Fang, and Other Stories*. eds., & intro. Earle Labor Robert C. Leitz, III. Oxford & New York: Oxford University Press, 1990

Loney, Glenn, ed. *The House of Mirth, the Play of the Novel*. London & Torondo: Associated University Press, 1981

Louis May Alcott: An Intimate Anthology. New York: Doubleday, 1997

Lu, Zhian. "The Society of the Whites: Chinese Exclusion in 19th-Century America". *The Yale-China Journal of American Studies*. Summer 2001. Vol. 2

MacDonald, Ruth K. *Louis May Alcott*. Boston: Twayne Publishers, 1983

Magill, Frank N. ed. *Masterpieces of African-American Literature*. New York: HarperCollins Publishers, 1992

Manly, John M. ed. *The Poems and Plays of William Vaughn Moody*. Vol. II. Boston & New York: Houghton Mifflin Company, 1912

Martin, Jay & Gossie H. Hudson eds., *The Paul Laurence Dunbar Reader*. New York: Dodd, Mead & Company, 1975

Mays, Joe H. *Black Americans and Their Contribution Toward Union Victory in the American Civil War*, 1861—1865. New York: University Press of America, 1984

McCullough, Joseph B. *Hamlin Garland*. Boston: Twayne Publishers, 1978

McElderry, Bruce R. Jr. *The Realistic Movement in American Writing*. New York: The Odyssey Press, Inc., 1965

McElrath, Joseph R. Jr. *Frank Norris Revisited*. New York: Twayne Publishers, 1992

McMichael, George et al. eds., *Anthology of American Literature*. 2nd ed. Vol. II. New York: Macmillan Publishing Co. Inc., 1980

McWhirter, David, ed. Henry James's New York Edition: The Construction of Authorship. Stanford: Stanford University Press, 1995

Meissenburg, Karin. The Writing on the Wall, Socio-Historical Aspects of Chinese American Literature, 1900—1980. Verlag fur Interkulturelle Kommunikation, 1987

Mellors, Anthony & Fiona Robertson eds., *Stephen Crane The Red Badge of Courage and Other Stories*. Oxford & New York: Oxford University Press, 1998

Messent, Peter. *The Cambridge Introduction to Mark Twain*. Cambridge: Cambridge University Press, 2007

Mookerjee, R. N. *Art for Social Juxtice: the Major Novels of Upton Sinclair*. Metuchen: The Scarecrow Press, Inc., 1988

Moore, Rayburn S. *Paul Hamilton Hayne*. New York: Twayne Publishers, Inc., 1972

More, Paul Elmer. *Selected Shelburne Essays*. New York: Oxford University Press, 1935

Morgan, Arthur E. *Edward Bellamy*. New York: Columbia University Press, 1944

Morrow, Patrick D. *Bret Harte, Literary Critic*. Bowling Green: Bowling Green University Popular Press, 1979

Mullane, Deirdre, ed. *Crossing the Danger Water, Three Hundred Years of African-American Writing*. New York, etc: Anchor Books, 1995

Nagel, James. *Critical Essays on Hamlin Garland*. Boston: G. K. Hall Co., 1982

Nevin, Thomas R. *Irving Babbitt, an Intellectual Study*. Chapel Hill & London: The University of North Carolina Press, 1984

Ozick, Cynthia. "Introduction" to *The Man that Corrupted Hadleyburg and Other Stories and Essays*. New York & Oxford: Oxford University Press, 1996

Panichas, George A. ed. *Irving Babbitt Representative Writings*. Lincoln & London: University of Nebraska Press, 1981

Parini, Jay & Bret Millier eds., *The Columbia History of American Poetry*. New York: Columbia University Press, 1993

Parks, Edd Winfield. *Sidney Lanier, the Man the Poet the Critic*. Athens: The University of Georgia Press, 1968

Pearson, John H. The Prefaces of Henry James: Framing the Modern Reader. The

Pennsylvania State University Press, 1997

Pfaelzer, Jean. *A Rebecca Harding Davis Reader*. Pittsburgh: University of Pittsburgh Press, 1995

— *Parlor Radical, Rebecca Harding Davis and the Origins of American Social Realism*. Pittsburgh: University of Pittsburgh Press, 1996

Pizer, Donald, ed. *McTeague, An Authoritative Text, Backgrounds and Sources, Criticism*. New York: W. W. Norton Company, 1977

— *Realism and Naturalism in Nineteenth-Century American Literature*. Carbondale & Edwardsville: Southern Illinois University Press, 1984

— ed. *The Cambridge Companion to American Realism and Naturalism, Howell to London*. Cambridge: Cambridge University Press, 1995

— Donald ed. *Documents of American Realism and Naturalism*. Carbondale & Edwardsville: Southern Illinois University Press, 1998

Price, Kenneth M. *Whitman and Tradition, The Poet in His Century*. New Haven & London: Yale University Press, 1990

Rathbun, John W. *American Literary Criticism*, 1800 - 1860 Vol. 1. US: Twayne Publishers, 1979

Rathbun, John W. & Harry H. Clark. *American Literary Criticism*, 1860 - 1905 Vol. 2. US: Twayne Publishers, 1979

Ransom, John Crowe. *The New Criticism*. Westport: Greenwood Press, 1979

Regier, C. C. *The Era of the Muckrakers*. Chapel Hill: The University of North Carolina Press, 1932

Render, Sylvia Lyons. *Charles W. Chesnutt*. Twayne Publishers, 1975

Revell, Peter. *Paul Laurence Dunbar*. Boston: Twayne Publishers, 1979

Richards, Jeffrey H. ed. *Early American Drama*. Penguin Books, 1997

Richardson, Thomas J. ed. *The Grandissimes, Centennial Essays*. Jackson: University Press of Mississippi, 1981

Ropp, Paul S. ed. *Heritage of China, Contemporary Perspectives on Chinese Civilization* Oxford: University of California Press, 1990

Rose, Jane Atteridge. *Rebecca Harding Davis*. New York: Twayne Publishers, 1993

Said, Edward W. *Orientalism*. New York: Vintage Books, 1979

— *The Question of Palestine*. New York: Vintage Books, 1980

— *Representations of the Intellectual, the 1993 Reith Lectures*. New York: Pantheon Books, 1994

Schiffman, Joseph, ed. *Edward Bellamy, Selected Writings on Religion and Society*. Westport: Greenwood Press, Publishers. 1974

Schueller, Malini Johar. *U. S. Orientalism, Race, Nation, and Gender in Literature*, 1790—1890. Ann Arbor: The University of Michigan Press, 1998

Scott, Ivan. *Upton Sinclair: The Forgotten Socialist*. Lewiston: The Edwin Wellen Press, 1997

Selected Poetry of Emily Dickinson ed. The New York Public Library. New York: Doubleday, 1997

Serafin, Steven R. ed. *Encyclopedia of American Literature*. New York: Continuum Publishing Company, 1999

Sewall, Richard B. *The Life of Emily Dickinson*. Cambridge: Harvard University Press, 1980

Seyersted, Per, ed. *The Complete Works of Kate Chopin*. Vol. 1. Baton Rouge: Louisiana University Press, 1975

— ed. *A Kate Chopin Miscellany*. Natchitoches: Northwestern State University Press, 1979

Showalter, Elaine, ed. *Scribbling Women, Short Stories by 19th-Century American Women*. New Brunswick: Rutgers University Press, 1996

Simpson, Claude M. ed. *The Local Colorists, American Short Stories, 1857—1900*. New York: Harper & Brothers Publishers, 1860

Sinclair, Upton, ed. *The Cry for Justice, An Anthology of the Literature of Social Protest*. New York: Barricade Books, 1996

Smith, John David, ed. *John Brown, A Biography by W. E. B. Du Bois*. New York & London: M. E. Sharpe, 1997

Smith, Valerie, Lea Baechler & Walton Litz eds., *African American Writers, Profiles of their Lives and Works—From the 1700s to the Present*. New York: Collier Books, 1993

Solomon, Barbara H. ed. *The Awakening and Selected Stories of Kate Chopin*. New York: New American Library, 1976

Spiller, Robert E. et al. eds., *Literary History of the United States*. New York: The Macmillan Company, 1972

Spofford, Harriet Prescott. "Sarah Orne Jewett." *The Book Buyer*. vol. XI. No. 7. New York: August, 1894

Stern, Madeleine B. ed. *The Feminist Alcott, Stories of a Woman's Power*. Boston: Northwestern University Press, 1997

Stone, Irving & Lewis Browne intro. *Upton Sinclair Anthology*. Culver City: Murray & Gee, Inc., 1947

Sutton, Walter. *Modern American Criticism*. Englewood Cliffs: Prentice-Hall, Inc., 1963

Tallis, Raymond. *In Defence of Realism*. Lincoln & London: University of Nebraska Press, 1998

Tanner, Stephen L. *Paul Elmer More, Literary Criticism as the History of Ideas*

Albany: State University of NYP, 1987

Tavernier-Courbin, Jacqueline. *The Call of the Wild, A Naturalistic Romance*. New York: Twayne Publishers, 1994

Thomas, Brook. *American Literary Realism and the Failed Promise of Contract*. Berkeley: University of California Press, 1997

Toth, Emily. *Unveiling Kate Chopin*. Jackson: University Press of Mississippi, 1999

Tsai, Shih-shan Henry. *China and the Overseas Chinese in the United States*, 1868—1911. Fayetteville: University of Arkansas Press, 1983

Turner, Arlin. *Critical Essays on George W. Cable*. Boston: G. K. Hall & Co., 1980

Twain, Mark. *Adventures of Huckleberry Finn*. ed. Susan K. Harris. Boston & New York: Houghton Mifflin Company, 2000

— *"Ah Sin" A Dramatic Work by Mark Twain and Bret Harte*. ed. Frederick Anderson. San Francisco: The Book Club of California, 1961

Untermeyer, Louis, ed. *The Poems of John Greenleaf Whittier*. New York: The Heritage Press, 1945

— ed. *Modern American Poetry*. New York: Harcourt, Brace & World, Inc., 1969

Wagner-Martin, Linda, ed. *The Age of Innocence, A Novel of Ironic Nostalgia*. New York: Twayne Publishers, 1996

Walker, Nancy A. *Fanny York Fern*. New York: Twayne Publishers, 1993

Ward, Geoffrey G. *Not for Ourselves Alone, the Story of Elizabeth Cady Stanton and Susan B. Anthony*. New York: Alfred A. Knopf, 1999

Warnke, Georgia. *After Identity, Rethinking Race, Sex, and Gender*, Cambridge: Cambridge University Press, 2007

Warren, Joyce W. *Fanny Fern, an Independent Woman*. New Brunswick: Rutgers University Press, 1992

Washington, Booker T. *Up from Slavery*. William L. Andrews ed. New York: Oxford University Press, 1995

Waugh, Charles G. etc. eds., *Best Stories of Sarah Orne Jewett*. Augusta: Lance Tapley, Publisher, 1988

West, Lon. *Deconstructing Frank Norris' Fiction; the Male-Female Dialectic*. New York: Peter Lang, 1998

White-Parks, Annette. *Sui Sin Far/ Edith Maude Eaton: A Literary Biography*. Urbana & Chicago: University of Illinois Press, 1995

Whittier, John Greenleaf. *Legends of New England*. Intro. W. K. McNeil. Baltimore: Genealogical Publishing Company, 1992

Wilcox, Earl J. *The Call of the Wild by Jack London*. Chicago: Nelson-Hall, 1980

Williams, Dave. *The Chinese Other 1850—1925, An Anthology of Plays*. Lanham & New York: University Press of America, Inc., 1997

Wong, Sau-ling Cynthia. *Reading Asian American Literature, from Necessity to Extravagance*. Princeton: Princeton University Press, 1993

Young, Al. *African American Literature, A Brief Introduction and Anthology*. Berkeley: HarperCollins College Publishers, 1996

董衡巽等:《美国文学史》,北京:人民文学出版社,1986 年

常耀信:《美国文学史》(上册),天津:南开大学出版社,1998 年

马祖毅:《中国翻译史》(上卷),武汉:湖北教育出版社,1999 年

张子清:《20 世纪美国诗歌史》,长春:吉林教育出版社,1995 年

三、中文索引

B

C

E

F

G

H

J

N

R

S

T

W

X

四、英文索引

C

E

F

G

H

I

J

M

N

O

P

Q

R

S

U

V

W

Y

后　记

本书得益于二十余年来国内出版的多部优秀的美国文学史。

本卷美国文学史力图在以下方面作出一些新的尝试：一、结合当代批评理论，从 20 世纪末 21 世纪初的视角重新审视美国南北战争到第一次世界大战期间的作家、作品和文学思潮，作出一些新的思考和诠释；二、对重要作品的形成和接受过程给予一定的关注；三、对这段时期美国文学中出现的主要文学思潮（现实主义、自然主义、地方色彩以及揭露黑幕运动）进行比较集中的论述；四、把通常的"黑人文学"改为"有关黑人的文学"，试图在更大的背景下展示逐渐崭露头角的美国黑人文学；五、力图从中国学者的角度对美国文学史做出评价；六、加入"有关美国华裔的文学"一章，讨论了这段时期美国文学对华人和中华文化的误征误现。以上可以说是本卷美国文学史的一些特色。由于时间和能力有限，在作品的理解和相关资料的把握上可能会出现偏差，希望各位专家同仁批评指正。

本书部分内容由下列人员撰写，编辑、修改过程中出现的错误由我负责：

张子清：第三章第一节有关迪金森的部分；

蒋道超：第一章第二节有关德莱塞的部分；

陈平：第二章第二节有关詹姆斯的部分；

姚媛：第七章第三节有关伊顿的部分；

杨金才：第三章第二节有关拉尼尔的部分。

第三章第三节有关"里斯""马斯特斯"和"洛厄尔"的部分内容参考了张子清教授的《20 世纪美国诗歌史》。

本卷中英文原著的引文由作者翻译。

本书在撰写过程中得到"新编美国文学史"编委会其他成员的通力合作，尤其是主编刘海平和王守仁教授自始至终给予的关心和帮助。南京大学外国语学院英语系在科研条件、经费使用和工作安排方面为作者提供了充分的支持。

哈佛大学燕京学社为本卷美国文学史的写作提供了宝贵的资助，使得本书作者得以在 1999 年 8 月至 2000 年 8 月赴哈佛大学进行为期一年的访学，并参加了 2000 年 6 月至 7 月在康奈尔大学举办的"批评理论学院"，受益匪浅。此外，加拿大政府1998年提供的“加拿大研究特别奖”和同年香港大学提供的访问基金，以及1997年“耶鲁—中国学会”在耶鲁大学举办的“消费文化研讨班”，都为本书的写作提供了便利。

在资料收集方面，本书作者得到哈佛大学的主要图书馆（尤其是“瓦德纳”、“希勒斯”和“燕京”图书馆），加拿大多伦多大学“罗伯特图书馆”，香港大学图书馆，耶鲁大学“善本书图书馆”的帮助。

本书还得益于近年来博士生和硕士生的课堂讨论和课程（学位）论文。

本书作者谨在此向以上的单位和个人表示衷心的感谢。

我的妻子杨晓明一直在精神上给我以莫大的鼓舞，在生活上给以精心的照料，此书也是对她的报答。

朱 刚

2002年1月

于南京北阴阳营寓所